Alle Rechte, einschließlich das des vollständigen oder auszugsweisen
Nachdrucks in jeglicher Form, sind vorbehalten.

Sämtliche Personen dieser Ausgabe sind frei erfunden. Ähnlichkeiten mit
lebenden oder verstorbenen Personen sind rein zufällig.

Der Preis dieses Bandes versteht sich einschließlich der gesetzlichen
Mehrwertsteuer.

Umwelthinweis:
Dieses Buch wurde auf chlor- und säurefreiem Papier gedruckt.

Fremdes Land und neues Glück

Nora Roberts
Einklang der Herzen

Seite 7

Lucy Gordon
Im Zeichen des Glücks

Seite 125

Elizabeth Bevarly
Sieben Nächte mit dir

Seite 251

Sandra Field
Wo das Glück zu Hause ist

Seite 403

SILHOUETTE ™
20049
2. Auflage: August 2014

SILHOUETTE ™ BOOKS
erscheinen in der Harlequin Enterprises GmbH,
Valentinskamp 24, 20354 Hamburg;
im Vertrieb von MIRA ® Taschenbuch
Geschäftsführer: Thomas Beckmann

Copyright dieser Ausgabe © 2014 by MIRA Taschenbuch
in der Harlequin Enterprises GmbH

Titel der englischen Originalausgaben:

Irish Thoroughbred
Copyright © 1991 by Nora Roberts
erschienen bei: Silhouette Books, Toronto

And The Bride Wore Red
Copyright © 2009 by Lucy Gordon
erschienen bei: Harlequin Books, Toronto

Destinations South
Copyright © 1989 by Elizabeth Bevarly
erschienen bei: Silhouette Books, Toronto

Seducing Nell
Copyright © 1997 by Sandra Field
erschienen bei: Mills & Boon Ltd., London

Published by arrangement with
Harlequin Enterprises II B.V./S.àr.l

Konzeption/Reihengestaltung: fredebold&partner GmbH, Köln
Umschlaggestaltung: pecher und soiron, Köln
Redaktion: Maya Gause
Titelabbildung: Thinkstock/Getty Images, München
Satz: GGP Media GmbH, Pößneck
Druck und Bindearbeiten: CPI – Ebner & Spiegel, Ulm
Printed in Germany
Dieses Buch wurde auf FSC®-zertifiziertem Papier gedruckt.
ISBN 978-3-95649-028-6

www.mira-taschenbuch.de

Werden Sie Fan von MIRA Taschenbuch auf Facebook!

Nora Roberts

Einklang der Herzen
Roman

Aus dem Englischen von
Tess Martin

1. KAPITEL

Adelia Cunnane starrte aus dem Fenster, ohne die wundervollen Formen der Wolken zu bemerken. Manche schwebten als Berge, andere als Gletscher vorüber, oder sie verschmolzen zu eisverkrusteten Seen.

Doch obwohl sie zum ersten Mal in einem Flugzeug saß, fand Adelia den Ausblick nicht sonderlich interessant. Ihr Kopf war voll mit Zweifeln und Fragen, zudem hatte sie schon jetzt schreckliche Sehnsucht nach der kleinen Farm in Irland.

Aber sowohl die Farm als auch Irland waren bereits sehr weit entfernt. Jede Minute, die verging, brachte sie Amerika näher – und völlig fremden Menschen. Nichts in ihrem Leben hatte sie darauf vorbereitet. Adelia seufzte.

Ihre Eltern waren bei einem Autounfall ums Leben gekommen, als sie zehn Jahre alt war. Die ersten Wochen hatte Adelia wie in einer Art Nebel verbracht. Sie hatte sich in sich zurückgezogen, um die Trennung nicht zu spüren, das fremde und beängstigende Gefühl der Verlassenheit. Langsam hatte sie eine Mauer um ihren Schmerz errichtet. Und sie hatte sich in die Arbeit gestürzt wie eine Erwachsene.

Lettie Cunnane, die Schwester ihres Vaters, übernahm die Verantwortung sowohl für die Farm wie für das Kind, und das mit strenger Hand. Sie war keine unfreundliche Frau, aber auch keine liebevolle. Geduld gehörte nicht zu ihren Stärken, sie hatte wenig Verständnis für das unberechenbare, manchmal auch aufbrausende Kind ihres Bruders.

So blieb die Farm im Grunde das Einzige, was Adelia und ihre Tante verband. Sowohl die ältere Frau wie auch das Kind bauten eine enge Beziehung zu dem fruchtbaren, dunklen Boden auf, der ihre ganze Arbeitskraft forderte.

Fast dreizehn Jahre lebten und arbeiteten sie zusammen, bis Lettie einen Schlaganfall erlitt. Adelia musste sich daraufhin allein um die Farm und um ihre gelähmte Tante kümmern. Tag und Nacht kämpfte sie ums Überleben. Sie hatte ständig zu wenig Zeit und zu wenig Geld.

Als sie nach sechs langen Monaten wieder einmal allein zurückblieb, war Adelia vollkommen verzweifelt und erschöpft. Obwohl sie unaufhörlich geschuftet hatte, war sie gezwungen, die Farm zu verkaufen.

Sie hatte ihrem einzigen lebenden Verwandten, dem älteren Bruder ihres Vaters, geschrieben, um ihn über den Tod seiner Schwester in

Kenntnis zu setzen. Padrick war vor zwanzig Jahren nach Amerika ausgewandert. Er hatte umgehend mit einem warmherzigen Brief geantwortet und mit dem schlichten Satz geendet: „Komm nach Amerika! Dein Zuhause ist nun bei mir." Also hatte sie ihre wenigen Habseligkeiten gepackt und sich von Skibbereen verabschiedet und dem einzigen Heim, das sie jemals gekannt hatte.

Ein plötzliches Absacken des Flugzeugs riss Adelia aus ihren Gedanken. Sie drückte sich in ihren Sitz und berührte das kleine goldene Kreuz, das sie immer um den Hals trug. In Irland wartet nichts und niemand mehr auf mich, dachte sie, während sie gegen ein flaues Gefühl im Magen ankämpfen musste. Padrick Cunnane war die einzige Familie, die sie noch hatte, und die einzige Verbindung mit ihrer Vergangenheit.

Sie versuchte, die plötzlich aufsteigende Furcht zu bezwingen. Amerika oder Irland – was für einen Unterschied machte das schon? Sie würde zurechtkommen, wie immer. Auf keinen Fall wollte sie ihrem Onkel zur Last fallen, diesem fast fremden Mann, den sie nur aus Briefen kannte und zum letzten Mal gesehen hatte, als sie kaum drei Jahre alt gewesen war. Sie würde schon einen Job finden, überlegte sie, vielleicht auf dem Gestüt, von dem Paddy so oft geschrieben hatte. Mit Tieren zu arbeiten lag Adelia im Blut. In den letzten Jahren hatte sie sogar medizinische Kenntnisse hinzugewonnen; oft hatten Nachbarn sie zu einer besonders schweren Geburt eines Kalbes gerufen oder sie gebeten, eine Wunde zu nähen. Sie war vielleicht nicht besonders groß, aber stark – und sie war eine Cunnane. Bei diesem Gedanken straffte sie die Schultern.

Bestimmt gab es für sie eine Stelle auf Royal Meadows, wo ihr Onkel als Trainer für Rennpferde arbeitete. Zwar wurde dort wahrscheinlich niemand gebraucht, der Felder pflügen oder Kühe melken konnte, aber wenn es darauf ankam, würde sie ihren Lebensunterhalt auch als Küchenmädchen verdienen. Mit gerunzelter Stirn überlegte sie, ob es in Amerika überhaupt Küchenmädchen gab.

Das Flugzeug landete, Adelia stieg aus und betrat den Dulles International Airport in Virginia. Sie war fasziniert von den vielen Menschen und den verschiedenen Sprachen, die um sie herumschwirrten.

Sie betrachtete eine indianische Familie in traditioneller Tracht, dann fiel ihr Blick auf zwei Teenager in ausgewaschenen Jeans, die Hand in Hand liefen. Ein Geschäftsmann, der seine Aktentasche an sich presste und es sehr eilig zu haben schien, stieß ihr den Ellbogen in die Seite.

In der Lobby sah sie sich auf der Suche nach einem bekannten Gesicht um. Um sie herum bewegten sich die Leute so schnell und hastig, dass sie befürchtete, niedergetrampelt zu werden.

„Dee! Kleine Dee!" Ein untersetzter Mann mit vollem grauem Haar kam auf sie zu. Sie hatte kurz die Gelegenheit, in helle blaue Augen zu blicken, die sie an ihren Vater erinnerten, bevor sie in eine herzliche Umarmung gerissen wurde. Es war eine Ewigkeit her, dass sie einem Menschen so nahe gekommen war.

„Ich hätte dich überall auf der Welt wiedererkannt, kleine Dee." Er schob sie ein wenig von sich weg, musterte sie mit feuchten Augen und lächelte zärtlich. „Als ob Kate vor mir stehen würde! Du bist deiner Mutter wie aus dem Gesicht geschnitten." Er starrte sie weiter an, studierte ihr kastanienrotes Haar, das ihr in glänzenden Wellen über die Schultern fiel, das tiefe Grün ihrer Augen, die schmale Nase und die vollen Lippen, die Tante Lettie immer als schamlos bezeichnet hatte.

„Wie wunderschön du bist", sagte er schließlich seufzend.

„Onkel Paddy?", fragte sie nur, obwohl unendlich viele andere Fragen durch ihren Kopf schwirrten.

„Wer sollte ich wohl sonst sein?" In seinen vertrauten Augen lag ein Ausdruck von Liebe und Freude, gemischt mit Zweifeln, und mit einem Mal wurde sie von einer Welle des Glücks übermannt.

„Onkel Paddy", flüsterte sie und warf ihm die Arme um den Hals.

Als sie über den Highway fuhren, starrte sie voller Verwunderung aus dem Fenster. Nie zuvor hatte sie so viele Autos auf einmal gesehen; sie schossen in unglaublicher Geschwindigkeit an ihnen vorbei. Alles bewegte sich so schnell, und der Lärm, dachte sie mit Verwunderung, der Lärm reicht, um die Toten zu wecken. Kopfschüttelnd begann sie, ihren Onkel mit Fragen zu bombardieren.

Wie lange dauerte die Fahrt? Fuhr jeder in Amerika so schnell? Wie viele Pferde gab es auf Royal Meadows? Wann durfte sie sie sehen? Die Fragen purzelten ihr nur so über die Lippen. Geduldig beantwortete Paddy eine nach der anderen. Ihr melodischer Tonfall klang in seinen Ohren wie eine sanfte Sommerbrise.

„Und was wird meine Aufgabe sein?"

Er wandte den Blick einen Moment von der Straße ab, um sie anzusehen. „Du brauchst nicht zu arbeiten, Dee."

„Aber ich möchte arbeiten, Onkel Paddy, ich möchte so gerne. Ich könnte mich doch um die Pferde kümmern. Ich habe ein Händchen für Tiere."

Er zog seine dicken grauen Augenbrauen zusammen. „Ich habe dich doch nicht den weiten Weg kommen lassen, damit du hier arbeitest." Bevor sie protestieren konnte, fuhr er fort. „Und ich weiß nicht, was Travis davon halten würde, wenn ich meine eigene Nichte einstelle."

„Oh, aber ich kann alles machen." Sie schob sich eine glänzende Strähne aus dem Gesicht. „Die Pferde striegeln, Ställe ausmisten … ganz egal." Sie blickte ihn flehend an. „Bitte, Onkel Paddy, wenn ich nichts zu tun habe, werde ich bestimmt innerhalb von einer Woche verrückt."

Paddy drückte ihre Hand. „Wir werden sehen."

So vertieft in das Gespräch und fasziniert von dem strömenden Verkehr, hatte sie jegliches Zeitgefühl verloren. Als Paddy in eine Auffahrt fuhr, blickte sie erstaunt um sich.

„Das ist Royal Meadows, Dee", verkündete er mit ausladender Geste. „Dein neues Zuhause."

Sie fuhren durch ein breites Steintor auf einen langen, gewundenen Weg, der von blühenden Hecken gesäumt war. In der Ferne entdeckte sie saftige grüne Weiden und friedlich grasende Pferde.

„Das ist die beste Pferdefarm in ganz Maryland, glaub mir", fügte Paddy stolz hinzu. „Und meiner Meinung nach auch die beste in ganz Amerika."

Nachdem er um eine Ecke gebogen war, lag das Haupthaus vor ihnen. Adelia hielt den Atem an. Es handelte sich um ein dreistöckiges prachtvolles Gebäude, dessen Fenster in der Sonne glitzerten. Grazile schmiedeeiserne Balkone verliefen um die oberen beiden Stockwerke. Das Haus war von sanft abfallendem Rasen und stattlichen Bäumen umgeben, die gerade aus dem Winterschlaf erwachten.

„Wundervoll, nicht wahr, Dee?"

„Ja", stimmte sie zu, ein wenig eingeschüchtert von der Größe und Eleganz des Anwesens. „Ich habe noch nie ein prächtigeres Haus gesehen."

„Nun, unser Domizil ist nicht ganz so glanzvoll." Er fuhr nach links ab. „Aber es ist hübsch, und ich hoffe, du wirst dich dort wohlfühlen."

Adelia richtete ihre Aufmerksamkeit auf ihren Onkel und schenkte ihm ein Lächeln, das ihr Gesicht zu einem Kunstwerk machte. „Ich werde mich bestimmt wohlfühlen, Onkel Paddy. Hauptsache, wir beide sind zusammen." Impulsiv küsste sie ihn auf die Wange.

„Ach, Dee, ich bin so froh, dass du da bist." Er drückte ihre Hand. „Du hast den Frühling mitgebracht."

Als der Wagen hielt, entdeckte sie ein großes weißes Gebäude, bei dem es sich, wie Paddy erklärte, um die Stallungen handelte. Zäune und Pferdekoppeln erstreckten sich in die Ferne. Der Duft von frisch gemähtem Heu und Pferden schwebte in der Luft.

Als sie sich ungläubig umsah, schoss ihr durch den Kopf, dass sie nicht etwa von einer Farm auf eine andere gereist war, sondern von einer Welt in die andere. Sie dachte an den winzigen Stall zu Hause, der ständig hatte ausgebessert werden müssen, und an das kleine Stück Weideland. Hier war so viel Platz, und dies alles gehörte nur einem einzigen Mann. Am Horizont, wo die sanften Berge begannen, entdeckte sie Stuten und glücklich herumtollende Fohlen.

Travis Grant hieß der Besitzer, wie ihr jetzt wieder einfiel. Paddy hatte in seinem Brief von ihm erzählt. *Travis Grant* wusste offensichtlich, mit man sich um seinen Besitz kümmerte …

„Das ist mein Haus." Paddy deutete aus dem Fenster. „Besser gesagt: unser Haus."

Sie folgte mit dem Blick seiner Hand, dann schrie sie leise auf. Das Erdgeschoss bestand aus einer großen, weißen Garage, in der, wie sie später erfuhr, die Anhänger und Pferdetransporter untergebracht waren. Das Gebäude war fast zweimal so groß wie das Bauernhaus, in dem sie ihr bisheriges Leben verbracht hatte. Es sah aus wie eine Miniatur des Haupthauses.

„Komm rein, Dee. Schau dir dein neues Zuhause an."

Er führte sie über einen schmalen Schotterweg eine Treppe hinauf zur Eingangstür. Sie betraten einen hellen, gemütlichen Raum mit blassgrünen Wänden und glänzenden Holzböden. Ein bunt kariertes Sofa und dazu passende Sessel standen vor einem Kamin. Die hohen Fenster boten einen herrlichen Blick auf die weitläufigen Berge.

„Oh, Onkel Paddy!" Sie seufzte und hob hilflos die Arme.

„Komm, Dee, ich zeige dir den Rest."

Er präsentierte ihr die blitzsaubere Küche und ein cremeweiß eingerichtetes Badezimmer. „Und das ist dein Zimmer, Liebes", sagte er, als er die Tür gegenüber aufstieß. Es war kein besonders großes Zimmer, doch ihr kam es riesig vor. Die Wände waren hellblau gestrichen, weiße Vorhänge flatterten aus den geöffneten Fenstern. Die Tagesdecke auf dem Bett war blau-weiß gemustert, auf dem Holzboden lag ein flauschiger weißer Teppich. Im Spiegel über einer Kommode erblickte sie ihr eigenes, erstauntes Gesicht. Die Vorstellung, dass dies ihr Zimmer sein sollte, trieb ihr Tränen in die Augen. Sie blinzelte hastig, drehte sich um und schlang ihrem Onkel erneut die Arme um den Hals.

Später schlenderten sie zu den Ställen. Adelia hatte ihr Reisekleid gegen Jeans und Baumwollhemd getauscht, ihre roten Locken zusammengebunden und eine ausgebleichte blaue Kappe aufgesetzt. Eine kleine Gruppe von Leuten umringte ein braunes Vollblutpferd.

„Was ist hier das Problem?", fragte Paddy.

„Paddy, gut, dass du zurück bist", begrüßte ihn ein großer, kräftiger Mann mit offensichtlicher Erleichterung. „Majesty hatte gerade mal wieder einen seiner Anfälle. Er hat Tom ziemlich böse getreten."

Paddy wandte sich an einen kleinen jungen Mann, der auf dem Boden hockte und sich jammernd das Bein hielt.

„Ist es sehr schlimm, Junge? Hast du dir was gebrochen?"

„Nee, nix gebrochen." Aus seiner Stimme klang mehr Empörung als Schmerz. „Aber ich schätze, dass ich ein paar Tage lang nicht reiten kann." Er blickte kopfschüttelnd zu dem Pferd. „Dieses Vieh ist vielleicht das schnellste der Welt, aber gleichzeitig bösartiger als eine Katze, der man auf den Schwanz getreten hat."

„Er sieht nicht bösartig aus", bemerkte Adelia, woraufhin sie aus mehreren Augenpaaren gemustert wurde.

„Das ist Adelia, meine Nichte. Dee, das ist Hank Manners, der zweite Trainer. Tom Buckley, der hier auf dem Boden, das ist unser Reitjunge. Und das hier sind die Stallburschen George Johnson und Stan Beall." Nachdem sie sich die Hände geschüttelt hatten, richtete Adelia ihre Aufmerksamkeit wieder auf das Pferd.

„Sie verstehen dich nicht, stimmt's? Dabei bist du so ein feiner Kerl."

„Miss", sagte Hank warnend, als sie die Hand hob, um dem Pferd über die Nüstern zu streicheln. „Das würde ich nicht tun. Er hat momentan nicht die beste Laune, außerdem mag er Fremde nicht."

„Nun, wir werden nicht lange Fremde sein." Lächelnd begann sie ihn zu streicheln, Majesty schnaubte durch seine großen Nüstern.

„Paddy!", rief Hank, doch Adelias Onkel brachte ihn mit einer Handbewegung zum Schweigen.

„Was für ein schönes Pferd du bist! Noch nie habe ich ein schöneres gesehen, das meine ich ernst." Adelia sprach weiter, während sie mit einer Hand über seinen Nacken und die Flanke glitt. „Du bist für Turniere gemacht – starke, lange Beine und eine schöne, breite Brust." Das Pferd blieb ruhig stehen, die Ohren aufmerksam aufgestellt. Noch einmal liebkoste sie seine Nüstern, bevor sie schließlich die Wange an seinen Hals schmiegte. „Ich wette, du sehnst dich nach jemanden, mit dem du dich unterhalten kannst."

„Ich fasse es nicht." Hank betrachtete Adelia kopfschüttelnd. „Noch nie hat er jemanden so nah an sich herangelassen, nicht einmal dich, Paddy."

„Tiere haben auch Gefühle, Mr Manners." Sie richtete sich auf. „Er will einfach ein bisschen verwöhnt werden."

„Nun, junge Dame, Sie scheinen auf jeden Fall zu wissen, wie man mit ihm umgehen muss." Er grinste sie belustigt und zugleich erstaunt an. Dann wandte er sich wieder an Paddy. „Trotzdem muss er geritten werden. Ich rufe Steve an."

„Onkel Paddy." Adelia ergriff seinen Arm, ihre Augen glänzten vor Aufregung. „Ich kann das. Lass mich ihn reiten."

„Ich glaube nicht, dass ein junges Mädchen wie Sie mit einem wilden Feuerhengst wie Majesty umgehen kann", wandte Hank ein, bevor Paddy etwas erwidern konnte. Adelia reckte das Kinn.

„Es gibt nichts auf vier Beinen, was ich nicht reiten kann."

„Ist Travis schon zurück?" Paddy unterdrückte ein Lächeln.

„Nein." Er betrachtete Paddy mit zusammengekniffenen Augen. „Du willst deine Nichte doch nicht wirklich auf ihm reiten lassen?"

„Ich würde sagen, sie hat ungefähr die richtige Größe für ihn – sie wiegt nicht mehr als fünfundvierzig Kilo." Er betrachtete seine Nichte von Kopf bis Fuß, während er sich mit einer Hand das Kinn rieb.

„Paddy." Hank legte ihm eine Hand auf die Schulter.

„Du bist eine Cunnane, nicht wahr, Mädchen? Wenn du sagst, dass du mit ihm fertig wirst, dann ist das so, bei allem, was mir heilig ist."

Adelia strahlte ihren Onkel an.

„Der Himmel weiß, was der Boss davon halten wird", murrte Hank.

„Überlass Travis ruhig mir", entgegnete Paddy mit leiser Autorität. Schulterzuckend gab Hank sich geschlagen.

„Einmal um die Rundbahn, Dee", wies Paddy sie an. „In dem Tempo, in dem du ihn noch im Griff hast. Man kann ihm ansehen, dass er mal wieder seinen Kopf durchsetzen will."

Sie zog ihre Kappe tiefer ins Gesicht, nickte und beobachtete dabei, wie Majesty ungeduldig mit den Hufen scharrte. Geschickt schwang sie sich in den Sattel. Als Hank das große Gatter öffnete, beugte sie sich über Majestys Hals und flüsterte ihm ins Ohr.

„Bist du bereit, Dee?", rief Paddy. Er nahm eine Stoppuhr aus der Tasche.

„Wir sind bereit." Sie richtete sich auf und holte tief Luft.

„Los!", schrie er, und Pferd und Reiterin preschten los. Adelia beugte sich tief über Majestys Hals und trieb ihn zu dem Tempo an, nach dem es ihn dürstete. Wind schlug ihr ins Gesicht, brannte in ihren Augen. Sie jagten in einer Geschwindigkeit über die Bahn, die sie noch nie zuvor erlebt, sich nicht einmal vorgestellt hatte, aber nach der sie sich offenbar immer gesehnt hatte. Es war ein wildes und berauschendes Abenteuer.

Pferd und Reiterin flogen über die Bahn, und nur der Wind und die Sonne waren ihre Begleiter. Adelia lachte und schrie. Ein ungeahntes Gefühl von Freiheit überkam sie und ließ sie alle Sorgen und Befürchtungen vergessen, die ihr Leben so lange getrübt hatten. Sie hatte das Gefühl, auf Wolken zu reiten, allen Verpflichtungen und Ängsten zu entfliehen. Schließlich zügelte sie das Pferd, brachte es zum Stehen und schlang die Arme um seinen schimmernden Hals.

„Sie Teufelskerl!", rief Hank voller Verwunderung aus.

„Was hast du denn erwartet?" Paddy schien so stolz zu sein wie ein Pfau mit zwei Schwänzen. „Sie ist eine Cunnane." Er hielt Hank die Stoppuhr hin. „Die Zeit ist auch nicht schlecht." Lächelnd schlenderte er zu Adelia, die gerade vom Pferd sprang.

„Oh, Onkel Paddy!" Ihre Augen blitzten in ihrem geröteten Gesicht wie Smaragde. Begeistert riss sie sich die Kappe vom Kopf. „Das ist das tollste Pferd der Welt! Es war, als würde ich Pegasus höchstpersönlich reiten!"

„Das haben Sie wirklich gut gemacht, junge Dame." Hank streckte ihr die Hand hin und schüttelte bewundernd den Kopf, begeistert über ihre Reitkunst und ihr schimmerndes Haar, das sich jetzt über ihre Schultern ergoss.

„Vielen Dank, Mr Manners." Sie schüttelte ihm lächelnd die Hand.

„Sagen Sie Hank zu mir."

Sie grinste. „Hank."

„Nun, Adelia Cunnane." Paddy legte einen Arm um ihre Schultern. „Royal Meadows hat soeben eine neue Pferdepflegerin eingestellt. Dich."

Als Adelia im Bett lag, starrte sie mit aufgerissenen Augen an die Decke. In so kurzer Zeit war so viel geschehen, dass ihre Gedanken einfach nicht zur Ruhe kamen. Nach dem Ritt hatte Paddy sie durch die Stallungen geführt, ihr die Sattelkammer gezeigt und sie mehr Menschen vorgestellt, als sie jemals an einem einzigen Tag getroffen hatte.

Danach hatte Paddy das Abendessen zubereitet, ohne ihre Hilfe anzunehmen. Der Herd schien mehr mit Magie als mit Technik zu tun zu haben. Und es gab eine Maschine, die das Geschirr nur durch Drücken eines Knopfes wusch und trocknete – ein Wunderwerk! Über solche Geräte zu lesen war etwas anderes, als sie tatsächlich mit eigenen Augen zu sehen … das machte es einem leichter, an Elfen und Kobolde zu glauben. Als sie diesen Gedanken ihrem Onkel gegenüber erwähnte, warf er den Kopf zurück und lachte, bis ihm Tränen über die Wangen strömten, dann erdrückte er sie fast in seinen Armen wie Stunden zuvor am Flughafen.

Sie aßen an dem kleinen Tisch am Küchenfenster, und sie beantwortete all seine Fragen über Skibbereen. Mit funkelnden Augen lauschte Paddy ihren farbenfrohen Beschreibungen und haarsträubenden Geschichten, die sie mit temperamentvollen Gesten unterstrich, wobei sie hier und da die Wahrheit ein wenig strapazierte. Doch trotzdem bemerkte ihr Onkel die Trauer, die in ihren Worten mitschwang. Er drängte sie, früh schlafen zu gehen, um am nächsten Morgen ausgeruht zu sein.

Adelia gönnte sich das ungewohnte Vergnügen, ausgiebig zu baden; Tante Lettie hätte das für sündhafte Zeitverschwendung gehalten. Als sie schließlich zwischen die kühlen, frischen Laken schlüpfte, war es ihr unmöglich, sich zu entspannen. Ihr Kopf war so voller neuer Eindrücke und Bilder. Und ihr Körper, der es gewöhnt war, bis zur vollkommenen Erschöpfung gefordert zu werden, kam mit der wenigen Bewegung des Tages nur schlecht zurecht. Adelia kletterte wieder aus dem Bett, zog Jeans und Hemd an, stopfte ihr Haar wieder unter die Kappe und glitt lautlos aus dem Haus.

Die Nacht war klar und kühl; nur das hartnäckige Rufen einer Schwarzkehl-Nachtschwalbe durchbrach die Stille. Im Mondlicht fand sie den Weg zu den Stallungen. Die Ruhe und der vertraute Geruch der Pferde erinnerten sie an zu Hause, und mit einem Mal verspürte sie eine Zufriedenheit, die sie noch nie zuvor gekannt hatte.

Vor der Stalltür zögerte sie, unsicher, ob sie es wirklich wagen konnte, hineinzugehen. Als sie die Hand schließlich ausstreckte, packte jemand sie am Arm und riss sie herum. Einen Moment lang wurde sie in die Höhe gehoben wie eine kleine Katze.

„Was tun Sie da? Und wie sind Sie überhaupt hier hereingekommen?"

Sprachlos starrte Adelia den Mann an, der mit dieser barschen Stimme zu ihr sprach und über ihr aufragte wie ein Riese. Sie versuchte

17

zu antworten, doch die Worte blieben ihr im Hals stecken, als sie in den Stall gezerrt wurde.

„Na, dann lass dich mal ansehen", knurrte der Mann und knipste das Licht an. Als er sie herumwirbelte, fiel ihre Kappe zu Boden, und ihr herrliches Haar floss über ihren Rücken.

„Was zum … Sie sind ein Mädchen!" Er ließ sie los. Adelia trat einen Schritt zurück.

„Wie scharfsinnig von Ihnen." Sie rieb sich energisch den Arm und funkelte ihn mit ihren grünen Augen wütend an. „Und wer sind Sie, dass Sie es wagen, unschuldige Leute zu überfallen und ihnen fast die Knochen zu brechen? Nichts als ein grober Klotz sind Sie! Dafür, dass Sie mich zu Tode erschreckt und mir fast den Arm gebrochen haben, sollten Sie die Peitsche zu spüren bekommen …"

„Für so einen Winzling haben Sie ein ganz schönes Temperament", bemerkte der Mann amüsiert, der sich fragte, wie er sie jemals mit einem Jungen hatte verwechseln können. „Ihrem Akzent nach zu urteilen handelt es sich bei Ihnen vermutlich um Paddys Nichte – die kleine Dee."

„Ich bin Adelia Cunnane und nicht Ihre kleine Dee." Sie musterte ihn mit unverhohlener Abneigung. „Und nicht ich spreche mit Akzent, sondern Sie!"

Er legte den Kopf in den Nacken und brach in lautes Gelächter aus, was Adelias Wut nur noch mehr anstachelte. „Ich freue mich sehr, zu Ihrer guten Laune beizutragen." Sie verschränkte die Arme vor der Brust und schüttelte den Kopf so heftig, dass ihre roten Locken flogen. „Und wer in aller Welt sind Sie?"

„Ich heiße Travis", antwortete er noch immer lachend. „Travis Grant."

2. KAPITEL

Adelia starrte ihr Gegenüber an, während ihre Wut langsam verrauchte. Travis Grant war groß und kräftig. Die aufgerollten Ärmel seines Hemdes enthüllten muskulöse Unterarme. Seine Gesichtszüge waren wie gemeißelt, klar und scharf. Die blauen Augen bildeten einen überraschenden Kontrast zu seiner gebräunten Haut, volle schwarze Locken fielen ihm bis auf den Kragen. Er grinste noch immer.

Das war also der Mann, für den sie arbeiten sollte. Das war der Mann, bei dem sie einen guten Eindruck hinterlassen musste. Doch stattdessen hatte sie ihn lauthals beschimpft. „Himmel!", wisperte sie, schloss einen Moment die Augen und wünschte, im Erdboden versinken zu können.

„Es tut mir leid, dass wir uns unter so … ähm …" Er zögerte. „… unter so verwirrenden Umständen kennengelernt haben, Adelia. Paddy ist ganz aus dem Häuschen, seit er weiß, dass Sie kommen."

„Ich habe nicht damit gerechnet, Sie vor morgen früh zu treffen, Mr Grant." Sie klammerte sich verzweifelt an ihren letzten Rest von Stolz. „Onkel Paddy sagte, Sie wären noch nicht zurück."

„Und ich habe nicht erwartet, einer kleinen Fee über den Weg zu laufen, die in meine Ställe einfällt." Travis grinste erneut.

Adelia richtete sich zu ihrer vollen Größe auf und warf ihm einen hochmütigen Blick zu. „Ich konnte nicht schlafen, also wollte ich ein wenig spazieren gehen. Und mal nach Majesty sehen."

„Majesty ist ein äußerst nervöses Pferd." Er musterte sie von Kopf bis Fuß. „Sie sollten lieber Abstand von ihm halten."

„Und wie soll ich das tun?", fragte sie streng. „Schließlich werde ich ihn künftig regelmäßig trainieren."

„Einen Teufel werden Sie tun!" Er kniff die Augen zusammen. „Wenn Sie glauben, dass ich so ein winziges Persönchen wie Sie auf dieses erstklassige Pferd loslasse, dann müssen Sie den Verstand verloren haben."

„Ich wurde bereits auf Ihr erstklassiges Pferd losgelassen." Langsam wurde sie wieder zornig. „Ich bin mit ihm in einer ganz passablen Zeit eine Runde geritten."

„Das glaube ich nicht." Er trat einen Schritt auf sie zu, woraufhin sie den Kopf noch weiter in den Nacken legen musste. „Paddy würde Sie niemals auf Majesty steigen lassen."

„Es ist nicht meine Art, zu lügen, Mr Grant", gab Adelia feierlich zurück. „Majesty hat nach Tom getreten, deswegen bin ich für ihn eingesprungen."

„Sie haben Majesty geritten?", wiederholte Travis leise.

„Allerdings." Als sie sah, wie seine blauen Augen zu funkeln begannen, fuhr sie hastig fort. „Er ist eine Schönheit. Schnell wie der Wind, aber nicht launisch. Niemals hätte er nach Tom getreten, wenn der Junge ihn besser verstehen würde." Sie sprach sehr schnell, damit Travis sie nicht unterbrechen konnte. „Er braucht nur jemanden, der mit ihm spricht. Jemanden, der ihm seine Liebe und Anerkennung zeigt."

„Und Sie können also mit Pferden sprechen?" Travis verzog die Lippen.

„Ja", stimmte sie zu, ohne auf das spöttische Glitzern in seinen Augen zu achten. „Das kann doch jeder, der es will. Ich kenne mich mit Tieren aus, Mr Grant. In Skibbereen habe ich mit einem Tierarzt zusammengearbeitet und eine Menge über Tiermedizin gelernt. Ich würde nie etwas tun, das Majesty oder einem Ihrer anderen Pferde schaden könnte. Onkel Paddy vertraut mir. Das dürfen Sie ihm nicht übel nehmen."

Darauf entgegnete Travis nichts, musterte sie nur prüfend. Als das Schweigen sich ausdehnte, wurde sie unruhig. Eine leise Furcht stieg in ihr auf und noch etwas, ein unbekanntes Gefühl, das sie sich nicht erklären konnte.

„Mr Grant." Sie schluckte ihren Stolz herunter und legte einen flehenden Ton in ihre Stimme. „Bitte, geben Sie mir eine Chance! Zwei Wochen, mehr nicht." Sie holte tief Luft und benetzte ihre Lippen. „Wenn Sie mich danach nicht hier haben wollen, werde ich das akzeptieren und Onkel Paddy sagen, dass ich nicht glücklich mit der Arbeit bin und etwas anderes tun möchte."

„Warum sollten Sie das tun?" Er neigte den Kopf, als wollte er sie aus einer anderen Perspektive betrachten.

„Weil es nicht anders geht." Sie zuckte die Schultern und fuhr sich durch ihr zerzaustes Haar. „Sonst würde er zwischen den Stühlen sitzen. Sie und seine Arbeit sind ihm sehr wichtig, das weiß ich. Zugleich hat er jetzt Verantwortung für mich übernommen. Wenn ich ihm sage, dass Sie mich gefeuert haben, wird seine Loyalität auf eine Zerreißprobe gestellt, und das will ich nicht. Also – geben Sie mir eine zweiwöchige Probezeit, Mr Grant?" Hochmut kommt vor dem Fall, sagte sie sich in Gedanken an Tante Letties Lektionen über Bescheidenheit und Demut.

Travis überlegte schweigend, und während sie regungslos vor ihm stand, wünschte sie nur, er würde sie nicht so ansehen, als ob er ihre Gedanken lesen könnte.

„In Ordnung, Adelia", sagte er endlich. „Sie bekommen Ihre Probezeit. Und das bleibt unter uns."

Strahlend streckte sie ihm die Hand hin. „Vielen Dank, Mr Grant. Das ist sehr großzügig von Ihnen."

Als er ihre Hand ergriff, veränderte sich sein Gesicht. Sein Lächeln verblasste, seine Augen wurden dunkel. Er drehte ihre Handfläche nach oben und studierte sie. Ihre Hand war klein und schmal, doch von den vielen Jahren schwerer Arbeit rau und schwielig. Seine Berührung jagte ihr einen merkwürdigen Schauer durch den Körper. Hilflos sah sie auf ihre Hand hinunter.

„Stimmt etwas nicht?", fragte sie leise.

Er hob den Blick und sah sie lange an. „Es ist eine Schande, dass so eine kleine Hand so schwielig ist wie die eines Bauarbeiters."

Unendlich verletzt von diesen leise gesprochenen Worten, entriss sie ihm ihre Hand und versteckte sie hinter dem Rücken. „Tut mir sehr leid, dass meine Hand nicht weich wie Samt ist, Mr Grant. Aber so eine Hand wäre Ihnen mit den Pferden nicht sonderlich hilfreich. Und jetzt entschuldigen Sie mich bitte."

Sie huschte an ihm vorbei, und er sah ihr nach, wie sie eilig zurück zum Haus rannte.

Vogelgezwitscher weckte Adelia. Die Sonne schien hell durchs Fenster. Schnell zog sie sich an, voller Vorfreude auf ihre neue Arbeit. Ganz bestimmt würde sie Travis Grant von ihrem Können überzeugen können. Ein neues Heim, ein neues Leben, ein neuer Anfang. Sie blinzelte in die Sonne und war sich sicher, dass dieser Tag nichts als wunderbare Überraschungen für sie bereithielt.

Der Duft nach gebratenem Speck lockte Paddy in die Küche. Einen Moment lang stand er da und betrachtete seine Nichte, die ein altes Kinderlied summend am Herd stand. Für ihn war sie die Verkörperung von glänzender, unverdorbener Jugend.

„Das ist wohl das schönste Bild, das meine alten Augen seit Jahren zu sehen bekommen haben."

Sie drehte sich zu ihm um, und ihr Lächeln ließ selbst die Sonnenstrahlen verblassen. „Guten Morgen, Onkel Paddy. Es ist ein herrlicher Tag."

Beim Frühstück erwähnte Adelia nebenbei, dass sie Travis Grant in der vergangenen Nacht beim Stall getroffen hatte.

„Ich hatte dich ihm eigentlich heute Morgen vorstellen wollen." Er biss in ein knuspriges Stück Speck und hob die Augenbrauen. „Was hältst du von ihm?"

Taktvoll behielt sie ihre Meinung für sich und zuckte mit den Schultern. „Er ist bestimmt ein toller Mensch, Onkel Paddy, aber ich habe nicht lange genug mit ihm gesprochen, um mir ein Bild von ihm zu machen." Groß, arrogant und tyrannisch, fügte sie im Stillen hinzu. „Jedenfalls habe ich ihm von Toms Unfall erzählt und dass du mich als Pferdepflegerin eingestellt hast."

„Tatsächlich?" Ein kleines Lächeln zeichnete sich auf seinen Lippen ab, während er Marmelade auf sein Brot schmierte. „Und was hat er dazu gesagt?"

„Nun, er ist klug genug, Padrick Cunnanes Meinung zu vertrauen." Unter dem Tisch verkreuzte sie zwei Finger und fragte sich, ob sie soeben einen weiteren Minuspunkt in dem von Tante Lettie so oft erwähnten Tagebuch der Engel bekommen hatte.

Kurz darauf stand Adelia vor Majesty, streichelte seine Nüstern und redete leise auf ihn ein. Sie bemerkte nicht, dass sie beobachtet wurde.

„Guten Morgen, Paddy. Wie ich gehört habe, hast du eine neue Hilfe eingestellt."

Paddy unterbrach sein Gespräch mit Hank und begrüßte den großen, schlanken Mann. „Dir auch einen guten Morgen, Travis. Dee hat mir schon erzählt, dass ihr euch gestern Nacht kennengelernt habt."

„Hat sie?" Er lächelte, ohne den Blick von Adelia und Majesty zu wenden.

„Warten Sie nur, bis Sie sie haben reiten sehen!", mischte Hank sich kopfschüttelnd ein. „Ich wollte meinen Augen kaum trauen."

„Wir werden sehen." Travis lief zu Adelia hinüber, die noch immer sanft auf Majesty einredete. „Hallo, Winzling. Antwortet Ihr Freund eigentlich jemals?"

Sie wirbelte erschrocken herum. „Allerdings, Mr Grant." Verärgert wollte sie sich an ihm vorbeidrücken, doch Travis hielt sie fest.

„Gütiger Gott, bin ich etwa daran schuld?" Er strich mit einem Finger über den blauen Fleck an ihrem Arm.

„Sind Sie."

Seine Augen verengten sich einen Moment, sein Finger ruhte noch immer auf ihrem Arm. „Ich muss in Zukunft wohl etwas vorsichtiger mit Ihnen umgehen, oder was meinen Sie, kleine Dee?"

„Das ist nicht mein erster blauer Fleck und mit Sicherheit auch nicht der letzte. Andererseits werde ich Ihnen auch keine Gelegenheit mehr bieten, mich festzuhalten, Mr Grant." Mit diesen Worten schwang sie sich in den Sattel. Auf ein Zeichen von Paddy preschte sie los und galoppierte über die Bahn.

„Du hast doch nicht etwa gedacht, dass ich den Verstand verloren habe, weil ich meine Nichte angestellt habe, oder?"

„Ich muss gestehen, als sie mir davon erzählte, war ich tatsächlich kurz dieser Ansicht." Travis hielt den Blick auf die Frau gerichtet, die wie festgewachsen im Sattel saß. „Aber ich konnte mich immer auf dich verlassen, Paddy. Du hast mich noch nie enttäuscht."

Später am Morgen arbeitete Adelia im Stall. Sie hatte Paddy mit einiger Mühe davon überzeugen können, dass es ihr Spaß machte, Pferde zu striegeln. Ein Geräusch hinter ihr ließ sie zusammenfahren. Sie erblickte zwei Jungen, die sich bis aufs Haar glichen. In gespieltem Entsetzen kniff sie die Augen zusammen.

„Du meine Güte, ich glaube, ich werde verrückt. Jetzt sehe ich schon alles doppelt!"

Die beiden Jungen begannen zu kichern. „Wir sind Zwillinge", sagten sie gleichzeitig.

„Tatsächlich?" Sie seufzte erleichtert auf. „Nun, da bin ich aber froh. Ich hatte schon Angst, verhext worden zu sein."

„Du redest genauso wie Paddy", bemerkte einer der Jungen, der sie mit unverhohlener Neugier musterte.

„Ach ja?" Sie lächelte in die beiden identischen Gesichter. Die Jungen mussten ungefähr acht Jahre alt sein, hatten dunkle Haare und große braune Augen. „Das könnte daran liegen, dass ich seine Nichte bin. Adelia Cunnane. Ich bin gestern aus Irland gekommen."

Die beiden Gesichter sahen sie zweifelnd an. „Er nennt dich ‚kleine Dee', aber du bist gar nicht klein! Du bist ganz erwachsen", beschwerte sich einer der Jungen, der andere nickte zustimmend.

„So erwachsen, wie ich wohl jemals sein werde, fürchte ich. Aber ich war noch ein Kind, als mich Onkel Paddy das letzte Mal gesehen hat. Außerdem bin ich nicht besonders groß geworden, also nennt er mich noch immer ‚kleine Dee'. Und wie heißt ihr?" Sie legte den Striegel zur Seite.

„Mark und Mike", verkündeten die beiden.

„Sagt mir nicht, wer wer ist", befahl sie und kniff die Augen zusammen. „Ich werde raten. Darin bin ich ziemlich gut." Sie umkreiste die beiden, die wieder zu kichern anfingen. „Du bist Mark, und du bist Mike", erklärte sie, wobei sie jedem eine Hand auf den Kopf legte. Die beiden starrten sie erstaunt an.

„Woher weißt du das?", fragte Mark.

„Ich bin Irin", bemerkte sie nur. „In Irland gibt es viele Hellseher."

„Hellseher – was ist das?" Mike sah sie mit großen Augen an.

„Das bedeutet, dass ich geheimnisvolle Kräfte besitze", rief Adelia mit einer dramatischen Handbewegung aus. Die beiden Jungen schauten sich tief beeindruckt an.

„Mark, Mike." Eine Frau betrat den Stall und schüttelte verzweifelt den Kopf. „Hätte ich mir denken können, dass ihr hier seid."

Adelia betrachtete die elegante Frau. Sie war groß und schlank und schlicht, aber ausgesprochen geschmackvoll gekleidet. Dunkelblaue Hose und weiße Seidenbluse. Seidig schwarzes Haar umrahmte ihr schmales Gesicht. Sie hatte fein geschwungene, rosa Lippen, eine klassische gerade Nase und dunkelblaue Augen mit langen, dunklen Wimpern. Sie erinnerten Adelia an Travis.

„Ich hoffe, die beiden stören Sie nicht." Die Frau blickte liebevoll auf die Jungen herab. „Es ist schier unmöglich, sie im Auge zu behalten."

„Nein, Gnädigste", sagte Adelia, die sich fragte, ob sie jemals eine schönere Frau gesehen hatte. „Das sind nette Kerle. Wir machen uns gerade miteinander bekannt."

„Sie müssen Paddys Nichte Adelia sein." Die vollen Lippen verzogen sich zu einem Lächeln.

„Jawohl, gnädige Frau." Adelia gelang es, ebenfalls zu lächeln, und sie überlegte, wie es sich wohl anfühlen musste, so anmutig wie eine Weide zu sein.

„Ich bin Trish Collins, Travis' Schwester." Sie hielt ihr eine Hand hin, die Adelia voller Schrecken ergriff. Nach Travis' Worten in der vergangenen Nacht schämte sie sich ihrer Hände. Aber wenn sie nicht unhöflich sein wollte, dann gab es keinen Ausweg. Sie wischte sich die Handfläche an den Jeans ab. Trish hatte ihr Zögern bemerkt, sagte aber nichts dazu. In diesem Moment betrat Travis den Stall, zusammen mit Paddy und einem kleinen, schmächtigen Mann, den Adelia nicht kannte.

„Paddy!" Die Zwillinge stürzten sich auf ihn.

„Na, wenn das mal nicht Tweedledee und Tweedledum sind! Und welche Streiche habt ihr an diesem schönen Tag im Sinn?"

„Wir wollten Dee kennenlernen", erklärte Mark. „Sie hat erraten, wer von uns wer ist!"

„Sie ist Hellseherin", fügte Mike ernsthaft hinzu.

Paddy nickte, ebenso ernst, doch seine Augen blitzten, als er über die Köpfe der Jungen hinweg Adelia anblickte. „Das ist tatsächlich so. Viele Ahnen der Cunnanes waren Hellseher."

„Adelia Cunnane", stellte Travis sie lächelnd vor. „Das ist Dr. Robert Loman, unser Tierarzt."

„Freut mich, Sie kennenzulernen, Doktor." Adelia ließ ihre Hände hinter dem Rücken.

„Rob will einen Blick auf Solomy werfen", erklärte Paddy. „Sie wird bald ihr Fohlen bekommen."

Adelias Gesicht hellte sich auf. Travis hob die Augenbrauen. „Würden Sie sie gerne sehen, Adelia?"

„Sehr gerne." Sie warf ihm ein strahlendes Lächeln zu. Alle vorausgegangenen Animositäten waren vergessen.

„Sie fohlt recht spät", bemerkte Travis, während sie alle zusammen den langen Gang des Stalls hinunterliefen. „Rassepferde kommen normalerweise an Neujahr auf die Welt, und normalerweise achten wir bei der Paarung auch darauf. Aber Solomy haben wir erst vor sechs Monaten erworben, da war sie bereits trächtig. Sie entstammt einer guten Linie, und der Hengst, von dem sie gedeckt wurde, hat denselben Vater wie Majesty."

„Dann setzen Sie bestimmt große Hoffnungen in das Fohlen", sagte Adelia.

„Das kann man wohl sagen." Er legte eine Hand auf ihre Schulter und drehte sie zu einer Box. „Adelia", erklärte er formell. „Darf ich Ihnen Solomy vorstellen?"

Adelia seufzte entzückt, als sie das Tier erblickte: eine Stute mit dunklem, glänzendem Fell und einer Mähne wie schwarze Seide. Sie streichelte über den weißen Fleck auf der Stirn und sah in die dunklen, klugen Augen.

„Was für eine Hübsche du bist!" Solomy wieherte leise.

Travis öffnete die Tür der Box und forderte sie mit einer Handbewegung auf, hineinzugehen. Adelia führte ihre leise Unterhaltung mit dem Tier fort, während sie den geschwollenen Bauch mit kundigen Händen untersuchte. Kurz darauf wandte sie sich um und warf Travis einen besorgten Blick zu.

„Das Fohlen liegt falsch."

Travis' Lächeln erlosch.

„Sehr richtig, Miss Cunnane", stimmte Robert Loman ihr zu. „Das war eine schnelle Diagnose." Auch er betrat den Stall und tastete über Solomys Bauch. „Wir hoffen aber, dass es sich vor der Geburt noch dreht."

„Aber Sie wissen, wie unwahrscheinlich das ist. Solomys Zeit ist fast gekommen."

„Ja, das wissen wir." Ein wenig überrascht, aber auch neugierig sah er sie an. „Wir müssen mit einer Steißgeburt rechnen. Haben Sie eine entsprechende Ausbildung?"

„Eher viel Praxis." Sie zuckte mit den Schultern; es war ihr unangenehm, im Mittelpunkt des Interesses zu stehen. „In Irland habe ich mit einem Tierarzt zusammengearbeitet und ihm bei einigen Geburten geholfen."

Sie trat aus der Box, stellte sich neben Paddy und sah dem Tierarzt bei seiner Arbeit zu. Als Paddy einen Arm um ihre Schultern legte, schmiegte sie sich an ihn.

„Ich will gar nicht darüber nachdenken, was für Schmerzen sie haben wird. Wir hatten auch mal eine Stute mit einer Steißgeburt, und ich musste das Fohlen drehen." Ihre Augen verdunkelten sich bei der Erinnerung. „Ich sehe noch immer ihre gequälten Augen vor mir. Wie ich es gehasst habe, ihr wehzutun."

„Sie haben das Fohlen selbst gedreht?" Travis starrte sie an. „Das ist schon für einen großen und starken Mann schwer genug, geschweige denn für so ein winziges Ding wie Sie."

Empört richtete sie sich zu ihrer vollen Größe auf. „Ich mag vielleicht klein sein, Mr Grant, aber ich bin stark genug, um zu tun, was getan werden muss." Sie schob das Kinn vor. „Und damit Sie es wissen: Mit Ihnen nehme ich es schon längst auf."

Paddy blickte angestrengt an die Decke und versuchte, nicht zu lachen, während Travis sie mit kühlem, geradem Blick musterte. Sie wandte sich ab und steuerte auf den Ausgang zu.

„Warst du wirklich schon mal bei der Geburt eines Pferdes dabei, Dee?" Die Zwillinge rannten voller Begeisterung hinter ihr her.

„Schon sehr oft und auch bei der Geburt von Kälbchen und Ferkeln und vielen anderen Tieren." Sie ergriff jeweils eine kleine Hand und lief weiter. „Einmal habe ich Zwillingslämmern auf die Welt geholfen. Das war überhaupt der schönste Anblick, den ich jemals …"

Travis starrte ihr noch nach, als ihre Stimme schon längst verklungen war.

Die nächsten Tage vergingen wie im Flug. Adelia gewöhnte sich langsam an ihr neues Leben und die neue Umgebung. Wann immer sie mit Travis sprach, versuchte sie, ihre Zunge im Zaum zu halten. Das war gar nicht so leicht, denn er provozierte sie mit Vergnügen. Damit weckte er Gefühle in ihr, die sie weder zu begreifen noch zu unterbinden vermochte. Jede Nacht schwor sie sich aufs Neue, ihr Temperament zu zügeln, doch sobald sie bei Tageslicht mit ihm konfrontiert wurde, löste sich dieses Gelöbnis in Wohlgefallen auf.

Einmal beobachtete sie ihn, wie er zum Stall lief. Sein blaues Jeanshemd betonte seine breiten Schultern, während er mit großen Schritten das Gelände überquerte. Sie verspürte ein merkwürdiges Ziehen in der Brust. Seufzend biss sie sich auf die Lippe. Ihre Reaktion lag sicher nur daran, dass er so ein gut gebauter Mann war, so kraftvoll und hochgewachsen. Sie stieg von dem Vollblut ab, das sie geritten hatte, und rieb energisch über seinen Hals. Immer schon hatte sie Kraft und Stärke bewundert, so wie sie dieses starke Pferd bewunderte. Jeder, den sie hier traf, war voller Respekt für Travis Grant. Wenn er eine Anordnung gab, wurde sie umgehend und ohne Widerworte ausgeführt. Nur Paddy, so schien es, wagte es, einen Ratschlag zu geben oder Fragen zu stellen.

Aber sie war Adelia Cunnane. Sie ließ sich von keinem Mann dieser Welt etwas vorschreiben. Und schon gar nicht sah sie es ein, sich unterwürfig zu benehmen. Sie machte ihre Arbeit gut; Travis hatte keinen Grund, sich zu beschweren. Aber sie würde ihm jederzeit ehrlich die Meinung sagen, und wenn ihm das nicht passte, war das sein Problem.

Später am Nachmittag stattete sie Solomy einen Besuch ab. Sie war sich sicher, dass die Stute jeden Moment entbinden konnte, und nachdem sie wusste, wie schwer die Geburt werden würde, nutzte sie die Zeit, um dem Tier gut zuzureden.

„Bald wirst du ein schönes, starkes Fohlen zur Welt bringen", flüsterte Adelia. „Am liebsten würde ich euch beide einpacken und einfach mitnehmen. Was meinst du würde *er* wohl dazu sagen?"

„*Er* wäre womöglich versucht, Sie wegen Pferdediebstahls aufknüpfen zu lassen."

Sie wirbelte herum und entdeckte Travis, der lässig an der Stalltür lehnte. „Das ist eine ziemlich schlechte Angewohnheit von Ihnen, sich anzuschleichen und einen zu Tode zu erschrecken", zischte sie, in der Annahme, dass ihr Herz nur vor Schreck so heftig klopfte.

„Zufällig gehört mir dieses Gestüt, Adelia", entgegnete er mit dunkler, leiser Stimme, die ihre Wut nur noch mehr anfachte.

„Das könnte ich wohl kaum vergessen. Sie brauchen mich nicht daran zu erinnern." Sie neigte trotzig den Kopf. „Ich tue hier meine Arbeit, aber vielleicht fürchten Sie ja, dass ich vergessen könnte, wo ich hingehöre. Sollte ich womöglich einen Knicks vor Ihnen machen, Mr Grant?"

„Sie freches kleines Frauenzimmer", murrte Travis und stieß sich von der Stalltür ab. „So langsam bin ich es müde, ständig von Ihnen angegriffen zu werden."

„Nun, das tut mir leid. Ich kann Ihnen nur raten, sich nicht mit mir zu unterhalten."

„Das ist die beste Idee, die Sie bisher hatten." Er schlang einen Arm um ihre Hüfte, hob sie ein paar Zentimeter in die Höhe und sah ihr tief in die Augen. „Das wollte ich schon tun, als ich Ihr scharfes irisches Mundwerk zum ersten Mal zu hören bekam."

Er stürzte sich auf ihre Lippen, unterband ihre hitzige Erwiderung. Adelia war viel zu überrascht, um sich zu wehren. Unbekannte und beunruhigende Gefühle durchströmten sie, sie fühlte sich plötzlich so erhitzt und schwach, wie sie es nicht einmal nach einem harten Arbeitstag auf den Feldern erlebt hatte.

Travis' Hände umfassten ihre schmale Taille wie Stahl. Noch immer hob er sie in die Höhe, während er sie leidenschaftlich küsste. Sie spürte die Hitze seines Körpers, während er ihren Mund mit kundigen Lippen erforschte und sie sich ihm hingab.

Nach einer Ewigkeit stellte er sie wieder auf dem Boden ab. Sie sah ihn stumm aus weit aufgerissenen Augen an.

„Das ist das erste Mal, dass ich Sie sprachlos erlebe, Winzling." Er machte sich über sie lustig. Der Mund, der sie gerade noch geküsst hatte, verzog sich zu einem selbstgefälligen, zufriedenen Lächeln.

Sein Spott brach den Bann. Ihre Augen blitzten. „Sie Mistkerl!", explodierte Adelia und stieß eine endlose Reihe irischer Flüche und Verwünschungen aus. Als ihr schließlich nichts mehr einfiel und sie ihn nur noch atemlos anstarren konnte, legte er seinen Kopf in den Nacken und lachte, bis sie dachte, er würde platzen.

„Ach, Dee, Sie sehen einfach wunderschön aus, wenn Sie Feuer spucken!" Er versuchte gar nicht erst, seine Belustigung zu verbergen. „Und je wütender Sie werden, umso heftiger wird Ihr irischer Akzent. Ich sollte Sie öfter wütend machen."

„Ich warne Sie", entgegnete sie Unheil verkündend, was ihn nur noch breiter grinsen ließ. „Wenn Sie mich noch einmal belästigen, dann bekommen Sie mehr zu spüren als nur mein irisches Mundwerk!"

Mit erhobenem Kopf marschierte sie aus dem Stall.

Paddy erzählte sie nichts davon, doch stattdessen ließ sie die Töpfe und das Geschirr laut scheppern, als sie das Abendessen vorbereitete. Erzürnt murmelte sie unzusammenhängende Sätze über arrogante Mistkerle und grobschlächtige Tyrannen. Ihre Wut auf Travis vermischte sich mit der Wut auf sich selbst. Sie schalt sich dafür, dass sein Kuss sie gleichermaßen in Aufregung versetzt wie ein unerklärliches Vergnügen bereitet hatte – und für den unkontrollierbaren Zauber, den er auf sie ausübte.

3. KAPITEL

Am nächsten Tag hatte sich Adelias Wut in Luft aufgelöst. Sie tendierte nicht zu dauerhaft schlechter Laune, sondern vielmehr dazu, zu explodieren, vor sich hin zu köcheln und sich schließlich wieder zu beruhigen. Trotz allem blieb ein unbehagliches Gefühl in ihr zurück, eine unbekannte Sehnsucht und das Wissen, dass sie mit diesem frustrierenden, attraktiven Mann zusammenhing.

Es gelang ihr, am nächsten Morgen jedem Zusammentreffen mit Travis aus dem Weg zu gehen und stattdessen ruhig ihren Pflichten nachzugehen. Später schlenderte sie zum Stall, um Solomy ihren täglichen Besuch abzustatten. Doch diesmal streckte Solomy ihr nicht den Kopf zur Begrüßung entgegen wie sonst. Sie lag seitlich auf dem Stroh und atmete schwer.

„Um Himmels willen!" Adelia stürzte in die Box und kniete sich neben die Stute. „Es ist so weit, Schätzchen", flüsterte sie und befühlte den geschwollenen Bauch. „Bleib ganz ruhig, ich bin gleich zurück." Dann sprang sie auf und rannte aus dem Stall.

Sie entdeckte Tom auf der Koppel, legte die Hände um den Mund und schrie: „Solomy liegt in den Wehen. Hol Travis und ruf den Tierarzt an. Schnell!" Ohne auf eine Antwort zu warten, rannte sie zurück, um Solomy beizustehen.

Sie kauerte neben dem schwitzenden Pferd, als Travis und Paddy erschienen, und flüsterte beruhigend auf Solomy ein. Die dunkelbraunen Augen der Stute waren auf Adelias Gesicht geheftet. Travis kniete sich hin, legte seine Hand neben ihre auf das glänzende Fell.

„Das Fohlen liegt noch immer falsch. Es muss gedreht werden, und zwar schnell. Wo ist Dr. Loman?", fragte sie ihn, ohne aufzusehen.

„Er wurde zu einem Notfall gerufen. Er kann erst in einer halben Stunde hier sein."

Jetzt drehte sie ihm den Kopf zu. „So lange können wir nicht warten, Mr Grant. Das Fohlen muss sofort gedreht werden, sonst werden wir beide verlieren. Ich habe das schon einmal gemacht. Ich versichere Ihnen, Solomy bleibt keine Zeit mehr."

Sie starrten einander an. Adelias Augen blickten flehend, seine nachdenklich. Solomy stieß ein qualvolles Wiehern aus, als die nächste Wehe einsetzte.

„Schon gut, mein Schatz." Adelia richtete ihre Aufmerksamkeit wieder auf das Pferd.

„Na gut." Travis atmete hörbar aus. „Aber ich werde es drehen. Paddy, rufen Sie ein paar Männer, um sie festzuhalten."

„Nein!" Adelias Schrei ließ Solomy zusammenfahren, sie senkte ihre Stimme. „Ich lasse nicht zu, dass irgendwelche Männer sie zu Tode erschrecken. Ich werde dafür sorgen, dass sie stillhält."

„Dee weiß, was zu tun ist", mischte Paddy sich ein.

Travis nickte und stand auf, um sich die Hände zu waschen.

„Sie müssen vorsichtig sein", warnte sie ihn, als er zurückkam. „Die Hufe des Fohlens sind sehr scharf, außerdem kann sich die Gebärmutter über ihrer Hand sehr schnell schließen." Sie holte tief Luft, legte die Wange an den Kopf der Stute und streichelte den Bauch in kreisenden Bewegungen, während sie leise in Gälisch auf das Tier einsprach.

Solomy begann zu zittern, als Travis seinen Arm bis zum Ellbogen einführte, doch sie blieb still liegen und lauschte Adelias tröstender Stimme. Die Luft schien sich zu verdichten, angefüllt mit Solomys lautem Atem und der rätselhaften Schönheit der alten Wörter, die Adelia flüsterte.

„Ich hab es", verkündete Travis, dem inzwischen Schweißperlen auf der Stirn standen. Auch er murmelte leise vor sich hin, doch Adelia bemerkte es nicht; sie konzentrierte sich ganz und gar auf das Pferd. „Das war's." Travis setzte sich zurück, doch noch immer achtete Adelia nicht auf ihn. Den Kopf an den Hals des Pferdes gepresst, fuhr sie fort, den Bauch sanft und rhythmisch zu streicheln.

„Es kommt", rief Paddy. Endlich hob Adelia den Blick, um dem Wunder der Geburt zuzusehen. Als das Fohlen endlich herausglitt, seufzte und erschauerte sie zugleich mit dem Tier.

„Du hast einen schönen, starken Sohn, Solomy. Es gibt wirklich nichts Schöneres auf der Welt als ein unschuldiges neues Leben!" Sie wandte Travis ihr glühendes Gesicht zu und schenkte ihm ein strahlendes Lächeln. Ihre Blicke trafen sich und versanken ineinander, bis Adelia das Gefühl hatte, die Zeit würde stillstehen. Sie fühlte sich in die unergründlichen Tiefen seiner blauen Augen gezogen, unfähig, zu atmen oder zu sprechen. Es war, als ob eine unsichtbare Mauer sich um sie beide errichtet hätte, um sie von allem abzuschirmen außer voneinander.

Kann Liebe so plötzlich entstehen, fragte sie sich, oder war sie schon immer da gewesen? Doch bevor sie eine Antwort finden konnte, betrat Robert Loman den Stall, und der Zauber war gebrochen.

Adelia erhob sich hastig, während der Tierarzt begann, Travis Fragen über die Geburt zu stellen. Ihr war ein wenig schwindlig. Sie war erschöpft, fast so, als hätte sie jede einzelne Wehe des Pferdes am eigenen Leib verspürt.

„Was ist los, Dee?" Paddy griff besorgt nach ihrem Arm.

„Nichts." Sie drückte eine Hand gegen ihre schmerzende Stirn. „Ich habe nur Kopfschmerzen."

„Bring sie nach Hause", bat Travis, der sie prüfend musterte. Ihre Augen schienen riesig in ihrem blassen Gesicht. Sie wirkte auf einmal sehr hilflos. Er ging auf sie zu, und sie trat einen Schritt zurück, als hätte sie Angst vor einer Berührung.

„Das ist nicht nötig." Sie versuchte, ganz ruhig zu sprechen. „Ich werde nur schnell duschen. Mir geht es gut, Onkel Paddy. Mach dir keine Gedanken." Dann verließ sie eilig den Stall und atmete tief die frische, klare Luft ein.

Den Abend verbrachte Adelia in nachdenklicher Stimmung. Sie war es nicht gewöhnt, verwirrt und unsicher zu sein. Bisher hatte sie immer genau gewusst, was zu tun war, und dann entsprechend gehandelt. Sie hatte ein einfaches, bodenständiges Leben geführt, in dem kein Raum gewesen war für Zögern und Unschlüssigkeit. Ein Leben, das aus Schwarz und Weiß bestanden hatte.

Nach dem Abendessen blieb sie noch eine Weile in der Küche sitzen, um Klarheit in ihre Gedanken zu bringen. Die Geburt war schwierig gewesen. Die Anstrengung hatte sie erschöpft, der Anblick des Fohlens verwirrt. Nur deshalb hatte sie so heftig auf Travis reagiert. Um Liebe konnte es sich nicht handeln – sie kannte ihn doch kaum, und das, was sie über ihn wusste, war so gar nicht nach ihrem Geschmack. Er war zu groß, zu stark, zu selbstsicher und zu arrogant. Er erinnerte sie an einen Gutsherrn, und Adelia war viel zu irisch, um an so etwas Geschmack zu finden.

Doch auch diese Schlussfolgerung änderte nichts an ihrem verwirrten Zustand. Sie setzte sich zu Paddys Füßen auf den Boden, lehnte den Kopf an seine Knie und seufzte tief.

„Kleine Dee", murmelte er und strich über ihre roten Locken. „Du arbeitest viel zu hart."

„Was für ein Unsinn." Sie schmiegte sich noch enger an ihn. „Ich habe seit meiner Ankunft noch nicht einen ganzen Tag gearbeitet. Zu Hause in Irland wäre ich um diese Uhrzeit noch lange nicht fertig."

„Das muss ein schweres Leben gewesen sein, mein Mädchen." Paddy runzelte nachdenklich die Stirn. Vielleicht war sie ja jetzt bereit, darüber zu sprechen.

Adelia seufzte erneut. „Schwer würde ich es nicht nennen, Onkel Paddy, aber als meine Eltern starben, wurde alles anders."

„Arme kleine Dee. Du hast so viel verloren."

„Ich dachte, mein Leben wäre zu Ende", flüsterte sie. „Eine Zeit lang glaubte ich, selbst gestorben zu sein. Ich war wie taub, fühlte überhaupt nichts. Aber dann erinnerte ich mich wieder daran, wie sie gewesen waren. Es gibt niemanden, der mich mehr geliebt hat als meine Eltern. Ihre Liebe war so groß, so stark; selbst ein Kind konnte das sehen."

Adelia und Paddy waren so in ihr Gespräch vertieft, dass sie die Schritte auf der Treppe nicht hörten. Travis, der gerade im Begriff war, an der halb geöffneten Tür anzuklopfen, hielt mitten in der Bewegung inne, betrachtete das rührende Bild und lauschte Adelias Worten.

„Das Einzige, was mir von ihnen blieb, war die Farm. Die arme Tante Lettie! Sie hat so hart gearbeitet, und ich war ihr immer eine Last." Sie lachte leise auf. „Sie konnte nicht verstehen, warum ich immer so schnell reiten musste. ‚Eines Tages wirst du dir noch das Genick brechen', rief sie mir immer mit erhobener Faust hinterher. ‚Und wer hilft mir beim Pflügen des Feldes, wenn du dir den Schädel einschlägst?' Und immer, wenn ich mal wieder einen Wutanfall bekam – und ich befürchte, das war oft der Fall –, hat sie sich bekreuzigt und für meine verlorene Seele gebetet." Sie schloss die Augen. „Wir haben hart gearbeitet, aber es war einfach zu viel für eine Frau und ein halbwüchsiges Mädchen. Und wir hatten nicht genug Geld, um jemanden einzustellen. Weißt du, wie das ist, Onkel Paddy, wenn man genau weiß, was man eigentlich braucht, doch je mehr Zeit vergeht, desto weiter entfernt man sich davon? Wenn ich an diese Zeit zurückdenke, kann ich manchmal einen Tag nicht vom anderen unterscheiden. Und dann bekam Tante Lettie den Schlaganfall. Sie hasste es, den ganzen Tag nutzlos im Bett zu liegen."

„Warum hast du mich nie wissen lassen, wie es euch ging?", fragte Paddy. „Ich hätte euch geholfen. Ich hätte Geld schicken können – oder zurückkommen."

Sie hob den Kopf und lächelte ihm zu. „Ich kann mir vorstellen, dass du das getan hättest, aber wozu? Um Geld zum Fenster hinauszuwerfen … oder um das Leben, das du für dich gewählt hast, wieder aufzugeben? Das wollte ich nicht, genauso wenig wie Tante Lettie. Und meine Eltern hätten es auch nicht gewollt. Jetzt ist die Farm für mich verloren, genauso wie meine Eltern und Irland. Aber ich habe dich, und mehr brauche ich nicht."

Als sie in seinen Augen den Kummer und die Sorge entdeckte, wünschte sie mit einem Mal, geschwiegen zu haben. „Wie kommt es, Padrick Cunnane, dass so ein toller, gut aussehender Mann wie du niemals geheiratet hat?" Ihr Grinsen wurde breiter, ihre Augen sprühten Funken. „Es muss doch Dutzende von heiratswilligen Frauen gegeben haben. Hast du nie eine Frau geliebt?"

Er berührte ihre Wange. „Doch, mein Mädchen, das habe ich. Aber sie hat sich für deinen Vater entschieden."

Adelias große grüne Augen musterten ihn mitfühlend. „Ach, Onkel Paddy!" Sie barg ihren Kopf an seiner Brust. Travis wandte sich langsam von der Tür ab und schlich die Treppe hinunter.

Am nächsten Morgen lag Frühling in der Luft, erzählte von blühenden Blumen und saftigen Blättern an den Bäumen. Adelias Leben war immer eng mit den Jahreszeiten verbunden gewesen, mit dem, was die Natur dem Menschen schenkte oder abverlangte.

Vom Balkon aus betrachtete sie das Land, das Travis gehörte. Es schien sich auszubreiten wie ein großer, ruhiger See. Grüne und braune Wellen erstreckten sich bis zu den Bergen. Ihr fiel auf, dass sie keine Ahnung hatte, was sich hinter den Bergen befand. Sie war noch immer eine Fremde in diesem Land. Seit sie in Amerika angekommen war, hatte sie nicht viel mehr zu sehen bekommen als das, was Travis Grant gehörte.

Ab und zu zwitscherte ein Vogel, doch davon abgesehen war es still. Hier gab es keinen Hahn, dessen Schrei den neuen Tag ankündigte, keine Felder, die umgegraben, keine Samen, die ausgestreut, kein Unkraut, das gejätet werden musste. Auf einmal verspürte sie ein so heftiges Heimweh, dass sie die Augen schließen musste.

So viel habe ich verloren, dachte sie, und schlang wie tröstend die Arme um ihren Körper. Ich werde nie mehr dorthin zurückkehren, nie mehr die Farm wiedersehen. Seufzend öffnete sie die Augen und versuchte, die Traurigkeit abzuschütteln. Es war nicht zu ändern. Sie hatte sämtliche Brücken hinter sich abgebrochen. Dieses Land war nun ihr Zuhause, auch wenn es ihr nicht gehörte.

„Woran denkst du, Mädchen?"

Adelia zuckte zusammen, als Paddy den Arm um sie legte. „An unsere Farm. Daran, was jetzt im Frühjahr dort zu tun wäre."

„Das wäre der richtige Tag dafür, nicht wahr? Die Luft ist noch kühl, aber die Sonne schon warm." Er drückte kurz ihre Schulter, dann schnalzte er bedauernd mit der Zunge. „Ich muss heute in die Stadt fahren. Leider."

„Leider?"

„Weil ich heute eigentlich ein paar Blumen um den Fußweg pflanzen wollte. Und ich dachte mir, ein blühendes Beet vor dem Haus würde schön aussehen." Er schüttelte den Kopf. „Nur weiß ich nicht, woher ich die Zeit dafür nehmen soll."

„Das kann ich doch machen, Onkel Paddy. Ich habe Zeit genug." Sie löste sich aus seiner Umarmung und sah ihn so unbedarft an, dass er beinah losgelacht hätte. Schließlich hatte er diese Ausrede nur erfunden.

„Kleine Dee, das kann ich von dir an deinem freien Tag nun wirklich nicht verlangen." Er runzelte sorgenvoll die Stirn und tätschelte ihre Wange. „Nein, das ist zu viel. Ich mache das, sobald ich etwas mehr Zeit habe."

„Onkel Paddy, sei nicht albern. Mir würde das wahnsinnig Spaß machen." Ihre Augen strahlten wieder. „Sag mir einfach, was genau du gerne haben möchtest."

„Nun …" Er ließ sie noch eine Weile bitten, bis er schließlich nachgab.

Bewaffnet mit unzähligen Samenpäckchen und einem kleinen Spaten, stand Adelia auf dem Rasen, der Onkel Paddys Haus einsäumte, und entwarf im Geiste ihren Plan. Petunien am Fußweg entlang, Astern und Tagetes vor dem Haus, eingefasst von Fleißigen Lieschen. Und Wicken für das Spalier, um das sie Paddy gebeten hatte. Im Herbst wollte sie so viele Zwiebeln wie möglich aussetzen, Narzissen und Tulpen. Zufrieden begann sie, die Erde umzugraben.

Es war wärmer geworden, und sie krempelte sich die Ärmel hoch. In der Ferne erklangen die Alltagsgeräusche des Gestüts: das Rufen und Lachen der Menschen, das Stampfen von Pferdehufen. Doch bald schon ließ Adelia ihre Gedanken treiben und begann, ein altes Lied aus ihrer Kindheit zu singen. Die Worte waren vertraut und tröstend, und der Duft von frischer Erde linderte das Heimweh, das sie zuvor verspürt hatte.

Als ein Schatten auf sie fiel, hob sie den Kopf, erkannte Travis und ließ aus Versehen den Spaten fallen.

„Meinetwegen haben Sie aufgehört. Das tut mir leid."

Von ihrer Position aus wirkte er geradezu unglaubwürdig groß. Adelia blinzelte in die Sonne, die wie ein Heiligenschein seinen Kopf bekränzte. Er sah aus wie ein Ritter, der sich auf den Weg machte, um den Drachen zu erschlagen.

„Nein, Sie haben mich nur erschreckt." Sie nahm den Spaten wieder auf und fuhr mit ihrer Arbeit fort.

„Ich spreche nicht von Ihrer Gartenarbeit." Er ging neben ihr in die Knie. „Ich meine das Lied. Das klang sehr alt und sehr traurig."

„Es ist beides." Adelia bewegte sich einige Zentimeter rückwärts, wobei sie sorgfältig die Erde über den Samen festklopfte.

Travis ließ sich im Schneidersitz neben ihr nieder und beobachtete sie. „Worum geht es darin?"

„Ach, natürlich um die Liebe. Die traurigsten Lieder handeln immer von der Liebe." Sie hob den Kopf, um ihm zuzulächeln. Sein Gesicht war sehr nahe, sein Mund nur einen Atemzug entfernt, und sie starrte ihn an und fragte sich, was sie tun würde, wenn er sie erneut küsste.

„Ist Liebe denn immer traurig, Adelia?" Seine Stimme war so sanft wie der leichte Wind, der in ihrem Haar spielte.

„Ich weiß nicht. Ich …" Sie riss sich von seinem Anblick los. „Wir haben über Musik gesprochen."

„Das stimmt", murmelte Travis, dann strich er ihr das Haar aus dem Gesicht. Adelia schluckte und begann mit frischem Eifer, in der Erde zu graben. „Ich habe Ihnen noch gar nicht richtig dafür gedankt, dass Sie mir gestern mit Solomy geholfen haben."

„Ach, wissen Sie …" Sie hielt ihren Blick nach unten gerichtet. „Sonderlich viel habe ich ja nicht gemacht. Ich bin einfach nur froh, dass es Solomy und dem Fohlen gut geht. Mögen Sie Blumen, Mr Grant?", fragte sie, um das Thema zu wechseln.

„Ja, ich mag Blumen. Was pflanzen Sie da?"

„Alles Mögliche. Im Sommer wird alles herrlich blühen. Ihre Erde ist sehr fruchtbar, Mr Grant." Sie streckte ihm eine Handvoll hin.

„Davon verstehen Sie mehr als ich." Er ergriff ihre Fingerspitzen und musterte die Erde eingehend. „Sie sind hier die Landwirtin."

„Das war ich", berichtigte sie ihn und versuchte, ihre Hand wieder wegzuziehen, was ihr nicht gelang.

„Ich fürchte, ich verstehe nichts vom Gärtnern – von Blumen oder Gemüse. Ich glaube, dafür braucht man ein gewisses Talent."

„Es kostet nur Zeit und etwas Mühe, wie in allen anderen Bereichen des Lebens auch. Hier." Damit er ihre Hand endlich losließ, hielt sie ihm Samen hin. „Lassen Sie einfach einige fallen", forderte sie ihn auf. „Nicht zu viele auf einmal. Sie brauchen Platz zum Wachsen. Und jetzt bedecken Sie alles mit Erde und überlassen es der Natur, ihr Übriges zu tun." Zerstreut strich sie sich mit einer Hand über die Wange. „Egal, was Sie tun, die Natur hat auf jeden Fall das letzte Wort. Das wissen Landwirte, egal, ob hier oder in Irland."

„Nachdem ich also gesät habe", folgerte er grinsend, „lehne ich mich einfach zurück und schaue den Blumen beim Wachsen zu?"

„Nun", sie sah ihn ernst an. „Ein wenig bleibt dann schon noch zu tun. Wie gießen und Unkraut jäten. Die Samen werden schneller aufgehen, als Sie denken. Und da hinten will ich Wicken aussäen." Sie deutete über den Rasen. „Wenn nachts Wind aufkommt, wird der Duft durch die Fenster wehen. Wicken sind etwas ganz Besonderes. Sie fangen sehr klein an, aber sie klettern immer höher und höher und hören erst auf, wenn es nichts mehr gibt, woran sie sich festhalten können. Wir sollten einen Rosenbusch pflanzen", sagte sie mehr zu sich selbst. „Es gibt nichts Wunderbareres, als wenn sich der Duft von Rosen und Wicken vermischt. Rote Rosen, die gerade aufblühen."

„Haben Sie Heimweh, Dee?" Er hatte die Frage in einem sanften Ton gestellt, doch sie riss den Kopf überrascht herum. „Ich …" Sie zuckte mit den Schultern und blickte wieder zu Boden. Es war ihr unangenehm, dass er sie so leicht durchschauen konnte.

„Das ist vollkommen normal." Er hob ihr Kinn, bis sie ihm wieder in die Augen sah. „Es ist nicht leicht, alles, was man je gekannt hat, hinter sich zu lassen."

„Nein." Sie wich ein wenig zurück und begann, Ringelblumensamen auszustreuen. „Aber es war mein eigener Wunsch. Ich wollte es. Ich wollte es", wiederholte sie. „Ich war nicht eine einzige Sekunde lang unglücklich, seit ich aus dem Flugzeug gestiegen bin. Ich kann nicht mehr zurück, aber ich weiß auch gar nicht, ob ich es wollte. Ich habe nun ein anderes Leben." Sie warf das Haar zurück. „Mir gefällt es hier. Ich mag die Leute, die Arbeit, die Pferde, das Land." Mit einer ausladenden Geste fuhr sie fort: „Sie haben ein wunderschönes Zuhause, Mr Grant. Jeder Mensch wäre hier glücklich."

Er wischte ihr etwas Erde von der Wange und erwiderte ihr Lächeln. „Ich bin froh, dass Sie das sagen. Aber es ist nun auch Ihr Zuhause."

„Sie sind ein sehr großzügiger Mann, Mr Grant." Sie ließ ihn nicht aus den Augen, doch ihr Lächeln wurde mit einem Mal traurig. „Nicht viele Menschen würden so etwas sagen und auch noch so meinen, und dafür bin ich Ihnen dankbar. Aber sei es, wie es mag, die Farm war mein Zuhause." Seufzend drückte sie einen Finger in die Erde. „Mein Zuhause …"

37

Am nächsten Morgen, als Adelia gerade ein Vollblutpferd, das sie trainiert hatte, dem Stalljungen übergab, trat Trish Collins mit einem freundlichen Lächeln auf sie zu. „Hallo, Adelia. Haben Sie sich schon eingewöhnt?"

„Guten Morgen, gnädige Frau. Ja, danke." Sie betrachtete die schöne Frau bewundernd. „Und wo sind Ihre Jungs heute Morgen?"

„In der Schule. Aber morgen werden sie wieder hier sein. Sie sind ganz verrückt nach dem neuen Fohlen."

„Das ist auch ein wunderbarer Anblick."

„Ja, ich war gerade bei ihm. Travis hat mir erzählt, wie fantastisch Sie mit der Stute umgegangen sind."

Adelia blieb einen Moment der Mund offen stehen. Sie war überrascht und zugleich mehr als erfreut, dass Travis sie gelobt hatte. „Ich habe gerne geholfen, gnädige Frau. Aber Solomy hat die ganze Arbeit gemacht."

„Nennen Sie mich Trish, sonst fühle ich mich so alt."

„Aber nein, gnädige Frau, Sie sind doch überhaupt nicht alt", platzte Adelia entsetzt heraus.

„Das finde ich auch nicht. Travis und ich werden im Oktober einunddreißig." Trish lachte über Adelias Gesichtsausdruck.

„Dann sind Sie also Zwillinge", bemerkte Adelia. „Deswegen dachte ich, die Augen Ihres Bruders zu sehen, als ich Sie zum ersten Mal traf."

„Ja, wir sehen uns sehr ähnlich, deswegen sage ich ihm auch ständig, wie unglaublich attraktiv er ist." Sie lächelte über Adelias melodiöses Lachen. „Halte ich Sie auf? Haben Sie viel zu tun?"

„Nein, gnädige Frau." Angesichts der erhobenen Augenbrauen verbesserte sie sich. „Nein, Trish. Ich wollte gerade eine Pause machen und mir eine Tasse Tee kochen. Möchten Sie auch eine?"

„Ja, danke, sehr gerne."

Oben an der Treppe angelangt, bückte sich Adelia, um eine längliche weiße Schachtel aufzuheben. „Was könnte das denn sein?"

„Ich schätze mal, das sind Blumen." Trish deutete auf den gedruckten Namen eines Blumenhändlers.

„Und was haben die hier zu suchen?" Mit gerunzelter Stirn betrat sie das Haus. „Der Blumenhändler muss sich in der Adresse geirrt haben."

„Das finden Sie nur heraus, wenn Sie die Schachtel aufmachen." Trish klang belustigt. „Nachdem Ihr Name auf der Schachtel steht, könnte sie doch für Sie sein."

Adelias rote Locken tanzten, als sie kichernd den Kopf schüttelte. „Wer sollte mir wohl Blumen schicken?" Sie legte die Schachtel auf einen Tisch, öffnete den Deckel und schrie leise auf. „Oh, sehen Sie sich das an! Haben Sie schon einmal so etwas Schönes gesehen?" Die Schachtel war gefüllt mit langstieligen tiefroten Rosen, die halb geschlossenen Blüten schmiegten sich weich an ihre zaghaften Hände. Sie nahm eine Rose heraus und hielt sie an die Nase. „Mmhh." Sie atmete tief ein und reichte sie Trish weiter. „Direkt aus dem Himmel." Dann wandte sie sich schulterzuckend wieder praktischeren Fragen zu. „Von wem die wohl sind?"

„Da müsste eine Nachricht dabei sein."

Adelia entdeckte eine schmale weiße Karte, nahm sie heraus und begann schweigend zu lesen. Ihre grünen Augen weiteten sich, und sie las die Worte noch einmal. Dann blickte sie auf. „Die sind tatsächlich für mich." In ihrer Stimme schwang Ungläubigkeit mit. Sie reichte Trish die Karte. „Ihr Bruder bedankt sich für meine Hilfe mit Solomy."

„Vielen Dank, dass Sie bei der Geburt des Fohlens geholfen haben, Dee. Travis", las Trish laut vor, dann murmelte sie vor sich hin: „Wie poetisch, Bruderherz."

„In meinem ganzen Leben", flüsterte Adelia und strich dabei über ein seidiges Blütenblatt, „habe ich noch keine Blumen geschenkt bekommen." Trish warf ihr einen Blick zu und sah, wie sich Tränen in Adelias Augen sammelten. „Wie wunderbar von Ihrem Bruder. Zu Hause hatte ich Rosenbüsche – auch dunkelrote. Meine Mutter hatte sie gepflanzt." Sie begann zu strahlen. „Deswegen bedeuten sie mir noch viel mehr."

Später, als sie gemeinsam auf den Stall zuliefen, traten gerade Travis und Paddy aus der Tür. Der Ire grüßte die beiden Frauen mit einem breiten Grinsen.

„Travis, wir sind gestorben und direkt in den Himmel gekommen. Und das hier sind zwei Engel, die uns willkommen heißen."

„Onkel Paddy." Adelia zwickte ihn in die Wange. „Das Leben in Amerika hat deinem Talent, Komplimente zu machen, offensichtlich nicht geschadet." Dann sah sie zu dem Mann auf, der sie alle überragte, und schenkte ihm das ehrliche, klare Lächeln eines Kindes. „Ich wollte mich für die Blumen bedanken, Mr Grant. Sie sind wunderschön."

„Ich bin froh, dass sie Ihnen gefallen", antwortete er. „Das war das Mindeste, nach allem, was Sie getan haben."

„Und hier habe ich noch etwas für dich, Dee." Paddy griff in seine Jackentasche und zog ein Kuvert hervor. „Dein erster Wochenlohn."

„Oh", rief Adelia grinsend. „Zum ersten Mal in meinem Leben werde ich für meine Arbeit bezahlt!" Dann, als sie einen Blick auf den Scheck geworfen hatte, verdüsterte sich ihre Stirn, und Travis hob amüsiert die Augenbrauen.

„Stimmt etwas nicht, Adelia?"

„Ja, nein … ich …", stotterte sie und sah zu Paddy auf.

„Du fragst dich, wie viel das in Pfund ist", sagte Paddy munter.

„Ich glaube, ich habe mich verrechnet", entgegnete sie. Travis' Blick war ihr unangenehm. Der schloss schließlich lächelnd die Augen, rechnete und teilte ihr dann das Ergebnis mit. Aus ihrer Verwirrung wurde Erstaunen und dann fast so etwas wie Entsetzen.

„Was soll ich denn mit so viel Geld anfangen?"

„Das ist das erste Mal, dass sich hier jemand über zu viel Geld beschwert", bemerkte Travis, was ihm einen unheilvollen Blick von Adelia einbrachte.

„Hier." Adelia wandte sich wieder an ihren Onkel und hielt ihm den Scheck hin. „Nimm du ihn."

„Wieso das denn, Dee? Das ist dein Geld. Du hast es dir verdient."

„Aber ich hatte noch nie im Leben so viel Geld auf einmal." Sie sah ihn flehend an. „Was soll ich damit denn anfangen?"

„Fahr in die Stadt und kauf dir irgendwelchen Unsinn, den Frauen so brauchen", schlug er vor, winkte dann ab und schob ihre Hand zurück. „Gönn dir endlich mal was. Der Herrgott weiß, es wird höchste Zeit."

„Aber, Onkel Paddy …"

„Oder wie wäre es, wenn Sie sich ein Kleid kaufen würden, Dee?", mischte Travis sich grinsend ein. „Ich würde nur allzu gerne wissen, ob sich unter diesen Jeans auch Beine verstecken."

Adelia schoss zu ihm herum, in ihren Augen lag ein gefährliches Funkeln. „Ich besitze Beine, Mr Grant, und ich habe schon ein- oder zweimal zu hören bekommen, dass sie sich durchaus sehen lassen können. Aber machen Sie sich nur keine Gedanken um mich. Um mich um Ihre Pferde zu kümmern, brauche ich kein Kleid."

Sein Grinsen wurde nur noch breiter. „Wenn Sie lieber für einen Jungen gehalten werden wollen …"

Ihr Zorn loderte wieder auf, so wie er es geplant hatte, und ihre Augen wurden zu scharfen grünen Dolchen. „Das ist bisher nur einem einzigen Menschen passiert. Einem unhöflichen, übel gelaunten Grobian, der nichts im Kopf hat, schon gar keinen Verstand!"

„Einkaufen ist eine wunderbare Idee", unterbrach Trish sie hastig. „Um genau zu sein, Travis …", sie lächelte und klimperte mit den Wimpern, „ … nimmt sich Dee den Rest des Tages frei, damit wir genau das tun können."

„Oh, wirklich?", entgegnete er trocken und verschränkte die Arme vor der Brust.

„Ja, *wirklich*. Kommen Sie, Dee."

„Aber ich muss noch …"

Trish hakte sich bei ihr ein und zog sie zu ihrem Wagen.

Bevor Adelia wusste, wie ihr geschah, hatte Trish sie in eine Bank geschoben. Jetzt verfügte sie über ein Konto und ein Scheckbuch und verließ die Bank mit mehr Bargeld, als sie je zuvor in der Hand gehabt hatte.

„Und jetzt …" Trish fuhr rückwärts vom Parkplatz. „Jetzt gehen wir einkaufen."

„Aber was soll ich denn kaufen?" Sie sah Trish mit großer Bestürzung an.

An der nächsten roten Ampel wandte sich Trish zu ihr um. „Wann haben Sie sich zum letzten Mal einfach nur aus Spaß etwas gekauft? Und haben Sie jemals etwas gekauft, das Sie gar nicht brauchten, aber trotzdem haben wollten?"

Es wurde wieder grün, Trish fädelte sich in den Verkehr ein. „Verstehen Sie mich nicht falsch. Ich sage ja nicht, dass man sein Geld zum Fenster hinauswerfen sollte, aber es wird höchste Zeit, dass Sie sich selbst mal was Gutes tun." Sie betrachtete Adelias gerunzelte Stirn und schüttelte lächelnd den Kopf. „Sie können es auch mal ruhig angehen lassen, Dee. Sich einen Tag freinehmen, irgendetwas Albernes kaufen, Ihre Flügel ausbreiten, Luft holen." Sie lachte laut, als Adelia sie nur anstarrte. „Die Welt wird nicht zusammenbrechen, wenn Adelia Cunnane sich mal etwas Spaß gönnt."

Niemand hätte überraschter sein können als Adelia selbst, dass sie den Tag tatsächlich genoss. Das Einkaufszentrum mit all seinen kleinen Spezialgeschäften und den großen Warenhäusern faszinierte sie. Es gab dort mehr Kleider, als sie jemals in ihrem Leben gesehen hatte, in Farben und Stoffen, die sie bewundernd berührte.

Im Gegensatz zu ihr beäugte Trish die Kleidungsstücke äußerst kritisch, lief von Ständer zu Ständer, ignorierte Dutzende von Kleidern, Blusen und Röcken und hängte sich ab und zu etwas über den Arm. Dann schob sie Adelia in die Umkleidekabine. Adelia atmete tief durch,

41

zog Hemd und Jeans aus und schlüpfte in ein weiches Jerseykleid in gedeckten Grüntönen. Das seidige Material fühlte sich zugleich fremd und wundervoll auf ihrer Haut an, schmiegte sich an ihre sanften Kurven und fiel anmutig bis über ihre Knie. Sie schnappte nach Luft, als sie die Fremde im Spiegel sah, hastig umfasste sie das Kreuz um ihren Hals, um sich zu versichern, dass sie noch immer derselbe Mensch war.

„Dee", rief Trish von draußen. „Haben Sie schon was anprobiert?"

„Ja", antwortete Adelia langsam. Trish schob den Vorhang zur Seite und lächelte triumphierend.

„Ich wusste in der ersten Sekunde, dass das Ihr Kleid ist."

„Es fühlt sich aber nicht so an", nuschelte Adelia, dann drehte sie sich zu Trish um. „Es ist sehr schön, aber was soll ich mit so einem Kleid anfangen? Ich reite Pferde. Ich arbeite im Stall …"

„Dee", unterbrach Trish sie mit Bestimmtheit. „Egal, was Sie arbeiten: Sie sind immer noch ein menschliches Wesen, Sie sind immer noch eine Frau. Und übrigens eine außerordentlich schöne Frau." Adelias Augen wurden groß, schon öffnete sie den Mund, um zu protestieren. Doch bevor sie etwas sagen konnte, nahm Trish sie bei den Schultern und drehte sie zum Spiegel um. „Sehen Sie sich an, sehen Sie sich einmal richtig an", befahl sie ernst, dann wurde ihre Stimme wieder sanfter. „Es wird Augenblicke in Ihrem Leben geben, wo Sie nichts anderes sein wollen als eine Frau. Dafür ist dieses Kleid genau richtig. Und jetzt", fuhr sie fachmännisch fort, „probieren Sie die anderen Sachen an."

Für den Rest des Nachmittags überließ Adelia Trish die Führung. Zum ersten Mal seit über zehn Jahren ließ sie zu, dass ihr ein anderer Mensch die Entscheidungen abnahm, und stellte fest, dass sie diese Tatsache genoss. In der Kosmetikabteilung besprühte Trish sie mit so vielen Düften, dass Adelia protestierte.

„Das hier." Trish wählte eines der Fläschchen aus. „Leicht und elegant mit einem Hauch Temperament." Nachdem sie gezahlt hatte, hielt sie Adelia das Päckchen hin. „Ein Geschenk."

„Das kann ich nicht annehmen!"

„Und ob Sie das können. Freunden macht es Spaß, sich gegenseitig etwas zu schenken. So. Ihre Haut ist wunderbar, aber ich denke, wir könnten Ihre Augen ein wenig betonen … und etwas Lippenstift. Nichts zu Dramatisches." Sie hielt lachend inne. „Ich kommandiere Sie ganz schön herum, wie?"

„Stimmt", stimmte Adelia zu, die sich inmitten des liebenswürdigen Wirbelwinds jedoch sehr wohlfühlte.

„Nun, das kann Ihnen nicht schaden", behauptete Trish. „Gibt es sonst noch etwas, was Sie brauchen?"

Adelia zögerte, dann sprudelte sie hervor: „Etwas für meine Hände. Ihr Bruder sagte, ich hätte Hände wie ein Bauarbeiter."

„Dieser unverschämte Kerl!", rief Trish empört aus. „Er ist wirklich eine Ausgeburt an Takt und Diplomatie!"

„Hallo, Trish!"

Adelia erblickte eine erstaunlich silberblonde verschwenderische Lockenpracht. In ihre Nase stieg ein moschusartiger Duft, bevor Trish in eine überschwängliche Umarmung gerissen wurde.

„Es ist ja so schön, dich zu sehen, Darling." Eine helle, lebendige Stimme drang aus der Duftwolke an ihr Ohr. „Es ist schon Wochen her."

„Hallo, Laura." Mit einem liebenswürdigen Lächeln löste sich Trish aus der Umarmung. „Ich freue mich auch, dich zu sehen. Laura Bowers – Adelia Cunnane."

„Sehr erfreut, Miss Bowers." Adelias Begrüßung wurde mit einem wunderschönen weißen Lächeln quittiert, dann wandte sich Laura wieder an Trish.

„Wie geht es deinem großartigen Bruder, Darling?"

„Sehr gut", antwortete Trish, während sie Adelia ein schelmisches Grinsen zuwarf.

„Sag nicht, dass er Margot keine Träne hinterherweint?" Laura seufzte, wobei sie mehrfach mit den Wimpern klimperte. „Ich hätte ihm zu gern meinen Trost angeboten."

„Er scheint den Schmerz irgendwie ertragen zu können." In Trishs Stimme lag so viel Sarkasmus, dass Adelia sie überrascht ansah.

„Tja, nun, wenn er nicht getröstet werden muss", fuhr Laura offenbar unbeeindruckt von Trishs Tonfall fort, „dann ist das so. Falls die liebe Margot es übertrieben hat, indem sie sich nach Europa davongemacht hat, dann wäre ich nur zu gern bereit, diese Lücke zu füllen. Hast du in letzter Zeit was von ihr gehört?"

„Keinen Piep."

„Nun, in diesem Fall gehe ich dann davon aus, dass keine Nachrichten gute Nachrichten sind." Sie zwinkerte Trish zu und warf ihre schimmernden Locken über die Schultern. „So ein wunderbarer Mann. Kennen Sie Travis, Adelaide?"

„Adelia", korrigierte Trish sie. „Ja, Dee kennt Travis sehr gut."

„Ein charmanter Mann", plapperte Laura weiter. „Nachdem Margot von der Bildfläche verschwunden ist, zumindest vorübergehend,

43

könnte ich ihn doch mal anrufen. Aber sag es ihm nicht, ja?" Wieder flogen ihre Locken, dann küsste sie Trish auf beide Wangen. „Leider muss ich jetzt los, Darling. Richte Travis Grüße von mir aus. Es war nett, Sie kennenzulernen, Amanda."

Adelia öffnete den Mund und schloss ihn wieder, als Laura in einer Moschuswolke davonschwebte.

„Tut mir leid, Amanda." Trish tätschelte Adelias Wange. „Laura ist wirklich sehr lieb und nett, aber nicht gerade die Hellste."

„Sie hat so wunderschönes Haar. Noch nie zuvor habe ich eine solche Farbe gesehen. Sie muss sehr stolz darauf sein."

Trish lachte, bis ihr Tränen über die Wangen liefen. „Ach, Dee, Sie sind fantastisch! Kommen Sie, wir besorgen jetzt Handcreme, und dann lade ich Sie auf eine Tasse Tee ein."

Während Adelia geduldig wartete, dass ihre Beraterin die Vor- und Nachteile verschiedener Lotionen abwog, dachte sie über Laura Bowers' Worte nach. *Margot*, dachte sie, nervös an der Unterlippe nagend. Wer ist diese Margot, und was bedeutet sie Travis? Kurz musste sie gegen das Bedürfnis ankämpfen, Trish zu fragen, beschloss dann aber, zu schweigen. *Vielleicht liebt er sie.* Dieser Gedanke bereitete ihr einen so unerwarteten, scharfen Schmerz, dass sie beinah aufgestöhnt hätte. Aber das kann nicht sein, überlegte sie dann. Travis Grant würde eine Frau, die er liebte, niemals gehen lassen. Er würde bis ans Ende der Welt reisen, um sie zurückzuholen. Es sei denn, *er hatte eine Abfuhr erhalten.* Dann wäre er bestimmt viel zu stolz, einer Frau hinterherzulaufen. Doch welche Frau würde so einen Mann zurückweisen? Geht mich nichts an, sagte sie sich streng und richtete ihre Aufmerksamkeit wieder auf Trishs detaillierte Beschreibung von verschiedenen Handcremes.

Endlich war Trish zufrieden. Mit Tüten bepackt, liefen die beiden Frauen zurück zum Wagen. Während Trish rasant über die kurvige Landstraße fuhr, saß Adelia aufrecht auf dem Beifahrersitz. Sie war sogar zu aufgeregt, um die sanft geschwungenen Hügel und die grasenden Pferde zu bewundern, die sich gegen die untergehende Sonne abzeichneten.

Als Paddy die Tür öffnete, stürmte Adelia mit ihren neuen Schätzen an ihm vorbei.

„Kleine Dee, du siehst genauso glücklich aus wie an dem Tag, als du zum ersten Mal Majesty geritten bist." Er musterte ihr gerötetes Gesicht.

„Es war auch fast so spannend, Onkel Paddy." Sie lachte. „Noch nie habe ich so viele Kleidungsstücke oder Menschen auf einen Haufen gesehen. Weißt du, ich glaube, alle Amerikaner haben es ständig eilig. Sie fahren schnell, hetzen durch die Läden – niemand scheint sich einmal langsam zu bewegen. Dieses Einkaufszentrum, in das Trish mich gebracht hat, war einfach unglaublich – die vielen Geschäfte in einem einzigen Gebäude, es gab darin sogar einen Brunnen." Sie seufzte, dann zuckte sie schmunzelnd die Schultern. „Ich sollte mich schämen, so viel Geld verschleudert zu haben, aber das tue ich nicht. Im Gegenteil – ich hatte unglaublich viel Spaß!"

„Das wurde auch Zeit, Mädchen, das wurde auch Zeit." Er küsste sie auf die Wange. Gemeinsam betraten sie das Wohnzimmer.

„Tja, Paddy, jetzt hat sie ihre Unschuld verloren." Travis erhob sich aus einem Sessel und blickte auf Adelia mit ihren vielen Tüten herab. „Trish hat sie verdorben. Ich hätte sie niemals meiner Schwester überlassen dürfen."

„Ihre Schwester ist eine wundervolle Frau, Mr Grant." Adelia warf den Kopf zurück, um ihm in die Augen zu sehen. „Sie ist großzügig und freundlich und hat bedeutend bessere Manieren als der eine oder andere hier Anwesende."

Travis hob eine Braue und warf Paddy über ihren Kopf hinweg einen Blick zu. „Wie es scheint, hat Trish eine Verbündete gewonnen. Damit kann ich es nicht aufnehmen. Zumindest", fügte er mit einem rätselhaften Lächeln hinzu, „nicht heute."

45

4. KAPITEL

Der Samstag war sonnig und ungewöhnlich warm. Inzwischen erblühten die Bäume in ihrer vollen Pracht, in der Luft lag der süße Duft von Blüten. Adelia sang glücklich vor sich hin, während sie Fortune striegelte, einen robusten dreijährigen Hengst, der erfreut ihrer hohen, trällernden Stimme lauschte.

„Dee! Dee!" Sie wirbelte herum und sah, wie Mark und Mike in den Stall gestürmt kamen. „Mom sagt, wir dürfen dich besuchen. Und das neue Fohlen auch."

„Einen guten Tag, Gentlemen. Ich freue mich sehr über euren Besuch."

„Zeigst du uns das Fohlen?" Mike lächelte sie erwartungsvoll an.

„Das werde ich, Master Michael, sobald ich mit meinem Freund hier fertig bin. Jetzt." Sie legte den Striegel weg und griff in ihre Gesäßtasche. „Wo habe ich nur den Hufkratzer hingesteckt?" Ihre Tasche war leer. Stirnrunzelnd ließ sie den Blick über den Boden schweifen. „Da war wohl mal wieder das kleine Volk am Werk."

„Wir haben ihn nicht genommen", widersprach Mark.

„Immer sind Kinder an allem schuld", beschwerte Mike sich.

„Aber nein, ich spreche doch nicht von Kindern", erklärte Adelia. „Ich spreche von Kobolden."

„Kobolde?", riefen die Zwillinge gleichzeitig. „Was sind Kobolde?"

„Wollt ihr etwa behaupten, dass ihr noch nie von Kobolden gehört habt?", fragte sie ungläubig. Die beiden Jungen schüttelten die Köpfe. Adelia verschränkte die Arme vor der Brust. „Nun, eure Bildung hat erhebliche Lücken, Jungs. Es ist traurig, wenn man nichts über das kleine Volk weiß."

„Erzähl uns davon, Dee", flehten die beiden und zerrten aufgeregt an ihrer Hand.

„Das werde ich." Adelia setzte sich auf eine Bank, die beiden Jungen hockten sich zu ihren Füßen auf den Boden. „Nun, Kobolde sind merkwürdige Gesellen. Sie stiften gerne Unruhe. Egal, wie alt sie sind, sie werden nur etwa einen Meter groß. Man sagt, sie reiten gerne auf Schafen oder Ziegen. Wenn die Herde am Morgen müde und lustlos ist, dann haben die Kobolde wahrscheinlich keine Lust gehabt, zu Fuß zu gehen. Im Haus stellen sie auch gerne alles Mögliche an. Sie können dafür sorgen, dass das Wasser auf dem Herd zu kochen anfängt, oder sie verhindern, dass es jemals kocht. Oder sie stehlen den Speck oder werfen Möbelstücke durch die Gegend, einfach nur so zum Spaß. Manchmal trinken sie die Milchkannen leer oder die Whiskeyflaschen und füllen sie mit Wasser auf." Ihre Augen funkelten, während die beiden Jungen gebannt an ihren Lippen hingen. „Einen Kobold zu fangen kann einem Menschen großes Glück und viel Geld bringen. Man kann ihn allerdings nur fangen, wenn er sitzt, und er sitzt eigentlich nie, es sei denn, seine Schuhe gehen kaputt. Er rennt nämlich ständig durch die Gegend und trägt damit seine Schuhe ab, und wenn er unter seinen Fußsohlen den Boden spüren kann, dann hockt er sich hinter eine Hecke oder in hohes Gras und zieht die Schuhe aus, um sie zu flicken. Dann", sie senkte die Stimme, und die beiden Jungen reckten die Köpfe vor, „kann man sich an ihn heranschleichen, leise wie eine Katze, und ihn sich schnappen." Sie warf die Arme um einen imaginären Kobold: „Dann muss man rufen: ‚Gib mir all dein Gold‘, und der Kobold antwortet: ‚Ich habe kein Gold.‘" Sie ließ ihren Gefangenen frei und warf den beiden Jungen ein spitzbübisches Lächeln zu. „In Wahrheit aber gibt es tonnenweise Gold, und der Kobold kann euch verraten, wo es versteckt ist. Aber das wird er freiwillig nicht tun. Manche Leute versuchen, einen Kobold zu würgen oder zu bedrohen, aber wenn man das macht, darf man ihn nicht eine Sekunde aus den Augen lassen. Sonst löst er sich in Luft auf, und man sieht ihn nie mehr wieder. Dieser durchtriebene kleine Teufel kennt jede Menge Tricks, um zu verschwinden; er kann sogar die Vögel verzaubern, wenn er mag. Aber wenn ihr ihn nicht aus den Augen lasst, dann gehört das Gold euch."

„Hast du schon einmal einen Kobold gesehen, Dee?", fragte Mark begeistert.

„Ein- oder zweimal." Sie nickte feierlich. „Aber ich kam nie nah genug heran, bevor er schnell wie der Blitz wieder verschwand." Sie sprang auf die Füße und fuhr sich durch das zerzauste rote Haar „Und deswegen muss ich für meinen Lebensunterhalt arbeiten, solange ich keinen Kobold finde, der ebenfalls nach Amerika gereist ist." Sie nahm den Hufkratzer, der die ganze Zeit auf der Bank gelegen hatte. „Und das werde ich jetzt auch tun, sonst fliege ich raus und muss auf der Straße betteln gehen."

„Das würden wir natürlich niemals zulassen, oder, Jungs?"

Adelia drehte sich erschrocken um und spürte, wie die Röte in ihre Wangen stieg, als sie Travis' spöttischen Blick auf sich ruhen fühlte. Das Hämmern ihres Herzens schrieb sie ihrer Überraschung zu. Sie musste mehrmals schlucken, bevor sie sprechen konnte.

„Sie machen es sich zur Gewohnheit, sich an andere heranzuschleichen und zu Tode zu erschrecken, Mr Grant."

„Vielleicht habe ich Sie mit einem Kobold verwechselt, Dee." Sein Lächeln ärgerte sie, aber sie wollte sich nicht schon wieder provozieren lassen und beugte sich vor, um Fortunes Huf zu heben.

Travis begleitete die Zwillinge zum neugeborenen Fohlen. Adelia ließ das Bein des Pferdes wieder sinken und sah ihm hinterher.

Warum brachte er ihr Herz immer zum Flattern? Warum begann ihr Puls zu rasen, sobald sie in seine unglaublich blauen Augen sah? Sie schmiegte die Wange an Fortunes kräftigen Hals und seufzte. Ich bin verloren, dachte sie. Sosehr sie dagegen angekämpft hatte, sie hatte sich in Travis Grant verliebt. Und das war einfach unmöglich. Aus dem Eigentümer von Royal Meadows und einer unwichtigen Pferdepflegerin konnte nie etwas werden.

„Davon abgesehen", flüsterte sie dem Hengst ins Ohr, „ist er ein arroganter grober Klotz, und ich kann ihn kein bisschen leiden." Als sie die beiden Jungen zurückkommen hörte, beugte sie sich hastig vor und hob den nächsten Huf an.

„Geht nach draußen, Jungs. Ich habe etwas mit Dee zu besprechen." Die Zwillinge flitzten plappernd und lachend ins Freie. Adelia richtete sich auf. Ihre Wangen hatten jegliche Farbe verloren.

Dass ich meinen verflixten Mund nicht halten kann, dachte sie verzweifelt. *Tante Lettie hat mir schon immer gesagt, dass mein Temperament mich noch mal in große Schwierigkeiten bringen würde.*

„Ich – habe ich irgendetwas falsch gemacht, Mr Grant?" Sie stotterte ein wenig und biss sich frustriert auf die Lippe.

„Nein, Dee", sagte er langsam und blickte sie forschend an. „Dachten Sie, ich wollte Sie rauswerfen?" Seine Stimme war merkwürdig sanft, sie spürte, wie sie erschauerte.

„Sie sagten, ich hätte zwei Wochen, um mich zu beweisen. Und nun bleiben nur noch wenige Tage, bevor …"

„Darauf brauchen wir gar nicht mehr zu warten", unterbrach er sie. „Ich habe bereits entschieden, Sie zu behalten."

„Oh, ich danke Ihnen, Mr Grant", rief sie erleichtert. „Ich bin Ihnen wirklich sehr dankbar."

„Wie Sie mit den Pferden umgehen, finde ich sehr erstaunlich. Sie haben ein ungewöhnliches Einfühlungsvermögen." Er streichelte Fortunes Flanke, dann heftete er wieder den Blick auf Adelia. „An Ihrer Arbeit gibt es nichts zu kritisieren, außer vielleicht, dass Sie zu viel arbeiten. Ich möchte nicht mehr hören, dass Sie abends um zehn noch Sattel und Zaumzeug polieren."

„Also, nun …" Adelia legte mit höchster Konzentration den Hufkratzer zurück auf die Bank. „Ich habe nur …"

„Ich möchte nicht mit Ihnen streiten. Tun Sie einfach, was ich sage", befahl er, dann spürte sie, wie er die Hände auf ihre Schultern legte. „Wissen Sie, Sie scheinen all Ihre Zeit mit Arbeiten oder Streiten zu verbringen. Ich werde sehen, ob ich ein anderes Ventil für Ihre Energie finde."

„Also, eigentlich streite ich mich nicht. Gut, manchmal vielleicht." Sie zuckte die Achseln und wünschte, sie hätte genug Mut, sich umzudrehen und ihn anzusehen. Doch diese Entscheidung wurde ihr abgenommen, denn er zog sie zu sich herum und drückte sie auf die Bank.

„Manchmal vielleicht", stimmte Travis ihr zu. Sie fand es beunruhigend, dass sein Lächeln so nah war und seine Hände noch immer auf ihrer Schulter ruhten.

„Mr Grant", begann sie, schluckte dann schwer, als er ihre Kappe absetzte. „Mr Grant, ich habe zu arbeiten."

„Mmm", sagte er zerstreut, während er eine lange Locke um seinen Finger wickelte. „Ich hatte schon immer eine Schwäche für Kastanien." Grinsend zog er an der Strähne, bis sie das Gesicht zu ihm hinaufwandte. „Eine ganz besondere Schwäche."

„Möchten Sie vielleicht meine Zähne kontrollieren?" Adelia, die versuchte, sich gegen das aufsteigende Verlangen zu wehren, versteifte sich und warf ihm einen – wie sie hoffte – tödlichen Blick zu. Er brach in hemmungsloses Gelächter aus, woraufhin sie versuchte, von der Bank zu rutschen.

„Oh nein." Er hielt sie ohne große Anstrengung fest. „Sie müssten inzwischen wissen, dass ich mich kaum zügeln kann, wenn Sie beginnen, Feuer zu spucken."

Schnell beugte er seinen Kopf und drückte seine Lippen auf ihren Mund. Die eine Hand noch immer in ihrem Haar vergraben, glitt die andere unter ihr Hemd und strich über ihren zarten Rücken. Zum zweiten Mal geriet sie in diesen verheerenden Sturm, und während ihr Widerstand unter seiner Stärke dahinschmolz, schärften sich ihre Sinne. Der Geruch von Leder, Pferden und Travis' Männlichkeit umfing sie, eine merkwürdig berauschende Mischung, die sie von nun an immer mit ihm in Verbindung bringen würde. Sie spürte seine Kraft, als er sie leidenschaftlicher küsste. Seine Zunge erforschte ihren Mund

49

suchend und fordernd, bis sie sich an ihn schmiegte. Zum ersten Mal im Leben spürte sie das Begehren einer Frau, den langsamen Schmerz, der im Bauch entstand und sich in ihrem ganzen Körper ausbreitete, bis es nichts mehr gab als dieses Verlangen und den Mann, der es stillen konnte.

Sie hörte ein leises Stöhnen, als er sich von ihren Lippen löste, und merkte erst da, dass es ihr eigenes war, ein schwacher Protest gegen diese plötzliche Unterbrechung. Sie öffnete ihre Augen, die dunkel vor Sehnsucht geworden waren.

„Ich finde", bemerkte Travis mit träger Stimme, „dass wir die Zeit auf diese Weise effektiver nutzen als mit Streiten."

Adelia sah, wie er den Blick auf ihre Lippen senkte und spürte, wie er den Griff in ihrem Haar verstärkte. Dann ließ er lächelnd los. „Es scheint auch die einzige Möglichkeit zu sein, Sie mal für einen Moment zum Schweigen zu bringen."

Er setzte ihr die Kappe wieder auf, dann strich er mit einem Finger über ihre Wange. „Das irische Temperament hat definitiv seine Vorteile."

Damit schlenderte er davon, während Adelia grübelnd seinen langen Schritten hinterhersah, eine Hand an der Wange, die er gerade noch berührt hatte.

Schließlich verdrängte sie das Rätsel, das sie zu lösen sowieso nicht in der Lage war, und verbrachte den Rest des Tages wie berauscht. Sie durfte bleiben! Sie hatte ihren Platz auf der gigantischen Pferdefarm gefunden, sie hatte einen Onkel, der sie mochte und brauchte, und einen Job, von dem sie niemals zu träumen gewagt hätte. Und außerdem, dachte sie glücklich, bin ich auf diese Weise in Travis' Nähe, kann ihn fast jeden Tag sehen und ab und zu auch mit ihm reden. Das reichte für diesen Moment. Und um das, was in der Zukunft geschehen würde, konnte sie sich später noch kümmern …

Lange nachdem sich ihr Onkel schlafen gelegt hatte, war Adelia noch immer hellwach. Sie hatte versucht, sich mit einem Buch abzulenken, aber sie war zu aufgeregt, um still zu sitzen. Sie klappte das Buch zu und schlüpfte durch die Tür nach draußen.

Sie beschloss, zum Stall zu gehen, nahm sich aber vor, auf keinen Fall Sattelzeug zu polieren, sondern einfach nur die Pferde zu besuchen. Die Nacht war warm, der Himmel von Sternen übersät, so klar und lebendig, dass sie eine Hand hinaufstreckte und sich vorstellte, sie könnte einen von dem seidigen schwarzen Vorhang pflücken. Vollkommen eins mit der Welt, schlenderte sie auf das große weiße Gebäude zu.

Als sie das Licht anknipste, hörte sie leises Stöhnen. Sie folgte dem Geräusch bis zu einer Box, in der zusammengekrümmt ein Mann lag. „Gütiger Himmel! Was ist passiert?" Sie beugte sich über ihn. „Oh!", stieß sie dann empört aus und stand wieder auf. „Du bist betrunken, George Johnson! Was für ein jämmerlicher Anblick! Und du stinkst wie eine Whiskeyfabrik. Wie kannst du dich nur so volllaufen lassen und hier im Stall herumliegen?"

„Ach, die hübsche kleine Dee", lallte George und beförderte sich in eine sitzende Position. „Wolltest du mich besuchen? Vielleicht einen Schluck mit mir trinken?"

Oft genug hatte sie bemerkt, wie der Stallbursche sie anzüglich grinsend beobachtet hatte, weshalb sie ihm bisher so gut wie möglich aus dem Weg gegangen war. Jetzt aber war sie wütend und angeekelt, was sie gar nicht erst zu verbergen versuchte.

„Nein, ich werde mit jemandem wie dir bestimmt keinen Schluck trinken – ich habe nichts für betrunkene Kerle übrig. Steh auf und mach dich davon. Du hast hier drinnen nichts zu suchen."

„Oh, jetzt möchtest du mir schon Befehle erteilen, kleine Dee?" Er kämpfte sich auf die Beine und starrte sie an. „Bist du dir zu fein, mit mir eine Flasche zu teilen?" Er musterte sie von Kopf bis Fuß mit seinen Triefaugen, ließ den Blick auf ihren Brüsten ruhen und leckte sich die Lippen. „Vielleicht willst du ja nichts trinken, weil es viel interessantere Dinge zu tun gibt." Er packte sie an den Schultern und presste den Mund auf ihren. Der Geruch von Whiskey ließ sie schwindlig werden, als sie versuchte, ihn wegzuschieben.

„Du dreckiges Schwein!", schrie sie, außer sich. „Du großer, wimmernder, besoffener Mistkerl, wage es nicht, mich noch einmal anzufassen. Sonst werde ich dir in die Eier treten, dass du es nie mehr vergisst!" Sie fuhr fort, ihn zu beschimpfen, bis er sie mit solcher Kraft packte, dass sie nach Luft schnappte.

„Ich werde noch viel mehr tun, als dich nur anzufassen." Er drückte ihr die Hand auf den Mund und drückte sie auf den mit Stroh bedeckten Boden. Sie kämpfte in wilder Wut, strampelte und kratzte, versuchte, die Übelkeit zu bekämpfen, als er sich wieder auf ihre Lippen stürzte. Er zerriss ihre Bluse, zerrte sie von ihren Schultern; das Geräusch schien in ihren Ohren zu explodieren. Aus Wut wurde Angst. Adelia begann, noch verzweifelter zu kämpfen, grub ihm die Nägel in den Arm, zerkratzte seine Haut, und als er fluchend den Kopf hob, gellte ihr Schrei durch die stille Nacht.

Er schlug ihr quer ins Gesicht, dann drückte er wieder seine große Hand auf ihren Mund. Mit der anderen Hand packte er ihre entblößte Brust und knetete sie schmerzhaft. Ihre Kraft ließ langsam nach. Sie wusste, dass sie gegen ihn nichts ausrichten konnte. Er zog an ihrer Jeans, fummelte mit betrunkenen Fingern am Reißverschluss herum. Adelia bekam kaum noch Luft. Ihr wurde schwarz vor Augen.

Hilfe! dachte sie noch. *Irgendjemand muss mir doch helfen!*, als plötzlich ein schweres Gewicht von ihr gerissen wurde. Sie vernahm unterdrücktes Fluchen und dumpfe Schläge. Sie krabbelte auf die Stalltür zu und atmete tief durch, um gegen die Übelkeit anzukämpfen. Travis, dachte sie benommen, als sie seinen muskulösen Körper in der schwach beleuchteten Stallgasse erkannte.

Er prügelte auf den kleineren Mann mit unnachgiebiger Verbissenheit ein, schlug ihn zu Boden, riss ihn am Kragen wieder hoch, nur um ihn erneut zu Boden gehen zu lassen. George wehrte sich nicht. Er konnte sich nicht wehren, wie sie bemerkte, als ihre Benommenheit langsam nachließ, denn er war bereits bewusstlos. Er bringt ihn um, dachte sie auf einmal, sprang auf die Füße und rannte auf die beiden Männer zu.

„Nein, Travis!" Sie packte seinen harten, muskulösen Arm. „Um Himmels willen, Travis – Sie bringen ihn um!"

Er zuckte zurück, und einen Moment lang hatte sie die Befürchtung, er würde sie mit einer Handbewegung wegwischen wie eine lästige Fliege und dann beenden, was er begonnen hatte. Sie trat verängstigt einen Schritt zurück. Sein Gesicht wirkte wie gemeißelt, als er sie mit seinem stahlblauen Blick durchbohrte. Sie begann zu zittern. Hoffentlich würde sich diese tödliche Wut niemals gegen sie richten.

„Geht es Ihnen gut?" Seine Stimme klang scharf.

„Ja." Sie schluckte mehrmals und senkte den Blick. „Ach Travis, Ihre Hände!" Ohne darüber nachzudenken, nahm sie seine Hände in ihre. „Sie bluten. Wir müssen sie verarzten. Ich habe eine Salbe, die …"

„Verdammt, lassen Sie das, Dee." Er entzog ihr die Hände, umfasste ihre Schultern und bog ihren Kopf so weit zurück, dass sie wieder in seine wutentbrannten Augen sehen musste. Dann betrachtete er ihre zerrissene Bluse, die sich bereits bildenden blauen Flecken auf ihrer weißen Haut und das zerzauste, lockige Haar. „Wie schlimm hat er Sie verletzt?"

Adelia zwang sich, so ruhig wie möglich zu sprechen und sich die Angst, die noch immer in ihr tobte, nicht anmerken zu lassen.

„Nicht schlimm – er hat mich nur einmal geschlagen." Sie sah, wie sein Gesicht bei ihrer Antwort dunkel wurde und sich der Griff um ihre Schultern verstärkte. „Lebt er noch?", fragte sie leise. Travis atmete aus, ließ sie los und drehte sich zu dem gekrümmt auf dem Boden liegenden Körper um.

„Leider ja. Und das wäre weiß Gott nicht der Fall, wenn Sie mich nicht aufgehalten hätten. Jetzt wird sich die Polizei um ihn kümmern."

„Nein!", schrie sie auf.

„Adelia", begann er langsam. „Der Mann hat versucht, Sie zu vergewaltigen, begreifen Sie das nicht?"

„Ich begreife sehr gut, was er vorhatte." Sie schlang die Arme um sich, weil ihr Körper wieder unkontrollierbar zu zittern begonnen hatte. „Aber wir dürfen nicht die Polizei rufen." Als Travis protestierte, fügte sie hastig hinzu. „Ich will nicht, dass Onkel Paddy davon erfährt. Ich will nicht, dass er sich meinetwegen Sorgen macht. Ich bin nicht verletzt, und wie gesagt – ich will nicht, dass Onkel Paddy sich aufregt. Auf keinen Fall!" Sie hatte nun lauter gesprochen, und er legte ihr beruhigend einen Arm um die Schulter.

„Schon gut, Dee, schon gut", murmelte er. „Ich werde ein paar Männer rufen, die ihn hier wegschaffen. Keine Polizei." Er schob sie vorsichtig auf die Tür zu. „Kommen Sie, ich bringe Sie nach Hause."

Der Raum begann sich zu drehen, lautes Getöse füllte ihren Kopf, das schummrige Licht schien immer dunkler zu werden, bis sie kaum noch etwas sehen konnte. „Travis." Ihre Stimme klang fremd und weit entfernt. „Entschuldigen Sie, aber ich glaube, ich werde ohnmächtig." Dann schloss sich die Dunkelheit um sie.

Adelia öffnete versuchsweise die Augen. Sie spürte etwas wunderbar Kühles auf ihrer Stirn, außerdem streichelte jemand ihre Wange und sagte ihren Namen. Seufzend schloss sie die Augen wieder und genoss die Berührung. Dann sah sie auf.

Der Raum war sanft beleuchtet, die Wände elfenbeinfarben gestrichen und mit dunklem Holz verziert. Sie entdeckte einen Schaukelstuhl, einen dunklen Mahagonitisch mit einer antiken Lampe darauf. Dann wanderte ihr Blick zu dem Mann, der neben ihr kniete.

„Ich bin im Haupthaus", stellte sie fest. Auf Travis' besorgtem Gesicht breitete sich ein amüsiertes Lächeln aus.

„War ja klar, dass Sie nicht wie alle anderen in einer solchen Situation ‚Wo bin ich?' fragen." Er nahm das feuchte Tuch von ihrer Stirn und setzte sich neben sie auf das große Sofa. „Ich kenne auch niemanden, der sich ganz ruhig entschuldigt, verkündet, dass er nun ohnmächtig werden würde, und das dann auch wird."

„Ich bin noch nie zuvor ohnmächtig geworden", teilte sie ihm verwundert mit. „Und ich muss zugeben, dass es mir nicht besonders gut gefällt."

„Nun, wenigstens haben Sie jetzt wieder etwas Farbe im Gesicht. Ich habe nämlich noch niemanden gesehen, der so bleich geworden ist wie Sie. Sie haben mich zu Tode erschreckt."

„Tut mir leid." Sie schenkte ihm ein schwaches Lächeln und setzte sich auf. „Das war dumm von mir und …" Sie unterbrach sich plötzlich, fasste an ihren Hals und stellte fest, dass das Kreuz fehlte. „Mein Kreuz", stammelte sie. „Das habe ich bestimmt im Stall verloren. Ich muss es finden." Er drückte sie entschlossen wieder zurück.

„Sie sind noch nicht in der Lage, aufzustehen, Dee", sagte er, doch sie wehrte sich.

„Ich muss es finden. Ich darf es auf keinen Fall verlieren." Wieder wurde sie ganz blass.

„Dee, um Himmels willen, Sie werden garantiert umkippen."

„Lassen Sie mich los. Ich muss es finden."

Er versuchte, mit ruhiger Stimme auf sie einzureden. Ihre aufsteigende Panik machte ihn hilflos. Er hatte sie schon zornig oder zutiefst ergriffen gesehen, aber niemals so verzweifelt. „Dee", bemerkte er knapp und schüttelte sie leicht. „Nehmen Sie sich zusammen. Es ist nur ein Kreuz."

„Es gehörte meiner Mutter. Ich muss es finden! Es ist alles, was ich von ihr noch habe." Sie zitterte am ganzen Körper. Travis zog sie in eine zärtliche Umarmung und wiegte sie tröstend hin und her. „Ich werde das Kreuz finden, keine Sorge. Heute Nacht noch."

Als sie so an seiner breiten Brust lehnte, fühlte sie sich merkwürdig zufrieden. „Versprochen?"

„Ja, Dee, versprochen." Er rieb seine Wange an ihrem seidigen Haar, und sie fragte sich, warum sich die Umarmung eines Mannes so gut anfühlte – oder lag es nur an diesem einen Mann? Seufzend erlaubte sie es sich noch etwas länger, das Gefühl auszukosten.

„Es geht mir wieder besser, Mr Grant." Sie richtete sich so weit es seine Arme zuließen wieder auf. „Ich möchte mich für mein Verhalten entschuldigen."

„Das brauchen Sie nicht, Dee." Er strich ihr das volle lockige Haar aus dem Gesicht. „Und Sie haben mich vorher Travis genannt, dabei sollten wir es belassen. Ich mag es, wie Sie den Namen aussprechen."

Sie spürte, wie ihr Herz auf seine sanften Worte und seine zärtliche Berührung reagierte, sie war sich seiner Nähe so bewusst, dass sie glaubte, sie müsste unter der Anspannung bersten.

„Ich – wollen Sie damit etwa andeuten, dass ich einen Akzent habe?" Spöttisch hob sie den Blick, um sich gegen die plötzlich gefährliche Atmosphäre zu stählen.

„Nein. Ich bin derjenige mit dem Akzent."

Sie erwiderte sein Lächeln, was ihre Verwirrung nur noch mehr steigerte, sie spürte, wie ihre Wangen heiß wurden, sie senkte den Blick, bis ihre langen Wimpern die Haut berührten. Diese für sie untypische Schüchternheit ließ ihn grinsen, dann erhob er sich und steuerte auf eine kleine Bar in der Ecke des Zimmers zu.

„Ich glaube, Sie könnten einen Drink gebrauchen, bevor ich Sie nach Hause bringe." Er hob eine Kristallkaraffe. „Brandy?"

„Mit Brandy kenne ich mich nicht aus, aber wenn Sie irischen Whiskey hätten …" Sie setzte sich aufrecht, froh über den Abstand zwischen ihnen.

„Selbstverständlich. Sonst würde mir Paddy bestimmt die Leviten lesen." Er schenkte ein Glas voll. „Das sollte Ihnen guttun und verhindern, dass Sie mir wieder in die Arme sinken."

Sie nahm das Glas und trank es in einem Zug aus, ohne zu schaudern, was Travis mit erhobenen Augenbrauen beobachtete. Dann sah er auf das leere Glas, das sie ihm hinhielt, und brach in lautes Gelächter aus.

„Was genau finden Sie so komisch?" Sie neigte den Kopf und betrachtete ihn mit neugierigen Augen.

„Dass ein Winzling wie Sie einfach ein Glas Whiskey herunterschüttet, als wäre es Tee."

„Wahrscheinlich saugt man das als Irin schon mit der Muttermilch ein. Ich trinke selten, aber wenn, dann vertrage ich eine ganze Menge – was man von diesem schleimigen Mistkerl vorhin nicht behaupten kann."

Er stellte das leere Glas auf die Bar.

„Travis", fuhr Adelia zögernd fort.

Er entspannte seine Gesichtsmuskeln und drehte sich zu ihr um.

„Ich bin Ihnen sehr dankbar für das, was Sie getan haben." Sie stand auf und lief zu ihm. „Ich schulde Ihnen etwas, Travis, auch wenn der Herrgott allein weiß, wie ich Ihnen das jemals zurückzahlen kann."

Sein Blick wurde für einen Moment dunkel, brütend sah er in ihr Gesicht, dann strich er ihr lächelnd über die Wange. „Vielleicht werde ich eines Tages darauf bestehen."

Sonnenstrahlen wanderten über den Küchentisch, den Adelia sorgfältig abräumte. Sie war froh, dass Paddy keinen Verdacht geschöpft hatte. Als sie in der Nacht zuvor abgekämpft und in zerrissenen Kleidern nach Hause gekommen war, hatte er bereits tief geschlafen. Am Morgen hatte er sie wie gewöhnlich strahlend begrüßt, und Adelia hatte sich bemüht, jede Erinnerung an den schrecklichen Vorfall zu unterdrücken. Als sie die Spülmaschine anstellte, hörte sie Schritte.

„Ich komme gleich, Onkel Paddy. Endlich habe ich diese ganzen Knöpfe kapiert. Es ist erstaunlich, wie … oh!" Sie verstummte, als sie Travis am Türrahmen lehnen sah. „Guten Morgen." Sie strich sich über das Haar.

„Wie geht es Ihnen?" Langsam trat er auf sie zu.

„Mir geht es g-gut, wirklich g-gut", stammelte sie. Werde ich mich immer so anstellen, sobald er irgendwo unerwartet auftaucht, schalt sie sich und zwang sich, ihm höflich zuzulächeln. Er ergriff ihr Kinn, und Adelia rührte sich nicht, als er sie prüfend musterte.

„Sind Sie sicher?"

Sie nickte, dann fiel ihr auf, dass sie den Atem angehalten hatte. „Mir geht es gut, wirklich." Sie sah an ihm vorbei zur Tür.

„Paddy ist schon weg. Ich habe ihm gesagt, dass ich mit Ihnen kurz etwas zu besprechen hätte." Er ließ ihr Kinn los, griff in seine Tasche und zog ihre Kette mit dem Kreuz heraus.

„Sie haben es gefunden!" Sie hob ihm das Gesicht entgegen, ihr Lächeln strahlte heller als die Sonne. „Danke, Travis, für Ihre Mühe. Das bedeutet mir sehr viel."

„Sie brauchen mir nicht zu danken, Dee, und es war auch überhaupt keine Mühe." Er strich ihr eine Haarsträhne hinters Ohr, ihre Knie drohten nachzugeben. „Der Verschluss ist kaputt. Ich werde ihn reparieren lassen."

„Das brauchen Sie nicht. Ich kann …"

„Ich sagte, ich werde ihn reparieren lassen." Seine Stimme war fest, verblüfft zog sie die Augenbrauen zusammen. Seufzend steckte er das Kreuz wieder in seine Tasche, dann nahm er ihr Gesicht vorsichtig in beide Hände. „Adelia, ich bin verantwortlich für das, was gestern

Nacht passiert ist. Nein, keine Widerrede", rief er, als sie den Mund öffnete. „Ich bin für alles verantwortlich, was meinen Mitarbeitern geschieht. Ich wollte Sie nur wissen lassen, dass ich das Kreuz gefunden habe, damit Sie sich nicht länger Sorgen machen. Aber ich werde den Verschluss reparieren lassen und Ihnen die Kette so schnell wie möglich zurückgeben."

„Na schön", murmelte sie, während sie das Gefühl genoss, das sie durchströmte, weil seine Hände noch immer an ihrem Gesicht lagen, als hielte er etwas sehr Zerbrechliches.

Lächelnd strich er mit dem Daumen über ihre Unterlippe. „Manchmal sind Sie erstaunlich fügsam, Dee. Und dann, gerade wenn ich Sie für gezähmt halte, fangen Sie wieder an zu bocken."

Adelia wich zurück und straffte die Schultern. „Ich bin kein Pferd, das man am Zügel herumführt."

Aus seinem Lächeln wurde ein Grinsen, er zerzauste ihr das Haar, dann griff er ihre Hand und zog sie aus der Küche. „Vielleicht hängt das nur davon ab, wer die Zügel in der Hand hält."

Nachdem einer der beiden wichtigsten Männer in ihrem Leben nicht da war, vergingen die Tage langsam. Paddy hatte Majesty nach Florida begleitet, um ihn auf das Flamingo-Stakes-Turnier vorzubereiten. Sie stellte fest, dass ihr die Abende ohne Paddy sehr lang wurden. Das Haus erschien ihr zu groß und still und leer. Sie dachte darüber nach, wie schnell man sein Herz an einen anderen Menschen verlieren konnte. In weniger als zwei Wochen hatte sie die Liebe kennengelernt – ein Gefühl, das sie verletzlich machte. Liebe für Paddy, ein schönes, warmes Gefühl der Zugehörigkeit, und Liebe für Travis, ein drängendes, schmerzliches Gefühl der Sehnsucht.

Sie machte ein Feuer im Kamin, obwohl die Frühlingsluft mild durch das offene Fenster wehte, dann setzte sie sich in einen großen Lehnstuhl und legte den Kopf zurück. Paddy würde am nächsten Tag zurückkommen, was sie tröstlich fand. Sie würde dann nicht mehr so viele Stunden allein sein, nicht mehr so viele Stunden Zeit haben, nachzudenken. Travis kreiste ständig durch ihre Gedanken, und ihn Tag für Tag zu sehen war gleichermaßen schön wie quälend.

Sie blickte in das knisternde Feuer und ließ die Gedanken treiben, dann begann sie mit geschlossenen Augen von ihm zu träumen.

„Dee." Sie zuckte zusammen, als eine Hand durch ihr Haar strich. „Dee, wachen Sie auf."

Langsam öffnete sie die von Schlaf verschleierten Augen, sah Travis vor sich und hob die Hand, um seine Wange zu berühren, bevor sie endgültig wach wurde. „Oh." Sie ließ die Hand sinken, setzte sich auf, warf die Haare zurück und starrte ihn an. „Travis." Sie zog den Kragen ihres ausgewaschenen blauen Bademantels enger zusammen. „Ich muss wohl eingeschlafen sein."

„Wenn ich mir hätte vorstellen können, dass diese Position bequem wäre, hätte ich Sie weiterschlafen lassen." Lächelnd erhob er sich von den Knien und setzte sich auf die Armlehne.

Sich seiner Nähe verzweifelt bewusst, quetschte sie sich so gut es ging in die Ecke des Stuhls und faltete die Hände über dem Schoß. „Ich habe gerade darüber nachgedacht, dass Onkel Paddy morgen nach Hause kommt", erklärte sie halbwegs ehrlich.

„Stimmt. Ich wäre ja gerne mit ihm gefahren, aber ich konnte hier nicht weg." Mit einem Finger hob er ihr Kinn an. Der Schein des Kaminfeuers tanzte auf ihren Haaren. „Sie vermissen ihn."

„Ja." Ihr Lächeln wurde wärmer, als sie den Blick über sein Gesicht gleiten ließ. „Und Majesty auch." Schweigend sahen sie einander an, und als sie es nicht mehr aushielt, fuhr sie fort: „Es tut mir leid, dass Majesty das Rennen nicht gewonnen hat." Sie zupfte am Saum ihres Morgenmantels.

„Hmm?" Seine Hände erforschten das Funkeln in ihrem Haar, und hastig wiederholte sie ihre Worte.

„Ach ja, er war platziert und hat ein gutes Rennen geliefert. Gewinnen dauert seine Zeit, Dee." Lachend verstrubbelte er ihr Haar. „Zeit, Erfahrung und eine Strategie … Sehen Sie, ich habe etwas für Sie." Er zog die Kette aus seiner Hosentasche. „Ich hatte heute Morgen keine Gelegenheit, es Ihnen zu geben."

„Oh, Travis, danke!" Sie sah ihn erfreut an. „Das bedeutet mir sehr viel."

„Ich weiß." Statt ihr die Kette zu reichen, öffnete er den Verschluss und legte sie ihr vorsichtig um den Hals. Seine Berührung war warm und leicht, Adelia senkte den Blick und versuchte, nicht zu zittern. „Besser?", fragte er schließlich. Sie musste schlucken, bevor sie sprechen konnte.

„Viel besser, danke, Travis."

Er betrachtete ihren gesenkten Kopf, dann ergriff er ihre Hand und zog sie auf die Beine. „Na los, schließen Sie die Tür hinter mir ab und gehen Sie ins Bett. Sie sind müde." An der Tür blieb er mit der Hand auf der Klinke kurz stehen. „Sie sehen aus wie ein Kind." Ihr kastanienrotes Haar fiel in schweren Locken über ihre Schultern, noch einmal strich er darüber. „Und ein Kind schickt man nicht ohne Gutenachtkuss zu Bett", sagte er leise. Bevor sie zurückweichen konnte, legte er eine Hand in ihren Nacken, beugte sich vor, und sie öffnete erwartungsvoll und sehnsüchtig die Lippen. Doch er küsste sie nur auf beide Wangen. Wie in einem Traum sah sie, dass er sich wieder aufrichtete, sich umdrehte und leise die Tür hinter sich schloss …

Nach Paddys Rückkehr drehte sich alles auf Royal Meadows um Majestys Training für das Blue Grass Stakes, ein Vorbereitungsrennen für das wichtigste Turnier des Landes: das Kentucky Derby. Majestys Erfolge waren beeindruckend, und sein guter Auftritt in Florida hatte die Hoffnungen in ihn noch geschürt.

Adelia stützte sich auf den Zaun, legte das Kinn auf die gekreuzten Arme und beobachtete Steve Parker, den jungen Jockey, der auf Majesty über die große Rundbahn jagte. Sie und der kleine Mann hatten sich sofort gemocht. Sie teilten dieselbe Liebe für die Pferde.

Paddy drückte den Knopf seiner Stoppuhr und jubelte auf, bevor er sie Travis weiterreichte. „Wenn er so in Kentucky läuft, kann ihm kein anderes Pferd mehr in die Quere kommen. Er nimmt die Kurven großartig."

„Und man merkt, wie viel Spaß es ihm macht", murmelte Adelia und seufzte leise, als Steve das Pferd langsam zu ihnen führte.

„Wir können nur hoffen, dass er in Kentucky genauso viel Spaß hat." Travis lief auf seinen Jockey zu, um mit ihm zu sprechen.

„Bist du aufgeregt wegen deinem ersten Rennen, kleine Dee?" Paddy zerzauste ihr Haar.

„Das kann man wohl sagen", entgegnete sie grinsend. „Ich werde wie festgewachsen vor dem Fernseher sitzen. Davon wird mich nicht mal eine Tonne Dynamit abhalten können."

„Fernseher?", wiederholte Paddy. Tiefe Falten bildeten sich, als er die Augen zusammenkniff. „Wie kommst du denn auf so eine Idee? Du wirst mit uns kommen!"

„Mit euch?" Sie sah ihn verwirrt an.

„Aber natürlich, Adelia." Als sie Travis' Stimme hinter sich hörte, wirbelte sie herum. Zuerst fiel ihr Blick auf seine breite Brust, dann bog sie den Kopf zurück, um in seine ruhigen Augen zu sehen.

„Aber wieso denn?"

„Weil ich es sage", entgegnete er ruhig.

„So ist das also?", rief sie, erzürnt über seinen Tonfall. „Nun, wenn Sie einen Stallburschen brauchen, dann gibt es hier noch andere, die viel länger dabei sind. Stan oder Tom haben es viel mehr verdient als ich."

„Aber Dee", protestierte Steve mit einem breiten Grinsen. „Sie sind viel hübscher als die beiden, und ich würde Sie viel lieber sehen – Sie inspirieren mich."

„Inspirieren, ja?", gab sie amüsiert zurück. „Sie haben ja eine Meise." Dann wandte sie sich wieder an Travis, wozu sie ihren Blick wieder viele Zentimeter höherrichten musste. „Ich denke, Sie sollten einen der Männer mitnehmen", begann sie, doch er ergriff ihre Hand.

„Entschuldigt uns einen Moment", rief er über die Schulter, lief los und zerrte sie hinter sich her. Als er schließlich außer Sichtweite haltmachte, sah sie ihn wütend an. „Wie kommen Sie dazu, mich einfach so hinter sich herzuziehen?", rief sie atemlos. „Ihre Beine sind fast so lang, wie ich groß bin! Ich musste rennen, um mit Ihnen Schritt zu halten."

„Ich ziehe es vor, ohne Zuhörer mit Ihnen zu streiten, Adelia", bemerkte Travis kühl. „Ich leite Royal Meadows, und ich gebe hier die Befehle." Trotz ihrer eigenen Wut bemerkte sie, wie sehr er sein Temperament zügeln musste. Sein Blick war hart und direkt. „Ich lasse nicht zu, dass Sie meine Anweisungen infrage stellen, nicht unter vier Augen und schon gar nicht in aller Öffentlichkeit." Seine Worte verärgerten sie noch mehr, zumal sie wusste, dass er recht hatte. „Geht es endlich in Ihren Dickkopf hinein, dass Sie nicht länger allein leben und zu entscheiden haben, was zu tun ist? Nun, und was Ihre Anwesenheit in Kentucky betrifft", fuhr er mit ausdruckslosem Gesicht fort.

„Ich sagte Ihnen bereits …"

„Und ich sagte Ihnen", unterbrach er sie gebieterisch. „Sie werden dabei sein."

Ihre Augen blitzten bei dem Befehl auf. Wenn es Gott nicht gefällt, dass mein Temperament immer wieder mit mir durchgeht, dachte sie, warum hat er es mir dann überhaupt gegeben?

„Majesty reagiert auf Sie besser als auf jeden anderen hier", erklärte Travis. „Ich möchte, dass Sie sich um ihn kümmern."

Bei diesen Worten verpuffte ihr Ärger sofort. Sie senkte den Blick und starrte auf den Boden. „Sie werden mit nach Kentucky kommen, weil ich Sie dort haben will. Und ich bin es gewöhnt, zu bekommen, was ich will." Er begann zu schmunzeln, als er sah, wie erneut die Zornesröte in ihre Wangen stieg. Er umfing ihre Taille, hob sie hoch und ließ eine Hand langsam nach oben wandern. An ihrer Seite, neben ihren festen jungen Brüsten hielt er inne, und aus Adelias Wut wurde Verwirrung. Sanft und langsam strich er über ihre zarten Rundungen, liebkoste sie in kreisenden Bewegungen. Adelia öffnete den Mund, war aber zu schwach, um gegen diese ungewöhnliche Intimität zu protestieren. Ihr Körper reagierte auf seine Berührungen, und unvermittelt griff sie nach Travis' Schultern, um Halt zu finden.

„Lassen Sie mich runter!" Es war weniger ein Befehl als ein zitterndes Hauchen, und sein strahlendes Lächeln wurde ein wenig breiter, bevor er seinen Mund auf ihren senkte. „In einer Minute."

Adelia vergrub die Finger in seinen Schultern, als er sie leidenschaftlich küsste. Blitzartig durchfuhr sie die Gewissheit, dass sie sich niemals dagegen, gegen Travis würde wehren können. Dann verlor sie sich in den dunklen Tiefen der Lust.

„Steve hat recht", murmelte er an ihren Lippen und jagte heiße Schauer durch ihren Körper. „Sie sind hübscher als Tom oder Stan."

Noch einmal küsste er sie, dann stellte er sie wieder auf dem Boden ab und schlenderte mit lässiger Arroganz davon, während er leise „My Wild Irish Rose" sang. Adelia sah ihm fassungslos hinterher. Ihr Körper zitterte vor Wut und Verlangen.

5. KAPITEL

Zum zweiten Mal in ihrem Leben saß Adelia in einem Flugzeug. Dieser Flug jedoch unterschied sich erheblich von dem in der überfüllten Touristenklasse, in der sie über den Atlantik gereist war. Die vergleichsweise kurze Entfernung zwischen Maryland und Kentucky legten sie in Travis' luxuriös ausgestattetem Privatjet zurück. Adelias Verhalten unterschied sich dieses Mal ebenfalls erheblich: Fasziniert starrte sie aus dem Fenster, als sie West Virginia überquerten, betrachtete die winzigen Spielzeugstädte und grauen Straßen, die das hügelige Land durchzogen, die Flüsse und baumbestandenen Berge. Sie freute sich daran, wie wunderschön die Welt war, und bemerkte nicht, dass Travis sich neben sie setzte.

„Genießen Sie den Ausblick, Dee?", fragte er schließlich, amüsiert darüber, dass sie die Stirn gegen das Fenster presste wie ein Kind. Sie erschrak, als sie seine Stimme hörte, drehte sich zu ihm um und strich sich energisch die roten Locken aus dem Gesicht.

„Gütiger Himmel, immerzu erschrecken Sie mich. Sie bewegen sich leise wie der Wind."

„Tut mir leid. Ich werde künftig versuchen zu stampfen." Grinsend drehte er sich so, dass er sie direkt ansehen konnte. „Ich habe selbst oft gedacht, dass Sie sich bewegen wie eine dieser Elfen, für die Irland bekannt ist, oder vielleicht wie einer Ihrer Kobolde."

„Tja, nun, beides gleichzeitig kann ich nicht sein. Ein Kobold wird nicht als passender Umgang für eine ehrbare Elfe betrachtet."

„Nur für eine nicht ehrbare Elfe, vermute ich", entgegnete er, belustigt über ihren ernsthaften Ton.

„Richtig. Meistens benehmen sie sich sehr artig. Sie sind voller Hoffnung, am letzten Tag wieder ins Paradies einkehren zu können."

„Woraus sie vertrieben wurden?"

„Als Satan seine Rebellion anzettelte, hielten sie sich aus dem Kampf heraus, weil sie sich auf keine Seite schlagen wollten, bevor sie wussten, wie es ausging. Nachdem das ihr einziges Vergehen war, wurden sie auf die Erde verbannt statt in die Hölle."

„Erscheint mir fair", gab Travis mit einem Nicken zu. „Wenn ich mich richtig erinnere, besitzen Feen die recht Ehrfurcht einflößende Fähigkeit, einen Menschen in einen Hund oder ein Schwein oder etwas ähnlich Unschönes zu verwandeln, sind aber ansonsten eher freundlich gesinnt, wenn man sie mit angemessenem Respekt behandelt."

„Das stimmt. Woher wissen Sie das?"

„Paddy hat die Lücken in meiner Bildung schnell erkannt." Lächelnd beugte er sich zu ihr, und sie drückte sich mit weit aufgerissenen Augen in die Lehne. „Keine Angst", sagte er ein wenig verärgert. „Ich beiße nicht." Er schloss ihren Sicherheitsgurt und lehnte sich wieder zurück. „Wir landen in einer Minute."

„Schon?" Sie versuchte, so beiläufig wie möglich zu klingen, obwohl ihr Herzschlag in ihren Ohren vibrierte.

„Allerdings. Sie haben ganz schön lange auf Kentucky heruntergestarrt."

Das Flugzeug landete, und Majesty wurde ausgeladen und zum Transporter gebracht. Adelia nahm Louisville kaum wahr; ihre Gedanken waren hinten bei Majesty. Sie befürchtete, er könnte von der langen Reise ängstlich und verwirrt sein. Als sie ihre Gedanken allerdings laut aussprach, erntete sie lautes Gelächter von Travis. Amüsiert erklärte er ihr, dass Majesty ein erfahrener Reisender sei und das locker nahm. Darüber ärgerte sie sich, bis sie die riesigen Stallungen von Churchill Downs erreichten.

Travis Grant war in den Rennkreisen offenbar sehr bekannt und geachtet. Adelia bemerkte, mit welcher Wärme er von den Männern und Frauen begrüßt wurde. Er überragte die Gruppe um einen Kopf und strahlte eine Macht und eine Männlichkeit aus, die vor allem bei den Frauen gut ankam, wie sie mit einem Stich von Eifersucht feststellte.

Sie ärgerte sich über sich selbst, richtete ihre Aufmerksamkeit auf Majesty und brachte ihn in seinen Stall. Während sie ihn striegelte und fütterte, drangen von draußen die fröhlichen Stimmen an ihr Ohr. Als sie mit ihrer Arbeit fertig war, hörte sie Schritte und drehte sich um.

„War ich laut genug?" Travis lächelte sie jungenhaft an.

„Ja". Sie nickte ernsthaft. „Das klang wie eine ganze Herde afrikanischer Elefanten. Sie sind ein merkwürdiger Mann, Travis." Sie legte den Kopf schief und sah ihm prüfend ins Gesicht.

„Tatsächlich, Dee? Inwiefern?"

„Manchmal werfen Sie ganz wie ein strenger Gutsherr mit Befehlen um sich und haben einen Blick, der jeden Menschen sofort zu Eis erstarren lassen kann. Dann halte ich Sie für einen harten Mann. Aber manchmal …" Sie zögerte, zuckte mit den Schultern und wandte sich wieder zu Majesty um.

„Hören Sie nicht auf." Er drehte sie wieder zu sich um, nun lag nur noch ein schwaches Lächeln auf seinen Lippen. „Sie haben mich neugierig gemacht."

Sie fühlte sich auf einmal sehr unwohl und wünschte, sie würde endlich lernen, erst zu denken und dann zu sprechen. Doch Travis ignorierte ihren verlegenen Gesichtsausdruck. Seine Hände ruhten leicht, aber entschlossen auf ihren Schultern, und seine Augen forderten eine Erklärung.

„Manchmal … ich habe gesehen, wie Sie mit den Männern reden oder lachen, oder wie Sie einen der Zwillinge auf den Schultern tragen. Und ich sehe, wie Sie mit Onkel Paddy umgehen und mit den Pferden. Dann habe ich den Eindruck, dass es eine sanfte Seite an Ihnen gibt und dass Sie vielleicht insgesamt gar nicht so hart sind." Die letzten Worte hatte sie sehr schnell gesprochen, sie drehte sich erneut zu Majesty um und verpasste ihm ein paar zusätzliche und unnötige Bürstenstriche.

„Das ist sehr interessant", erklärte er, nahm ihr den Striegel aus der Hand und begann nun selbst, sich um das Pferd zu kümmern. „Sie verhätschelt dich", sagte er zu Majesty, während er zärtlich eine Hand über seine Flanke gleiten ließ. „Wenn ich sie lasse, wird sie dich noch stundenlang striegeln."

Sie riss den Blick von Travis' Fingern los, die das braune Fell streichelten. „Ich verhätschele ihn nicht, ich gebe ihm nur die Liebe, die er braucht. Und die wir alle von Zeit zu Zeit brauchen."

Er sah sie lange an. „Ja, die brauchen wir alle von Zeit zu Zeit."

In dieser Nacht, als sie in dem fremden Hotelzimmer im Bett lag, warf Adelia sich schlaflos hin und her, bis sie schließlich auf ihr unschuldiges Kopfkissen einboxte. Liebe war wirklich etwas Unangenehmes, unvorhersehbar und unwillkommen. Seufzend umarmte sie das Kissen, das sie kurz zuvor noch geschlagen hatte, wild entschlossen, diese unglaublich blauen Augen aus ihren Gedanken zu verbannen.

Am nächsten Morgen konnte Adelia schließlich einen richtigen Blick auf Churchill Downs werfen. Sie führte Majesty aus dem Stall und blieb auf der Rennbahn stehen. Das Pferd wartete mit ruhiger Gelassenheit, während sie erstaunt um sich blickte.

Die Anlage war riesengroß; die eineinviertel Meilen lange Bahn führte um ein Rasenfeld mit Zäunen, hübsch geschnittenen Sträuchern und Blumenbeeten in strahlenden Farben. Adelia ließ den Blick über die vielen Tribünen wandern, die den Eindruck erweckten, als könnten sie die Einwohner von ganz Kentucky aufnehmen. Die obersten Tribünen waren überdacht und von kleinen Türmchen gekrönt.

„Stimmt was nicht, Dee?" Sie zuckte überrascht zusammen, als ihre Betrachtungen von Travis' Frage unterbrochen wurden. „Entschuldigung", sagte er. „Ich habe vergessen zu stampfen."

„So langsam sollte ich mich daran gewöhnen." Sie seufzte und begann, Majesty auf die Bahn zu führen. „Was für eine fantastische Rennstrecke das ist!" Sie breitete die Arme aus.

„Sie ist mir eine der liebsten. Sie ist im Grunde noch dieselbe wie bei der Erbauung vor über einhundert Jahren. Wie Sie bestimmt wissen, findet hier eines der drei wichtigsten Vollblutrennen des Landes statt. Am ersten Samstag im Mai scheint die Welt ein paar Minuten stillzustehen." Er lächelte sie an. „Seit 1875 sind hier die besten Pferde gelaufen, und die allerbesten Pferde haben gewonnen. Das Kentucky Derby ist nicht einfach nur ein klassisches Rennen – es ist ein Rennen für dreijährige Vollblüter. Jeder Amerikaner würde lieber hier gewinnen als irgendwo anders auf der Welt. Man sagt, dass der Gewinner des Derbys auch die anderen Rennen der Saison gewinnt; die Magie bleibt bei ihm." Er schlug Majesty freundschaftlich auf die Flanke. „Und er hier, er liebt es, zu gewinnen."

„Das ist wahr. Er ist nicht gerade bescheiden, sondern ziemlich selbstsicher. Er will das Blue Grass Stakes hinter sich bringen, um endlich das Derby zu laufen."

„Ist das so?" Er zog die Mundwinkel in die Höhe, als er sah, wie Majesty sich an Adelias Schulter schmiegte. „Und Sie?" Er berührte ihre Wange. „Wollen Sie das Vorbereitungsrennen auch hinter sich bringen, um sich ins Derby zu stürzen?"

„So weit bin ich noch nicht." Adelia zuckte mit den Schultern und stolperte beinah, als Majesty sie mit dem Kopf anstupste. „Er ist derjenige, der es eilig hat. Aber auf jeden Fall gefällt es mir hier sehr gut. Und es ist schön zu wissen, dass sich in all den Jahren nicht viel verändert hat."

„Es gibt andere Rennbahnen, die vielleicht eher ins Auge springen", sagte er. „In Hialeah in Florida gibt es einen See in der Mitte mit Hunderten Flamingos."

Sie sah ihn mit großen Augen an. „Das würde ich gerne mal sehen."

„Das werden Sie ganz bestimmt", murmelte er und wickelte sich eine lange seidige Haarsträhne um den Finger. Dann wiederholte er in leichterem Tonfall. „Ja, Dee, das werden Sie ganz bestimmt."

Die Woche ging rasch vorbei, die Stunden waren angefüllt mit Pflichten und anderen Aktivitäten. Meistens kümmerte Adelia sich um Majesty, ihre freie Zeit verbrachte sie oft mit Steve Parker, zog ihn wegen seiner vielen Freundinnen auf und sah ihm dabei zu, wie er Majesty an die Rennbahn gewöhnte. Mit Paddy besprach sie die Qualitäten der anderen Hengste, die in dem Qualifikationsrennen mitlaufen würden.

„Der Hengst, der gewinnt, hat sich automatisch für das Derby qualifiziert", erklärte Paddy ihr. „Natürlich hat Travis diesen Knaben gleich nach seiner Geburt angemeldet, wie vor Kurzem auch Solomys Fohlen. Er weiß genau, wenn er einen Gewinner vor sich hat. Travis ist ein Mann, der immer die Zukunft im Auge behält."

„Er kennt sich mit Pferden gut aus", hob Adelia hervor. Der Stolz und die Zuneigung in Paddys Stimme weckten ein warmes Gefühl in ihr. „Man kann sehen, wie wichtig sie ihm sind. Es geht ihm nicht nur um Geld."

„Sie sind ihm wirklich wichtig", bekräftigte Paddy. „Und er ist strikt gegen den Einsatz von Schmerzmitteln oder Drogen, im Gegensatz zu anderen Pferdezüchtern. Wenn eines der Pferde nicht fit für ein Rennen ist, dann läuft es eben nicht, fertig. Natürlich ist Geld für Travis auch nie das Problem, aber auch wenn es so wäre, würde das nichts an seiner Einstellung ändern. Er ist einfach so. Nun, er hat auch eine sehr praktische Seite." Er trat neben Adelia in die Box und legte ihr einen Arm um die Schulter. „Was Investitionen betrifft – da ist er ziemlich ausgefuchst. Er weiß, wie man aus Geld noch mehr Geld macht, dafür hat er wirklich ein Händchen", fuhr Paddy nickend fort. „Und das eine oder andere Mal hat er auch mir zu recht ansehnlichen Gewinnen verholfen, wenn auch nicht vergleichbar mit seinen. Travis weiß sich schon um sich zu kümmern." Er drückte ihre Schulter, dann schob er Adelia aus dem Stall in das gleißende Sonnenlicht. Schweigend dachte sie über diese neue Seite an Travis nach.

Am Tag des Blue Grass Stakes war es bewölkt, bleigraue dicke Wolken hingen am Himmel. Adelia fühlte die Anspannung von den Zehen bis in die Haarspitzen, die Luft wog zentnerschwer auf ihren Schultern. Um sich von dem bevorstehenden Rennen abzulenken, beschäftigte sie sowohl ihre Hände wie ihre Gedanken mit Majesty. Als sie hochsah, betrat Travis den Stall. Sie lächelte ihm zu.

„Ich habe den Eindruck, Sie würden ihn heute am liebsten selbst reiten."

„Um ehrlich zu sein, wäre ich dann vielleicht nicht so nervös. Aber ich glaube nicht, dass Steve darüber sonderlich begeistert wäre."

„Nein." Er nickte ernsthaft. „Wohl eher nicht. Kommen Sie mit mir zur Tribüne, ab jetzt übernimmt Paddy."

„Oh, aber ..." Doch schon hatte er ihren Arm gegriffen und begann sie ins Freie zu ziehen. „Moment!", rief sie, machte auf dem Absatz kehrt und raste zurück zu Majesty, warf die Arme um seinen Hals und flüsterte ihm ins Ohr.

Als sie sich wieder zu Travis gesellte, starrte er sie gleichermaßen amüsiert wie neugierig an. „Was haben Sie ihm gesagt?"

Statt einer Antwort schenkte sie ihm nur ein geheimnisvolles Lächeln. Während sie auf die Tribüne zusteuerten, wühlte sie in der Hintertasche ihrer Jeans und drückte ihm dann zwei Scheine in die Hand. „Würden Sie eine Wette für mich abschließen? Ich weiß nicht, wie das funktioniert."

„Eine Wette?", wiederholte er und betrachtete die zwei Dollarnoten in seiner Hand. „Auf wen wollen Sie denn wetten?"

Angesichts dieser Frage runzelte sie die Stirn. „Natürlich auf Majesty." Dann erinnerte sie sich an einige Stichworte, die sie in letzter Zeit aufgeschnappt hatte. „Auf Sieg."

Travis' Gesicht blieb ernst. „Verstehe. Nun, mal sehen ... Seine Quote ist momentan 5:2." Mit zusammengezogenen Augenbrauen studierte er die Quotentafel. „Nun, Nummer drei ist 10:1, das ist für einen Zocker in Ordnung. Nummer sechs steht bei 2:1; das ist eher konservativ."

„Ich kenne mich damit nicht aus", unterbrach sie ihn mit einer verärgerten Handbewegung. „Für mich sind das alles nur eine Menge Zahlen."

„Adelia." Er sprach ihren Namen langsam aus, dabei tätschelte er ihr sanft die Schulter. „Man darf niemals wetten, ohne die Quoten zu kennen." Wieder blickte er auf die blinkenden Ziffern. „3:1 für Nummer zwei, eine recht sichere Wahl. Und 8:5 für Nummer eins."

„Travis, mir dreht sich schon der Kopf. Ich möchte einfach nur ..."

„Und 15:1 für Nummer fünf." Er sah auf die beiden verknitterten Scheine. „Wenn er gewinnt, hätten Sie ein kleines Vermögen verdient."

„Mir geht es nicht ums Geld", zischte sie. „Es soll ihm Glück bringen."

„Ach so, ich verstehe." Travis nickte feierlich, dann breitete sich ein Grinsen auf seinem ernsten Gesicht aus. „Über irischen Aberglauben sollte man sich nicht lustig machen."

Obwohl sie ihn grimmig musterte, legte er einen Arm um ihre Schultern und steuerte mit ihr auf das Wettfenster zu.

Es dauerte nicht lange, und schon standen sie nebeneinander auf der Tribüne. Adelia war fassungslos über die Menschenmassen, die sich eingefunden hatten. In das riesige Stadion passten hundertfünfzigtausend Besucher, erklärte Travis, und genauso viele schienen es auch zu sein. Immer wieder wurde Travis begrüßt. Adelia fühlte sich unbehaglich unter den vielen fragenden Blicken, was allerdings schnell vergessen war, als die Pferde die Rennbahn betraten. Sie konzentrierte sich ganz und gar auf Majesty und seinen in strahlendes Rot und Gold gekleideten Reiter. Als Majestys Name durchgesagt wurde, schloss Adelia die Augen, die Mischung aus Begeisterung und Nervosität war beinahe unerträglich.

„Er sieht aus, als wäre er bereit", sagte Travis ruhig und musste lachen, als sie bei seinen Worten zusammenzuckte. „Entspannen Sie sich, Dee, das ist nur ein Rennen."

„Ich könnte niemals entspannt sein, selbst wenn ich schon hundert Rennen gesehen hätte", behauptete sie. „Oh, da kommt ja Onkel Paddy. Geht es jetzt los?"

Statt zu antworteten, deutete er auf die Rennbahn, wo die Pferde gerade in die Startboxen geführt wurden. Sie umklammerte das Kreuz an ihrer Halskette, und als die Startglocke erklang und zehn Pferde nach vorne stürzten, legte Travis den Arm um ihre Schulter. Hufe schienen zu fliegen, tosender Lärm erfüllte die Luft, doch sie heftete den Blick auf Majesty, als wäre er allein auf der Rennbahn. Ohne ihr Dazutun hob sich ihr Arm. Sie krallte ihre Finger in die Hand, die auf ihrer Schulter lag, als könnte sie Majesty auf diese Weise antreiben. Und tatsächlich schob er sich immer weiter vor, als folgte er ihrem stummen Befehl, überholte ein Pferd nach dem anderen, bis er sich als Einziger von dem Feld löste. Dann plötzlich erhöhte er sein Tempo noch mehr und jagte mit großem Vorsprung ins Ziel.

Travis riss sie in seine Arme, während Paddy sich von hinten auf sie stürzte, und Adelia fand das Gefühl, zwischen diesen beiden Körpern eingeklemmt zu sein, geradezu himmlisch. Sie hörte ihren Onkel nah an ihrem Ohr schreien. Ihr Kopf war an Travis' Brust geschmiegt, als gehörte er dorthin. Majestys Sieg, dachte sie mit geschlossenen Augen, ist das schönste Geschenk, das ich jemals bekommen habe.

Jeder Mann, jede Frau und jedes Kind in Louisville waren ganz verrückt nach dem Kentucky Derby. Die Tage vergingen, und die Luft schien vor Aufregung zu knistern. Adelia sah Travis nur ab und zu, und wenn, dann sprachen sie über das Pferd. Dass er ab und zu ihren Kopf tätschelte, war die einzige persönliche Geste, die er sich erlaubte. Langsam glaubte sie, dass die Streitereien mit ihm auch ihre Vorteile gehabt hatten. Um sich abzulenken, verbrachte sie noch mehr Zeit mit Majesty.

„Du bist ein wunderbares, schönes Pferd." Sie strich über die Nüstern und sah in seine klugen Augen. „Aber das darf dir nicht zu Kopf steigen. Am Samstag liegt eine große Aufgabe vor dir. Ich werde jetzt ein paar Minuten rausgehen, und ich möchte, dass du dich ausruhst. Danach werde ich dich vielleicht noch mal striegeln."

Adelia verließ den Stall, trat in die helle Maisonne und fand sich mit einem Mal von Reportern umzingelt.

„Sind Sie Majestys Pflegerin?", rief ihr jemand zu. Die Reporter schienen eine Wand zu bilden, die sie vom Rest der Welt abschnitt. Umgehend sehnte sie sich nach der dämmrigen Einsamkeit des Stalls zurück. Dann erklang eine andere Stimme. „Eine solche Pferdepflegerin bekommt man nicht gerade oft zu sehen."

Sie lief um den Mann herum, während sie blinzelnd versuchte, sich an das Sonnenlicht zu gewöhnen. „Ach, tatsächlich?", gab sie verärgert zurück. „Ich dachte, es gibt genügend Rothaarige in Amerika."

Die Reporter brüllten vor Lachen, und der Mann, an den sie ihre Antwort gerichtet hatte, warf ihr ein gutmütiges Grinsen zu. Danach wurde sie mit Fragen bombardiert, und einige Minuten lang versuchte sie tapfer, eine nach der anderen zu beantworten.

„Um Himmels willen!" Sie stemmte die Hände in die Hüfte und schüttelte den Kopf. „Sie sprechen ja alle gleichzeitig." Sie schob ihre Kappe in den Nacken und atmete tief durch. „Diese Fragen sollten Sie eher Mr Grant oder Majestys Trainer stellen." Damit drückte sie sich entschlossen durch die Reportermenge hindurch und drehte sich erst um, als sie eine Hand auf ihrem Arm spürte. Es war der Mann, der sie zuvor auf ihr Aussehen angesprochen hatte.

„Miss Cunnane, bitte entschuldigen Sie, wenn wir ein wenig grob mit Ihnen umgegangen sind." Er lächelte sie sehr charmant an, und Adelia konnte nicht anders, als dieses Lächeln zu erwidern.

„Ist ja nichts passiert."

„Ich heiße Jack Gordon. Vielleicht kann ich es wiedergutmachen, indem ich Sie heute Abend zum Essen einlade."

Sie war überrascht, aber auch geschmeichelt, von so einem attraktiven Mann eingeladen zu werden. Trotzdem war er ein Fremder. Gerade wollte sie etwas entgegnen, als sie eine Stimme hinter sich vernahm.

„Tut mir leid, aber meine Pferdepflegerin ist tabu."

Sie drehte sich um. Travis betrachtete sie mit kühlen blauen Augen. Wut begann in ihr zu brodeln.

„Haben Sie nichts zu tun, Adelia?", fragte er mit hochgezogenen Augenbrauen. Sie schenkte ihm einen Blick, der ihm ohne Worte zu verstehen gab, was sie von dieser Frage hielt, dann machte sie auf dem Absatz kehrt und lief mit erhobenem Kopf zurück zum Stall.

Etwa eine Viertelstunde später verabschiedete Travis sich von den Reportern und gesellte sich zu ihr. Sie sah, wie er mit langen Schritten auf sie zukam, die Hände lässig in den Hosentaschen seiner schmalen Jeans vergraben.

„Sie sollten doch wissen, dass man sich nicht mit fremden Männern verabredet, Adelia." Seine Stimme klang überheblich.

„Mein Privatleben geht Sie nichts an", versetzte sie wütend. „Sie haben kein Recht, sich einzumischen."

„Solange Sie für mich arbeiten und für meine Pferde verantwortlich sind, geht mich Ihr Leben sehr wohl etwas an."

„Aye aye, Sir", schoss sie zurück, ohne sich von seinen zusammengekniffenen Augen einschüchtern zu lassen. „Künftig werde ich Sie um Erlaubnis bitten, bevor ich den nächsten Atemzug nehme." Sie stampfte erbost auf den Boden. „Ich bin nicht von gestern. Ich kann sehr gut auf mich selbst aufpassen."

„Haben Sie neulich im Stall etwa auf sich selbst aufgepasst?" Sie erbleichte und wandte sich von ihm ab. Mit einem unterdrückten Fluchen drehte er sie wieder zu sich um. „Dee, es tut mir leid. Das war nicht fair."

„Nein, das war es nicht." Sie riss sich los; in ihren Augen funkelten Tränen der Empörung. „Aber es überrascht mich nicht, dass Sie so etwas sagen. Es macht Ihnen Spaß, mich immer wieder auf meinen Platz zu verweisen, Mr Grant, zudem haben Sie mich daran erinnert, dass ich noch zu arbeiten habe. Also gehen Sie, damit ich in Ruhe meine Arbeit erledigen kann." Sie nahm ihre Kappe ab und machte einen Knicks. „Wenn es Seiner Hoheit genehm ist."

„So langsam habe ich wirklich genug, Sie grünäugige Hexe", murrte er. „Am liebsten würde ich Sie übers Knie legen und Ihnen den Hintern versohlen. Aber von dieser Bestrafung hier habe ich selbst was …"

Er riss sie so schnell in seine Arme, dass ihr kaum Zeit blieb, zu protestieren, bevor er seine Lippen auf ihre drückte, erst hart, dann fordernd, dann besitzergreifend.

„Das sollte nicht zur Gewohnheit werden", murmelte er, dann küsste er sie wieder, spielte mit ihren Locken und strich mit einer Hand über ihren Rücken, bis sie glaubte, vor Hitze zu schmelzen.

Leichte Schauer jagten über ihren Rücken und erfüllten sie mit köstlicher Furcht. Adelia spürte, wie er sie weiter nach hinten bog und die Lippen fester auf ihre drückte. Er forderte nicht weniger als ihre Unterwerfung. Ihr wurde bewusst, wie schwach sie war, wie zerbrechlich. Seine Kraft überwältigte sie; fast glaubte sie, ohnmächtig zu werden. Sie nahm nichts mehr wahr außer seinem muskulösen Körper und seinem fordernden Mund und seinem leidenschaftlichen Kuss.

Dann hob Travis den Kopf und hielt sie an den Schultern fest, als sie taumelte. Nachdenklich musterte er ihr gerötetes Gesicht. „Wissen Sie, Dee", sagte er schließlich mit ruhiger und unbeirrter Stimme, „Sie sind eigentlich viel zu klein für dieses gefährliche Temperament."

Freundlich tippte er ihr auf die Nase und spazierte aus dem Stall.

Der Tag des Derbys war frühlingshaft warm. Eine sanfte, duftende Brise wehte, der Himmel war klar und wolkenlos. Doch das perfekte Wetter beeindruckte Adelia, deren Nerven entsetzlich angespannt waren, in keiner Weise. Sie hatte Travis am Vormittag mehrere Male gesehen, und sie beneidete ihn um seine Gelassenheit ebenso, wie sie sich darüber ärgerte. Noch immer hallte der leidenschaftliche Kuss in ihr nach, und sie fand es geradezu unmöglich, ganz normal zu funktionieren. Nun auch noch auf das Rennen zu warten war eine einzige Qual.

Schließlich stand sie neben Travis auf der Tribüne mit dem Gefühl, dass sie jeden Moment aus den Schuhen kippen würde, wenn das Rennen nicht bald begann.

„Hier."

Adelia blickte auf das Glas, das Travis ihr hinhielt.

„Was ist das?"

„Ein Mint Julep." Er nahm ihre Hand, drückte das Glas hinein und schloss ihre Finger darum. „Trinken Sie das", befahl er. „Aus zweierlei Gründen. Erstens ist das Tradition, und Sie können das Glas zur Erinnerung an Ihr erstes Derby behalten. Und zweitens", fuhr er fort, „brauchen Sie etwas, das Ihre Nerven beruhigt. Sonst fallen Sie mir noch um."

„Das stimmt allerdings." Sie nippte behutsam an dem Cocktail aus Minze und Whiskey. „Travis, ich könnte schwören, dass heute sogar noch mehr Zuschauer hier sind als letztes Mal. Wo kommen die bloß alle her?"

„Von überall", antwortete er und folgte ihrem faszinierten Blick. *Run for the Roses* ist das wichtigste Rennen der Saison."

„Warum heißt es so?" Sie fand die Kombination aus Gespräch und Mint Julep außerordentlich beruhigend.

„Der Sieger wird mit einem Kranz aus roten Rosen geschmückt, und der Jockey bekommt einen ganzen Arm voll. Deswegen nennt man es *Run for the Roses.*"

„Das ist nett." Adelia schob sich die Kappe ein wenig aus der Stirn. „Majesty werden die roten Rosen gefallen."

„Er wird ganz verrückt danach sein", stimmte Travis mit verdächtiger Ernsthaftigkeit zu, doch bevor Adelia etwas entgegnen konnte, erklangen die ersten Töne von „My Old Kentucky Home".

„Ach, Travis, die Parade beginnt!" Sie heftete den Blick auf Majesty und den kleinen Mann auf seinem Rücken, der erneut strahlend rot und golden gekleidet war. Die anderen Jockeys in Blau und Grün und Gelb nahm sie gar nicht wahr. Zudem gab es ihrer Ansicht nach auch kein Tier, das es an Kraft und Schönheit mit Majesty aufnehmen konnte – und so, wie Majesty stolzierte, war er derselben Meinung.

„Der Himmel sei uns gnädig, Onkel Paddy", murmelte sie, als ihr Onkel neben ihr auftauchte. „Mein Herz schlägt so schnell, dass ich jeden Moment zerplatze. Ich glaube, ich bin für so etwas nicht gemacht."

Majesty wurde in die Startbox geführt, und dann verlor sie sich in dem Geschmetter der Trompeten und dem Gebrüll der Zuschauer. Die Pferde rasten in einer riesigen Staubwolke los.

Ihr Blick folgte Majesty, der in gleichbleibender Geschwindigkeit galoppierte. Die Luft vibrierte. Adelia hatte das Gefühl, selbst auf Majesty zu reiten, den Wind auf ihrem Gesicht und den starken Rhythmus des Pferdes unter sich zu spüren. Ohne es zu merken, hatte sie sich in Travis' Arm festgekrallt.

Als sie in die zweite Kurve kamen, lenkte Steve das Pferd auf die Innenbahn, woraufhin Majesty das Feld mit langen, geschmeidigen Bewegungen hinter sich ließ. Der Abstand zwischen ihm und dem nächsten Pferd wurde immer größer. Er galoppierte scheinbar mühelos weiter und erreichte das Ziel mit mehr als vier Pferdelängen Vorsprung.

Ohne zu zögern, warf Adelia sich begeistert in Travis' Arme. Sie konnte vor lauter Freude nur unzusammenhängend auf ihn und ihren Onkel einreden. Paddy führte neben ihr einen improvisierten Freudentanz auf.

„Na los." Travis legte Paddy einen Arm um die Schulter. „Gehen wir hinunter zu unserem Gewinner, bevor der Andrang zu groß wird."

„Ich warte auf euch." Adelia bückte sich nach ihrer heruntergefallenen Kappe. „Ich mag es nicht, wenn sich die Reporter auf mich stürzen. Ich warte draußen und nehme Majesty mit, sobald der Trubel vorbei ist."

„Ist gut", sagte Travis. „Aber heute Abend wird gefeiert. Was meinst du, Paddy?"

„Ich meine, dass ich gerade eine unüberwindliche Lust auf Champagner entwickelt habe." Die beiden Männer grinsten einander an.

An diesem Abend starrte Adelia in den großen Spiegel in ihrem Zimmer. Das rotbraune Haar fiel ihr üppig über die Schultern, glänzte wie frisch poliertes Kupfer und bildete einen wunderschönen Kontrast zu ihrem grünen Kleid.

„Sieh dich bloß an, Adelia Cunnane!" Zufrieden lächelte sie ihrem Spiegelbild zu. „In Skibbereen würde dich kein Mensch in diesem Kleid wiedererkennen!" Sie hörte ein Klopfen an der Tür und schnappte sich den Schlüssel von der Kommode. „Ich komme, Onkel Paddy."

Doch als sie mit einem strahlenden Lächeln die Tür aufriss, stand dort nicht etwa ihr vergnügter Onkel, sondern ein unfassbar gut aussehender Travis in einem dunklen Anzug und einem strahlend weißen Hemd. Stumm standen sie voreinander. Travis ließ seinen Blick von ihrem glänzenden Haar über die sanften Rundungen ihres Körpers wandern, die von dem weichen grünen Jerseystoff betont wurden. Dann sah er ihr wieder ins Gesicht. Er lächelte noch immer nicht.

„Adelia, Sie sind wunderschön."

Ihre Augen weiteten sich vor Freude, während sie nach einer passenden Antwort suchte. „Danke schön", brachte sie schließlich hervor. „Ich dachte, Sie wären Onkel Paddy." Nervös fuhr sie sich mit der Zungenspitze über die Lippen.

„Paddy und Steve warten unten auf uns."

Die Intensität seiner Blicke raubte ihr fast den Verstand, hastig sagte sie: „Gut, dann sollten wir zu ihnen gehen."

Travis nickte nur, doch obwohl sie einen Schritt nach vorne trat, rührte er sich noch immer nicht von der Stelle. Sie hob den Blick von seinem Kragen zu seinem Gesicht, wollte etwas sagen, doch ihr Kopf war ganz leer. Er sah sie eine Ewigkeit lang an, dann drückte er ihr eine rote Rose in die Hand. „Die lässt Majesty schicken. Er sagt, Sie mögen rote Rosen."

„Oh." Trotz seiner launigen Worte lächelte er noch immer nicht. „Ich wusste nicht, dass Sie mit Pferden sprechen."

„Ich lerne es langsam", entgegnete er nur, dann strich er mit einer Hand über ihre Schulter. „Meine Lehrerin ist eine Expertin."

Sie blickte auf die Rose in ihrer Hand. Bisher hatte sie zwei Mal in ihrem Leben Blumen geschenkt bekommen – beide Male von Travis. Und immer waren es rote Rosen gewesen. Sie lächelte, weil sie nie mehr eine rote Rose würde betrachten können, ohne an ihn zu denken. Dieses Geschenk erschien ihr wertvoller als Diamanten. Sie lächelte ihm offen zu.

„Danke, Travis." Ohne nachzudenken, stellte sie sich auf die Zehenspitzen und küsste ihn auf die Wange.

Er sah sie an, und einen Augenblick lang glaubte Adelia, ein Zögern in seinen Augen zu sehen, bevor er endlich den Mund zu einem Lächeln verzog.

„War mir ein Vergnügen, Dee. Nehmen Sie die Rose mit, sie steht Ihnen gut." Er nahm ihr den Schlüssel aus der Hand, steckte ihn in seine Tasche und begleitete sie zum Fahrstuhl.

Das feierliche Abendessen war eine ganz neue Erfahrung für Adelia. Das elegante Restaurant, das ungewöhnliche Essen und ihr erstes Glas Champagner – das alles schien ihr unwirklich. Im Gegensatz zu dem kurzen Moment an ihrer Zimmertür war Travis jetzt sehr umgänglich und behandelte sie mit ausgesuchter Höflichkeit, gerade so, als hätte es den kurzen Moment an ihrer Zimmertür zwischen ihnen gar nicht gegeben. Der Abend verging wie hinter einer Wand aus Nebel.

Kurz darauf jedoch war Adelia wieder in Maryland, steckte in ihren Jeans, ging eifrig ihren Pflichten nach und schob jeden Gedanken an elegante Restaurants und schöne Kleider zur Seite. Stundenlang pflegte und trainierte sie die Pferde und hatte wenig Zeit, über die Gefühle nachzudenken, die Travis in ihr geweckt hatte. Ansonsten ging sie den Reportern aus dem Weg, die oft vor den Ställen oder auf der Trainingsbahn herumlungerten. Nachts jedoch gelang es ihr nicht, die Träume zu verdrängen, die auf ihre neu erwachten Sinne einstürmten.

Aus Tagen wurden Wochen, und obwohl Adelia allen Pferden des Gestüts ihre Liebe und Aufmerksamkeit schenkte, war Majesty nach wie vor ihr Liebling.

„Werde nur nicht überheblich, nur weil dein Foto in ein paar eleganten Zeitschriften erschienen ist", ermahnte sie ihn.

Paddy kam in den Stall spaziert und legte eine Hand auf ihre Schulter. „Hältst du ihn im Zaum, ja, kleine Dee? Wir wollen ja nicht, dass er größenwahnsinnig wird, oder?"

„Nein, das wollen wir nicht." Sie betrachtete ihren Onkel aufmerksam. „Du siehst müde aus, Onkel Paddy. Geht's dir nicht gut?"

„Doch, mir geht es gut, Dee, sehr gut." Er tätschelte ihre rosige Wange und zwinkerte ihr zu. „Wenn Belmont erst mal vorbei ist, werde ich wohl eine Woche lang schlafen."

„Du hast dir eine Pause verdient. Du arbeitest viel und hart. Und du bist ein bisschen blass. Meinst du nicht …"

„Wage es nicht, mich zu bemuttern", unterbrach er sie freundlich. „Es gibt nichts Schlimmeres als eine Frau, die das tut. Konzentrier dich einfach auf diesen Knaben hier." Er streichelte Majestys Kopf. „Und mach dir keine Sorgen um Paddy Cunnane."

Sie sagte nichts dazu, nahm sich nur im Stillen vor, künftig ein Auge auf ihn zu haben. „Onkel Paddy, ist Belmont wichtig?"

„Jedes Rennen ist wichtig, Darling, und dieses ganz besonders. Nun, dieser Junge hier wird sich bestimmt gut machen. Es ist ein langes Rennen, eineinhalb Meilen, und genau für so etwas wurde er gezüchtet. Er ist ein Langstreckenläufer und dazu einer der besten. Nicht wie Fortune, wohlgemerkt. Der ist ein Sprinter und kann so ziemlich jeden auf kurzer Strecke schlagen. Travis ist klug genug, Pferde für Kurz- und für Langstrecken zu züchten. Und das ist gut so. Aber er hier, er ist der Richtige für Belmont." Er schüttelte Majesty sanft am Maul. „Und du auch." Er tätschelte Adelias Kopf.

„Ich? Ich werde auch hinfahren?"

„Allerdings. Hat Travis dir noch nichts gesagt?"

„Nein. Ich habe von ihm nicht viel zu sehen bekommen, seit wir aus Kentucky zurück sind."

„Er hat viel zu tun."

Wahrscheinlich wäre es nicht besonders klug, abzulehnen, dachte Adelia, zumal es ihr beim letzten Mal sowieso nichts geholfen hatte. Außerdem, beschloss sie, war New York bestimmt einen Besuch wert.

75

Im Belmont Park auf Long Island wimmelte es nur so von Reportern. Adelia gelang es meistens, sich im Hintergrund zu halten, und wenn sie doch einmal von Journalisten in die Ecke gedrängt wurde, bemühte sie sich, so schnell wie möglich wieder zu entkommen. Sie ahnte nichts von den Mutmaßungen, die über sie und Majestys Besitzer angestellt wurden. Doch auch zerschlissene Jeans und weite Hemden konnten ihre Schönheit nicht verbergen, und ihre Abneigung gegen Interviews erhöhte das Interesse der Reporter nur noch.

Manchmal fühlte sie sich geradezu verfolgt und wünschte, sie wäre standhaft geblieben und nicht mit auf das Rennen gefahren. Doch wenn sie dann Travis erblickte, wie er mit den Händen in den Hosentaschen auf den Stall zumarschierte, das Haar vom Wind zerzaust, musste sie sich eingestehen, dass sie allein zu Hause wahrscheinlich verrückt geworden wäre. Aber dieses Wissen tröstete sie auch nicht.

Als Adelia sich zum dritten Mal zu Travis auf die Tribüne gesellte, hatte sie keine Zeitschriften oder nervende Journalisten mehr im Sinn. Mit leichtem Unbehagen registrierte sie, dass Belmont deutlich mondäner war als Churchill Downs, die Rennbahn in Louisville. Hier war alles noch riesiger und einschüchternder, und neben den eleganten Damen auf den Tribünen und im Clubhaus fühlte Adelia sich unzulänglich und hässlich.

Wie albern, ermahnte sie sich und straffte die Schultern. Ich kann nicht wie sie sein, und außerdem nehmen sie von mir sowieso keine Notiz. Die meisten dieser feinen Ladys können ihren Blick nicht von Travis losreißen. *Ich schätze, solche Frauen trifft er in seinem Countryclub oder lädt sie zu einem intimen Abendessen ein.* Schwermut senkte sich über sie wie eine schwarze Wolke, doch Adelia holte tief Luft und blies sie davon.

Eigentlich hätte sie inzwischen an die vielen Menschen und die angespannte Atmosphäre gewöhnt sein müssen, doch je näher das Rennen rückte, umso unerträglicher wurde ihre Aufregung. Nicht in der Lage, etwas zu sagen, umklammerte sie das Geländer mit beiden Händen, als Majesty zur Startbox geführt wurde. Er war ungeduldig, tänzelte leicht und hob und senkte den Kopf, während Steve sich bemühte, ihn unter Kontrolle zu halten.

„Ich muss Sie noch öfter zu Rennen mitnehmen, Dee." Travis drückte sanft ihre Schultern. „In ein paar Monaten sind Sie ein alter Hase."

„Ich fürchte, das werde ich niemals sein. Es fühlt sich immer an wie das erste Mal. Ich halte es kaum aus."

„Ich werde Sie trotzdem mitnehmen", kündigte er an und spielte einen Moment lang mit ihren Haarspitzen. „Sie bringen mir die Aufregung zurück. Für mich ist das alles schon so selbstverständlich geworden."

Verblüfft über seine sanfte Stimme sah sie ihn an und wollte gerade etwas sagen, als die Startglocke schrillte und die Menge zu jubeln begann. Die Pferde donnerten über die Rennbahn. An der ersten Kurve teilte sich das Feld auf, Majesty schien wie ein glühender Komet zwischen den schimmernden Körpern hindurchzusausen, bis er mit seinem schnellsten Konkurrenten Kopf an Kopf lag. Dann, als ob ein Schalter umgelegt worden wäre, wurden seine Schritte noch länger und ungestümer, bis er auf die Zielgerade zuzufliegen schien.

Die Zuschauer gerieten vollkommen außer Rand und Band, klatschten und jubelten in ohrenbetäubender Lautstärke. Adelias Füße verloren den Halt, als Travis sie hochhob und im Kreis herumwirbelte. Erschrocken schlang sie die Arme um seinen Nacken. Er ließ sie auch nicht los, als Paddy sie beide umarmte. Die Worte, die gerufen wurden, ergaben für sie keinen Sinn, und während dieses Freudentaumels trafen sich ihre Lippen.

Auch hinterher konnte sie nicht sagen, wer da wen geküsst hatte; Adelia wusste nur, dass dieser Kuss sie noch viel mehr aufwühlte als das vorangegangene Rennen. Als ihre Füße wieder den Boden berührten, drehte sich in ihrem Kopf noch immer alles. Sie zitterte. Sie konnte nicht anders, als zu ihm hinaufzustarren. Einen Moment lang fühlte sie dasselbe wie vor Monaten, als das Fohlen geboren worden war. Die lärmende Menschenmenge um sie herum verschwand, und sie glaubte, in seinen Augen zu ertrinken.

„Dann gehen wir mal hinunter." Paddy räusperte sich sehr umständlich, bevor er Travis eine Hand auf die Schulter legte. Als Travis den Blick von Adelia löste, glaubte sie, ihre Beine würden unter ihr nachgeben. Sie war so verwirrt wie jemand, der zu schnell aus einem Traum erwachte.

„Ja." Travis grinste wie ein kleiner Junge. „Gehen wir dem Sieger gratulieren. Los." Er packte Adelias Hand und zog sie hinter sich her.

„Ich komme nicht mit." Sie stemmte sich gegen sein Gewicht.

„Und ob Sie das tun", rief er, ohne sie anzusehen. „Sie haben das letzte Mal Ihren Willen durchgesetzt. Aber jetzt werden Sie dabei sein, wenn Majesty seine Blumen bekommt. Weiße Nelken sind es diesmal, und eine davon gehört Ihnen."

Er ignorierte ihre Einwände, und kurz darauf befand sie sich mit den anderen im *Winner's Circle*. Kameras waren aufgebaut, Blitzlichter leuchteten auf; Adelia hielt sich so gut es ging im Hintergrund. Noch immer war sie von dem Verlangen erschüttert, das sie in Travis' Umarmung empfunden hatte, von diesem überwältigenden, wilden Wunsch, ihm ganz und gar zu gehören. Sie fühlte sich wie von einem unlöschbaren Durst geplagt, und diese Empfindung erschreckte sie zutiefst. Sie wusste, dass ihre Sehnsucht nach Travis und ihre Liebe sie verletzlich machten, dass jede Gegenwehr dahinschmelzen würde wie Frühlingsschnee, wenn Travis seinen Vorteil ausnutzte.

Sie musste ihn sich vom Leib halten, jegliche Situationen vermeiden, in denen sie allein waren. Sie sah zu ihm hinüber. Ihre Blicke trafen sich, und sie begann zu zittern. Hastig schlug sie die Augen nieder. So musste sich ein Kaninchen fühlen, das von einem starken schlauen Fuchs in die Enge getrieben worden war.

6. KAPITEL

Zurück im Hotel beschloss Adelia, mit Onkel Paddy auf sein Zimmer zu gehen, weil sie mit ihren Gedanken nicht allein bleiben wollte. Travis begleitete sie bis zur Tür.

„Ich habe für heute Abend einen Tisch reserviert." Er strahlte. „Steve feiert seine eigene Party mit einer jungen Dame, die seit dem Derby nicht mehr von seiner Seite weicht."

„Ach, Travis." Paddy ließ sich schwer auf sein Bett sinken. „Heute musst du ohne den alten Mann feiern. Ich bin völlig erledigt." Lächelnd schüttelte er den Kopf. „Das war genug Aufregung für einen Tag. Ich spiele Gutsherr und lasse mir das Abendessen ans Bett bringen."

„Onkel Paddy." Adelia legte ihm eine Hand an die Stirn. „Dir geht es nicht gut. Ich bleibe bei dir."

„Nun lass das mal." Er wehrte sie entschieden ab. „Du machst so ein Theater wie deine Großmutter immer. Ich bin müde und nicht krank. Am Ende kommst du noch auf die Idee, mich irgendein ekelhaft schmeckendes Gebräu trinken zu lassen oder mir einen Wickel zu machen." Mit einem gequälten Seufzen sah er Travis an. „Dieses Mädchen macht sich immerzu Sorgen. Bitte, nimm sie mir ab, damit ich meinen müden alten Knochen etwas Ruhe gönnen kann."

Mit verständnisvollem Nicken wandte sich Travis an Adelia. „Seien Sie in einer Dreiviertelstunde fertig", sagte er nur. „Ich komme nicht gern zu spät."

„Tun Sie dies, tun Sie das", ärgerte sie sich. „Niemals ein ‚könnten Sie' oder ein ‚bitte'. Wir sind jetzt nicht im Stall, Travis Grant, und ich schätze es überhaupt nicht, herumkommandiert zu werden." Sie blies sich die wilden Locken aus der Stirn und verschränkte die Arme vor der Brust.

Travis hob spöttisch eine Augenbraue. „Ziehen Sie dieses grüne Ding an, Dee. Es gefällt mir." Bevor es zu einem weiteren Zornesausbruch kommen konnte, schloss er die Tür hinter sich.

Nachdem ihr Onkel sie überredet hatte, ihn allein zu lassen und Majestys Sieg mit Travis zu feiern, war Adelia pünktlich fertig. Während sie das grüne Kleid überstreifte, redete sie sich ununterbrochen ein, dass sie nur mit diesem arroganten Kerl ausging, um Onkel Paddy einen Gefallen zu tun. Es klopfte. „Wenn man vom Teufel spricht", schimpfte sie leise vor sich hin und riss mit düsterem Blick die Tür auf.

„Guten Abend, Adelia", begrüßte Travis sie, offenbar unbeeindruckt von ihrer feindseligen Haltung. „Sie sehen wundervoll aus. Sind Sie fertig?"

Sie schenkte ihm einen weiteren erbosten Blick, hatte aber leider nichts griffbereit, das sie ihm an den Kopf hätte werfen können. Sie trat auf den Gang und knallte mit Wucht die Tür hinter sich zu. Auch während der Taxifahrt schwieg sie eisern, doch Travis blieb gelassen, plauderte fröhlich vor sich hin und machte sie hier und da auf eine Sehenswürdigkeit aufmerksam. Es war für Adelia nicht leicht, ihre Wut am Kochen zu halten.

Das Restaurant war prachtvoller, als sie in ihren kühnsten Träumen erwartet hätte. Mit großen Augen betrachtete sie die Gäste in ihrer teuren Abendgarderobe. Sie folgte einem Oberkellner zu einem ruhigen Ecktisch, zutiefst beeindruckt von seiner Eleganz. Durch das Fenster hatte man einen wunderschönen Blick auf die pulsierende Stadt; die aufblitzenden Lichter der Autos bildeten einen verwirrenden Kontrast zu der ruhigen Atmosphäre des Restaurants. Sie sah erst auf, als der Ober fragte, ob sie einen Aperitif wünsche. Hilflos sah sie Travis an, der daraufhin Champagner bestellte.

„Zu schade, dass wir Majesty nicht mitnehmen konnten", bemerkte sie und begann zu lachen. Alle Abneigung war vergessen. „Er hat hart gearbeitet, und wir trinken den Champagner."

„Ich bezweifle sehr, dass er Champagner zu schätzen wüsste, selbst wenn wir ihm eine Flasche mitbringen würden. Für so ein nobles Ross hat er einen ziemlich schlichten Geschmack. Und deshalb", er legte seine Hand auf ihre, „ist es nun an uns, auf seinen Sieg zu trinken. Wussten Sie, Adelia, dass Ihre Augen im Kerzenschein golden leuchten?"

Überrascht von dieser Beobachtung, wusste sie nichts zu sagen. Sie war sehr erleichtert, als der Champagner serviert wurde, sodass es ihr erspart blieb, zu antworten.

„Wie wäre es mit einem Toast, Dee?"

Sie hob das schlanke Glas und lächelte. „Auf Majesty, den Sieger des Belmont Stakes."

Auch Travis erhob sein Glas. „Auf den Sieg."

„Hunger?", fragte er kurze Zeit später. „Worauf hätten Sie Lust?"

„Irish Stew gibt es hier wohl eher nicht", murmelte sie geistesabwesend und seufzte über das merkwürdige Schicksal, das ihr Leben so grundlegend verändert hatte. Dann öffnete sie die Speisekarte, hielt inne und sah ihn mit erstaunten Augen an.

„Stimmt etwas nicht?"

„Das ist ja Beutelschneiderei! Etwas anderes fällt mir dazu nicht ein!" Er beugte sich vor, nahm ihre Hände in seine und grinste sie an. „Sind Sie sicher, dass in Ihren Adern nicht auch schottisches Blut fließt?" Adelia wollte zutiefst beleidigt etwas entgegnen, doch er hob ihre Hände an seine Lippen, und sie verstummte. „Regen Sie sich nicht schon wieder auf, Dee." Er lächelte ihr über die Hände hinweg zu. „Und achten Sie gar nicht auf die Preise. Ich kann es mir leisten."

Sie schüttelte den Kopf. „Ich kann da nicht mehr reinschauen – sonst wird mir ganz schwindelig. Ich nehme einfach dasselbe wie Sie."

Er bestellte. Als sie wieder allein waren, studierte er ihre Handflächen und ignorierte ihren Versuch, sie zurückzuziehen.

„Sie kümmern sich jetzt besser um sie", murmelte er.

„Ja", gab sie zurück, verlegen und aufgebracht zugleich. „Inzwischen sind sie nicht mehr ganz so schwielig wie die eines Bauarbeiters."

Er sah sie einen Moment lang schweigend an. Dann sagte er: „Ich habe Sie an diesem Abend gekränkt. Das tut mir leid." Sein milder Ton besänftigte sie.

„Das macht nichts", sagte sie stockend, zuckte mit den Schultern und versuchte erneut, ihre Hände zurückzuziehen. Doch er ließ sie nicht los.

„Sie haben faszinierende Hände. Ich habe sie recht ausführlich studiert. Klein, schmal und so unglaublich tüchtig – normalerweise passt das nicht zusammen. Tüchtige Adelia", murmelte er, bevor er sie mit einer Intensität betrachtete, die sie erbleichen ließ. „Sie hatten es nicht leicht auf dieser Farm, oder?"

„Ich … nein. Nein, wir kamen schon zurecht."

„Zurecht?", wiederholte er, und sie spürte, wie er ihr Gesicht erforschte auf der Suche nach den Worten, die sie nicht aussprach.

„Wir haben getan, was zu tun war." Sie sprach fast beiläufig; sie wusste nicht, was er von ihr wollte. „Tante Lettie war eine willensstarke Frau. Sie ließ sich nicht so leicht unterkriegen. Ich habe mich oft gewundert, dass sie meinem Dad überhaupt nicht ähnlich war", fuhr sie fort. „Und jetzt weiß ich, dass sie auch Onkel Paddy nicht ähnlich war. Vielleicht lag es einfach an der Verantwortung für die Farm und für mich, dass sie kaum Zeit hatte für die schönen Dinge des Lebens. Für solche Kleinigkeiten wie einen Gutenachtkuss oder ein freundliches Wort … Ein Kind kann vor einem gefüllten Teller verhungern."

Sie schüttelte sich, um in die Realität zurückzukehren, verwundert über ihre Worte und unruhig unter seinem steten Blick. „Ich musste mich nur um die Farm kümmern, während sie die Verantwortung für alles hatte. Und ich fürchte, dass ich ihr die meisten Sorgen bereitete." Sie lächelte, in der Hoffnung, seinen düsteren Gesichtsausdruck vertreiben zu können. „Sie hat mir ein- oder zweimal gesagt, dass ich zu temperamentvoll bin, aber inzwischen habe ich mich ja recht gut im Griff."

„Tatsächlich?" Endlich lächelte er ein wenig.

„Aber ja." Sie sah ihn ernst und arglos an. „Ich bin ein sehr sanfter Mensch geworden."

Aus seinem Lächeln wurde ein breites Grinsen. In diesem Moment wurde das Essen serviert, und sie plauderten über dies und das. Das Gespräch war angenehm und leicht wie der Wein, den sie tranken.

„Kommen Sie", sagte er schließlich. „Tanzen Sie mit mir."

Bevor sie zustimmen oder ablehnen konnte, zog er sie bereits auf die Tanzfläche und nahm sie in seine allzu vertrauten Arme. Zunächst ein wenig steif, schmiegte sie sich schnell an ihn, passte sich seinen Bewegungen und dem Rhythmus der langsamen Musik an. Jeder Mensch hatte einmal ein Stück vom Himmel verdient, auch sie. Den heutigen Abend wollte sie nur genießen. Der nächste Tag würde noch schnell genug kommen.

Als ob eine Fee ihr einen Wunsch erfüllt hätte, verlief der ganze Abend geradezu märchenhaft. Sie verwahrte alle Empfindungen in ihrem Gedächtnis, um die Erinnerungen bis an ihr Lebensende hegen und pflegen zu können.

Als sie in die warme Nacht hinaustraten, fühlten sich ihre Lider zwar schwer an, und doch wünschte Adelia, der Abend würde erst beginnen. Und als Travis sie im Taxi an sich zog, wehrte sie sich nicht.

„Müde, Dee?", murmelte er. Seine Lippen berührten ihre Stirn so sanft, dass sie fast glaubte, es sich nur einzubilden.

„Nein", seufzte sie, während sie darüber nachdachte, wie gut es sich anfühlte, den Kopf an seiner Schulter auszuruhen.

Er lachte leise, dann streichelte er ihr zärtlich durchs Haar, bis sie in eine Welt der Halbträume davonschwebte.

„Dee?" Sie hörte ihren Namen, fand die Vorstellung aber unerträglich, sich aus dieser himmlischen Position aufzurichten. Sie protestierte schwach. „Wir sind da", sagte Travis, dann legte er einen Finger unter ihr Kinn.

„Da?" Sie öffnete die schweren Lider. Sein Gesicht war so nah, dass Traum und Wirklichkeit sich vermischten.

„Beim Hotel", erläuterte er und strich ihr das zerzauste Haar aus der Stirn.

„Oh." Sie setzte sich auf. Der Traum war vorüber.

Während sie mit dem Fahrstuhl nach oben fuhren, sprach er kein Wort, und Adelia nutzte die Gelegenheit, wieder in der Wirklichkeit anzukommen. Vor ihrer Zimmertür zog Travis ihren Schlüssel aus seiner Tasche, schloss auf, und sie sah ihn lächelnd an. Eigentlich hatte sie ihm nur danken wollen, doch ihr Lächeln erstarb, als sich ihre Blicke trafen. Sie trat erschrocken einen Schritt zurück, bis sie an den Türrahmen stieß. Er kam näher, scheinbar ohne sich zu bewegen. Er schob eine Hand unter ihr Haar und streichelte zart ihren Nacken. Stumm sahen sie einander an, dann senkte er sehr langsam den Kopf. Sein Kuss war so zart wie eine Sommerbrise, ganz anders als die Küsse zuvor, und zugleich unendlich verheerender. Sie schmiegte sich an den Kragen seines Jacketts, um sich zu beruhigen, doch dann gab sie auf, schlang die Arme um seinen Hals und stellte sich auf die Zehenspitzen.

Seine Lippen wanderten über ihr Gesicht, über ihre Wangen und geschlossenen Augenlider. Statt wilder Leidenschaft ergriff sie eine fast schmerzhafte Schwäche, ein Schwindel, der nicht vom Champagner herrühren konnte. Sie griff in sein Haar, während ihr Körper mit seinem verschmolz, bereit, ihm alles zu geben, was er forderte, ihm alles zu geben, was er zu nehmen bereit war.

Sie spürte seine Leidenschaft, als er sie wieder küsste, sein Körper drängte sich hart an sie. Mit einem genüsslichen Stöhnen zog sie ihn noch fester an sich. Die Sehnsucht, von ihm in Besitz genommen zu werden, jagte durch ihren Körper, lärmend und hartnäckig, und hallte in ihren Ohren.

Plötzlich löste er sich abrupt von ihren Lippen, streichelte ihr leicht über die Wange, ließ die Hand einen Moment lang verweilen, und als sie die Augen wieder schloss und einladend den Kopf hob, sagte er: „Gute Nacht, Dee." Er schob sie in ihr Zimmer und schloss die Tür hinter ihr.

Adelia legte eine Hand an ihre brennende Wange und starrte auf die Tür. Sie konnte sich nicht rühren, war wie betäubt von ihrer noch nie da gewesenen Hingabe und von seiner Zurückweisung. Sie hatte ihm alles angeboten, doch er hatte abgelehnt. Egal, wie unerfahren sie sein mochte, sie wusste, dass ihr Verhalten nicht hatte missverstanden werden können. Doch er hatte sie nicht gewollt, jedenfalls nicht ganz. Ihre eigenen Prinzipien hatten sich in seinen Armen in Luft aufgelöst, doch er war einfach davongegangen und hatte sie allein gelassen. Und wie hätte es auch anders sein können? Sie schloss die Augen, um ihre aufsteigenden Tränen zurückzudrängen. *Ich werde niemals mehr für ihn sein als seine Pferdepflegerin,* dachte sie. *Jemand, der ihn ab und an zu amüsieren scheint. Er war einfach nett zu mir, er wollte mir einen schönen Abend bereiten.* Sie erschauerte. *Ich sollte mich damit zufriedengeben und damit aufhören, mich nach etwas zu sehnen, was ich niemals haben kann.* Sie blickte an ihrem Kleid herab und rief sich in Erinnerung, dass sie nicht Aschenputtel hieß, sondern Adelia. Und außerdem war es schon weit nach Mitternacht.

Am nächsten Morgen, als sie zum Flughafen fuhren, fiel ein leichter, warmer Nieselregen. Wieder jagten Reporter hinter ihnen her. Adelia überließ es den Männern, sich mit ihnen zu beschäftigten, und eilte die Flugzeugtreppe hinauf. Sie setzte sich, schüttelte die Regentropfen aus dem Haar und von ihrem cremeweißen Rock, presste das Gesicht ans Fenster und sah, wie Travis sich von der Journalistengruppe löste.

Während des Fluges blätterte sie eine Zeitschrift durch, um einem Gespräch aus dem Weg zu gehen. Travis benahm sich ihr gegenüber sehr zwanglos und freundlich, schien aber auch ein wenig zerstreut, und die nagende Sehnsucht, die noch immer in ihr nachklang, machte es ihr schwer, sich genauso zu verhalten.

Als er mit Steve vorne in der Kabine verschwand, atmete sie erleichtert auf und begann, sich die Beine zu vertreten. *Was soll ich nur tun,* fragte sie sich verzweifelt. *Wie kann ich nur meine Gefühle für ihn unter Kontrolle halten? Ich will mich auf keinen Fall blamieren. Er darf nicht merken, dass ich ihn liebe. Dann wird er Mitleid mit mir haben, und das könnte ich nicht ertragen. Ich muss einfach nur einen Weg finden, ihn künftig auf Abstand zu halten.*

Sie ließ den Blick hinüber zu ihrem Onkel wandern, und als sie seine ungewöhnlich ungesunde Gesichtsfarbe bemerkte, vergaß sie all ihre Sorgen.

„Onkel Paddy." Sie nahm sein Gesicht in beide Hände und musterte ihn eindringlich. „Dir geht es nicht gut. Was hast du?"

„Nichts, Dee." Als sie die Anspannung in seiner Stimme hörte, runzelte sie die Stirn. „Ich bin einfach nur müde."

„Du bist ja eiskalt." Sie kniete sich vor ihn hin. „Sobald wir zu Hause sind, werde ich einen Arzt rufen. Es dauert nicht mehr lange. Ich hole dir eine Decke und eine Tasse Tee."

„Ach Dee, ich spüre einfach nur mein Alter." Er brach ab und verzog schmerzvoll das Gesicht.

„Was ist los?", fragte sie. „Wo tut es weh?"

„War nur ein kleiner Stich", stieß er hervor, bevor er nach Luft zu japsen begann.

„Onkel Paddy! Gütiger Himmel, Onkel Paddy!" Sie fing ihn auf, als er zusammenbrach und nach vorne fiel.

Sie merkte nicht einmal, dass sie wieder und wieder nach Travis schrie, verzweifelt, hilflos, während sie ihren Onkel vorsichtig auf den Boden herabließ. Doch auf einmal war er neben ihr, schob ihre Hände zur Seite und legte seinen Kopf auf Paddys Brust.

„Sag John, er soll per Funk den Notarzt rufen", rief er Steve über die Schulter hinweg zu, dann begann er in regelmäßigem Rhythmus Paddys Herz zu massieren. „Er hat einen Herzinfarkt."

Keuchend drückte Adelia die Hand ihres Onkels an ihr eigenes Herz, als könnte sie ihm so Kraft schenken. „Travis, um Himmels willen! Travis, stirbt er? Oh mein Gott, bitte, er darf nicht sterben."

„Hören Sie auf", blaffte er sie an, und seine Worte waren so wirkungsvoll wie eine Ohrfeige. „Reißen Sie sich zusammen! Ich kann mich nicht zugleich um das hier und um einen hysterischen Anfall kümmern."

Sie atmete tief durch, dann noch ein paarmal, während sie Paddys Hand weiter fest umklammert hielt. Sie spürte, wie die Panik langsam nachließ. Zärtlich streichelte sie über den Kopf ihres Onkels und sprach leise und beruhigend auf ihn ein, obwohl er sie vermutlich nicht hören konnte.

Zäh vergingen die Minuten, während Travis ununterbrochen den Puls des bewusstlosen Mannes kontrollierte. Nur Adelias Murmeln unterbrach die Stille. Sie spürte, dass das Flugzeug an Höhe verlor, hörte, wie die Landeklappen ausgefahren wurden. Schließlich setzte das Flugzeug ruckelnd auf, doch sie hörte nicht auf, sanft mit ihrem Onkel zu reden und seine Hand zu halten.

Dann beobachtete sie wie durch einen Schleier, wie die Notärzte ihren Onkel behandelten, bevor sie ihn in den wartenden Krankenwagen schoben. Als sie ebenfalls einsteigen wollte, ergriff Travis ihren Arm und sagte, dass sie ihm mit dem Wagen folgen würden. Sie ging ohne Widerworte mit ihm. Ihre Gedanken und ihr Herz schienen vor Angst wie eingefroren.

Auf seine Versuche, sie zu trösten, antwortete sie nur mit unverständlichen einsilbigen Worten. Nach einem Blick in ihr wächsernes Gesicht gab er auf und konzentrierte sich ganz auf die Straße vor ihm.

Die lange Warterei begann in einem kleinen, trostlosen Zimmer, in dem uralte Zeitschriften verstreut lagen. Manche Angehörigen lasen, um sich die Zeit zu vertreiben, während andere nur mit leerem Blick auf die Seiten starrten. Adelia tat weder das eine noch das andere. Sie saß stocksteif da, verkrampfte die Hände im Schoß und rührte sich nicht mehr, während Travis mit langen Schritten das Wartezimmer durchmaß wie ein eingesperrter Tiger. In ihrem Innern tobte es. Sie suchte verzweifelt nach der Kraft für ein Gebet, aber umsonst, die Angst fraß sie fast auf.

Als schließlich ein Mann in einem weißen Kittel das Wartezimmer betrat, stürzte Travis auf ihn zu. „Sind Sie die Angehörigen von Padrick Cunnane?", fragte der Arzt und ließ seinen Blick von dem großen kräftigen Mann zu der kleinen blassen Frau wandern.

„Ja", antwortete Travis knapp, während er selbst zu Adelia blickte. „Wie geht es ihm?"

„Er hatte einen Herzinfarkt, aber keinen sehr schweren. Er ist wieder bei Bewusstsein, allerdings macht er sich große Sorgen um jemanden namens Dee."

Adelia sah auf. „Das bin ich. Muss er sterben?"

Der Arzt musterte ihr blasses, gefasstes Gesicht und trat auf sie zu. „Wir tun alles, was wir können, um ihn zu stabilisieren. Aber seine Sorgen um Sie beeinträchtigen seinen Zustand. Deswegen möchte ich Sie zu ihm lassen. Sie dürfen aber nichts sagen, was ihn aufregen könnte. Überzeugen Sie ihn davon, dass er sich entspannen muss." Er wandte sich wieder um. „Und Sie sind Travis?" Als Travis nickte, fuhr der Arzt fort. „Sie möchte er auch sehen. Kommen Sie mit."

Travis nahm Adelias Hand und zog sie vom Stuhl; dann folgten sie dem weißen Arztkittel gemeinsam.

„Fünf Minuten", bestimmte der Arzt, bevor er sie in Paddys Zimmer ließ.

Adelia umschloss Travis' Hand fester, als sie ihren Onkel in dem Krankenhausbett erblickte. Drähte und Schläuche verbanden ihn mit Maschinen, die brummten und piepten. Er sah blass und abgespannt und mit einem Mal sehr alt aus.

„Dee." Seine Stimme war schwach und zittrig. Sie trat zu ihm und nahm seine Hand.

„Onkel Paddy." Sie küsste seine Hand, drückte sie dann an die Wange. „Alles wird wieder gut. Man wird sich hier gut um dich kümmern, und bald kannst du wieder nach Hause."

„Ich möchte einen Priester sehen, Dee."

„Natürlich, mach dir keine Sorgen." Eine kalte Faust schien ihr Herz zusammenzudrücken. Sie spürte, wie das Zittern in ihren Knien begann, doch sie zwang sich, ruhig zu bleiben.

„Ich mache mir Sorgen um dich. Ich kann nicht zulassen, dass du allein zurückbleibst, nicht schon wieder", keuchte er. „Travis … Ist Travis hier?" Er bewegte unruhig seinen Kopf.

„Ich bin hier, Paddy." Travis stellte sich neben Adelia.

„Du musst auf sie aufpassen, Travis. Ich übergebe dir die Verantwortung für sie. Wenn mir etwas passiert, wird sie wieder ganz allein sein. So ein winziges Geschöpf und so jung. Es war so hart für sie … Ich hätte mich schon viel früher um sie kümmern müssen. Ich wollte es wiedergutmachen." Er machte eine kraftlose Geste mit seiner freien Hand. „Du musst mir dein Wort geben, dass du dich um sie kümmerst. Ich weiß, dass ich dir vertrauen kann, Travis."

„Ich werde mich um sie kümmern, du hast mein Wort", versicherte Travis ruhig. „Mach dir keine Sorgen um Dee. Ich werde sie heiraten."

Paddys angespannte Gesichtszüge entspannten sich merklich, sein Atem wurde langsamer. „Dann wirst du also gut auf meine kleine Dee aufpassen. Ich möchte dabei sein, wenn ihr beide heiratet. Würdest du einen Priester holen, damit ihr das Ehegelübde hier abgeben könnt?"

„Darum kümmere ich mich, aber jetzt musst du dich erst mal ausruhen. Und lass die Ärzte ihre Arbeit machen. Dee und ich werden noch heute Nachmittag hier in deinem Zimmer heiraten. Ich muss nur noch eine Sondergenehmigung einholen, damit wir die Zweitagesfrist nicht einhalten müssen."

„Ich werde schlafen, bis ihr zurückkommt. Bis du zurückkommst, Dee." Sie zwang sich zu einem Lächeln, küsste ihren Onkel auf die Stirn, dann folgte sie Travis und dem Arzt nach draußen. Kaum war die Tür hinter ihnen ins Schloss gefallen, wirbelte sie zu Travis herum.

„Nicht hier", bestimmte Travis und packte ihren Arm. „Können wir uns hier irgendwo ganz in Ruhe unterhalten?", fragte er den Arzt in deutlich ruhigerem Ton. Der Arzt führte sie in ein Büro und schloss diskret die Tür hinter ihnen.

7. KAPITEL

Adelia riss sich von Travis los und rief wutentbrannt: „Wie konnten Sie das tun? Wie konnten Sie Onkel Paddy versprechen, mich zu heiraten? Wie konnten Sie ihn derart anlügen?"

„Ich habe nicht gelogen, Adelia", entgegnete Travis tonlos. „Ich habe tatsächlich vor, dich zu heiraten."

„Wie kommen Sie nur auf die Idee, so etwas zu behaupten?", fuhr sie fort, als hätte er kein Wort gesagt. „Das ist grausam. Er liegt da krank und hilflos und vertraut Ihnen. Sie haben kein Recht, ihm so etwas zu versprechen. Sie werden ihm das Herz brechen, Sie ..."

„Jetzt beruhige dich erst mal." Travis ergriff sie an den Schultern und schüttelte sie sanft. „Ich habe ihm gesagt, was er hören wollte – und bei Gott, du wirst tun, was nötig ist, um ihn zu retten."

„Ich werde bei so einer grausamen Lüge nicht mitspielen."

Er drückte fester zu, aber sie spürte keinen Schmerz. „Bedeutet er dir denn gar nichts? Bist du so selbstsüchtig und starrköpfig, dass du nicht das kleinste Opfer bringen kannst, um ihm zu helfen?" Sie zuckte zurück, als ob er sie geschlagen hätte, dann wandte sie sich blind vor Tränen ab und hielt sich an einer Stuhllehne fest. „Wir werden heute Nachmittag neben seinem Bett stehen, und wir werden heiraten. Du wirst ihn davon überzeugen, dass es das ist, was du willst. Wenn er wieder kräftig genug ist, kannst du dich scheiden lassen."

Sie beschattete ihre Augen. Unerträglicher Schmerz durchbohrte sie. Onkel Paddy liegt halb tot in seinem Bett, dachte sie verzweifelt. *Und Travis schlägt mir in einem Atemzug vor, zu heiraten und sich wieder scheiden zu lassen. Oh mein Gott, ich brauche jemanden, der mir sagt, was ich tun soll.*

Seine Frau zu sein, zu ihm zu gehören – das hatte sie sich so sehr gewünscht, dass sie es kaum gewagt hatte, darüber nachzudenken. Und nun erklärte er, dass es wirklich passieren würde, dass es passieren *müsste.* Sie war zutiefst verletzt. Es wäre ihr leichter gefallen, ein ganzes Leben ohne ihn zu verbringen, als auch nur eine Stunde lang die ungeliebte Frau an seiner Seite zu sein. *Scheidung* – das hatte er so leicht dahingesagt. Noch bevor er ihr den Ring an den Finger gesteckt hatte, sprach er bereits von Scheidung. Sie atmete tief durch, zwang sich, ihre Gedanken zu ordnen. Aber sie war zu überwältigt von der trostlosen Erkenntnis, dass er nicht von einer wirklichen Heirat sprach, von einer Liebesheirat. Dass er sie nur ihrem Onkel zuliebe zur Frau nehmen wollte. Es gab bestimmt einen anderen Weg. Es *musste* einen anderen Weg geben. Sie schluckte schwer, dann sagte sie mit ausdrucksloser Stimme. „Ich bin katholisch. Ich kann mich nicht scheiden lassen."

„Dann eine Annullierung."

Sie sah ihn entsetzt an. „Eine Annullierung?"

„Ja, eine Annullierung. Das dürfte kein Problem sein, wenn die Ehe nicht vollzogen wird. Dann handelt es sich mehr oder weniger nur um Papierkram." Er sprach in ruhigem, geschäftsmäßigem Ton. Sie umklammerte die Stuhllehne noch fester, während sie verzweifelt versuchte, vernünftig zu bleiben. „Himmelherrgott, Dee", rief er ungeduldig. „Kannst du Paddy zuliebe nicht einfach diese Zeremonie über dich ergehen lassen? Du hast doch nichts zu verlieren! Aber für ihn könnte es einen großen Unterschied machen. Bei ihm geht es um Leben und Tod!"

Wieder packte er sie an den Schultern, drehte sie zu sich herum, starrte in ihr glühendes Gesicht und ihre angstvollen Augen. Er konnte spüren, wie sie unter seinen Händen zu zittern begann, und sah, wie sie die Augen schloss, um dagegen anzukämpfen. Er stieß einen leisen Fluch aus, dann schlang er die Arme um sie. „Es tut mir leid, Dee. Schreien macht es auch nicht gerade leichter, oder? Komm, setz dich." Er führte sie zum Sofa, setzte sich neben sie, ohne sie loszulassen. „Du hast dich schon viel zu lange zusammengerissen. Wein dich aus. Und danach können wir reden."

„Nein, ich weine nicht. Ich weine nie. Weil es nicht hilft." Sie hielt sich sehr steif in seiner Umarmung, doch er zog sie noch enger an sich. „Bitte lassen Sie mich los." Adelia spürte, wie ihre Selbstkontrolle entglitt und kämpfte gegen diese Arme an, die sie nicht losließen. „Ich muss nachdenken. Wenn ich nur wüsste, was ich tun soll …" Ihr Atem ging schnell, wieder fing sie heftig an zu zittern. Sie krallte sich in sein Hemd. „Ich habe solche Angst, Travis."

Und dann brach sie in lautes Schluchzen aus. Nachdem sie einmal begonnen hatte zu weinen, konnte sie nicht mehr damit aufhören. Mehr als zwölf einsame Jahre lang hatte sie die Tränen zurückgehalten, doch jetzt flossen sie in Strömen über ihr Gesicht, das sie fest an Travis' Brust drückte. Stumm streichelte er über ihr Haar.

Aus dem Schluchzen wurde nach und nach ein leises Weinen, und dann lag sie still in seinen Armen, leer und erschöpft. Sie seufzte tief. „Ich werde tun, was Ihrer Meinung nach das Beste ist."

Wie Travis so schnell an die nötigen Papiere kam, hinterfragte sie erst gar nicht. Sie war viel zu verstört, um sich um die Formalitäten zu kümmern. Sie weigerte sich, das Krankenhaus zu verlassen, um sich auszuruhen oder etwas zu essen. Wild entschlossen saß sie im Wartezimmer und rührte sich nicht von der Stelle.

Sie unterschrieb die Hochzeitslizenz, als sie dazu aufgefordert wurde, begrüßte den mageren jungen Priester und nahm einen Strauß Blumen von einer freundlichen Krankenschwester entgegen, die behauptete, ohne Blumen gäbe es keine Braut. Adelia lächelte, ein kleines, frostiges Lächeln, das ihre Wangen schmerzen ließ, nachdem sie nun einmal wusste, dass sie keine wirkliche Braut war. Zwar würde sie nun den Namen des Mannes annehmen, den sie liebte, doch das Gelöbnis würde ihm nichts bedeuten. Für ihn war das alles nur Theater, das einem alten, kranken Mann zuliebe aufgeführt wurde.

Seite an Seite standen sie in dem kahlen Zimmer, umgeben von Maschinen, die Luft schwer vom Geruch der Medikamente, und wurden zu Mann und Frau. Adelia wiederholte die Worte des Priesters mit ruhiger, klarer Stimme und betrachtete ausdruckslos den Ring, den Travis über ihren Finger schob, dann schloss sie die Hand zu einer Faust. In weniger als zehn Minuten war es vorbei.

Adelia Cunnane Grant beugte sich über ihren Onkel, um ihn auf die Stirn zu küssen. Er lächelte zu ihr hinauf, in seinen Augen entdeckte sie eine Ahnung seiner früheren Fröhlichkeit. In diesem Moment wusste sie, dass Travis recht gehabt hatte.

„Kleine Dee", murmelte er, tastete nach ihrer Hand und hielt sie fest. „Du wirst glücklich werden. Travis ist ein guter Mann."

Sie zwang sich zu einem Lächeln, tätschelte seine Wange. „Ja, Onkel Paddy. Und du ruhst dich jetzt aus. Bald können wir dich mit nach Hause nehmen."

„Das werde ich", stimmte er zu, dann blickte er über ihre Schulter zu Travis. „Sei gut zu ihr, Junge … Sie ist ein Rassepferd."

Schweigend fuhren sie nach Hause. Die Sonne brach durch die Wolken. Adelia betrachtete das Spiel des Lichts auf der Straße und versuchte ansonsten, über nichts nachzudenken. Als sie vor dem Haupthaus hielten, brach Travis das Schweigen.

„Ich habe meine Haushälterin über die Hochzeit in Kenntnis gesetzt. Inzwischen wird sie dein Zimmer sicher hergerichtet haben. Außerdem wurden deine Sachen herübergebracht."

Sie runzelte die Stirn. „Ich werde nicht …"

„Vorläufig", unterbrach er sie mit zusammengekniffenen Augen, „bist du meine Frau. Und als meine Frau wirst du in meinem Haus leben. Wir haben getrennte Schlafzimmer", fügte er in einem Ton hinzu, der sie umgehend den Mund schließen ließ. „Wir werden allerdings nach außen hin als verheiratetes Paar auftreten. Es gibt momentan keinen Grund, warum außer dir und mir irgendjemand von unserem Arrangement erfahren sollte. Das würde alles nur noch komplizierter machen."

„Ich verstehe. Sie haben natürlich recht."

Er seufzte. „Als Erstes solltest du damit anfangen, Du zu mir zu sagen." Dann fuhr er freundlicher fort: „Ich werde es dir so leicht wie möglich machen, Dee. Ich bitte dich nur, deine Rolle zu spielen. Ansonsten kannst du tun und lassen, was du willst. Natürlich brauchst du nicht mehr zu arbeiten."

„Ich soll nicht mehr mit den Pferden arbeiten?" Adelia riss bestürzt die Augen auf. „Aber, Travis …"

„Adelia, hör zu." Er nahm ihr Gesicht in seine Hände. „Du kannst tun, was du willst, habe ich gesagt. Du weißt nicht mal, was das bedeutet, oder?" Als er ihr verständnisloses Gesicht sah, zog er die Brauen zusammen. „Wenn du mit den Pferden arbeiten willst, kannst du das tun. Aber nicht als meine Angestellte, sondern als meine Ehefrau. Du kannst dir deine Zeit im Countryclub vertreiben oder beim Ausmisten im Stall – ganz wie du magst."

„Sehr schön." Langsam löste sie die Finger, die sie zu Fäusten geballt hatte. „Ich werde es Ihnen … dir … auch so leicht wie möglich machen. Du hattest recht, was Onkel Paddy betrifft. Und ich bin dir sehr dankbar."

Er sah sie einen Moment lang an, dann zuckte er die Achseln und stieg aus dem Auto.

Als sie das Haus betraten, eilte eine mollige, grauhaarige Frau in die Eingangshalle und wischte sich die Hände an ihrer weißen Schürze ab.

„Hannah, das ist Adelia, meine Frau."

Warme haselnussbraune Augen musterten Adelia. „Herzlich willkommen, Mrs Grant. Es war auch höchste Zeit, dass ein hübsches junges Ding meinen Travis vor den Altar lockt." Adelia murmelte etwas Unverständliches. „Tut mir leid, was mit Ihrem Onkel passiert ist. Wir mögen ihn alle sehr gern." Wieder spürte Adelia Tränen in sich aufsteigen. „Ach je, das arme Ding ist ja todmüde. Travis, bring sie hinauf. Ihr Zimmer ist fertig."

Adelia begann, die Treppe hinaufzusteigen; sie erschien ihr so hoch wie der Mount Olympus. Ohne ein Wort hob Travis sie auf seine Arme, trug sie die restlichen Stufen hinauf und dann einen langen Flur entlang. Er öffnete eine Tür, durchquerte das Schlafzimmer und legte sie auf ein riesiges Himmelbett.

„Tut mir leid." Sie hob eine Hand und ließ sie wieder fallen. Mehr gab es nicht zu sagen.

Er setzte sich neben sie und strich ihr das Haar aus der Stirn.

„Adelia, wann lernst du endlich, dass Schwäche nicht immer ein Fehler ist? Dieser verdammte irische Starrsinn", murrte er. „Nur der war es, der dich heute auf den Füßen gehalten hat. Seit mindestens sechs Stunden habe ich keinen Hauch Farbe mehr in deinem Gesicht gesehen."

Sie starrte zu ihm hinauf, wollte ihn an sich ziehen und seine tröstliche Wärme spüren. Abrupt stand er auf und lief zu dem großen Kirschholzkleiderschrank.

„Ich weiß nicht, wo Hannah deine Nachthemden hingepackt hat." Er öffnete die große Doppeltür und betrachtete den Inhalt des Schrankes ungläubig. „Du liebe Zeit, ist das alles, was du hast?"

Sie wollte ihn anblaffen, aber sie hatte keine Kraft dafür. Jetzt begann er die Schubladen einer Kommode aufzuziehen. Sie legte sich zurück und beobachtete ihn. Sie war viel zu müde, um verlegen zu sein.

Er zog ein schlichtes, hochgeschlossenes Baumwollnachthemd hervor und musterte es kurz, bevor er es ihr reichte. „Morgen wirst du dir bitte ein paar Kleider kaufen."

„Kommandier mich nicht herum, Travis Grant." Sie setzte sich auf, nicht länger in der Lage, ruhig zu bleiben.

Er sah sie unbewegt an. „Solange wir verheiratet sind, Adelia, werden wir gemeinsam auftreten, und dazu musst du passend gekleidet sein. Aber darum kümmern wir uns morgen. Also, schaffst du es allein, dich auszuziehen, oder brauchst du vielleicht Hilfe?"

Sie riss ihm das Nachthemd aus der Hand und entgegnete steif: „Das schaffe ich durchaus."

„Gut. Dann ruh dich aus. Du tust Paddy keinen Gefallen, wenn du jetzt auch noch krank wirst." Ohne eine Antwort abzuwarten, wandte er sich ab und schlenderte aus dem Zimmer.

Zu müde, um sich das helle, schöne Zimmer genauer anzusehen, zog sie Rock und Bluse aus – ihr Hochzeitskleid – und schlüpfte in das Baumwollnachthemd. Dann nahm sie die mintfarbene Tagesdecke vom

Bett, glitt zwischen die weichen, kühlen Laken und fiel umgehend in einen tiefen, traumlosen Schlaf.

Adelia wurde von den Vögeln geweckt, die vor dem Fenster zwitscherten. Sie öffnete die Augen, betrachtete die ungewohnte Umgebung und erinnerte sich plötzlich wieder. Sie löste eine Faust; scheinbar war die Hand mit dem Ehering die ganze Nacht geballt gewesen. Sie hatte schon ihr Zimmer bei Onkel Paddy für geräumig gehalten, doch dieser Raum war mindestens doppelt so groß. Sie musterte die grün-weiß gestreifte Tapete, den Schrank und die dunkle Kommode, die Travis am Abend zuvor durchwühlt hatte. Außerdem entdeckte sie einen kleinen weißen Schreibtisch, zwei Nachttischchen und einen Chippendale-Tisch mit passendem Sessel. Auf dem Tisch stand eine Vase mit frischen Blumen, deren Duft zu ihr herüberwehte. Sie setzte sich auf und umschlang ihre Knie, dann blickte sie seufzend durch die Verandatür auf den Balkon. Nie zuvor hatte sie ein hübscheres Zimmer gesehen. *Wie glücklich ich hier sein könnte, wenn nur Onkel Paddy wieder gesund wäre und Travis …* Sofort versuchte sie, die negativen Gedanken zur Seite zu schieben, warf die Bettdecke zurück und hüpfte aus dem Bett.

Nachdem sie geduscht und ihren einzigen Rock und eine Bluse übergestreift hatte, lief sie nach unten.

„Guten Morgen, Dee." Travis trat aus einem Zimmer in die Halle. Wie sie später herausfinden sollte, handelte es sich um sein Büro. „Geht es dir besser?"

„Ja", antwortete sie verlegen dem Mann, den sie gestern geheiratet hatte. „Ich weiß nicht, warum ich so lange geschlafen habe."

„Du warst erschöpft." Sie blieb reglos, als er ihr Kinn anhob und ihr prüfend ins Gesicht sah wie ein Vater, der bei seinem Kind nach Anzeichen einer Krankheit suchte. „Ich würde gerne im Krankenhaus anrufen und fragen, ob Onkel Paddy …" Sie hob unsicher die Hände und faltete sie vor ihrer Brust.

„Ich habe schon angerufen. Sein Zustand hat sich stabilisiert." Jetzt ließ er die Hände auf ihren Schultern ruhen. „Er hatte eine ruhige Nacht."

Sie erschauerte leicht, schloss die Augen und vergrub ihr Gesicht an Travis' Brust. Kurz darauf spürte sie, wie er sie sanft in die Arme nahm. „Ach Travis, ich dachte, er würde sterben. Ich hatte solche Angst, ihn zu verlieren."

Er schob sie eine Armeslänge von sich. „Es geht ihm bald wieder gut. Er braucht nur etwas Zeit und Pflege, und vor allem darf er sich nicht aufregen. Und wenn er wieder nach Hause kommt, muss er natürlich kürzertreten. Dazu werden wir ihn wohl zwingen müssen."

„Ja." Ihr Lächeln strahlte wie Sterne an einem düsteren Himmel. „Aber wir sind ja zu zweit."

„Allerdings", murmelte er. „Du musst halb verhungert sein. Ich konnte dich gestern Abend nicht mehr wecken."

„Ich habe das Gefühl, als hätte ich mindestens eine Woche lang nichts gegessen." Seufzend griff sie sich ins Haar. „Wenn du mir die Küche zeigst, kann ich Frühstück machen."

„Hannah kümmert sich schon darum", erklärte er, nahm ihren Arm und dirigierte sie in ein großes Speisezimmer. Er bemerkte ihren Gesichtsausdruck, und als er ihr den Stuhl zurückzog, flüsterte er in ihr Ohr: „Keine Sorge, ich habe mein Leben lang gegessen, was sie kocht."

„Aber nein, das meinte ich nicht – ich wollte nicht respektlos sein. Ich bin nur nicht daran gewöhnt, dass jemand für mich das Essen zubereitet."

„Schau nicht so erschrocken, Dee. Sonst denkt Hannah noch, dass ich dich jetzt bereits schlage."

„Du sollst nur nicht glauben, dass ich …" Sie suchte nach den richtigen Worten. „Mein Zimmer jedenfalls ist wunderschön. Dafür möchte ich dir danken."

„Ich bin froh, dass es dir gefällt."

Und sie war froh, dass in diesem Moment Hannah mit einer dampfenden Platte den Raum betrat.

„Guten Morgen, Mrs Grant. Ich hoffe, Sie haben gut geschlafen und fühlen sich besser." Sie stellte die Platte auf den Tisch. Adelia zwang sich, bei der Erwähnung ihres neuen Namens nicht zusammenzuzucken.

„Danke, mir geht es gut." Sie lächelte Hannah an.

„Sie müssen jedenfalls sehr hungrig sein. Travis hat mir erzählt, dass Sie gestern so gut wie gar nichts gegessen haben, deswegen hoffe ich sehr, dass Sie jetzt richtig zuschlagen."

„Ich kann dich nur warnen, Dee, man sollte sich besser nicht mit Hannah anlegen", wandte Travis ein. „Sie kann recht streng sein. Ich persönlich habe Angst vor ihr."

„Hören Sie gar nicht auf diesen Unsinn, Mrs Grant." Sie warf Travis einen düsteren Blick zu, dann richtete sie ihre Aufmerksamkeit wieder auf Adelia. „Solange Paddy im Krankenhaus ist, haben Sie bestimmt andere Sorgen, aber sobald Sie sich eingewöhnt haben, sagen Sie mir einfach, was genau Sie wünschen. Bis dahin, wenn es Ihnen recht ist, werde ich die Mahlzeiten einfach selbst planen."

„Ich – machen Sie es so, wie es am angenehmsten für Sie ist."

„Wir haben noch genügend Zeit, darüber zu sprechen", entschied die Haushälterin. „Und jetzt essen Sie, solange das Frühstück noch warm ist."

Adelia lauschte Travis' Worten und antwortete, wenn es passend war, dabei betrachtete sie die dunkle Holzverkleidung und die elegant gemusterte Tapete. Die Möbel waren aus schwerer, polierter Eiche, überall schimmerte und glänzte Kristall und Silber.

„Travis", sagte sie plötzlich. Er hob interessiert die Augenbrauen. „Ich passe hier nicht rein. Und ich habe auch nicht die leiseste Ahnung, was von mir erwartet wird. Ich möchte dich nicht blamieren, aber ich habe schreckliche Angst, dass ich etwas Falsches sage oder tue und …"

„Adelia", unterbrach er sie. An seinem Gesichtsausdruck erkannte sie, dass sie bereits einen Fehler gemacht hatte. Sie erwartete, dass er sie tadeln würde, doch als er sprach, war seine Stimme ruhig und klar. „Du wirst mich nicht blamieren, das ist überhaupt nicht möglich. Entspann dich einfach und sei ganz du selbst. Das ist es, was von dir erwartet wird."

Sie verfielen in Schweigen. Adelia spielte mit dem übrig gebliebenen Rührei.

„Übrigens", sagte Travis dann, und als sie den Blick hob, sah sie, dass er lächelte. „Dein Foto war in der Zeitung."

„Mein Foto?"

„Ja." Sein Lächeln wurde breiter. „Zwei Fotos, um genau zu sein. Eines von dir und Steve auf dem Koppelzaun, und eines von dir und mir nach dem Belmont Stakes."

Röte schoss in ihre Wangen. „Ich weiß nicht, warum die mir immer mit ihren Kameras auflauern."

„Kann ich mir auch nicht erklären." Er grinste. „Offenbar macht es den Journalisten einen Heidenspaß, über die Liebesaffären meiner attraktiven Pferdepflegerin zu spekulieren."

Ihre Augen weiteten sich, sie wurde erst blass, dann wieder rot. „Willst du damit sagen … aber was für ein Unsinn! Steve und ich sind nur Freunde, und du und ich …" Sie brach ab.

„Wir sind verheiratet, Adelia, ob wir nun Freunde sind oder nicht." Er trank seinen Kaffee aus und erhob sich. „Ich schätze, die Journalisten werden das alles nicht mehr für Unsinn halten, sobald sie von unserer

Hochzeit erfahren haben. Natürlich kann ich unsere Ehe eine Zeit lang vor der Presse verheimlichen, aber irgendwann müssen wir uns darum kümmern … Ich gehe davon aus, dass du fertig gegessen hast, nachdem du seit zehn Minuten nur noch mit deiner Gabel herumspielst." Er reichte ihr die Hand. „Wenn du jetzt aufhören könntest, so böse zu gucken, dann fahre ich dich ins Krankenhaus."

All ihre Befürchtungen lösten sich auf, als Adelia ihren Onkel sah. Seine am Tag zuvor noch eingefallenen und grauen Wangen hatten wieder ihre normale Farbe angenommen, und seine Augen funkelten. Seine Stimme klang noch ein wenig schwach, aber fröhlich. Als er sich darüber beschwerte, an die verdammten lauten Maschinen angeschlossen zu sein, musste sie lachen.

Nach kurzer Zeit schon schob Travis sie aus dem Zimmer. „Heute solltest du nicht zu lange bleiben. Die Ärzte sagen, dass er schnell müde wird und viel Ruhe braucht. Das und dich zu sehen ist die beste Medizin."

„Ich werde ihn nicht anstrengen, Travis", versprach sie. „Ich kann kaum glauben, dass er schon so viel besser aussieht! Aber ich bleibe noch ein bisschen. Sobald ich merke, dass er müde wird, gehe ich."

Er betrachtete ihr glückliches Gesicht und zwirbelte sich zerstreut eine ihrer Locken um den Finger. „Ich muss zurück, aber Trish kommt bald vorbei, um mit dir einkaufen zu gehen." Er ließ die Hand fallen und starrte an ihr vorbei. „Sie weiß am besten, was du brauchst, und wenn du magst, kann sie dich heute Nachmittag hier wieder vorbeibringen."

„Es ist nett von dir, dass du das alles für uns tust, Travis." Sie berührte seinen Arm. „Ich weiß nicht, wie ich dir jemals dafür danken soll."

„Es ist nichts." Schulterzuckend zog er seine Brieftasche hervor und reichte ihr ein paar Scheine. „Ich habe dafür gesorgt, dass du so viel anschreiben lassen kannst, wie du magst. Trish kümmert sich um alles. Aber trotzdem brauchst du etwas Bargeld."

„Aber Travis, das ist zu viel, das kann ich nicht …"

„Lass uns nicht diskutieren, nimm es einfach." Er schloss mit einer entschiedenen, ungeduldigen Geste ihre Finger um die Scheine. „Trish soll das Geld für dich einstecken, Dee. Und um Himmels willen", fügte er hinzu, „kauf dir eine Tasche. Wir sehen uns heute Abend."

Er wandte sich um und lief den langen Korridor hinunter. Adelia sah ihm hinterher.

8. KAPITEL

Trish begrüße Paddy mit einem zärtlichen Kuss und erklärte mit ernster Stimme, selbst ein Blinder könne sehen, dass er nur markiere und es genieße, im Mittelpunkt zu stehen. Nach ihrem kurzen Besuch zog sie Adelia mit sich aus dem Zimmer und umarmte sie überschwänglich.

„Ich freue mich so für dich und Travis!" Ihre Augen glänzten vor Zuneigung. Adelia spürte, wie Schuldgefühle in ihr aufstiegen. „Jetzt habe ich endlich die kleine Schwester, die ich mir immer gewünscht habe." Noch einmal drückte Trish ihre neue Schwägerin fest. „Jerry lässt euch grüßen. Er wünscht euch nur das Beste." Ihr Gesicht strahlte, als sie von ihrem Ehemann berichtete. „Und die Zwillinge waren ganz aus dem Häuschen, als ich ihnen sagte, dass Dee ab sofort ihre Tante ist. Sie behaupten, dass sie jetzt Iren wären und bald bestimmt auch wahrsagen könnten."

Adelia murmelte etwas Zustimmendes. Am liebsten hätte sie ihrer Freundin alles gestanden, doch sie hatte Travis ihr Wort gegeben.

Trish hakte sich bei ihr unter, und sie liefen gemeinsam zum Aufzug. „Travis hat mir die strenge Anweisung gegeben, dir eine komplette Garderobe zu kaufen." Sie grinste mit offensichtlichem Vergnügen. „Natürlich habe ich ihm gesagt, dass ich nur zu gerne seinen Befehlen gehorche und sein Geld hemmungslos zum Fenster rausschmeißen werde."

„Er sagte, du sollst das für mich einstecken." Adelia reichte ihr die Geldscheine, die Trish gedankenverloren in ihrer hellbraunen Ledertasche verschwinden ließ.

„Wir werden viel Spaß haben!", sagte sie, und ihre neue Schwägerin lächelte schwach.

Adelia hatte geglaubt, dass die Einkaufstour ähnlich wie die letzte verlaufen würde, wurde aber schnell eines Besseren belehrt. Statt in Kaufhäuser führte Trish sie in exklusive Boutiquen. Adelia hatte schnell das Gefühl, in einen Orkan geraten zu sein, so wirbelten sie durch die Läden, in denen Trish sich mit den Verkäufern besprach und ihre Auswahl traf. Die Einkäufe stapelten sich schnell auf alarmierende Weise. Adelia war vollkommen verwirrt und ein wenig benommen.

Glitzernde Abendkleider, todschicke Sportbekleidung und zarte Spitzenunterwäsche, die viel zu fein schien, um wirklich zu sein – alles musste anprobiert und von Trish mit Kennerblick gemustert werden. Entweder akzeptierte sie oder sie lehnte ab. Und schließlich wurde Adelias Garderobe noch mit italienischen Schuhen und Handtaschen, französischen Halstüchern und Negligés vervollständigt.

„Trish, ganz bestimmt wollte Travis nicht, dass ich so viel kaufe", wandte Adelia ein, als sie den Berg von Tüten und Schachteln betrachtete. „Ein einzelner Mensch kann gar nicht lange genug leben, um all diese Kleider zu tragen."

„Du würdest dich wundern", murmelte Trish gedankenverloren, während sie ein langes Abendkleid aus schimmernder grüner Seide betrachtete. „Du wirst viel verreisen und viele Partys und öffentliche Veranstaltungen besuchen …" Sie hielt Adelia das Abendkleid an den Körper und kniff nachdenklich die Augen zusammen. „Travis war sehr präzise. Er sagte, ich soll dafür sorgen, dass du alles Nötige hast und auf keinen Fall auf deine Einwände eingehen. Und genau das tue ich. Hier." Sie drückte Adelia das Kleid in die Arme. „Probier das mal an. Grün ist deine Farbe."

„Wir können nichts mehr kaufen", sagte Adelia tonlos. „Sonst passen wir nicht mehr ins Auto."

„Dann leihen wir uns eben einen Lastwagen." Trish drehte sich um und richtete ihre Aufmerksamkeit auf eine weiße Leinenbluse.

Später am Nachmittag betrachtete Adelia den Berg Einkäufe auf ihrem Bett. Mit einem müden Seufzen verließ sie ihr Zimmer. Hannah begrüßte sie, als sie unschlüssig in der Eingangshalle stand, weil sie nicht wusste, ob sie im Haus bleiben oder Travis in den Ställen suchen sollte.

„Mrs Grant, wie geht es Paddy?"

„Er sieht einfach großartig aus. Ich war vorhin erst bei ihm."

„Sie armes Ding, Sie scheinen ganz erschöpft zu sein."

„Ich war einkaufen. Den kompletten Stall auszumisten wäre vermutlich nur halb so anstrengend."

Hannah kicherte. „Sie brauchen dringend eine Tasse Tee. Setzen Sie sich einfach, ich bringe Ihnen eine."

„Hannah." Sie hielt die Frau auf. „Könnte ich … Würde es Ihnen etwas ausmachen, wenn ich mit Ihnen in die Küche komme?" Sie machte eine hilflose Handbewegung. „Ich bin es einfach nicht gewöhnt, bedient zu werden."

Das runde Gesicht hellte sich auf, dann legte Hannah mütterlich den Arm um Adelias Taille. „Kommen Sie mal mit, kleines Fräulein. Wir trinken zusammen eine schöne Tasse Tee und unterhalten uns."

Und dort in der Küche fand Travis sie dann etwa eine Stunde später. Amüsiert beobachtete er von der Tür aus, wie Adelia und Hannah gemeinsam das Abendessen vorbereiteten, als hätten sie ihr Leben lang nichts anderes getan.

„Na so was, es geschehen noch Zeichen und Wunder." Er grinste den beiden Frauen zu, als sie ihre Köpfe zu ihm umdrehten. „Ich hätte im Leben nicht geglaubt, dass du jemals einen anderen Menschen in deiner Küche arbeiten lässt, Hannah." Er blickte von seiner Haushälterin zu Adelia. „Mit was für einem irischen Zauber hast du sie verhext, Dee?"

„Nur mit ihrem charmanten Wesen, du frecher Bengel", verkündete Hannah würdevoll und nahm Adelia das Gemüsemesser aus der Hand. „Und jetzt, kleines Fräulein, gehen Sie und halten Sie mir diesen Mann vom Leib. Er stört in der Küche nur."

Travis grinste unbeeindruckt. „Komm mit mir auf die Terrasse, Dee", schlug er vor. „Es ist viel zu schön, um im Haus zu bleiben."

Er führte sie durch die Verandatür nach draußen. Der süße Duft der Blumen und Bäume erfüllte den warmen Juniabend. Die Sonne tauchte die Terrasse in ein warmes goldenes Licht.

„Also, Dee", begann er, drückte sie in einen bequemen Stuhl und setzte sich ihr gegenüber. „Hast du alles gefunden, was du brauchst?"

„Alles?" Sie schloss erschaudernd die Augen. „Noch nie in meinem Leben habe ich so viele Kleider gesehen, geschweige denn anprobiert. Angezogen, ausgezogen, angezogen …" Sie öffnete die Augen wieder, sah ihn lächeln und schnaubte verächtlich. „Dir wird das Lachen vergehen, wenn du anbauen lassen musst, um all die Sachen zu verstauen. Deine Schwester ist eine dickköpfige Frau, Travis Grant. Sie hat mich unablässig mit Kleidung beworfen und mich in Umkleidekabinen geschoben. Sie wollte einfach keine Vernunft annehmen."

„Ich dachte, Trish könnte helfen."

„Helfen?" Sie seufzte lang und tief. „Ich hatte das Gefühl, mitten in einen Wirbelsturm geraten zu sein. Selbst als wir schon Berge von Kleidern eingekauft hatten, hat sie noch immer irgendetwas Neues entdeckt. Ich glaube, sie hat sich großartig amüsiert", fügte sie verwirrt hinzu.

„Ja, das kann ich mir gut vorstellen. Es ist ihr bestimmt nicht schwergefallen, für dich das Richtige auszusuchen." Bei der Vorstellung musste er wieder lächeln und lehnte sich zurück.

„Travis", sagte sie nach einer kurzen Pause. „Was soll ich mit all dem Kram nur anfangen?"

„Du könntest versuchen, ihn zu tragen", schlug er vor. „So macht man das üblicherweise."

„Das ist eine Zeit lang ja ganz nett. Ich verstehe ja, dass ich unter den momentanen Umständen meine alten Kleider nicht mehr tragen kann. Aber danach, wenn …" Sie stockte. „Wenn alles wieder so ist wie vorher, dann …"

„Die Kleider gehören dir, Adelia", unterbrach er sie. „Du behältst sie, egal, was passiert. Ich kann mit ihnen jedenfalls nichts anfangen." Er erhob sich, überquerte die Terrasse und blickte über das weite Land.

Adelia blieb stumm sitzen, besorgt, weil er ärgerlich geworden war, und zugleich darüber verwirrt, womit sie das ausgelöst hatte. Schließlich stand sie auf, lief zu ihm und legte eine Hand auf seinen Arm. „Tut mir leid, Travis. Das hat bestimmt undankbar geklungen, aber ich habe es nicht so gemeint. Alles geschieht so schnell. Ich will dich einfach nicht ausnutzen, nach allem, was du für mich getan hast."

„Das kann man wohl schwerlich ausnutzen nennen. Ich muss dich ja geradezu zwingen, etwas von mir anzunehmen." Er drehte sich zu ihr um. „Adelia", fuhr er mit einem Seufzen fort, das sowohl ungeduldig wie auch belustigt klang. „Du bist so arglos."

Sie machte sich keine Gedanken über die Doppeldeutigkeit seiner Worte. Sie war einfach nur froh, dass sein Ärger verflogen war und er sie wieder anlächelte.

„Ich habe etwas für dich." Er griff in seine Tasche und zog eine schmale Schachtel hervor. „Mein Siegelring war ja für den Notfall ganz passabel, aber er ist so groß, dass er an dein Handgelenk passen würde."

„Oh." Was anderes fiel ihr nicht ein. Als sie die Schachtel öffnete, entdeckte sie einen schmalen Ring mit blitzenden Diamanten und Smaragden.

Er zog den großen, maskulinen Ring von ihrem Finger und steckte ihr die Juwelen an. „Ich würde sagen, der steht dir besser."

„Er passt", murmelte sie nur, obwohl sie ihm am liebsten die Arme um den Hals geschlungen und ihm ihre Liebe gestanden hätte.

„Ich habe deine Hände oft genug betrachtet, um deine Ringgröße einschätzen zu können." Er ließ ihre Hand los und lief zurück zu seinem Stuhl.

Sie folgte ihm. „Travis." Sie stellte sich vor seinen Stuhl und fand es merkwürdig, einmal auf ihn herabzusehen. „Travis, du gibst mir so viel, und ich kann dir nichts zurückgeben. Ich möchte so gern … Gibt es denn gar nichts, was ich für dich tun kann? Nichts, was du von mir möchtest?"

Er sah sie unbewegt an, so lange, dass sie schon glaubte, er würde nie mehr antworten. „Fürs Erste, Dee", sagte er schließlich, „wünsche ich mir nur, dass du annimmst, was ich dir gebe, und nicht alles infrage stellst."

Bei dieser Antwort seufzte sie. „Na gut, Travis, wenn dir das gefällt."

Er stand auf, nahm ihre Hand und strich über ihren Ehering. „Ja, das tut es. Komm mit rein und lass uns essen, dann erzähle ich dir, wie Majesty heute geschmollt hat, weil du nicht da warst."

Die nächsten beiden Wochen gingen schnell vorbei. Adelias Tage waren ausgefüllt mit Besuchen im Krankenhaus und ihrer Arbeit in den Ställen. Paddy war in ein normales Zimmer verlegt worden, und nachdem er nicht länger an Maschinen angeschlossen war, verbesserte sich sein Zustand von Tag zu Tag. Er beschwerte sich heftig darüber, dass er im Bett liegen musste und offenbar nicht gebraucht wurde. Die ungezwungene Freundlichkeit der Männer im Stall und die beruhigende Routine, mit den Pferden auszureiten und sie zu pflegen, brachte wieder eine Art Normalität in Adelias Leben zurück. Manchmal vergaß sie fast, dass sie jetzt Mrs Travis Grant war.

Travis war nett und liebevoll. Bei ihren gemeinsamen Mahlzeiten sprachen sie über Paddys Fortschritte oder die Pferde. Er überließ es Adelia, zu tun, was immer sie tun wollte. Er stellte keine Forderungen, war tolerant, großzügig und distanziert. Diese feine Veränderung ihrer Beziehung gefiel ihr überhaupt nicht. Niemals erhob er seine Stimme, niemals kritisierte er sie, und niemals berührte er sie mehr als unbedingt nötig. Sie wünschte sich inbrünstig, er würde sie anschreien oder schütteln, statt so kühl und gelassen zu sein. Inzwischen gingen sie weniger persönlich miteinander um als zu der Zeit, als sie noch Chef und Angestellte gewesen waren.

Als sie eines Nachmittags zum Haus zurückkam, entdeckte sie ein graues Fellbündel, das sich über die Ringelblumen hermachte. Nach sorgfältiger Musterung kam sie zu dem Schluss, dass sich unter dem schmutzigen Fell ein Hund von recht erschreckender Größe versteckte.

„Wenn ich du wäre, würde ich das nicht tun", sagte sie mit ruhiger Stimme. Der Kopf des Hundes schoss nach oben. „Lauf nicht weg. Ich tue dir nichts." Der Hund zögerte, beäugte sie vorsichtig, während sie

101

weiter sanft auf ihn einsprach. „Ich habe nur vorhin Travis' Gärtner gesehen – der ist ein ziemlich beängstigender Mann. Und keiner, der sich darüber freut, wenn jemand seine Blumen zertrampelt." Sie ging in die Hocke. „Hast du dich verlaufen, oder streunst du einfach nur herum? Ich kann deinen Augen ansehen, dass du Hunger hast. Ich bin selbst nämlich ab und zu mal hungrig gewesen. Warte hier", sagte sie und stand auf. „Ich hole dir was."

Sie betrat die Küche und nahm ein großes Stück Rinderbraten aus dem Kühlschrank. Aus dem Wohnzimmer konnte sie das Geräusch des Staubsaugers hören. Sie schlüpfte wieder nach draußen.

„Das ist erstklassiges Rindfleisch, mein Junge, und so wie du ausschaust, hast du so etwas noch nie zu Gesicht bekommen." Sie legte das Fleisch ins Gras und trat einige Schritte zurück. Der Hund näherte sich, langsam zunächst, ließ seinen Blick von dem Fleisch zu ihr und wieder zurück wandern, bis entweder sein Vertrauen oder sein Hunger so groß waren, dass er sich daraufstürzte. Sie beobachtete mit Vergnügen, wie er das Fleisch herunterschlang, das drei hungrige Männer hätte satt machen können.

„Nun, du bist ja ganz schön verfressen und scheinst dich kein bisschen zu schämen." Lachend sah sie, wie der Hund zustimmend mit dem Schwanz wedelte. „Du bist mit dir zufrieden, wie?" Bevor sie wusste, wie ihr geschah, lag sie flach auf dem Rücken, und eine feuchte Zunge fuhr ihr übers Gesicht. „Runter von mir, du haariges Vieh!" Sie versuchte erfolglos, den Hund von sich zu schieben. „Du brichst mir ja sämtliche Knochen. Und wie mir scheint, bist du dein ganzes Leben lang noch nicht ein einziges Mal gebadet worden."

Sie musste noch eine Weile kämpfen, bis sie sich befreien konnte, dann stand sie taumelnd auf und sah an sich herab. Jeans und Hemd und die nackten Arme waren mit Schmutz bedeckt. Sie fuhr sich durch das zerzauste Haar und blickte auf den Hund herab, der sie mit heraushängender Zunge betrachtete.

„Jetzt brauchen wir beide ein Bad. Nun …" Sie atmete tief aus, neigte den Kopf und dachte nach. „Du wartest hier, und ich überlege, wie wir das anstellen. Auf jeden Fall sollte ich dich baden, bevor ich dich irgendjemandem vorstelle."

Sie lief auf die Terrasse, blieb kurz stehen, um sich den Schmutz von den Kleidern zu wischen.

„Dee, was ist passiert? Bist du abgeworfen worden? Hast du dich verletzt?" Travis eilte auf sie zu, umfasste ihre Schultern und strich ihr

102

dann über die Wangen. Sie schüttelte den Kopf, verwirrt über seinen erschrockenen Tonfall.

„Nein, ich bin nicht verletzt. Fass mich besser nicht an, Travis – du machst dich nur schmutzig." Sie wollte einen Schritt zurückweichen, doch er zog sie nur noch enger an sich.

„Zum Teufel mit meinem Anzug!" Er presste sie an sich, eine Hand in ihrem Haar vergraben.

Travis hatte sich in den letzten Tagen so reserviert verhalten, dass sie erleichtert die Arme um ihn schlang, ohne darüber nachzudenken. Sie spürte, wie er mit den Lippen ihr Haar streifte, und plötzlich dachte sie, dass es schon ausreichen würde, wenn er ab und zu so zärtlich zu ihr wäre.

Als er ihren Kopf zurückbog, sah sie die Wut in seinem Gesicht. „Was hast du angestellt?"

„Ich habe überhaupt nichts angestellt", entgegnete sie würdevoll. „Wir haben Besuch bekommen." Sie deutete hinter sich.

Mit zusammengekniffenen Augen warf er einen Blick über ihre Schulter. „Adelia, was *ist* das, um Himmels willen?"

„Das ist ein Hund, Travis. Obwohl ich mir zunächst auch nicht ganz sicher war. Das arme Ding war halb verhungert. Deswegen …" Sie brach ab, dann stählte sie sich innerlich. „Deswegen habe ich ihm den Rinderbraten gegeben."

„Du hast ihn gefüttert?", fragte Travis mit ruhiger Stimme.

„Du kannst unmöglich etwas dagegen haben, dass das arme Ding ein bisschen Fleisch bekommen hat. Ich …"

„Das Fleisch ist mir vollkommen egal, Adelia." Er schüttelte sie leicht. „Hast du denn den Verstand verloren, dich mit einem fremden Hund abzugeben? Er hätte dich beißen können."

Sie straffte die Schultern. „Ich weiß, was ich tue, und ich war vorsichtig. Er brauchte etwas zu fressen, also habe ich ihm etwas gegeben. So, wie ich jedem Menschen etwas geben würde. Davon abgesehen würde er nie auf die Idee kommen, zu beißen." Sie blickte wieder zu dem Hund, der mit dem Schwanz auf den Boden klopfte. „Da", rief sie triumphierend. „Sieh dir das an."

„Nun, wie mir scheint, hast du eine neue Eroberung gemacht. Und jetzt erzähl mal." Er drehte sie wieder zu sich herum. „Was ist mit dir geschehen?"

„Tja, also …" Sie sah zu ihm auf. „Nachdem er mit Fressen fertig war – nun, er hat wohl kurz die Kontrolle verloren und mir auf seine

Weise gedankt, indem er mich umgeworfen hat. Er ist ein bisschen schmutzig – wie du sehen kannst."

„Er hat dich umgeworfen?", wiederholte Travis ungläubig.

„Er ist ziemlich anhänglich, und er hat es nicht böse gemeint. Wirklich, Travis, du darfst nicht böse auf ihn sein. Sieh nur, wie hübsch er ist, so, wie er jetzt dasitzt." Der Hund war klug genug, Travis mit schwermütigen Augen anzusehen. „Ich habe ihm gesagt, dass er warten soll, und genau das tut er. Er sehnt sich nur nach etwas Liebe."

Travis sah Adelia lange an. „So langsam bekomme ich den Eindruck, dass du ihn behalten willst."

„Nun, ich weiß nicht so genau." Sie senkte den Blick, entdeckte einen Schmutzfleck auf seinem Jackett und wischte ihn weg.

„Wie heißt er?"

„Finnegan", entgegnete sie, ohne zu zögern, dann erst wurde ihr klar, dass sie in die Falle getappt war.

„Finnegan?" Er nickte ernst. „Wie bist du bloß darauf gekommen?"

„Er erinnert mich an Pater Finnegan in Skibbereen: groß und tollpatschig, aber sehr würdevoll."

„Verstehe." Er lief zu dem Hund, ging in die Hocke und musterte ihn. Zu Adelias Erleichterung verhielt der Hund sich nach wie vor tadellos.

Als Travis zurückkam, fuhr sie mit ihrer Kampagne fort. „Ich werde mich um ihn kümmern, Travis, er wird dich nicht stören. Ich lasse ihn nicht ins Haus, und er wird auch Hannah nicht im Weg sein."

„Du brauchst mich gar nicht so anzuschauen, Adelia." Als sie fragend die Brauen zusammenzog, lachte er. „Gott bewahre, dass du jemals herausfindest, was du mit deinen Blicken anrichten kannst. Auf jeden Fall kannst du ihn behalten, wenn du willst."

„Und wie ich das will! Danke, Travis …"

„Allerdings unter zwei Bedingungen", unterbrach er sie. „Erstens wirst du ihm beibringen, dich nicht umzuwerfen. Er ist ja fast genauso groß wie du. Und zweitens braucht er ein Bad." Wieder blickte er zu Finnegan, dann schüttelte er den Kopf. „Oder am besten mehrere Bäder."

„Ich glaube, ich selbst brauche jetzt eines." Wieder wischte sie ihm über das Jackett, dann lächelte sie ihn an. Doch als sie seinen merkwürdigen Gesichtsausdruck bemerkte, bebten ihre Lippen.

„Weißt du, Dee, am liebsten würde ich dich in meine Jackentasche stecken, damit ich mir keine Sorgen mehr um dich machen muss."

„Ich bin vielleicht klein, aber in deine Jackentasche passe ich dann doch nicht." Plötzlich fiel es ihr schwer, zu atmen.

„Deine Größe ist einschüchternd."

Sie runzelte die Stirn. Er ließ seine Hand durch ihr Haar wandern, zunächst zärtlich, dann freundschaftlich. „Ich glaube, es wäre einfacher, wenn du nicht aussehen würdest, als wärst du fünfzehn statt dreiundzwanzig ... Gut, ich sollte mich wohl besser umziehen. Danach helfe ich dir, diesen Berg von einem Hund zu baden."

Sie waren bereits fast drei Wochen verheiratet, als Adelia am Krankenbett ihres Onkels saß und ihm lächelnd zuhörte, wie er begeistert von seiner Entlassung am nächsten Tag erzählte.

„Man könnte meinen, dass sie dich hier fast zu Tode quälen, Onkel Paddy."

„Ach nein, das ist schon ein gutes Krankenhaus mit netten Leuten", wehrte er ab. „Aber ins Krankenhaus gehören Kranke, und ich habe mich noch nie im Leben besser gefühlt."

„Dir geht es auch besser, und das macht mich glücklicher, als ich sagen kann. Aber ..." Sie warf ihm einen strengen Blick zu. „Trotzdem wirst du dich noch eine Weile schonen müssen und das tun, was die Ärzte dir sagen. Zunächst wirst du ein paar Tage bei Travis und mir wohnen, bis du so weit bist, wieder allein zu leben."

„Also, Dee, das kann ich auf gar keinen Fall tun", widersprach Paddy. Er tätschelte ihre Hand. „Ihr zwei solltet eigentlich sowieso in den Flitterwochen sein und euch nicht um jemanden wie mich Sorgen machen."

Es kostete sie erhebliche Anstrengung, bei dem Wort *Flitterwochen* nicht zusammenzuzucken. „Du kommst zu uns, keine Widerrede. Und ich musste nicht einmal fragen – Travis selbst hat es vorgeschlagen."

Paddy lehnte sich lächelnd in sein Kopfkissen zurück. „Das kann ich mir vorstellen. Travis ist ein feiner Kerl."

„Das ist er", gab Adelia seufzend zu. Dann zwang sie sich zu einem strahlenden Lächeln. „Er mag dich sehr, Onkel Paddy. Das wusste ich sofort, als ich euch zum ersten Mal zusammen sah."

„Ja", murmelte er. „Travis und ich kennen uns nun schon sehr lange. Als ich begann, für seinen Vater zu arbeiten, war er noch ein Junge. Ein armer, mutterloser Junge, so ernst und aufrecht."

Adelia versuchte, sich Travis als kleinen Jungen vorzustellen. Sie fragte sich, ob er damals schon so riesig gewesen war.

„Stuart Grant war ein strenger Mann", fuhr Paddy fort. „Er war zu seinem Sohn härter als zu den Pferden. Trish hat er Hannah überlassen; das Mädchen hat ihn kaum interessiert. Aber den Jungen wollte er ganz

nach seinen Vorstellungen erziehen. Ständig hat er ihm Befehle gegeben, nie kam ein freundliches Wort über seine Lippen, nie eine zärtliche
Geste. Nach einer Weile habe ich mich mit dem Jungen befasst, ihm
Geschichten erzählt und aus unserer gemeinsamen Arbeit sozusagen
ein Spiel gemacht." Paddy war ganz in seine Erinnerungen versunken.
„Er wurde von den anderen ‚Paddys Schatten' genannt, weil er mir
ständig folgte, wenn sein Vater nicht da war. Er hat hart gearbeitet, und
er wusste schon damals viel über Pferde. Ein wirklich guter Junge war
er, doch das konnte der alte Mann einfach nicht sehen. Immer hat er
irgendetwas zu meckern gehabt. Ich habe mich oft gefragt, warum Travis sich nicht gewehrt hat, als er älter wurde. Groß genug war er, und
genug Mumm hatte er auch, weiß der Himmel. Aber er hat sich alles
gefallen lassen und dem alten Mann dabei mit diesem eiskalten Blick
in die Augen gesehen." Paddy hielt inne, um tief durchzuatmen.

„Travis war auf dem College, als Stuart starb ... Das muss etwa zehn
Jahre her sein. Er stand am Grab, und als ich ihm eine Hand auf die
Schulter legte und ‚Es tut mir leid für dich' sagte, da schaute er mich
an. ‚*Er* war nie mein Vater, Paddy', sagte er ganz ruhig. ‚Seit ich zehn
war, warst du mein Vater, Paddy. Wärst du nicht gewesen, wäre ich
schon vor Jahren abgehauen, ohne auch nur einen Blick zurückzu-
werfen.'"

Schweigen breitete sich in dem Raum aus. Paddys Augen wurden
feucht, und Adelia umklammerte seine Hand fester. „Und jetzt seid ihr
beide zusammen. Etwas Schöneres kann ich mir nicht vorstellen."

„Du wirst bei ihm bleiben, Onkel Paddy, egal, was geschieht. Versprichst du mir das?"

Er sah sie an, überrascht von der Dringlichkeit in ihrer Stimme. „Natürlich, kleine Dee. Wohin sollte ich denn auch gehen?"

9. KAPITEL

Am nächsten Abend, als Paddy sich bereits ins Gästezimmer des Haupthauses zurückgezogen hatte, erzählte Travis ihr von seinen Plänen für ein großes Fest.

„Eine Party wurde schon nach Majestys Sieg erwartet, aber wegen Paddys Herzinfarkt haben wir sie verschoben." Während er den Brandy in seinem Glas kreisen ließ, betrachtete er ihr glänzendes Haar, das lockig über die Schultern ihres meerblauen Kleides fiel. „Von unserer Hochzeit hat die Presse inzwischen natürlich auch Wind bekommen. Es würde merkwürdig aussehen, wenn es keine irgendwie geartete Feier gäbe, auf der du meine Freunde und Geschäftsfreunde kennenlernst."

„Stimmt", nickte Adelia. Ohne es zu merken, begann sie an ihrer Unterlippe zu nagen. „Und damit sie mal einen Blick auf mich werfen können."

„Auch das", antwortete er in ernstem Ton. „Keine Sorge, Dee. Solange du nicht über deine eigenen Füße stolperst und aufs Gesicht fällst, solltest du ganz gut zurechtkommen."

Empört wollte sie ihm gerade erklären, dass sie ja wohl keine tollpatschige Idiotin sei, doch dann bemerkte sie sein gutmütiges Grinsen. „Besten Dank, Mr Grant." Sie lächelte ihn an. „Du bist mir wirklich eine große Hilfe."

Als Travis ihr die Gästeliste für den Empfang zeigte, schnappte sie erschrocken nach Luft. Sie schätzte, dass nicht weniger als hundert Namen darauf vermerkt waren.

„Mach dir keine Sorgen", sagte Travis. „Hannah kümmert sich um alles. Von dir wird nur erwartet, dass du höfliche Konversation betreibst."

Sie fühlte sich in ihrem Stolz gekränkt. „Vielleicht sollte ich dich wissen lassen, dass ich durchaus in der Lage bin, bis drei zu zählen, Travis Grant. Das heißt, ich bin sehr wohl in der Lage, Hannah zu helfen, und ich werde dich vor deinen tollen Freunden bestimmt nicht blamieren."

„Darf ich dich daran erinnern, dass du diejenige warst, die sagte, sie hätte Angst, sich zu blamieren, und nicht ich?", fragte er freundlich.

„Es spielt keine Rolle, was ich gesagt habe", verkündete sie. „Sondern was ich jetzt sage." Sie warf den Kopf zurück und stolzierte in die Küche.

Am Abend der Party war Adelia dann doch schrecklich nervös, wozu sie vorher wegen der Vorbereitungen gar keine Zeit gehabt hatte. Aber als sie allein in ihrem Zimmer saß, wurde die Furcht immer schlimmer.

Vorsichtig schlüpfte sie in das grüne Seidenkleid, das sie mit Trish zusammen gekauft hatte. Sein klassischer Schnitt betonte ihre Figur, ihre sanften Kurven; die Seide ließ ihre Haut sanft schimmern. Sie versuchte, ihr Haar hochzustecken, um mondäner zu wirken, gab aber schnell genervt auf und ließ es sich wie einen roten Wasserfall über die Schultern fallen.

Als sie die Treppe hinunterlief, konnte sie aus dem Wohnzimmer Stimmen hören. Sie atmete mehrmals tief durch, bevor sie sich zu Paddy und Travis gesellte.

Travis brach mitten im Satz ab, als sie den Raum betrat, und stand auf. Sie suchte in seinem Gesicht nach Anerkennung, doch sein Blick blieb merkwürdig ausdruckslos. Sofort wünschte sie, ein anderes Kleid ausgesucht zu haben.

„Na, so was, ist das nicht ein wunderbarer Anblick, mein Junge?", sagte Paddy, der Adelia mit unverhohlenem Stolz musterte. „Ich sage euch, keine andere Frau wird es heute Abend mit meiner kleinen Dee aufnehmen können. Was für ein Glück du hast, Travis."

„Onkel Paddy." Sie küsste ihn auf die Wange. „Wie wunderbar du flunkern kannst. Hör nicht damit auf – ich kann es brauchen. Um ganz ehrlich zu sein, stehe ich gerade Todesängste aus."

„Dafür gibt es überhaupt keinen Grund, Dee." Travis nahm ihre Hand und drehte sie zu sich. „Sie werden dir aus der Hand fressen. Du siehst einfach umwerfend aus." Er lächelte sie an, strich ihr kurz über das Haar, dann lief er zur Bar, um sich einen neuen Drink einzuschenken.

Liebe mich, Travis, schrie ihr Herz plötzlich auf. *Ich würde alles auf der Welt dafür geben, dass du mich nur halb so sehr lieben würdest wie ich dich.*

Als er zurückkam, sah er ihr lange in die Augen. Ein Ausdruck, den sie nicht zu deuten vermochte, huschte über sein Gesicht. „Dee?", begann er in fragendem Ton, doch bevor sie etwas sagen konnte, klingelte es an der Tür. Die ersten Gäste waren da.

Letztlich war alles unendlich viel einfacher, als Adelia befürchtet hatte. Nachdem der erste Schwung Gäste angekommen war, spürte sie bereits, dass ihre Anspannung sich etwas löste, und sie begann, die neugierigen Blicke mit der für sie typischen Direktheit zu erwidern.

Schnell füllte sich das Haus mit Leuten und Gelächter. Es war unübersehbar, wie beliebt Travis bei seinen Gästen war, außerdem schienen sie die Wahl seiner Frau zu billigen, wenn nicht sofort, dann zumindest, nachdem sie Adelias natürlichen, ehrlichen Charme kennengelernt hatten.

Eine raffiniert frisierte Frau, die Adelia in Beschlag genommen hatte, wandte sich an Travis: „Deine Frau ist so erfrischend und charmant, Travis! Und höchstwahrscheinlich viel zu gut für dich." Sie lächelte herzlich. „Ich glaube, es wäre sogar ein Genuss, wenn sie aus dem Telefonbuch vorlesen würde. Was für ein wunderbarer Akzent!"

„Vorsichtig, Carla!", warnte Travis sie und legte einen Arm um Adelias Schulter. „Dee behauptet, wir wären diejenigen mit dem Akzent – und so süß sie auch aussehen mag, ihr Temperament solltest du keinesfalls unterschätzen."

„Travis, Darling!" Die drei drehten sich um, und Adelia sah nicht viel mehr als wehenden weißen Stoff, als die Besitzerin der Stimme ihren Mann umarmte. „Ich bin soeben erst zurückgekommen, Darling, und habe von deiner kleinen Party gehört. Ich hoffe, es macht dir nichts aus."

„Natürlich nicht, Margot. Es ist immer ein Vergnügen, dich zu sehen." Adelia bemerkte, dass er die Hände mit den rot lackierten Fingernägeln nicht wegschob. „Margot Winters – das ist meine Frau Adelia."

Margot drehte sich um, und Adelia hätte beinah laut aufgestöhnt. Vor ihr stand die schönste Frau, die sie jemals gesehen hatte. Sie war groß und schlank und elegant in kühles Weiß gekleidet. Aschgoldenes Haar lockte sich sanft um ihr ovales Gesicht. Unter langen Wimpern blickten graue Augen hervor, so klar und kühl wie Bergseen, musterten Adelia und blickten dann über sie hinweg.

„Ach, Travis, sie ist bezaubernd." Dann richtete sie ihre Aufmerksamkeit wieder auf Adelia, die begann, sich klein und hässlich zu fühlen. „Aber sie ist doch kaum älter als ein Kind, hat wahrscheinlich gerade erst die Schule beendet", sagte sie herablassend.

„Ab und zu darf ich schon mit den Erwachsenen spielen", entgegnete Adelia mit ruhiger Stimme, hob das Kinn und erwiderte Margots Blick. „Meinen Schulranzen habe ich schon vor einiger Zeit in die Ecke gestellt."

„Du meine Güte", bemerkte Margot, während Carla leise in sich hineinlachte. „Sie sind Irin, nicht wahr?"

„Richtig." Adelias hitziges Temperament kochte hoch. „Allerdings. So irisch wie Paddys Schwein. Sagen Sie, Miss Winters, und was sind Sie?"

„Dee." Trish war hinter sie getreten und legte eine Hand auf Adelias Arm. „Hättest du eine Sekunde Zeit für mich? Ich brauche deine Hilfe."

Sie zog Adelia auf die Terrasse, und nachdem sie die Tür geschlossen hatte, bekam sie einen Lachanfall. „Ach, Dee", stieß sie kichernd hervor. „Wie gerne ich zugesehen hätte, wie du sie auseinandernimmst! Es war nur leider nicht der passende Zeitpunkt. Oh …" Sie wischte sich über die Augen. „Hast du Carla gesehen? Ich dachte schon, sie würde platzen! Sie hat sich fast an ihrem Getränk verschluckt in dem Bemühen, ein ernstes Gesicht zu bewahren. Diese Szene hätte ich im Leben nicht verpassen wollen! Wie Travis sich jemals mit dieser Frau einlassen konnte, ist mir ein Rätsel. Sie ist eine eiskalte Ziege."

„Travis und Margot Winters?" Adelia versuchte, ruhig zu bleiben.

„Ich dachte, das wusstest du." Trish seufzte tief, dann schnitt sie eine Grimasse. „Ich denke nicht, dass er es jemals ernst mit ihr gemeint hat – so blöd kann er nicht sein. Sie würde eines ihrer Tiffany-Schmuckstücke dafür geben, wenn er sie nur einmal so ansehen würde wie dich." Trish lächelte, und Adelia unternahm den tapferen Versuch, zurückzulächeln. „Vor ein paar Monaten hatten sie einen heftigen Streit. Sie war offenbar sauer, dass er so viel Zeit mit seinen Pferden verbrachte." Trish zischte empört, dann strich sie sich das Kleid glatt. „Sie wollte, dass er die Arbeit seinen Leuten überlässt und stattdessen seine Zeit damit verbringt, sie zu unterhalten. Und dann hat sie ihm eine Art Ultimatum gesetzt und ist in einer Wolke teuren französischen Parfüms nach Europa verschwunden." Trish lachte mit großer Wonne auf. „Ihr kleiner Plan ist furchtbar schiefgelaufen, denn statt sich nach ihr zu verzehren, ist Travis jetzt glücklich verheiratet. Mit dir." Sie hakte ihre Schwägerin unter.

„Ja", murmelte Adelia. „Jetzt ist er mit mir verheiratet …" Sie klang traurig, woraufhin Trish sie scharf musterte. Aber Dee weigerte sich, sie anzusehen.

Paddy zog ein paar Tage später wieder in sein eigenes Haus, und Adelia vermisste ihn schrecklich. Er hatte sich mit Finnegan angefreundet, der seine Zeit exakt zwischen ihnen beiden aufteilte. Wenn Paddy sich brummelnd zum Mittagsschlaf zurückzog, folgte ihm der Hund.

Adelia war sich nie ganz sicher, ob er das aus Zuneigung tat oder aus reiner Faulheit.

Travis sprach nicht ein einziges Mal von Margot Winters und ging auch nicht auf Adelias Kommentare ein. Wieder hatte sie das Gefühl, dass ihre Beziehung sich abkühlte. Sie fühlte sich eher wie seine Schutzbefohlene als seine Ehefrau. Wenn sie gemeinsam in der Öffentlichkeit auftraten, behandelte er sie mit der freundlichen Aufmerksamkeit, die von einem frischgebackenen Ehemann erwartet wurde. Doch kaum waren sie allein zu Hause, wurde er wieder distanziert.

Es gelang ihr gut, ihre Enttäuschung darüber zu verbergen, und sie benahm sich so, wie er es ihrer Meinung nach erwartete, indem sie dieselbe Unverbindlichkeit an den Tag legte wie er. Nur selten noch brach ihr Temperament durch. Manchmal kam es ihr so vor, als wären sie nur höfliche Marionetten, die an unsichtbaren Fäden hingen. Verzweifelt fragte sie sich, wie lange das noch so weitergehen sollte.

Eines Nachmittags im Juli klingelte es. Als Adelia die Tür öffnete, sah sie sich der elegant gekleideten Margot Winters gegenüber, die Adelias Jeans und Bluse mit erhobenen Augenbrauen musterte. Dann trat sie ein, ohne eine entsprechende Einladung abzuwarten.

„Schönen guten Tag, Miss Winters", begrüßte Adelia sie, fest entschlossen, die Rolle der Gastgeberin zu spielen. „Bitte kommen Sie doch herein und setzen Sie sich. Travis ist bei den Stallungen, aber ich lasse ihn gerne rufen."

„Das ist nicht nötig, Adelia." Margot schlenderte ins Wohnzimmer und ließ sich in einem Ohrensessel nieder, als ob er ihr persönlich gehörte. „Ich wollte ein wenig mit Ihnen plaudern." Sie blickte zur Haushälterin, die hinter Adelia aufgetaucht war. „Ich nehme eine Tasse Tee, Hannah."

Hannah warf Adelia einen Blick zu, die nur nickte und sich zu dem ungebetenen Gast setzte.

„Ich komme am besten gleich zum Punkt", legte Margot los, lehnte sich zurück und verschränkte die Finger in einer gebieterischen Geste. „Sicherlich ist Ihnen bekannt, dass Travis und ich kurz davorstanden, zu heiraten, bevor wir vor ein paar Monaten eine kleine Unstimmigkeit hatten."

„Ist das so?", entgegnete Adelia möglichst desinteressiert.

„Ja, das ist allgemein bekannt", behauptete Margot und wedelte ungeduldig mit der Hand. „Ich wollte ihm eine Lektion erteilen, indem ich nach Europa reiste und ihm die Zeit gab, noch einmal über alles nachzudenken. Er ist ein sehr dickköpfiger Mann." Sie warf Adelia ein wissendes Lächeln zu. „Als ich in der Zeitung ein Foto sah, wie er so ein kleines hergelaufenes Mädchen küsste, dachte ich mir nicht viel dabei. Diese Journalisten übertreiben doch immer. Aber als ich dann hörte, dass er tatsächlich eine Pferdepflegerin geheiratet hat", erschauerte sie, „wusste ich, dass es an der Zeit war, zurückzukommen und gewisse Missverständnisse aus dem Weg zu räumen."

„Und dürfte die Pferdepflegerin erfahren, wie Sie das anstellen wollen?"

„Wenn dieses kleine Intermezzo beendet ist, können Travis und ich fortfahren wie geplant."

„Ich vermute, mit Intermezzo meinen Sie meine Ehe?", hakte Adelia nach.

„Nun, selbstverständlich." Margot zuckte mit den Schultern. „Sehen Sie sich doch an! Es ist offensichtlich, dass Travis sie nur geheiratet hat, damit ich zurückkomme. Sie können keinesfalls glauben, dass er bei Ihnen bleibt. Sie haben weder die entsprechende Herkunft noch den Stil, der nötig ist, um sich in der Gesellschaft zu bewegen."

Adelia richtete sich würdevoll auf. „Ich kann Ihnen versichern, Miss Winters, dass Sie mit der Hochzeit von Travis und mir nicht das Geringste zu tun haben. Sie haben recht, ich bin nicht so elegant und kann mich womöglich nicht so gewählt ausdrücken wie Sie. Aber eines habe ich Ihnen voraus: Ich trage Travis' Ring am Finger und Sie nicht."

Hannah kam mit einem Tablett ins Zimmer. Adelia erhob sich. „Miss Winters kann leider doch nicht zum Tee bleiben, Hannah. Sie ist gerade im Begriff zu gehen."

„Spielen Sie nur die Hausherrin, solange Sie noch können", rief Margot, stand auf und glitt hoheitsvoll an ihr vorbei. „Sie werden schneller wieder im Stall landen, als Sie glauben." Als die Tür hinter ihr zuknallte, atmete Adelia tief aus.

„Die hat vielleicht Nerven, hier aufzutauchen und so mit Ihnen zu reden", zischte Hannah verärgert.

„Achten wir einfach nicht auf sie." Adelia tätschelte den Arm der Haushälterin. „Und außerdem werden wir ihren Besuch für uns behalten, Hannah."

„Wenn Sie das wünschen", willigte Hannah zögernd ein.

„Ja." Adelia starrte in die Ferne. „Das wünsche ich."

Einige Tage lang war Adelia höchst angespannt. Die Atmosphäre im Haus veränderte sich, war nicht mehr länger ruhig, sondern unberechenbar. Travis reagierte auf ihr verändertes Verhalten zunächst mit Toleranz und dann mit strapazierter Geduld.

Eines Abends lief sie nach dem Abendessen im Wohnzimmer auf und ab, während er auf dem Sofa saß und über seinem Brandy brütete.

„Ich mache einen Spaziergang mit Finnegan", verkündete sie plötzlich, nicht mehr länger in der Lage, das Schweigen zwischen ihnen zu ertragen.

„Wie du willst", antwortete er achselzuckend.

„*Wie du willst*", blaffte sie ihn an. „Es macht mich krank, dich ständig dasselbe sagen zu hören. Ich werde nicht tun, was ich will. Ich will nicht tun, was ich will."

„Hörst du dir eigentlich selbst zu?", fragte er, stellte seinen Brandy ab und sah sie düster an. „Das ist die lächerlichste Aussage, die ich jemals gehört habe."

„Sie ist nicht lächerlich, sondern absolut klar. Wenn du nur genug Verstand hättest, sie zu begreifen."

„Was ist nur in dich gefahren? Da verstehe ich ja noch mehr, wenn du auf Gälisch vor dich hin schimpfst."

„Nichts", entgegnete sie. „Mit mir ist alles in Ordnung."

„Dann hör auf, dich wie ein zänkisches Weib zu benehmen. Ich bin es leid, deine Launen zu ertragen."

„Ich bin also ein zänkisches Weib, ja?" Ihre Wangen wurden heiß.

„Ganz genau", stimmte er ruhig zu.

„Nun, wenn du es leid bist, mir zuzuhören, dann gehe ich dir künftig wohl besser aus dem Weg." Sie stürmte aus dem Zimmer an der überraschten Hannah vorbei und durch die Hintertür in die warme Sommernacht.

Am nächsten Morgen schämte sie sich für ihren Gefühlsausbruch. Sie war nicht nur unsachlich gewesen, sie hatte sich auch noch blamiert und zum Narren gemacht. Beides war ihr unerträglich.

Travis verdient es nicht, dass ich ihn so behandle, dachte sie, zog ihre Arbeitskluft über und eilte die Treppe hinunter. Sie war wild entschlossen, sich bei ihm zu entschuldigen und künftig die lieblichste und süßeste Ehefrau zu sein, die ein Mann sich nur wünschen konnte.

Hannah informierte sie darüber, dass Travis bereits gefrühstückt und das Haus verlassen hatte. Betrübt setzte Adelia sich allein an den

Tisch. Später arbeitete sie zur Selbstbestrafung im Stall so hart sie nur konnte, bis am frühen Nachmittag ihre schlechte Laune schließlich fast vollständig verschwunden war.

Sie saß gerade im Sattelraum und hängte die Striegel auf, als sie Travis' Stimme hinter sich hörte. „Komm mal mit, Dee. Ich möchte dir etwas zeigen."

„Travis." Er hatte sich bereits umgedreht, und sie rannte ihm hinterher. „Travis." Als sie ihn eingeholt hatte, zog sie an seinem Arm, damit er stehen blieb. „Es tut mir leid, Travis. Es tut mir leid, wie ich mich verhalten habe, dass ich dich gestern Abend so angefahren habe, völlig ohne Grund. Ich weiß, ich war widerlich und gemein, und es ist bestimmt kein Vergnügen, mit mir zusammen zu sein, aber wenn du mir verzeihst, werde ich … Wieso lächelst du?"

Aus dem Lächeln wurde ein Grinsen. „Du entschuldigst dich genauso wortreich, wie du dich aufregen kannst. Das ist faszinierend. Und jetzt vergiss es, Winzling. Jeder hat mal einen schlechten Tag." Er verwuschelte ihr Haar und legte einen Arm um ihre Schultern. „Sieh mal!"

Beim Anblick einer glänzenden Fuchsstute, die über die Koppel stolzierte, schrie Adelia entzückt auf. Sie stellte sich an den Zaun und musterte das starke schöne Tier. „Ach Travis, sie ist prächtig! Sie ist das schönste Pferd, das ich jemals gesehen habe!"

„Das sagst du immer."

Sie lächelte ihm zu, dann wandte sie sich wieder mit einem genussvollen Seufzen zu der Stute um. „Das stimmt. Von wem willst du sie decken lassen?"

„Das habe ich nicht zu entscheiden. Sie gehört dir."

Adelia blickte ihn mit großen, ungläubigen Augen an. „Mir?"

„Eigentlich wollte ich sie dir nächsten Monat zum Geburtstag schenken, aber …" Er zuckte die Achseln und strich ihr eine Locke aus der Stirn. „Ich dachte, du könntest etwas Aufmunterung gebrauchen, deswegen gehört sie jetzt schon dir."

Sie schüttelte den Kopf, und ihre Augen füllten sich mit Tränen. „Aber so, wie ich mich benommen habe, solltest du mich eher übers Knie legen, als mir etwas zu schenken."

„Der Gedanke kam mir gestern Nacht auch, aber das Geschenk scheint mir die bessere Lösung zu sein."

„Oh, Travis!" Sie warf sich in seine Arme. „Noch nie habe ich so etwas Wundervolles geschenkt bekommen! Das verdiene ich gar nicht!" Sie drückte ihre Lippen auf seinen Mund. Er zog sie fest an sich, und ihr dankbarer Kuss wurde zu einem leidenschaftlichen. Sie schmolz dahin, bot sich ihm an, rückhaltlos. „Travis", murmelte sie, als er seine Lippen von ihren löste.

Er schob sie abrupt von sich. „Na komm, Dee, freunde dich mit deiner Stute an. Wir sehen uns beim Abendessen."

Sie sah ihm nach und musste sich auf die Unterlippe beißen, um ihm nicht hinterherzurufen. Finnegan raste auf sie zu. Hastig schluckte sie ihre Tränen hinunter und vergrub ihr Gesicht in seinem Fell. „Er findet mich überhaupt nicht anziehend", erklärte sie dem mitfühlenden Hund. „Ich weiß nicht, wie ich es anstellen soll, dass er mich als Frau sieht ... geschweige denn als seine Ehefrau."

10. KAPITEL

Adelia wurde von einem Gewitter geweckt. Blitze zuckten über den dunklen Himmel hinweg. Sie warf die Decke zurück, sprang aus dem Bett, öffnete die Balkontür und trat hinaus. Der Wind zerrte an ihren Haaren und dem dünnen Nachthemd. Regen stürzte wie wütende Tränen aus den Wolken. Adelia hob die Arme in die Luft und lachte laut vor Entzücken über die tobenden Naturgewalten.

„Dee?" Als sie sich umdrehte, entdeckte sie Travis' Umriss in der Tür. „Ich dachte, du hättest vielleicht Angst. Der Strom ist ausgefallen, und das Gewitter ist laut genug, um Tote zu wecken."

„Ja", stimmte sie triumphierend zu. „Es ist herrlich!"

„Und ich dachte, ich würde dich zitternd vor Angst unter der Bettdecke finden." Er lächelte kläglich und trat einen Schritt zurück.

„Oh, Travis, komm, sieh dir das an!", schrie sie, als ein weiterer Blitz den düsteren Himmel erleuchtete, gefolgt von ohrenbetäubendem Donner.

Er betrachtete ihre schlanke Gestalt, das volle Haar, das zügellos um ihre nackten Schultern wehte. Er wollte gerade etwas entgegnen, als Adelia wieder aufschrie.

„Komm doch, schau es dir an!" Er holte tief Luft, dann trat er zu ihr auf den Balkon. „Es ist so wild, so stark und kraftvoll und frei!" Sie hob das Gesicht in den Wind. „Es ist wütend wie der Teufel, und es ist ihm vollkommen egal, was irgendjemand von ihm denkt. Hör dir den Wind an, er schreit wie eine Todesfee! Ach, ich liebe Gewitter!"

Als sie sich zu ihm umdrehte, zuckte wieder ein Blitz auf, und sie sah die nackte Begierde in seinem starren Blick. Ihr Lächeln erlosch. Als er sie an sich riss und sie hungrig zu küssen begann, hämmerte ihr Herz lauter als der Donner. Sie schlang die Arme um seine Hüfte und spürte sein Begehren, das – wie sie außer sich vor Glück feststellte – einzig und allein ihr galt. Heftige Schauer jagten durch ihren Körper. Seine Lippen schienen sie zu verschlingen, und sie öffnete sich ihm wie eine Blume der Sonne. Er schob die Träger ihres Nachthemds von den Schultern. Lautlos glitt der Stoff zu Boden. Adelia zerrte am Gürtel seines Morgenrocks, bis nichts mehr zwischen ihnen war. Mit einer schnellen Bewegung hob er sie auf die Arme und trug sie zum Bett.

Die Heftigkeit des Sturms verblasste gegen die Leidenschaft ihrer Liebe. Seine Lippen wanderten langsam über ihre, während er mit erfahrenen Händen ihren zitternden Körper erkundete. Wieder und wieder erlöste er sie von ihrer Lust, während er seine unter Kontrolle behielt. Als er sie zu seiner Frau machte, gab sie sich ihm vollkommen hin, glücklich über das Geschenk, das sie ihm endlich machen konnte.

Später schlief sie in seiner Umarmung ein. Sie schlief tief wie ein Mensch, der sich verirrt und endlich den Weg nach Hause gefunden hatte ...

Sonnenlicht liebkoste Adelias Gesicht. Travis lag neben ihr. Sie studierte seine Gesichtszüge und seufzte leise. Ihr war, als würde ihr Herz vor Liebe zerspringen. Er atmete langsam und tief, das tiefe Blau seiner Augen verborgen hinter Lidern und langen Wimpern. Sanft strich sie ihm die dunklen Locken aus der Stirn, schmiegte sich an ihn und flüsterte seinen Namen.

Travis öffnete die Augen. „Hallo", sagte er nur und zog sie fester an sich. „Siehst du morgens immer so wunderschön aus?"

„Das weiß ich nicht", entgegnete sie. „Ich bin noch nie neben einem Mann aufgewacht." Sie rollte sich auf ihn und sah ihn prüfend an. „Du bist auch nicht gerade ein unangenehmer Anblick." Lächelnd strich sie über sein Kinn. „Obwohl du wirklich eine Rasur nötig hättest."

Er zog sie leicht am Haar, das ihr weich über den Rücken fiel, zog ihr Gesicht zu sich herab und küsste sie. Dann legte sie den Kopf an seine Schulter und seufzte vollkommen zufrieden, während er sanft über ihren Rücken streichelte. „Travis", sagte sie ungläubig. „Die Uhr sagt, es wäre nach zehn."

Er drehte den Kopf, dann stöhnte er auf. „Tatsächlich."

„Aber das kann nicht sein", behauptete Adelia und richtete sich entrüstet auf. „Noch nie in meinem Leben habe ich so lange geschlafen!"

„Nun, diesmal aber schon." Er grinste. „Das kannst selbst du nicht abstreiten."

„Ich tue einfach so, als hätte ich nicht auf die Uhr geschaut", beschloss sie.

„So gerne ich bei dir bleiben würde, ich habe einen Termin, zu dem ich sowieso schon zu spät komme." Er küsste sie noch einmal und schob sie von sich, aber sie klammerte sich an ihn. „Ich muss los." Seine Lippen verweilten einen Moment an ihrem Hals, dann stand er auf, streifte den Morgenrock über und sah sie an. „Wenn du ein paar Stunden hierbleibst, komme ich einfach zurück zu dir."

„Du könntest jetzt bleiben und zu deiner Verabredung noch ein wenig später kommen", schlug sie ihm lächelnd vor, setzte sich auf und drückte die Bettdecke an ihre nackten Brüste.

„Führe mich nicht in Versuchung." Er küsste sie auf die Stirn. „Ich komme zurück, so schnell ich kann."

Als die Tür hinter ihm zufiel, sank sie mit einem glückseligen Seufzen zurück in die Kissen und streckte sich. Jetzt bin ich wirklich seine Frau, dachte sie. *Ich bin eine verheiratete Frau, und Travis ist mein Mann. Aber er hat mir nicht gesagt, dass er mich liebt.* Sie schüttelte den Kopf. *Er sagte, dass er mich braucht, und das soll fürs Erste reichen. Ich werde dafür sorgen, dass er mich liebt, dass unsere Ehe funktioniert und er keinen Gedanken mehr daran verschwendet, sie zu beenden. Ich werde ihn so glücklich machen, dass er glaubt, im Paradies zu sein.*

Sie sprang voller Zuversicht aus dem Bett und tänzelte in ihr Badezimmer.

Kurz darauf stand sie mitten auf der Treppe. Ihr Gesicht leuchtete auf, als sie Travis' Stimme aus dem Wohnzimmer hörte. Gerade wollte sie zu ihm stürzen, doch dann hörte sie eine andere Stimme und blieb wie angewurzelt stehen. Ihr Lächeln erstarb, als sie Margot Winters' wütende Worte hörte.

„Travis, du weißt sehr gut, dass ich es nie so gemeint habe. Ich bin nur weggefahren, weil ich wollte, dass du mich vermisst und mir hinterherreist."

„Hast du wirklich damit gerechnet, dass ich hier alles stehen und liegen lasse, um dich in Europa aufzuspüren, Margot?" Adelia bemerkte die leise Ironie in seiner Stimme und biss sich auf die Unterlippe.

„Ach Darling, ich weiß, das war dumm von mir." Margot sprach jetzt leise und verführerisch. „Ich wollte dich nicht verletzen. Es tut mir so furchtbar leid. Ich weiß, dass du diese kleine Pferdepflegerin nur geheiratet hast, um mich eifersüchtig zu machen."

„Ist das so?" Adelia umklammerte das Geländer, entsetzt darüber, wie kühl und leidenschaftslos Travis über sie sprach.

„Natürlich, Darling, und es hat wunderbar funktioniert. Jetzt musst du nur noch schnell eine Scheidung arrangieren und ihr eine hübsche kleine Abfindung zahlen, und dann können wir wieder zur Tagesordnung übergehen."

„Das könnte schwierig werden, Margot. Adelia ist katholisch. Sie wird sich nie von mir scheiden lassen." Adelias Magen krampfte sich zusammen, sie schlang die Arme um ihren Körper. Der Schmerz war fast unerträglich.

„Nun, Darling, dann musst *du* dich eben von *ihr* scheiden lassen."

„Aus welchem Grund?" Travis klang unerhört vernünftig.

„Um Himmels willen, Travis", rief Margot verärgert. „Lass dir was einfallen. Biete ihr Geld. Dann wird sie schon tun, was du willst."

Adelia konnte es nicht länger aushalten. Sie legte die Hände auf die Ohren und rannte die Treppe hinauf in ihr Zimmer.

Oh, was für eine Närrin du bist, Adelia Cunnane! schimpfte sie sich. *Er liebt dich nicht und wird es niemals tun. Unsere Ehe war von Anfang an eine Scheinehe.* Sie wischte sich die Tränen von den Wangen und straffte die Schultern. Und jetzt ist die richtige Zeit, das alles zu beenden. Onkel Paddy ist wieder kräftig genug, und ich kann es nicht länger aushalten.

Sie packte nur ihre alten Kleider und die, die sie mit ihrem eigenen Geld gekauft hatte. Dann setzte sie sich an ihren Schreibtisch und hinterließ ihrem Onkel und ihrem Mann jeweils eine Nachricht.

Bitte versteh mich, Onkel Paddy, flehte sie stumm, als sie die beiden Briefumschläge auf den Tisch legte. *Ich kann so nicht weitermachen. Ich kann nicht in Travis' Nähe bleiben. Nicht jetzt. Nicht nach allem, was geschehen ist.*

Sie schlich die Treppe hinunter, atmete tief durch und lief nach draußen, um auf das Taxi zu warten.

Auf dem Flughafen war genauso viel los wie damals bei ihrer Ankunft. Menschenmengen schoben sich an ihr vorbei, und einen Moment lang fühlte sie sich schrecklich verloren und einsam. Sie sah sich um, steuerte auf einen Schalter zu. Doch plötzlich packte sie jemand am Arm. Ihr Koffer fiel mit einem lauten Knall zu Boden.

„Was soll das?", rief sie erbost, wirbelte herum und schnappte nach Luft, als sie Travis' wütendes Gesicht erblickte.

„Genau das wollte ich dich auch gerade fragen", schleuderte er zurück und betrachtete sie mit einem bohrenden Blick. „Wo willst du hin?"

„Zurück nach Irland. Zurück nach Skibbereen."

„Du glaubst doch nicht im Ernst, dass ich dich ohne ein Wort einfach in das Flugzeug steigen lasse?" Sein Griff um ihren Arm verstärkte sich.

Sie zuckte vor Schmerz zusammen. „Ich habe dir eine Nachricht dagelassen." „Die habe ich gesehen", zischte er. „Gott sei Dank bin ich früh genug zurückgekommen, sonst müsste ich dir jetzt über den Atlantik hinterherjagen.“

„Es gibt keinen Grund, mir irgendwohin hinterherzujagen“, verkündete Adelia und versuchte sich von ihm zu befreien. „Du brichst mir den Arm, Travis Grant. Lass mich los.“

„Du kannst froh sein, dass ich dir nicht den Hals breche“, brummte er, nahm ihren Koffer und zog sie hinter sich her.

„Ich komme nicht mit dir! Ich gehe zurück nach Irland!“

„Und ob du mit mir kommst“, korrigierte er sie. „Du kannst entweder auf deinen eigenen Füßen laufen, oder ich werfe dich über meine Schulter wie einen Sack irische Kartoffeln.“

„Ein Sack irische Kartoffeln, ja?“, fauchte sie, doch als er stehen blieb und sie von oben betrachtete, fuhr sie etwas leiser fort. „Ich werde laufen, Mr Grant. Es gibt noch andere Flugzeuge.“

Leise fluchend zog er sie zu seinem Auto, öffnete die Tür und gab ihr einen nicht allzu sanften Stoß. „Du hast mir eine Menge zu erklären, Adelia“, sagte er, als er den Schlüssel ins Zündschloss steckte. Bevor sie etwas entgegnen konnte, starrte er sie mit einem vernichtenden Blick an. „Spar es dir, bis wir zu Hause sind. Ich habe wenig Lust, einen Mord in aller Öffentlichkeit zu begehen.“

Also blieb sie stumm, starrte nur düster aus dem Seitenfenster. Auf dem Gestüt angekommen, stieg Travis aus und knallte die Tür mit solcher Wucht zu, dass Adelia sich fragte, warum die Scheiben nicht zu Bruch gingen. Er lief um den Wagen, zerrte Adelia heraus und schob sie ins Haus.

„Wir wollen nicht gestört werden“, erklärte er der fassungslosen Hannah, während er Adelia die Treppe hinaufschleppte. In ihrem Zimmer schlug er die Tür zu und schloss sie hinter sich ab. „Und jetzt lass hören.“

„Ich habe dir eine Menge zu sagen, Travis Grant“, legte sie los. „Du großer, brutaler Kerl! Ich habe die Nase gestrichen voll davon, ständig von dir herumgezerrt und gestoßen und geschoben zu werden! Ich warne dich, du grober Klotz! Wage es nicht noch einmal, mich anzufassen, sonst werde ich es dir heimzahlen!“

„Wenn du fertig bist“, antwortete er unbeeindruckt, „würde ich gerne hören, welche Erklärung du für dein Verhalten hast.“

„Ich muss jemandem wie dir überhaupt nichts erklären.“ Ihre Augen sprühten grüne Funken. „Ich habe dir doch ganz klar geschrieben: Ich will nichts von dir. Selbst wenn mir sonst nichts bleibt, habe ich immer noch meinen Stolz.“

„Klar, du und dein irischer Stolz", knurrte Travis, trat einen Schritt nach vorne und umfasste ihre Schultern. „Mit dem würde ich dich am liebsten erwürgen. Was sollte das von wegen Scheidung und Annullierung?"

„Ich dachte, ich hätte mich klar ausgedrückt." Sie machte sich von ihm los. „Ich habe geschrieben, dass eine Annullierung nun nicht mehr möglich ist, dass ich dich verlasse und du dich von mir scheiden lassen kannst. Dass ich nichts von deinem Geld will und dir zurückzahle, was ich mitgenommen habe."

„Und du erwartest, dass ich das einfach so hinnehme?", schrie er, woraufhin sie noch ein wenig zurückwich. „Dass ich ganz ruhig deine kleine Notiz lese und mich einfach so von dir scheiden lasse?"

„Schrei mich nicht an!", rief sie. „Wir waren uns einig, dass wir diese Ehe nur wegen Onkel Paddy eingehen und sie annullieren lassen, sobald es ihm besser geht. Wie gesagt: Eine Annullierung ist nun nicht mehr möglich, also musst du dich von mir scheiden lassen. Ich selbst kann das nicht tun."

„Wie kannst du nach letzter Nacht von Scheidung und Annullierung sprechen?", fragte er bitter. „Ich dachte, es hätte dir etwas bedeutet."

„Ich? Ich?", brüllte sie ihn völlig außer sich an. „Wie kannst du es wagen? Der Teufel soll dich holen, Travis Grant! Was bist du nur für ein Heuchler! Du warst ja kaum aus meinem Bett gesprungen, da hast du mit dieser feinen Dame schon über die Scheidung gesprochen! Du wolltest mir Geld anbieten, um dich freizukaufen, du hinterhältige Ratte! Ich würde lieber sterben, als auch nur einen Penny von dir anzunehmen, du Mistkerl!"

„Bist du deshalb gegangen, Dee?", fragte Travis, und als sie in gälisches Fluchen ausbrach, begann er sie zu schütteln.

„Ja." Sie hieb mit ihren kleinen Fäusten gegen seine Brust. „Nimm deine Hände von mir, du verfluchter Kerl! Ich werde hier nicht herumsitzen und darauf warten, dass deine Geliebte mich abschiebt."

Er hob sie hoch, steckte sie sich wie einen Fußball unter den Arm, ignorierte ihre fliegenden Fäuste und legte sie sanft aufs Bett.

„Ach so, jetzt also doch wieder ins Bett, ja? Ich werde nie mehr mit einem wie dir das Bett teilen. Ich verfluche dich, Travis Grant!"

„Sei still, du kleine Närrin." Travis stürzte sich auf ihre Lippen und erstickte die Flut gälischer Beschimpfungen. Dann sagte er: „Hast du wirklich geglaubt, ich würde dich gehen lassen, nach allem, was ich durchgemacht habe, um dich zu bekommen?" Er schnitt ihren Protest mit einem weiteren atemberaubenden Kuss ab. „Und jetzt, du kleiner Hitzkopf, halt den Mund und hör mir zu. Margot ist heute Morgen einfach hier aufgetaucht. *Sie* hat das Thema Scheidung zur Sprache gebracht, nicht ich. Davon abgesehen, dass ich – sei still!", warnte er sie, als sie den Mund öffnete, „oder ich muss Gewalt anwenden." In welcher Form, demonstrierte er, in dem er sie erneut küsste.

„Davon abgesehen, dass ich", fuhr er fort, „nie die Absicht hatte, sie zu heiraten. Wir haben eine Zeit lang eine recht nette Beziehung geführt – *Adelia, nun halt schon still!* Du tust dir nur selbst weh." Er verlagerte sein Gewicht, umfasste ihre beiden Handgelenke mit einer Hand und hielt sie über ihrem Kopf fest. „Sie hatte es sich in den Kopf gesetzt, dass ich sie heiraten und meine Arbeit aufgeben sollte, sie hatte die verrückte Idee, mit mir um die ganze Welt zu reisen. Ich sagte ihr, dass sie nicht ganz bei Verstand wäre, und da ist sie nach Europa gefahren. Sie wollte, dass ich mich zwischen ihr und den Pferden entscheide." Er grinste in Adelias gerötetes Gesicht. „Die Pferde haben gewonnen, haushoch. Doch jetzt bildet sie sich ein, dass ich dich geheiratet habe, um sie eifersüchtig zu machen, und als sie heute Morgen kam, um über die Scheidung und eine Abfindung zu sprechen, ließ ich sie ausreden. Ich wollte sehen, wie weit sie wirklich gehen würde." Er packte mit der freien Hand ihr Kinn. „Wenn du das ganze Gespräch gehört hättest, wüsstest du, was ich ihr geantwortet habe. Nämlich, dass ich nicht die Absicht habe, mich von der Frau scheiden zu lassen, die ich liebe, weder jetzt noch in tausend Jahren."

„Das hast du gesagt?" Adelia hörte umgehend auf, sich zu wehren.

„So oder so ähnlich. Jedenfalls habe ich mich verständlich ausgedrückt."

„Ich … Du hättest deiner Frau persönlich sagen können, dass du sie liebst. Das hätte dir eine Menge Ärger erspart."

„Wie sollte ich das einer Frau sagen, die mich beschimpft und anschreit wie ein kleiner Gassenjunge?" Er strich ihr die Locken aus dem Gesicht und küsste ihren Hals. „Anfangs habe ich einfach nur versucht, nett zu dir zu sein, bis du wenigstens meinen Anblick ertragen konntest. Oder glaubst du, ich habe dich wirklich nur wegen Majesty mit nach Kentucky und New York genommen?" Seine Lippen erforschten ihre weiche Haut. „Ich wollte dich keine Sekunde aus den Augen lassen, damit nicht irgendjemand daherkommt und dich mir wegschnappt. Mein Plan war, dich nach und nach mürbe zu machen." Er platzierte kleine Küsse auf ihren Wangen. „Gerade als ich dachte, kleine Fortschritte zu machen, hatte Paddy seinen Herzinfarkt, und das veränderte alles. Ich dachte, es wäre das Beste für seine Genesung, wenn er sich um dich keine Sorgen machen muss, deswegen habe ich dich zu dieser Ehe überredet und dir eine Annullierung versprochen." Nun begann er, ihren Körper zu erkunden. „Natürlich hatte ich niemals vor, dieses Versprechen einzuhalten."

„Lass mich los", forderte sie ihn auf, doch er schüttelte den Kopf.

„Nicht einmal, wenn ich dich die nächsten zwanzig Jahre hier festhalten muss."

„Du sturer Dummkopf! Hast du denn nicht bemerkt, dass ich vor Liebe zu dir fast gestorben wäre? Lass meine Hände los, verdammt noch mal, und küss mich."

Sie zog ihn zu sich herab und vergrub ihr Gesicht an seinem Hals.

„Mir scheint", murmelte er in ihr duftendes Haar, „wir haben ganz schön viel Zeit verschwendet."

„Du warst immer so distanziert! All die Wochen hast du mich nie berührt. Und gestern Nacht hast du nicht ein einziges Mal gesagt, dass du mich liebst."

„Ich habe es nicht gewagt, dich anzufassen. Ich wollte dich so sehr, dass ich fast wahnsinnig wurde. Wenn ich dir letzte Nacht meine Liebe gestanden hätte – und wie sehr ich mir das gewünscht habe! –, hättest du vielleicht geglaubt, ich wollte dich damit einfach nur ins Bett bekommen."

„Jetzt werde ich das nicht denken, Travis. Ich will es hören. Ich wünsche mir schon so lange, diese Worte von dir zu hören."

Er gehorchte. Wieder und wieder sagte er ihr, dass er sie liebte. Und dann suchte er ihre Lippen und wiederholte es ohne Worte.

„Travis", flüsterte sie ihm schließlich ins Ohr. „Kannst du vielleicht noch ein Gewitter herbeizaubern?"

– ENDE –

Lucy Gordon

Im Zeichen des Glücks

Roman

Aus dem Englischen von
Dorothea Ghasemi

1. KAPITEL

Olivia, komm schnell! Es ist etwas Schlimmes passiert!"
Olivia blickte von den Schulbüchern zu der jungen Hilfslehrerin Helma, die auf der Schwelle stand. Da diese zu Übertreibungen neigte, beunruhigten deren aufgeregte Worte sie nicht besonders.

„Es ist Yen Dong!", rief Helma.

Der zehnjährige Dong war der intelligenteste Schüler in Olivias Klasse auf der Chang-Ming-Schule in Peking, aber auch der größte Schlingel. Ständig heckte er irgendetwas aus und setzte dann seinen Charme ein, um einer Strafe zu entgehen.

„Was hat er denn jetzt schon wieder angestellt?", fragte Olivia.

„Er ist auf einen Baum geklettert."

„Dann soll er runterkommen. Der Nachmittagsunterricht fängt gleich an."

„Aber er ist ganz weit oben. Ich glaube, er schafft es nicht allein."

Olivia eilte in den Garten, in dem die Schüler die Pausen verbrachten, und sah nach oben. Dort saß der kleine Bengel in der Krone des höchsten Baumes und machte selbst in dieser lebensgefährlichen Situation noch ein fröhliches Gesicht.

„Kannst du runterklettern?", rief sie.

Vorsichtig stellte er einen Fuß auf den nächsten Ast, rutschte jedoch ab und zog das Bein schnell wieder an.

„Okay, hab keine Angst." Sie versuchte, sich ihre Besorgnis nicht anmerken zu lassen. „Ich brauche eine Leiter."

Jemand holte eine Leiter, doch zur Bestürzung aller Umstehenden war sie etwa zwei Meter zu kurz.

„Kein Problem", rief Olivia, während sie den Fuß auf die unterste Sprosse setzte.

Zum Glück trug sie Jeans und keinen Rock, der sie behindert hätte, sodass sie schnell nach oben gelangte. Das nächste Stück stellte allerdings eine Herausforderung dar. Nachdem sie einmal tief durchgeatmet hatte, setzte sie einen Fuß auf den nächsten Ast, der bedrohlich knackte, aber nicht abbrach. So konnte sie sich nach oben ziehen und erreichte einen Moment später Dong, der sie angrinste.

„Es ist sehr schön hier oben", erklärte er in perfektem Englisch. „Ich kletter gern auf Bäume."

127

Unter anderen Umständen wäre sie über seine Sprachkenntnisse entzückt gewesen. In den sechs Monaten, die sie jetzt hier unterrichtete, hatte sie festgestellt, dass Dong von all ihren Schülern die schnellste Auffassungsgabe besaß. Das erfüllte sie mit Stolz, doch momentan gab es wichtigere Dinge.

„Ich auch", erwiderte sie. „Aber ich komme auch gern sicher wieder nach unten. Also, lass es uns versuchen."

Vorsichtig begann sie, nach unten zu klettern, und ermutigte ihn, ihr zu folgen. So nahmen sie einen Ast nach dem anderen, bis sie die Leiter erreichten.

„Noch ein Stück, dann haben wir es geschafft", verkündete Olivia.

Im nächsten Moment fiel die Leiter jedoch um, sodass sie zusammen unsanft auf dem Rasen landeten.

Olivia schrie auf, weil sie sich den Arm an der Baumrinde aufgeschürft hatte, aber ihre größte Sorge galt dem Jungen.

„Bist du verletzt?"

Er schüttelte den Kopf und sprang dann auf. „Nein, mir geht es gut."

Obwohl es zu stimmen schien, brauchte sie Gewissheit. „Ich bringe dich zu einem Arzt", erklärte sie deshalb.

Inzwischen war auch die Direktorin nach draußen gekommen. Sie war Ende vierzig und sehr umsichtig. „Gute Idee", pflichtete sie ihr bei. „Wir wollen kein Risiko eingehen. Es gibt hier in der Nähe ein Krankenhaus. Ich rufe ein Taxi."

Wenige Minuten später befanden sie sich auf dem Weg zum Krankenhaus. Forschend betrachtete Olivia den Jungen, dem offenbar nichts fehlte. Er grinste, zufrieden mit den Folgen seines Streichs.

Im Krankenhaus zeigte jemand ihnen den Weg zur Ambulanz, wo sie sich in die kurze Schlange einreihten. Eine Schwester reichte Olivia einige Formulare, die sie ausfüllte.

Einem Aushang entnahm sie, dass der diensthabende Arzt Dr. Jian Mitchell hieß. Flüchtig wunderte sie sich über den Namen, denn „Jian" war chinesisch und „Mitchell" englisch.

Wenige Minuten später wurden sie aufgerufen und gingen ins Untersuchungszimmer. Bei dem Arzt handelte es sich um einen großen Mann ungefähr Anfang dreißig mit dunklem Haar und ebensolchen Augen. Seine attraktiven Züge deuteten auf eine europäische oder amerikanische Herkunft hin, verrieten jedoch auch asiatischen Einfluss, eine ungemein faszinierende Mischung, wie Olivia fand.

„Was haben Sie denn angestellt?", fragte er lächelnd auf Chinesisch, während er sie beide musterte.

„Miss Daley ist auf einen Baum geklettert", antwortete Dong. „Und als sie nicht mehr runterkam, bin ich hochgeklettert, um ihr zu helfen."

Entsetzt blickte sie ihren Schüler an, was Dr. Mitchell mit einem jungenhaften Lächeln quittierte.

„War es vielleicht andersherum?", hakte er nach.

„Und ob", bestätigte sie. „Als wir die Leiter hinunterstiegen, ist sie mit uns umgefallen."

Nun überflog er die Formulare. „Sie sind Olivia Daley und unterrichten an der Chang-Ming-Schule?"

„Richtig. Dong ist einer meiner Schüler. Ich glaube zwar nicht, dass er sich verletzt hat, aber ich möchte sicher sein, wenn ich ihn seiner Mutter übergebe."

„Natürlich. Ich sehe ihn mir mal an."

Nachdem er den Jungen gründlich untersucht hatte, sagte Dr. Mitchell: „Es scheint alles in Ordnung zu sein, aber ich lasse ihn sicherheitshalber röntgen. Die Schwester nimmt ihn gleich mit."

„Vielleicht sollte ich ihn begleiten."

Dong schüttelte jedoch den Kopf und verkündete, dass er schon groß wäre. Sobald er mit der Schwester den Raum verlassen hatte, wandte der Arzt sich auf Englisch an Olivia:

„Und nun möchte ich Sie untersuchen."

„Danke, das ist nicht nötig."

„Warum lassen Sie mich das nicht entscheiden?", erkundigte er sich freundlich.

„Entschuldigen Sie." Sie seufzte. „Meine Tante sagte immer, ich würde vielleicht noch dazulernen, wenn ich gelegentlich den Mund halten könnte."

Wieder lächelte er, ging allerdings nicht darauf ein. Schließlich runzelte er die Stirn. „Vielleicht ist es schlimmer, als es aussieht."

Erst jetzt sah sie, dass ihr Ärmel zerfetzt war.

„Sie müssen die Bluse ausziehen", fuhr Dr. Mitchell fort. „Ihr Arm scheint nicht nur aufgeschürft zu sein. Ich rufe eine Schwester."

Dann ging er zur Tür, um eine Schwester hereinzubitten. Sofort erschien eine lächelnde junge Frau, die ihr vorsichtig die Bluse auszog und dabeiblieb, als der Arzt ihren Arm untersuchte. Er hatte große, schmale Hände, und die Berührung wirkte tröstlich und vertrauenerweckend zugleich.

Zu ihrem Leidwesen wurde Olivia zunehmend verlegener. Ihre Bluse war zwar hochgeschlossen, ihr BH hingegen nur ein Hauch von einem Nichts. Auf ihre kleinen, festen Brüste konnte sie stolz sein, und nur einem Mann zuliebe hatte sie sich eine Zeit lang verführerische Dessous gekauft. Und obwohl dieser nun nicht mehr Teil ihres Lebens war, hatte sie die Wäsche behalten.

Nun wünschte sie, sie wäre ihrem Impuls gefolgt und hätte sie doch weggeworfen. Ihre Kurven waren nur für die Augen eines Liebhabers bestimmt, nicht für den sachlichen Blick eines Arztes, der ihre Schönheit gar nicht wahrzunehmen schien.

Allerdings muss es auch so sein, rief Olivia sich ins Gedächtnis. Dr. Mitchell verhielt sich sehr professionell und verdiente Respekt dafür, dass er sie nur dort berührte, wo es nötig war. Dass sie körperlich aber so stark auf seine zurückhaltende Art reagierte, beunruhigte sie zutiefst.

Er hatte die Wunde gesäubert und begann nun vorsichtig, sie zu desinfizieren.

„Es könnte ein bisschen brennen", erklärte er. „Alles in Ordnung?"

„Ja, ich …"

„Anscheinend tut es mehr weh, als ich dachte. Tut mir leid, ich bin gleich fertig."

Zu ihrer Bestürzung hatte sie richtig atemlos geklungen. Sie hoffte, er erahnte nicht den Grund dafür.

„Sie lagen richtig mit Ihrer Diagnose", verkündete er nach einer Weile. „Der Arm muss nur verbunden werden. Schwester?"

Nachdem die Schwester ihr einen Verband angelegt und ihr wieder in die Bluse geholfen hatte, verließ sie den Raum. Dr. Mitchell hatte sich inzwischen an den Schreibtisch gesetzt.

„Wie kommen Sie nach Hause?", erkundigte er sich mit einem Blick auf ihren zerfetzten Ärmel.

„Kein Problem." Olivia nahm einen Seidenschal aus ihrer Handtasche und drapierte ihn so, dass er den Ärmel bedeckte. „Ich rufe ein Taxi, sobald ich weiß, ob mit Dong alles in Ordnung ist."

„Machen Sie sich um ihn keine Sorgen. Ich habe noch selten so ein gesundes Kind gesehen."

„Ich weiß." Ein wenig unsicher lachte sie. „Er ist ein richtiger Schlingel. Ständig heckt er etwas aus."

„Das ist eigentlich nicht schlimm", meinte er. „Dumm nur, wenn andere es ausbaden müssen und dabei zu Schaden kommen. Ich war früher genauso. Allerdings haben meine Lehrer mir immer nur Vorhaltungen gemacht und nie ihr Leben riskiert, um mich zu retten."

„Wie hätte ich seiner Mutter gegenübertreten können, wenn ihm etwas zugestoßen wäre?"

„Ihm ist ja nichts passiert – weil er auf Ihnen gelandet ist."

„Ja, so ungefähr", räumte Olivia zerknirscht ein. „Aber mich wirft so leicht nichts um. Und nun müssen wir bald zurück, sonst kommt er zu spät nach Hause."

„Und was ist mit Ihnen, wenn Sie nach Hause kommen?", hakte Dr. Mitchell nach. „Kann sich jemand um Sie kümmern?"

„Nein, ich lebe allein – und ich komme auch hervorragend allein zurecht."

Nach einer Pause sagte er: „Da wäre ich mir nicht so sicher."

„Und warum?"

„Weil es … manchmal gefährlich ist."

Das klang so rätselhaft, dass sie nachhaken wollte. Doch gerade als sie sich eine Frage zurechtgelegt hatte, hörte sie eine vertraute Stimme sagen:

„Da bin ich wieder!"

In Begleitung einer Schwester, die das Röntgenbild in der Hand hielt, betrat Dong den Raum.

„Hervorragend", erklärte Dr. Mitchell in einem für Olivias Ohren unnatürlichen Tonfall.

Wie er vorhergesagt hatte, konnte man auf dem Röntgenbild keine Verletzungen erkennen.

„Kommen Sie wieder, wenn Ihnen irgendetwas an ihm auffällt", fügte er dann in seinem gewohnten Ton hinzu. „Aber das wird nicht der Fall sein."

Nachdem die beiden gegangen waren, wollte Jian Mitchell den nächsten Patienten aufrufen, überlegte es sich jedoch anders. Er musste einen Moment nachdenken. So ging er zum Fenster und sah hinaus.

Hier oben im zweiten Stockwerk hatte man einen fantastischen Blick auf die Zierkirschen, die in voller Blüte standen. Frühling lag in der Luft.

Eigentlich gab es doch keinen Grund, sich Gedanken zu machen. Olivia Daley war eine starke, unabhängige Frau, die sich nicht um sich selbst, sondern um ihre Schützlinge sorgte. Vielleicht bildete er sich nur ein, dass sie im Grunde sehr verletzlich war und Hilfe brauchte, aber sich weigerte, darum zu bitten.

Mich wirft so leicht nichts um, hatte sie verkündet.

Glaubte sie das wirklich? Er tat es jedenfalls nicht.

Obwohl er nur wenige Minuten mit ihr verbracht hatte, hatte er hinter die Fassade geblickt. Die Traurigkeit und die Leere, die er dort sah, hatten ihn überwältigt. Und er wusste auch, dass sie genauso auf ihn reagiert hatte wie er auf sie.

Olivia Daley war anders als andere Frauen. Inwiefern, vermochte er noch nicht zu sagen, aber er würde es herausfinden. Die mahnende Stimme der Vernunft verdrängte er dabei geflissentlich.

„Ist alles in Ordnung, Dr. Mitchell?", riss ihn die Stimme der Schwester an der Tür plötzlich aus seinen Gedanken.

Jian riss sich zusammen. „Entschuldigen Sie", erwiderte er. „Ich … bin jetzt so weit."

Lächelnd folgte sie seinem Blick nach draußen. „Der Frühling ist wunderschön, nicht wahr?"

„Ja", erwiderte er leise. „Wunderschön."

Als sie wieder in der Schule eintrafen, wurden sie bereits von Dongs Mutter Mrs Yen erwartet. Deren Miene hellte sich sofort auf, als ihr Sohn ihr lebhaft zuwinkte.

„Vielleicht sollten Sie morgen freinehmen", schlug Mrs Wu, die Direktorin, vor, sobald sie endlich allein waren.

„Danke, aber das ist nicht nötig", lehnte Olivia ab.

„Das hoffe ich. Ich möchte nicht eine meiner besten Lehrerinnen verlieren."

Seit sie als Englischlehrerin an der Schule angefangen hatte, verstand Olivia sich sehr gut mit ihr und wusste deren Besorgnis zu schätzen. Doch ich brauche keine Schonung, dachte Olivia, als sie ihr Fahrrad holte, um zu ihrer Wohnung zu fahren, die nur zehn Minuten entfernt lag.

Seit sechs Monaten wohnte sie jetzt in Peking. Damals war sie so verzweifelt gewesen, dass sie sich ganz bewusst für das Leben in einem anderen Kulturkreis entschieden hatte, um keine Zeit zum Grübeln zu haben. Inzwischen hatte sie sich gut eingewöhnt und fühlte sich hier sehr wohl.

Wenn sie nach Hause kam, kochte sie sich zuerst immer eine Tasse Tee und schaltete dann den Computer ein, um per Webcam Kontakt mit ihrer Tante Norah in England aufzunehmen, der Verwandten, die ihr am nächsten stand.

In London war es jetzt erst acht Uhr morgens, doch sie wusste, dass ihre Tante sich wie immer den Wecker gestellt hatte, um rechtzeitig bereit zu sein.

Und tatsächlich saß sie bereits im Bett und winkte lächelnd in die Kamera über ihrem Monitor.

Norah war eine alte Dame und eigentlich ihre Großtante, aber immer noch sehr energiegeladen. Da sie nicht so egozentrisch war wie der Rest ihrer Familie, sondern ebenso liebevoll wie lebenserfahren, fühlte Olivia sich ihr von klein an eng verbunden.

„Entschuldige die Verspätung", sagte sie nun ins Mikrofon. „An der Schule hat sich heute einiges ereignet."

In scherzhaftem Ton berichtete sie ihr von dem Vorfall am Nachmittag und ihrem Besuch im Krankenhaus.

„Und der Arzt meinte, dir wäre nichts passiert?", hakte ihre Tante nach.

„Genau. Ich gehe heute früh schlafen, dann bin ich morgen wieder fit."

„Gibt es jemanden, mit dem du dich triffst?", wechselte Norah abrupt das Thema.

„Das hast du mich schon ein paarmal gefragt. Fällt dir nichts anderes ein?"

„Nein, warum auch? Du bist eine attraktive junge Frau und solltest das Leben genießen."

„Das tue ich auch. Und ich verabrede mich auch gelegentlich. Ich möchte nur keine feste Beziehung. So, jetzt erzähl mir von dir. Bekommst du genug Schlaf?"

Hinter ihrer Frage steckte mehr als nur der Wunsch, das Thema zu wechseln. Norah war schon weit über siebzig, und der einzige Grund, der sie davon abgehalten hätte, nach China zu gehen, war die Angst, sie womöglich nicht wiederzusehen. Norah hatte ihr jedoch versichert, dass sie kerngesund wäre, und sie gedrängt, den Schritt zu wagen und den Mann zu vergessen, der sie ohnehin nicht verdient hätte.

„Ja", erwiderte sie nun. „Ich habe den gestrigen Abend mit deiner Mutter verbracht und mir ihr Gejammer über ihren Verflossenen angehört. Das hat mich müde gemacht."

„Ich dachte, Guy wäre ihr Traumpartner."

„Nicht Guy. Sie hat mit ihm Schluss gemacht – oder er mit ihr. Ich komme da nicht mehr mit. Freddy heißt ihr neuer."

Olivia seufzte. „Ich rufe sie bei Gelegenheit an und spreche ihr mein Mitgefühl aus."

„Aber übertreib es nicht, sonst machst du es noch schlimmer", warnte ihre Tante sie. „Sie ist ein dummes Ding, das habe ich ja schon immer gesagt. Allerdings ist es nicht allein ihre Schuld. Wie konnte ihre Mutter ihr nur so einen Namen geben? Kein Wunder, dass Melisande sich als romantische Heldin sieht!"

„Meinst du damit, Mum wäre nicht weggelaufen, wenn sie einen Durchschnittsnamen gehabt hätte?"

„Wahrscheinlich nicht. Aber sie wäre wohl genauso egozentrisch gewesen. Jedenfalls hat sie nie an dich gedacht, genauso wenig wie dein Vater. Ich habe keine Ahnung, was er so treibt. Angeblich hat er vor Kurzem eine junge Frau geschwängert."

„Schon wieder?"

„Ja, und er gibt damit an, als wäre er der Erste, dem so etwas gelungen ist. Vergiss ihn, Kindchen. Er ist es nicht wert, dass man überhaupt einen Gedanken an ihn verschwendet."

Olivia musste zugeben, dass ihre Tante nicht ganz unrecht hatte.

Nachdem sie noch eine Weile miteinander geplaudert hatten, wünschte diese ihr eine gute Nacht. Danach aß Olivia noch eine Kleinigkeit und fiel müde ins Bett.

Doch sie war zu aufgewühlt, um sofort einschlafen zu können. Seltsamerweise gingen ihr Dr. Mitchells Worte nicht aus dem Kopf. *Dumm nur, wenn andere es ausbaden müssen und dabei zu Schaden kommen.*

Dabei hatte er ihr einen ironischen Blick zugeworfen, als könnte er sich denken, dass sie anderen oft aus der Patsche half. Und damit hatte er sie ganz richtig eingeschätzt.

Solange sie sich erinnern konnte, war sie in ihrer Familie immer die Starke gewesen. Ihre Eltern hatten viel zu jung und Hals über Kopf geheiratet und sich nach kurzer Zeit wieder scheiden lassen. Ihre Mutter war danach noch einmal verheiratet gewesen und hatte sich erneut scheiden lassen, um dann eine Affäre nach der anderen zu beginnen, während ihr Vater sich gleich in flüchtige Beziehungen gestürzt hatte.

Nach der Trennung hatte sie mal bei ihrer Mutter, mal bei ihrem Vater gelebt, je nachdem, wie es ihnen gerade passte. Die beiden hatten sie stets mit Geschenken überhäuft, allerdings eher, um sich gegenseitig zu übertrumpfen, ihr aber nie wirkliche Zuneigung entgegengebracht.

Wenn ihre Eltern keine Zeit für sie hatten, war sie zu ihrer Tante Norah gegangen, die immer ein offenes Ohr für ihre Sorgen und Nöte hatte. Sie hatte sie auch dazu ermutigt, ihre Meinung zu äußern und ihren Standpunkt zu vertreten, während ihre Eltern nur von sich sprachen.

Sie hatte immer bei ihr im Gästezimmer übernachtet und war dann mit sechzehn zu ihr gezogen.

„Wie haben die beiden denn eigentlich auf deinen Auszug reagiert?", hatte Norah sie damals gefragt.

„Ich glaube, sie haben noch gar nicht gemerkt, dass ich weg bin", hatte Olivia erwidert. „Er glaubt, ich wäre bei ihr, und umgekehrt. Es spielt auch keine Rolle."

Sie konnte mit dem Egoismus und der Gleichgültigkeit ihrer Eltern fertig werden, weil Norahs Liebe sie stärkte. Dennoch tat ihr die Erkenntnis, wie wenig sie ihnen bedeutete, wie schon so oft zuvor weh.

„Kommst du eigentlich mit Norah klar?", erkundigte ihre Mutter sich dann irgendwann. „Ich finde, sie ist ein bisschen … *altmodisch*."

Olivia fand, dies wäre bei einer Mutter und einem Vater eine wünschenswerte Eigenschaft. Sie ging jedoch nicht darauf ein, sondern versicherte ihr nur, dass alles bestens wäre, woraufhin ihre Mutter das Thema nicht weiterverfolgte.

Als sie am Abend ihrer Tante von dem Gespräch erzählte, reagierte diese empört.

„Von wegen altmodisch! Nur weil ich selbst über mein Leben bestimme und mich nicht einfach treiben lasse."

„Sie meint damit, dass du nicht weißt, was Liebe bedeutet." Als Norah nicht antwortete, fuhr Olivia fort: „Aber sie irrt sich, stimmt's? Es hat jemanden gegeben, über den du nur nicht sprichst."

Daraufhin erzählte ihre Tante ihr von Edward, der schon so lange tot war, dass niemand außer ihr sich an ihn zu erinnern schien, und den sie als junge Frau über alles geliebt hatte.

Mit achtzehn hatte sie ihn kennengelernt und sich ein Jahr später mit ihm verlobt. Er hatte als Offizier in der Armee gedient und war ein weiteres Jahr später in einem fernen Land ums Leben gekommen. Seitdem hatte sie keinen anderen Mann mehr geliebt.

Zuerst war Olivia schockiert gewesen. Später hatte sie gelernt, diese traurige Geschichte mit den oberflächlichen Beziehungen ihrer Eltern zu vergleichen, und war über beides gleichermaßen entsetzt gewesen.

Hatte sie dies womöglich im Hinterkopf gehabt, als sie sich verliebte?

135

Im Nachhinein wurde ihr klar, dass ihr Zynismus, was Gefühle anging, sie nicht geschützt, sondern verletzlich gemacht hatte. Ganz bewusst hatte sie als Teenager jede Romanze vermieden und war immer stolz darauf gewesen, dass ihr deshalb auch niemand das Herz gebrochen hatte. Und genau deshalb war sie dann auf Andy hereingefallen. Sie hatte sich ihm bedingungslos hingegeben und war am Boden zerstört gewesen, als er sie betrog.

So hatte sie hier in China ein neues Leben angefangen und sich geschworen, diesen Fehler nie wieder zu machen. Sie würde sich von den Männern fernhalten und der Liebe und all dem „romantischen Unsinn", wie sie es insgeheim nannte, abschwören.

Mit diesem tröstlichen Gedanken schlief Olivia schließlich ein.

In dieser Nacht schlief sie jedoch so schlecht, dass sie irgendwann völlig verstört aufwachte und nicht sagen konnte, ob das, was sie geträumt hatte, wirklich passiert war oder nicht. Sie wusste nur, dass es in dieser Welt keine Sicherheit mehr gab.

2. KAPITEL

Als Olivia am nächsten Morgen aufwachte, fühlte sie sich richtig niedergeschlagen, und ihr Anblick im Badezimmerspiegel deprimierte sie. Was war aus der lebenslustigen, schlanken jungen Frau mit dem glänzenden dunkelblonden Haar und den ausdrucksvollen blauen Augen geworden?

„Wahrscheinlich hat es sie nie gegeben", sagte sie düster zu ihrem Spiegelbild. „Ich sehe älter aus, als ich bin, und mein Haar ist eine Katastrophe. Bestimmt werde ich bald grau."

Normalerweise trug sie ihr Haar offen, doch an diesem Tag steckte sie es zu einem strengen Knoten auf, was zu ihrer Stimmung passte.

Diese besserte sich auch nicht, als in der Schule alles glattlief. Ihre Schüler nahmen aufmerksam am Unterricht teil, ihre Kolleginnen erkundigten sich mitfühlend, wie es ihr ginge, und Mrs Wu wollte sie sogar nach Hause schicken. Olivia lehnte dankend ab, obwohl sie es gern getan hätte.

Als sie die Schule am Spätnachmittag entgegen ihrer Gewohnheit durch den Seiteneingang verließ, blieb sie plötzlich wie gebannt stehen.

Dr. Mitchell war dort.

Jian Mitchell saß auf der niedrigen Mauer nahe der Vorderseite des Gebäudes. Jetzt stand er auf und begann, auf und ab zu gehen, den Blick zum Haupteingang gerichtet, als würde er jemanden erwarten.

Er war größer, als sie ihn in Erinnerung hatte, nicht muskulös, aber dennoch athletisch gebaut. Am Vortag im Sprechzimmer hatte er sehr selbstsicher gewirkt, was heute überhaupt nicht der Fall war.

„Kann ich Ihnen helfen?", rief Olivia, während sie auf ihn zuging.

Sofort hellte seine Miene sich auf, was ihre Stimmung prompt besserte.

„Ich wollte nur mal nach meinen Patienten sehen", erklärte er und kam dabei auf sie zu.

„Machen Sie immer Hausbesuche?"

Er schüttelte den Kopf. Seine Augen funkelten humorvoll. „Nur diesmal."

„Danke. Dong ist schon weg, aber es geht ihm gut."

„Und was ist mit Ihnen? Schließlich haben Sie sich verletzt."

„Ach, das waren nur ein paar Kratzer, und ein hervorragender Arzt hat mich versorgt."

„Trotzdem möchte ich sichergehen", sagte er lächelnd.

„Ja, natürlich." Sie trat beiseite, um ihn vorzulassen, doch er blieb stehen.

„Ich habe eine bessere Idee. Es gibt hier in der Nähe ein kleines Restaurant, wo wir uns ungestört unterhalten können."

Olivia erwiderte sein Lächeln. „Sehr gern!"

„Mein Wagen steht dahinten."

Zu ihrer Freude fuhr Dr. Mitchell in eine Gegend mit historischem Kern. Im Zuge des Baubooms hatte man ganze Straßenzüge abgerissen und wiederaufgebaut. Sie liebte jedoch die traditionell chinesischen Häuser mit den geschwungenen, reich verzierten Dächern, wie sie hier zu finden waren.

Leider war das erste Restaurant, in dem sie es versuchten, voll. Das zweite ebenfalls.

„Vielleicht sollten wir …"

Dr. Mitchell verstummte, weil jemand ihnen etwas zurief. Als sie sich umdrehten, sahen sie wenige Meter entfernt einen jungen Mann, der ihnen zuwinkte und dann in eine Seitenstraße deutete, in der er Sekunden später verschwand.

„Jetzt bleibt uns nichts anderes übrig. Wir müssen in den *Tanzenden Drachen* gehen", erklärte Dr. Mitchell.

„Ist er denn nicht gut?", erkundigte sich Olivia.

„Doch. Aber ich erzähle es Ihnen später. Kommen Sie."

Die Fassade des Restaurants war mit farbenfrohen Drachen verziert, deren Augen schalkhaft funkelten. Beim Eintreten stellte Olivia fest, dass der kleine Raum bis auf den letzten Platz besetzt zu sein schien.

„Pech gehabt", sagte sie.

„Keine Sorge. Sie halten immer etwas für mich frei."

Und tatsächlich erschien im nächsten Moment der Mann von der Straße wieder, um sie zu einem kleinen Tisch in einer Nische zu führen, der nur für Pärchen bestimmt zu sein schien. Ihr Begleiter dachte offenbar genauso, denn er wandte sich verlegen an den Kellner: „Haben Sie nichts anderes frei?"

„Nein, warum?", fragte dieser erstaunt. „Hier sitzen Sie doch immer."

Olivia verkniff sich ein Lächeln, als sie Platz nahm. Dr. Mitchell wurde immer interessanter …

Mit den zahlreichen roten Lampions und den Drachen an den Wänden war das Restaurant sehr gemütlich. Fasziniert betrachtete Olivia die Tiere, die in China – anders als in Europa – Glück, Wohlstand und

Weisheit symbolisierten und die im Alltag allgegenwärtig waren. Menschen in Drachenkostümen tanzten auf Hochzeiten, nahmen an Paraden teil und verbreiteten eine fröhliche Atmosphäre. Und nun umgaben die Fabelwesen sie hier.

Vielleicht fühlte sie sich deswegen plötzlich viel besser.

Als ihr Blick in einen ebenfalls mit einem Drachen verzierten Spiegel fiel, sah sie, dass sie das Haar immer noch hochgesteckt trug. Ihrer Stimmung entsprechend, löste sie schnell den Knoten, sodass es ihr in weichen Wellen über die Schultern fiel.

Daraufhin zwinkerte das Tier ihr zu, wie es ihr schien.

Während Dr. Mitchell mit dem Kellner sprach, fiel ihr ein, dass sie ihre Tante anrufen musste. Schnell nahm sie ihr Mobiltelefon aus ihrer Handtasche und wählte.

„Ich wollte dir nur Bescheid sagen, dass ich heute Abend nicht zu Hause bin", informierte sie Norah, nachdem diese sich prompt gemeldet hatte.

„Das freut mich, Kindchen", erwiderte sie erwartungsgemäß. „Du solltest es öfter tun, statt mit deiner alten Tante zu reden."

„Du weißt doch, wie gern ich mich mit dir unterhalte."

„Ja, aber jetzt hast du etwas Besseres vor – zumindest hoffe ich es. Gute Nacht, mein Schatz."

„Gute Nacht, Liebes", antwortete Olivia zärtlich.

Als sie das Telefon ausschaltete, stellte sie fest, dass ihr Begleiter sie nachdenklich betrachtete.

„Gibt es jemanden, der … etwas dagegen hat, wenn wir hier sitzen?", erkundigte er sich zögernd.

„Oh nein! Das war meine Tante aus England. Es gibt niemanden, der mir Vorschriften machen könnte."

„Das freut mich."

Und ihr ging es genauso. Plötzlich fühlte sie sich richtig beschwingt.

„Dr. Mitchell …"

„Ich heiße Jian."

„Und ich Olivia."

Im nächsten Moment erschien der Kellner mit dem Tee. Er lächelte erfreut, als sie sich auf traditionelle Weise bedankte, indem sie mit drei Fingern auf den Tisch klopfte. Nachdem er ihnen die ersten Speisen serviert und sie zu essen begonnen hatten, meinte Jian auf Mandarin:

„Anscheinend sind Sie schon eine Weile in China. Sie sind sehr geschickt im Umgang mit Stäbchen."

„Ungefähr sechs Monate", antwortete sie ebenfalls auf Mandarin. „Davor habe ich die meiste Zeit in England gelebt."

„Die meiste Zeit?"

„Ich bin immer viel gereist, um meine Sprachkenntnisse zu verbessern. Da es mein einziges Talent ist, wollte ich das Beste daraus machen."

„Wie viele Sprachen sprechen Sie denn?"

„Französisch, Deutsch, Italienisch, Spanisch …"

„Oh, ich bin beeindruckt! Aber warum haben Sie ausgerechnet Chinesisch gelernt?"

„Nur um anzugeben", räumte Olivia lachend ein. „Alle haben mich gewarnt, dass es so schwer wäre. Also wollte ich es ihnen beweisen."

„Und das ist Ihnen sicher gelungen", sagte Jian nun auf Englisch. „Und es ist Ihnen bestimmt nicht sonderlich schwergefallen."

„Doch, aber Sie sind der Erste, dem ich es gestehe."

„Ich werde es für mich behalten", erklärte er ernst. „Sollte ich es verraten, werden Sie nie wieder ein Wort mit mir wechseln."

Sie musste ihn nicht fragen, was er damit meinte. Er wusste genauso wie sie, dass es in den wenigen Minuten im Untersuchungszimmer zwischen ihnen gefunkt hatte, und deswegen war er heute auch in die Schule gekommen.

Olivia dachte an die vergangene Nacht, an ihre verstörenden Träume, die sie um den Schlaf gebracht hatten. War es Jian etwa ähnlich ergangen?

Vielleicht würden sie nur wenige Stunden miteinander verbringen oder einen Teil des Weges gemeinsam gehen. Keiner von ihnen vermochte es zu sagen. Doch sie mussten es herausfinden.

„Dann sind Sie also hergekommen, um Ihr Chinesisch zu verbessern?", erkundigte sich Jian.

„Unter anderem. Ich musste auch für eine Weile weg aus England."

Er nickte. „War er so ein mieser Kerl?"

„Damals dachte ich es. Inzwischen ist mir allerdings klar, dass ich noch von Glück sagen konnte. Als ich ihn irgendwann durchschaut habe, wurde mir bewusst, dass ich gleich nach meinem Lebensmotto hätte handeln sollen."

„Und das lautet?" Seine dunklen Augen funkelten amüsiert. „,Das Leben besteht nur aus Lernen'?"

„Nein. Hüte dich vor den Menschen, vor Beziehungen …"

„Und vor allem vor Männern."

„Sie haben es erraten!"

„Das war nicht schwer. Wir sind also alle schlecht?"

„Nein. Ich sehe die Frauen genauso kritisch."

„Und somit die ganze Menschheit. Na, dann sollten wir es uns jetzt schmecken lassen."

Sein ironischer Tonfall brachte Olivia zum Lachen. „Meine Eltern sind beide hoffnungslose Romantiker. Und Sie können sich wohl kaum vorstellen, was das für mich bedeutete."

„Doch. Eltern sollten streng und konsequent sein, damit die Kinder einen Rückhalt haben, wenn sie über die Stränge schlagen."

„Genau!", pflichtete sie Jian bei, erleichtert darüber, dass er sie verstand. „Meiner Tante Norah zufolge war es bei ihnen Liebe auf den ersten Blick. Meine Mutter war damals siebzehn, mein Vater achtzehn. Keiner hat es richtig ernst genommen – bis sie plötzlich heiraten wollten. Ihre Eltern waren dagegen, weil mein Vater studieren sollte. Also wurde meine Mutter schwanger – absichtlich, wie Norah glaubt. Dann sind sie beide von zu Hause weg und haben heimlich geheiratet."

„Wirklich romantisch", bemerkte er. „Bis die Realität sie einholte, vermute ich. Er musste sich einen Job suchen, sie saß mit einem schreienden Kind zu Hause …"

„Offenbar habe ich mehr geschrien als andere – und das grundlos, wie meine Mutter behauptet."

„Aber Babys haben ein feines Gespür für Stimmungen. Sicher hat sich ihre Unzufriedenheit auf Sie übertragen, und Ihr Vater hat ihr wahrscheinlich die Schuld daran gegeben, dass er nicht mehr studieren konnte."

Beeindruckt von seiner Einsicht, blickte sie ihn fasziniert an.

„Ja, genauso war es. Zumindest hat Norah es mir so erzählt. Ich erinnere mich natürlich nicht mehr, nur daran, dass die beiden sich oft angebrüllt haben. Nach einer Weile fingen sie beide an, sich in Affären zu stürzen, und irgendwann ließen sie sich scheiden. Danach wohnte ich mal bei ihr, mal bei ihm, fühlte mich aber nirgends zu Hause und flüchtete oft zu meiner Tante, vor allem, wenn einer von ihnen einen neuen Partner hatte. Wenn wieder eine ihrer Beziehungen in die Brüche gegangen war, weinte meine Mutter sich bei mir aus."

„Im Grunde haben *Sie* also die Mutterrolle übernommen", sagte Jian.

„Ja, ich glaube schon. Jedenfalls bin ich zu dem Ergebnis gekommen, dass Liebe und Romantik nichts für mich sind."

„Gab es denn sonst niemanden in Ihrer Familie, der Sie von dieser Ansicht abbringen konnte? Was war mit Norah?"

„Sie ist ganz anders. Ihr Verlobter ist sehr jung gestorben. Obwohl es seitdem keinen anderen Mann mehr in ihrem Leben gegeben hat, sagt sie immer, sie wäre rundum zufrieden. Wenn man einmal den Richtigen gefunden hat, ist er ihren Worten zufolge unersetzlich."

„Auch wenn man ihn verliert?"

„Das sieht sie anders. Da er sie bis zu seinem Lebensende geliebt hätte, würden sie immer noch zusammengehören."

„Und der Meinung sind Sie nicht?", erkundigte er sich.

„Für mich sind es nur Worte, so schön sie auch klingen mögen. Meiner Ansicht nach führt Norah seit über fünfzig Jahren ein freudloses Leben."

„Vielleicht auch nicht. Können Sie in ihr Herz blicken? Womöglich hat jene Liebe ihr eine Erfüllung geschenkt, die wir nicht nachvollziehen können."

„Kann sein, aber wenn das Erfüllung ist …" Olivia verstummte und seufzte. „Ich erwarte einfach mehr vom Leben, als von einem Mann zu träumen, der nicht mehr da ist. Oder, wie im Fall meiner Mutter", fügte sie ironisch hinzu, „von mehreren Männern, die nicht mehr da sind."

„Und was ist mit diesem Mistkerl, der Sie so verletzt hat?"

„Ich wäre fast durchgedreht", gestand sie. „Auf jeden Fall bin ich jetzt klüger." Lächelnd zuckte sie die Schultern, doch es schien ihr, als würde Jian sich nicht täuschen lassen.

Andy hatte sie vom ersten Moment an fasziniert. Attraktiv, charmant und intelligent, war er zielstrebig auf sie zugegangen, hatte sie leidenschaftlich umworben und sie all ihre Grundsätze vergessen lassen. Zum ersten Mal überhaupt hatte sie Norahs bedingungslose Treue einem Verstorbenen gegenüber verstanden und ansatzweise auch die Tatsache, dass ihre Mutter sich ständig in irgendwelche Männer verliebte.

Und gerade als sie bereit gewesen war, all ihre Vorurteile über Bord zu werfen, hatte Andy verkündet, dass er sich mit einer anderen Frau verlobt hätte. Die Zeit mit ihr wäre wunderschön gewesen, aber nun müssten sie das Ganze realistisch sehen.

In den ebenso einsamen wie quälenden darauffolgenden Nächten war sie schließlich zu dem Ergebnis gekommen, dass sie immer richtig gelegen hatte. Die Liebe war nur etwas für Verrückte. Auch jetzt konnte sie nicht darüber sprechen, doch das brauchte sie gar nicht, denn Jian verstand sie auch so.

„Erzählen Sie mir von Ihnen", bat sie ihn schnell. „Sie sind auch Engländer, stimmt's? Was hat Sie hierher verschlagen?"

„Ich bin zu drei Vierteln Engländer und zu einem Viertel Chinese."

„Aha", meinte sie.

„Haben Sie es erraten?"

„Nicht direkt. Sie sprechen wie ein Engländer, sehen aber nicht so aus. Ich weiß nicht, da ist noch etwas anderes …"

Sie konnte es nicht erklären. Der exotische Einschlag in seinen Zügen trat mal mehr, mal weniger deutlich hervor. Es faszinierte sie ungemein, weil es auf eine andere, geheimnisvolle Welt hindeutete.

„Aber es ist nicht Ihr Aussehen", fügte sie schließlich hinzu.

Jian nickte. „Ich weiß. Dieses ‚andere‘ betrifft mein Wesen und hat mich von jeher beschäftigt. Ich bin in London geboren und aufgewachsen, habe mich dort aber nie zugehörig gefühlt. Meine Mutter war Engländerin, mein Vater Halbchinese. Er ist kurz nach meiner Geburt gestorben. Später hat meine Mutter einen Landsmann geheiratet, der zwei Kinder aus erster Ehe hatte."

„Der böse Stiefvater?", hakte Olivia nach.

„Nein, so dramatisch war es nicht. Er war ein anständiger Kerl. Ich habe mich gut mit ihm und seinen Kindern verstanden, aber ich war anders, und wir alle wussten es. Zum Glück gab es meine Großmutter, die China verlassen hatte, um meinen englischen Großvater zu heiraten. Vor der Ehe hieß sie Jian Meihui, und sie war eine bemerkenswerte Frau. Sie wusste überhaupt nichts über England, beherrschte die Sprache nicht, und John Mitchell sprach kein Chinesisch. Aber sie haben sich geliebt und sich trotzdem irgendwie verständigt. Er hat sie mit nach London genommen."

„Das muss sehr schwer für sie gewesen sein", sagte sie nachdenklich.

„Ja, aber sie ist mit allen Problemen fertig geworden. Schon nach kurzer Zeit sprach sie recht gut Englisch und kam in dem fremden Kulturkreis zurecht. Als mein Großvater zehn Jahre später starb, hat sie meinen Vater allein großgezogen. Er hieß übrigens auch Jian. Sie wollte es unbedingt, weil ihr Familienname nicht aussterben sollte. Als ich geboren wurde, hat sie ihn überredet, die Tradition fortzuführen. Später erzählte sie mir, dass sie es getan hatte, damit wir China nicht fremd werden.

Mein Vater starb, als ich acht war. Als meine Mutter wieder heiratete, zog Meihui in ein kleines Haus in der nächsten Straße, um in meiner Nähe sein zu können. Sie hat meiner Mutter tagsüber immer geholfen und sich am Spätnachmittag stets zurückgezogen. Irgendwann fing ich

143

an, sie zu begleiten." Er lächelte herzlich. „Wie Sie sehen, hatte ich also auch eine Norah."

„Und Sie brauchten sie, genau wie ich meine."

„Ja, weil sie die Einzige war, die mir begreiflich machen konnte, was mich von den anderen unterscheidet. Sie hat mir ihre Muttersprache beigebracht, aber vor allem hat sie mir China gezeigt."

„Sie hat Sie hierhergebracht?"

„Nur in meiner Fantasie." Jian tippte sich an die Schläfe. „Allerdings hat sie damit eine Menge in mir ausgelöst. Wir waren oft zusammen in Chinatown, vor allem zur chinesischen Neujahrsfeier. Das hat mich sehr geprägt – all die Farben, die funkelnden Gegenstände und die Musik ... Das chinesische Neujahr war die einzige Feier, die ich nie verpassen wollte."

„Erzählen Sie mehr von Ihrer Großmutter", bat sie. „Sie scheint ein toller Mensch gewesen zu sein."

„Das war sie auch. Von ihr habe ich viel über die chinesische Astrologie erfahren. Am liebsten wäre ich im Jahr des Drachen geboren."

„Und, sind Sie es?"

Jian verzog das Gesicht. „Nein, in dem des Hasen. Lachen Sie nicht!"

„Das tue ich nicht." Schnell setzte Olivia eine ernste Miene auf. „In China gilt der Hase als ruhig und sanft, fleißig ..."

„Farblos und intrigant", ergänzte er. „Konventionell ..."

„Aufmerksam, intelligent ..."

„Langweilig."

Nun musste sie doch lachen. „Sie sind nicht langweilig, glauben Sie mir."

Tatsächlich fand sie ihn ausgesprochen anregend, nicht, weil er eine einnehmende Persönlichkeit hatte, sondern weil sie ähnlich dachten. In der Hinsicht hatte sie mit Andy nichts verbunden, wie ihr jetzt bewusst wurde.

Jian lächelte zerknirscht. „Danke für Ihre mitfühlenden Worte."

„Ich habe einiges darüber gelesen, und soweit ich weiß, ist es nichts Negatives, im Jahr des Hasen geboren zu sein."

„Und da Sie offenbar viel lesen, wissen Sie bestimmt, in welchem chinesischen Tierkreiszeichen Sie geboren sind." Als er ihren verlegenen Gesichtsausdruck sah, rief er: „Oh nein, sagen Sie nicht ..."

„Doch, tut mir leid."

„Im Jahr des Drachen?"

„Es ist nicht meine Schuld."

„Sie wissen, was das bedeutet, nicht wahr?" Er stöhnte. „Drachen sind Freigeister, stark, schön, furchtlos. Sie wachsen über sich hinaus und setzen sich über alle Regeln und Konventionen hinweg."

„So sagt man, aber auf mich trifft es nicht zu", versuchte sie ihn lachend zu beruhigen. „Ich bin noch nie über mich hinausgewachsen."

„Vielleicht kennen Sie sich nur nicht gut genug", gab er zu bedenken. „Möglicherweise haben Sie das, was Sie über sich hinauswachsen lässt, nur noch nicht gefunden. Oder den Menschen", fügte er leise hinzu.

Natürlich wusste sie, was er damit meinte, und war alarmiert. Hier passierten Dinge, denen sie längst abgeschworen hatte.

Sie brauchte nur aufzustehen und zu gehen und dabei seinem wissenden Blick auszuweichen. Es war ganz einfach.

Aber sie konnte und wollte es nicht.

3. KAPITEL

Wenn man über sich selbst hinauswächst, kann man danach tief fallen", sagte Olivia leise.

„Manchmal schon", erwiderte Jian sanft. „Aber nicht immer."

„Ja, vielleicht." Schnell wechselte sie das Thema. „Und in welchem Tierkreiszeichen ist Ihre Großmutter geboren?"

„Auch im Jahr des Drachen. Mit ihrer Courage und Abenteuerlust hätte sie gar nichts anderes sein können als eine Drachenfrau. Alles, was sie mir über dieses Land erzählt hat, hat mich in dem Wunsch bestärkt, eines Tages hierherzukommen. Eigentlich wollten wir zusammen reisen, aber dann wurde sie schwer krank. Zu dem Zeitpunkt war ich schon Arzt und wusste, dass sie nie wieder gesund werden würde. Trotzdem hat sie immer daran festgehalten, bis wir irgendwann ehrlich sein mussten. Auf dem Sterbebett hat sie gesagt, wie gern sie mich begleitet hätte. Sie würde immer bei mir sein, das habe ich ihr versprochen."

„Und das ist sie auch, oder?", fragte Olivia erstaunt.

„Ja, die ganze Zeit", bestätigte er. „Ich muss immer an ihre Erzählungen denken, egal, wo ich bin. Ihre Familie hat mich mit offenen Armen aufgenommen."

„Haben Sie sie schnell gefunden?"

„Ja, weil sie all die Jahre in Kontakt zu ihnen gestanden hatte. Als ich vor drei Jahren in Peking eintraf, wurde ich am Flughafen von dreißig Verwandten begrüßt. Es ist eine große Familie, und viele, die außerhalb von Peking leben, waren gekommen, um Meihuis Enkel kennenzulernen."

„Die Tatsache, dass Sie zu drei Vierteln Engländer sind, hat sie nicht abgeschreckt?"

Nun lachte er. „Nein. Für sie zählt nur, dass ich zur Familie gehöre."

„Es war sehr klug von ihr, Ihren Vater und Sie Jian zu nennen", meinte Olivia nachdenklich. „In England ist es Ihr Vorname, aber hier steht der Nachname an erster Stelle. Ich wette, Ihre Verwandten sagen ‚Mitch' zu Ihnen."

„Muss ich Angst vor Ihnen haben, weil Sie hellsehen können?"

„Mit Hellseherei hat das nichts zu tun. Ich habe nur kombiniert."

Natürlich hatte sie recht. Dennoch fühlte Jian sich wie verzaubert, denn es schien ihm, als könnte Olivia erraten, was vor anderen verborgen war. Eine echte Drachenfrau, die einem Mann den Kopf verdrehen kann, überlegte er begeistert.

„Was haben Ihre Verwandten denn dazu gesagt, dass Ihre Großmutter einen Engländer geheiratet und China verlassen hat?"

„Sie haben sie dabei unterstützt, weil es in unserer Familie Tradition ist."

„Sie glauben also alle an die Liebesheirat?"

„Nicht nur das. Daran, dass die Liebe alle Schwierigkeiten überwindet und ein Paar trotz großer Widrigkeiten sein Glück in der Ehe findet. Es reicht über zweitausend Jahre zurück."

„Wie bitte?" Sie lachte verblüfft. „Gehören Sie etwa zum Adel?"

„Nein, die Jians waren Bauern, Handwerker oder Kaufleute, aber keine Adligen."

Er verstummte, weil nun der Kellner kam, um den Hauptgang, Schweinefleisch in Sojasauce mit Reis als Beilage, zu servieren.

„Außerdem sind wir hervorragende Köche", fügte Jian bedeutungsvoll hinzu.

Jetzt begriff Olivia. „Heißt das …?"

„Mein Cousin Jian Chao hat dieses Gericht zubereitet, und der Kellner ist sein Bruder, Jian Wei. Später wird Weis Freundin Suyin für uns singen."

„Das Restaurant gehört also Ihrer Familie?"

„Richtig. Deswegen haben sie uns praktisch entführt. Eigentlich wollte ich Sie nicht hierherbringen, weil mir klar war, dass sie uns die ganze Zeit beobachten. Sehen Sie? Wei steht dahinten in der Ecke. Er blickt ab und zu in unsere Richtung und glaubt, wir würden ihn nicht bemerken."

„Ja, er scheint sich zu amüsieren", stellte sie belustigt fest.

„Ich werde ihn erwürgen, wenn ich nach Hause komme", erklärte er grimmig. „Genau deswegen sollten sie Sie nicht sehen, weil sie sofort annehmen würden …"

„Dass ich eine Ihrer zahllosen Freundinnen bin?", hakte sie betont locker nach, doch die Antwort war wichtig für sie.

„Ich bringe gelegentlich Frauen hierher", räumte Jian ein. „Aber nur, um zu flirten. Wenn es etwas Ernstes wäre …" Er warf Wei einen grimmigen Blick zu. „… würde ich zumindest *versuchen*, das Restaurant zu meiden."

„Kein Problem", antwortete sie lachend. „Sagen Sie ihm einfach, wir wären bloß Kollegen und würden zusammen essen, mehr nicht."

„Mehr nicht", wiederholte er ausdruckslos.

„Und *danach* können Sie ihn erwürgen."

„Gute Idee. Aber was erzähle ich ihm, wenn ich wieder mit Ihnen essen gehe?"

147

„Dass er sich um seine eigenen Angelegenheiten kümmern soll?",
schlug sie vor.

„Sie haben offenbar nie mit einer Familie wie meiner zusammen-
gelebt."

„Wohnen Sie denn alle in einem Haus? Sie sagten gerade ‚Wenn ich
nach Hause komme'."

„Ich habe ein Zimmer dort, aber auch eine eigene kleine Wohnung
in der Nähe des Krankenhauses. In die gehe ich, wenn ich einen harten
Arbeitstag hatte und mich ausruhen muss. Wenn ich Leben und Wärme
brauche, übernachte ich allerdings im Haus der Familie. Deshalb sind
sie immer gut über mich informiert. Das nächste Mal gehen wir woandershin, versprochen."

„Jian …"

„Schon gut." Schnell hob er die Hand. „Ich möchte Sie nicht drängen. Aber wenn Sie sich entschieden haben, sagen Sie mir, wohin Sie
gehen möchten."

Erstaunt zog Olivia die Brauen hoch, doch sein Lächeln war so ent-
waffnend, dass sie nicht widersprach.

„Ich wollte Ihnen noch mehr von unserer Familientradition erzählen", nahm er den Faden jetzt wieder auf.

„Ja, das interessiert mich sehr. Wie kommt es, dass eine Familie, die
immer hart arbeiten musste, Liebe und Romantik einen derart hohen
Stellenwert beimisst? Gerade unter Bauern und Handwerkern wurden
die meisten Ehen doch aus praktischen Gründen geschlossen."

„Das stimmt, aber die Nachkommen von Jaio und Renshu haben
sich immer mehr erhofft."

„Wer war das?"

„Sie haben zur Zeit des Kaisers Qin gelebt, von dem Sie sicher schon
gehört haben."

Olivia nickte. Da sie viel über die Geschichte gelesen hatte, wusste
sie, dass China im dritten Jahrhundert vor Christus in verschiedene
Staaten geteilt gewesen war. Qin Shi Huang, König des Staates Qin,
hatte die anderen erobert und zu einem großen Reich zusammenge-
schlossen. Qin wurde „Chin" ausgesprochen, und das Land war nach
ihm benannt worden. Qin hatte sich zum Kaiser ernannt und war nach
seinem Tod in einem prunkvollen Mausoleum beigesetzt worden, zusammen mit den Konkubinen, die ihm kein Kind geboren hatten.

„Jaio war eine seiner Konkubinen", erzählte Jian weiter. „Sie wollte
nicht sterben, und sie liebte Renshu, einen jungen Soldaten, der ihre Ge-

fühle erwiderte. Er rettete sie vor dem Tod, und sie flohen zusammen. Natürlich mussten sie den Rest ihres Lebens auf der Flucht verbringen, und ihnen blieben nur noch fünf Jahre, bis man sie fing und umbrachte. In der Zwischenzeit hatten sie allerdings einen Sohn bekommen, der von Jaios Bruder gerettet und versteckt wurde.

Lange Zeit hörte man nichts von ihm, aber als der Sohn alt war, gab er die Schriften von Jaio und Renshu preis, in denen stand, dass ihre Liebe all die Entbehrungen wert gewesen wäre. Natürlich mussten die Aufzeichnungen geheim gehalten werden, aber die Familie hat sie bis heute sicher aufbewahrt.

Durch diese Geschichte haben die Jians immer an die Liebe geglaubt und daran, dass diese alle Schwierigkeiten überwindet. Und obwohl sie oft von anderen belächelt wurden, weil es angeblich *wichtigere* Dinge im Leben gibt, haben sie stets an ihren Idealen festgehalten. Deswegen ist Meihui auch John Mitchell nach England gefolgt. Sie hat ihre Heimat vermisst, aber immer gesagt, das Wichtigste in ihrem Leben wäre, mit dem Mann zusammen zu sein, den sie liebt."

Irgendetwas an Jians Worten kam ihr bekannt vor. Dann wurde Olivia klar, dass es die ihrer Tante hätten sein können.

Sie trank einen Schluck Wein, während sie darüber nachdachte. Die Geschichte klang wie eine gewöhnliche Legende, nett und ein bisschen sentimental. Das Besondere daran war, dass sie eine tiefere Bedeutung für Jian zu haben schien.

„Es ist eine schöne Geschichte", bemerkte Olivia wehmütig. „Aber hat es sich wirklich so ereignet?"

„Warum nicht?" Er lächelte ein wenig spöttisch.

Weil sie zu romantisch ist, um wahr zu sein, hätte sie am liebsten erwidert. Stattdessen sagte sie: „Weil zweitausend Jahre eine lange Zeit sind und man deshalb nicht mehr beurteilen kann, was daran wahr ist und was nicht."

„Es ist wahr, wenn wir es wollen", erwiderte er nur. „Und das tun wir – unsere ganze Familie. Deswegen glauben wir daran."

„Das ist eine schöne Vorstellung", meinte sie versonnen. „Aber vielleicht nicht besonders lebensnah."

„Stimmt, ich hatte ganz vergessen, dass Sie ein Vernunftmensch sind", neckte er sie.

„Das hat auch viele Vorteile", verteidigte sie sich.

„Ja, wenn man Lehrerin ist."

„Braucht ein Arzt denn keinen gesunden Menschenverstand?"

149

„Doch, aber dieser wird manchmal überschätzt."

„Und manchmal kann er sehr nützlich sein."

„War es bei Ihnen denn schon oft der Fall?", hakte Jian sanft nach.

„Ab und zu, ja. Es tut gut, zu wissen, dass ich mich darauf verlassen kann."

„Genau das kann man nicht!", widersprach er unerwartet heftig. „Man darf sich niemals nur auf seinen Verstand verlassen, denn früher oder später wird er einen im Stich lassen."

„Und das Herz etwa nicht?", konterte Olivia mit einem entrüsteten Unterton. „Wir haben nicht alle so viel Glück wie Meihui."

„Oder Norah."

„Ich würde sie kaum als glücklich bezeichnen."

„Ich schon", erklärte er prompt. „Der Mann, den sie geliebt hat, ist tot, aber er hat sie nicht betrogen. Somit ist sie glücklicher als viele andere Menschen, die jahrelang um eine gescheiterte Liebe trauern oder die nie Liebe erfahren haben und deren Gedanken sich nur um die Frage drehen, was hätte sein können, wenn sie mutiger gewesen wären."

„Tatsache ist, dass die meisten Menschen unglücklich lieben", sagte sie. „Kann man denn wirklich wählen, ob man das Risiko eingeht und es später bereut oder es gar nicht erst eingeht?"

„Und es auch bereut?"

„Und ohne Reue und Kummer lebt ..."

„Ohne Freude oder das Gefühl, dass das Leben lebenswert ist?", fiel Jian ihr ins Wort. „Mitunter zahlt man einen hohen Preis dafür, wenn man keinen Kummer hat."

Da das Gespräch eine gefährliche Wendung nahm, wechselte Olivia wieder das Thema. „Wei kommt gerade auf uns zu", verkündete sie betont fröhlich.

Falls Jian ihr Ausweichmanöver bemerkt hatte, zeigte er es nicht. Spöttisch betrachtete er seinen Cousin, der nun am Tisch stand.

„Wir hätten jetzt gern etwas Obst", informierte Jian ihn energisch. „Und dann geh gefälligst!"

Nachdem dieser ihm einen gekränkten Blick zugeworfen hatte, entfernte er sich hocherhobenen Hauptes. Jian hingegen presste die Lippen zusammen. Kurz darauf servierte Wei ihnen die Früchte, danach den Tee, und schließlich war es Zeit für die Unterhaltung. Zwei junge Frauen in den gleichen weißen Satinkleidern betraten den Raum. Eine von ihnen hielt eine Laute in der Hand und setzte sich, während die andere neben ihr stehen blieb.

Alle Lampen bis auf die über den beiden wurden gedimmt. Dann begann die junge Frau mit der Laute zu spielen, und wenige Takte später stimmte die andere ein melancholisches Lied an, das bei Olivia die intensivsten Gefühle auslöste:

Die Bäume standen in voller Blüte.
Zusammen gingen wir unter den fallenden Blättern.
Aber das ist vorbei, und du bist nicht mehr da.
In diesem Jahr blühen die Bäume nicht.

Genauso war es ihr ergangen. Die Bäume hatten dieses Jahr nicht geblüht und würden es auch nie wieder tun. Andy hatte sie eine bittere Lektion gelehrt. Nie wieder würde sie einen Mann an sich heranlassen.

Die Brücke führt noch immer über den Fluss,
an dem wir zusammen spazieren gingen.
Aber wenn ich ins Wasser blicke,
sehe ich dein Gesicht nicht.
Nie wieder …

Nie wieder, dachte Olivia, weder hier noch anderswo. Für einen Moment schloss sie die Augen, öffnete sie jedoch schnell wieder, als jemand sie an der Wange berührte.

„Weinen Sie nicht", sagte Jian.

„Das tue ich auch nicht."

Er zeigte ihr seine Fingerspitze, der eine Träne anhaftete.

„Weinen Sie nicht um ihn", bat er sanft.

„Manchmal werde ich eben sentimental." Selbst in ihren Ohren klang ihr Lachen etwas gezwungen. „Aber ich bin längst über ihn hinweg."

Daraufhin schüttelte Jian den Kopf und lächelte dabei zerknirscht. „Vielleicht gehören Sie beide doch zusammen." Unvermittelt nahm er sein Mobiltelefon aus der Tasche und legte es vor ihr auf den Tisch. Dann beugte er sich zu ihr und sagte ihr leise ins Ohr: „Rufen Sie ihn an. Sagen Sie ihm, dass Ihr Streit ein Missverständnis war und Sie ihn immer noch lieben. Los."

Diese dramatische Geste verblüffte und faszinierte sie gleichermaßen. Olivia lachte nervös, bevor sie ihm das Telefon zuschob.

„Warum lachen Sie?"

„Ich habe mir nur gerade sein Gesicht vorgestellt, falls er rangeht. Es gab keinen Streit. Er hat mich wegen einer anderen Frau verlassen. Sie ist wohlhabend, also hat er offenbar das Richtige getan. Ich glaube, sie sind sehr glücklich. Sie hat ihm zur Hochzeit einen Sportwagen geschenkt."

„Und das rechtfertigt alles?", hakte Jian nach.

„Natürlich."

„Wenn ein Millionär Ihnen einen Heiratsantrag machen würde, würden Sie also sofort annehmen?"

„Auf keinen Fall! Es müsste mindestens ein Milliardär sein."

„Verstehe", erwiderte er ernst. Der ironische Zug um seinen Mund sprach Bände.

Inzwischen war das Lied zu Ende, und die beiden Interpretinnen verbeugten sich zu dem begeisterten Applaus der Gäste, bevor sie ein weiteres, fröhlicheres anstimmten. Jian wandte sich wieder zu den beiden um, nahm jedoch Olivias Hand und hielt sie die ganze Zeit fest.

Olivia stellte fest, dass ihre Traurigkeit verflogen war und ein stilles Glücksgefühl sie erfüllte. Und das lag sicher auch an ihrem Begleiter. Sie nutzte die Gelegenheit, um Jian ausgiebig zu betrachten. Er war ein attraktiver Mann, denn er hatte ebenmäßige, markante Züge. Der Ausdruck in seinen Augen verriet manchmal überhaupt keine Gefühle und konnte dann wieder jungenhaft frech sein, was ihm einen gefährlichen Charme verlieh. Ob Jian auch eine gescheiterte Beziehung hinter sich hatte? Ein netter Mann in den Dreißigern wie er, der fest an Liebe und Romantik glaubte, musste schlechte Erfahrungen gesammelt haben.

Dann überlegte sie, wie sie ihn fragen konnte, ohne zu großes Interesse zu zeigen. Und plötzlich war sie alarmiert. Die romantische Atmosphäre im Restaurant wog sie in trügerischer Sicherheit.

In wenigen Minuten würde sie den Abend für beendet erklären. Also legte Olivia sich ihre Worte sorgfältig zurecht und suchte nach einer Antwort, falls Jian protestieren sollte.

Nachdem er Wei herbeigewinkt und die Rechnung beglichen hatte, bat er ihn, sich rar zu machen. Und sobald dieser sich beschwingt zurückzog, atmete sie tief durch.

„Wir sollten jetzt gehen", sagte Jian.

„Wie bitte?"

„Wir müssen morgen beide arbeiten. Ich bringe Sie nach Hause. Tut mir leid, dass ich Sie so lange wach gehalten habe."

„Nicht der Rede wert", erwiderte sie leise.

Auf der Rückfahrt fragte sich Olivia, was nun wohl passieren würde.

Jian hatte offenbar gemerkt, dass sie sich noch nicht entscheiden wollte. Anscheinend fühlte er sich zu ihr hingezogen. Seine amüsante und charmante Art und die Stärke, die er ausstrahlte, gefielen ihr.

Sie hatte nichts gegen einen Flirt, aber wie sollte sie sich verhalten, wenn er den Abend in ihrer Wohnung und in ihren Armen beenden wollte? Wie wies man jemanden zurück, den man mochte?

Nachdem er vor dem Haus gehalten hatte, in dem sie wohnte, brachte er sie zur Tür.

„Welches Stockwerk?", erkundigte er sich.

„Zweites."

Im Aufzug begleitete er sie nach oben.

„Jian?", begann sie dort unbehaglich.

„Ja?"

Nun verlor sie die Nerven. „Möchten Sie noch auf einen Drink mit reinkommen?"

„Ich möchte mit reinkommen, aber nicht, um etwas zu trinken. Komm, ich erkläre es dir, obwohl du sicher weißt, was das Problem ist."

Im Flur zog er seine Jacke aus und nahm ihr ihre ab.

„Zieh auch die Bluse aus", sagte er rau, während er diese aufzuknöpfen begann.

„Jian ..."

Doch er ignorierte sie und streifte ihr schließlich die Bluse ab. Entgeistert blickte Olivia ihn an. Glaubte er, er könnte sie einfach ausziehen und verführen?

„So, jetzt lass mich deinen Arm ansehen."

„Meinen Arm?", wiederholte sie verblüfft.

„Deswegen bin ich doch heute zu dir gekommen." Er entfernte behutsam den Verband.

„Oh ... Ja, stimmt."

Vermutlich wirkte sie lächerlich, aber genauso fühlte sie sich auch. Jian war nicht gekommen, um sie zu verführen, sondern um ihren Arm zu untersuchen. Ihre Fantasie war mit ihr durchgegangen. Vor Verlegenheit wurde ihr plötzlich ganz heiß.

Dann glaubte sie, in seinen Augen ein mutwilliges Funkeln zu erkennen, doch vielleicht bildete sie es sich bloß ein.

Eingehend betrachtete er ihren Arm, ohne sie sonst eines Blickes zu würdigen, was sie beinah kränkte.

„Die Wunde heilt gut", stellte er schließlich fest. „Ab morgen muss sie nicht mehr verbunden werden."

Er hatte seinen Arztkoffer mit nach oben genommen, aus dem er nun Verbandszeug nahm, um sie zu versorgen.

„Und nun schlaf dich aus", wies er sie danach an, bevor er seinen Koffer nahm und sich zum Gehen wandte.

„Warte", hielt Olivia ihn mit einem verzweifelten Unterton zurück. „Was hast du mit dem Problem gemeint?"

Auf der Schwelle blieb er noch einmal stehen. „Dass du immer noch meine Patientin bist. Später …"

„Ja?"

Langsam musterte er sie und ließ den Blick dabei nur kurz auf ihren Brüsten ruhen, die er vorher ignoriert hatte.

„Später bist du es nicht mehr. Gute Nacht."

Das Trimester neigte sich dem Ende entgegen, und Olivia war damit beschäftigt, Beurteilungen zu schreiben und mit den Eltern und der Direktorin zu sprechen. Am vorletzten Tag suchte diese sie noch einmal auf.

„Ich plane gerade fürs nächste Jahr", informierte Mrs Wu sie fröhlich. „Ich freue mich so, dass Sie noch bleiben!"

„Bleiben?", wiederholte Olivia verwirrt.

„Ursprünglich sind Sie für sechs Monate hierhergekommen, aber als ich Sie gefragt habe, ob Sie noch bleiben würden, haben Sie Ja gesagt. Wissen Sie es denn nicht mehr?"

„Oh … doch."

„Ich glaube, Sie brauchen Ferien", erklärte Mrs Wu freundlich.

„Wissen Sie, ich habe überlegt, ob ich nach Hause fliegen soll."

„Nur zu. Aber Sie können ja trotzdem im nächsten Trimester wiederkommen. Ihren Erzählungen zufolge möchte Ihre Tante, dass Sie in China bleiben und Ihren Horizont erweitern. Ich hoffe, Sie kommen wieder, denn Sie leisten hervorragende Arbeit. Und falls Sie es sich im letzten Moment anders überlegen, haben Sie ja meine Nummer."

Nachdenklich fuhr Olivia an diesem Tag nach Hause. Alles, was ihr vor Kurzem noch ganz einfach erschienen war, gestaltete sich nun schwierig.

Tatsächlich hatte Norah in keiner Weise zum Ausdruck gebracht, dass sie ihre Rückkehr herbeisehnte. Am letzten Abend war sie besonders lebhaft gewesen und hatte verärgert von Melisandes neuestem Liebhaber berichtet.

„Du meinst Freddy?", hatte Olivia nachgehakt.

„Nein, mit dem hat sie Schluss gemacht, nachdem sie ihn mit einem Go-go-Girl erwischt hatte. Es ist dein Vater."

„Mum und Dad? Was soll das denn?"

„Ich schätze, er hat sie besucht, um sich von ihr trösten zu lassen."

„Hattest du nicht gesagt, er hätte gerade eine junge Frau geschwängert?"

„Das dachte er, aber anscheinend ist das Kind nicht von ihm. Also hat er sich an Melisandes Schulter ausgeweint. Ich zitiere: ‚Sie ist die Einzige, die mich wirklich versteht.'"

„Das kann doch nicht wahr sein!"

„Genau das waren meine Worte. Jedenfalls haben sie wieder zueinandergefunden ..."

„Wie bitte?"

„Ich habe sie gebeten zu gehen, bevor mir schlecht wird. Sie will nur mal wieder im Mittelpunkt stehen, wie immer."

Olivia hatte ihr zugestimmt. Ihre Eltern waren beide Selbstdarsteller, und sie hatte genug unter deren Eskapaden gelitten, um die vermeintliche Versöhnung ernst zu nehmen. Ihr Vater würde ihre Mutter wieder enttäuschen, weil alle Männer so waren. Dieselbe Erfahrung hatte sie mit Andy gemacht. Und auch Jian würde sich bestimmt nicht mehr bei ihr melden.

Seit ihrer letzten Begegnung waren einige Tage vergangen, und sie hatte nichts mehr von ihm gehört.

Eigentlich hätte ich schlauer sein müssen, sagte sie sich wütend. Als Andy in ihr Leben trat, hatte sie alle Vernunft in den Wind geschlagen und sich eingeredet, dass *er* anders war.

Doch sie hatte eine bittere Lektion gelernt und den Männern ein für alle Mal abgeschworen. Aber Jian hatte sie diesen Vorsatz vergessen lassen.

Und es lag nicht nur an seinem Charme, wie sie sich eingestehen musste. Sie fühlte sich ihm seelenverwandt. Obwohl Jian und sie sich nur wenige Male begegnet waren, schien es ihr, als würde sie ihn schon ihr ganzes Leben lang kennen.

Das bedeutete, dass sie ihre Gefühle umso energischer unterdrücken musste. Wenn sie den Fehler machte, sich in Jian zu verlieben, würde sie noch tiefer fallen als damals.

Also würde sie auf keinen Fall in Peking bleiben und sich nach ihm verzehren. Deshalb war sie im Reisebüro gewesen und hatte eine Kreuzfahrt auf dem Jangtse gebucht. In Chongqing würde sie an Bord gehen, das Schiff dann in Yichang wieder verlassen und weiter nach Schanghai reisen. Ihr nächstes Ziel wusste sie noch nicht. Was spielte es überhaupt für eine Rolle? Für sie war nur wichtig, dass sie keine Zeit zum Grübeln hatte.

155

4. KAPITEL

Am letzten Tag des Trimesters zählte Olivia die Minuten bis zum Feierabend. Nur noch kurze Zeit, dann würde sie nie wieder an Jian denken müssen. Konzentriere dich auf deine Reise, sagte sie sich zum tausendsten Mal.

Der letzte Schüler war gegangen, und sie sammelte gerade ihre Sachen zusammen, als das Signal auf ihrem Handy den Eingang einer SMS ankündigte. Diese lautete: *Ich bin draußen.*

Zuerst setzte ihr Herz einen Schlag aus, dann wurde sie wütend. Was bildete dieser Kerl sich eigentlich ein? Glaubte er, er bräuchte nur mit dem Finger zu schnippen und sie würde springen? Warum hatte sie ihm in dem Restaurant auch ihre Handynummer gegeben?

Sie schickte ihm eine Antwort: *Ich habe zu tun.*

Sofort schrieb er zurück: *Dann warte ich so lange.*

Mrs Wu kam in den Raum, um sich von ihr zu verabschieden, und sie verließen gemeinsam das Gebäude.

„Schöne Ferien", sagte ihre Vorgesetzte. „Und sehen Sie zu, dass Sie den Mann dahinten loswerden. Es schadet dem Ruf der Schule, wenn Fremde sich auf dem Gelände aufhalten."

„Ich habe nichts mit ihm zu tun."

„Nein, natürlich nicht. Deswegen sieht er Sie auch die ganze Zeit an. Also, bis nach den Ferien!"

Lässig lehnte Jian an der Mauer, als hätte er es nicht eilig, was Olivia noch mehr verärgerte. Aufgebracht ging sie auf ihn zu, wobei sie ihm den Arm hinstreckte.

„Die Wunde ist gut verheilt, wie du siehst, danke", informierte sie ihn förmlich.

„Das freut mich zu hören."

„Und die Direktorin hat gesagt, ich soll dich wegschicken, damit die Leute nicht tratschen."

„Dann lass uns fahren."

„Ich glaube nicht ..."

„Komm, vergeuden wir nicht noch mehr Zeit." Er hatte ihren Arm umfasst und führte sie nun zu seinem Wagen, den er sofort startete, kaum dass sie darin saßen.

Ihre Gedanken wirbelten nur so durcheinander, und sie war sehr aufgewühlt. Jian hatte sich also nicht von ihr abgewandt und sie vergessen. Er war gekommen, weil er sich der starken Anziehungskraft zwischen ihnen genauso wenig entziehen konnte wie sie.

Eigentlich hätte sie die Empfindungen unterdrücken müssen, die sie jetzt zu überwältigen drohten – ein beängstigendes, zerstörerisches, unbeschreibliches Glücksgefühl.

Schließlich fand sie die Sprache wieder. „Wohin fahren wir?", fragte sie benommen.

„An einen Ort, an dem du bessere Laune bekommst."

„Ich habe keine schlechte Laune."

„Doch. Als du mich vorhin auf dem Schulhof gesehen hast, hätten deine Blicke töten können."

„Dein Timing war ja auch denkbar schlecht."

„Hattest du vielleicht gehofft, mich früher zu sehen?"

„Bestimmt nicht. Du hast meinen Zeitplan durcheinandergebracht."

„Also bist du doch schlecht gelaunt. Meihui hatte mehrere Methoden, mich aufzuheitern, aber das hier war unsere liebste."

Eine halbe Stunde fuhr Jian schweigend weiter, froh darüber, nichts sagen zu müssen und seine Gedanken sammeln zu können. Er war ziemlich durcheinander, was er sonst nicht kannte.

Nach ihrem letzten Treffen hatte er beschlossen, Olivia nicht so bald wiederzusehen. Er war sehr ehrgeizig und als Arzt erfolgreich, sodass er sich auf seinen Beruf konzentrieren musste. Deshalb hätte er am liebsten die Sommerferien verstreichen lassen, bevor er sich wieder mit ihr traf.

Und bis zum heutigen Tag war es ihm auch leichtgefallen.

Da er nun auch Urlaub hatte, konnte er sich allerdings nicht mit seiner Arbeit ablenken, und die Erkenntnis, dass Olivia jeden Moment abreisen würde, hatte ihn veranlasst, zu handeln. Gerade noch rechtzeitig war er in der Schule eingetroffen.

Jetzt haderte er mit sich, weil er nicht an seinem Vorsatz festgehalten hatte. Andererseits war er erleichtert, weil er sie noch angetroffen hatte.

Und er musste ihr etwas gestehen. Dass er nicht wusste, wie sie reagieren würde, machte ihm am meisten zu schaffen.

„So, da sind wir." Er hielt vor einem großen Tor.

„Du hast mich zum Zoo gebracht?", erkundigte Olivia sich verblüfft.

„Meihui hat immer gesagt, ein Besuch im Zoo würde jeden aufheitern. Also, lass uns reingehen."

Jian hatte recht. Während sie wenig später an den Gehegen vorbeischlenderten, besserte sich ihre Stimmung. Fasziniert betrachtete Olivia die Löwen, Bären und exotischen Vögel.

Er war wirklich ein außergewöhnlicher Mann. Versonnen fragte sie sich, wann sie das letzte Mal jemand an einen Ort wie diesen gebracht hatte, während sie die Pandas beobachteten.

„Sind die schön!", sagte Olivia leise.

„Ja, nicht?"

„Aber wie kann man sie voneinander unterscheiden? Für mich sehen sie alle gleich aus."

„Der dahinten im Baum ist das Weibchen. Da es gerade trächtig ist, ignoriert es die Männchen."

„Ich frage mich, wer der Vater ist."

„Der, der in der Rangordnung ganz oben steht. Er hat es bewiesen, indem er sieben Rivalen ausgestochen hat."

„Sehr vernünftig", bemerkte sie. „Falls ich einmal wiedergeboren werde, möchte ich ein Panda sein."

Jian lachte, meinte dann aber: „Warum bist du so streng?"

„Das bin ich nicht."

„Von meinem Standpunkt aus betrachtet schon."

„Ach, nur weil ich keinen Wert auf diesen ganzen sentimentalen Kram lege?"

„Das klingt aber hart."

„Das ist es auch. Genau wie das Leben." Triumphierend betrachtete sie ihn. Zum ersten Mal schien der selbstsichere Dr. Mitchell um Worte verlegen, und das kostete sie aus.

„Warum wehrst du dich so dagegen, an die Liebe zu glauben?", fragte er schließlich. „Sicher, du hast schlechte Erfahrungen gemacht, aber das haben die meisten Leute, und trotzdem geben sie die Hoffnung nicht auf. Ich habe auch nicht resigniert, als Becky Renton mir den Laufpass gegeben hat."

„Ach, wirklich? Ich wette, ihr wart damals nicht älter als zwölf!"

Nun lächelte er jungenhaft. „Doch, ein bisschen."

Ganz sicher war dieser Mann noch nie von einer Frau enttäuscht worden, die ihm etwas bedeutete.

„Scherz beiseite", fuhr Jian dann fort. „Viele Menschen nehmen für die Liebe eine Menge auf sich."

„Falls du deine romantisch veranlagten Vorfahren meinst, gibt es keinen Grund zu der Annahme, dass Jaio diese Renshu überhaupt geliebt hat. Sie sollte lebendig begraben werden, und er hat ihr zur Flucht verholfen. Vielleicht wollte sie nur nicht sterben."

„Und was ist mit ihm? Er muss sie geliebt haben, denn er hat alles aufgegeben, um mit ihr zusammen sein zu können", erinnerte er sie.

„Vielleicht bedeutet es, dass ein Mann zu tieferen Gefühlen fähig ist als eine Frau. Womöglich können Frauen gar nicht lieben, weil sie eher auf ihren Verstand hören als auf ihr Herz – genau wie Pandas."

Skeptisch betrachtete Olivia ihn. „Willst du mich provozieren?"

„Nein, es ist nur eine interessante Theorie. Aber ich gebe zu, dass es mir Spaß macht, dich zu ärgern."

„Du gehst zu weit."

„Das hoffe ich. Besser zu weit als nicht weit genug."

Nun musste sie lächeln.

„Komm, lass uns eine Kleinigkeit essen." Versöhnlich legte er ihr den Arm um die Schultern.

Als sie zehn Minuten später bei einem Kaffee zusammensaßen, meinte Jian: „Tut mir leid, dass ich vorhin gesagt habe, Frauen würden nicht auf ihr Herz hören. Entschuldige, ich wollte dich nicht verletzen."

„Das hast du auch nicht", erwiderte Olivia wahrheitsgemäß. Sie hatte nicht einen Gedanken an Andy verschwendet. Und nun, da sie darüber nachdachte, wurde ihr klar, dass es mit ihm ganz anders gewesen war als mit Jian. Mit ihm hatte sie nur Leidenschaft und extreme Gefühle verbunden. Damals hatte es ihr genügt, doch Jian zeigte ihr, wie schön es war, wenn man auch miteinander scherzen konnte.

„Ich habe ihn aus meinen Gedanken verbannt", erklärte sie. „Das war das Vernünftigste. Wahrscheinlich weiß das Pandaweibchen genau, was es tut."

„Dann bin ich froh, dass ich ein Mensch bin", konterte er.

Bevor sie den Zoo verließen, führte Jian sie in den Souvenirshop, wo er ihr einen kleinen Plüschpanda kaufte.

„Das ist ein Weibchen", behauptete er.

„Und woher willst du das wissen?"

„Weil ich es möchte. Sie heißt Ming Zhi, und das bedeutet ‚klug‘." Seine Augen funkelten schalkhaft.

„Dann werden wir beide uns gut verstehen." Zärtlich rieb sie die Wange an dem weichen schwarz-weißen Kunstfell. „Wenn ich das Wesentliche aus den Augen verliere, wird sie mich daran erinnern."

„Auf den Sieg der Vernunft", verkündete Jian. „So, und nun lass uns irgendwohin fahren, wo wir zu Abend essen können."

In der Nähe des Zoos fanden sie ein kleines altmodisches Restaurant.

„Warum hattest du vorhin so schlechte Laune?", hakte Jian nach, sobald sie saßen und die Bestellung aufgegeben hatten. „Warst du sauer auf mich?"

„Nein, auf meine Eltern. Norah sagte gestern, sie hätten sich wieder versöhnt und würden sich wie zwei liebeskranke Teenager aufführen."

„Das ist doch schön!"

„Bei anderen wäre es vielleicht so, aber die beiden sind Selbstdarsteller und steuern direkt auf eine Katastrophe zu."

„Sei dir da nicht so sicher. Vielleicht waren sie immer füreinander bestimmt und haben nur zu jung geheiratet."

Olivia warf ihm einen grimmigen Blick zu.

„Vielleicht auch nicht", lenkte er schnell ein.

„Irgendwann wird es mit Lügen enden, genau wie beim ersten Mal", meinte sie seufzend. „Und es gibt nichts Schlimmeres als die Unwahrheit."

„Manchmal gibt es ganz banale Gründe dafür", bemerkte er lässig.

„Aber Lügen sind immer zerstörerisch", beharrte sie. „Sobald ich erfahre, dass ein Mann mir gegenüber nicht aufrichtig war, ist es vorbei, weil … Ach, ich weiß nicht. Da kommt unser Essen. Ich habe Hunger."

Jian nickte nur.

„Das Essen ist lecker", stellte sie nach einer Weile fest. „Aber nicht so gut wie im *Tanzenden Drachen*."

Zu ihrer Überraschung ging er nicht auf ihr Kompliment ein. Er wirkte gedankenverloren und seltsam unbehaglich.

„Ist alles in Ordnung?", erkundigte sie sich nervös.

„Nein", brachte er hervor. „Ich muss dir etwas sagen."

Sein Tonfall bedeutete nichts Gutes.

„Offen gestanden habe ich es die ganze Zeit vor mir hergeschoben", fuhr Jian verlegen fort. „Ich weiß, dass es nicht richtig war, aber ich wollte dich nicht verlieren."

Nun ahnte sie, was kommen würde: Er hatte eine Frau.

Nein, das konnte nicht sein. Dann hätte er sie niemals in den *Tanzenden Drachen* gebracht, wo seine Familie sie sah. Andererseits hatte diese sich vielleicht nur dafür interessiert, dass ihr ausländischer Verwandter fremdging.

„Versprichst du mir, mich ausreden zu lassen, bevor du mich verurteilst?", hakte er nach.

So ähnlich hatten auch Andys Worte gelautet: *Lass es mich dir doch erklären. Es war wirklich nicht meine Schuld ...*

Ihr Herz krampfte sich zusammen.

„Rede", forderte Olivia ihn auf. „Ich mache mich auf das Schlimmste gefasst."

Jian atmete tief durch. „Weißt du ... als wir uns kennengelernt haben ..."

„Warum lassen wir es nicht einfach und gehen?"

„Möchtest du denn gar nicht wissen, was ich zu sagen habe?"

„Ich kann es mir denken." Sie lachte bitter.

„Wirklich? Das glaube ich nicht."

„Ich habe ein Gespür für gewisse Dinge. Vielleicht weil ich Zynikerin bin."

„Du bist bestimmt nicht so zynisch, wie du dich gibst."

Nun wurde sie wütend. „Du kennst mich doch überhaupt nicht!", brauste sie auf, woraufhin er sie entgeistert anblickte.

„Schon gut, du brauchst nicht auf mich loszugehen. Ich glaube dir ja, dass du hart, zynisch und gefühllos bist ..."

„Nachtragend und kaltherzig", ergänzte sie. „Freut mich, dass du es endlich begreifst."

„Ich wünschte, du hättest nicht ‚nachtragend' gesagt", meinte er düster.

„Das bin ich aber. Bei mir bekommt niemand eine zweite Chance. Und was wolltest du mir nun beichten? Offenbar etwas Unverzeihliches."

„Also ... als wir uns im Krankenhaus begegnet sind, hatte ich eigentlich keinen Dienst. Normalerweise arbeite ich auf einer anderen Station, und zu dem Zeitpunkt war ich im Urlaub. Da ein Freund von mir krank wurde und sie niemanden hatten, habe ich ihn vertreten."

„Und was ist daran so schrecklich?" Olivia versuchte, sich nicht anmerken zu lassen, wie durcheinander sie war.

„Am nächsten Morgen ist er wieder zum Dienst erschienen. Ich habe ihm geraten, noch einen Tag zu Hause zu bleiben, aber er wollte nicht." Jian seufzte, bevor er geistesabwesend hinzufügte: „Man kann sich nicht mehr auf seine Freunde verlassen – nicht einmal darauf, dass sie krank sind, wenn sie es müssen."

„Worauf willst du eigentlich hinaus?"

„Als ich am nächsten Tag in die Schule gekommen bin, warst du streng genommen gar nicht mehr meine Patientin."

Ungläubig betrachtete sie ihn. „Heißt das …?"

„Das ich dich angelogen habe", gestand er zerknirscht. „Ich habe dich hintergangen."

Als sie ihm in die Augen sah und den unschuldigen Ausdruck darin bemerkte, wurde ihr klar, dass er keine Reue zeigte, sondern auf etwas ganz anderes hinauswollte.

„Jetzt übertreibst du aber", sagte sie trocken.

„Nein! Ich habe meinen Status als Arzt ausgenutzt, um an dich heranzukommen."

„Wie bitte? Ach ja, du hast meinen nackten Arm gesehen", bestätigte sie spöttisch. „Wie furchtbar!"

„Es war mehr als nur dein Arm", erinnerte er sie. „Wenn du mich an die Ärztekammer melden willst, muss ich mich wohl damit abfinden, oder?"

„Und wenn ich dir gegen das Schienbein trete, auch, stimmt's?", erkundigte Olivia sich zuckersüß.

„Ich hätte es nicht anders verdient."

„Erzähl mir nicht, was du verdient hast, sonst sitzen wir die ganze Nacht hier."

„Ach ja?"

„Du bist ein hinterhältiger, verlogener … Mir fällt leider kein passendes Schimpfwort ein."

„Dann warte ich so lange. Schließlich habe ich einen Fehler gemacht."

„Das meinte ich nicht." Sie riss sich zusammen. „Du hast mir den Eindruck vermittelt, dass es etwas Schlimmes ist."

Vor Erleichterung und Angst fiel ihr das Sprechen schwer. Erleichterung darüber, dass Jian nicht verheiratet war, und Angst, weil es ihr so viel bedeutete. Auf keinen Fall durfte er es ihr anmerken.

Oder wusste er es bereits? Sie merkte, dass er sie forschend betrachtete.

„Ich wollte dich wiedersehen", erklärte er dann. „Und ein besserer Vorwand fiel mir nicht ein."

Sofort verflogen ihre Bedenken. Die Welt konnte so schön sein!

„Das freut mich", gestand Olivia, woraufhin er ihre Hand nahm.

„Mich auch."

„Ich bin zwar immer noch sauer auf dich, aber ich verzeihe dir – vorerst."

„Mehr verlange ich auch gar nicht."

„Erzähl. Auf welcher Station arbeitest du?"

Jian zuckte die Schultern. „Im Grunde springe ich überall ein, wo ich gebraucht werde." Zärtlich drückte er ihre Hand.

Er verfolgte das Thema nicht weiter, was sie freute. Die Anziehungskraft zwischen ihnen wurde stärker, und sie wollte nur den Moment genießen.

Nun betrachtete er ihre Hand und strich sanft darüber. Dabei wirkte er wieder etwas unbehaglich.

„Was ist?", fragte Olivia. „Hast du mir noch etwas zu gestehen? Schlimmer kann es ja kaum werden …"

„Na ja … Unser Besuch im Restaurant ist nicht ohne Folgen geblieben. Wei ist nach Hause gegangen und hat den anderen von dir erzählt."

„Er weiß doch gar nichts über mich – es sei denn, du hast es ihm gesagt. Und damit hättest du wieder deinen Status als Arzt missbraucht." Sie neigte den Kopf zur Seite, um ihn zu betrachten. „Du entpuppst dich allmählich als zweifelhafter Charakter. Interessant, aber zweifelhaft."

„Diesmal bekenne ich mich nicht schuldig. Alles, was ich über dich weiß – und das ist leider nicht viel –, behalte ich für mich. Wei hat eine blühende Fantasie. Und nun ist meine Familie neugierig geworden und wird keine Ruhe geben, bis ich dich zum Abendessen mit nach Hause bringe."

„Du willst mich zu dir einladen, nur damit sie dich nicht nerven?"

„So ungefähr."

„Also nicht, weil du gern mit mir zusammen bist, mich um meiner selbst willen magst und … Ach, ich weiß nicht."

„Und weil du die attraktivste Frau bist, der ich je begegnet bin, und die netteste, mit der ich je ausgegangen bin?", ergänzte Jian. „Nein, keine Angst."

„Da bin ich aber erleichtert", erwiderte Olivia ernst.

Er hob ihre Hand an seine Wange. „Ich möchte dich nicht mit sentimentalem Kram belästigen."

„Das ist nett von dir. Andererseits dürfen wir uns nicht zu distanziert geben, sonst ist deine Familie enttäuscht."

Nun nickte er nachdenklich. „Stimmt. Wir müssen es richtig machen."

Ehe sie erraten konnte, was er vorhatte, beugte er sich über den Tisch und berührte ihre Lippen sanft mit seinen.

Obwohl es nur ein flüchtiger Kuss war, durchzuckte es sie wie ein Blitz, und nichts war mehr so wie vorher.

Sie lächelte betont unbekümmert, doch das Herz klopfte ihr bis zum Hals. Um ihre Verwirrung zu verbergen, senkte sie den Blick. Als sie Jian wieder ansah, stellte sie fest, dass er genauso durcheinander wirkte.

„So müsste es richtig sein", brachte sie hervor.

Das stimmte nicht, denn sie sehnte sich nach mehr. Mit einer flüchtigen Berührung hatte Jian Empfindungen in ihr geweckt, die nun eine schmerzliche Leere hinterließen. Sie merkte ihm an, dass er auch mehr wollte. Doch sie saßen beide regungslos da, gehemmt durch die Regeln, die sie sich selbst auferlegt hatten.

„Also, was kann ich meiner Familie erzählen?", fragte Jian schließlich.

Bildete sie es sich bloß ein, oder hatte seine Stimme gebebt?

„Dass ich ihre Einladung gern annehme, wenn ich von meiner Reise zurückkehre."

„Du fährst weg? Wann? Und wohin?"

„Ich mache eine Kreuzfahrt auf dem Jangtse."

„Aber nicht morgen, oder?"

„Nein, in drei Tagen."

„Prima, dann haben wir ja Zeit." Er nahm sein Mobiltelefon aus der Tasche und drückte eine Taste. „Bevor du es dir wieder anders überlegst … Bei dir weiß ich nie, woran ich bin."

Nachdem sie sich tagelang nach einem Lebenszeichen von ihm gesehnt hatte, wie sie sich in diesem Moment eingestehen musste, war Olivia jetzt sprachlos vor Entrüstung. Und während sie noch nach einer passenden Antwort suchte, telefonierte Jian schon.

„Hallo, Tante Biyu? Olivia hat sich sehr über die Einladung gefreut. Ja, ja." Wieder blickte er sie an. „Magst du Klöße?"

„Und wie!", erwiderte sie prompt.

„Sie liebt sie, Tante Biyu … Was ist das? Ja, ich frage sie. Isst du lieber Fleisch oder Fisch?", wandte er sich erneut an Olivia.

„Mir ist beides recht."

„Sie mag beides. Oh ja, das klingt gut. Shrimps und Bambussprossen?", fragte er Olivia.

„Ja, prima", antwortete sie ein wenig verwirrt.

Jian konzentrierte sich wieder auf das Telefonat. „Olivia ist einverstanden. Morgen Abend?" Er zog eine Braue hoch, und Olivia nickte. „Ja, das passt. Gute Nacht."

Dann beendete er das Gespräch. „Tante Biyu ist mit Onkel Hai verheiratet. Sie wird die besten Shrimps mit Bambussprossen zubereiten, die du je gegessen hast, und die ganze Familie hilft ihr dabei. Du bist ein wichtiger Gast."

Sie hatte genug Einblick in die chinesische Kultur bekommen, um zu wissen, dass es stimmte. Ein Gast konnte sich geehrt fühlen, wenn man ihm Klöße mit Beilagen servierte.

Was mochte Jian seiner Familie über sie erzählt haben? Als er sie später nach Hause fuhr, lächelte er.

Wieder brachte er sie zur Haustür, verabschiedete sich dort jedoch von ihr.

„Ich hole dich morgen Nachmittag um sechs ab", erklärte er.

„Ja. Gute Nacht."

„Schlaf gut."

Er zögerte kurz, bevor er sie flüchtig auf die Lippen küsste und dann zu seinem Wagen zurückeilte.

Nachdenklich betrat Olivia wenige Minuten später ihre Wohnung. Alles erschien ihr plötzlich so kompliziert, und das lag an Jian, einem Mann, dem sie erst dreimal begegnet war.

Als sie in ihre Handtasche langte, spürte sie etwas Weiches – Ming Zhi! Vorübergehend hatte sie sie ganz vergessen. Streng blickte der kleine Plüschpanda sie an und erinnerte sie daran, dass sie eine vernünftige Frau war, die auf ihren Verstand statt auf ihr Herz hörte.

„Ach, lass mich in Ruhe!" Wütend warf sie das Tier aufs Bett. „Es interessiert mich nicht, dass du ein Geschenk von ihm bist. Du nervst mich. Und er macht mich wahnsinnig!"

In dieser Nacht schlief sie mit Ming Zhi im Arm.

5. KAPITEL

Als Olivia am nächsten Morgen den Computer einschaltete und Kontakt mit ihrer Tante aufnahm, winkte diese lächelnd in die Kamera.

„Und, was machst du in den Ferien?", erkundigte sie sich fröhlich. „Hast du eine Kreuzfahrt gebucht?"

„Ja. In ein paar Tagen geht es los."

„Und?", hakte Norah nach.

„Ich habe einen verrückten Typen kennengelernt ..."

Sie versuchte, ihr Jian zu beschreiben, was ihr nicht leichtfiel, weil er sich ihr sogar auf diese Weise zu entziehen schien. Er war tatsächlich verrückt, doch das war nur ein Teil der Wahrheit.

„Er bringt mich zum Lachen", fügte sie hinzu.

„Das ist immer ein guter Anfang."

„Und er hat mir das hier geschenkt." Olivia hielt Ming Zhi hoch. „Als wir im Zoo waren."

„Es scheint also etwas Ernstes zu sein. Wann siehst du ihn wieder?"

„Heute Abend. Er hat mich zu seiner Familie zum Essen eingeladen."

„Schon? Das geht aber schnell, Liebes."

„Nein, so ist es nicht. Einer seiner Verwandten hat uns zusammen gesehen, und nun möchten alle mich unbedingt kennenlernen. Er stellt mich ihnen nur vor, damit sie endlich Ruhe geben."

„Ist er etwa ein Weichei, das sich nicht durchsetzen kann?"

„Nein", erwiderte Olivia lächelnd, denn sie musste an seine selbstsichere Art denken. „Manchmal tut er so, aber nur, um mich aus der Reserve zu locken."

„Und hat er Erfolg damit?"

„Allerdings", gestand Olivia ironisch.

„Dann muss er wirklich ein kluger Mann sein. Ich freue mich schon darauf, Bekanntschaft mit ihm zu machen."

„Norah, bitte! Jian und ich haben uns erst ein paarmal getroffen. Ich will keine feste Beziehung. Ich flirte nur mit ihm, und dann komme ich nach Hause. Weißt du ..."

„Fang nicht wieder damit an! Du bleibst in Peking und lebst dein eigenes Leben."

„Na gut, versprochen", lenkte Olivia ein. Die heftige Reaktion ihrer Tante schockierte sie und machte sie traurig.

„Verbring so viel Zeit wie möglich mit Jian. Er scheint ein netter Kerl zu sein. Sieht er gut aus?"

„Das tut er."

„*Sehr* gut?"

„Na ja ..."

„Auf einer Skala von eins bis zehn?"

„Sieben. Also, meinetwegen auch acht."

„Prima!", bemerkte Norah beifällig. „So, und nun geh shoppen und kauf dir ein richtig tolles Kleid. Achte nicht aufs Geld, ja?"

„Zu Befehl, Tante", erwiderte Olivia gespielt unterwürfig, woraufhin sie beide lachten.

Nach einem schnellen Frühstück brach sie auf, um sich etwas Passendes zu kaufen. Eigentlich hatte sie etwas Westliches im Sinn, doch nach kurzer Zeit fiel ihr Blick in einem Schaufenster auf ein *cheongsam*, das traditionelle chinesische Kleid, das schlanken Frauen ungemein schmeichelte. Es war hochgeschlossen und hatte einen Stehkragen, war aber so figurbetont, dass ihre wohlgeformten Brüste und ihre schmale Taille perfekt zur Geltung kamen.

Nicht zuletzt der hochwertige Stoff und die Stickereien machten es ziemlich teuer, sodass Olivia zuerst zögerte. Als sie es jedoch anprobierte, stand ihr Entschluss fest. Wenn sie hochhackige Schuhe dazu trug, würde sie umwerfend aussehen. Sie fragte sich, ob Jian genauso denken und ihr Komplimente machen würde.

Er tat es nicht. Jian erschien pünktlich ums sechs und führte sie schweigend zu seinem Wagen. Allerdings hatte Olivia bemerkt, wie sein Blick kurz auf ihren Brüsten ruhte. Offenbar erinnerte er sich an ihre erste Begegnung.

Entspannt lehnte sie sich auf dem Sitz zurück. Jian fuhr in Richtung der *hutongs*, die das Herz des alten Peking bildeten. Die kleinen Straßen, die die traditionellen Wohnhöfe, die *siheyuans*, miteinander verbanden und schon seit Hunderten von Jahren die Verbotene Stadt umgaben, hatten sie schon immer fasziniert, weil es dort zahlreiche Geschäfte gab und sich dort das Leben abspielte.

Schon einige Male hatte sie in den *hutongs* eingekauft, doch nun würde sie zum ersten Mal einige der Bewohner kennenlernen. Jeder Wohnhof bestand aus vier im rechten Winkel zueinanderstehenden Häusern, in denen Großfamilien in unmittelbarer Nachbarschaft zu ihren Verwandten, aber dennoch mit genügend Privatsphäre wohnten.

Jian beschrieb ihr nun das *siheyuan* seiner Verwandten.

„Das Haus im Norden gehört meinem Großvater Tao, unserem Familienoberhaupt. Meihui war seine jüngere Schwester, und er sagt, ich würde ihn an sie erinnern. Allerdings sehe ich ihr überhaupt nicht ähnlich. Mein Onkel Jing, seine Frau und ihre vier jüngeren Kinder leben bei ihm.

Eines der seitlichen Häuser gehört meinem Onkel Hai, seiner Frau und ihren beiden jüngeren Kindern, das gegenüber ihren großen Söhnen und deren Frauen. Im südlichen Haus wohnt Wei. Er ist Jings Sohn und wird demnächst heiraten."

„Heiraten? Er ist doch noch jung."

„Er ist zwanzig und bis über beide Ohren in Suyin verliebt, die du ja aus dem Restaurant kennst. Von seinen vier Geschwistern ist das jüngste fünf, das älteste zwölf."

„Und wie viele von deinen Verwandten lerne ich heute kennen?"

„Ungefähr achtzehn."

„Du meine Güte! Allmählich bekomme ich Angst."

„Du doch nicht. Du bist eine Drachenfrau – couragiert, abenteuerlustig und zu allem bereit."

„Danke. Aber es macht mich trotzdem nervös."

„Achtzehn sind nicht viele. Mindestens ein Dutzend Verwandte von mir leben außerhalb von Peking, und es gibt sicher weitere, die ich noch nicht kenne. Übrigens muss ich dich warnen. Es gibt gerade Krach. Mein Onkel Jing ist wütend auf meinen Onkel Hai, weil Hais Frau Biyu Klöße für dich kocht. Jing glaubt, er hätte für dich kochen sollen, weil er Fischhändler und außerdem Hochzeitsplaner ist. Da er bei Brautpaaren sehr gefragt ist, meint er, er müsste alles für jeden arrangieren, und ist nun beleidigt."

Sein ernster Tonfall brachte Olivia zum Lachen. „Ich werde ganz taktvoll sein, versprochen."

Jian warf ihr einen flüchtigen Blick zu. „Habe ich dir schon gesagt, wie schön du heute bist?"

„Nein."

„Na ja, ich bin vorsichtig. Hätte ich dir gesagt, dass das Dunkelblau deine Augen betont, hättest du mich langweilig gefunden."

„Schon möglich", erwiderte sie nachdenklich. „Aber vielleicht hätte ich es dir auch verziehen."

„Nein, sicher hättest du es als romantisches Geschwätz abgetan. Schließlich leben wir im einundzwanzigsten Jahrhundert. Heutzutage fallen Frauen auf so etwas nicht herein."

„Das hast du gesagt", meinte sie lachend.

„Du denkst aber so."

„Und woher willst du das wissen?"

„Weil ich allmählich begreife, wie du tickst."

„Das ist ja eine beunruhigende Vorstellung!"

„Für dich oder für mich?"

„Für mich", erwiderte Olivia, ohne zu zögern. „Welche Frau möchte schon zu gut von einem Mann verstanden werden?", fügte sie nachdenklich hinzu.

„Die meisten beschweren sich doch, dass die Männer sie *nicht* verstehen."

„Das ist albern." Sie lächelte schwach. „Sie sollten sich vielmehr glücklich schätzen, weil es so ist."

Sie lachten beide, und der Moment verging. Danach hatte Olivia allerdings das Gefühl, dass Jian und sie eigentlich etwas anderes gemeint hatten. So ging es ihr oft mit ihm.

Dann schwiegen sie eine Weile einvernehmlich, bis Jian schließlich sagte: „Mach dich darauf gefasst, dass Wei in den höchsten Tönen von dir geschwärmt hat. Ich habe ihm gesagt, wir kennen uns kaum, aber er …"

„… hat nicht auf dich gehört?", beendete Olivia den Satz für ihn. „Okay, ich stelle mich darauf ein."

„Mein Großvater Tao und meine Großmutter Shu haben dir zuliebe ein paar englische Wörter gelernt. Die anderen sprechen alle Englisch, aber die beiden haben immer sehr traditionsverbunden gelebt. Sie haben den ganzen Tag geübt, um dir diese Ehre zu erweisen."

„Wie reizend von ihnen!", erklärte sie gerührt. „Bestimmt werde ich deine Familie ins Herz schließen."

Plötzlich kam ihr die Gegend bekannt vor.

„Waren wir neulich nicht hier?"

„Ja, das Restaurant ist hier gleich um die Ecke. Noch ein paar Straßen und wir sind da."

Fünf Minuten später hielt Jian vor dem nördlichen Haus des *siheyuan*, und Olivia registrierte erstaunt die vielen Menschen, die nun herauskamen.

In der Mitte standen ein alter Mann und eine alte Frau – Großvater Tao und Großmutter Shu. Sie wurden von zwei Männern mittleren Alters und deren Familien flankiert. Alle beobachteten sie entzückt, und dann liefen zwei kleinere Kinder auf den Wagen zu, um Olivia die Tür zu öffnen und sie in ihre Mitte zu nehmen.

„Du meine Güte!", rief sie.

Jian, der vor ihr ausgestiegen und zu ihr gekommen war, nahm ihre Hand. „Keine Angst, Drachenfrau", sagte er leise. „Ich bin bei dir."

Schützend legte er den Arm um sie, während sie sich seinen Verwandten näherten, die jetzt auseinandertraten. Zuerst führte er sie zu seinen Großeltern.

„Es ist uns eine Ehre, Sie kennenzulernen", begrüßte Tao sie in fehlerfreiem Englisch, während seine Frau lächelnd den Kopf neigte.

„Die Ehre ist ganz meinerseits", erwiderte Olivia gerührt.

Der Tradition entsprechend, wiederholte Tao die förmlichen Begrüßungsworte. Beide lächelten herzlich und folgten ihr mit ihren Blicken, während Jian sie mit den anderen Familienmitgliedern bekannt machte.

Genau genommen waren die beiden ihre Gastgeber. Da sie allerdings alt und gebrechlich waren, übernahmen sie nur die traditionellen Rituale, während die anderen sich um die restlichen Aufgaben kümmerten.

Hai und Jing waren zwar Brüder, aber völlig verschieden. Jing war groß, kräftig und muskulös, Hai, der Ältere, hingegen klein und drahtig. Jian stellte sie ihm zuerst vor, dann Jing und anschließend Biyu, Hais Frau, und Luli, Jings Frau. Alle begrüßten sie auf Englisch, doch Jian sagte auf Chinesisch: „Das ist nicht nötig. Sie spricht unsere Sprache."

Also wiederholten die vier ihre Worte auf Mandarin, und Olivia antwortete entsprechend, wofür sie von allen ein erfreutes Lächeln erntete.

„Mrs Jian ...", begann sie zur Belustigung aller.

„Das sorgt nur für Verwirrung", erklärte Hais Frau fröhlich. „Bitte nennen Sie mich Biyu." Dann stellte sie ihr die anderen als Ting, Huan, Dongmei und Nuo vor.

Auch die anderen großen Söhne von Jians Cousin waren schon fast erwachsen. Sie musterten Olivia mit höflich verborgener Bewunderung, während ihre Frauen und Schwestern sie mit unverhohlenem Interesse betrachteten. Offenbar freute es sie, dass sie die Figur für ein *cheongsam* hatte.

Da es ein milder Abend war, sollte die Vorspeise im Hof eingenommen werden. Auf mehreren Tischen standen Platten mit köstlich aussehenden kleinen Snacks. Zuerst führte Biyu Olivia jedoch in das südliche Haus, in dem Jian mit Wei wohnte, und öffnete die Tür zu einem Schlafzimmer mit angrenzendem Bad.

„Hierher können Sie sich zurückziehen, wenn Sie möchten." Als sie bemerkte, wie Olivia sich in dem funktional eingerichteten Raum mit ausgesprochen maskuliner Note umblickte, fügte sie hinzu: „Es ist Jians Zimmer, aber heute Abend können Sie darüber verfügen."

„Danke. Ich mache mich nur schnell frisch."

„Ich warte draußen."

Sobald sie allein war, blickte Olivia sich neugierig um. Außer einigen Büchern, Fachliteratur und Bänden über China gab es allerdings keine persönlichen Gegenstände.

Als sie das Haus wenige Minuten später wieder verließ, hatte Jian sich zu Biyu gesellt, und zusammen begleiteten die beiden sie zu den anderen. Genau wie sie erraten hatte, nannten die Kinder Jian „Onkel Mitch", während die Erwachsenen ihn mit „Mitchell" ansprachen.

Sie wandte sich zu ihm um, und er nickte, als hätte er ihre Gedanken erraten.

„Die Drachenfrau hat ein feines Gespür", sagte er lässig.

Als die Kinder daraufhin wissen wollten, was er mit dieser Bezeichnung meinte, erklärte er ihnen, dass sie im Jahr des Drachen geboren worden war. Beinah ehrfürchtig betrachteten die Kleinen sie daraufhin.

Dann bestürmten sie sie mit Fragen über ihre Heimat, die Olivia ausführlich beantwortete. Nach einer halben Stunde gingen sie in entspannter Atmosphäre ins Haus, um zu essen.

Schon bald wurde Olivia klar, was Jian mit dem Streit zwischen seinen Cousins gemeint hatte. Das Essen kam einem Bankett gleich, und Hai drängte sie beinah, nach den Klößen mit den Shrimps auch die verschiedenen Fischgerichte zu probieren, was ihm böse Blicke von Biyu einbrachte. Um ihnen beiden eine Freude zu machen, aß Olivia daraufhin von allem etwas.

Nach dem Essen zeigte Biyu ihr die übrigen Häuser. Sie wollte alles über Olivias erste Begegnung mit Jian erfahren und lachte über die Geschichte mit Dong.

„Wir sind so stolz auf Mitchell", erklärte sie dann. „Er arbeitet sehr viel und erfreut sich im Krankenhaus großer Anerkennung."

„Was macht er eigentlich genau?", hakte Olivia nach. „An dem Tag hatte er Dienst in der Ambulanz, aber er sagte, sonst würde er auf verschiedenen Stationen aushelfen."

„Das stimmt. Er ist Facharzt – Assistenzarzt", fügte Biyu schnell hinzu. „Das betont er immer, aber sicher wird er bald Karriere machen, weil sie wissen, dass er ihr bester Mitarbeiter ist. Demnächst wird eine hoch dotierte Stelle frei, und wenn es gerecht zugeht, müsste er sie eigentlich bekommen. Aber er ist abergläubisch und denkt, wenn er sich seiner zu sicher ist, wird irgendeine höhere Macht ihn bestrafen."

„Dass er abergläubisch ist, hätte ich ihm gar nicht zugetraut", meinte Olivia versonnen.

„Ja, er tut immer so unbekümmert", bestätigte Biyu. „Aber lassen Sie sich davon nicht täuschen."

Im Stillen musste Olivia ihrer Gastgeberin recht geben. Schon einige Male hatte sie gemerkt, dass Jian nicht so selbstsicher war, wie er sich gab.

„Sie mögen ihn sehr, stimmt's?", fragte sie.

„Oh ja. Es war ein großer Tag für uns, als er in China eintraf. Wir wussten schon viel über ihn, weil Meihui uns immer auf dem Laufenden gehalten hatte, und haben uns sehr gefreut, ihn endlich kennenzulernen. Das Schönste war, dass er selbst kommen wollte und dann geblieben ist. Er hat sich entschieden, hier seine Wurzeln zu suchen und mit ihnen zu leben."

Biyu verspannte sich, als sie Jian plötzlich von draußen rufen hörte. „Wir sind hier", rief sie zurück, bevor sie Olivia wieder in den Hof führte.

„Großvater möchte uns die Familienfotos zeigen", informierte er sie.

„Gern", sagte Olivia.

Zusammen gingen sie in den größten Raum in Taos und Shus Haus, wo die Fotos bereits auf einem Tisch lagen. Erstaunt stellte Olivia fest, dass die ältesten Aufnahmen sechzig Jahre alt waren und viele davon Meihui als junges Mädchen zeigten. Auf einem Schnappschuss hatte Tao den Arm um sie gelegt und blickte sie stolz an. Als er diesen nun betrachtete, verriet seine Miene dieselben Gefühle, wie Olivia zu erkennen glaubte. Mit Tränen in den Augen erzählte er von seiner kleinen Schwester, die er das letzte Mal gesehen hatte, als sie achtzehn war.

„Und das ist ihr Mann?", erkundigte sich Olivia, die Fotos mit einem Ausländer entdeckt hatte.

„Ja, das ist John Mitchell, mein Großvater", bestätigte Jian.

John Mitchell musste zu dem Zeitpunkt Anfang zwanzig gewesen sein. Er war nicht besonders attraktiv, hatte jedoch freundliche Züge und ein fröhliches Lächeln. Mit einem glücklichen Ausdruck in den Augen sah Meihui ihn an.

Außerdem gab es zahlreiche Fotos, die sie später aus England geschickt hatte. Einige von ihnen zeigten sie und John Mitchell, wie sie stolz ihr Baby im Arm hielten, andere Jian, erst mit beiden, dann nur noch mit ihr, nachdem sein Vater verstorben war. Es folgten Hochzeitsfotos von ihrem Sohn und weitere mit Jian junior als Baby.

„So, das reicht jetzt", sagte Jian und stöhnte.

„Du warst doch ein süßes Baby!", protestierte Olivia.

Als er verlegen das Gesicht verzog, setzte sie schnell eine ernste Miene auf.

Die alten Aufnahmen zeigten ein fröhliches Kind, doch selbst damals verrieten seine Züge schon eine für sein Alter ungewöhnliche Entschlusskraft und Charakterstärke.

Einige wenige Schnappschüsse zeigten ihn als Baby mit seinen Eltern, auf den meisten war er allerdings mit seiner Großmutter zu sehen. Außerdem gab es zahlreiche Fotos mit seiner neuen Familie, nachdem seine Mutter wieder geheiratet hatte. Während Olivia sie betrachtete, wurde ihr sofort klar, was er gemeint hatte, als er sagte, er hätte sich ihnen nie zugehörig gefühlt. Sein Stiefvater und seine Stiefgeschwister wirkten zwar nett, aber nicht besonders sensibel.

Von den Aufnahmen, die ihn als Jugendlichen und jungen Erwachsenen zeigten, fesselte besonders eine ihre Aufmerksamkeit. Er saß auf einem Stuhl und blickte nicht in die Kamera, sondern zu Meihui, die hinter ihm stand, die Hände auf seinen Schultern, und vor Stolz strahlte.

„Kein Wunder, dass deine Familie dich auf dem Flughafen erkannt hat!", sagte Olivia leise zu ihm. „Dank Meihui hat sie immer an deinem Leben teilgenommen."

„Ja, so ähnlich lauteten ihre Worte. Ich habe mich in ihrem Kreis sofort wohlgefühlt."

Er hatte gerade laut genug gesprochen, dass Biyu es hören konnte. Als sie ihn daraufhin anlächelte, erwiderte er ihr Lächeln, wirkte jedoch seltsam angespannt. Erst jetzt fiel Olivia auf, dass er an diesem Abend ungewöhnlich wachsam schien.

An ihr konnte es nicht liegen, weil sie ihm anmerkte, wie stolz er auf sie war. Was mochte ihn so beschäftigen?

Als sie wenige Minuten später gemeinsam den Raum verließen, verkündete Biyu: „Ich möchte Ihnen jetzt unseren besonderen Ort zeigen, den wir Jaio und Renshu gewidmet haben. Jian hat Ihnen ja von den beiden erzählt."

„Ja. Es muss wunderschön sein, eine so alte Familientradition zu pflegen."

„Das ist es auch. Wir haben Andenken an sie, die wir normalerweise aus Sicherheitsgründen unter Verschluss halten, aber Ihnen zu Ehren haben wir sie aus dem Safe genommen." Biyu lächelte amüsiert. „Jian sagte, wir müssten bei Ihnen vielleicht etwas Überzeugungsarbeit leisten."

„Ach ja? Na, der kann was erleben!"

„Glauben Sie denn nicht daran?", hakte ihre Gastgeberin nach.

„Doch ... Es ist eine schöne Geschichte."

„Aber womöglich etwas unglaubwürdig?" Biyu seufzte. „Leider glauben heutzutage nicht mehr viele Menschen an eine Liebe, die alle Hindernisse überwindet. Doch es haben auch nur wenige Familien so viel Glück wie wir. Kommen Sie, ich zeige Ihnen unseren Tempel."

Sie führte Olivia über den Hof ins südliche Haus, das bald Wei und seiner Braut gehören würde.

„Hier ist er." Feierlich öffnete sie die Tür zu einem Zimmer auf der Rückseite. „Wei und Suyin haben versprochen, ihn in Ehren zu halten."

In der Mitte des kleinen Raumes stand ein Tisch, auf dem einige Papiere sowie ein Jadestein lagen.

„Das sind unsere Andenken an sie", erklärte Biyu.

„Sind das die Papiere, die ...?", begann Olivia.

„Die man nach ihrem Tod gefunden hat."

„Vor über zweitausend Jahren", sagte Olivia leise.

Sie bemühte sich, nicht skeptisch zu klingen, denn sie mochte Biyu und wollte nicht unhöflich sein. Aber konnte man sich nach so langer Zeit wirklich sicher sein?

„Genau", bestätigte Biyu. „Viele Sammler haben uns schon Angebote über hohe Summen gemacht und verstehen nicht, dass wir sie nicht verkaufen wollen."

„Aber sie sind von unschätzbarem Wert", meinte Olivia.

Sichtlich erfreut über ihr Verständnis, nickte ihre Gastgeberin. „Für uns zählt der ideelle Wert."

„Was steht denn darin? Man kann die Buchstaben kaum noch erkennen."

„Der Text lautet: *Wir haben die Liebe erlebt, die unser Schicksal war. Ob lang oder kurz, unser gemeinsames Leben ist glücklich. Es heißt, die Liebe wäre der Schild, der uns vor Unglück schützt, und wir wissen, dass es stimmt. Nur das allein zählt.*"

„Nur das allein zählt", wiederholte Olivia tief beeindruckt.

Wie mochte es sein, eine Liebe zu erleben, die sich über alles hinwegsetzte? Sie versuchte, sich an ihre Gefühle für Andy zu erinnern, und musste sich eingestehen, dass sie sich nicht einmal mehr sein Gesicht ins Gedächtnis rufen konnte. Es gab jetzt einen anderen Mann, dessen Züge vor ihrem geistigen Auge auftauchen würden, wenn sie dazu bereit war.

„Ich werde nie den Tag vergessen, an dem wir die Papiere Jian gezeigt haben", erklärte Biyu. „Obwohl Meihui ihm schon davon erzählt hatte, war er überwältigt. Er hat sie in den Händen gehalten und immer wieder gesagt: ‚Es stimmt also tatsächlich.'"

„Es ist schön, dass Sie und die ganze Familie ihm so nahestehen", bemerkte Olivia. „Sie behandeln ihn wie einen der Ihren."

„Sollten wir es denn nicht? Ach, Sie meinen, weil auch englisches Blut in seinen Adern fließt?"

„Immerhin ist er zu drei Vierteln Engländer", erwiderte Olivia lachend.

Daraufhin zuckte Biyu die Schultern. „Das spielt keine Rolle. Hier drinnen …", sie legte sich die Hand aufs Herz, „ist er einer von uns."

Genau in dem Moment kam Jian herein, und Olivia überlegte, ob er Biyus letzte Worte wohl gehört hatte. Jedenfalls ließ er es sich nicht anmerken.

„Es gibt noch mehr Erinnerungsstücke." Er deutete auf einen Tisch an der Seite, auf dem zwei Holzschatullen und zwei gerahmte Fotos von Meihui und John Mitchell standen.

„Darin befindet sich die Asche der beiden", gestand Biyu, während sie Jian anblickte. „Er hat sie mitgebracht."

„Meihui hatte Johns Asche aufbewahrt", wandte Jian sich an Olivia. „Und vor ihrem Tod habe ich ihr versprochen, sie beide nach China zu bringen."

„Wir haben eine Zeremonie abgehalten, in der wir sie beide willkommen geheißen und ihnen gesagt haben, dass wir sie niemals trennen werden", ergänzte Biyu. „Und wir haben sie in diesen Tempel gebracht, damit Renshu und Jaio immer auf sie aufpassen."

Ihre schlichten, aber nachdrücklichen Worte gingen Olivia sehr zu Herzen. In diesem Moment wurde ihr klar, dass es keine Rolle spielte, ob es sich damals genauso zugetragen hatte. Die Jians glaubten daran, und vielleicht war das Vertrauen auf die Macht der Liebe der beste Mythos, den man für sich wählen konnte.

Biyu lenkte ihre Aufmerksamkeit nun auf ein großes Pergament an der Wand, auf dem Jaios Worte standen: *Die Liebe ist der Schild, der uns vor Unglück bewahrt.*

Leider hatte die Liebe der beiden sie nicht vor ihren Verfolgern geschützt, doch jetzt wusste Olivia, dass Jaio damit etwas ganz anderes gemeint hatte. Ein einsames Leben zu führen, getrennt von den Menschen, die diesem einen Sinn verleihen konnten – das war Renshu und ihr erspart geblieben. Und falls sie einen hohen Preis dafür bezahlt hatten, beklagten sie sich nicht.

Und genau deshalb war die Familie auch so stolz auf Jian, denn durch seine Großmutter war er der lebende Beweis für die Legende.

Da er sich gerade abgewandt hatte, konnte Olivia ihn eingehend betrachten. In diesem Moment war das Geheimnisvolle in seinen Zügen deutlicher zu erkennen als je zuvor.

6. KAPITEL

Als es dunkel wurde, versammelten sich alle im Schein der Lampions im Hof, um Suyin singen zu hören. Nach einer Weile zog Olivia sich für einen Moment in Jians Zimmer zurück, um über die Dinge nachzudenken, die sie an diesem Abend erfahren hatte. Allmählich verstand sie Jian besser. Hinter seiner ruhigen Art verbarg sich eine vielschichtige Persönlichkeit. Einige seiner Wesenszüge faszinierten sie, andere wiederum machten ihr Angst.

Als sie den Raum wieder verließ, traf sie Jian im Flur an.

„Mit dir habe ich ein Hühnchen zu rupfen", sagte sie.

„Bist du sauer auf mich? Habe ich dich gekränkt?"

„Hör auf mit diesem Getue! Glaubst du, ich würde es nicht durchschauen? Du machst mir doch ständig etwas vor!"

„Was habe ich denn jetzt schon wieder verbrochen?"

„Ich habe dich nach deinem Job gefragt, und du hast mir den Eindruck vermittelt, dass du im Krankenhaus nur aushilfst. Dabei bist du Facharzt!"

„Assistenzarzt. Der wirklich wichtige Mann dort ist der Chefarzt."

„Ach ja? Und wann überlässt er dir seinen Posten?"

„Das ist eine lange Geschichte. Lass uns jetzt lieber zu den anderen zurückkehren, bevor sie uns suchen."

Jian lächelte noch immer, doch sie hatte das Gefühl, dass sie einen wunden Punkt getroffen hatte. Das Krankenhaus gehörte zu den größten und besten in Peking. Wenn er nach nur drei Jahren ernsthaft auf eine solche Beförderung hoffte, war er ehrgeiziger, als er zugab.

„Da sind sie schon." Er deutete zur Tür, wo Biyu mit Wei, Suyin und einigen Kindern wartete. „Sie glauben, wir würden sie nicht sehen. Offenbar wollen sie sich vergewissern, ob wir ihre Erwartungen erfüllen."

Nun musste Olivia lachen. Manch einer hätte das Verhalten ihrer Gastgeber als aufdringlich empfunden, aber sie, die nie wirkliche Zuneigung von ihren Eltern bekommen hatte, spürte nur die Herzlichkeit der Großfamilie, die sie in ihrem Kreis willkommen hieß. Ähnlich musste es Jian bei seiner Ankunft in China ergangen sein.

„Dann leg den Arm um mich", forderte sie ihn auf.

„So?" Er legte ihr die Hand auf die Schulter.

„Das ist nicht besonders überzeugend", schalt sie ihn. „Wir dürfen sie nicht enttäuschen, und ich bezweifle, ob sie überhaupt irgendetwas erkennen können."

„Du hast recht", bestätigte er. „Es muss echt aussehen."

Dann zog er sie an sich und neigte den Kopf, bis seine Lippen ihre streiften. „Besser?"

„Ich finde ... wir könnten uns mehr Mühe geben."

Im nächsten Moment verstärkte er den Druck, um sie richtig zu küssen. Erleichtert erwiderte Olivia das sinnliche Spiel seiner Zunge. Erst jetzt wurde ihr klar, wie sehr sie sich die ganze Zeit danach gesehnt hatte. Seit ihrer ersten Begegnung hatte sie sich auf einer Ebene gegen Jian gewehrt und auf einer anderen auf ihn reagiert. Nun konnte sie sich endlich dem Verlangen hingeben, das in ihr aufflammte.

Als er sich schließlich von ihr löste und den Kopf hob, las sie die Wahrheit in seinen Augen. Der flüchtige Kuss am Vortag hatte sie beide nicht einmal erahnen lassen, was sie erwartete, und nun war Jian genauso überwältigt wie sie.

„Olivia ..."

„Sag nichts", bat sie heiser, bevor sie seinen Kopf wieder zu sich herunterzog.

Als er nach einer Weile den Kuss beendete, spürte sie, wie Jian leicht bebte.

Sie wollte etwas sagen, doch sie konnte ihre Gefühle nicht in Worte fassen. Zärtlich schob sie die Finger in sein Haar und wollte ihn wieder küssen.

In dem Moment schrie jedoch eines der Kinder draußen begeistert auf. Obwohl es sofort zum Schweigen gebracht wurde, war der Bann gebrochen, und sie blickten sich benommen an.

„Wir sollten jetzt lieber ...", begann Jian.

„Ja", erwiderte Olivia, ohne zu wissen, wovon sie überhaupt sprach.

Als sie in den Hof traten, hatten die anderen sich bereits taktvoll ins Haus zurückgezogen.

Kurz darauf brachen sie auf. Nachdem alle sie zum Abschied umarmt hatten, schenkten Tao und Shu Olivia ein kleines Schwein aus Glas und baten sie, bald wiederzukommen. Schließlich begleiteten alle sie zum Wagen und winkten ihnen nach.

Während der Fahrt schwieg Jian. Offenbar wollte er nicht über das Geschehene reden.

„Lass uns noch irgendwo anhalten", sagte er dann. „Ich kenne ein Teehaus ganz in der Nähe."

Bei dem Teehaus handelte es sich um mehrere alte, miteinander verbundene Gebäude mit einem kleinen Garten in der Mitte. Im Schein der roten Lampions setzten sie sich dort an einen Tisch, wo man ihnen den Tee in eleganten Porzellantassen servierte.

Jian suchte nach den richtigen Worten. Er war hierhergekommen, um Zeit zum Nachdenken zu haben, nachdem seine Familie ihn den ganzen Abend abgelenkt hatte. Er hatte gehofft, Olivia würde einen guten Eindruck auf diese machen, doch sie hatte seine Erwartungen übertroffen. Alle hatten sie sofort ins Herz geschlossen.

Eigentlich hätte es ihn nicht wundern dürfen, denn sie hatte ihn schon einige Male überrascht. Und obwohl er ständig erlebte, wie Frauen sich überschlugen, um sein Interesse zu wecken, war dies hier eine ganz neue Erfahrung für ihn.

Sich so stark zu einer Frau hingezogen zu fühlen, die ihre Empfindungen zu unterdrücken versuchte, und ihr Vertrauen gewinnen zu müssen, damit sie an die Liebe glaubte, faszinierte ihn und machte ihn neugierig.

Er wollte diesen Weg weitergehen und wusste, dass er jetzt handeln musste, um Olivia nicht für immer zu verlieren.

Der Hof war zu einer Seite hin offen, und dort gab es einen kleinen Teich, auf dem Enten schwammen und über den eine schmale Brücke führte. Nachdem sie ihren Tee getrunken hatten, gingen sie dorthin.

„Ist das schön hier!" Olivia atmete tief die Nachtluft ein, während sie einige Krümel von den Keksen ins Wasser warf, die man ihnen mit dem Tee gebracht hatte.

„Möchtest du wirklich nichts mehr essen?", erkundigte sich Jian.

„Nein, danke", erwiderte sie lachend. „Ich bin so satt, dass es wohl für ein paar Tage reicht. Die Speisen waren einfach köstlich. Und alle waren so herzlich zu mir." Wehmütig seufzte sie. „Genau so, wie eine Familie sein sollte."

„Es freut mich, dass du so empfindest. Ich liebe sie alle, aber ich hatte befürchtet, dass sie dir zu einnehmend sind."

„Sie sind auch sehr einnehmend", bestätigte sie lachend. „Aber ich habe ihre Herzlichkeit genossen."

Wieder warf sie einige Krümel ins Wasser und beobachtete dann, wie die Enten sich darum stritten. Schließlich sagte sie: „Biyu hat etwas Seltsames gesagt – nämlich dass du schon hättest weg sein müssen."

Er zögerte einen Moment, bevor er antwortete. „Ich bin deinetwegen geblieben. Eigentlich wollte ich schon vor ein paar Tagen fahren, aber ich konnte nicht – genauso wenig, wie ich mich dazu überwinden konnte, zu dir zu fahren und mit dir zu reden."

Sie nickte. Dass er ebenso durcheinander war wie sie, schien die Bindung zwischen ihnen zu verstärken.

„Wann gehst du auf Kreuzfahrt?", fragte er dann.

„Ich starte in ein paar Tagen in Chongqing."

„Ich wollte nach Xi'an fahren", meinte er nachdenklich.

„Um dir das Mausoleum anzusehen, in dem Jaio begraben werden sollte?"

„Gewissermaßen schon. Es wurde noch nicht ausgegraben, aber die berühmten Terrakottakrieger befinden sich ganz in der Nähe."

„Einer von ihnen könnte Renshu nachempfunden sein", ergänzte sie.

„Das klingt interessant. Aber wenn du schon seit drei Jahren in China lebst, verstehe ich nicht, warum du jetzt erst hinfährst."

„Ich war schon dort, kurz nach meiner Ankunft. Nachdem ich eine Weile hier gelebt habe, sehe ich die Dinge allerdings mit anderen Augen. Damals war ich noch ein Fremder, während ich jetzt hierhergehöre." Unvermittelt nahm Jian ihre Hand. „Olivia?"

„Ja?"

Nachdem er einmal tief durchgeatmet hatte, bat er sie nachdrücklich: „Komm mit. Sag bitte nicht Nein."

Erst in diesem Moment wurde ihr klar, wie verzweifelt sie gewesen wäre, wenn er abgereist wäre, ohne wieder von sich hören zu lassen.

Gib dich gelassen, riet ihr eine innere Stimme. *Du bist eine moderne Frau.*

„Um mir die Terrakottakrieger anzusehen, meinst du?", konterte Olivia deshalb betont lässig.

„Ich möchte herausfinden, ob sie auf dich genauso wirken wie auf mich. Vielleicht weist du mich ja auch auf etwas hin, das mir bisher entgangen ist." Nachdenklich fügte er hinzu: „Das tust du nämlich oft."

„Aber nicht bewusst."

„Ich weiß. Deswegen macht es mir ja Angst. Ich kann mich nicht dagegen wehren."

„Möchtest du es denn?"

„Manchmal schon."

Sie wartete, weil sie spürte, dass er noch mehr sagen wollte.

Schließlich sprach er weiter. „Manchmal bekommt man kalte Füße und möchte sein gewohntes Leben weiterleben, wo alles seinen Gang geht und vorhersehbar ist. Aber dann merkt man, dass diese Sicherheit eine Illusion ist und man etwas wagen muss, egal, was passiert. Und manchmal weiß man nicht, wie man sich entscheiden soll." Bedauernd verzog er das Gesicht.

„Ich weiß", erwiderte sie leise, beeindruckt von seiner Einsicht.

„Ich bin ein Feigling", gestand er. Schließlich blickte er auf. „Aber vielleicht bin ich nicht der einzige."

Wieder nickte Olivia. „Mitunter glaubt man, man wäre vernünftig, aber im Grunde scheut man nur das Risiko."

„Heißt das nun, du kommst mit?", drängte Jian. „Wir könnten morgen nach Xi'an fahren und von dort nach Chongqing, wenn es dir nichts ausmacht, dass ich dich auf der Kreuzfahrt begleite. Und danach lassen wir uns einfach treiben."

„Ja", meinte sie sehnsüchtig. „Ich frage mich nur …"

Nun führte er sie von der Brücke hinunter in den Schatten der Bäume. Dort zog er sie an sich und erinnerte sie an Dinge, die sie miteinander verbanden. Bereitwillig schmiegte sie sich an ihn und legte ihre Gefühle, die sie noch immer nicht in Worte fassen konnte, in ihren Kuss.

Eigentlich hätte sie sein Angebot ausschlagen müssen. Schritt für Schritt lockte er sie einen Weg entlang, den sie nie wieder hatte einschlagen wollen. Sie hätte stark sein müssen, aber sie schaffte es nicht.

Mit jeder Liebkosung bat er sie, ihm zu vertrauen und ihm an ein unbekanntes Ziel zu folgen. Nein, genau genommen an einen Ort, an dem er mit ihr zusammen sein wollte und an dem es keiner Fragen bedurfte.

Immer leidenschaftlicher küsste er sie, bis er irgendwann die Beherrschung zu verlieren drohte.

„Wir verbringen den ganzen Sommer zusammen", sagte er schwer atmend. „Wenn du es möchtest."

„Ja", antwortete Olivia leise.

Daraufhin erschauerte Jian heftig. Er hatte die Stirn an ihre gelehnt und die Lider geschlossen, während er nach Fassung rang. Zärtlich hielt sie ihn umschlungen, während sie sich fragte, was in ihm vorgehen mochte. Aber im Grunde wusste sie es.

Schließlich löste er sich von ihr. „Dann lass uns alles in die Wege leiten."

Er führte sie zu ihrem Tisch zurück, wo er sein Telefon aus der Tasche nahm. Nachdem er ihre Flüge umgebucht und ihr ein Zimmer in seinem Hotel in Xi'an reserviert hatte, schaffte er es noch, den letzten Platz auf dem Schiff zu bekommen.

Danach schwiegen sie beide verlegen, als hätten ihre Gefühle sie übermannt.

„Vielleicht sollten wir nach Hause fahren und packen", schlug Jian schließlich vor.

„Ja, gute Idee."

Er hatte nun die Fassung wiedergewonnen und zwinkerte ihr zu. „Und nimm das Kleid mit."

„Oh, gefällt es dir? Ich war mir nicht sicher, ob es mir steht."

„Du weißt genau, wie toll du darin aussiehst", erklärte er, woraufhin ihr Herz wild zu pochen begann. „Komm, gehen wir."

Als er sie zehn Minuten später zur Tür brachte, sagte er: „Ich hole dich morgen Mittag ab."

Nachdem er sie flüchtig auf die Wange geküsst hatte, fuhr er weg.

Noch zu dieser späten Stunde fing Olivia an zu packen, lag dann allerdings frustriert wach. Außer dem *cheongsam* besaß sie kein einziges schickes Kleidungsstück. Als sie es gekauft hatte, hatte sie noch mit einigen anderen Teilen geliebäugelt, dann jedoch nicht noch mehr Geld ausgeben wollen.

Aber jetzt würde sie mit Jian verreisen, und da konnte sie ausnahmsweise einmal unvernünftig sein!

Als sie am nächsten Vormittag gegen elf mit ihren Reisevorbereitungen fertig war, ging Olivia mit ihrem Koffer nach unten und klingelte bei der Mieterin im Erdgeschoss.

„Wenn ein Mr Mitchell mich gegen zwölf abholt, können Sie ihm dann bitte sagen, dass ich jeden Moment zurück bin? Vielen Dank."

Sie rief sich ein Taxi und musste nur wenige Minuten warten. Eine Dreiviertelstunde später stand sie in der Boutique an der Kasse. Kurz nach zwölf traf sie wieder vor ihrem Haus ein. Jian erwartete sie bereits und wirkte ziemlich wütend.

„Wo bleibst du denn?", rief er aufgebracht.

„He, langsam!", beschwichtigte sie ihn. „Schließlich habe ich mich nur ein paar Minuten verspätet. Ich musste nur noch schnell ein paar Sachen besorgen, weil ich nichts Passendes zum Anziehen hatte. Hat die Frau im Erdgeschoss dir nicht ausgerichtet, dass ich gleich komme?"

„Die einzige Person, die ich gesehen habe, war ein kleines Mädchen, das vor dem Haus gespielt hat. Es sagte, du wärst in ein Taxi gestiegen und *für immer* weggefahren."

Sie stöhnte. „Oh nein. Offenbar ist ihre Fantasie mit ihr durchgegangen. Aber jetzt bin ich ja hier. Wartest du schon lange?"

„Fünf Minuten."

Starr blickte sie ihn an. „Was? Und deswegen regst du dich so auf?"

Statt zu antworten, hieb er auf die Motorhaube des Taxis, woraufhin der Fahrer lautstark protestierte. Während die beiden miteinander diskutierten, eilte Olivia ins Haus, um ihr Gepäck zu holen.

Seine Reaktion hatte sie verblüfft, weil sie ihm nie zugetraut hätte, dass er so wütend würde. Ihre Bestürzung legte sich allerdings, als sie das Gebäude verließ und auf ihn zuging. Er wirkte nicht mehr zornig, sondern gequält, was er allerdings zu verbergen suchte.

Der Fahrer hatte ein großzügig bemessenes Trinkgeld von ihm erhalten und half ihnen nun dabei, das Gepäck zu verstauen. Dann fuhren sie los.

Im Wagen nahm Olivia Jians Hand. „Ich freue mich sehr auf unsere Reise. Sei bitte nicht mehr sauer auf mich."

„Das bin ich nicht. Ich bin wütend auf mich selbst, weil ich überreagiert habe. Was sind schon fünf Minuten? Vielleicht bringt mein Beruf es mit sich, dass ich manchmal so pingelig bin."

Er sprach weiter und spottete dabei über sich selbst, doch ihr war klar, dass es um etwas ganz anderes gegangen war. Worum, vermochte sie allerdings nicht zu ergründen. Jedenfalls ging sie auf sein scherzhaftes Geplauder ein, und als sie am Flughafen ausstiegen, herrschte wieder eine entspannte Atmosphäre.

Der Flug dauerte zwei Stunden, sodass sie am Spätnachmittag in ihrem Hotel eintrafen.

„Gefällt dir dein Zimmer?", erkundigte sich Jian, als sie am Abend nach unten ins Restaurant gingen.

„Ja, ich werde bestimmt gut schlafen. Allerdings werde ich noch lange wach bleiben und lesen."

„Der Kaiser scheint dich ja sehr zu faszinieren, wenn du das Buch sogar mit zum Essen nimmst."

„Ja, er war eine interessante Persönlichkeit. Und er ist nur fünfzig Jahre alt geworden. Ich habe gelesen, dass er die letzten Jahre seines Lebens mit der Suche nach Möglichkeiten, dem Tod zu entgehen, verbracht hat."

„Ja, er hatte große Angst vor dem Tod", bestätigte er. „Er hat Gesandte in die ganze Welt geschickt, mit dem Auftrag, ein Wunderelixier zu finden. Die meisten von ihnen sind einfach verschwunden, weil sie nicht mit leeren Händen zurückkommen wollten. Er hat Quecksilber genommen, um sein Leben zu verlängern, aber wahrscheinlich ist er gerade deswegen so früh gestorben."

„Was für eine Ironie, dass eine halbe Million Männer jahrelang an seinem Grabmal gebaut haben!"

„Das war damals gang und gäbe. Denk an die Pharaonen. Kaum hatten sie den Thron bestiegen, wurde mit dem Bau der Pyramiden begonnen."

„Mir tun vor allem die armen Frauen leid, die lebendig mit ihnen begraben wurden." Olivia seufzte. „Schade, dass wir nicht in das Mausoleum hineinsehen können!"

Da man die Grabstätte bisher nicht freigelegt hatte, würde es vermutlich noch Jahre dauern, bis Besucher diese besichtigen könnten – den Ort, an dem Jaio gestorben wäre, wenn Renshu sie nicht davor bewahrt hätte.

Die größte Sehenswürdigkeit der riesigen Grabanlage stellten deshalb die berühmten Terrakottakrieger dar, die man Anfang der Siebzigerjahre zufällig entdeckt hatte und deren Vorbilder die Soldaten des Kaisers gewesen waren. Zu diesen hatte auch Renshu gehört.

„Wie Jaio und Renshu sich wohl kennengelernt haben?", sagte Olivia nun nachdenklich. „Wurden die Konkubinen nicht von den anderen Männern ferngehalten?"

„Ja. Der Legende zufolge gehörte Renshu zu einer Gruppe Soldaten, die ihr Geleit gaben, denn sie kam aus einer weit entfernten Stadt an den Hof. Nur durch einen Zufall hat er ihr Gesicht gesehen. Eine andere Deutung lautet, dass er eines Abends Wache im Palast gehalten und dabei einen Blick auf sie erhascht hat."

„Sie haben sich also nur einen flüchtigen Augenblick lang gesehen?", erkundigte sie sich erstaunt.

„Ein Augenblick kann mehr als genug sein", antwortete Jian. „Man weiß nie, wann es passiert oder wie sehr es einen erwischt. Man sucht sich die Person auch nicht aus. Sie steht plötzlich vor dir, und du weißt, dass sie es ist." Versonnen lächelte er vor sich hin. „Manchmal wünscht man, es wäre nicht so, aber dafür ist es zu spät."

„Ach, wirklich? Und warum sollte man es sich wünschen?"

„Dafür gibt es viele Gründe. Sie könnte sich als schwierig entpuppen. Sie könnte einem völlig den Kopf verdrehen. Man könnte abends ins Bett gehen und denken: Das kann ich nicht gebrauchen. Wie schaffe ich es, sie zu vergessen? Aber die Antwort lautet immer gleich: Es ist unmöglich. Und schließlich wird dir klar, dass die Gottheit, die diese Dinge bewirkt, dich nicht nach deiner Meinung fragt, sondern vor vollendete Tatsachen stellt … *Das ist sie. Sie ist für dich bestimmt. Also mach das Beste daraus.*"

Olivia nickte. „Du sagst ‚Gottheit‘, aber ich denke, es ist eher eine hartnäckige Tante.“

„Dir geht es also auch so?“, fragte er langsam.

„Ja“, erwiderte sie leise. „Du versuchst, der Tante zu erklären, dass sie alles falsch verstanden hat und du es nicht gewollt hast, und sie antwortet nur: ‚Habe ich dich etwa gefragt, was du gewollt hast?‘“

Jian lachte, als sie Norahs Tonfall nachahmte. Dann betrachtete er sie mit einem liebevollen Ausdruck in den Augen.

„Es ist, als würde man von einer Lawine mitgerissen werden“, fuhr sie schließlich fort. „Und manchmal möchte man so weitermachen, und dann denkt man wieder …“

„… dass man noch nicht dazu bereit ist?“, ergänzte er.

„Ja. Und noch etwas Zeit braucht.“

Sie wünschte, sie könnte ihm erklären, welche Gefühle er in ihr weckte und warum sie immer noch misstrauisch war. Doch er kam ihr entgegen, indem er sagte:

„Ich glaube, Renshu hat ähnlich empfunden, als er sich in Jaio verliebt hat. Wahrscheinlich hatte er gute Aussichten auf Beförderung, und für die Konkubine des Kaisers zu entflammen brachte große Probleme mit sich. Sicher hat er seine Gefühle zu bekämpfen versucht, bis ihr Leben in Gefahr war und nichts anderes mehr zählte. Er wusste, dass er sie retten musste, und danach wollte er für immer mit ihr zusammen sein, sie lieben und beschützen, Kinder mit ihr bekommen …“

Sein Tonfall wurde nachdenklich, als wäre ihm gerade etwas klar geworden.

„Als er sich das bewusst gemacht hat, war er wohl erleichtert. Egal, wie schwer der Weg auch sein mochte, er würde Ruhe finden, weil er sich endlich entschieden hatte.“

„Und trotzdem hat er so viel aufgegeben“, meinte Olivia. „Für sie war es einfacher, weil sie nichts zu verlieren hatte. Er hingegen hat alles verloren.“

„Ganz im Gegenteil“, widersprach Jian schnell. „Obwohl ihnen nur noch wenig Zeit geblieben ist, hat er mit Jaio eine Erfüllung gefunden, die ihm sonst versagt geblieben wäre. Und das muss er vorher gewusst haben, sonst hätte er nicht so viel auf sich genommen.“

„Trotzdem … Stell dir nur vor, wie ihr Leben ausgesehen haben muss“, gab sie zu bedenken. „Sie waren immer auf der Flucht und konnten nie loslassen, weil sie immer Angst davor hatten, gefangen genommen zu werden.“

„Ich schätze, es war sogar mehr als nur Furcht", erklärte er. „Wahrscheinlich war ihnen klar, dass man sie eines Tages finden würde und sie einen hohen Preis zahlen mussten. Als dies dann eintraf, waren sie bereit. Der Legende nach hat Renshu versucht, die Soldaten aufzuhalten, damit Jaio fliehen konnte. Doch sie wollte ihn nicht verlassen, und so sind sie Seite an Seite gestorben."

„Aber was war mit ihrem Sohn?", hakte sie nach. „Hätten sie nicht seinetwegen um ihr Leben kämpfen müssen?"

„Ihre Familie hatte ihn schon in Sicherheit gebracht. Wäre sie zu ihm gegangen, hätte sie die Soldaten auch zu ihm geführt. Sie konnte also nur auf der Flucht oder an Renshus Seite sterben. Also hatte sie keine Wahl. Sie wussten beide, was passieren würde. Deshalb haben sie auch die Schriften hinterlassen – um alle von ihrem Schicksal zu unterrichten, solange noch Zeit war."

Erstaunt blickte Olivia ihn an. „Du redest, als hättest du sie gekannt … als würden sie noch leben."

„Manchmal kommt es mir tatsächlich so vor, als wären sie bei mir", gestand Jian. Dann lächelte er ironisch. „Als Vernunftmensch hältst du das sicher für sentimental."

„Du bist auch ein Vernunftmensch", erinnerte sie ihn. „Wie könntest du das als Arzt nicht sein?"

„In gewisser Weise schon. Allerdings glaube ich nicht nur an Dinge, die sich wissenschaftlich belegen lassen."

„Ein Arzt darf also genauso verrückt sein wie alle anderen?", neckte sie ihn.

„Natürlich. Sogar noch verrückter als andere, weil er weiß, was für ein Götze wissenschaftliche Genauigkeit sein kann. Und deswegen ist er klüger, weil er …"

Abrupt verstummte er, und sie ahnte, warum. Er war so schnell vorgeprescht, dass er vermutlich über sich selbst erschrak.

Sie hingegen hatte sich etwas beruhigt, denn sie gelangte immer mehr zu der Überzeugung, dass alles so sein sollte. Sie hatte keine Ahnung, was auf Jian und sie wartete, doch sie wollte, ja, musste es unbedingt herausfinden.

7. KAPITEL

„Ich bringe dich jetzt nach oben", sagte Jian nach dem Dinner. „Wir brauchen viel Schlaf."

An ihrer Tür küsste er sie flüchtig auf die Wange, bevor er davoneilte. Erneut wunderte Olivia sich über sein Verhalten und wünschte, er würde wenigstens für fünf Minuten einmal derselbe bleiben.

Nachdem sie sich schnell für die Nacht fertig gemacht hatte, las sie noch eine Weile im Bett. Dann legte sie das Buch weg und hing ihren Gedanken nach. Nach ihrem Gespräch über Jaio und Renshu im Restaurant erschienen ihr die beiden seltsam real, und sie hatte das Gefühl, dass sie sie am nächsten Tag kennenlernen würde. Von Angesicht zu Angesicht würde sie die Geschichte über ihr Leben und ihre Liebe hören, die den Tod überdauert hatte. Und vielleicht würde sie dadurch auch mehr über den Mann erfahren, der von ihnen abstammte.

Schließlich schaltete Olivia das Licht aus und stand auf, um zum Fenster zu gehen. Nachdem sie es geöffnet hatte, blickte sie auf die Berge, die im Mondschein gerade noch zu erkennen waren, und einen Fluss, der sich als silbernes Band durch die Landschaft schlängelte.

In Jians Zimmer neben ihr war das Fenster geschlossen, aber es brannte noch Licht. Als sie sich ein wenig vorbeugte, konnte sie sehen, wie sein Schatten sich hin und her bewegte. Wenige Minuten später schaltete er das Licht aus, und sie ging schnell wieder ins Bett. Kurz darauf war sie eingeschlafen.

Am nächsten Morgen wachte Olivia früh auf. Sie setzte sich ans geöffnete Fenster, um tief die frische Luft einzuatmen und die Aussicht auf die Berge zu genießen. Dann packte sie spontan ihren Laptop aus und nahm Kontakt zu ihrer Tante auf. In England war gerade später Nachmittag, nicht ihre gewohnte Zeit, doch sie hatte Glück.

Nach der üblichen herzlichen Begrüßung berichtete Olivia: „Wir wollen uns heute die Terrakottakrieger ansehen."

„Ich habe von ihnen gehört. Sie sind sehr berühmt."

„Ja, aber wir haben einen besonderen Grund dafür."

In wenigen Sätzen erzählte Olivia ihrer Tante von Jaio und Renshu. Wie sie nicht anders erwartet hatte, zeigte diese sich begeistert.

„Jian stammt also von einem Krieger und einer Konkubine ab. Wie faszinierend!"

„Du bist unverbesserlich", erwiderte Olivia lachend. Plötzlich fiel ihr etwas auf, und sie betrachtete Norah forschend. „Ist alles in Ordnung? Du siehst etwas blass aus."

„Ich habe gerade einen Einkaufsbummel gemacht. Es war schön, aber ziemlich anstrengend."

„Hm. Komm bitte etwas näher, damit ich dich betrachten kann."

„Nun mach nicht so viel Aufhebens, Kindchen!"

„Ich möchte dich nur richtig ansehen."

Widerstrebend rückte Norah etwas näher an die Kamera, doch in dem Moment klopfte es an die Tür.

„Geh nicht weg", bat Olivia, bevor sie den Gürtel ihres Morgenmantels verknotete und zur Tür eilte.

Jian stand draußen im Bademantel. „Ist alles in Ordnung?", fragte er. „Ich habe dich reden hören."

„Ich unterhalte mich gerade übers Internet mit meiner Tante. Komm, dann mache ich euch miteinander bekannt."

Sie führte ihn zu dem Stuhl und half ihm, sich so daraufzusetzen, dass er in die Kamera blickte.

„Das ist er, Tante Norah", stellte sie ihn vor. „Dr. Jian Mitchell."

„Freut mich sehr, Sie kennenzulernen, Dr. Mitchell", grüßte Norah förmlich.

„Bitte nennen Sie mich Jian", erwiderte er prompt und schenkte ihr sein charmantestes Lächeln, das ihr auch ein strahlendes Lächeln entlockte.

„Und ich bin Norah."

„Sie glauben gar nicht, wie sehr ich mich darauf gefreut habe, Sie kennenzulernen."

„Sie wussten also von mir?"

„Olivia spricht ständig von Ihnen. Schon bei unserer ersten Begegnung meinte sie, Sie behaupteten, dass sie vielleicht noch dazulernen würde, wenn sie gelegentlich den Mund halten könnte."

Olivia warf ihm einen wütenden Blick zu, doch ihre Tante strahlte.

„Und nachdem ich einige Male mit ihr zusammen war, ist mir klar, was für eine gute Menschenkenntnis Sie haben", fügte er vertraulich hinzu.

Daraufhin lachten beide schallend, während Olivia errötete.

„Du kannst jederzeit gehen", informierte sie ihn kühl.

„Warum sollte ich das? Ich habe gerade eine neue Freundschaft geschlossen."

Die beiden plauderten noch eine Weile, und Olivia verfolgte das Gespräch, fasziniert darüber, wie gut sie sich verstanden.

Schließlich stand Jian auf. „Es war schön, Sie kennenzulernen, und ich hoffe, wir sehen uns bald wieder." An Olivia gewandt, fügte er hinzu: „Wir treffen uns gleich unten beim Frühstück."

Schnell verließ er ihr Zimmer, denn er musste allein sein, um nachzudenken.

Es gab ein chinesisches Sprichwort, das lautete: *Es ist leicht, einem Speer auszuweichen, der von vorn geworfen wird, aber schwer, einen Pfeil von hinten zu vermeiden.*

Der Speer, der ihn von vorn getroffen hatte, war der Moment gewesen, in dem er Olivia abholen wollte und von dem kleinen Mädchen erfuhr, dass sie „für immer" weggefahren wäre. Einige schreckliche Minuten lang hatte er geglaubt, sie hätte es sich anders überlegt und ihn verlassen, vielleicht sogar das Land, und er würde sie niemals wiedersehen.

Den Augenblick, in dem sie zurückgekommen war, würde er deshalb niemals vergessen. Sie hatte ihn nicht verlassen. Alles war gut. Allerdings hatte er eine flüchtige Vision von einer Zukunft ohne sie gehabt, und die machte ihm Angst.

Er hatte schon gemerkt, dass seine Gefühle für sie außer Kontrolle gerieten. Deren Tiefe schockierte ihn jedoch, und deshalb war er am Vorabend während ihrer Unterhaltung beim Essen übervorsichtig gewesen.

Während er also mit dem Speer fertig geworden war, stellten die Pfeile, die ihn trafen, eine viel größere Gefahr dar. Einer war aus dem Nichts gekommen und hatte ihm einen großen Schreck eingejagt.

Als er nach dem Aufstehen das Fenster öffnete, hatte er ihre Stimme gehört und gelächelt, weil er dachte, sie würde telefonieren. Ihre Worte „Du siehst etwas blass aus" hatten ihn allerdings aufhorchen lassen, genauso wie die Aufforderung „Komm bitte etwas näher, damit ich dich betrachten kann".

Dass sie via Internet mit ihrer Tante sprach, war ihm überhaupt nicht in den Sinn gekommen. Er hatte sich zusammengerissen, damit seine Fantasie nicht mit ihm durchging. Doch er hatte unbedingt herausfinden wollen, ob ein Mann bei ihr war. Nun kam er sich wie der größte Idiot vor. In seine Verlegenheit mischte sich allerdings auch große Erleichterung, weil er sich geirrt hatte.

Die Pfeile würden ihn treffen, wenn er es am wenigsten erwartete, das wusste er jetzt. Dennoch verspürte er ein solches Hochgefühl, dass er unter der Dusche laut zu singen begann. Als er sich eine Viertelstunde später zu Olivia an den Frühstückstisch setzte, fühlte er sich immer noch ganz beschwingt.

„Ich schätze, Norah und ich werden noch dicke Freunde", erklärte Jian.

„Und dann verbündet ihr euch bei jeder Gelegenheit gegen mich."

„Natürlich. Hat sie sich in irgendeiner Weise über mich geäußert, nachdem ich gegangen war?"

„Nein", erwiderte sie unbekümmert. „Wir haben überhaupt nicht mehr an dich gedacht."

„So schlimm war es also?"

„Schlimmer. Ich konnte ihr kein vernünftiges Wort mehr entlocken. Sie hat sich endlos darüber ausgelassen, wie attraktiv du bist. Keine Ahnung, wie sie darauf kommt."

„Die Bildqualität im Internet lässt stark zu wünschen übrig."

„Jedenfalls hat sie dich sofort ins Herz geschlossen."

„Ich mag sie auch sehr. So, und nun lass uns frühstücken, denn vor uns liegt ein anstrengender Tag."

Eine Stunde später wurden sie zusammen mit einigen anderen Gästen von einem Reisebus abgeholt, und kurz darauf befanden sie sich auf der Straße zu der Grabanlage.

„Ich finde es gut, dass man die Krieger nicht weggebracht hat", bemerkte Jian. „Man hat über der Ausgrabungsstätte ein Museum errichtet."

Sobald sie schließlich das Museum betraten, wusste Olivia, was er gemeint hatte. Es war in drei riesige Gruben unterteilt, von denen die erste die beeindruckendste war. Hunderte von Soldaten standen in Reih und Glied da, als wären sie im Dienst. Da man eine Galerie darum herumgebaut hatte, konnte man sie aus jedem Blickwinkel betrachten. Genau hier hatte man die Terrakottaarmee entdeckt – eine überaus faszinierende Vorstellung.

Doch nur fünf Jahre nach dem Tod des Kaisers waren viele der Krieger und Pferde aus Ton zerstört worden. Schließlich hatte man alles zugeschüttet. Über zweitausend Jahre lang waren sie unentdeckt geblieben und hatten schweigend in der Dunkelheit gewartet, bis ihre Zeit gekommen war.

Einige hatte man inzwischen restauriert, doch Tausende befanden sich noch unter der Erde. Und nun waren sie weltberühmt, und endlich wurde ihnen die verdiente Ehre zuteil.

Obwohl Jian die Stätte nicht zum ersten Mal besichtigte, zeigte er sich genauso beeindruckt.

„Wir haben nur einen kleinen Teil gesehen", sagte er, als sie gingen. „Wenn wir zu den anderen kommen, kannst du einige aus der Nähe betrachten. Es ist unglaublich, wie kunstvoll und detailgetreu sie gefertigt wurden."

Als Olivia die Figuren sah, die in Vitrinen standen, musste sie ihm recht geben. Die Rüstungen waren bis ins kleinste Detail nachempfunden, und selbst die Haltung wirkte ganz natürlich. Kein Wunder, dass die Historiker und Kunstexperten sich bei der Entdeckung vor Begeisterung überschlagen haben, überlegte sie.

Da sie die Figuren jedoch nicht als Expertin betrachtete, sah sie sie als Männer – und als solche waren diese mit dem hohen Wuchs, dem muskulösen Körperbau und den feinen, aber entschlossenen Zügen ungemein beeindruckend.

„Es ist erstaunlich, wie unterschiedlich sie alle sind", sagte sie versonnen. „Man hätte ihnen ohne Weiteres die gleichen Gesichter geben können, aber so leicht hat man es sich nicht gemacht. Wie viele gibt es?"

„Schätzungsweise achttausend, wenn alle ausgegraben sind", antwortete Jian. „Und ich glaube nicht, dass sie sich alle voneinander unterscheiden. Sicher findest du jedes Gesicht einige Male wieder."

Nun standen sie vor einer Vitrine, in der sich nur ein Krieger befand. Er kniete, wirkte dabei allerdings nicht unterwürfig, denn er hatte stolz den Kopf erhoben und hielt sich gerade.

„Er hatte eine glänzende Laufbahn vor sich", meinte Olivia leise. „Aber er hat alles aufgegeben."

„Du bist also zu dem Ergebnis gekommen, dass es sich um Renshu handelt?", fragte Jian amüsiert.

„Ja. Er ist der Attraktivste von allen."

Bevor sie die Besichtigung beendeten, gingen sie in den Pavillon, um im Teehaus etwas zu trinken.

„Ich hatte nicht damit gerechnet, dass sie so lebensecht wirken", gestand Olivia. „Fast glaubt man, sie würden antworten, wenn man etwas zu ihnen sagt."

„Ja, den Eindruck hatte ich auch."

„Weißt du, ich habe nachgedacht und glaube, beide Theorien über ihre erste Begegnung könnten stimmen. Renshu hat auf der Reise zufällig einen Blick auf Jaio erhascht und wollte sie danach unbedingt wiedersehen. Deswegen hat er sich zur Wache im Palast einteilen lassen."

„Was für eine romantische Sichtweise!", rief Jian. „Ich bin schockiert!"

„Na gut, ich bin schwach geworden. Nachdem ich gesehen habe, was für ein gut aussehender, charakterstarker Mann er war, kann ich verstehen, warum sie sich in ihn verliebt hat." Sie lachte über seinen Gesichtsausdruck. „Es liegt an diesem Ort. Die Geschichte wirkt plötzlich viel glaubwürdiger. Ich kann es gar nicht erwarten, wieder hineinzugehen."

Sie verbrachten den Nachmittag damit, sich alles noch einmal anzusehen. Besonders faszinierte es sie, die Ausgrabungsarbeiten zu verfolgen und die Stücke zu betrachten, die noch zugeordnet werden mussten. Danach erstand Olivia im Souvenirshop mehrere Fotos und Bücher, und auch Jian kaufte einiges.

„Das Buch hast du doch schon." Sie deutete auf den Band. „Ich habe es in deinem Zimmer gesehen."

„Ich möchte es Norah schenken."

„Wie süß von dir! Sie wird sich riesig freuen."

Da sie unter den anderen Touristen auch einige aus ihrem Hotel trafen, kehrten sie gemeinsam zum Bus zurück und tauschten sich dabei lebhaft aus. Zurück im Hotel, gingen sie dann auch gemeinsam zum Essen ins Restaurant, sodass Olivia und Jian an diesem Abend nicht mehr allein sein konnten.

„Wann sprichst du wieder mit Norah?", erkundigte er sich später vor ihrer Zimmertür.

„Morgen früh."

„Dann ruf mich bitte, damit ich auch mit ihr reden kann."

„Darf ich ihr erzählen, dass du ihr ein Geschenk gekauft hast?"

„Wag es ja nicht! Das möchte ich selber tun. Gute Nacht!"

„Gute Nacht."

Als Olivia am nächsten Morgen Kontakt zu ihrer Tante aufnahm, war diese schon ganz aufgeregt.

„Wo ist Jian?", lautete ihre erste Frage.

„Guten Morgen, Olivia, schön, dich zu sehen", sagte Olivia ironisch. „Ich existiere wohl nicht mehr."

„Sagen wir, er stellt dich etwas in den Schatten, mein Schatz."

„Na gut, ich gehe nach nebenan und klopfe."

„Nach nebenan? Heißt das, ihr habt kein gemeinsames Zimmer?", hakte Norah entgeistert nach.

„Stimmt", antwortete Olivia mühsam beherrscht, bevor sie schnell das Thema wechselte.

Da es so stark zwischen Jian und ihr knisterte, würden sie wohl bald im Bett landen. Doch plötzlich schien er es nicht mehr so eilig zu haben. Jedenfalls hatte er am Vorabend nicht einmal angedeutet, dass er in der Nacht vielleicht zu ihr kommen würde.

Womöglich hatte sie ihn falsch verstanden, und er empfand nicht einmal annähernd so viel für sie wie sie für ihn. Diesen Gedanken verdrängte sie allerdings schnell, weil sie es nicht wahrhaben wollte.

Nachdem sie ihn dazugeholt hatte, verfolgte sie interessiert, wie er ihrer Tante das Geschenk zeigte und die beiden sich angeregt unterhielten. Sie lagen wirklich auf einer Wellenlänge.

„Hat es dir ausnahmsweise mal die Sprache verschlagen?", neckte er sie anschließend.

„Ich wollte kein Spielverderber sein", konterte Olivia. „Ihr beide versteht euch so gut, dass ich mir schon überflüssig vorkomme."

„Würdest du mir ihre Adresse geben, damit ich ihr das Buch schicken kann, bevor wir abreisen?"

Nachdem sie es getan hatte, gingen sie auseinander und trafen sich erst am Flughafen wieder.

In der Maschine nach Chongqing kamen sie mit den Passagieren auf der anderen Seite des Gangs ins Gespräch, und schon bald beteiligten sich weitere Nachbarn an der Unterhaltung. Olivia nahm den Prospekt aus ihrer Handtasche, in dem der Wasserdrache abgebildet war, das Kreuzfahrtschiff, mit dem sie den Jangtse erkunden würden. Mit neunzig Metern Länge und Platz für hundertsiebzig Passagiere reichte es natürlich nicht an einen Ozeanriesen heran.

„Nicht schlecht", bemerkte ein Mann. „Es ist groß genug, um komfortabel zu sein, und klein genug, dass man sich wohlfühlt."

„Ja, es wird sicher schön", bestätigte Olivia, bevor sie Jian den Prospekt reichte. „Was meinst du?"

„Das Restaurant sieht gut aus", sagte er. „Ich hoffe, wir sind bald da, denn ich habe Hunger."

Nach der Landung ging es mit dem Bus zu dem wenige Kilometer entfernten Fluss weiter. Jian war inzwischen mit einer älteren Dame ins Gespräch gekommen, die nur langsam gehen konnte. Nachdem er ihr beim Einsteigen geholfen hatte, nahm er neben ihr Platz, während Olivia sich neben einen jungen Mann setzte, der alles über den Fluss wusste und ununterbrochen redete.

Schließlich hielt der Bus an einem steilen Ufer. Unten am Kai lag der Wasserdrache vertäut.

Olivia, die als eine der Ersten den Bus verließ, wurde von der Menge mitgerissen. Sie blickte sich nach Jian um und stellte fest, dass er immer noch der alten Dame half. Da er ihr bedeutete, nicht auf ihn zu warten, ging Olivia die Treppe zum Schiff hinunter und schloss sich den anderen Passagieren an, die den Chefsteward umringten. Dieser begrüßte sie freundlich und versprach, stets zu ihren Diensten zu stehen.

„Und nun zeige ich Ihnen Ihre Kabinen", fuhr er fort. „Alle sind gemütlich und sauber, aber es sind kurzfristig noch zwei in einer höheren Kategorie frei geworden, falls jemand von Ihnen mehr Komfort wünscht. Bitte folgen Sie mir."

Aus den Augenwinkeln sah Olivia Jian, der die alte Dame untergehakt hatte und ihr sein nettestes Lächeln schenkte. Sie winkte ihm kurz zu, bevor sie sich abwandte und dem Steward folgte.

Die Kabinen erwiesen sich tatsächlich als sauber und gemütlich, aber sie waren klein und spartanisch eingerichtet. Als Olivia sich auf das schmale Bett setzte und sich in dem Raum umblickte, hatte sie das Gefühl, dass irgendetwas fehlte. Kurz entschlossen stand sie auf, um den Steward zu suchen.

„Kann ich mir bitte die beiden frei gewordenen Kabinen ansehen?"

„Eine ist leider schon vergeben."

Bei der anderen handelte sich um eine luxuriöse Suite, bestehend aus einem Wohn- und einem Schlafzimmer mit angrenzendem Bad und einem ausladenden Bett, in dem drei Personen Platz gehabt hätten. Als Olivia Schritte im Flur hörte, wusste sie, dass noch jemand kam und sie sich schnell entscheiden musste.

„Gut, ich nehme sie", informierte sie den Steward.

Offenbar hatte er die Schritte auch gehört, denn er zückte schnell seinen Block und machte sich Notizen.

„Die Kabine ist schon vergeben", teilte er den anderen Interessenten dann freundlich mit.

Die beiden Passagiere, allem Anschein nach ein amerikanisches Ehepaar, stöhnten laut und funkelten Olivia wütend an.

„Können wir uns irgendwie einigen?", fragte der Mann, ein bulliger Kerl.

„Nein, tut mir leid", lehnte sie höflich ab.

„Ach, kommen Sie. Sie reisen allein. Was wollen Sie mit einer so großen Kabine?", erkundigte er sich angriffslustig. „Hier." Er winkte mit einem Bündel Geldscheine.

„Vergessen Sie es", lehnte sie kategorisch ab.

„Ich begleite Sie hinaus", drängte der Steward die beiden.

Der Mann warf ihr noch einen zornigen Blick zu, verließ jedoch die Kabine. Im Hinausgehen sagte er zu seiner Begleiterin: „Verdammt, ich würde gern wissen, warum eine allein reisende Frau so viel Platz braucht!"

Das ist ein gutes Argument, überlegte Olivia amüsiert. Ja, was sollte sie mit einem großen Doppelbett? Wäre sie vernünftig gewesen, hätte sie eingelenkt und die Kabine den anderen beiden überlassen, vielleicht sogar das Geld angenommen.

Aber plötzlich konnte sie nicht mehr vernünftig sein.

Auch Jian blickte sich frustriert um. Als er Olivia vorschlug, sie auf der Kreuzfahrt zu begleiten, hatte ihm etwas anderes vorgeschwebt als dieser spartanisch ausgestattete kleine Raum. Am liebsten hätte er die Kabine gegen eine bessere getauscht, nur wie hätte er das Olivia erklären sollen?

Schließlich suchte er doch den Steward auf, stellte dann allerdings fest, dass er zu spät kam. Beide Kabinen waren bereits vergeben.

„Sicher haben Sie noch etwas anderes frei, oder?", beharrte er, erreichte damit allerdings nichts.

„Ach, Sie auch?", hörte er plötzlich eine Männerstimme hinter sich. Er drehte sich um und sah sich einem großen, bulligen Amerikaner gegenüber.

„Unmöglich, dass sie die Suiten an jeden vergeben", fuhr dieser unwirsch fort. „Wir wollten die obere haben, aber irgend so eine dumme Frau, die sie eigentlich gar nicht braucht, hat sie uns vor der Nase weggeschnappt."

„Vielleicht braucht sie sie doch", sagte Jian verärgert.

„Von wegen! Sie reist allein. Also, was will sie mit einem Doppelbett? Ach, da ist sie ja … die dahinten in der grünen Bluse."

Seine Frau zog ihn am Arm, woraufhin der Mann sich zu ihr umdrehte und mit ihr zu streiten begann.

Ein wenig benommen blickte Jian zu Olivia, die in einiger Entfernung von ihm stand und ihn anlächelte. Schließlich erwiderte er ihr Lächeln und spürte, wie ihn ein Hochgefühl überkam. Dann kam sie zu ihm und betrachtete ihn fragend.

„Ich weiß nicht, was ich sagen soll", meinte er.

„Hat es dir etwa die Sprache verschlagen?", neckte sie ihn.

„Ja. Das passiert mir oft bei dir."

Inzwischen hatte der bullige Amerikaner sie bemerkt und drehte sich zu ihnen um. „Können wir miteinander reden?", begann er, verstummte jedoch, weil sie ihn nicht beachteten. „Ach, wenn das so ist", fügte er hinzu, woraufhin seine Frau ihn wegzerrte.

Jian schwieg, zog jedoch fragend eine Braue hoch.

Olivia nickte. „Ja", sagte sie leise, „so ist es."

In der Nähe erklangen Schritte, dann Rufe, und die Motoren sprangen an. Schließlich gab es einen Ruck, als das Schiff ablegte.

„Komm, sehen wir es uns an", forderte Jian sie auf.

Wieder nickte Olivia, froh über seinen Vorschlag. Der Zeitpunkt war noch nicht gekommen.

Vom Oberdeck aus beobachteten sie, wie das Schiff in die Mitte des Flusses glitt und seine Reise flussabwärts zwischen den Hügeln zu beiden Seiten begann. Nach einer Weile gingen sie zum Heck, um sich den Sonnenuntergang anzusehen.

Für Olivia versinnbildlichte die untergehende Sonne das Ende eines Abschnitts und den Beginn eines neuen. Nun musste sie sich zu ihren Gefühlen für Jian bekennen, und zwar entweder sich selbst oder ihm gegenüber. Mit der Buchung der Suite hatte sie ein Zeichen gesetzt, und darüber war sie erleichtert.

Endlich brauchte sie sich nicht mehr zu verstellen und zu leugnen, dass Jian ihr Herz erobert hatte. Sie war überglücklich.

„Wunderschön, nicht wahr?", erkundigte sie sich leise.

Die Hände auf ihren Schultern, stand er hinter ihr. „Ja. Und weißt du, was noch schöner wäre?"

Sie lehnte sich zurück. „Sag es mir."

„Etwas zu essen", flüsterte er ihr ins Ohr, woraufhin sie zusammenzuckte.

„Wie bitte?"

„Ich habe dir ja schon im Flugzeug erzählt, dass ich hungrig bin. Bestimmt ist das Restaurant jetzt geöffnet."

Das konnte doch nicht wahr sein! Sie hatte geglaubt, Jian und sie würden in romantischer Stimmung ablegen, und er dachte nur ans Essen! Der zärtliche Ausdruck in seinen Augen versöhnte sie allerdings wieder.

„Komm, sonst falle ich gleich um", meinte Jian.

„Wir tun alles, was du willst."

In dem gemütlichen Restaurant saßen die Passagiere jeweils zu sechst an großen Tischen. Sie fanden jedoch einen kleinen in einer Ecke mit Blick auf den Fluss.

Jian aß mit großem Appetit, während Olivia nur eine Kleinigkeit zu sich nahm. Ihr genügte es, einfach nur dazusitzen und an die Nacht zu denken.

„Ich wollte die Kabine auch nehmen", gestand er nach einer Weile. „Aber als ich endlich den Mut aufgebracht hatte, war es zu spät."

„Mut? Ich habe dich bisher immer für couragiert gehalten."

„Das bin ich auch. Aber nicht in allen Dingen." Er schenkte ihr Wein ein, bevor er fortfuhr: „Ich habe das Gefühl, dass ich nicht besonders gut mit der Situation klarkomme."

Zärtlich sah sie ihn an. „Wirke ich besorgt auf dich?"

„Dir bereitet bestimmt gar nichts Kopfzerbrechen, Drachenfrau. Ich kenne keinen Menschen, der so ruhig und beherrscht ist wie du."

„Das ist nur aufgesetzt", erwiderte sie leise. „Es wundert mich, dass du darauf reingefallen bist."

„Manchmal habe ich gehofft … Na ja, zuerst wollte ich die Suite nicht reservieren, um dich nicht unter Druck zu setzen." Jian lächelte jungenhaft. „Schließlich kennen wir uns kaum zwei Wochen."

War seit ihrer ersten Begegnung wirklich so wenig Zeit vergangen? Olivia kam es wie eine Ewigkeit vor.

„Dann setze *ich dich* vielleicht unter Druck?", fragte sie, woraufhin er nur den Kopf schüttelte.

Kurz bevor die Passagiere mit dem Essen fertig waren, lud der Steward alle in den kleinen Festsaal ein, wo ein Unterhaltungsprogramm geboten werden sollte. Während die anderen seinem Vorschlag folgten, gingen Jian und Olivia auf das nun vom Mondlicht erhellte Oberdeck.

8. KAPITEL

Olivia blickte zum Ufer, das im Mondlicht gut zu erkennen war. Sie hatte einiges über den Jangtse gelesen und wusste, dass er mit knapp sechstausendvierhundert Kilometern der drittlängste Fluss der Welt war. Da sie aus England entweder nur ganz flache oder sanft ansteigende Flussufer kannte, erschienen ihr die hohen, steilen Felsen zu beiden Seiten umso faszinierender.

„Man kommt sich vor wie in einer anderen Welt", bemerkte sie, während sie sich an Jian lehnte.

„Stört es dich?", fragte er leise, die Lippen an ihrem Haar. „Möchtest du in die alte zurückkehren, in der alles seinen Platz hat?"

„Nein." Sie seufzte und streckte die Arme dem Mond entgegen. „Das ist die Welt, die ich mir wünsche und in die ich gehöre – es war mir bisher nur nicht klar."

Als er den Kopf senkte, spürte sie seine Lippen im Nacken. In ihrem tiefsten Inneren hatte sie immer gewusst, dass dies einmal passieren würde. Bis zu diesem Zeitpunkt hatte sie sich hinter ihrem Schutzwall stets sicher gewähnt. Und die ganze Zeit war die Wahrheit greifbar nah gewesen.

Langsam drehte Olivia sich in seinen Armen um und betrachtete sein Gesicht, das sie im fahlen Licht gerade ausmachen konnte. Sobald er die Lippen dann auf ihre presste, vergaß sie alles um sich herum, erfüllt von einem Entzücken, das alles Bisherige in den Schatten stellte. Es schien ihr, als hätte sie nur auf diesen Moment hingelebt.

Sein erster richtiger Kuss im Haus seiner Familie war ebenfalls aufregend gewesen, doch er hatte auch ihrem Publikum gegolten. Im Teehaus waren sie ebenfalls nicht ungestört gewesen.

Nun waren sie mit dem Mond, dem unendlichen Himmel und den Bergen allein, allein im Universum, und bekannten sich endlich zu ihren Gefühlen.

Zuerst küsste Jian sie nur sanft, dann drängender, sobald er ihr Verlangen spürte. Leidenschaftlich erwiderte Olivia das verführerische Spiel seiner Zunge und entspannte sich ein wenig, als sie merkte, wie sehr sie ihn in Versuchung führte.

Erst nach einer Weile löste er sich von ihr, um heiße Küsse auf ihre Lider, die Wangen und sogar auf ihr Kinn zu hauchen. Dabei lächelte er.

„Was ist?", flüsterte Olivia.

„Du hast so ein hübsches Kinn. Schon bei unserer ersten Begegnung habe ich mir vorgenommen, es irgendwann zu küssen."

Sie lachte leise und spürte, wie seine Lippen über ihren Hals glitten. Dann seufzte sie genüsslich, bevor sie die Arme um ihn legte und ihn noch enger an sich zog.

Nachdem sie seine Zeit lang so dagestanden hatten, löste Jian sich von Olivia und nahm ihre Hand, um sie unter Deck zu führen.

In ihrer Suite verriegelte sie die Tür hinter ihnen, ohne das Licht einzuschalten. Mehr als das Mondlicht, das durch das Fenster über dem Bett fiel, brauchten sie nicht.

Jian war so anders als andere Männer. Selbst im Schlafzimmer überstürzte er nichts, sondern zog sie wieder an sich, um sie leidenschaftlich zu küssen und ihr etwas Zeit zu geben. Als das erotische Spiel seiner Zunge drängender wurde, war Olivia bereit für den nächsten Schritt.

Langsam zog er sie mit sich aufs Bett. Dann knöpfte er ihre Bluse auf und half ihr dabei, sie auszuziehen, ebenso den BH. Zärtlich streichelte er ihre Brüste, bevor er schließlich den Kopf senkte und die festen Spitzen mit den Lippen umschloss.

Olivia seufzte lustvoll und schob die Finger in sein Haar. Sobald ihr Verlangen wuchs, bog sie sich ihm entgegen und verstärkte ihren Griff. Daraufhin löste Jian sich kurz von ihr, um ihr auch die restlichen Sachen abzustreifen. Da es ihr nicht schnell genug ging, half sie ihm dabei. Dann knöpfte sie sein Hemd auf, um die Hände über seine muskulöse Brust gleiten zu lassen und seinen Herzschlag zu spüren.

„Sag mir, was du denkst", forderte er sie leise auf.

„Ich will dich", erwiderte sie nur.

„Ich habe dich die ganze Zeit begehrt. Geschieht das hier wirklich mit uns?"

„Ja. Wir können alles haben."

Daraufhin entledigten sie sich schnell ihrer restlichen Sachen. Obwohl sie sich erst kurze Zeit kannten, schien es ihnen, als wären sie zu lange getrennt gewesen. Später konnten sie darüber reden und es zu ergründen versuchen, doch momentan wollten sie sich nur nahe sein und ihre Begierde stillen.

Sobald Olivia die Arme ausbreitete, schmiegte Jian sich an sie und begann, sie mit Händen und Lippen überall zu liebkosen. Als sie schließlich ganz berauscht war und das Verlangen heiß durch ihren Körper pulsierte, wurden sie in einem bewegenden Augenblick endlich eins miteinander.

Olivia wollte, dass es niemals endete, und für eine Weile schien alles möglich. Dann endete jedoch alles in einem überwältigenden Höhepunkt. Lustvoll warf sie den Kopf zurück und keuchte, überwältigt von der Intensität ihrer Gefühle.

„Olivia …"

Wie aus weiter Ferne drang Jians Stimme an ihr Ohr.

„Wo bist du?", rief sie, noch ganz entrückt von dem, was geschehen war.

„Mach die Augen auf, Schatz. Sieh mich an."

Als sie es tat, stellte sie fest, dass sein Gesicht ihrem ganz nah war. Selbst in der Dunkelheit konnte sie sein Lächeln erkennen, bevor er die Lippen auf ihre Wange presste.

Schwer atmend lag sie da und versuchte, das Geschehene zu verarbeiten. Noch nie zuvor hatte sie derart intensive Empfindungen verspürt, und sie hatte sich ihnen bedingungslos hingegeben, aber nur, weil sie es wollte.

„Geh nicht weg", flüsterte sie, während sie ihn enger an sich zog.

„Ich bin immer da, wenn du willst."

„Ich will dich", erklärte sie leidenschaftlich. „Halt mich fest."

Das tat er und hielt sie eng umschlungen, bis die Wellen der Lust allmählich verebbten. Noch nie zuvor hatte sie sich so wundervoll gefühlt. Sie war dort, wo sie sein sollte, in den Armen des Mannes, der zu ihr gehörte wie sie zu ihm.

„Weißt du noch, was du vorhin gesagt hast?", erkundigte Jian sich schließlich leise. „Dass wir alles haben können?"

„Stimmte es denn nicht?"

Er schüttelte den Kopf. „Nein. Ich habe gerade festgestellt, dass es unmöglich ist. Denn immer wenn man alles zu haben glaubt, merkt man, dass es noch mehr gibt. Ich werde ständig neue Seiten an dir entdecken – und es auch wollen."

Dann löste er sich ein wenig von ihr, um ihr Gesicht im Mondschein zu betrachten. Als sie ihn anlächelte, entspannte er sich merklich.

„Ich habe mich oft gefragt, wie es sein würde", gestand er leise. „Von unserer ersten Begegnung an wusste ich, dass wir füreinander bestimmt sind."

„Ach, wirklich?" Sie zog eine Braue hoch. „Du warst dir deiner ja sehr sicher."

„Nein, ganz im Gegenteil. Du hast mir Angst gemacht. Ich habe mich so nach dir gesehnt, dass ich große Angst davor hatte, zu scheitern. Ich dachte, vielleicht gibt es einen anderen Mann in deinem Leben, und war unendlich erleichtert, als du sagtest, es sei nicht der Fall. Du ahnst ja gar nicht, wie sehr ich mich gequält habe. Um mich nicht zu verraten, habe ich dich zuerst nicht angerufen, aber du hast mich sicher durchschaut."

„Nicht unbedingt." Nur zu gut erinnerte sie sich daran, wie frustriert sie gewesen war, weil er nichts von sich hören ließ.

„Dann hätte ich es fast vermasselt, weil es zu spät war."

„Deshalb hast du am letzten Schultag also auf mich gewartet?"

„Und dich praktisch gekidnappt. Ist dir das gar nicht aufgefallen?"

„Nein. Ich war mit anderen Dingen beschäftigt."

Daraufhin betrachtete er sie bestürzt. „Wirklich?"

Olivia lachte nur. Sollte Jian sich doch den Kopf darüber zerbrechen!

„Ich dachte, du wärst vielleicht schon weg und ich hätte dich ein für alle Mal verloren", fuhr er nun fort. „Als ich dich dann aus dem Gebäude kommen sah, war ich überglücklich. Dann habe ich alles darangesetzt, dich wiederzusehen – dich zu mir nach Hause zum Essen eingeladen …"

„*Eingeladen?*"

„Ich habe dich vielmehr vor vollendete Tatsachen gestellt, stimmt's?" Er lächelte jungenhaft. „Aber ich wollte nicht das Risiko eingehen, eine Abfuhr zu bekommen."

„Ach, und deshalb hast du mir auch *vorgeschlagen*, mich auf dieser Kreuzfahrt zu begleiten, oder? Ehe ich michs versah, hattest du einen Platz gebucht."

„Genau. Ich war sehr zufrieden mit mir. Und damit habe ich das Schicksal wohl herausgefordert."

„Wie meinst du das?"

„Als ich dich abholen wollte, warst du ‚für immer' weggefahren."

„Es war nur ein Missverständnis."

„Das konnte ich ja nicht wissen. Ich dachte, du hättest die Flucht ergriffen, weil du mich nicht wiedersehen willst. Du hättest durchaus schon auf dem Weg nach England sein können, und ich hätte mich nicht mit dir in Verbindung setzen können, weil ich deine Heimatadresse erst nach den Ferien in Erfahrung gebracht hätte."

„Du hättest mich über Handy erreicht."

„Wenn du vor mir weggelaufen wärst, hättest du meine Anrufe nicht angenommen", erklärte Jian düster.

Verblüfft über seine Verletzlichkeit, wenn es um sie ging, betrachtete Olivia ihn. „Du hast eine blühende Fantasie, stimmt's?"

„Wärst du nicht genau in dem Moment gekommen, hätte ich den Verstand verloren."

Jetzt begriff sie. „Hast du deswegen mit der Faust auf das Taxi gehauen?"

„Irgendwie musste ich mich doch abreagieren. Normalerweise bin ich nicht aggressiv. Es ist nur … Erst in dem Augenblick ist mir klar geworden, wie wichtig es mir ist. Und als ich dann gemerkt habe, dass du verärgert bist, habe ich mich cool gegeben, um dich nicht zu beunruhigen."

„Und ich dachte, es täte dir leid, dass du mitgekommen bist", flüsterte sie.

Jian schüttelte den Kopf. „Ich würde niemals etwas bereuen, das dich betrifft", erklärte er ernst. „Selbst wenn du mich morgen verlassen solltest, würde ich diese leidenschaftliche Begegnung mit dir als den schönsten Moment in meinem Leben in Erinnerung behalten. Nein, Olivia." Er legte ihr den Finger auf die Lippen, als sie etwas erwidern wollte. „Ich möchte nicht, dass du etwas sagst, was ich deiner Meinung nach hören möchte. Ich warte gern, bis du dein Herz sprechen lässt. Bis dahin schweig lieber."

In diesem Augenblick hätte sie alles sagen können, um seine tief empfundenen Worte zurückzugeben. Doch sie spürte instinktiv, dass sie seinen Wunsch respektieren musste.

Deshalb zog sie ihn nur an sich. „Es ist alles gut", flüsterte sie. „Ich bin da."

Wenige Sekunden später waren sie beide eingeschlafen.

Als Olivia in den frühen Morgenstunden aufwachte, lag Jian immer noch dicht neben ihr. Selbst im Schlaf wirkte er völlig entspannt und glücklich.

Dann öffnete er die Augen. Der Ausdruck darin verriet die tiefe Zufriedenheit eines Mannes, der endlich wusste, wohin er gehörte. Als er schließlich lächelte, wussten sie beide, was es bedeutete. Sie teilten ein Geheimnis miteinander.

Durch die Vorhänge fiel Licht. Olivia richtete sich auf und zog diese ganz langsam zurück, für den Fall, dass gerade ein anderes Schiff vorbeifuhr. Doch der Fluss war leer. Da sie also niemand nackt sehen konnte, setzte sie sich hin. Jian setzte sich ebenfalls auf, und zusammen beobachteten sie, wie die Sonne aufging und die Landschaft sich veränderte.

Kann man so wirklich ein neues Leben anfangen? überlegte Olivia. Oder war das alles nur ein Traum, zu schön, um wahr zu sein? Und wollte sie die Antwort darauf wirklich schon wissen?

Nachdem sie sich wieder hingelegt hatte, streckte sie sich genüsslich, und Jian gesellte sich lachend zu ihr. Plötzlich entdeckte er etwas auf dem Nachttisch, das ihn innehalten ließ.

„He, was ist das denn? Ming Zhi?" Er nahm den kleinen Plüschpanda in die Hand. „Du hast sie mitgenommen?"

„Sie soll mich daran erinnern, dass ich auf dem Teppich bleibe", erklärte sie.

Erstaunt betrachtete er sie. „Und was war heute Nacht?"

„Da habe ich ihr freigegeben."

Nachdem er den Panda wieder auf den Tisch gesetzt hatte, legte er sich neben sie und zog sie an sich.

„Wenn sie immer noch nicht im Dienst ist, sollte ich das Beste daraus machen."

Ehe sie sichs versah, hatte er die Lippen auf ihre gepresst und küsste sie so leidenschaftlich, dass sie nicht mehr widersprechen konnte, selbst wenn sie es gewollt hätte.

Diesmal war ihr Liebesakt nicht zärtlich, sondern stürmisch, und nach dem Höhepunkt atmeten sie beide schwer.

„Jetzt muss ich etwas essen", sagte Jian schließlich. Er lag auf dem Rücken und hielt ihre Hand. „Danach komme ich wieder ins Bett."

„Unsinn!", entgegnete Olivia energisch. „Sobald das Schiff irgendwo festmacht, gehen wir von Bord und sehen uns die Stadt an."

„Ohne mich. Ich bleibe hier."

„Na gut, dann gehe ich eben allein. Vielleicht lerne ich ja endlich den jungen Mann kennen, der mit uns im Bus gesessen hat."

„Du bist wirklich grausam, Olivia. Komm, zieh mich hoch."

Und so verließen sie beim ersten Halt das Schiff und besuchten zusammen mit den anderen Touristen die Sehenswürdigkeiten. Allerdings kehrten sie auch als Erste zurück, um den restlichen Nachmittag in ihrer Suite zu verbringen.

„Was soll ich heute Abend anziehen?", fragte Olivia gedankenverloren, während sie sich fürs Essen fertig machten.

Sie hielt das *cheongsam* hoch, doch zu ihrer Verwunderung schüttelte Jian den Kopf.

„Ich dachte, es gefällt dir."

203

„Das tut es auch", erwiderte er. „Wenn wir allein sind. Aber ich möchte nicht, dass alle anderen Männer dich anstarren …"

„Okay, dann soll es das sein."

Davon konnte er sie nicht abbringen. Der darauf folgende Wortwechsel hätte beinah in ihrem ersten Streit geendet, doch die Tatsache, dass Jian eifersüchtig war, machte Olivia glücklich.

Als sie zehn Minuten später in dem Kleid vor ihm stand, sagte er unwirsch: „Wag es ja nicht, einen anderen Mann anzusehen." Dann legte er ihr besitzergreifend den Arm um die Taille.

„Das wollte ich auch nicht", versicherte sie. „Es sei denn, ich muss auf die Bühne."

„Warum solltest du das tun?"

„Heute Abend findet ein Talentwettbewerb statt. Vielleicht mache ich einen Striptease."

„Wenn du das tust, werfe ich dich wie ein Höhlenmensch über die Schulter und trage dich weg."

„Ist das ein Versprechen?"

„Warte ab."

Diesmal gingen sie nach dem Essen mit den anderen in den kleinen Saal, in dem ein Karaokewettbewerb stattfand. Nachdem einige ihr Gesangtalent unter Beweis gestellt hatten, tippte ein junger Mann Jian auf die Schulter.

„He, meine Freunde und ich gehen jetzt auf die Bühne. Kommen Sie mit?"

„Nein, danke", erwiderte Jian. „Ich kann nicht singen."

„Das können wir auch nicht, aber wen stört das? Nun kommen Sie schon. Oder wissen Sie nicht, wie man Spaß hat?"

„Ich amüsiere mich prächtig", erklärte Jian höflich.

Daraufhin wurde der junge Mann, der offenbar zu viel getrunken hatte, leicht aggressiv. „Den Eindruck haben wir nicht. Wir wollen hier feiern. Stellen Sie sich nicht so an."

Als Jian schwieg und ihn nur anlächelte, gab der junge Mann schließlich auf, sagte allerdings zu Olivia:

„Sie tun mir leid, wenn Sie wissen, was ich meine. Der Typ ist ein richtiger Schlappschwanz."

Beinah hätte sie über diese Fehleinschätzung laut gelacht. Doch sie lächelte nur wissend und schüttelte den Kopf. Der junge Mann begriff sofort und zog sich zurück.

„Er hat also verborgene Qualitäten, was?", meinte er.

„Viele sogar", antwortete sie nachdrücklich.

„Na dann …" Er kehrte wieder zu seinen Freunden zurück.

Jian betrachtete sie forschend. „Danke, dass du mich verteidigt hast, Drachenfrau."

„Du hast es gar nicht nötig, dass irgendjemand dich in Schutz nimmt."

„Stimmt, aber es freut mich, dass du mich nicht für einen Schlappschwanz hältst. Soll dieser Typ doch denken, was er will."

„Du weißt genau, wofür er dich hält."

„Stimmt. Für eine Mischung aus Romeo und Casanova."

„Er ist nicht der Einzige. Sieh dich mal um."

Der angetrunkene junge Mann hatte sich inzwischen zu seinen Freunden auf die Bühne gesellt und flüsterte ihnen etwas zu, wobei er auf Jian zeigte.

„Oh nein", meinte dieser und stöhnte. „Was hast du bloß angerichtet? Komm, verschwinden wir." Er stand auf, nahm ihre Hand und eilte unter lautem Gejohle mit ihr aus dem Saal.

In ihrer Suite zog er sie stürmisch an sich, um sie zu küssen.

„Du kleine Hexe", flüsterte er, nachdem er sich von ihr gelöst hatte. „Ich kann mich nie wieder unter den anderen Passagieren blicken lassen." Dann legte er sich mit ihr aufs Bett und drückte sie mit seinem Gewicht auf die Matratze. Dabei funkelten seine Augen amüsiert. „Eigentlich müsste ich dich jetzt bestrafen."

„Ja, warum nicht? Aber weißt du was?"

„Was?"

„Du führst dich genau so auf, wie die anderen es erwarten – wie ein Höhlenmensch."

„Oh, verdammt!"

Als Jian sich von ihr hinunterrollte, legte Olivia sich auf ihn. Zum Glück war das Bett breit genug für derartige Spielchen.

„So, und nun bin ich an der Reihe", informierte sie ihn.

Mutwillig blickte er sie an. „Ich liefere mich dir aus, Drachenfrau."

„Worauf du dich verlassen kannst!"

Schnell begann sie, sein Hemd aufzuknöpfen, und streifte es ihm ab, um die Hände über seine muskulöse Brust gleiten zu lassen. Offenbar erregte es ihn, denn er erschauerte heftig. Allerdings machte er keine Anstalten, sie zu liebkosen.

„Willst du einfach nur daliegen?", fragte sie deshalb entrüstet.

„Was soll ich denn sonst machen? Schließlich bin ich ein Weichei und warte auf weitere Anweisungen."

„Na gut." Sie atmete schwer. „Worauf wartest du noch?"

Ehe sie sichs versah, hatte er ihr das Kleid ausgezogen. Dann drückte er sie auf die Matratze, um ihr die restlichen Sachen abzustreifen und sich seiner Kleidung zu entledigen.

„Stets zu deinen Diensten", sagte er leise, bevor er sich auf sie legte.

So neckten und liebkosten sie sich noch eine Weile, bis ihre Zärtlichkeiten immer leidenschaftlicher wurden und sie miteinander verschmolzen. Nach einem ekstatischen Höhepunkt schliefen sie erschöpft und eng umschlungen ein.

Immer wenn das Schiff irgendwo anlegte, nahmen alle Passagiere an den Ausflügen teil, die zu Tempeln, dem berühmten Drei-Schluchten-Damm oder anderen Sehenswürdigkeiten führten. Olivia und Jian fuhren auch jedes Mal mit, waren allerdings jedes Mal froh, wenn sie wieder an Bord gehen konnten.

In der Abgeschiedenheit ihrer Suite konnten sie sich nicht nur ungestört lieben, sondern auch miteinander reden. Dass sie nicht nur im Bett miteinander harmonierten, sondern sich auch sonst so gut verstanden, war für sie beide etwas ganz Besonderes. Eng aneinandergekuschelt vertrauten sie sich die persönlichsten Dinge an, und Olivia stellte fest, dass sie noch nie einem Menschen gegenüber so offen gewesen war, abgesehen von ihrer Tante natürlich.

„Du hast mal gesagt, bei meiner Mutter und mir wären die Rollen vertauscht gewesen, und du hattest recht", sagte sie zu Jian. „Meine Eltern benehmen sich wie Kinder. Mitunter können sie ganz reizend sein, aber sie haben schon so viele Menschen im Stich gelassen."

„Vor allem dich", erwiderte Jian zärtlich.

„Stimmt. Und außerdem wären da Tony, der zweite Mann meiner Mutter, seine Kinder aus erster Ehe und ihr gemeinsames Kind, mein Halbbruder. Er ist jetzt vierzehn und fängt auch allmählich an, sie zu durchschauen. Manchmal ruft er mich an, um mich um Rat zu fragen. Ich helfe ihm, so gut ich kann, aber ich erzähle ihm nicht, wozu sie im schlimmsten Fall fähig ist."

Als sie verstummte, hakte er nach einer Weile nach: „Sag es mir, wenn du magst."

„Ich muss damals zwölf gewesen sein. Es war im Dezember, und ich fieberte Weihnachten entgegen. Zu der Zeit wohnte ich gerade bei Norah, aber Dad wollte die Festtage mit mir in Paris verbringen. Ich hatte schon alles gepackt und wartete auf ihn. Als er sich verspätete, ging ich in den Garten und setzte mich auf die Mauer, um nach seinem Wagen Ausschau zu halten. Er kam nicht.

Nach einer Weile rief Norah ihn an, doch es meldete sich nur der Anrufbeantworter. Als wir es über Handy versuchten, schaltete sich die Mailbox ein. Im Grunde meines Herzens wusste ich wohl, dass er nicht kommen würde, aber ich wollte es nicht wahrhaben. Stunden später rief er dann endlich an und fragte, ob meine Mutter und ich uns amüsieren würden. Als ich ihn daran erinnerte, dass er mit mir verreisen wollte, erfuhr ich von Evadne, seiner neuesten Freundin. Sie hatte ihn überredet, mit ihr statt mit mir nach Paris zu fliegen, und er hatte meiner Mutter auf die Mailbox gesprochen, dass sie mich nehmen müsste. Er zeigte sich sehr überrascht, weil sie nicht aufgetaucht war."

Jian fluchte heftig, bevor er sich von ihr hinunterrollte und sich den Arm übers Gesicht legte. Dann wandte er sich ihr wieder zu und nahm sie in die Arme. „So ein Mistkerl! Ich könnte ihn umbringen."

Es tat so gut, sich an ihn zu schmiegen, das Gesicht an seiner Schulter zu bergen und ihrem Kummer Luft zu machen.

„Du musstest das Weihnachtsfest also mit deiner Mutter verbringen?", fragte er schließlich.

„Oh nein. Angeblich hat sie die Nachricht erst abgehört, nachdem sie zu ihrem neuen Freund gefahren war. Deshalb habe ich mit Norah Weihnachten gefeiert."

Daraufhin zog er sie noch enger an sich, und diesmal barg er das Gesicht an ihrer Schulter, als könnte er es nicht ertragen.

„Wie bist du bloß damit klargekommen?", meinte er leise.

„Das bin ich nicht – jedenfalls nicht mit allem. Ich habe ein tiefes Misstrauen den Menschen gegenüber entwickelt, vor allem wenn sie über ihre Gefühle sprechen. Ich dachte, Andy wäre anders, aber ich habe mich in ihm getäuscht."

„War er der Einzige?"

„Du meinst, ob ich noch andere Freunde hatte? Oh ja. Ich bin das Risiko noch einige Male eingegangen, habe mich allerdings immer rechtzeitig wieder zurückgezogen. Weißt du, es bedarf nicht viel, damit ich mich wieder wie das kleine Mädchen von damals fühle, das auf jemanden wartet, der niemals kommen wird. In meinem tiefsten Inneren weiß ich …", Olivia schauderte heftig, „dass es passieren wird."

„Niemals", widersprach er heftig. „Hast du verstanden, Olivia? Ich gehöre auf ewig dir – oder zumindest, solange du mich haben willst.

Nein, antworte nicht." Schnell legte er ihr einen Finger auf die Lippen. „Mir ist klar, dass du dich noch nicht festlegen kannst. Aber ich warte auf dich. Vergiss nur nicht, dass ich immer für dich da bin."

„Auf ewig", wiederholte sie sehnsüchtig.

Auf ewig? meldete sich eine innere Stimme. *Schön wär's!*

Doch hier in seinen Armen glaubte sie es, und verzweifelt und hoffnungsvoll zugleich schmiegte sie sich an ihn.

9. KAPITEL

Manchmal zog Jian sie auf, weil sie ein Vernunftmensch war.

„Würde ich immer auf meinen Verstand hören, hätte ich Abstand von dir gehalten", erklärte Olivia einmal entrüstet.

„Du versuchst mich zu bekehren, das habe ich gleich gemerkt."

„Aber ich habe nicht viel Erfolg damit, stimmt's? Manchmal zweifle ich an mir. Du kennst ja die geschwungenen Dächer auf alten Gebäuden. Ich habe in einem Buch gelesen, dass sie auf den buddhistischen Glauben zurückgehen. Da das Böse in geraden Linien wohnt, soll man diese meiden. In einem anderen Buch hieß es, die geschwungenen Dächer wären bewusst so konstruiert, damit das Regenwasser nicht auf die Mauern trifft. Die erste Interpretation hat mir viel besser gefallen."

Daraufhin hob er Ming Zhi vom Nachttisch und sagte streng: „Ich hätte gar nicht gedacht, dass du so sentimental sein kannst."

Sie lachten beide, und schon bald gaben sie dem Verlangen nach, das in ihnen aufflammte.

Ein anderes Mal kam Olivia auf den Abend bei seiner Familie zu sprechen und erzählte Jian, wie sie ihn dort empfunden hätte.

„Ein Bild soll ja mehr sagen als tausend Worte", sagte sie leise. „Als ich die Fotos von dir und deiner englischen Familie gesehen habe, war mir klar, was du gemeint hattest. Du siehst ihnen sehr ähnlich, scheinst aber überhaupt nicht dazuzugehören."

„Das ist noch milde ausgedrückt", erwiderte er. „Rückblickend betrachtet tun sie mir allerdings leid."

„Wie bitte?"

„Ich war kein einfaches Kind. In gewisser Weise bin ich kein so netter Mensch. In meiner Vorstellung passte meine Familie nicht zu mir, nicht umgekehrt – kein besonders liebenswerter Zug bei einem Fünfzehnjährigen."

„Nein, aber *typisch* für einen Fünfzehnjährigen", konterte sie. „Du warst also ein ganz normaler Teenager. Willkommen im Club!"

„So kann man es natürlich auch sehen." Jian lächelte selbstironisch. „Oder so, dass ich festgefahren und hartnäckig bin. Wenn ich etwas will, setze ich mich rücksichtslos über andere hinweg." Sie lagen sich in den Armen, und er verstärkte nun seinen Griff. „Das weißt du ja am besten."

„Ich beklage mich nicht."

„Gut, denn ich werde dich nie wieder loslassen."

„Habe ich dazu auch etwas zu sagen?", neckte Olivia ihn.

„Nein. Du gehörst zu mir."

„Du meinst, so wie Jaio dem Kaiser gehörte?"

„Von wegen. Sie ist vor ihm geflohen. Du wirst mir niemals entkommen."

„Mir eilt also kein edler Ritter zu Hilfe?"

„Der Mann, der dich mir wegnehmen könnte, muss noch geboren werden."

„Hattest du nicht gesagt, du wolltest mich zu nichts drängen?"

„Ich habe meine Meinung eben geändert."

Nun lachte sie leise. „Gibt es noch etwas, wovor du mich warnen willst?"

Zärtlich küsste Jian sie, bevor er nachdenklich antwortete: „Eine ganze Menge sogar. Ich möchte der Beste in meinem Job sein. Ich *muss* es, komme, was wolle."

„Meinst du den Job, den du in Aussicht hast?"

„Ja. Ich habe mein Herz darangehängt."

„Aber du bist erst drei Jahre hier. Überstürzt du es nicht etwas?"

„Ich kenne die anderen Kandidaten, und sie bereiten mir kein Kopfzerbrechen. Außerdem wird der Posten wohl im nächsten Jahr frei, weil der betreffende Arzt erst dann in den Ruhestand geht. So lange übe ich mich in Geduld."

Seine Worte bewiesen, dass sich hinter seiner vermeintlichen Zurückhaltung eine enorme Selbstsicherheit und Entschlossenheit verbargen, die ihm selbst Angst machten.

Solange er mit ihr zusammen sein wollte, würde sie es genießen.

Im Leben kam es oft anders, als man dachte. Zwei Tage nach dem Talentwettbewerb fand ein Tanzabend statt. Um Jian zu beeindrucken, machte Olivia sich besonders schick und zog eines der Kleider an, die sie kurz vor der Abreise gekauft hatte, ein *cheongsam* aus schwarzem Satin mit silberfarbenen Stickereien, das ihr noch mehr schmeichelte als das rote.

Verlangend betrachtete Jian sie. „Versuchst du etwa, mich eifersüchtig zu machen?"

„Meinst du, ich schaffe es nicht?"

„Abwarten."

Und tatsächlich bereute sie schon bald ihre Wahl. Seit dem Karaokewettbewerb stand Jian offenbar in dem Ruf eines leidenschaftlichen

Liebhabers, denn alle jungen Frauen wollten mit ihm tanzen. Da ihre Partner sie nicht davon abhalten konnten, forderten sie Olivia auf, um ihn eifersüchtig zu machen.

Jian enttäuschte sie jedoch, indem er sich ganz auf seine jeweilige Partnerin konzentrierte, was Olivia wiederum ärgerte.

Verstohlen betrachtete sie ihn immer wieder und bewunderte seinen athletischen Körper und seine geschmeidigen Bewegungen. Dabei ging ihre Fantasie mit ihr durch, und sie stellte sich vor, wie sie ihn auszog und er sie dann leidenschaftlich liebte.

Als er sie einmal ansah und ihre Blicke sich begegneten, wurde ihr klar, dass es ihm genauso erging. Das Ganze kam einem sinnlichen Vorspiel gleich. Heißes Verlangen flammte in ihr auf, und sie konnte es kaum erwarten, bis er sie in ihre Suite zog.

Mit einem herausfordernden Hüftschwung erreichte sie schließlich ihr Ziel. Schnell verabschiedete er sich von seiner Partnerin, ging zu Olivia und zog sie an sich.

„Jetzt bist du zu weit gegangen", erklärte er.

„Das hoffe ich doch. Besser das als nicht weit genug", zitierte sie ihn dann.

Als sie die Tür zu ihrer Suite erreichten, öffnete Olivia sie, während Jian sie mit einem Tritt hinter ihnen schloss. Nachdem er sie aufs Bett geworfen hatte, hob sie die Hand, um den Reißverschluss ihres *cheongsam* zu öffnen.

„Nein, lass das." Sanft umfasste er ihr Handgelenk. „Das ist meine Aufgabe."

„Los, worauf wartest du noch?", drängte sie.

Mehr brauchte sie nicht zu sagen. Schnell streifte er ihr das Kleid sowie BH und Slip ab. Sobald sie beide nackt waren, zog Jian sich schwer atmend zurück und kniete sich neben Olivia aufs Bett. Obwohl er sehr erregt war, beherrschte er sich und betrachtete sie mit einem Funkeln in den Augen, das ihr neu war.

„Du hattest mir doch versprochen, mich über die Schulter zu werfen", warf sie ihm vor. „Was ist los?"

„Ich bin ein Gentleman", erklärte er rau.

„Nein, ein Feigling. Hättest du mich noch länger auf die Folter gespannt, hätte ich *dich* weggetragen."

„Weil du keine Lady bist." Nun legte er sich so dicht neben sie, dass seine Lippen ihr Ohr berührten. „Ich habe dich die ganze Zeit auf der Tanzfläche beobachtet."

211

Olivia seufzte zufrieden. „Schön, dass du es gemerkt hast."

Als er sie diesmal berührte, war es nicht so wie vorher – es war entschlossener und wilder. Und auch beim Liebesakt wirkte er fordernder als sonst, zärtlich, aber kraftvoll zugleich.

Nach dem ekstatischen Höhepunkt verspürte sie ein Hochgefühl. Sie hatte immer geahnt, welche Leidenschaft in ihm schlummerte, und es verschaffte ihr große Befriedigung, ihn endlich ganz aus der Reserve gelockt zu haben.

„Geht es dir gut?", erkundigte Jian sich nach einer Weile leise. „Ich wollte eigentlich nicht so … stürmisch sein."

„Vielleicht sollten wir das öfter machen", erwiderte sie lächelnd. „Mir gefällt es, keine Lady zu sein."

Daraufhin lachte er. „Hast du heute Abend wirklich versucht, mich eifersüchtig zu machen?"

„Ich glaube schon", meinte sie nachdenklich. „Aber dein Verhalten war auch nicht ohne."

„Sollte ich deine herausfordernden Bewegungen etwa ignorieren?"

„Aber es ist nicht fair. Ich habe viel mehr Grund, eifersüchtig zu sein, als du."

„Denkst du etwa, Andy würde mir nicht zu schaffen machen?"

„Wer? Ach, über ihn musst du dir nicht den Kopf zerbrechen. Du weißt alles über ihn, während ich deine Vorgeschichte nicht kenne. Oder willst du mir weismachen, dass du wie ein Mönch gelebt hast?"

Jian zögerte unmerklich, bevor er antwortete. „Natürlich nicht. Ich habe dir ja von Becky Renton erzählt – vielleicht nicht alles, aber …"

„Bitte erspar mir die Einzelheiten. Ich will auch nichts über die Frauen wissen, mit denen du im *Tanzenden Drachen* gegessen hast."

„Ich habe es dir erklärt."

„In wenigen Worten, ja."

Amüsiert betrachtete er sie. „Möchtest du noch mehr wissen?"

Plötzlich war Olivia alarmiert, zumal er sich in sich zurückzuziehen schien. Einerseits hätte sie gern mehr über ihn erfahren, andererseits wollte sie nicht wie eine eifersüchtige Ehefrau wirken.

Lass es lieber, sagte sie sich. Schließlich hatte Jian ihr gerade bewiesen, wie viel sie ihm bedeutete.

„Nein", erwiderte sie deshalb. „Ich weiß, dass du viele Freundinnen hattest. Es würde mir zu denken geben, wenn es nicht so wäre."

Dann schlang sie ihm einen Arm um den Nacken und legte sich auf Jian, das Gesicht an seiner Schulter. Sofort verstärkte er seinen Griff.

„Von einer würde ich dir gern erzählen", meinte er schließlich. „Damit es keine Geheimnisse zwischen uns gibt."

„Na gut." Am liebsten hätte sie jetzt einen Rückzieher gemacht, doch dafür war es zu spät.

„Lange Zeit war ich wie du", gestand er. „Ich habe immer aufgepasst, dass es nicht zu ernst wird, weil mein Beruf für mich an erster Stelle stand. Aber einige Monate vor meiner Abreise aus England verliebte ich mich in eine Frau namens Natalie. Alles schien perfekt. Wir wollten heiraten und zusammen nach China gehen. Eines Tages ertappte ich sie dann dabei, wie sie den Immobilienmarkt studierte, um ein Haus für uns zu suchen. Als ich sie an unsere Pläne erinnerte, lachte sie und sagte: ‚Solltest du den Tatsachen nicht langsam ins Auge sehen?'

In dem Moment wurde mir klar, dass sie nie vorgehabt hatte, mich zu begleiten. Sie glaubte, es wäre nur ein Hirngespinst von mir. Sobald sie merkte, dass ich es ernst meinte, wurde sie sehr wütend und stellte mich vor die Wahl – entweder sie oder China. Und so …", er machte eine kurze Pause, „haben wir uns getrennt."

Inzwischen hatte Olivia sich ein wenig aufgerichtet, um ihn betrachten zu können. Nun wandte Jian den Kopf, einen unergründlichen Ausdruck in den Augen.

„Hast du es je bereut?" Sie musste diese Frage stellen, obwohl sie sich vor der Antwort fürchtete.

„Sie hatte mir die ganze Zeit etwas vorgemacht. Wir waren uns gar nicht so nahe, wie ich immer geglaubt hatte. Wir waren nie seelenverwandt."

„Aber du hast sie geliebt – Seelenverwandtschaft ist nicht alles, stimmt's?"

Verlangend betrachtete er ihren nackten Körper und liebkoste zärtlich ihre Brüste.

„Nein", bestätigte er leise. „Aber wir beide haben alles. Wir verstehen uns auf jeder Ebene. Spürst du das nicht?"

„Doch, seit unserer ersten Begegnung."

„Du würdest mir nie etwas verschweigen oder ich dir. Ich habe dir vorher nicht von Natalie erzählt, weil ich fürchtete, du könntest meiner Beziehung zu ihr mehr Bedeutung beimessen."

„Und, hat Natalie dir etwas bedeutet?"

„Eine Weile schon. Aber das ist längst vorbei. Sie hat letztes Jahr einen anderen geheiratet, und ich freue mich für sie. Bei uns hätte eine

Ehe in einer Katastrophe geendet, weil keiner von uns dem anderen gerecht geworden wäre. Du brauchst also nicht eifersüchtig zu sein. Auf dich zu warten war das Klügste, was ich je getan habe."

Zufrieden legte Olivia sich wieder auf ihn. Doch erst kurz bevor sie einnickte, kam ihr der Gedanke, dass irgendetwas an der Geschichte unheilvoll wirkte.

Nur ein Mensch war in ihrer eigenen Welt willkommen, und zwar Norah.

Jeden Tag nahmen sie mit dem Laptop Verbindung zu ihr auf und plauderten mit ihr. Dabei stellte Olivia schnell fest, dass ihre Tante Andy bei Weitem nicht so gemocht hatte wie Jian.

Er erzählte Norah vom Jangtse und beschrieb ihr die Aussicht vom Deck, bis ihre Augen zu leuchten begannen.

„Es muss wundervoll sein!", rief sie begeistert.

„Vielleicht wirst du es eines Tages auch sehen", meinte er.

„Das wäre schön, aber ich bin zu alt. Ich werde wohl keine großen Reisen mehr machen."

„Wer weiß, was die Zukunft bereithält?", sagte er geheimnisvoll.

Olivia überlegte, ob sie womöglich zu viel in seine Worte hineininterpretierte. Doch ihr war klar, dass sie in China bleiben musste, wenn Jian und sie sich für ein gemeinsames Leben entschieden. Da er sich hier beruflich etablieren wollte, konnte er nicht mehr nach England zurückkehren.

Sie beide würden nur noch kurze Zeit in ihrem Kokon bleiben können. Danach würden sie einige Entscheidungen treffen müssen.

Nachdem sie sich von Norah verabschiedet und die Verbindung beendet hatte, sah Jian Olivia fragend an.

„Belastet dich irgendetwas?"

„Ich habe nur gerade an Norah gedacht. Sie ist ziemlich alt, und wenn du davon sprichst, dass sie hierherkommt …"

„Für eine solche Reise ist sie nicht zu alt. Vor allem werden Senioren in China besser behandelt als in vielen anderen Ländern …"

„Ja, ich weiß, aber der Flug …"

„Kein Problem. Wir kaufen ihr einfach ein Ticket für die Business Class. Es wird ihr hier gefallen."

„Was redest du da, Jian?"

„Ich plane nur für die Zukunft – mit dir, Schatz. Lass es einfach geschehen."

Bisher hatte sie nie an Schicksal geglaubt, doch nun schien es der einzige Weg zu sein.

Allerdings hatte Jian sich offenbar schon Gedanken darüber gemacht, weil er über Flugarrangements gesprochen hatte.

Er erklärte es ihr später, als sie wieder eng umschlungen im Bett lagen. „Es liegt daran, dass ich zu zwei verschiedenen Kulturkreisen gehöre", sagte er schläfrig. „Einerseits glaube ich an Schicksal und an eine Welt, die wir nicht unter Kontrolle haben, andererseits halte ich mich an Fakten und Zahlen."

„Und welche Seite an dir geht auf welchen Kulturkreis zurück?"

„Das kann man nicht strikt voneinander trennen. Manchmal denke ich, dass ich nur hierhergehöre. Ich liebe meine chinesische Familie."

„Und sie liebt dich auch. Es muss wundervoll sein, so akzeptiert zu werden, wie man ist."

Plötzlich huschte ein Schatten über sein Gesicht.

„Habe ich etwas Falsches gesagt?", hakte Olivia nach.

„Nein. Vielleicht bilde ich es mir nur ein, aber ich habe das Gefühl, dass sie mich doch nicht bedingungslos akzeptieren. Als würden sie darauf warten, dass ich etwas Bestimmtes sage oder tue."

„Ich glaube, du irrst dich. Sie sind sehr stolz auf dich, vor allem weil du nach China gekommen bist und dich für sie entschieden hast. Biyu hat sich sogar die Hand aufs Herz gelegt und gesagt, hier drinnen wärst du einer von ihnen."

„Tatsächlich?", fragte Jian verblüfft.

„Ja. Es beweist doch, dass sie dich akzeptieren."

„Vielleicht, aber sie wissen wahrscheinlich selbst nicht, dass irgendetwas nicht stimmig ist."

„Dann musst du Geduld haben", erklärte sie. „Es wird sich ergeben, und ihr werdet es alle instinktiv spüren."

„Ich dachte, du würdest nie auf deinen Instinkt hören."

„Ich spreche ja auch nicht von mir."

„Vielleicht doch. Egal, wovon wir reden, wir erfahren immer mehr voneinander – und von uns selbst."

„Ja, es ist beunruhigend, wenn man ganz neue Seiten an sich entdeckt", bestätigte Olivia.

„Was hast du denn über dich erfahren?", erkundigte Jian sich leise, den Mund ganz nah an ihrem.

„Dinge, die mich alarmieren und die ich lieber verdrängen würde."

„Erzähl mir davon."

„Ich bin schlichtweg nicht der Mensch, für den ich mich gehalten hatte. Aber wer bin ich dann?"

„Spielt es denn eine Rolle?"

„Natürlich tut es das. Was für eine Frage!"

„Warum willst du unbedingt wissen, wer du bist? Außerdem kenne ich dich. Du bist eine Drachenfrau – ungezähmt, couragiert, fantasievoll. Du verkörperst alles, was gut und stark ist."

„Für dich, ja. Das würde allerdings bedeuten, dass ich mich dir bedingungslos ausliefere."

„Vertraust du mir etwa nicht?"

„Darum geht es nicht. Ich bin mir nur einfach nicht sicher."

„Glaub mir, ich weiß, wie es ist, wenn man sich in die Hände der Frau begibt, die man liebt. Wenn sie einen versteht, spielt es keine Rolle, ob man sich selbst versteht, weil sie klüger ist als du."

Der Ausdruck in seinen Augen bewies ihr, dass Jian sie meinte und nicht Natalie.

„Vielleicht solltest du aufpassen", flüsterte Olivia. „Wer weiß, ob man mir wirklich vertrauen kann?"

„Ich tue es", antwortete er prompt. „Mit meinem Herzen, meiner Seele und meinem Leben."

„Aber wir haben uns erst vor Kurzem kennengelernt."

„Wir kennen uns schon seit über zweitausend Jahren", erklärte er. „Seit ich einen Blick auf dein Gesicht erhascht habe und mir klar geworden ist, dass ich alles aufgeben würde, nur um mit dir zusammen sein zu können."

„Sind das deine Worte?", fragte sie erstaunt. „Oder Renshus?"

„Siehst du? Ich habe dir ja gesagt, dass du mich verstehst", meinte er triumphierend. „Ja, ich bin Renshu, genau wie jeder andere Mann, der eine Frau so liebt, wie ich es tue. Und eins weiß ich – ich kann nicht ohne dich sein. Du musst für immer bei mir bleiben, sonst ist mein Leben leer.

Ich verlange auch nicht von dir, dass du Norah im Stich lässt. Sie war wie eine Mutter für dich, und von nun an wird sie es genauso für mich sein. Sie wird hier glücklich sein, dafür sorge ich. Glaubst du, ich schaffe es nicht?"

„Doch. Du schaffst alles, was du dir in den Kopf gesetzt hast."

„Heißt das Ja?"

„Ja, ja, *ja*!"

Stürmisch umarmte Olivia ihn, und Jian hielt sie eng umschlungen. Als sie sich schließlich voneinander lösten, um sich anzusehen, stellte sie fest, dass seine Augen schalkhaft funkelten.

„Ich hatte solche Angst, dass du mir eine Abfuhr erteilen könntest", gestand er leise.

„Du Lügner! Das hast du nicht einen Moment lang geglaubt!" Spielerisch boxte sie ihn. „Wie kann man nur so eingebildet sein?"

„Wie sollte ich keine hohe Meinung von mir haben, wenn du mich liebst?", verteidigte er sich lachend. „Ich beuge mich nur der Weisheit der Drachenfrau. Au, das hat wehgetan!" Er rieb sich den Schenkel, wo sie ihn getroffen hatte.

„Ich habe nie behauptet, dass ich dich liebe", konterte sie. „Ich heirate dich nur aus Mitleid. Nein ... warte!" Sie wurde ernst, als ihr ein Gedanke kam. „Von Heiraten war gar nicht die Rede, stimmt's?"

„Etwas anderes kommt überhaupt nicht infrage. Obwohl ich dich natürlich lieber als Konkubine behalten würde ... Schon gut, ich gebe auf!" Nachdem Jian geschickt einen weiteren Schlag abgewehrt hatte, zog er Olivia wieder an sich. „Meinst du, Tao, Biyu und die anderen würden sich davon abbringen lassen, eine Hochzeit für mich auszurichten?"

„Sollen wir nach Peking zurückkehren, um es allen zu erzählen?"

„Noch nicht. Lass uns noch eine Weile allein bleiben. Wir könnten uns Schanghai ansehen. Aber jetzt müssen wir uns fürs Essen fertig machen. Zieh etwas Schickes an, denn es wird ein schöner Abend."

10. KAPITEL

*B*eim Dinner erklärte Jian ihr, was er gemeint hatte. „Gleich gehen wir in den kleinen Saal", informierte er Olivia.

„Bitte nicht wieder ein Talentwettbewerb!"

„Nein, es gibt ein Theaterstück. Es gründet auf einer alten Fabel und gilt als das chinesische *Romeo und Julia.*"

„Unglückliche Liebende?"

„Genau. Er war arm, ihre Familie reich. Als sie nicht heiraten konnten, starb er an gebrochenem Herzen, aber sie ging zu seinem Grab und … Warte einfach ab."

Nach dem Essen wechselten sie in den kleinen Saal hinüber und sicherten sich einen Tisch in der Nähe der Bühne. Nacheinander gingen die Lichter aus, und eine melancholische Melodie erklang. Zhu Yingtai, ein hübsches junges Mädchen, erschien mit ihrer Familie und bat diese, studieren zu dürfen. Ihre Angehörigen waren schockiert über ihr Ansinnen, ließen sie dann aber doch an die Universität gehen. Allerdings musste sie sich als Mann verkleiden. Ihre Freude darüber drückte sie in einem Lied aus:

„Andere Frauen träumen von Ehemännern,
Aber ich suche keinen Mann.
Ich entscheide mich für die Freiheit."

Während des Szenenwechsels flüsterte Jian Olivia herausfordernd ins Ohr: „Sie freut sich auf ein Leben in Unabhängigkeit und ohne Komplikationen. Sicher kannst du sie gut verstehen."

Seine Worte entlockten ihr ein Lächeln. Diese andere Olivia schien schon lange nicht mehr zu existieren.

In der nächsten Szene begegnete Zhu Yingtai, nun als Mann verkleidet, Liang Shanbo. Sie lernten zusammen und freundeten sich an. Darüber sangen sie:

„Unsere Herzen schlagen im selben Takt.
Wir verstehen uns auch ohne Worte."

Gegen Ende des Stücks gab Zhu Yingtai sich schließlich zu erkennen, und sie gestanden sich ihre Liebe. Trotzdem fanden sie nicht zueinander, denn Liang Shanbo war arm, und ihre Eltern hatten Zhu Yingtai mit einem reichen Mann verlobt.

Es folgte eine traurige Ballade, in der er zum Ausdruck brachte, wie leer sein Leben ohne sie wäre. Dann legte er sich hin und starb.

Am Tag ihrer Hochzeit sang Zhu Yingtai von ihrer Todessehnsucht, weil sie wieder mit ihrem Geliebten vereint sein wollte. Auf dem Weg zur Trauzeremonie blieb sie neben seinem Grab stehen und schrie ihre Gefühle heraus.

Unwillkürlich hielt Olivia den Atem an, denn aus irgendeinem Grund war das, was als Nächstes passierte, enorm wichtig für sie.

Die Musik schwoll an. Die Türen zum Grab öffneten sich. Außer sich vor Dankbarkeit, warf Zhu Yingtai die Arme hoch und ging triumphierend hinein.

Bis auf einen Strahl über dem Grab erloschen die Lichter. Dann zeichnete sich darin ein Hologramm ab, und zwei große Schmetterlinge erschienen und flogen schließlich zusammen in die Dunkelheit. Es handelte sich um die Seelen der Toten, die nun für immer vereint waren.

Ein Raunen ging durchs Publikum, und Sekunden später applaudierten alle ergriffen. Verstohlen wischte Olivia sich die Tränen aus den Augen, bevor es wieder hell wurde.

„Habe ich das Ende richtig verstanden?", fragte sie, als Jian und sie Hand in Hand das Deck betraten. „Die Schmetterlinge waren die beiden Liebenden, vereint bis in alle Ewigkeit?"

„Genau."

Sie blieb stehen, um den Mond zu betrachten, der als schmale Sichel am Himmel stand. Jian folgte ihrem Blick.

„Meihui sagte, die beiden Schmetterlinge würden nicht nur die Wiedervereinigung im Tod symbolisieren, sondern auch ewige Treue im Leben. Ihren Worten zufolge gibt es so viele verschiedene Bühnenversionen in China, dass immer irgendwo eine gezeigt wird. Als ich hierherkam, habe ich mir gleich ein Stück angesehen, um herauszufinden, ob ich Meihui darin wiedererkenne. Und es war tatsächlich der Fall. Ich habe mich sehr gefreut, als ich erfahren habe, dass es hier gezeigt wird."

„Schmetterlinge", meinte Olivia nachdenklich. „Zusammen für immer davonzufliegen. Was für ein schöner Gedanke!"

„Für immer", wiederholte Jian. „So soll es auch zwischen uns sein, wenn du es willst."

„Es ist das Einzige, was ich mir wünsche", erwiderte sie leidenschaftlich.

„Wir können noch ein paar Wochen umherreisen", schlug Jian am nächsten Morgen vor. „Und wenn wir dann nach Peking zurückkehren, planen wir die Hochzeit."

„Da kommt viel Arbeit auf uns zu", bemerkte Olivia.

„Unsinn. Wir müssen Biyu nur das Datum nennen und alles Weitere ihr überlassen. Eigentlich kann sie den Termin doch auch festsetzen, oder?"

„Gute Idee. Bestimmt kann sie alles viel besser organisieren als ich."

Wie sich herausstellte, teilte Biyu ihre Ansicht. Als Jian ihr am Telefon von ihren Heiratsplänen erzählte, versuchte sie sie mit allen Mitteln zur sofortigen Rückkehr zu bewegen. Nur mit Mühe konnte er sie vom Gegenteil überzeugen, und nachdem er das Gespräch beendet hatte, musste Olivia drastische Maßnahmen ergreifen, um ihn wieder aufzumuntern. Da sie für eine Weile abgelenkt waren, schafften sie es gerade noch, ihre Sachen zu packen, bevor das Schiff in Yichang anlegte.

Von dort flogen sie an die Küste nach Schanghai, und in der Maschine legten sie die restliche Reiseroute fest.

„Wir könnten nach Chengdu fahren und uns die Panda-Zuchtstation ansehen", schlug Jian vor. „In der Gegend leben auch einige Verwandte von mir, die ich dir gern vorstellen würde. Aber lass uns erst Schanghai besichtigen."

Olivia war fasziniert von der Stadt, einer ultramodernen, pulsierenden Metropole. An ihrem ersten Abend machten sie eine Rundfahrt auf dem Fluss und betrachteten fasziniert die von unzähligen Neonlichtern erhellte Skyline. Danach zogen sie sich in ihr Hotelzimmer im fünfunddreißigsten Stock zurück und blickten dort aus dem Fenster.

„Ist das hoch! Mir wird ganz schwindelig", sagte Olivia leise, während sie sich an Jian lehnte.

„Mir auch", flüsterte er, die Lippen in ihrem Nacken. „Aber aus einem anderen Grund."

Sie lachte leise, bewegte sich jedoch nicht, selbst als er die Lippen von ihrem Ohr zum Hals gleiten ließ und sie erschauerte.

„Komm ins Bett", drängte er heiser.

„Kannst du mich nicht einfach die Aussicht genießen lassen?"

„Nein", verkündete er, bevor er sie hochhob und zu dem großen Bett trug, um sie ins Reich der Sinne zu entführen und alles andere vergessen zu lassen.

Am nächsten Morgen schliefen sie lange und verbrachten den Vormittag mit Sightseeing. Als sie zurückkehrten, hatten sie den Aufzug für sich und küssten sich leidenschaftlich auf dem Weg nach oben – ein sinnliches Vorspiel für den folgenden Liebesakt.

Kaum hatten sie ihr Zimmer betreten, klingelte jedoch Jians Handy. Frustriert schaltete er es ein, und Olivia beobachtete, wie er sich verspannte. Dann wandte er sich ab und ging zum Fenster.

Er redete so schnell, dass sie kaum etwas verstand. Nachdem er das Gespräch beendet und sich wieder zu ihr umgedreht hatte, strahlte er förmlich.

„Ja!", rief er. „Ich wusste, dass es irgendwann so weit ist!"

Triumphierend warf er sich aufs Bett und faltete die Hände im Nacken. Als er merkte, dass sie ihn verwirrt betrachtete, streckte er die Arme aus. Zögernd legte sie sich auf ihn.

„Was ist?", fragte sie lachend, weil er sie so fest drückte.

„Die leitende Position im Krankenhaus ist jetzt ausgeschrieben!", rief er begeistert. „Das ist eine einmalige Gelegenheit für mich."

„Wie schön! Wer hat dich angerufen?"

„Ein befreundeter Arzt. Er weiß, wie lange ich darauf gewartet habe. Er hat mich schon vorgeschlagen und wollte mir Bescheid sagen, wann die Bewerbungsgespräche beginnen."

„Dann müssen wir unseren Urlaub abbrechen." Sie versuchte, nicht allzu enttäuscht zu klingen.

„Nein, vor nächster Woche tut sich nichts. Wir haben noch ein paar Tage. Und dann …", Jian seufzte, „kehren wir in die Wirklichkeit zurück."

„Aber die wird wunderschön aussehen", erinnerte sie ihn. „Du wirst dir einen hervorragenden Ruf erwerben und in ein paar Jahren das Krankenhaus leiten."

„Das hoffe ich doch. Ich wünsche es mir so sehr, dass es mir Angst macht."

In dieser Nacht war es anders zwischen ihnen. Wie immer liebten sie sich und schliefen danach eng umschlungen ein. Als Olivia allerdings in den frühen Morgenstunden aufwachte und Jian am Fenster stehen sah, wirkte er völlig abwesend.

Sie fragte sich, woran er gerade denken mochte – auf jeden Fall nicht an sie, das spürte sie. Zum ersten Mal fiel ein Schatten auf ihre Beziehung.

Da er auch beim Frühstück in Gedanken versunken schien, redete sie nicht viel mit ihm. Sie machten einen kurzen Einkaufsbummel, aber beim Mittagessen ließ er sie plötzlich allein, um erst nach über einer

Stunde zurückzukehren. Zwar entschuldigte er sich bei ihr, erzählte ihr jedoch nicht, wo er gewesen war. Traurig führte sie sich vor Augen, dass die Wirklichkeit ihn offenbar schon eingeholt hatte.

War sie für ihn womöglich nur ein Urlaubsflirt gewesen? Er hatte von Heirat und ewiger Liebe gesprochen. Allerdings hatte er zu dem Zeitpunkt noch nichts von dem Job gewusst, den er sich, wie er selbst zugegeben hatte, mehr als alles andere wünschte.

Plötzlich fand sie sich von Dunkelheit umfangen. Sie hatte die Enttäuschung mit Andy überlebt. Wenn Jian sie sitzen ließ, würde sie es nicht schaffen, das wusste sie.

Doch schon bald verdrängte sie ihre Zweifel, und auch ihre Angst legte sich ein wenig, als er ihr vorschlug, sich mit Norah in Verbindung zu setzen.

Wenige Minuten später waren sie online, und ihre Tante strahlte sie an.

„Hallo, mein Schatz. Und hallo, Jian. Wie schön, euch zu sehen!"

„Hallo, Norah." Er setzte sich neben Olivia aufs Bett und blickte in die Kamera. „Wie geht es dir?"

„Hervorragend, nachdem ich das hier bekommen habe. Seht mal!" Norah hielt die kleine Tonfigur in der einen und das Buch in der anderen Hand hoch. „Das hat der Postbote heute Morgen gebracht", fügte sie aufgeregt hinzu. „Wie lieb von euch!"

Jian erzählte ihr von ihren Hochzeitsplänen.

„Sobald wir den Termin festgelegt haben, buchen wir einen Flug für dich", versprach er.

Olivia schien es, als würde ein Schatten über das Gesicht ihrer Tante huschen, aber vielleicht lag es auch nur an der schlechten Bildqualität.

„Welche Art von Hochzeit wollt ihr denn feiern?", hakte Norah nach.

Daraufhin beschrieb Jian ihr in allen Einzelheiten, was ihm vorschwebte und welche Rolle sie dabei spielen sollte. Sie kicherte und nannte ihn einen frechen Kerl, was ihn offenbar freute.

„He, komme ich heute auch noch mal zu Wort?", protestierte Olivia. „Was sagst du zu meinem neuen Kleid?"

„Es ist sehr hübsch, Liebes."

„Ich habe es ausgesucht", warf Jian ein.

„Das dachte ich mir. Olivia hatte schon immer einen komischen Geschmack."

„Na warte!"

„Es stimmt aber, Schatz. Jian hat wirklich einen hervorragenden Geschmack. Du solltest immer auf ihn hören."

„Ich werde sie daran erinnern", erklärte er ernst.

Als Olivia ihm einen spielerischen Knuff mit dem Ellbogen versetzte und er demonstrativ zusammenzuckte, lachte Norah schallend.

„Ich bin so froh, dass ihr euch so gut versteht", sagte sie dann. „Du siehst schon viel besser aus, Olivia. Ich hatte mir bereits Sorgen um dich gemacht."

„Das brauchst du nicht", beschwichtigte Jian sie, bevor er den Arm um Olivia legte.

„Nein, das sehe ich", erwiderte Norah. „Behandle ihn gut, Schatz. Er ist etwas ganz Besonderes."

„Ich weiß." Liebevoll blickte Olivia ihre Tante an, die ihr ein strahlendes Lächeln schenkte.

„So, ich habe noch mehr Neuigkeiten für dich", verkündete Jian schließlich.

„Genauso tolle wie die über eure Hochzeit? Los, erzähl schon."

„Ich habe einen Anruf bekommen ..."

Schockiert verstummte er, als plötzlich etwas Schreckliches mit Norah passierte. Ihr Lächeln verschwand, und sie stieß einen erstickten Laut aus. Entsetzt beobachteten sie beide, wie sie sich an den Hals fasste und nach Luft rang.

„Norah!", schrie Olivia, während sie die Hände nach dem Bildschirm ausstreckte. Doch ihre Tante war Tausende von Meilen entfernt. „Oh, Jian, was ist mit ihr?"

„Ich glaube, sie hat einen Herzinfarkt."

„Einen Herzinfarkt?", rief sie entsetzt. „Nein, das kann nicht sein!"

„Ich fürchte doch", sagte er angespannt, ohne den Blick vom Bildschirm abzuwenden. „Norah, kannst du mich hören?"

Die alte Dame brachte kein Wort über die Lippen, nickte aber.

„Kämpf nicht dagegen an", riet er ihr. „Versuch, tief und gleichmäßig zu atmen, bis der Krankenwagen eintrifft."

Olivia hatte ihr Handy vom Tisch genommen und wählte eine Nummer. „Ich rufe ihren Nachbarn in der Wohnung darunter an", erklärte sie. „Hallo, Jack? Hier ist Olivia. Meine Tante hat einen Herzinfarkt ... Können Sie ...? Norah, Jack ist schon unterwegs."

„Kommt er in die Wohnung?", erkundigte sich Jian.

„Ja, sie haben einen Schlüssel von der Wohnung des anderen. Da ist er."

Sie konnten Jack, einen älteren, aber noch sehr vitalen Mann, jetzt beide sehen. Er hatte Norahs Telefon in der Hand und rief gerade einen Krankenwagen.

„Der Arzt ist unterwegs", wandte er sich dann an Olivia.

„Danke", brachte sie schluchzend hervor.

Norah lag regungslos auf ihrem Bett. Jack versuchte, sie hochzuheben, doch sie rührte sie nicht.

„Sie hat das Bewusstsein verloren", rief er verzweifelt. „Was soll ich bloß machen?"

„Bleiben Sie ruhig", wies Jian ihn energisch an. „Ich bin Arzt, also tun Sie, was ich sage. Legen Sie zwei Finger auf ihren Hals, und fühlen Sie ihren Puls."

Jack befolgte seine Anweisung, jedoch ohne Erfolg. „Ich finde ihn nicht, und sie hat aufgehört zu atmen!", rief er verzweifelt. „Oh mein Gott, sie ist tot!"

„Nein!", schrie Olivia.

„Beruhigt euch beide", sagte Jian streng. „Sie ist nicht tot, sondern hat einen Herzstillstand. Jack, Sie müssen sie wiederbeleben. Lagern Sie erst ihre Beine hoch, und zwar ungefähr fünfzig Zentimeter, damit das Blut wieder zum Herzen fließt."

Angespannt beobachteten sie beide, wie Jack einige Kissen unter Norahs Beine legte und sich dann wieder ihnen zuwandte.

„Legen Sie jetzt eine Hand auf ihr Brustbein, die andere darauf, und drücken Sie es in rhythmischen Bewegungen hinunter", fuhr Jian fort. „Ja, genau so. Hervorragend!"

„Schlägt es denn an?", flüsterte Olivia ihm zu.

„Stör ihn nicht", riet er ihr.

Während sie sie beobachteten, bewegte Norah sich ein wenig. Jack stieß einen Triumphschrei aus.

„Die Leute vom Rettungsdienst müssten gleich hier sein", sagte er. „Ich habe die Wohnungstür aufgelassen, damit sie ... Ah, da sind sie ja."

Ein Arzt und zwei Sanitäter stürmten mit einem Defibrillator herein. Während der Arzt und ein Sanitäter mit der Reanimation begannen, fragte der andere Sanitäter Jack, was er unternommen hätte, und nickte dann beifällig.

„Gut gemacht", lobte er ihn. „Sie kann von Glück sagen, dass sie Sie hat."

Als die Sanitäter Norah auf die Trage hoben, wandte Jack sich an Jian und Olivia. „Ich fahre mit ihr ins Krankenhaus und melde mich, wenn ich Näheres weiß."

„Grüßen Sie sie von mir", bat Olivia. „Sagen Sie ihr, dass ich so schnell wie möglich komme. Und vielen Dank für alles, Jack."

„Sie sollten sich nicht bei mir bedanken, sondern bei ihm", erwiderte er schroff, bevor er die Verbindung trennte.

„Er hat recht", flüsterte sie. „Wenn sie überlebt, hat sie es dir zu verdanken."

„Natürlich wird sie es schaffen", erklärte Jian.

„Ich hätte sie nicht allein lassen dürfen. Sie ist alt und schwach. Ich bin zu lange weggeblieben."

„Aber sie wollte es so. Immer wenn ich sie gesehen habe, hat sie einen fröhlichen Eindruck gemacht und dich in allem, was du tust, bestärkt."

„Ja, weil sie so ein toller Mensch ist. Bestimmt hat sie sich nur zusammengerissen, damit ich den Eindruck habe, dass alles in Ordnung ist. Ich hätte weniger an mich und mehr an sie denken sollen."

„Hör auf, dir Vorwürfe zu machen, Schatz. Du hast recht, sie ist ein toller Mensch. Sie wusste, dass du deine Freiheit brauchst, und hat dir keine Steine in den Weg gelegt."

„Du hast ja recht, aber …"

Weiter kam Olivia nicht, denn nun überwältigte ihr Kummer sie, und sie begann, hemmungslos zu schluchzen. Liebevoll nahm Jian sie in die Arme und hielt sie ganz fest. Anders als sonst verriet seine Umarmung keine Leidenschaft, sondern Zärtlichkeit, und er gab, ohne zu nehmen.

Irgendwann versiegten ihre Tränen, weil sie zu erschöpft war. Obwohl sie normalerweise so entschlussfreudig war, wusste sie nun nicht, was sie tun sollte.

„Fang an zu packen", riet er ihr sanft. „Ich rufe am Flughafen an."

Eine Stunde später trafen sie dort ein. Jian hatte für sie einen Flug nach London und für sich einen nach Peking gebucht. Nachdem sie eingecheckt hatten, saßen sie jetzt Händchen haltend und schweigend in der Abflughalle und versuchten, das Geschehene zu verarbeiten. In einem Moment hatte es so ausgesehen, als würde ihr Glück ewig währen. Und schon im nächsten war es jäh zerstört worden.

Aber was hattest du erwartet? fragte Olivia sich. *Wir haben uns die ganze Zeit etwas vorgemacht, denn wir hätten Norah niemals nach China holen können. Ich muss nach England zurückkehren, und Jian gehört hierher.*

„Ich habe etwas für dich", ergriff Jian schließlich das Wort. „Ich habe es als Symbol für unsere geplante Hochzeit gekauft."

„Sag so etwas nicht", bat sie. „Wie könnten wir je heiraten?"

„Ich habe keine Ahnung", erwiderte er ernst. „Ich weiß nur, dass wir es müssen. Empfindest du nicht genauso?"

„Doch. Aber wie sollte es jetzt noch möglich sein?"

„Ich hatte gehofft, Norah würde nach China kommen und hier bei uns leben. Und sie wird wieder gesund werden, und alles wird sich zum Guten wenden. Wir müssen nur Geduld haben."

Verzweifelt blickte Olivia ihn an. Wie gern hätte sie ihm geglaubt, doch sie hatte große Angst.

„Wir dürfen die Hoffnung niemals aufgeben", beharrte Jian. „Egal, was passiert, wir gehören zusammen."

„Ja, aber ich weiß nicht, wann ich wiederkomme. Vielleicht gar nicht."

Daraufhin nahm er ihre Hände und drückte sie. „Irgendwann ist es so weit. Für mich wird es keine andere Frau geben. Also müssen wir wieder zusammenfinden, denn sonst werde ich den Rest meines Lebens allein verbringen."

„Aus deinem Mund klingt alles so einfach", sagte sie heiser.

„Wohl eher realistisch. Und deshalb möchte ich dir das hier geben." Er nahm eine kleine Schatulle aus der Tasche, die er ihr reichte. Als sie sie öffnete, sah sie eine Brosche in Form eines zarten silbernen Schmetterlings – das Symbol ewiger Liebe und Treue.

„Ich habe sie gestern gekauft, als ich plötzlich verschwunden bin", erklärte er. „Ich hatte auf den richtigen Moment gewartet, um sie dir zu geben, aber ich hätte nie gedacht, dass es so kommt. Trag sie und vergiss niemals, dass wir zusammengehören."

„Ich werde sie immer tragen", versprach sie.

Im nächsten Moment wurde ihr Flug aufgerufen.

„Du musst los", sagte Jian. „Bis bald."

„Bis bald", wiederholte Olivia.

Dann nahm er sie in die Arme. „Denk an mich."

„Das werde ich – die ganze Zeit. Warte noch …" Beinah verzweifelt küsste sie ihn, immer wieder.

„Du musst dich beeilen." Trotzdem ließ er sie nicht los.

Erneut wurde der Flug aufgerufen.

„Es ist so schrecklich weit weg!", brachte sie unter Tränen hervor. „Wann werden wir uns wohl wiedersehen?"

„Bald", versprach er. „Wir werden einen Weg finden. Daran müssen wir uns festhalten."

Doch auch in seinen Augen schimmerten Tränen, und nun merkte sie, dass er genauso traurig war wie sie.

Während Olivia dann von der Menge mitgerissen wurde, drehte sie sich um und beobachtete, wie Jian immer kleiner wurde, bis sie nur noch seine Hand sah, die ihr zuwinkte.

Der Flug von Schanghai nach London dauerte dreizehn Stunden und schien nicht enden zu wollen. Von Zeit zu Zeit nickte Olivia ein und hatte dann beunruhigende Träume. Manchmal sah sie Norah vor sich, lachend und voller Lebenskraft wie früher, dann wieder regungslos auf dem Bett liegend. Auch Jian war da, wie er sich mit gequälter Miene von ihr verabschiedete. Schließlich tauchte das Gesicht ihrer Tante vor ihr auf, wie sie es Stunden zuvor auf dem Laptop gesehen hatte. Bei der Aussicht darauf, nach China zu fliegen, wirkte diese bestürzt. Nun wusste Olivia, dass sie es sich nicht eingebildet hatte. Norah hatte die ganze Zeit geahnt, dass es ihr nicht gut ging, und es überspielt.

Im Schlaf liefen ihr die Tränen über die Wangen.

Am Flughafen wurde Olivia von Jack abgeholt, der ziemlich mitgenommen wirkte.

„Sie liegt auf der Intensivstation", berichtete er. „Als ich sie vor einer Stunde verlassen habe, lebte sie noch, aber es geht ihr sehr schlecht."

„Dann fahre ich direkt dorthin."

„Soll ich Ihr Gepäck mitnehmen?", erbot er sich. „Bestimmt möchten Sie so lange bei Norah wohnen."

Erst in diesem Moment fiel ihr ein, dass sie ja keine Bleibe mehr in England hatte. Nachdem sie sich bei ihm bedankt hatte, fuhr sie mit dem Taxi zum Krankenhaus.

Im Gebäude lief sie die letzten Meter zur Intensivstation, von Panik erfüllt. Eine Schwester kam ihr entgegen und lächelte sie an.

„Keine Angst", informierte sie sie freundlich. „Sie lebt."

Allerdings schien Norahs Leben am seidenen Faden zu hängen. Langsam näherte Olivia sich dem Bett, entsetzt über den Anblick der alten Frau, die regungslos dalag und an zahlreiche Schläuche angeschlossen war.

„Norah", sagte sie mit bebender Stimme. „Ich bin's. Kannst du mich hören?"

Die Schwester brachte ihr einen Stuhl. „Leider hat ihr Zustand sich seit ihrer Einlieferung nicht geändert."

„Aber sie kommt bald wieder zu sich, nicht wahr?", fragte Olivia beinah flehend.

„Das hoffen wir", erwiderte die Schwester sanft.

Dann beugte Olivia sich über ihre Tante. Obwohl deren Gesicht von den Schläuchen fast verdeckt war, konnte sie sehen, wie fahl es war. Außerdem wirkte Norah hagerer als vorher, und ihre Falten traten deutlicher hervor. Wie hatte sie sie nur in England zurücklassen können?

Doch sie hatte nicht gewusst, wie es tatsächlich um sie stand, denn Norah hatte sich bei ihren Gesprächen übers Internet immer fröhlich und unbekümmert gegeben. Für sie war nur wichtig gewesen, dass es ihrer Nichte gut ging.

Und nun lag sie im Sterben und würde das Bewusstsein womöglich nicht mehr wiedererlangen und erfahren, dass der Mensch, den sie am meisten liebte, zu ihr zurückgekehrt war.

„Es tut mir so leid", sagte Olivia heiser. „Ich hätte nicht so lange wegbleiben dürfen. Du hast so viel für mich getan, Liebes, und ich war nicht für dich da."

Norahs Hände lagen regungslos auf der Decke. Olivia nahm eine zwischen ihre, in der Hoffnung, ihre Tante würde ihre Anwesenheit spüren. Aber diese reagierte nicht. Vielleicht würde sie nie erfahren, dass sie bei ihr war.

„Bitte", flehte Olivia. „Stirb nicht, ohne mit mir gesprochen zu haben. *Bitte*!"

Doch ihre Tante gab nach wie vor kein Lebenszeichen von sich. Man hörte nur das rhythmische Geräusch des Beatmungsgeräts.

Verzweifelt legte Olivia den Kopf auf das Kissen.

11. KAPITEL

Sie musste ungefähr eine Stunde so dagelegen und um ein Wunder gebetet haben, die Hand ihrer Tante fest umschlossen.

Als dieses dann tatsächlich geschah und Norah kaum merklich ihre Hand drückte, musste Olivia weinen. Offenbar hatte ihre Tante ihre Anwesenheit gespürt. Daran musste sie sich festhalten.

Olivia wachte irgendwann auf, als jemand sie sanft schüttelte.

„Tut mir leid", sagte sie leise. „Ich wollte nicht einschlafen, aber der Jetlag ..."

„Ich weiß", erwiderte die Krankenschwester mitfühlend. „Würden Sie bitte draußen warten, während wir sie versorgen?"

Benommen ging Olivia in den Flur, wo sie auf einen Stuhl sank und sich erschöpft an die Wand lehnte. Vor Kummer und Verzweiflung wusste sie nicht mehr ein noch aus.

Schließlich riss sie sich zusammen und zwang sich, einen klaren Gedanken zu fassen. Sie konnte ihre Mutter anrufen.

Melisande meldete sich sofort. In wenigen Sätzen teilte Olivia ihr mit, was passiert war und dass sie im Krankenhaus wartete.

„Sie kann jeden Moment sterben", fügte sie hinzu. „Wann kannst du hier sein?"

„Wie bitte? Ach, Schatz, ich glaube nicht ... Außerdem hat sie ja dich. Seit du nach China gegangen bist, hat sie von nichts anderem geredet. Du bist diejenige, die sie bei sich haben möchte. Sag mir Bescheid, wenn es etwas Neues gibt."

Schnell legte sie auf.

Was hatte ich denn erwartet? fragte Olivia sich bitter.

Im nächsten Moment erschien die Schwester wieder und bedeutete ihr, einzutreten.

„Sie ist gerade zu sich gekommen", informierte sie sie lächelnd. „Sie wird sich sehr freuen, Sie zu sehen."

Norah hatte die Augen nur halb geöffnet, doch ein Strahlen huschte über ihr Gesicht.

„Du bist gekommen", flüsterte sie.

„Natürlich."

Sichtlich zufrieden schloss ihre Tante die Lider wieder. Olivia setzte sich zu ihr ans Bett und hielt ihre Hand, bis die Schwester nach einer Stunde zurückkehrte.

„Sie sollten nach Hause fahren und sich ausruhen. Der Zustand Ihrer

Tante ist jetzt stabil. Geben Sie mir Ihre Telefonnummer, dann rufe ich Sie an, falls etwas sein sollte."

Norahs Wohnung war dunkel und kalt. Starr betrachtete Olivia ihre Koffer, die Jack in den Flur gestellt hatte. Momentan fühlte sie sich außerstande, ihre Sachen auszupacken.

Verzweifelt sehnte sie sich nach Jian, danach, seine Stimme zu hören und ihn ganz nah zu spüren. Er war so weit weg, und zwar in jeder Hinsicht. Plötzlich schien es ihr unvorstellbar, dass sie ihn jemals wiedersehen würde.

Von innerer Unruhe erfüllt, begann sie, in der Wohnung auf und ab zu gehen. Noch vor weniger als vierundzwanzig Stunden war sie die glücklichste Frau auf der Welt gewesen, und nun sah sie nur noch Dunkelheit und Leere vor sich.

Jian hatte ihr ewige Liebe versprochen. Aber woran mochte er jetzt denken? An sie oder an das bevorstehende Bewerbungsgespräch? Plötzlich war sie davon überzeugt, dass er sie gleich nach ihrem Abschied vergessen hatte.

Natürlich konnte sie ihn anrufen, doch sie war so durcheinander, dass sie nicht wusste, wie spät es jetzt in China war. Vielleicht wollte er gerade nicht gestört werden.

Sie nahm ihr Mobiltelefon aus der Handtasche und blickte es starr an, nachdem sie auf einen Stuhl gesunken war. Nach einer Weile legte sie es auf den Tisch.

Plötzlich klingelte es.

„Warum hast du dich nicht gemeldet?", erklang Jians Stimme. „Ich habe die ganze Zeit darauf gewartet, dass du mich anrufst, sobald du etwas Neues weißt. Ich hätte fast den Verstand verloren und habe schon nachgesehen, ob deine Maschine wirklich gelandet ist."

„Oh nein!" Nun brachen all die aufgestauten Gefühle sich Bahn, und Olivia fing an zu weinen.

„Was ist los, Schatz? Ist sie tot?"

„Nein, sie lebt und kämpft."

Dann erzählte sie ihm von ihrer Reise und ihrer Ankunft im Krankenhaus, ohne wirklich zu wissen, was sie sagte. Sie war beinah hysterisch vor Erleichterung, dass er angerufen hatte.

„Das hört sich doch positiv an", erwiderte Jian schließlich. „Wenn sie die ersten vierundzwanzig Stunden überstanden hat, hat sie gute Chancen. Sie wird bald wieder auf den Beinen sein."

„Und wie geht es dir?"

„Ich bin wieder in Peking."

„Hast du wegen des Jobs schon etwas unternommen?"

„Nein, hier ist noch früher Morgen. Nachher fahre ich zur Arbeit. So bald wie möglich werde ich übers Internet Kontakt mit dir aufnehmen, damit wir uns sehen können."

„Du kannst mich über Norahs Postfach kontaktieren. Ich bleibe vorerst hier."

„Leg dich erst mal hin und schlaf etwas. Sicher bist du völlig übermüdet. Ich liebe dich."

„Ich liebe dich auch", antwortete Olivia wehmütig.

Nachdem sie ihr Telefon ausgeschaltet hatte, fiel sie ins Bett und versuchte sich einzureden, dass Jian recht hatte und es Norah bald besser gehen würde. In ihrem tiefsten Inneren wusste sie allerdings, dass er zu optimistisch war. Selbst wenn Norah sich ein wenig erholte, würden große Probleme auf sie zukommen, denen er sich momentan wohl noch nicht stellen wollte.

Gleich am nächsten Morgen fuhr Olivia wieder ins Krankenhaus. Nach einer Stunde öffnete Norah die Augen und lächelte glücklich, als sie sie sah.

„Ich dachte, ich hätte nur geträumt, dass du hier bist", sagte sie matt.

„Nein, ich bin da. Und ich bleibe und kümmere mich um dich, bis es dir wieder besser geht."

„Was ist mit Jian?"

„Es geht ihm gut. Ich habe gestern mit ihm telefoniert."

„Was sind das für Neuigkeiten, die er mir erzählen wollte?"

„Er hat Aussichten auf einen sehr guten Job."

Olivia erzählte noch ein wenig, bis Norah wieder die Augen schloss und einnickte.

„Wird sie es schaffen?", wandte Olivia sich leise an die Schwester.

„Der Arzt glaubt, ja. Trotz ihres Alters ist sie sehr robust."

Als Olivia an diesem Tag nach Hause kam, ging es ihr schon viel besser. Norah würde sich erholen, und Jian und sie würden wie geplant heiraten können. Daran *musste* sie glauben.

Am nächsten Tag nahm Jian übers Internet Kontakt mit ihr auf, sodass sie zum ersten Mal seit ihrem Abschied sein Gesicht sah. Sofort begann ihr Herz schneller zu pochen. Er war so nah und doch so weit weg. Schnell berichtete sie ihm von der Prognose des Arztes.

231

„Na, was habe ich gesagt?", meinte er fröhlich. „Biyu wird sich riesig freuen. Sie hat sogar schon das Datum für unsere Hochzeit festgesetzt – den dreiundzwanzigsten nächsten Monat."

Sie lachte unsicher. „Ich komme, so schnell ich kann." Wie hohl die Worte selbst in ihren Ohren klangen!

„Nächste Woche findet übrigens das Bewerbungsgespräch statt, und jemand hat mir im Vertrauen gesagt, ich hätte gute Chancen."

„Das freut mich riesig für dich, Schatz. Dann geht dein größter Wunsch in Erfüllung."

„Nicht der größte", verbesserte Jian sie.

„Ja. Allerdings sieht vieles nun, da wir voneinander getrennt sind, plötzlich ganz anders aus."

„Das sind wir nicht", widersprach er. „Hier drinnen …" Er tippte sich auf die Brust. „… bist du immer noch bei mir und wirst es immer sein. Nichts hat sich geändert."

Wenn sie ihn so reden hörte, fiel es ihr nicht schwer, ihm zu glauben. Doch sobald sie die Verbindung getrennt hatten, wurde Olivia umso deutlicher bewusst, wie groß die Distanz zwischen ihnen war.

Nach und nach verfiel sie in eine gewisse Routine. Vormittags machte sie sauber und ging einkaufen, nachmittags besuchte sie Norah, die man inzwischen auf die normale Station verlegt hatte.

An den Abenden nahm sie immer Kontakt zu Jian auf, für sie der Höhepunkt des Tages. Nachdem sie das Gespräch beendet hatten, zählte Olivia die Stunden bis zum nächsten.

Schweren Herzens machte sie sich bewusst, dass es Norah damals genauso ergangen sein musste. Verzweifelt hatte sie auf Nachricht von ihrem Verlobten gewartet, bis es keine Hoffnung mehr gab.

Eines Tages meldete Jian sich nicht zur gewohnten Zeit. Als er schließlich online erschien, entschuldigte er sich damit, dass er im Krankenhaus hatte einspringen müssen.

„Es gab einen Notfall, für den alle verfügbaren Kräfte gebraucht wurden. Ich habe beschlossen, meinen Urlaub abzubrechen und wieder anzufangen. Ich weiß also nicht, wann ich mich abends melden kann."

„Das macht nichts. Ich bleibe dann einfach online."

Genauso hatte Norah es mit ihr auch gehalten. Diese Erkenntnis ließ sie erschauern.

An dem Tag, als das Bewerbungsgespräch stattfand, wartete Olivia stundenlang vor dem Computer. Sobald sie Jians Gesicht sah, wurde ihr bewusst, dass es gut gelaufen war.

„Nächste Woche habe ich einen zweiten Termin mit dem Vorstand", verkündete Jian triumphierend.

Auch dieses Gespräch verlief bestens, und er berichtete, dass mehrere Vorstandsmitglieder sich begeistert über seine Arbeit geäußert hätten. Es gab allerdings einen Mitbewerber namens Guo Daiyu, der seinen Worten zufolge brillant war.

„Er hat erst in letzter Minute von der Ausschreibung erfahren und sich dann noch schnell beworben", erzählte Jian. „Er gilt als hervorragender Arzt und ist der Einzige, der mir den Job streitig machen könnte."

Sie versuchte ihn zu trösten, doch sie merkte ihm an, wie schrecklich die Vorstellung für ihn war, so kurz vor dem Ziel noch zu verlieren.

Es ist seltsam, überlegte Olivia, während sie in den frühen Morgenstunden wach lag. Jian glaubte an die Legende seiner Familie und sah sich als Romantiker, aber im Grunde seines Herzens war er ein sehr ehrgeiziger Mann, der den Wert praktischer Dinge kannte.

Obwohl sie immer noch an seine Liebe glaubte, wusste sie, dass Probleme auf sie zukamen, die ihre Beziehung ernsthaft gefährdeten.

Plötzlich musste Olivia an die Geschichte mit Natalie denken. Jian hatte sie geliebt, sich allerdings von ihr getrennt, weil sie seinen Plänen im Weg stand. Das war die Botschaft, klar und deutlich.

Dann geschah etwas, das ein anderes Licht auf ihr jetziges Leben warf.

Nachdem Olivia sie förmlich dazu gedrängt hatte, besuchten ihre Eltern Norah schließlich doch im Krankenhaus. Die beiden lachten viel, sagten genau die richtigen Dinge und gingen bald wieder.

Ihr Vater wirkte ihr gegenüber leicht verlegen, was Olivia allerdings auch nicht anders erwartet hatte. Er murmelte etwas über ihre finanzielle Situation, drückte ihr dann einen Scheck in die Hand und verabschiedete sich von ihr.

Als sie die Summe sah, erschrak sie, nahm das Geld aber an, weil sie tatsächlich knapp bei Kasse war. Trotzdem fragte sie sich, was ihn dazu bewogen haben mochte.

Das erfuhr sie, als ihre Mutter sie an dem Abend anrief.

„Ich habe wundervolle Neuigkeiten für dich, Schatz. Du wirst begeistert sein – aber ich denke, du hast es längst erraten."

„Nein. Was ist denn?"

„Dad und ich wollen heiraten."

„*Wie bitte?*"

„Ist das nicht schön? Nach all den Jahren haben wir herausgefunden, dass wir uns immer noch lieben und immer füreinander bestimmt waren. Findest du das nicht auch?"

„Ich weiß nicht", flüsterte Olivia benommen.

Zum Glück war ihre Mutter zu sehr mit sich selbst beschäftigt, um es zu registrieren.

„Wir haben beide so viel durchgemacht, aber das war es uns wert, denn nun haben wir uns wiedergefunden. Die Hochzeit findet nächsten Freitag statt, und ich möchte, dass du meine Brautjungfer bist."

Eigentlich hätte sie damit rechnen müssen. Dennoch war es ein Schock für Olivia.

„Melly, ich glaube nicht …"

„Bitte tu mir den Gefallen, Schatz. Stell dir nur vor … Du als Produkt unserer Liebe als meine Brautjungfer … Sei kein Spielverderber. Natürlich machst du es."

„Und deswegen habe ich eingewilligt", erzählte Olivia am nächsten Tag ihrer Tante. „Oder vielmehr hat sie mich überredet, und ich hatte nicht die Kraft, Nein zu sagen. Ich kann das Ganze einfach nicht ernst nehmen."

„Oh, das ist es", bemerkte Norah scharf. „Man kann es deiner Mutter nicht verdenken. Die Zeit rast, und es geht um viel Geld."

„Was meinst du damit?"

„Dein Vater hat vor einiger Zeit eine hohe Summe in der Lotterie gewonnen."

„Deswegen also der Scheck."

„Es freut mich, dass er wenigstens so viel Anstand hatte, dir etwas davon abzugeben, auch wenn er dich damit gewissermaßen zum Schweigen gebracht hat. Momentan schwimmt er im Geld, was sicher einiges erklärt."

„Ach du meine Güte!" Nun musste Olivia lachen.

Und so nahm sie an der Hochzeit teil, die im großen Stil gefeiert wurde, und ertrug den Anblick ihrer Eltern, die sich wie liebeskranke Teenager benahmen. Auf dem Empfang hielten viele Gäste eine Rede, in der von der Macht der ewigen Liebe die Rede war, und danach umarmte Melisande sie überschwänglich.

„Es tut mir so leid, dass du allein kommen musstest. Hättest du nicht irgendeinen netten jungen Mann mitbringen können? Schließlich sollst du ja nicht als alte Jungfer enden, stimmt's?"

„Ich finde, es gibt Schlimmeres, als allein zu leben", erwiderte Olivia nachsichtig. „Jedenfalls freue ich mich sehr für euch, Mutter."

„Du hast mir versprochen, mich nicht so zu nennen."

Olivia besann sich auf ihren Sinn für Humor. „Wenn ich meine Mutter nicht einmal an dem Tag, an dem sie meinen Vater heiratet, so nennen kann, wann dann?"

„Wie bitte?"

„Schon gut. Auf Wiedersehen, Mutter. Alles Gute für euch!"

Der Termin für ihre eigene Hochzeit rückte immer näher, und Olivia wurde das Herz schwer, wenn sie daran dachte.

„Biyu konzentriert sich jetzt auf Weis Hochzeit", berichtete Jian. „Eigentlich wollten er und Suyin erst im Herbst heiraten, aber sie hat angeordnet, dass sie die Trauung auf den dreiundzwanzigsten vorverlegen sollen."

Der nächste Tag fing mit einer angenehmen Überraschung an. Jian hatte ihr ein Paket geschickt, und als sie es auspackte, stellte sie fest, dass es eine Brosche in Form eines Schmetterlings enthielt, die der anderen glich. Auf der beiliegenden Karte hatte er geschrieben:

Soll ich dir sagen, dass immer noch alles wahr ist? Melde dich bei mir, sobald du das hier bekommst, egal, wie spät es ist.

In Peking war Mitternacht, doch er wartete auf sie.

„Endlich!", sagte er nachdrücklich. „Ich hatte so gehofft, dass ich deinen Anruf nicht verpasse."

„Du siehst ziemlich müde aus", bemerkte Olivia liebevoll. „Du solltest früher ins Bett gehen."

„Erst wenn ich mit dir gesprochen habe. Und, gefällt dir die Brosche?"

„Es war genau das, was ich brauchte."

„Sag mir, dass du mich noch liebst."

„Ja, Sir." Sie salutierte. „Zu Befehl."

„Entschuldige." Jian lächelte jungenhaft. „Ich habe mich nicht verändert. Ich gebe immer noch Befehle, stimmt's?"

„Nicht ganz. Du ziehst vielmehr im Hintergrund die Fäden. Wahrscheinlich übst du schon für deinen neuen Job. Gibt es etwas Neues?"

235

„Sie müssten mir jeden Tag Bescheid geben. Du hast mir immer noch nicht gesagt, dass du mich liebst, Schatz."

Zum ersten Mal seit Wochen fühlte sie sich wieder unbeschwert. „Hm, ich weiß nicht …", neckte sie ihn und verstummte, als sein Telefon klingelte.

Er nahm ab und wurde sofort ärgerlich. „Was, *jetzt*? Gut, ich komme." Dann wandte er sich wieder ihr zu. „Das war das Krankenhaus. Ich muss weg. Wir reden morgen weiter."

„Jian, ich …"

Doch er hatte die Verbindung schon getrennt.

Eine ganze Weile saß Olivia noch da und blickte auf den Monitor. Schließlich ging sie ins Bett.

Am nächsten Morgen informierte der behandelnde Arzt sie: „Ihre Tante kommt noch nicht allein zurecht. Aber wenn Sie bei ihr wohnen, können wir sie nach Hause schicken."

„Ja, ich kümmere mich um sie", erwiderte sie leise.

Noch am selben Nachmittag wurde Norah entlassen. Nachdem sie in ihrer Wohnung eingetroffen waren, setzten sie sich ins Wohnzimmer, um zu plaudern. Allerdings wurde Norah schnell müde, sodass Olivia ihr ins Bett half und noch eine Weile bei ihr blieb. Dabei spürte sie, wie die Verantwortung schwer auf ihr lastete.

An diesem Abend meldete Jian sich früh. Sein strahlendes Gesicht sprach Bände.

„Du hast den Job bekommen!", rief Olivia.

„Ja, seit heute ist es offiziell. Ich habe jetzt einen Dreijahresvertrag und verdiene mehr als vorher. Wir können uns also eine schöne Wohnung suchen."

„Hast du den Vertrag schon unterschrieben?"

„Ja, bevor sie es sich anders überlegen. Schade, dass du nicht hier bist! Sonst wäre alles perfekt gewesen."

Das war es also. Er hatte sich endgültig gebunden, und das ironischerweise an dem Tag, an dem ihr bewusst geworden war, wie es um Norah stand. Nun würden ihre Wege sich endgültig trennen.

Lächelnd gratulierte sie ihm und sagte ihm, wie glücklich sie wäre und wie sehr sie ihn liebte.

„Ich liebe dich auch über alles", erwiderte Jian. „Und ich kann es gar nicht erwarten, unser gemeinsames Leben zu beginnen. Grüß Norah ganz herzlich von mir und sag ihr, sie soll schnell wieder gesund werden."

„Das mache ich", versprach sie.

Zu ihrer Erleichterung wurde die Verbindung im nächsten Moment unterbrochen. So konnte er nicht mehr sehen, wie ihr die Tränen über die Wangen liefen.

Eine Stunde später sah sie nach Norah, die gerade aus ihrem Schlaf aufgewacht und guter Dinge war.

„Komm her." Sie klopfte neben sich aufs Bett.

Als Olivia sich zu ihr setzte, fiel das Licht der Nachttischlampe auf die Brosche an ihrer Bluse.

„Hat er sie dir geschenkt? Mir ist schon aufgefallen, dass du sie immer trägst."

„Ja, auf dem Flughafen, als wir uns voneinander verabschiedet haben."

Olivia nahm die Brosche ab und reichte sie Norah, die sie daraufhin eingehend betrachtete.

„Sie ist wunderschön", flüsterte sie schließlich. „Sicher hat sie eine besondere Bedeutung für dich."

„Einer alten chinesischen Legende zufolge symbolisieren Schmetterlinge ewige Liebe."

Dann erzählte Olivia ihr die Geschichte von Liang Shanbo und Zhu Yingtai.

„Selbst der Tod konnte sie nicht trennen", flüsterte Norah ergriffen. „Ja, genauso ist es."

„Wie hast du nur all die Jahre ohne ihn ertragen?", fragte Olivia leise.

„Er war doch immer bei mir, Liebes. Wenn meine Zeit kommt, werde ich keine Angst haben, weil wir dann wieder vereint sind. Du kannst dich wirklich glücklich schätzen, dass du Jian hast. Er ist ein sehr verständnisvoller Mann."

„Aber wie soll ich ihn je heiraten? Wie konnte ich mich überhaupt mit ihm verloben? Ich kenne ihn doch kaum!"

„Du darfst die Hoffnung nicht aufgeben. Schließlich hast du dein ganzes Leben noch vor dir. Ich könnte es nicht ertragen, wenn du alles für mich aufgeben würdest. Bitte vergeude es nicht damit, indem du dich mit Reue quälst und dich fragst, was gewesen wäre, wenn …" Traurig verstummte ihre Tante.

„Du hättest doch nichts ändern können", wandte Olivia ein.

„Ja, aber …" Norah schwieg eine Weile. Dann schien sie einen Entschluss zu fassen. „Ich habe dir so viel über Edward erzählt, aber es gibt da etwas, worüber ich noch nie mit einem Menschen gesprochen habe. Vor fünfzig Jahren war Sex vor der Ehe tabu.

Ich habe Edward über alles geliebt, und als er mit mir schlafen wollte, wollte ich es auch, hatte aber Angst davor, dass er mich danach verachten würde. Also taten wir es nicht. Ich war vernünftig. Er hingegen reagierte gekränkt und dachte, meine Gefühle für ihn wären nicht stark genug. Ich nahm mir vor, es nach der Heirat wiedergutzumachen. Aber er musste erst seinen Wehrdienst ableisten, bevor wir heiraten konnten. Von einem Tag auf den anderen wurde er ins Ausland geschickt. Eigentlich war es nur ein Routineeinsatz, aber Edward wurde von einem Heckenschützen getötet. Für mich brach eine Welt zusammen. Abend für Abend habe ich geweint, doch es war zu spät. Er war gestorben, ohne zu wissen, wie sehr ich ihn liebe. Oh, Edward, bitte verzeih mir!"

Hemmungslos begann sie zu schluchzen, als wäre das alles erst vor Kurzem passiert. Olivia nahm sie in die Arme und konnte die Tränen auch nicht mehr zurückhalten. Jahrelang hatte sie Norah zu verstehen geglaubt, doch erst jetzt wurde ihr bewusst, wie tief ihr Schmerz war.

Als ihre Tante sich irgendwann beruhigte, riss Olivia sich zusammen. „Aber heute ist es anders. Jian und ich haben schon miteinander geschlafen."

„Dann wisst ihr ja, was ihr einander bedeutet, und du darfst es nicht aufs Spiel setzen. Ich möchte jedenfalls nicht miterleben, wie du jeden Tag wünschst, du könntest es ungeschehen machen."

„Norah, ich habe nachgedacht. Ich kehre für kurze Zeit nach China zurück, um meine Wohnung zu übergeben und mit Mrs Wu zu sprechen. Natürlich werde ich mich auch mit Jian treffen. Vielleicht können wir uns darauf einigen, dass ich zwischen England und China hin- und herpendle. Wenn nicht …"

„Auf keinen Fall. Du darfst nicht mit ihm Schluss machen."

„Ich lasse dich aber nicht allein."

„Das bin ich auch nicht. Da wäre noch der Rest der Familie."

„Oh ja! Mum und Dad, die sich nur wichtigmachen. Und die anderen, die dir zu Weihnachten eine Karte schicken. Ich muss wenigstens ab und zu bei dir sein. Jian wird es verstehen."

„Vielleicht kehrt er ja nach England zurück."

„Nein." Energisch schüttelte Olivia den Kopf. „Ich würde ihn niemals fragen. Außerdem hat er schon den neuen Arbeitsvertrag unterschrieben."

Den anderen Grund dafür nannte sie ihrer Tante nicht. Die Geschichte über seine Exfreundin hatte eine versteckte Warnung enthalten. Bei einer anderen Gelegenheit hatte er gesagt, er wäre kein netter Mensch, weil er alles verwirklichen würde, was er sich einmal in den Kopf gesetzt hätte.

Sie klammerte sich an die Vorstellung, dass Jian und sie trotzdem zusammen sein konnten, wenn sie eine Fernbeziehung führten, auch wenn dies alles andere als einfach sein würde.

Nachts schlief Olivia mit Ming Zhi im Arm und umklammerte das Plüschtier von Mal zu Mal fester, als könnte sie sich dadurch wieder auf ihren gesunden Menschenverstand besinnen, der ihr schon durch so viele Krisen geholfen hatte.

Allerdings hatte er sie nicht davor bewahrt, derart tiefe Gefühle für einen Menschen zu entwickeln, dass sie diesem für immer gehörte.

Sie wusste, dass Jian sie liebte. Doch sie konnte ihn nicht ändern. Hinter seiner gutmütigen Fassade verbarg sich ein eiserner Wille.

Beim Abschied auf dem Flughafen hatte er sehr traurig gewirkt, und sein sehnsüchtiger Blick ließ sie nicht los. Dann fiel ihr ein, wie er gestrahlt hatte, als er ihr erzählte, dass er den Job bekommen hatte. Falls sie sich trennten, würde er es überleben, weil er etwas anderes hatte. Und sie würde überleben, weil sie wusste, dass es ihm gut ging.

Weiter konnte sie nicht denken. Aber der Wunsch, Jian noch einmal zu sehen und ein letztes Mal in seinen Armen zu liegen, war übermächtig. Aus dieser Begegnung würde sie die Kraft schöpfen, ein trostloses Leben ohne ihn zu führen.

Damit ihre Tante gut versorgt war, engagierte sie eine Krankenpflegerin, die sich auf Anhieb mit dieser verstand und gleich bei ihr einzog.

Dann zerbrach sie sich den Kopf darüber, was sie Jian sagen sollte. Er kam ihr allerdings zuvor, indem er ihr in einer SMS mitteilte, dass er die ganze Nacht im Krankenhaus verbringen musste.

Daraufhin antwortete sie ihm, dass sie nach China kommen würde.

12. KAPITEL

Die Taxifahrt vom Pekinger Flughafen zu ihrer Wohnung dauerte so lange, dass Olivia sich wiederholt in den Arm kneifen musste, um wach zu bleiben. Gleich nach ihrer Ankunft hinterließ sie eine Nachricht auf Norahs Anrufbeantworter, dass sie gut angekommen wäre. Dann legte sie sich hin, um sich kurz auszuruhen, wachte jedoch erst fünf Stunden später auf.

Sie musste Jian eine SMS schicken, und er würde ihr antworten, wann er Zeit hätte. Sie würden miteinander reden und irgendeine halbherzige Lösung finden oder auch nicht.

Noch völlig erschöpft von dem langen Flug, malte Olivia sich alles in den düstersten Farben aus. Nein, Jian würde sich nicht auf eine Fernbeziehung einlassen. Er hatte sich für seine Karriere entschieden und brauchte sie nicht mehr.

Vielleicht hätte sie nicht nach China kommen, sondern alles online mit ihm klären sollen. Ihre Sehnsucht nach ihm ließ sie allerdings nicht los. Sich von ihm zu trennen, ohne ihn noch einmal gesehen und mit ihm geschlafen zu haben, hätte sie nicht ertragen.

Verzweifelt schlug sie die Hände vors Gesicht und stöhnte.

Aber sie war eine Drachenfrau, die sich allen Herausforderungen stellte. Wenn es keine gemeinsame Zukunft für Jian und sie gab, würde sie bis an ihr Lebensende von ihrer Liebe zu ihm zehren müssen.

Plötzlich klopfte es an der Wohnungstür. Nachdem sie in ihren Morgenmantel geschlüpft war, eilte Olivia in den Flur und rief: „Wer ist da?"

„Ich bin's, Jian."

Kaum hatte sie die Tür geöffnet, stürmte er hinein und zog sie an sich, um ihr Gesicht mit heißen Küssen zu bedecken und immer wieder ihren Namen zu flüstern.

„Olivia, Olivia, du bist es wirklich. Halt mich fest … Küss mich."

„Ja. Ich bin gekommen, weil …"

„Pst", brachte er sie zum Schweigen. „Lass uns später reden."

Dann presste er die Lippen auf ihre, um seiner Leidenschaft Ausdruck zu verleihen. Während er sie küsste, streifte er ihr erst den Morgenmantel und danach das Nachthemd ab.

Genauso schnell entledigte er sich seiner Sachen, und als er nackt war, begriff sie, warum. Er konnte sein Verlangen kaum noch zügeln. Fast warf er sie aufs Bett und legte sich auf sie, um sie hemmungslos zu lieben.

Sie hatte ganz vergessen, was für ein fantastischer Liebhaber er war, wie er sie mit Lippen und Händen erregen konnte. Doch er bewies es ihr ein ums andere Mal, nahm ohne Rücksicht, gab aber auch vorbehaltlos.

Nachdem sie einen ekstatischen Höhepunkt erreicht hatten, lagen sie eng umschlungen und völlig erschöpft da. Jian hatte die Augen geschlossen, und Olivia wusste nicht, ob er eingeschlafen war. Zärtlich verstärkte sie ihren Griff.

„Ich liebe dich", flüsterte sie. „Du ahnst gar nicht, wie sehr, denn mit Worten kann ich es nicht ausdrücken."

„Das brauchst du auch nicht", erwiderte er leise. „Sag jetzt nichts mehr."

Er hatte recht. In diesem Moment bedurfte es keiner Worte. Sie lebte wieder ihren Traum, in dem nur er existierte. Irgendwann schlief sie selig ein.

Als Olivia aufwachte und Jian am Fenster sitzen sah, ahnte sie nichts Gutes. Nach ihrer leidenschaftlichen Begegnung hätte er sich nicht von ihr lösen dürfen.

Doch er telefonierte gerade und schien sie gar nicht wahrzunehmen.

Verblüfft und desillusioniert legte sie sich hin, denn in diesem Augenblick wurde ihr klar, welche Rolle sie nun in seinem Leben spielte.

Sobald er das Gespräch beendet hatte, drehte er sich um und lächelte sie an. Dann kam er ins Bett, um sie an sich zu ziehen.

„Danke", sagte er. „Dafür, dass du zu mir zurückgekommen bist. Lass mich dich ansehen. Ich kann immer noch nicht glauben, dass du wirklich hier bist. Küss mich, Olivia."

Sie tat es, wieder und wieder, bis er sich irgendwann lachend von ihr löste.

„Wenn wir nicht sofort aufhören, verliere ich die Beherrschung und kann dir die Neuigkeiten nicht mehr mitteilen."

„Welche Neuigkeiten?", flüsterte sie.

„Ich kehre mit dir nach England zurück, um mit dir zusammenzuleben."

„Aber … das geht nicht. Dein neuer Job …"

„Ich habe gerade mit meinem Chef telefoniert. Ich hatte gestern mit ihm gesprochen und ihn gebeten, den Vertrag aufzulösen. Mir war klar, dass es nicht einfach wird, aber er sagte, Guo Daiyu und ich wären in der engsten Wahl gewesen und vielleicht wäre Guo noch interessiert.

Gerade hat er mich angerufen, um mir mitzuteilen, dass Guo kurzfristig anfangen kann. Ich wollte es dir gestern Abend erzählen, wollte mir aber erst sicher sein. In ein paar Wochen bin ich frei, und wir können zusammen nach England fliegen. Wir werden bei Norah wohnen und uns um sie kümmern. Und wenn … wenn sie uns nicht mehr braucht, kehren wir nach China zurück."

„Der Job bedeutet dir doch alles!", rief Olivia.

„Nein, *du* bedeutest mir alles. Ich würde alles tun, um dich nicht zu verlieren."

„Aber als du damals die Wahl zwischen Natalie und deiner Karriere hattest, hast du dich von ihr getrennt."

„Ja, weil sie anders war als du. Ich habe die Beziehung beendet, weil es etwas gab, das mir wichtiger war. Von dir hingegen kann ich mich nicht trennen, weil es *nichts* gibt, was ich mir mehr wünsche. Und das wird es auch nie. Weißt du noch, wie ich zu dir gesagt habe, man müsste sich erst selbst verstehen? Durch dich habe ich mich erst richtig kennengelernt. Vorher dachte ich, keine Frau könnte mir je so viel bedeuten, dass ich meine Pläne für sie ändern würde. Aber dann habe ich dich kennengelernt und festgestellt, dass ich falschgelegen hatte. Nur du warst mir wichtig. Wir müssen so schnell wie möglich heiraten. Und sag nicht Nein."

„Heiraten?", flüsterte sie.

„Wenn du nicht meine Frau wirst, wird mein Leben leer sein. Empfindest du nicht genauso?"

„Ja, *ja*! Aber vorher war nie davon die Rede, dass du nach England kommst, und …"

„Du hast mich ja auch nie gefragt", erwiderte Jian mit einem vorwurfsvollen Unterton. „Allerdings ist das meine Schuld. Schließlich habe ich fast immer nur von mir und meinen Bedürfnissen gesprochen. Irgendwann kehren wir wieder zurück, und dieser Job wird nicht der letzte sein."

„Dann musst du aber wieder ganz von vorn anfangen."

Nun zog er sie an sich. „Sag jetzt nichts mehr." Dann presste er die Lippen auf ihre.

Es war kein leidenschaftlicher, sondern ein unendlich zärtlicher Kuss, voller Verheißung auf eine glückliche gemeinsame Zukunft.

Wie aus weiter Ferne hörte Olivia, wie es an der Tür klopfte. Nachdem Jian sich von ihr gelöst hatte, ging er hin, um zu öffnen. Dann sprach er leise mit jemandem. Als er zurückkam, hatte er ein Stück Papier in der Hand.

„Das war dein Vermieter", erklärte er. „Ich hatte ihn informiert, dass du heute ausziehst." Er zeigte es ihr.

„Das ist ja eine Abschlussrechnung", meinte sie erstaunt. „Und sie ist schon bezahlt."

„Das habe ich gerade gemacht. Er möchte, dass es schnell über die Bühne geht, weil er schon einen anderen Interessenten hat."

„Hast du das alles arrangiert?"

„Ja. Komm, lass uns packen, damit ich dich abliefern kann, bevor ich zur Arbeit fahre."

„Und wo genau willst du mich hinbringen?"

„Zu meiner Familie. Ich quartiere dich in meinem Zimmer ein, bis wir in zwei Wochen heiraten."

„Du gibst mir ja schon wieder Befehle! Gestehst du mir etwa nicht das Recht zu, selbst zu entscheiden?"

Daraufhin umfasste Jian sanft ihre Schultern. „Das habe ich doch die ganze Zeit getan, Schatz, und du weißt ja, wohin es geführt hat. Nein, diesmal gehe ich kein Risiko ein. Meine Verwandten werden dich im Auge behalten und dafür sorgen, dass du nicht heimlich verschwindest. Und nun lass uns loslegen."

Als sie wenige Stunden später vor dem *hutong* vorfuhren, in dem seine Familie wohnte, wurden sie überschwänglich von dieser begrüßt. Jian, der gleich weiter zum Krankenhaus musste, wies seine Verwandten an, Olivia im Auge zu behalten.

Sofort umringten die Frauen sie lachend, doch Olivia wusste, dass es nicht nur Spaß war. Jian würde es nicht ertragen, sie ein zweites Mal zu verlieren, und hatte deshalb keine Ruhe, wenn er von ihr getrennt war.

„Vor dem großen Tag gibt es noch eine Menge zu erledigen", sagte Biyu, während sie zusammen Tee tranken. „Deshalb müssen wir uns unbedingt zusammensetzen."

„Jian meinte, du hättest schon alles bis ins kleinste Detail geplant", erwiderte Olivia.

„Ach, was weiß er denn schon? So, und nun an die Arbeit. Das hier ist ein Album mit Fotos von Suyins Hochzeit. Es war ein wunderschönes, traditionelles Fest, und euers wird genauso."

„Glaubt ihr, eine traditionelle Zeremonie wäre das Richtige für mich?", fragte Olivia ein wenig verunsichert.

„Natürlich. Was sonst?"

Als Olivia das Album durchblätterte, stimmte sie Biyu zu. Sowohl die Braut als auch der Bräutigam trugen lange Seidengewänder in Dunkelrot, das Glück symbolisierte. Plötzlich konnte sie es gar nicht erwarten, Jian in diesen prachtvollen Sachen zu sehen.

„Wir müssen eine Menge besorgen", verkündete Biyu.

„Ihr lasst mich also aus dem Haus?", scherzte Olivia. „Ihr habt Jian doch versprochen, mich nicht aus den Augen zu lassen."

Biyus Augen funkelten. „Stimmt. Und deshalb werden vier von uns dich auf Schritt und Tritt begleiten."

Olivia lachte amüsiert. Nachdem es ihr lange Zeit so schlecht gegangen war, schien es ihr nun, als wäre alles nur ein schöner Traum, aus dem sie hoffentlich niemals erwachen würde.

Schließlich fuhren sie zu acht in die Stadt, weil keiner sich die Gelegenheit auf einen ausgedehnten Einkaufsbummel entgehen lassen wollte. Auch für die Gäste, hauptsächlich Familienmitglieder aus allen Teilen Chinas, besorgten sie Geschenke und kleine Aufmerksamkeiten.

„Kommen denn viele?", erkundigte sich Olivia, als sie sich in einem Teehaus ausruhten.

„Ungefähr hundert", erwiderte Biyu lässig.

„Auf unserer Hochzeit waren nur achtzig Gäste", verkündete Suyin augenzwinkernd. „Du bist viel interessanter."

„Eins wollte ich schon immer fragen", meinte Olivia. „Als ich bei euch zum Essen eingeladen war, wart ihr alle so wundervoll zu mir …"

„Weil wir wussten, dass du seine zukünftige Frau bist", sagte Biyu. „Wir führen nicht jeden Gast in den Tempel und erzählen ihm von der Legende."

„Hat Jian euch erzählt, dass er mich heiraten will?"

„Nicht direkt. Aber wir haben es ihm angemerkt. Obwohl er dich erst wenige Tage kannte, hat er sich so verhalten wie noch nie zuvor – die Art, wie er über dich geredet hat. Ihm ist wohl selbst gar nicht aufgefallen, dass er sich verraten hat. Wir haben dir die Ehre erwiesen, die dir als seiner zukünftigen Frau gebührt, damit du dich in unserer Familie willkommen fühlst. Die letzten Wochen waren sehr aufregend für uns, weil wir gehofft haben, alles würde sich zum Guten wenden."

Plötzlich wurde Biyu ernst. „Du konntest von ihm weggehen, aber er hat es nicht geschafft. Damit bist du die Stärkere von euch beiden." Leise fügte sie hinzu: „Drachenfrau."

„Er hat euch davon erzählt?"

„Natürlich. Wenn du nur wüsstest, wie stolz er auf dich ist! Er ist auch stark, aber er hat eine Schwäche, und das bist du. Vergiss niemals, dass er dich mehr braucht als du ihn. Es verleiht dir eine gewisse Macht.

Allerdings ist uns allen klar, dass du diese Macht niemals missbrauchen wirst, und so können wir dich ihm guten Gewissens und reinen Herzens übergeben."

„Danke", erwiderte Olivia leise, so tief gerührt, dass ihr das Sprechen schwerfiel. „Ich verspreche, euch nicht zu enttäuschen."

Nun lächelte Biyu. „Das brauchst du uns nicht zu sagen."

Sobald sie zu Hause eintrafen, begannen sie mit der Planung. Biyu wollte, dass alles seine Ordnung hatte.

„Deshalb müssen wir als Erstes deine Eltern um Erlaubnis bitten", erklärte sie.

„Obwohl ich erwachsen bin?", fragte Olivia schockiert. „Außerdem machen sie gerade Flitterwochen auf den Bahamas. Das kann dauern."

„Dann fragen wir deine Großtante Norah. Mitchell meinte, sie wäre wie eine Mutter für dich. Heute Abend nehmen wir übers Internet Kontakt zu ihr auf. Du musst mir nur zeigen, wie es funktioniert."

Biyu zeigte sich fasziniert von dem modernen Kommunikationsmittel. Norah, die schon auf ein Lebenszeichen von Olivia wartete, war entzückt über die Neuigkeit. Nachdem Olivia ihr die anwesenden Familienmitglieder vorgestellt hatte, erzählte Biyu ihr von der Zeremonie, die an diesem Abend stattfinden sollte.

„Dann hole ich jetzt etwas Schlaf nach, damit ich so lange wach bleiben kann", sagte Norah.

An diesem Abend hatte sich die ganze Familie um acht vor dem Laptop versammelt. Sobald Norah Jian sah, hob sie triumphierend den Daumen, was dieser erwiderte. Anschließend machte er sie mit seinem Großvater Tao bekannt, der daraufhin eine Rede über Braut und Bräutigam hielt und schließlich fragte: „Sind Sie mit der Heirat einverstanden?"

Lächelnd nickte Norah. „Ja, von ganzem Herzen. Und ich bin sehr stolz darauf, mit einer so ehrenwerten Familie wie Ihrer verbunden zu sein."

Alle verneigten sich vor ihr. Sie gehörte nun zu ihnen.

Wie Jian bereits angekündigt hatte, wurde Olivia in seinem Zimmer einquartiert. Da er sich noch keine Gedanken darüber gemacht hatte, war er schockiert, als die jungen Frauen sich vor der Tür versammelten und ihm den Zutritt verweigerten, um die Tugend der Braut zu bewahren.

„Sehr witzig", wandte er sich ironisch an Olivia, die schallend lachte. „Und wo soll ich vor der Hochzeit schlafen? Ich muss meine Wohnung übermorgen räumen."

„Wir finden schon einen Schlafplatz im Haus deiner Großeltern", versprach Biyu. „Es ist ja nur für kurze Zeit. So, nun gib deiner Braut einen Gutenachtkuss und geh."

Nachdem er dies getan hatte, eilte er davon.

Hätten sie vorgehabt, in China zu bleiben, dann hätte es die Zeremonie gegeben, bei der ein neues Bett aufgestellt wurde. So stellten Wei und Suyin, die ja einige Wochen vorher geheiratet hatten, ihnen ihres zur Verfügung, das symbolisch um einige Zentimeter verrückt wurde. Dann verteilte man Obst darauf, das die Kinder der Familie, die Fruchtbarkeit versinnbildlichten, herunternahmen.

Mittlerweile war Hai ganz in seinem Element, denn er besorgte Unmengen von Fisch, während Biyu sich um das restliche Essen kümmerte. Traditionsgemäß wurden auf chinesischen Hochzeiten acht verschiedene Gerichte als Hauptspeise serviert.

Am Abend vor der Hochzeit schlenderten Jian und Olivia durch den Garten, der im Dunkeln dalag.

„Und, bereust du irgendetwas?", erkundigte sich Jian.

„Nein, es sei denn, du tust es."

„Überhaupt nicht. Machst du dir immer noch Gedanken wegen meines Jobs?"

„Natürlich. Vielleicht hast du die Chance deines Lebens verpasst."

„Ich werde noch mehr Angebote bekommen." Er runzelte die Stirn. „Ich habe meine Wahl getroffen, und es war die richtige. Ohne dich hätte ich nichts. Im Grunde hatte ich also gar keine Wahl."

„Das hat *er* gesagt", ließ sich plötzlich eine vertraute Stimme hinter ihnen vernehmen.

Sie hatten Biyu, die nun näher kam, gar nicht bemerkt.

„Er?", hakte Olivia nach.

„Renshu. Das müssen seine Worte gewesen sein."

„‚Solange ich mit dir zusammen bin, habe ich alles'", zitierte Jian. „‚Ohne dich habe ich nichts.' Ja, das hat er zu Jaio gesagt, als er sie gerettet hat. Und sie wusste, dass er es auch so meinte und es niemals bereuen würde."

Er sah Olivia dabei an, einen fragenden Ausdruck in den Augen.

„Ja", erwiderte sie glücklich. „Sie hat es verstanden, auch wenn sie lange dafür gebraucht hat."

Biyu berührte seine Wange. „Herzlichen Glückwunsch", sagte sie. „Du bist wahrhaft ein Nachfahre Renshus."

Dann verschwand sie in der Dunkelheit.

„Das war er", erklärte Olivia. „Der Moment, in dem sie dich voll und ganz akzeptiert. Es hat sich von selbst so ergeben."

„Genau wie du es prophezeit hattest. Du hattest recht – wie immer. Ich kann mein Schicksal in deine Hände legen, und das werde ich morgen tun."

Er zog sie an sich und hielt sie fest umschlungen, sodass sie in der Dunkelheit miteinander zu verschmelzen schienen. Biyu, die sich noch einmal zu ihnen umgedreht hatte, lächelte zufrieden.

Da so viele Gäste eingeladen waren, sollte die Hochzeit in einem gemieteten Saal in der Nähe des *hutong* stattfinden.

Seit dem frühen Morgen verfolgte ihre Tante zusammen mit der Krankenschwester gespannt übers Internet, wie Olivia von Suyin fertig gemacht wurde. Sie trug ein rotes Seidengewand und die traditionelle Brautfrisur. Norah hatte sich den ganzen Tag ausgeruht, um am Abend lange aufbleiben zu können.

Schließlich traf der Bräutigam, begleitet von lautem Trommeln, in einer Sänfte ein, um die Braut abzuholen und zum Ort der Trauung zu bringen. Erfreut stellte Olivia fest, dass er in der traditionellen Kleidung genauso umwerfend aussah, wie sie es sich vorgestellt hatte.

Nun kam es zu einer kleinen Verzögerung. Traditionsgemäß verweigerten die Brautjungfern und die Kinder die Übergabe der Braut, um mit Geschenken umgestimmt zu werden. Unter Tings Führung wurde dabei hartnäckig gefeilscht, sodass der Preis immer weiter stieg.

„Und, wie läuft es?", fragte Olivia Suyin, mit der sie am Fenster stand.

„Wenn Ting so weitermacht, kannst du von Glück sagen, wenn du heute noch heiratest", erwiderte diese lachend.

Schließlich schaltete Biyu sich ein und verkündete, dass es nun genug wäre. Nachdem die Kinder die Geschenke entgegengenommen hatten, liefen sie lachend davon.

Olivia stieg mit Jian in die Sänfte, und sie setzten sich in Bewegung, während um sie herum Feuerwerkskörper gezündet wurden.

Unterwegs musste Olivia an Zhu Yingtai denken, die man auch in einer Sänfte zu ihrer Trauzeremonie getragen hatte und die unterwegs an Liang Shanbos Grab ausgestiegen und hineingegangen war, um diesem für immer zu folgen. Im Gedenken an diese Legende hatte Jian ihr die beiden Broschen geschenkt, die sie nun an ihrem Kleid trug.

Es folgte eine schlichte Trauzeremonie. Im Saal traten sie vor den Altar und drückten ihre Ehrerbietung dem Himmel, der Erde und ihren Vorfahren gegenüber aus. Schließlich huldigten sie einander, doch ihre Blicke sagten so viel mehr, als Worte es je vermochten.

Da einer von Jians jüngeren Cousins den Laptop mit der Kamera aufgestellt hatte, konnte Norah alles aus der Nähe mitverfolgen.

Sobald Braut und Bräutigam sich voreinander verneigt hatten und die Zeremonie vorüber war, begannen die Feierlichkeiten. Ein großer Papierdrache sprang unter lautem Applaus in den Saal und fing an zu tanzen. Dann trug Suyin das Lied vor, das sie dem Brautpaar zu Ehren komponiert hatte:

„Nun ist unsere Familie glücklich,
Weil du zu uns gehörst.
Und das wirst du immer,
Ob nah oder fern."

Gerührt streckte Olivia die Hand aus und spürte, wie Jian sie drückte. *Ob nah oder fern …* Sie hatten die Botschaft beide verstanden.

Zu ihrer großen Freude trat Suyin dann vor die Kamera und sang das Lied noch einmal auf Englisch für Norah, um sie anschließend offiziell in ihrer Familie willkommen zu heißen.

Danach prosteten alle ihr zu, woraufhin Norah ebenfalls ihr Glas hob.

Schließlich war es vorbei. Die Gäste verabschiedeten sich, die Geräusche verstummten, und sie waren allein.

„Bist du glücklich?", fragte Jian später, als sie zusammen im Bett lagen.

„Wenn dies das einzige Glück ist, das ich bis an mein Lebensende erfahren werde, genügt es mir", erwiderte Olivia leise. „Ich habe alles, was ich mir wünsche."

„Und ich werde alles tun, um dich glücklich zu machen", schwor er. „Ich will nur deine Liebe und dass du immer bei mir bist."

Zärtlich presste sie die Lippen auf seine, und dann bedurfte es keiner Worte mehr.

Sie blieben noch zwei Tage in Peking, um die Verwandten zu besuchen, die anlässlich ihrer Hochzeit angereist waren. Als es schließlich Zeit war, aufzubrechen, begleitete die ganze Familie sie zum Flughafen.

Jian gab sich sehr schweigsam, doch manchmal ließ er den Blick zu den beiden Schmetterlingen schweifen, die Olivia sich angesteckt hatte.

Nach einem tränenreichen Abschied saßen sie eine Stunde später im Flugzeug und rollten die Startbahn entlang.

Fasziniert beobachtete Olivia durchs Fenster, wie sie immer höher stiegen, die Wolkendecke durchbrachen und schließlich am strahlend blauen Himmel flogen. Und dann …

Sie blinzelte und blickte noch einmal genauer hin. Sicher träumte sie. Denn sonst hätte sie schwören können, dass sie gerade zwei Schmetterlinge gesehen hatte, die zusammen flogen.

Das war unmöglich. Kein Schmetterling konnte so hoch fliegen. Als sie zurückblickte, sah sie die beiden allerdings wieder. Sie flatterten hier und dort, bis sie schließlich der Sonne entgegenflogen und mit dem Licht verschmolzen.

Erstaunt wandte sie sich an Jian und stellte fest, dass er auch aus dem Fenster blickte. Dann lächelte er und nickte.

Norah lebte noch achtzehn Monate und schlief schließlich friedlich ein, während Olivia und Jian ihr die Hand hielten.

Als sie nach China zurückkehrten, stellten sie ihr Foto und das von Edward neben denen von Meihui und John Mitchell auf.

Daneben kann man weitere gerahmte Fotos von Jian, Olivia und ihrem kleinen Sohn bewundern.

Und über ihnen an der Wand stehen die Worte, nach denen Jaio und Renshu vor über zweitausend Jahren gelebt haben und die für ihre Nachkommen immer noch Gültigkeit haben:

Die Liebe ist der Schild, der uns vor Unglück bewahrt.

– ENDE –

Elizabeth Bevarly

Sieben Nächte mit dir

Roman

Aus dem Englischen von
Louisa Christian

PROLOG

Hester M. Somerset betrachtete ihr Spiegelbild missmutig im Badezimmer. Sie sah katastrophal aus. Ihre helle Haut war fahl geworden, und unter ihren geröteten, ausdruckslosen Augen lagen bläuliche Schatten. Die Uhr zeigte noch nicht sechs Uhr morgens, aber es steckte bereits eine Zigarette zwischen ihren Lippen, und Hester sehnte sich nach einer Tasse schwarzen Kaffees.

Sie taumelte in ihre ultramoderne Küche, blinzelte und murmelte verärgert etwas Unschönes vor sich hin angesichts des hellen Neonlichtes, das unbarmherzig von den weißen Wänden und den Silberarmaturen zurückgeworfen wurde. Nachdem sie mehrere Löffel Kaffee in die Maschine gegeben hatte, wischte sie die Hände an ihrem seidenen Pyjama ab und drückte die Stirn an das kühle Glas des Küchenfensters.

Es regnete in New York City, wie häufig in letzter Zeit. Das Wetter spiegelte Hesters Stimmung wider – grau in grau, trübsinnig und hoffnungslos.

Nachdem sich der Kaffeeautomat ausgeschaltet hatte, zündete Hester sich eine zweite Zigarette mit dem noch glimmenden Rest der ersten an und füllte einen überdimensionalen Becher mit Kaffee, den sie so stark zubereitete, dass der Löffel darin stehen zu bleiben schien. Nur ein solch schwarzes Gebräu brachte sie an einem Morgen wie diesem, an dem sie sich nicht sicher war, ob sie es noch einen Tag aushielt, sofort auf die Beine.

Mit beiden Händen umklammerte sie den Becher, kaute ein Mittel gegen Sodbrennen und schlenderte zur Haustür, um die Morgenzeitung von der Matte vor ihrer Wohnung zu holen. Hester ließ sich in die elegante Ledersitzecke fallen, zu der ihr der Innenarchitekt geraten hatte und die sie zu selten benutzte, und schob alle Zeitungsteile bis auf einen beiseite. Ohne zu lesen, blickte sie auf den Wirtschafts- und Finanzteil und fragte sich verdrießlich, was aus ihr geworden war.

In den gefährlichen Straßen der berüchtigten Bronx aufgewachsen, hatte Hester Somerset bereits mit vierzehn Jahren – freundlich ausgedrückt – als „Problemteenager" gegolten. Tatsächlich war sie eine jugendliche Straffällige gewesen. Von ihrer alleinstehenden Mutter, die es „leid war", sich weiterhin um sie zu kümmern, als Kleinkind der widerstrebenden Großmutter überlassen, verbrachte sie alles andere als eine normale Kindheit und Jugend. Sie ging kaum zur Schule und erhielt ihre Ausbildung in dunklen Gassen und Kellergeschossen, auf Spielplätzen und Türschwellen.

Ihre Großmutter Lydia äußerte zwar regelmäßig und ausführlich ihr Missfallen über Hesters wildes Benehmen, tröstete sich jedoch zwischen dem Kassieren der Unterstützung von der Fürsorge und dem Kampf mit dem Alkohol damit, dass Hester ein hoffnungsloser Fall sei, den man am besten nicht beachtete.

So trieb Hester mit halsbrecherischer Geschwindigkeit in Richtung einer frühen Katastrophe. Sie schloss sich einer Bande an, die sich auf kleine Verbrechen und allgemeine Unruhestiftung spezialisiert hatte, und genoss das Leben, solange sie ihrer Großmutter aus dem Weg gehen konnte und von ihren Freunden akzeptiert wurde. Der Polizei auszuweichen war nicht schwierig gewesen. An einem heißen Juliabend – Hester war nun vierzehn – geschah etwas so Schreckliches, dass sie noch heute jeden Gedanken daran verdrängte. Danach begann sie, in sich zu gehen und an die Zukunft zu denken, deren Aussichten alles andere als günstig schienen. Deshalb änderte sie ihr Leben von einem Tag zum anderen. Sie ging wieder zur Schule und erhielt bald sogar gute Noten, vor allem in Mathematik.

Ihre Lehrer wunderten sich über die plötzliche Wende. Ihr Erstaunen wandelte sich in Achtung, als Hester die Prüfung für das College bestand. In allen Fächern erzielte sie bemerkenswerte Ergebnisse, und in Mathematik erreichte sie beinahe die Höchstzahl der Punkte. Bei dieser Gelegenheit entdeckte man, dass sie den Intelligenzquotienten eines Genies besaß.

Bei Abschluss der Highschool verfügte sie über tadellose Manieren. Sie suchte sich eine Stellung, zog bei Lydia aus und erhielt ein Stipendium für die City University of New York. Fünf Jahre später besaß sie nicht nur ein Diplom in Mathematik und Finanzwissenschaft, sondern auch den Magistergrad.

Stellenangebote hatten nicht lange auf sich warten lassen. Mit dreiundzwanzig Jahren wurde Hester Somerset Börsenmaklerin und Investmentberaterin bei Thompson-Michaels. Sie fügte ihrem Namen ein Initial bei und nannte sich H. M., weil es seriöser und verantwortungsbewusster klang und ihre Vergangenheit als Straßenpunk auslöschte. Sie war zu einer Persönlichkeit mit guter Stellung und eigener Karriere gereift und wollte alles dafür tun, dass es so blieb.

H. M. musste für ihren Erfolg schwer arbeiten, aber es lohnte sich. Jetzt, mit siebenundzwanzig Jahren, besaß sie eine todschicke Eigentumswohnung mit Blick über den Central Park, eines der neuesten Porschemodelle, mehrere Kunstwerke und Garderobe, die sich sowohl für das große Geschäft als auch für gesellschaftliche Verpflichtungen eignete, auch wenn ihr für private Unternehmungen nicht viel Zeit blieb. H. M. meinte, eine hochrangige leitende Angestellte wie sie müsse derartige Dinge besitzen.

Ein heftiger Donnerschlag erschreckte Hester. Sie zuckte zusammen und verschüttete Kaffee auf die Zeitung. Vor Schreck bekam sie einen Hustenanfall, der nicht aufhören wollte, ihr die Tränen in die Augen trieb und ihr die Luft nahm.

Mühsam stand Hester von der Couch auf und begann ohne Begeisterung ihre morgendlichen Verrichtungen. Heute würde der Tag ähnlich werden wie gestern und morgen. Sie würde auf den Bildschirm eines Computers starren, bis die Ziffern vor ihren Augen verschwammen, und überlegen, in welche Richtung das Geschehen auf dem Markt ging. Anschließend folgten Besprechungen mit Geschäftsleuten, die jeden Vorteil für sich ausnutzten, und übereifrigen leitenden Angestellten. Und alle wollten nur eines von ihr: Sie sollte sie reicher und mächtiger machen, und zwar möglichst sofort.

Hester genoss inzwischen einen hervorragenden Ruf an der Börse. Ihr Zahlengefühl hatte sie berühmt gemacht und trug ihr ein ausgezeichnetes Gehalt ein. Doch je besser ihr Ruf wurde, desto mehr wuchsen die Anforderungen. Wenn sie jetzt schon überarbeitet und erschöpft war, was würde dann in zehn Jahren sein – oder in zehn Monaten? Zurzeit brauchte sie jeden Abend einen doppelten Scotch, um sich nach der Arbeit zu entspannen, und einen weiteren, um nachts einschlafen zu können.

An diesem regnerischen Morgen wurde es H. M. klar, dass sie noch nie im Leben einen Schritt aus New York hinausgetan hatte. Sie interessierte sich ausschließlich für ihre Arbeit, hatte keine Hobbys, keine engen Freunde, keine Familie und nicht einmal einen Liebhaber, sah man von jener kurzen, alles andere als erfüllenden Affäre mit Leo Sternmacher ab.

Wie hatte sich ihr Leben so entwickeln können? Im Grunde wusste sie nicht, was für ein Mensch sie war. Sie hatte nie Gelegenheit gehabt, es herauszufinden. Sie hätte nicht sagen können, welche Musik oder welche Bücher sie besonders liebte, noch, ob sie irgendeine Begabung besaß. Ihre Wohnung war von einem der bekanntesten Innenarchitek-

255

ten eingerichtet worden, und ihre Garderobe stellte eine Modeberaterin zusammen, die ihr von der Abteilung für Öffentlichkeitsarbeit bei Thompson-Michaels empfohlen worden war. Die eigene Note fehlte.

H. M. bekam in letzter Zeit häufig Migräne, auch Magen- und Rückenschmerzen. Schmerzen in der Brust und einige weitere Krankheiten, die man auf Stress zurückführte.

Hester sah auf die Armbanduhr und stellte fest, dass sie sich beeilen musste. Rasch zog sie ein teures Kostüm aus Rohseide mit dazu passender Bluse an. Sie hinterließ eine Nachricht für die Haushälterin, nahm ihre Aktentasche und eilte in die Tiefgarage, um die lange, Nerven verzehrende Fahrt zur Arbeit anzutreten. Trotz der zermürbenden Verkehrsverhältnisse in New York spürte sie das Bedürfnis, am morgendlichen und abendlichen Verkehrschaos teilzunehmen.

Hester zündete sich eine Zigarette an, wechselte von dem Jazzsender des Radios, den sie normalerweise anstellte, zu einem progressiveren Rocksender und fuhr los. Sie achtete nicht sonderlich auf den Weg, bis sie bemerkte, dass sie den Wagen irgendwo gewendet hatte und inzwischen wieder aus Manhattan hinausfuhr. Seltsamerweise beunruhigte sie dies keineswegs. Als sie den Porsche auf dem Langzeitparkplatz des John F. Kennedy Airport International abstellte, wusste sie immer noch nicht recht, was sie vorhatte. Es regnete in Strömen, während sie durch die kalten Pfützen stapfte, den Regenschirm in der einen Hand, die Hand- und die Aktentasche in der anderen. Im Innern des Hauptgebäudes schaute sie in ihre Geldbörse. Sie enthielt achtundvierzig Dollar Bargeld und drei Kreditkarten mit ausgeglichenem Kontostand. Jemand betrat die Halle durch die automatischen Türen hinter ihr und brachte einen kühlen Luftstrom mit. Ihr war kalt. Sie musste irgendwohin, wo es warm war.

H. M. ging zum nächstgelegenen Flugschalter und stellte sich ans Ende der Schlange. Ihr Kopf war leer, und ihre Laune besserte sich allmählich. Als sie an die Reihe kam, sah sie die junge Frau mit dem frischen Gesicht am Schalter gelassen an und dachte: Sie ist ungefähr so alt wie ich. Weshalb wirkt sie so viel jünger?

„Wohin geht Ihr nächster Flug in den Süden?", fragte Hester.

„Und wie weit südlich?", wollte die junge Angestellte wissen.

„Hm, wo es einen Strand gibt", antwortete H. M. nach kurzem Überlegen. „Abgesehen vom Wasser des New Yorker Hafens habe ich noch nichts vom Atlantik gesehen."

Die junge Frau am Schalter starrte H. M. einen Moment an, merkte, dass es ihr ernst war, und drückte auf einige Tasten am Computer vor sich.

„In gut einer Stunde geht ein Flug nach St. Croix", sagte sie. „Dafür sind noch Plätze frei."

„St. Croix", wiederholte sie wie ein Kind. „Das klingt nett. Und dort gibt einen Strand?"

„Sogar mehrere. Es ist eine Insel, Madam."

H. M. merkte, dass sie furchtbar dumm wirken musste. St. Croix war wahrscheinlich ein bedeutender Ferienort. Aber woher sollte sie das wissen? Sie besaß eine Ausbildung in Mathematik und Finanzen, nicht in Geografie. Und bisher hatte sie einen Urlaub weder gebraucht noch Lust dazu verspürt.

„Gut, ich fliege nach St. Croix", erklärte sie so würdig wie möglich.

„Economy oder First Class?"

„First", erwiderte H. M., ohne zu zögern.

„Hin und zurück?"

„Nur Hinflug."

„Raucher oder Nichtraucher?"

H. M. dachte einen Moment nach und antwortete zögernd: „Nichtraucher."

„Haben Sie Gepäck?", erkundigte sich die junge Frau. „Keines."

Nachdem sie ihre Flugkarte bezahlt hatte, wählte Hester ihre eigene Telefonnummer an. Die Haushälterin war inzwischen gekommen, und sie sagte ihr, sie solle sich bis auf Weiteres um die Wohnung kümmern. Anschließend rief Hester ihren Chef Pete Larsen an, um ihm zu erklären, weshalb sie weder heute noch irgendwann später wieder ins Büro kommen würde.

Er dreht bestimmt durch wegen des Baytop-Vertrages, überlegte sie. Sie hatte heute Morgen einen Termin mit dem Präsidenten dieser Gesellschaft vergessen. Geistesabwesend kaute sie eine Tablette gegen zu viel Magensäure, während sie darauf wartete, dass abgenommen wurde. Wie gern hätte sie eine letzte Zigarette geraucht!

Im Flugzeug hörte sie ein letztes Mal die Stimme der Großmutter. „Du musst dein Leben restlos verändern, Kleines, wenn je mehr aus dir werden soll als dieses nichtsnutzige kleine Ding, das allen nur Ärger bereitet. Hörst du mich? Du musst dein Leben verändern!"

H. M. zerdrückte das halb volle Zigarettenpäckchen so lange in ihrer Jackentasche, bis es zu einer Kugel wurde. „Ja, es wird sich einiges ändern", nahm sie sich vor.

257

1. KAPITEL

„Wohin willst du?"

„Ich sagte, ich fliege nach Rio und kümmere mich selbst darum."

Ethan MacKenzie starrte seinen Schwager an und seufzte gereizt. Sean Duran war nicht umzustimmen, wenn sich sein Eigensinn bemerkbar machte, und das war beinahe täglich der Fall.

„Sean, du wolltest diese Woche in deinem Haus in Nantucket Urlaub machen!", erinnerte Ethan ihn. „Hier ist alles geregelt, und du brauchst endlich Ruhe. Ich werde nach Rio fliegen und die Angelegenheit übernehmen. Das ist doch eine Kleinigkeit."

„Eine Kleinigkeit?", polterte Sean. „Du nennst es eine Kleinigkeit, wenn der Chef der Südamerikaniederlassung von einem Tag zum anderen mit einer Sambatänzerin auf die Falklandinseln verschwindet, um die Paarungsgewohnheiten der Pinguine zu studieren?"

„Ich glaube, er hatte auf dem College Meeresbiologie belegt", antwortete Ethan, als erkläre das alles.

Sean blickte seinen Schwager finster an. „Wie dem auch sei, ich fliege hinunter, bis dort alles wieder läuft", fügte Ethan rasch hinzu. „Und du gehst nach Nantucket. Amanda und ich haben dich monatelang gedrängt, endlich Urlaub zu machen. Du hast in letzter Zeit derart unter Druck gestanden, dass du einen Herzinfarkt riskierst, wenn du nicht freinimmst."

Die beiden Männer standen sich in Seans Büro bei Duran Industries gegenüber. Sean murmelte etwas Unverständliches und wandte seinem Schwager den Rücken zu. Sein Büro lag in einem Eckzimmer im vierundzwanzigsten Stock des neuen, viel beachteten Duran-Gebäudes. Aus den beiden großen Fenstern bot sich ein herrlicher Blick auf das wunderbare Panorama von New York. Die strahlende Sonne und der leuchtend blaue Himmel ließen vergessen, dass es ein eiskalter Januarnachmittag war.

Sean rieb sich die Schläfen. Sein Kopf schmerzte. Er durchquerte sein elegantes, mit dickem taubengrauem Teppich ausgelegtes Büro, öffnete die obere linke Schublade seines Mahagonischreibtisches und entnahm ihr eine Tablettenschachtel.

„Und wer kümmert sich um den Laden hier, während du in Rio aufräumst?", brummte er, nachdem er drei Tabletten entnommen hatte.

„Gibson. Er weiß genug über Duran Industries, um eine Woche allein zurechtzukommen."

„Sicher. Und nach dieser Woche sind wir bankrott. Seine Frau hat gerade Zwillinge bekommen, er ist zurzeit zu nichts zu gebrauchen. Das ist sinnlos."

„Amanda wird ebenfalls hier sein und ihm helfen", versicherte Ethan und hoffte, dass der Gedanke an die Anwesenheit seiner Schwester Seans Befürchtungen milderte. „Hör mal, mach dir keine Sorgen. Es ist doch nur für eine Woche. Amanda erzählte mir, du hast deinen letzten Urlaub während des Colleges genommen, und den hättest du in der Bibliothek verbracht, um Material für deine Diplomarbeit zu sammeln. Wenn du nicht bald ausspannst ..."

„Ich weiß, ich weiß, dann bekomme ich garantiert einen Herzinfarkt", beendete Sean den Satz.

Sean massierte einen Knoten im Nacken und seufzte. Er hatte während der letzten zehn Jahre tatsächlich beinahe jede wache Minute für Duran Industries gearbeitet. Als er die Firma von seinem Vater übernahm, war sie schon ein blühendes Unternehmen gewesen, das Haushaltgeräte und Schulbedarf herstellte. In den zehn Jahren, die Sean jetzt an der Spitze stand, hatte die Firma mit anderen, einflussreicheren Gesellschaften fusioniert und produzierte inzwischen fast alles, von Karteikarten bis zu Handelsflugzeugen. Die Firma besaß unter anderem Orangenhaine, einen Satellitensender, ein ausgezeichnetes Gestüt und ein professionelles Basketballteam.

Obwohl seine Schwester Amanda sich an der Leitung der Firma beteiligte, hielt Sean die Aktienmehrheit und konnte beinahe den gesamten Erfolg des Unternehmens für sich beanspruchen. Amanda befasste sich vor allem mit der Öffentlichkeitsarbeit, weniger mit kaufmännischen Dingen. Sie war kontaktfreudiger als ihr Bruder.

Vor drei Jahren hatte Amanda Ethan MacKenzie geheiratet, einen der Vizepräsidenten von DI, und Sean, dem die Fähigkeiten seines neuen Schwagers und dessen gesellschaftlicher Spürsinn längst aufgefallen waren, machte ihn zum Partner von Duran Industries. Seitdem hatten die beiden, gemeinsam mit Amanda, die ebenfalls im Aufsichtsrat saß, eine Menge erreicht, unter anderem den Aufkauf von Fabriken und ganzen Gesellschaften in Kanada und Mexiko, und nach ihrer letzten Erwerbung vor zwei Jahren in Rio de Janeiro eine Niederlassung eröffnet, die allerdings mehr Ärger bereitete, als sie wert war.

„Ich mache Urlaub, wenn ich zurück bin, Ethan. Aber vorher werde ich in Rio gebraucht. Niemand weiß, was da unten los ist. Vasquez hat ein fürchterliches Durcheinander geschaffen, bevor er sich aus dem Staub machte." Sean schloss seine Aktentasche und deutete damit an, dass die Unterhaltung für ihn beendet war.

„Sean, Montag in einer Woche fangen wir ein neues Geschäft an, Thompson-Michaels, das deine ganze Aufmerksamkeit benötigt. Anschließend wird es hundert andere Dinge geben, die deine Anwesenheit in New York erfordern. Dann kannst du auf keinen Fall fort. Nimm den Urlaub jetzt. Du brauchst ihn", fügte Ethan eindringlich hinzu.

Sean wusste besser als sein Schwager, wie nötig er Urlaub hatte. Seine Gesundheit litt unter dem Stress und der vielen Arbeit. Weder seine Schwester noch ihr Mann ahnten von den regelmäßigen Arztbesuchen und Dr. Nortons ständigen Warnungen. Ja, er brauchte diese Woche in seinem Strandhaus in Nantucket dringend. Dr. Norton hatte über die möglichen Folgen, wenn er, Sean, nicht sofort ausspannte, kein Blatt vor den Mund genommen. Doch das Geschäft ging vor.

„Ich fürchte, Nantucket wird auf mich warten müssen", bemerkte Sean und machte sich für die Abreise fertig.

„Du bringst dich selbst um", antwortete Ethan pathetisch. „Und du weißt genau, dass Amanda mich dafür verantwortlich machen wird. Willst du auch mein Leben ruinieren?"

Sean lächelte ungerührt. „Hör zu, ich nehme nur bis Puerto Rico einen Linienflug und für die restliche Strecke eine der Maschinen, die wir dort bauen. Ich will sie schon seit einer ganzen Weile testen, und dies ist eine fabelhafte Gelegenheit dafür. Du weißt ja, wie gern ich fliege."

„Ein armseliger Ersatz für eine Woche am Strand."

Sean schwieg, und Ethan hob ergeben die Hände. Er wusste, wenn die Nummer eins von Duran Industries sich etwas in den Kopf gesetzt hatte, konnte ihn nichts davon abbringen.

Am folgenden Nachmittag saß Sean vor den Armaturen der neuen zweimotorigen Düsenmaschine von Duran Industries. Vor ihm lag ein klarer blauer Himmel, unter ihm glitzerte das Karibische Meer türkisfarben, hier und dort von winzigen grünen Inseln durchsetzt. Er hatte San Juan vor einiger Zeit verlassen und hoffte, in Kürze die venezolanische Küste zu erreichen. Dort wollte er die Maschine auftanken und vor Anbruch der Dunkelheit nach Rio weiterfliegen.

Sean flog gern. Es war ein schönes Gefühl, nach unschönen Erlebnissen in der Firma von aller Welt entrückt zu sein.

Beinahe hätte er gelächelt, erinnerte sich aber, was ihn in Rio erwartete und weshalb er diesen Flug vor allem machte. Seine Lippen wurden schmal. Er fasste den Steuerknüppel fester.

Was mochte sich Vasquez dabei gedacht haben, seine ausgezeichnete, gut bezahlte Stellung bei Duran Industries ohne Kündigung zu verlassen und eine Woche später mit einer Tänzerin auf den Falklandinseln aufzutauchen? Anständige Leute drückten sich nicht auf diese Weise vor ihrer Verantwortung. Sean verabscheute Verantwortungslosigkeit und Unzuverlässigkeit. Wo war das Pflichtgefühl geblieben, das er selbst besaß und bei anderen bewunderte? Wer kannte die Bedeutung des Wortes heute noch, wer wollte noch arbeiten und sich im Beruf auszeichnen? Fast alle wünschen sich ein leichtes Leben, dachte Sean verächtlich.

Plötzlich unterbrach ein merkwürdiges Geräusch der Motoren seine Gedanken. Er überprüfte die Anzeigen, entdeckte aber nichts Ungewöhnliches. Trotzdem wurde die Maschine langsamer und verlor an Höhe.

Sean scherte aufs Wasser und entdeckte eine Kette kleiner Inseln. Mit etwas Glück befand sich auf einer von ihnen eine Lichtung, wo er runtergehen konnte.

Als die Motoren laut zu klopfen begannen, wurde Sean unruhig. Die Inseln lagen jetzt weiter auseinander, und er hatte immer noch keinen Landeplatz gefunden. Auf der letzten entdeckte er endlich eine Art Lichtung und traute seinen Augen kaum: Es handelte sich tatsächlich um eine asphaltierte Rollbahn.

Als er zur Landung ansetzte, fiel einer der beiden Motoren völlig aus, und beim Auslaufen auf der Piste versagte auch der zweite.

Sean bemerkte den Mann nicht, der an dem kleinen hell angestrichenen Haus neben dem Rollfeld lehnte. „Verdammt", sagte er laut, „hoffentlich müssen wir nicht die gesamte Bauserie zurückrufen!"

Er stieg aus und ging in Gedanken das Handbuch durch, um den Fehler herauszufinden. An der Maschine und der Treibstoffzufuhr war nichts zu erkennen.

Der Inselbewohner, der die Szene beobachtet hatte, schlenderte auf ihn zu und sah ihm gespannt über die Schulter. Sean erschrak sichtlich, aber der Mann schien es nicht zu bemerken.

„Hier ist das Problem, Mister", erklärte der Fremde und deutete auf eines der empfindlicheren Maschinenteile.

261

„Wer sind Sie?", fragte Sean und ärgerte sich, weil er überrascht worden war.

„Ich heiße Desmond, Mister", antwortete der Insulaner lächelnd.

Desmond erging sich in einer langen und erstaunlich fachkundigen Erklärung darüber, weshalb besonders dieser Mechanismus nicht korrekt arbeitete, und schlug mit sehr technischen Ausdrücken eine Reparaturmöglichkeit vor. Sein Vorschlag stand in seltsamem Gegensatz zu seiner Sprache. Sie klang sanft, beinahe verwundert, und besaß den rhythmischen, musikalischen Calypsoakzent dieser Gegend.

Der Mann sollte von Bananendampfern und Steeldrums erzählen und nicht über mechanische Fehler eines Privatflugzeugs sprechen, dachte Sean.

Desmonds Alter war schwer zu schätzen. Das Haar hing ihm in Locken auf die Schultern. Seine schwarze Haut zeigte keine Falten. Doch in seinen Augen standen bittere Erfahrungen und Not geschrieben. Er trug ein verblichenes rotes Hemd über zerrissenen Jeans und sah Sean so gleichgültig an, als hätte er dessen Ankunft erwartet.

„Wissen Sie, wie man das Flugzeug reparieren kann?", fragte Sean hoffnungsvoll.

„Kein Problem", versicherte ihm Desmond. „Wie lange wird es dauern?"

„Ungefähr eine Woche."

„Eine Woche?", fuhr Sean auf. „Das ist unmöglich. Ich muss heute Abend in Brasilien sein."

„Dann hoff ich, Sie sind ein guter Schwimmer, Mister."

Seans Augen wurden schmal. „Weshalb dauert es so lange, wenn Sie wissen, wo der Fehler steckt?", fragte er und ging nicht auf Desmonds scherzhafte Bemerkung ein.

„Keine Ersatzteile da. Ich muss sie von St. Vincent bringen lassen, und das Versorgungsflugzeug kommt nur einmal pro Woche."

„Wann?", fragte Sean.

„Gestern."

„Und das heißt?" Sean wurde langsam ungeduldig. „Es heißt, dass vor nächsten Donnerstag keine Maschine wiederkommt."

„Entschuldigung, sagten Sie Donnerstag? Soll ich etwa bis Donnerstag hier festsitzen?"

„Ja, Mister."

Sean raufte sich das Haar. Auf diese zusätzliche Erschwernis konnte er verzichten. Sein Kopf tat wieder weh, und der leichte Schmerz in seiner Brust machte sich ebenfalls bemerkbar.

Desmond schien Mitleid mit ihm zu haben. Beruhigend legte er Sean eine Hand auf die Schulter und lächelte ermutigend.

„Keine Sorge, Mister", versicherte er ihm. „Auf der Insel gibt es ein sehr schönes Hotel mit einem fantastischen Restaurant. Es wird Ihnen bestimmt gefallen."

Sean schöpfte neue Hoffnung. Wenn es hier ein Hotel gab, mussten Leute da sein – vielleicht Urlauber. Mit Motorbooten ... Er konnte Ethan anrufen und ihn statt seiner nach Rio schicken. Vielleicht konnte er sogar jemanden mit einem Boot mieten, der ihn von der Insel abholte, falls Ethan nicht erreichbar war. „Ein Hotel?", fragte Sean.

„Hester wird gut für Sie sorgen", versprach Desmond. „Hester?"

„Die Leiterin, Mister. Sie kocht einen köstlichen Fisch mit Pilzen."

„Fisch und Pilze", wiederholte Sean und verzog verächtlich den Mund. „Ich kann es kaum erwarten."

„Sie werden sich dort wohlfühlen", versicherte Desmond und lächelte breit. „Warten Sie nur ab. Sie werden noch froh sein, dass Sie auf diese Insel gestoßen sind."

Sean ging nicht auf die Prophezeiung ein und fragte stattdessen: „Wie komme ich zu diesem Hotel?"

Während er seine Aktentasche und seinen Kleidersack aufhob, erklärte Desmond ihm den Weg. Sean sollte den Pfad am Ende der Rollbahn nehmen, bis er sandig wurde, und dann nach rechts schauen. Das Gebäude, das er dort entdeckte, war das Hotel.

Ergeben machte Sean sich auf den Weg und nahm an, es wäre nur ein kurzer Spaziergang. Doch mit jedem Schritt wurde er ärgerlicher. Es war mindestens fünfunddreißig Grad warm, und er trug immer noch den dunklen Anzug, den er angesichts des zu erwartenden Empfangs in Rio durch mehrere leitende Angestellte von Duran Industries schon in New York angezogen hatte. Die Jacke hielt er inzwischen über dem Arm, aber selbst in Hemdsärmeln schwitzte er noch.

Nachdem er etwa eine Meile gelaufen war, wurde der Pfad schmaler, und Sean war sicher, jeden Moment einen Hitzschlag zu bekommen. Die Fliegerbrille rutschte ihm auf die Nase, während Schweißtropfen in Strömen von seinem Gesicht rannen. Das feuchte schwarze Haar klebte ihm auf der Stirn. Flecken bildeten sich vorn und hinten auf seinem teuren Hemd, während sich Staub und Sand in den Aufschlägen seiner Hose festsetzten.

Der Dschungel wurde immer dichter, und Sean nahm Geräusche wahr, die er noch nie im Leben gehört hatte. Vögel lachten und schrien. Tiere in den Bäumen schnatterten und riefen. Ein Rascheln und Flüstern am Boden erinnerte ihn an Dinge, die dem Auge eines Sterblichen verborgen blieben. Dennoch ahnte er hinter allem eine Heiterkeit und Ruhe, die ihm völlig fremd war. Er hielt sich für einen erfahrenen Mann. Doch dies war eine Welt, die er nie kennengelernt hätte, wäre er nicht zu der Notlandung gezwungen gewesen.

Als der Urwald ihn endgültig zu verschlingen drohte, teilten sich zwei riesige Farne wie von selbst, und Sean trat hinaus auf den Strand. So plötzlich, wie das Dschungelkonzert begonnen hatte, endete es, und es herrschte Ruhe. Verwundert blieb Sean stehen. Mit achtunddreißig Jahren war er zum ersten Mal ehrlich verblüfft. Die Szene vor ihm zeigte das reinste Paradies. Knapp dreißig Meter entfernt stand ein schlichtes Gebäude. Es musste das Hotel sein. Dahinter befand sich der herrlichste Strand, den Sean je gesehen hatte. Völlig verlassen streckte er sich schier endlos blütenweiß dahin, bis er in der Ferne mit dem jadegrünen und ebenholzschwarzen Dschungel verschmolz. Die Wellen des Atlantiks schlugen ans Ufer. Das Wasser war hier blau, weiter draußen grün und glasklar.

Sean blinzelte. Es handelte sich um keinen Traum.

Eine leichte Brise streifte sein Gesicht. Er atmete tief ein und füllte seine Lungen mit dem salzigen Geruch der See und den exotischen Düften des blühenden Dschungels hinter sich. Ihm war, als hätte er eine andere Welt betreten.

Plötzlich wurde Sean die Krawatte lästig, und er lockerte sie ein wenig. Mit langen Schritten eilte er zum Hotel und merkte nicht, dass sich seine Schuhe mit Sand füllten.

Das Gebäude, dem er sich näherte, bestand aus verblichenem Holz und weißem Putz. Es hatte große Fenster und verwitterte Läden als Türen, die von zwei gewaltigen, eingetopften Palmen offengehalten wurden. Sean vermutete, dass der Besitzer sie selten schloss. Leise Reggaemusik klang herüber, eine wehmütige, schmeichelnde Melodie, die ihn aufforderte, sich nicht zu sorgen, weil alles gut werden würde.

Im Innern des Hotels hatte er das Gefühl, noch immer in der freien Natur zu sein. An den geweißten Wänden hingen Aquarelle mit Motiven des Atlantischen Ozeans und des Dschungels. Das spärliche

Mobiliar bestand aus Bambusrohr und Rattan, einige Stühle waren mit Stoff in einem tropischen Muster aus rosa Orchideen und grünem Farn bezogen.

Zu seiner Linken entdeckte Sean eine kleine Sitzecke, zu seiner Rechten befanden sich eine behelfsmäßige Bar und ein paar Tische mit Stühlen. Offensichtlich handelte es sich um das „Restaurant", das Desmond ihm empfohlen hatte. Die Deckenventilatoren drehten sich langsam und hypnotisch. Sie surrten im Takt der Reggaemusik. Pflanzen quollen aus jeder Ritze und Spalte und bewegten sich langsam – ob durch die sanfte Brise oder im Takt der Musik, hätte er nicht sagen können.

Hier stand die Welt beinahe still. Keine Geschäftigkeit störte Seans Frieden, und kein Aufsichtsrat saß ihm im Nacken und verlangte nach Berichten und Ergebnissen.

Trotzdem müssen hier Leute sein, dachte Sean. *Zumindest ein Mensch. Diese Hester, die das Hotel leitet.*

Gegenüber der Tür, durch die er hereingekommen war, führte eine weitere unmittelbar zum Strand. Sean trat auf eine große Veranda, auf der sich ebenfalls Rattanmöbel sowie eine gestreifte Hängematte befanden, die schon vor langer Zeit von Sonne und Salz ausgeblichen worden war. Der Strand lag schön und so verlassen wie zu dem Zeitpunkt, als Sean ihn das erste Mal bemerkt hatte.

Er wollte sich umdrehen und in die verhältnismäßig kühle Hotelhalle zurückkehren, als er jemanden ungefähr hundert Meter weiter am Strand wahrnahm. Selbst auf diese Entfernung konnte er sehen, dass es sich um eine Frau handelte, die es nicht eilig zu haben schien. Mit leichten, langsamen Schritten, die Füße bis zu den Knöcheln im Wasser, kam sie auf ihn zu.

Als sie sich dem Hoteleingang näherte, sah Sean, dass sie ein Netz voller Krabben in der einen Hand und einen Schnorchel in der anderen trug. Die Frau war stark gebräunt, ihre Figur eine Freude für das Auge. Ein feuchter goldblonder Zopf fiel über ihre Schulter, strich über das geblümte Bandeauoberteil und endete unmittelbar über dem Bund ihrer kakifarbenen Shorts. An einem Ohrläppchen trug sie zwei goldene Kreolen, am anderen einen Ring mit einem kleinen Haifischzahn.

Am Fuß der Treppe blieb sie stehen, ein unmerkliches Lächeln auf den Lippen. Braune Augen strahlten ihn spöttisch an.

Sean merkte, dass sie über ihn lachte. Verärgert verzog er den Mund. Seine Augen blitzten hinter den dunklen Gläsern seiner Vuarnet-Brille.

„Sagen Sie nichts." Sie lächelte zu ihm hinauf. „Lassen Sie mich raten. Sie haben auf dem Weg zum Pismo Beach in Albacoiky die falsche Abzweigung erwischt." Das klang nicht gerade überzeugend, und Sean war froh, dass sie keine weiteren Bemerkungen machte und seine Lage mit Humor betrachtete.

Hester Somerset hatte den Mann, der am Eingang ihres Hotels stand, beinahe im selben Augenblick bemerkt wie er sie. Als sie näher kam, meinte sie, den Mann früher schon gesehen zu haben. Er konnte einer von hundert Leuten aus ihrer Vergangenheit und jenem Leben sein, vor dem sie vor mehr als zwei Jahren beinahe panikartig geflohen war, bestimmt ein „hohes Tier" aus der Industrie, einer von denen, die mit neunundzwanzig Jahren ihre erste Million verdient und mit dreißig das erste Magengeschwür haben. Alles an ihm sah nach Geld und Macht aus, angefangen von seiner teuren Sonnenbrille bis zu den Designer-Mokassins. Wahrscheinlich handelte es sich um einen ziemlich oberflächlichen Menschen, dem die inneren Werte fehlten, wie den meisten, die sie in der Welt der Hochfinanz kennengelernt hatte.

Beim Näherkommen fiel Hester allerdings auf, dass irgendetwas an diesem Geschäftsmann anders war. Vielleicht lag es an der echten Autorität, an seiner Selbstsicherheit, die nicht so aufdringlich wirkte wie bei den leitenden Angestellten, die sie von Thompson-Michaels kannte.

Nein, es ist eher eine gewisse Arroganz, redete sie sich ein. Allerdings sah er gut aus. Sogar sexy. Sie reagierte stark auf ihn. Seine Körpergröße und seine offensichtliche Kraft erregten sie, ob sie wollte oder nicht. Die Tatsache, dass er mehrere Stufen über ihr stand, betonte seine Größe von fast eins neunzig.

Und da war noch etwas. Hester kam nicht darauf, worum es sich handelte. Trotzdem war sie sicher, dass dieser Mann sie nicht nur sexuell anzog. Kein Zug in seinem Gesicht verriet eine verletzliche Stelle unter seinem zuversichtlichen Äußeren.

Hester spürte sein Unbehagen und seine Unsicherheit angesichts der fremden Umgebung. Bei dem Gedanken, dass ein so offensichtlich befehlsgewohnter Mann in ihrer schlichten Welt aus der Fassung geriet, musste sie unwillkürlich lächeln und fühlte sich etwas stärker. Sie fragte sich, welche Farbe seine von der Sonnenbrille verdeckten Augen haben mochten und was er auf dieser Insel wollte?

„Ich brauche ein Zimmer", brummte Sean. Seine Stimme klang gröber, als er beabsichtigt hatte. Er hatte Durst, aber er fühlte sich auch stark zu dieser jungen Frau hingezogen, die unmittelbar dem Meer entstiegen zu sein schien. So versuchte er, seine Verlegenheit zu verbergen.

„Kein Problem", antwortete Hester, ging die Treppe hinauf und an ihm vorüber in den kühlen Schatten des Hotels. „Wie lange wollen Sie bleiben?"

Angesichts ihrer Gleichgültigkeit sträubten sich Seans Nackenhaare. Wie konnte diese Frau ihn wie einen gewöhnlichen Gast behandeln, während er sie am liebsten auf der Stelle umarmt und genommen hätte?

„Spielt das wirklich eine Rolle?" Er folgte ihr in die Küche und sah zu, wie sie das Spülbecken mit Wasser füllte. „Ihr Hotel scheint nicht gerade von Gästen überlaufen zu werden."

In Seans Kreisen war schon die Andeutung, ein Geschäft gehe nicht besonders gut, eine schwere Beleidigung. Doch Hester lachte und tat die Krabben in das Spülbecken.

„Ich fürchte, Sie haben recht", antwortete sie freundlich. „Möchten Sie ein Bier? Sie sehen aus, als könnten Sie eines vertragen. Das erste geht auf Kosten des Hauses."

„Danke", stieß er mühsam hervor. Es ärgerte ihn, dass diese hübsche, außerordentlich begehrenswerte Frau ihm gegenüber völlig gleichgültig blieb. Nun, nicht gerade gleichgültig, verbesserte er sich, sie bemitleidete ihn, und das war noch schlimmer.

Hester ging hinaus in die Bar und griff in den kleinen Kühlschrank. Sie öffnete eine Flasche mit mexikanischem Bier und reichte sie Sean, der ihr gefolgt war.

„Haben Sie ein Glas?", fragte er und nahm ihr die vom Kondenswasser feuchte kühle Flasche ab.

Hester lächelte, holte ein Pilsglas aus dem Schrank über der Bartheke und gab es ihm. Sie selbst setzte eine Flasche mit Mineralwasser an die Lippen und trank. Anschließend drückte sie die Flasche an ihre Haut, um die Hitze zu lindern, die sie durchrieselte, sobald sie Sean ansah.

Sean sah diese Gebärde als bewussten Verführungsversuch an. Verächtlich zog er die Mundwinkel herab und hielt seine Flasche fester.

„Ich heiße übrigens Hester", stellte sie sich vor. „Hester Somerset. Ich bin hier die Geschäftsführerin. Sie können so lange bleiben, wie Sie möchten. Wie Sie sehr richtig feststellten, sind wir nicht gerade ausgebucht."

„Ich bleibe nur so lange, bis ich von dieser verflixten Insel wieder fortkann", klärte Sean sie auf.

Hester runzelte die Stirn. „Das ist keine sehr positive Haltung für einen Urlaub."

Sean setzte die Sonnenbrille ab und sah sie an. „Ich bin nicht auf Urlaub, sondern hier gestrandet."

Blaue, eiskalte, schöne blaue Augen … Dieser Mann besaß Augen von der Farbe der Karibik an einem frühen sonnigen Morgen. Hester musste ihn ansehen. Sie rollte die Flasche Mineralwasser von der Brust zum Nacken, um sich auch dort abzukühlen. Eine feuchte Spur blieb auf ihrer Haut zurück, der Sean gern mit der Zunge gefolgt wäre.

Gewiss träumte er. Einen so entzückenden Ort wie diese paradiesische Insel konnte es auf Erden gar nicht geben, und erst recht keine so anziehende und erregende Frau wie diese verführerische Kleine von der blauen Lagune. Jeden Augenblick musste der Wecker läuten, und er würde in seinem Penthouse in Manhattan aufwachen und gerade noch Zeit für eine Tasse Kaffee haben, bevor er mit seinem Aufsichtsrat zusammentraf.

Sean trank einen großen Schluck Bier und versuchte, sich auf Hesters Worte zu konzentrieren.

„Dann war es also Ihr Flugzeug, das ich gehört habe. Ford kommt normalerweise nur donnerstags, und ich fürchtete schon, jemand auf der Insel sei krank geworden."

„Es stimmt also? Ich sitze bis Donnerstag auf dieser Insel fest?" Erschöpft und niedergeschlagen sank Sean auf einen Barhocker.

„Tut mir leid, Mr …"

„Duran."

Sie wartete, ob er ihr auch seinen Vornamen nennen wollte, doch er sah sie nur unbestimmt an.

„Mr … Duran. Ja, Ford ist unsere einzige Verbindung zur Außenwelt, und er kommt leider nur einmal wöchentlich mit Post und Lebensmitteln. Bei einem ärztlichen Notfall fliegt er allerdings auch zwischendurch. Ansonsten richten wir uns nach seinem Flugplan."

„Dies ist ein Notfall", drängte Sean. „Ich muss heute Abend in Rio de Janeiro sein. Allerspätestens morgen früh."

„Weshalb? Wollen Sie jemandem ein Organ spenden?", fragte Hester skeptisch.

„Nein. Aber ich muss bei einer sehr wichtigen Besprechung meiner Firma anwesend sein."

Das passt, dachte Hester. *Sein erster und vermutlich auch sein letzter Gedanke gilt dem Geschäft. Und auch zwischendurch denkt er vermutlich an nichts anderes.*

„Tut mir leid, dabei geht es nicht um Leben oder Tod", antwortete Hester.

„Ich zahle dafür", versuchte Sean es mit einer anderen Taktik.

Hester schüttelte den Kopf. „Ford liegt nichts am Geld", erklärte sie, und Sean hatte den Eindruck, der Mann müsse nicht ganz richtig im Kopf sein. „Wenn Sie in Rio erwartet werden und dort nicht erscheinen, wird man Sie suchen. Sie können die Küstenwache über Funk verständigen, dass Sie hier sind. Sie kann eine Nachricht von Ihnen weiterleiten."

„Sie haben ein Funkgerät?" Seans Miene hellte sich auf.

„Natürlich habe ich ein Funkgerät. Das ist in dieser Gegend nötig."

Sean gefiel nicht, dass Hester ihn ansah, als wäre er ein unwissendes Kind. Der glühende Blick, mit dem sie ihn betrachtet hatte, als er seine Sonnenbrille abnahm, war ihm entschieden lieber gewesen. Sie war von ihm ebenso angetan wie er von ihr, nur konnte sie es besser verbergen.

Er lächelte verführerisch. Zu schade, dass er die Insel bald wieder verlassen musste. Es hätte ein netter Zeitvertreib sein können, hierzubleiben und zuzusehen, wie sie immer hitziger wurde.

Nun, selbst wenn er die Möglichkeit erhielt, mit Ethan Verbindung aufzunehmen, konnte er frühestens morgen wieder weg. Also lag noch eine heiße tropische Nacht vor ihnen.

Sean trank sein restliches Bier in einem Zug und ließ Hester nicht aus den Augen. Sein Lächeln wurde gefährlicher. Als er vom Barhocker stieg und langsam auf sie zuschlenderte, trat Hester einen Schritt zurück. Vielleicht war sie schon zu lange auf dieser Insel und hatte zu wenig Kontakt mit passablen Angehörigen des anderen Geschlechts.

Einen halben Meter vor ihr blieb Sean stehen. Sein Blick verriet ihr nur allzu deutlich, was in ihm vorging.

„Gehen wir gleich zu Ihrem Funkgerät hinüber?", forderte er sie auf und ergriff ihren Arm. „Dort können Sie mir mal zeigen, was Sie als Eingeborene tun, wenn Ihnen die Decke auf den Kopf fällt."

2. KAPITEL

Der Verkehr kroch durch die Straßen von New York, die Taxis hupten, der Wind blies heftig, und es schneite noch immer. So ging es schon den ganzen Morgen.

Ethan MacKenzie saß an seinem Schreibtisch im Büro von Duran Industries, drehte die Daumen und lächelte verschlagen in Richtung seines Telefons.

„Du siehst ganz schön selbstgefällig aus", meinte seine Frau, die plötzlich hereingeschlendert kam. „Was ist los? Haben wir gerade eine weitere schnelle Million zulasten von jemand anderem gemacht?"

„Amanda, du solltest lieber sehr nett zu mir sein", sagte Ethan zu seiner rothaarigen, makellos gekleideten Frau. „Es ist nämlich durchaus möglich, dass du Witwe wirst, sobald dein Bruder aus Südamerika zurückkehrt."

„Dann muss ich wohl schleunigst nachprüfen, ob deine Lebensversicherungspolice in Ordnung ist", antwortete Amanda trocken. „Kannst du mir das genaue Datum deines bevorstehenden Ablebens nennen?"

„Ich würde sagen, spätestens in einer Woche", erwiderte Ethan.

„Verstehe. Würdest du es mir bitte trotzdem näher erklären?" Amanda setzte sich auf eine Schreibtischecke und strich ihrem Mann mit ihren sorgfältig manikürten Fingern liebevoll die Locken aus der Stirn. „Bisher waren wir nämlich der Ansicht, dass mein Bruder sich zu Tode arbeiten würde."

„Ich hatte gerade einen höchst seltsamen Telefonanruf von der amerikanischen Küstenwache", erzählte Ethan. „Offensichtlich ist Sean heute Nachmittag auf einer winzigen Insel in der Karibik mit seinem Flugzeug notgelandet."

„Du liebe Güte!", rief Amanda. „Ist ihm etwas passiert?"

„Nein, ihm geht es gut", versicherte er rasch. „Es ist ihm gelungen, auf einer Rollbahn sicher zu landen. Allerdings hat seine Maschine einige technische Probleme, die erst behoben werden können, wenn das Versorgungsflugzeug am Donnerstag kommt. Folglich ist dein Bruder äußerst schlecht gelaunt. Er möchte, dass jemand hinunterfliegt und ihn so bald wie möglich nach Rio bringt."

„Das kann ich mir vorstellen." Amanda atmete erleichtert auf. „Wir werden ihm morgen früh jemanden schicken."

„Nun ja, das könnten wir tun", begann Ethan und sah Amanda schelmisch an. „Allerdings habe ich Sean schon ausrichten lassen, dass es im Augenblick etwas schwierig für uns wäre und er warten müsse, bis er eine andere Lösung gefunden habe."

„Das ist nicht dein Ernst!" Amanda sprang vom Schreibtisch und sah ihren jungenhaft grinsenden Ehemann an. Sie stemmte die Hände in die Hüften und fuhr fort: „Ich kann mir nicht vorstellen, dass du Sean seinem Schicksal überlässt. Wie konntest du!"

„Es geht ihm tadellos, Amanda. Die Küstenwache versicherte mir, dass absolut keine Gefahr für ihn besteht. Nach Aussage der Mannschaft eines Kutters, die die Gegend dort gut kennt, wohnt er in einem großartigen Hotel auf einer ganz entzückenden kleinen Insel."

„Mag sein", gab Amanda zu, „aber darum geht es nicht. Er …"

„… hat nichts anderes zu tun, als den ganzen Tag am Strand zu liegen und nachts zu schlafen", beendete Ethan ihren Satz.

„Aber er kann dort nicht …"

„… telefonieren, auf Computerbildschirme starren, sich um die Produktion sorgen, über den Aufsichtsrat ärgern … Begreifst du nicht? Besser konnte es gar nicht kommen. Wie lange haben wir ihn gedrängt, endlich mal wegzufahren. Und jetzt ist er so weit von allem fort, wie es überhaupt denkbar ist."

Amanda lächelte. „Es sind jene Ferien, die er dringend braucht, sich aber keinesfalls nehmen wollte."

„Sogar noch bessere", erklärte Ethan. „In Nantucket hinge er ständig am Telefon und würde selbst aus Hunderten von Meilen Entfernung noch den Geschäftsführer spielen. Diese Woche wird er keinerlei Kontakt mit der Außenwelt haben, keine Telefonanrufe, kein Fernsehen, keine Zeitungen. Ihm bleibt nichts übrig, als sich damit abzufinden."

„Aber Ethan …", begann Amanda. Sie war heilfroh, dass ihr Bruder den dringend benötigten Urlaub bekam, hatte dennoch schreckliche Gewissensbisse, weil sie bei dieser List mitmachte. „Es ist gemein, ihn so im Stich zu lassen. Er wird uns umbringen, wenn er zurückkommt. Wie willst du ihn dort festhalten?"

„Ich habe ihm über die Küstenwache ausrichten lassen, dass wir ihm leider niemanden schicken können. Er müsse abwarten, bis das Postflugzeug kommt und ihn mitnimmt. Man sagte mir, es fliege die Insel jeden Donnerstag an. Es wird ihn auf die nächste bewohnte Insel oder vielleicht sogar nach Venezuela bringen. Von dort kann er mit einer Linienmaschine nach New York zurückfliegen. Er weiß inzwischen, dass ich selbst nach Rio fliegen werde und dir und Gibson das Büro überlasse."

„Er wird wahnsinnig wütend sein", prophezeite Amanda. „Aber vielleicht wird er schön braun."

„Ob ich wahnsinnig bin?", schimpfte Sean zweitausend Meilen entfernt. „Ich bin nicht wahnsinnig, sondern furchtbar wütend!"

Hester saß noch immer auf dem Hocker vor ihrem Hochfrequenzradio und biss sich auf die Unterlippe. Sie merkte, dass sie eine ziemlich dumme Frage gestellt hatte. Sean lief in dem kleinen Zimmer auf und ab und schimpfte unablässig. Normalerweise machten ihr die Funkgespräche mit der Küstenwache Spaß. Es waren nette junge Leute. Wenn das Fahrzeug, das in dieser Gegend patrouillierte, in der Nähe war, legte es gewöhnlich an, und die Mannschaft kam ins Hotel, trank ein paar Gläser Bier und vergnügte sich ein bisschen am Strand.

Der heutige Funkverkehr hatte ihr allerdings keine Freude bereitet. Obwohl der Funker in San Juan freundlich wie immer war, hatte sie Sean nur mit Mühe davon abhalten können, ihr das Mikrofon aus der Hand zu reißen und verärgert Schimpfwörter durch die Äther zu jagen. Im Moment war er wirklich kein angenehmer Gast. Sie hatte erwartet, er wäre glücklich, der Hetze des Alltags für eine Weile entgehen zu können. Immerhin schien dieser MacKenzie zu wissen, was er tat. Duran musste ganz schön eingebildet sein, wenn er glaubte, ohne ihn liefe in der Firma nichts.

Hester beobachtete Sean, der wütend auf und ab ging, schimpfte und drohte, eine ganze Reihe von Leuten umzubringen. Verärgert stellte sie das Funkgerät ab und stand auf.

„Ich begreife nicht, weshalb Sie derart erregt sind", begann sie. „Die meisten Leute würden einen Wochenlohn dafür geben, wenn sie hier, weit weg von den Anforderungen ihres Arbeitsplatzes, ihren Urlaub verbringen könnten. Die meisten bezahlen sogar erheblich mehr als einen Wochenlohn, um einmal im Jahr auszuspannen." Sie hielt inne, denn sie bemerkte Seans verärgerten Blick. „Weshalb genießen Sie diese Woche nicht wie ein normaler Urlauber? Sind Sie so wichtig, dass Sie sich keine acht Tage Ferien leisten können?", fügte sie spöttisch hinzu. „Die Firma gehört Ihnen doch nicht."

„Doch, sie gehört mir."

„Sie gehört Ihnen?"

Sean nickte, sprach aber nicht weiter. Hester hatte ihn gefragt, weshalb er derartig erregt sei. Wenn sie wüsste … So ungern er es zugab, sie war ausgesprochen hübsch, wenn sie so wütend war. Was sie sonst noch gesagt hatte, war ihm entgangen. Er starrte nur fasziniert auf das dünne geflochtene Lederband, das sie locker um die Fesseln gebunden hatte. Ob sie je Schuhe trug?

„Ach so …" Hester räusperte sich grundlos, denn sie war plötzlich unerklärlich nervös. Sie konnte den Blick nicht von seinen leuchtend blauen Augen wenden. „Zumindest scheinen Sie fähige Mitarbeiter zu haben. Dieser Mr MacKenzie hat doch wohl alles fest im Griff."

„Mr MacKenzie ist mein Schwager, und ich werde ihn umbringen, sobald ich zurück bin."

„Nun, das ist Ihre Sache", meinte Hester. „Weshalb müssen Sie eigentlich selbst zu dieser wichtigen Besprechung nach Rio fliegen? Weshalb kann Ihr Schwager das nicht übernehmen?"

„Weil ich mich heutzutage offensichtlich auf niemanden mehr verlassen kann", erwiderte Sean gepresst. „Mein erster Mann in Südamerika tauchte am letzten Montag nicht an seinem Arbeitsplatz auf, weil er mit irgendeiner Mambo-, Limbo- oder Sambatänzerin von einer Insel zur anderen zieht!" Seine Stimme wurde bei jedem Wort lauter. „Und auf die meisten meiner Angestellten in New York ist kein Verlass, weil sie Familie haben." Er sprach das Wort „Familie" aus, als handelte es sich um ein Laster. „Selbst mein Schwager und meine Schwester weigern sich, am Wochenende zu arbeiten. Sie verbringen die Tage lieber auf dem Land."

„Das ist ja abscheulich", antwortete Hester mit gespieltem Ernst. „Wie können diese Leute es wagen, ein erfülltes Leben zu führen, anstatt sich früh ins Grab zu bringen? Ein solches Verhalten ist wirklich untragbar, Mr Duran. Ich begreife nicht, weshalb Sie die Leute nicht hinauswerfen."

Seans Blick verriet ihr, dass sie einen heiklen Punkt berührt hatte.

„Tatsache ist", sagte er langsam, als spräche er zu einer Schwachsinnigen, „dass jemand mit einem besonders anspruchsvollen Posten sich nicht verantwortungslos verhalten darf. Ich muss mich darauf verlassen können, dass meine Mitarbeiter sich ebenso wie ich hundertprozentig für die Firma einsetzen. Nachlässigkeit ertrag ich nicht. Leute, die ihre Pflichten versäumen, nur weil die Arbeit manchmal etwas härter wird, sind für mich winselnde Schwächlinge, mit denen ich nichts zu tun haben möchte."

Er hielt inne, denn ihm wurde klar, dass seine Worte auf die Frau kaum Eindruck machten. Hesters größtes Problem bestand vermutlich darin, einen passenden Badeanzug auszuwählen oder ihr Strandlaken

273

so zu befestigen, dass es nicht vom Seewind fortgeweht werden konnte. Seufzend erklärte er: „Aber was verstehen Sie schon davon?"

Vielleicht mehr, als Sie ahnen, dachte Hester. Während seines Wortschwalls hatte sie sich für einen kurzen Augenblick in ihr Büro an der Wall Street zurückversetzt gefühlt und Mr Larsens Worte gehört, der sie ausschimpfte, weil sie pünktlich Schluss machen wollte, obwohl ein besonders unvernünftiger Kunde auf einer Besprechung weit nach der Essenszeit bestand. Sie war an jenem Abend erst um Mitternacht nach Hause gekommen und nicht vor drei Uhr eingeschlafen.

Laut sagte sie: „Auf jeden Fall brauchen Sie ein Zimmer. Möchten Sie eines mit Blick auf den Atlantik oder auf den Dschungel?"

„Wie groß ist der Preisunterschied?"

„Der Preis ist derselbe", erklärte Hester. „Weshalb fragen Sie?"

„Die meisten Hotels verlangen ein Vermögen für ein Zimmer mit Meerblick", antwortete Sean geduldig.

„Wirklich? Das finde ich seltsam." Das einzige Hotel, das Hester kannte, war jenes auf St. Croix, in dem sie einen Monat Urlaub gemacht hatte. Dort wollte sie unbedingt ein Zimmer zum Atlantik haben, ohne Rücksicht auf den Preis.

Sean war nicht sicher, ob Hester ihn zum Narren hielt oder naiv war. Woher kam sie? Wer war sie? Lebte sie schon lange hier oder gar seit Anbeginn der Zeiten in Erwartung auf seine Ankunft? Etwas an ihr ließ sie beinahe alterslos, ja, mystisch wirken.

„Was kostet eine Woche?", fragte er und brachte das Gespräch wieder auf ein Thema, bei dem er sich auskannte.

„Ich weiß nicht recht …" Hester zuckte unbekümmert mit den Schultern. „Warten Sie mal … sechs Nächte … Sagen wir, fünfundzwanzig Dollar pro Nacht."

„Fünfundzwanzig Dollar?", keuchte Sean.

„Wieso?", reagierte Hester erschrocken. „Ist das zu viel? Der Preis schließt alle Mahlzeiten ein. Solange Sie dasselbe essen wie ich. Ich habe keine Lust, den ganzen Tag in der Küche zu stehen."

Sean verstand die Welt nicht mehr. Diese junge Frau konnte hier einen exklusiven Ferien-Club aufziehen, verschenkte aber die Möglichkeit. Mancher Geschäftspartner von ihm würde mehrere Tausend Dollar pro Woche ausgeben, um ein Zimmer an solch einem idyllischen Ort zu bekommen. Er selbst zog jedoch das Stadtleben vor und hielt es höchstens ein paar Meilen entfernt davon aus. Keinen Kontakt mit der Außenwelt zu haben schien ihm undenkbar.

„Fünfundzwanzig Dollar die Nacht geht völlig in Ordnung", antwortete Sean nachsichtig. „Mir war nicht klar, dass die Mahlzeiten im Preis eingeschlossen sind."

„Aber wie gesagt: Sie müssen essen, was auf den Tisch kommt. Ansonsten können Sie sich gern selbst etwas kochen."

„Einverstanden."

„Also, was möchten sie nun: den Atlantik oder den Dschungel? Beide Ausblicke sind sehr hübsch."

„Das ist mir egal", sagte Sean. Das Bier, das er so hastig getrunken hatte, machte ihn schläfrig, und er wollte unbedingt unter die Dusche.

„Also ein Zimmer zum Atlantik", beschloss Hester. „Dort merken Sie die kühle Brise vom Meer, und es gibt weniger Moskitos. Kommen Sie bitte mit." Sie drehte sich um und ging in Richtung Treppe am Ende der Halle.

Sean atmete ruhig durch. Diese Frau hat einen Gang, mit dem sie den Verkehr in New York zum Erliegen bringen könnte, dachte er und beobachtete ihre schwingenden Hüften und den langen Zopf, der wie ein Metronom von einer Seite zur anderen schwang.

Vielleicht würde diese Woche in den Tropen gar nicht so übel.

Hester brachte Sean in ein Zimmer mit herrlicher Aussicht. Die Läden der beiden großen glaslosen Fenster sowie die Doppeltür öffneten sich nach innen. Unmittelbar vor der Veranda wuchs eine Palmengruppe, deren Wedel leise in der kühlen Brise rauschten. Sonst hörte man nur die Wellen ruhig ans Ufer schlagen.

Die Zimmerwände waren blassgrün mit weißem Rand gestrichen und mit ähnlichen Bildern geschmückt wie die Hotelhalle. Ein weißes Metallbett mit einer Tagesdecke im selben sanften Grün wie die Wände stand in einer Ecke des Zimmers. Ein Moskitonetz fiel in Kaskaden von einem Haken an der Decke und schloss es ein wie ein Kokon. Das übrige Mobiliar bestand aus einem Toilettentisch und einem dazu passenden Schaukelstuhl aus Ahornholz sowie einer ziemlich zerkratzten Zederntruhe, auf der sich eine Blumenvase und eine Öllampe befanden.

„Gibt es hier keine Elektrizität?", fragte Sean, nachdem er die Lampe bemerkt hatte.

„Ich habe draußen einen kleinen Generator", antwortete Hester. „Trotzdem möchte ich so viel Energie wie möglich sparen."

An der Wand zwischen den beiden Fenstern stand ein alter Schreibtisch mit einem Hocker. Der Holzboden war gebohnert und glänzte golden, und ein pastellfarbener Webteppich lag in der Mitte. Er war nichts Besonderes, aber Sean gefiel er. Der Bodenbelag hatte etwas Beruhigendes, und so etwas hatte er schon lange nicht mehr erlebt.

„Wo ist das Badezimmer?", fragte Sean und sah sich nach einer weiteren Tür um. „Ich möchte gern duschen."

„Hm, ja, das ist eine etwas heikle Sache", wich Hester aus.

„Was soll das heißen?"

„Wir haben hier zwar eine Dusche, zumindest etwas Ähnliches. Aber die kann man nur benutzen, nachdem es kräftig geregnet hat."

„Entschuldigen Sie bitte", erwiderte Sean, und seine Stimme klang ein wenig verärgert, „ich kann Ihnen nicht ganz folgen."

„Desmond hat draußen eine großartige Duscheinrichtung installiert. Es ist herrlich, im Freien zu duschen. Ausgesprochen anregend."

„Und?"

„Sie darf aber nur mit Regenwasser gefüllt werden, sonst rosten die Leitungen vom Salz. Und es hat hier schon eine ganze Zeit lang nicht mehr ordentlich geregnet." Hester zuckte bedauernd mit den Schultern. „Tut mir wirklich leid."

„Haben Sie wenigstens eine Badewanne?"

„Wir sind von einer umgeben."

„Der Atlantik", stellte er trocken fest.

„Ja."

Sean atmete tief ein und verärgert wieder aus. „Der Atlantik", wiederholte er.

„Am Ende des Flurs befindet sich ein Wasserklosett mit einem wirklich tollen Waschraum. Er wurde später eingebaut, und die Rohre sind aus Porzellan. Oder ist es Steingut? Auf jeden Fall finden Sie dort ein Becken und ein paar Liter Wasser in einer Flasche zum Waschen. Gehen Sie aber bitte sparsam damit um. Ich spüle normalerweise nur das Salz ab, nachdem ich draußen gebadet habe. Im Atlantik", fügte sie hinzu.

„Sie baden tatsächlich im Atlantik?" Sean versuchte gar nicht erst, seine Abscheu zu verbergen.

Hester hatte genug von seinem hochmütigen Benehmen. „Hören Sie", begann sie durch die zusammengepressten Zähne, „falls Sie die Absicht haben, den Preis zu drücken, können Sie sich die Mühe sparen. Es wird Sie nicht umbringen, ein paarmal im Meer zu baden. Schließlich ist es nicht anders, als wenn Sie jeden Tag schwimmen gehen. Herrje, es ist doch nur für eine Woche!"

Plötzlich sah Sean Hester vor sich, wie sie übermütig nackt in der Brandung tollte, ihren Körper einseifte und anschließend in den Wellen verschwand. Auf einmal fand er den Gedanken an ein Bad im Atlantik gar nicht mehr so abstoßend.

„Sie haben recht", stimmte er ihr zu, und ein Lächeln umspielte seine Lippen.

Hester sah ihn misstrauisch an und mochte nicht recht glauben, dass Sean so leicht nachgab. Vielleicht konnte er vernünftig sein, wenn er wollte. Er hat wirklich schöne Augen, dachte sie und hohe, schmale Wangenknochen. Lag es an seiner Körpergröße und seinen breiten Schultern, dass er sie derart einschüchterte? Mit seinen eins achtundachtzig und seinen rund neunzig Kilo konnte er sie schon beeindrucken. Bei Thompson-Michaels hatte sie immer sieben Zentimeter hohe Absätze getragen, um sich deutlicher bemerkbar zu machen. Die Erinnerung daran machte das Barfußlaufen noch angenehmer.

„Ich lasse Sie jetzt allein, Mr Duran", sagte Hester und brachte sich selbst in die Gegenwart zurück. „Versuchen Sie, nicht zu viel Wasser zu verbrauchen. Auch wenn wir auf einer Insel leben – es ist kostbar."

„Ich passe schon auf."

Hester fragte sich, ob er je glücklich lächelte. „Falls Sie noch irgendetwas benötigen: Ich bin nicht weit fort. Sollte ich nicht im Hotel sein, halte ich mich am Strand auf. Oder in meinem Zimmer."

„Und wo ist das?"

„Hier oben sind nur acht Zimmer", erklärte Hester. „Meines liegt zwei vor Ihrem."

„Wie günstig", murmelte Sean.

Hester wollte schon fragen, inwiefern es günstig wäre, doch in diesem Augenblick löste Sean den Krawattenknoten und begann, sein Hemd aufzuknöpfen. Die ganze Zeit über ließ er sie nicht aus den Augen.

„Nun ..." Hester schluckte, denn ihr Hals war plötzlich ganz trocken geworden. „Wenn Sie keinen weiteren Wunsch haben." Da Sean sein Hemd auszuziehen begann, wandte sie sich ab und wollte die Tür hinter sich zuziehen.

„Da ist noch etwas", sagte er.

„Ja?" Hätte sie sich bloß nicht umgedreht! Denn während Sean mit nacktem Oberkörper vor ihr stand, wurde auch ihr Mund trocken. Er mag zwar ein besessener Arbeiter sein, dachte sie, aber er nimmt sich trotzdem Zeit für Körpertraining.

Sean besaß einen fantastischen Körper. Er war muskulös und gestählt. Dunkles Haar bedeckte seine breite Brust und zog sich bis unter seinen Gürtel hinab. Weiter wollte sie ihre Fantasie lieber nicht spielen lassen.

Seans Augen begannen zu glühen, als er dieses „Ja?" hörte. Hoffentlich sprach Hester das Wort in seiner Gegenwart recht häufig aus.

„Kann ich bitte den Schlüssel für mein Zimmer bekommen?"

„Wir haben hier keine Schlüssel."

„Weshalb nicht?"

„Es gibt keine Schlösser."

„Und wenn jemand einbricht?"

„Erstens lebt hier niemand, der es tun würde", versicherte Hester. „Und zweitens: Selbst wenn es jemand versuchte, könnte er die gestohlenen Waren nicht von der Insel bringen, ohne dass Ford davon erfährt. Und der ist absolut ehrlich. Er würde niemals Diebesgut transportieren."

„Was ist mit den Booten?"

„Auf dieser Insel besitzt nur der General ein Boot, und er benutzt es nie. Im Vertrauen gesagt, ich glaube, er hat keine Ahnung, wie man es bedient. Aber das würde er niemals zugeben."

„Der General?", fragte Sean erschöpft.

„General Morales", erklärte sie. „Ein Pensionär der venezolanischen Armee. Er wird Ihnen gefallen."

„Ich dachte eher an Boote, die von außerhalb zur Insel kommen", meinte er.

„Piraten?"

„Ja, so etwas Ähnliches."

„Darüber habe ich noch nie nachgedacht", gestand Hester. „Ich schätze, wir müssen uns einfach darauf verlassen, dass so etwas nicht vorkommt."

„Das scheint mir auch so."

Hester wollte gerade gehen, da stellte Sean eine letzte Frage: „Besitzt Ihr eigenes Zimmer auch kein Schloss?"

„Nein", antwortete Hester, ohne zu zögern.

Sean lächelte befriedigt. „Wir sehen uns beim Abendessen", verkündete er verheißungsvoll.

3. KAPITEL

An diesem Abend bereitete Hester das Abendessen beim Schein einer Öllampe zu. Obwohl es einen Generator für das Hotel gab, benutzte sie selten Elektrizität. Der Kühlschrank und die Gefriertruhe verbrauchten den größten Teil des Stroms, denn sie kochte auf einem Camping-Propangasherd. Der Deckenventilator und das Radio hatten während der zwei Jahre, die sie jetzt auf der Insel lebte, keine Schwierigkeiten bereitet. Trotzdem war sie bei der Öllampe geblieben und wusch ihre Kleider mit der Hand, um den Generator so wenig wie möglich zu belasten.

Während sie arbeitete, beschäftigte sich Hester in Gedanken noch einmal mit Sean Duran. Seit er ihr erzählt hatte, er besitze eine Firma, zerbrach sie sich den Kopf darüber, ob sie seinen Namen von früher kannte. Doch sosehr sie sich bemühte, sie fand keine Verbindung. Wenn sie ehrlich war, musste sie zugeben, dass sie inzwischen eine Menge über ihre Zeit als Börsenmaklerin vergessen hatte. Die viereinhalb Jahre glichen einem Buch, das sie vor sehr langer Zeit gelesen hatte und an das sie sich nur noch bruchstückhaft erinnerte.

Bei ihrer Abreise aus New York war sie nur äußerlich eine Frau gewesen. Sie hatte kein gesellschaftliches Leben geführt, hatte keine Träume oder Pläne für die Zukunft gehegt und weder Freunde noch eine Familie besessen. Nur die ganze Skala menschlichen Lebens von bitterster Armut als ungeliebte Enkelin in der erbärmlichen Mietwohnung ihrer Großmutter bis zur erfolgreichen, wohlhabenden Frau mit luxuriöser Eigentumswohnung in Manhattan hatte sie kennengelernt.

Insgesamt fand Hester, dass beide Lebensstile erschreckend viel gemeinsam hatten. Die meisten Leute, mit denen sie bei Thompson-Michaels zusammenarbeiten musste, waren ebenso oberflächlich, unmoralisch und geldgierig gewesen wie die Kriminellen und Drogenabhängigen ihrer alten Nachbarschaft. Der einzige Unterschied bestand darin, dass ihre Kollegen teurere Autos gefahren und bessere alkoholische Getränke zu sich genommen hatten.

Irgendwann war sie eine von denen geworden, und als einzige Rettung war ihr die Flucht geblieben.

Erst nach ihrem Abflug von New York hatte Hester wirklich zu leben begonnen und sich langsam zu einem menschlichen Wesen entwickelt. Das Wetter war bei ihrer Ankunft auf St. Croix wunderschön gewesen – ein gutes Omen. Die Sonne schien warm, der Himmel leuchtete blau, und der Atlantik glitzerte draußen vor ihrem Hotelzimmerfenster.

Als Erstes machte sie einen Einkaufsbummel und erstand eine Shortskombination, Sandalen und eine Sonnenbrille. Wieder auf der Straße, stopfte sie die Plastiktasche mit ihrem Seidenkostüm und der Bluse in einen Abfallkorb. Ähnliches hatte sie schon mit ihrer Aktentasche am Flughafen gemacht.

Nach ihrer Rückkehr ins Hotel blieb sie an der Poolbar stehen, trank eine Piña colada und freute sich über die vier Millionen und zweiundachtzig Kalorien, die das Getränk nach Auskunft des lächelnden Barkeepers enthielt.

Alle lächeln hier, stellte Hester fest. Und die Musik! Sie verfolgte sie überallhin. Stahltrommeln, Reggae und Salsa begleiteten sie über die ganze Insel. Die Kleider waren hier farbenfreudiger, die Gebäude bunter, die Luft sauberer, die Leute freundlicher. Es schien unmöglich, nicht guter Laune zu sein. Drei Wochen brauchte Hester, bis ihr klar wurde, dass auch sie glücklich war. Zum ersten Mal in ihrem Leben fühlte sie sich wohl. Sie genoss, was sie tat. Das Leben war schön.

Und sie hatte sich geschworen, nie wieder nach New York zurückzukehren. Seit sie wusste, dass es eine Alternative zu der Leere und der Leblosigkeit gab, unter der sie siebenundzwanzig Jahre gelitten hatte, wollte sie keinesfalls ihr früheres Leben wieder aufnehmen.

Hester schob die Erinnerung an New York beiseite und konzentrierte sich auf die Ananas, die sie in Schüben schneiden musste. Gegen sieben Uhr hatte sie den Obstsalat fertig und begann, die Krabben zu überbrühen, die sie am Nachmittag gefangen hatte. Von Sean Duran hatte sie seit ihrer zweideutigen Unterhaltung nichts mehr gehört. Vermutlich war er oben, dachte über seine missliche Lage nach oder arbeitete Unterlagen auf, die er mitgebracht hatte, um jede Entspannung zu vereiteln.

Hester stieg die Treppe hinauf, um ihm mitzuteilen, dass sie etwas zu essen zubereitet hätte und er ihr Gesellschaft leisten könne, falls er wolle. Vorsichtig klopfte sie an seine Tür.

„Mr Duran?", rief sie leise. „Sind Sie da?" Da sie keine Antwort erhielt, öffnete sie zögernd die Tür. „Mr Duran?", wiederholte sie etwas lauter und horchte auf eine Reaktion.

Diesmal antwortete ihr gedämpftes Schnarchen.

Hester spähte um die Ecke und sah, dass ihr Gast auf dem Bauch lag und schlief. Er trug nichts als eines ihrer grün-weiß gestreiften Handtücher, das er sich um die Hüften geschlungen hatte. Er sah aus, als wäre er todmüde aus dem Waschraum zurückgekehrt, hätte gerade noch das Moskitonetz beiseiteschieben können und wäre anschließend mit dem Gesicht auf das Kissen gefallen.

Vorsichtig trat Hester näher und betrachtete ihn. Von hinten sah er ebenso gut aus wie von vorn. Auch sein Rücken war glatt und muskulös. Sie wäre am liebsten mit der Fingerspitze über seine Schultern und das Rückgrat hinab bis zu dem Handtuch gefahren. Er wandte ihr sein Gesicht zu, und sie bewunderte seine langen dichten Wimpern. Im Schlaf waren seine Lippen nicht schmal, sondern voll und verlockend.

„Mr Duran?", flüsterte sie erneut. Ihre Stimme war kaum zu hören. Weshalb wirkte er noch größer, wenn er halb nackt dalag? Da er sich nicht regte, berührte sie mit der linken Hand vorsichtig seinen Oberarm. Seine feinen Härchen waren weich und elastisch. Hester ließ die Hand einen Moment liegen, bevor sie mit den Fingerspitzen langsam zu Seans Schulter hinauffuhr, wo seine Haut kühl und seidig war. Sie schüttelte ihn vorsichtig und wollte ihn noch einmal rufen, als er blitzschnell ihre Hand ergriff.

„Oh, Sie sind ja wach!", rief Hester. Da er sie noch fester fasste, fügte sie hinzu: „Au, Sie tun mir weh, Mr Duran."

Sean stützte sich auf den Ellbogen, lockerte den Griff, ließ Hester aber nicht los.

„Hester …" Er sprach ihren Namen zum ersten Mal aus, und Hester fühlte sich unbehaglich angesichts der Vertraulichkeit in seiner Stimme. „Ich habe einen Moment vergessen, wo ich bin. Seltsam – sonst schlafe ich nicht so leicht ein und auch nicht so fest." Er wirkte überrascht und verblüfft.

„Wahrscheinlich liegt es am Klima. Als ich zum ersten Mal in die Karibik kam, ging es mir genauso."

Sie wand sich unter seinem Griff. „Würden Sie mich bitte loslassen?"

Anstatt Hesters Aufforderung nachzukommen, rutschte Sean aus dem Bett, stellte sich vor sie und hielt ihre Hand weiterhin fest. Hester starrte auf seine Brust und roch seinen betörenden männlichen Duft.

„Weshalb sind Sie in mein Zimmer gekommen, Hester?" Sean hob ihre Hand hoch und betrachtete ihre Finger. Ihre Hände waren im Vergleich zu seinen klein, ihre Nägel kurz geschnitten und unlackiert.

„Ich wollte Ihnen sagen, dass das Abendessen fertig ist. Falls Sie hungrig sind …"

Er fragte sich, ob sie diese Anspielung absichtlich hinzugefügt hatte. Nein, wahrscheinlich nicht. Dafür klangen ihre Worte zu unbefangen. Was allerdings nicht ausschloss, dass er sie sich zunutze machen konnte.

„Ich habe sogar großen Hunger", sagte er mit rauer Stimme und merkte, dass sie seinen Blick bewusst mied. „Solch ein Tag macht einem Appetit."

„Gut", murmelte Hester. Ihre Finger waren ganz heiß geworden, wo er sie massiert hatte. „Ich warte unten auf Sie, während Sie sich ankleiden." Sie wollte ihm die Hand entziehen, doch er hob sie hoch und strich damit aufreizend über seine warmen Lippen.

Hester hielt den Atem an und sah ihm in die Augen. Sean besaß wunderschöne Augen. Sehnsüchtige Augen. Sie sagten ihr, dass sich sein Appetit auf entschieden mehr als das Abendessen richtete, das sie vorbereitet hatte.

„Was haben Sie mir zu bieten?", fragte Sean, als hätte er ihre Gedanken erraten. „Als Abendessen, meine ich." Zögernd ließ er ihre Hand los und strich geistesabwesend über seine Brust.

Fasziniert beobachtete Hester diese Geste, und die Röte, die ihr in die Wangen stieg, verriet Sean, was sie dachte.

„Gedämpfte Krabben", antwortete sie und blickte ihm erneut in die blauen Augen. Oje, da hatte sie sich in eine heikle Lage gebracht! Sie hielt ihre Hand, als hätte sie sich verbrannt, und ging rückwärts zur Tür.

Sean sah ihr nach und wunderte sich über seine überwältigenden Gefühle für diese Frau. War die sexy!

„Dampfen Sie ab", ulkte er, als sie den Flur erreicht hatte. „Ich komme gleich nach." Sein tiefes Lachen über ihre Verlegenheit folgte ihr.

Hester schlug die Tür hinter sich zu, lief die Treppe hinab und schimpfte. Heftig stellte sie das schmutzige Geschirr ins Spülbecken und deckte erbost den Tisch auf der Veranda.

„Dampfen Sie ab …", wiederholte sie. „Für wen hält dieser Kerl sich eigentlich? Nur weil in New York eine Menge Leute springen, sobald er den kleinen Finger rührt, braucht er sich nicht einzubilden, dass er auch anderswo den großen Macker spielen kann. Hier verläuft das Leben anders als in New York. Mir scheint, er braucht einen kräftigen Tritt in den …"

„Na, dann geben Sie mir doch einen Tritt", hörte Hester seine tiefe, verärgerte Stimme hinter sich, während sie am Kochherd stand. Verlegen schloss sie die Augen und wagte nicht, sich umzudrehen und ihn anzusehen. Stattdessen begann sie, die Krabben einzeln in den großen Dampfkochtopf zu legen.

„Ich bitte um Entschuldigung, Mr Duran", murmelte sie einfältig. „Ich wusste nicht, dass Sie hier sind."

„Offensichtlich nicht."

Bildete sie es sich nur ein, oder klang er tatsächlich gekränkt? Eigentlich sah er nicht aus wie ein Mann, dessen Gefühle verletzt werden können.

„Ich hoffe, ich habe Sie nicht beleidigt", fuhr sie fort. „Manchmal geht das Temperament mit mir durch. Ich muss lernen, es besser unter Kontrolle zu halten."

Sean trat neben Hester, lehnte sich mit der Hüfte an die Anrichte und verschränkte die Arme vor der Brust. „Lieber nicht", sagte er leise. „In meinem Beruf erlebt man selten echte Gefühle. Es ist erfrischend und schön, dass es so etwas noch gibt. Abgesehen davon war es genau dasselbe, was andere auch hinter meinem Rücken sagen. Ich glaube, ich habe Ihnen Veranlassung gegeben, verärgert zu sein. Deshalb möchte ich mich ebenfalls entschuldigen."

Hester sah ihn an und wusste nicht, wie sie seine Worte auslegen sollte. Sean wirkte nicht wie jemand, der sich bereitwillig entschuldigte. Seine Bemerkung über das schlechte Gerede hinter seinem Rücken ließ sogar auf eine gewisse Einsamkeit schließen.

Anstatt zu antworten, lächelte Hester tapfer. Offensichtlich wirkte das, denn Sean lächelte zurück. Nicht stark, aber darauf ließ sich aufbauen. Er trug inzwischen eine weite graue Baumwollhose und ein weißes Hemd aus weichem, luftigem Material sowie weiße Leinenslipper – das typische Bild eines reichen Mannes auf Urlaub.

„Sie hatten also Freizeitkleidung eingepackt", zog Hester ihn auf.

„Schließlich wollte ich nach Rio fliegen", verteidigte Sean sich. „Der Beruf kommt bei mir an erster Stelle, aber ich bin ihm nicht restlos verfallen. Sagen Sie mal, hätten diese Tiere nicht ein faires Gerichtsurteil verdient, bevor sie bei lebendigem Leib gekocht werden?" Er deutete auf die Krabben.

„Ein paar Dinge über die Karibik sollten Sie wissen, Mr Duran", meinte sie spielerisch belehrend.

„Ja?", ging Sean auf ihren Ton ein. „Zum Beispiel?"

„Erstens dreht sich die Welt unterhalb des zwanzigsten Breitengrades entschieden langsamer", erklärte sie. „Man spricht hier von der Inselzeit."

„Tatsächlich? Mir scheint, ich habe dieses Phänomen bereits selbst beobachtet."

„Außerdem gelten die Regeln der Modeindustrie hier nicht."

„Das ist eine weitere, sehr angenehme Tatsache, die ich feststellen konnte", murmelte Sean und betrachtete Hesters streifenlos gebräunte Haut. „Aber was hat das mit den Krabben zu tun?"

„Nun", meinte Hester und warf ihr letztes Opfer in den Dampfkochtopf, „neben anderen Gesetzen der Karibik gilt hier: Der Spaß hört nie auf, die Musik findet kein Ende, und der Rum fließt frei und unablässig. Leider gibt es hier keine wie auch immer geartete Gerechtigkeit gegenüber essbaren Krustentieren. Das wird Ihnen jeder bestätigen."

Sean roch den würzigen Duft der Krabben, die über einer Wein- und Pfefferbrühe dämpften, und ihm fiel ein, dass er seit seiner Abreise von San Juan vor vielen Stunden nichts gegessen hatte.

„Nun, ich kann nicht behaupten, dass die kleinen Dinger mir leidtäten", meinte er leichthin. „Besser sie als ich."

Er erinnerte sich nicht, wann er das letzte Mal bei der Zubereitung einer Mahlzeit geholfen hatte. Trotzdem nahm Hester seinen Vorschlag für die Soße zu den Krabben bedenkenlos an. Als er ihr anbot, die Getränke auf den Tisch zu stellen, bat sie ihn, frisches Wasser für sie aus dem Kühlschrank in eine Karaffe abzufüllen, ermunterte ihn jedoch, sich etwas aus der Bar zu holen.

Sean suchte in den Schränken und fand Rum aus Jamaika, Martinique, Trinidad, St. Croix, Tortola und Montserrat, aber keinen Scotch, den er ausschließlich trank, und zwar auf Eis mit nur einem winzigen Schuss Wasser.

„Haben Sie nichts außer Rum?", rief Sean in die Küche. „Etwas Schmackhafteres?"

Wahrscheinlich hat er „etwas Gehobeneres" sagen wollen, möchte aber nicht als Snob gelten, überlegte Hester. Laut antwortete sie: „Ich muss Sie schon wieder daran erinnern, dass Sie sich in der Karibik befinden, Mr Duran. Hier herrschen andere Sitten. Die Leute trinken hier Rum. Probieren Sie mal den dunklen Barbados-Rum mit Tonic. Er ist sehr erfrischend."

Sean brummte etwas von Dorftrampeln und primitivem Leben, während er das Getränk mischte. Dann trank er den ersten Schluck, zog überrascht die Augenbrauen in die Höhe und schnalzte leise mit der Zunge.

„He, das ist gar nicht so übel", gab er zu und kehrte in die Küche zurück.

Hester legte das Messer weg, mit dem sie eine Zitrone zerschnitten hatte. Sie ging zu ihm, drückte den Saft eines Viertels in sein Glas und leckte ihren Zeigefinger und ihren Daumen trocken. „Nun probieren Sie noch einmal", forderte sie Sean auf.

Sean trank zwei große Schlucke. Das kühle Getränk lief seine Kehle hinab, linderte aber nicht die Hitze, die ihn durchströmte, während er Hester betrachtete. Er konnte den Blick nicht von ihr lassen.

Hester hatte sich umgezogen und trug jetzt eine blassgelbe hauchdünne Bluse mit bis zu den Ellbogen aufgerollten Ärmeln und kakifarbene Shorts. Ihr langes Haar war immer noch zu einem dicken Zopf gebunden. Doch kurze Strähnen um ihr Gesicht schimmerten wie ein Lichtkranz im Schein der Öllampe.

Sean fürchtete, sobald er Hester berührte, würde sie verschwinden. Ihre Schönheit hatte etwas Unwirkliches, beinahe Durchsichtiges, das in völligem Gegensatz zu der künstlichen Kosmetikschönheit der Frauen stand, die er in New York kannte. Hester war warm und einladend, während viele Stadtfrauen kühl und abweisend wirkten. Ihre Offenheit und ihr Humor wirkten erfrischender als ein Drink. Sie erschien als eine willkommene Abwechslung zu den Opportunisten und Mitläufern des jeweiligen Trends, mit denen er normalerweise die Abende verbrachte. Hester Somerset ging das Leben sorglos und gerade an.

Sie aßen das vorzügliche Dinner auf der Veranda beim bernsteinfarbenen Schein der Öllampe, deren Flamme von Zeit zu Zeit in der ewigen Brise des Atlantiks flackerte. Während des Essens unterhielten sie sich ruhig und unverbindlich.

Nach dem gemeinsamen Geschirrspülen nahmen Hester und Sean ihre Gläser mit zum Strand hinunter und setzten sich ans Wasser. Die warme Brandung lief nahe ihren Füßen aus und lud ein zu einem abendlichen Bad. Nach einer Weile brach Hester die Stille ringsum: „Wissen Sie, selbst nach zwei Jahren habe ich dies hier nicht über", sagte sie.

„Was?", fragte Sean. Die linde Nachtluft und die beiden Gläser Rum mit Tonic hatten ihn milde und philosophisch gestimmt.

„Nachts draußen am Strand zu sitzen. Die Insel ist unglaublich schön. Kein Tag vergeht, an dem ich nicht regelrecht erschüttert bin von all dieser Schönheit." Sie hing einen Moment ihren Gedanken nach und fuhr fort: „Ich bin in New York aufgewachsen."

„Tatsächlich? Ich auch. In welcher Gegend?" Sean wollte unbedingt mehr über Hesters Vergangenheit wissen.

„In der Bronx." Das ist die Gegend, die besonders für ihre hohe Verbrecherquote und ihre geringe Lebensqualität bekannt ist.

„Da war ich noch nie", murmelte Sean und versuchte, seine Überraschung zu verbergen.

„Das kann ich mir denken."

„Aber ich kann mir vorstellen, wie es dort ist."

„Glauben Sie mir", sagte Hester, bemüht, keinerlei Verbitterung durchklingen zu lassen, „Sie haben absolut keine Ahnung, wie die Menschen dort leben."

Sean antwortete nicht. Sie ist noch so jung, dachte er, höchstens ein- oder zweiundzwanzig. Bestimmt ist sie schon als Teenager, unmittelbar nach der Highschool, von dort weggezogen. Ohne Geld fürs College gab es in New York keine Aussichten auf eine gute Zukunft.

Wie mochte sie auf diese Insel gekommen sein?

„Und wo sind Sie aufgewachsen?" Hesters Frage riss ihn aus den Betrachtungen. „Ich wette, in einem Haus am Meer."

„Auf Long Island", bestätigte er ihre Vermutung.

„Herrje, wir stammen aus zwei völlig unterschiedlichen Welten, nicht wahr?"

„Ich denke nicht daran, mich für meine gute Erziehung und meine glückliche Kindheit zu entschuldigen", fuhr Sean sie an.

„Dazu besteht kein Anlass", erwiderte Hester rasch. „Tut mir leid, normalerweise reagiere ich nicht so verbittert auf meine Vergangenheit. Manchmal habe ich sogar das Gefühl, jemand anders hätte das alles erlebt."

So muss es gewesen sein, dachte Sean. Er konnte sich nicht vorstellen, dass diese sanfte Frau, die neben ihm saß und nervös mit den Zehen im Sand bohrte, in den schlimmsten Straßen von New York City gelebt hatte. Ein so empfindsamer, freigiebiger Mensch wäre dort am lebendigen Leib zugrunde gegangen.

„Wie groß ist diese Insel eigentlich?", fragte er, um das Thema zu wechseln.

„Sie ist nicht sehr groß", erzählte Hester. „In der Mitte ungefähr eine Meile breit und vielleicht zwei Meilen lang. Sie ist fast oval, allerdings befindet sich an der Südwestbiegung eine kleine Bucht. Wir sind hier oberhalb der Südostbiegung."

„Und wie viele Einwohner hat die Insel?"

„Als ich herkam, lebten hier außer mir noch fünf Leute. Vor drei Monaten sind jedoch zwei Meeresbiologiestudenten von der Sorbonne mit ihrer Professorin bei uns aufgetaucht, um eine einjährige Studie über die Riffe um die Insel anzufertigen."

„Sie leben also seit zwei Jahren hier", stellte Sean kopfschüttelnd fest. Weshalb hatte sich Hester in so jungen Jahren derart von der Welt abgesondert?

„Genauer gesagt, seit zwei Jahren und einem Monat."

„Und wie oft kehren Sie in die Vereinigten Staaten zurück?"

„Ich war noch kein einziges Mal wieder dort."

„Sie haben die Insel seit zwei Jahren nicht verlassen?" Sean wollte es nicht glauben.

„Es bestand keine Veranlassung. Ford bringt uns jeden Donnerstag, was wir benötigen. Meinen gesamten Besitz habe ich hier."

„Und was tun Sie, um sich zu beschäftigen? Vermissen Sie die Unterhaltungsangebote in New York nicht?"

„Eigentlich nicht", antwortete Hester aufrichtig. „Ich bin in New York nicht viel ausgegangen. Manchmal frage ich mich höchstens, wie die eine oder andere Fernsehserie ausgegangen sein mag …"

Sean ahnte nicht, dass er mit seiner Ankunft einige zwiespältige Gefühle in Hester geweckt hatte. Die Unterhaltung mit ihm machte ihr klar, wie einsam ihr Leben auf der Insel war. Zunächst hatte sie diese Abgeschiedenheit gebraucht, um mit sich selbst zurechtzukommen und sich zu einer Persönlichkeit zu entwickeln. Aber war diese Verwandlung nicht schon abgeschlossen und die Zeit gekommen, wieder unter Menschen zu gehen? Wollte sie ihr restliches Leben allein auf der Insel verbringen oder in die richtige Welt zurückkehren und dort ihre Chancen wahrnehmen? Bisher hatte Hester noch nicht darüber nachgedacht. Jetzt, nach Seans Ankunft und der Erinnerung an die Vergangenheit, begann sie, ihre derzeitige Existenz infrage zu stellen.

Sean spürte, dass Hester einen inneren Kampf ausfocht, und wollte sie ablenken. „Sie haben mir immer noch nicht erzählt, wie Sie die Zeit hier verbringen", forschte er nach.

„Wie bitte? Ach, ja." Hesters Aufmerksamkeit kehrte zurück. „Ich lese viel, angele, schnorchele, fange Krabben, höre Musik, löse Kreuzworträtsel und koche. Außerdem habe ich entdeckt, dass ich gern male. Ich hatte früher keine Ahnung, dass mir all das Spaß machen könnte."

„Sind die Aquarelle im Hotel von Ihnen?"

„Ja." Hester strahlte.

„Sie sind sehr gut", sagte er und meinte es aufrichtig. „Sie haben ein ausgezeichnetes Gespür für Farbe."

„Danke." Hester freute sich, dass ihm ihre Bilder gefielen. Doch es verwirrte sie, wie wichtig ihr sein Urteil war.

„Haben Sie sonst noch irgendwelche Interessen?" Sean wollte so viel wie möglich über Hester erfahren.

„Seit Frau Professor Auclaire mit ihren Studenten hier angekommen ist, entwickle ich eine wahre Leidenschaft für das Schnorcheln und die Beobachtung des Meereslebens."

„Tatsächlich?" Sean zog vielsagend die Brauen in die Höhe. „Eine richtige Leidenschaft?"

„Jean-Luc hat mein Interesse am Schnorcheln geweckt. Es ist faszinierend. Da unten ist eine Welt, von der man sich keine Vorstellung macht."

Während sie ungewöhnlich lebhaft von den Besonderheiten der örtlichen Unterwassertier- und -pflanzenwelt erzählte, kochte Sean innerlich und stellte sich vor, wie Hester mit ihrem geschmeidigen gebräunten Körper, nur mit einem knappen Bikini bekleidet, Hand in Hand mit einem muskulösen blonden europäischen Studenten durch das Wasser glitt.

„Jean-Luc?", unterbrach er ihre Lieblingsgeschichte über die Begegnung mit einer Wasserschlange.

Hester sah verwirrt auf und antwortete: „Ja, Jean-Luc. Er bringt mir auch Französisch bei."

„Das glaube ich Ihnen gern", murmelte Sean und trank sein Glas leer. Ruckartig stand er auf und kehrte ohne ein weiteres Wort ins Hotel zurück.

Was habe ich denn jetzt falsch gemacht? fragte sich Hester. Dieser Supermanagertyp von einem Mann machte sie mehr und mehr wahnsinnig. Glaubte sie, er sei vielleicht doch ganz nett, da wandte er sich grundlos ab. Eineinhalb angenehme Stunden hatten sie miteinander verbracht, und jetzt war er urplötzlich verärgert und lief davon.

Vielleicht besitzt er eine gespaltene Persönlichkeit, dachte sie. Oder es liegt am Stress. Damit kannte sie sich nur allzu gut aus. Stress konnte einen so verändern, dass man sich selbst nicht wiedererkannte. Hester blieb am Strand, bis sich ihre Verärgerung gelegt hatte, dann folgte sie Sean ins Hotel. Sie fand ihn in der Bar, wo er wütend nach etwas suchte.

„Das Tonic ist ausgegangen", erklärte er vorwurfsvoll, während er schlecht gelaunt den Kühlschrank durchwühlte.

„Nein, ist es nicht. Sie suchen nur an der falschen Stelle. Außerdem: Meinen Sie nicht, dass Sie genug getrunken haben?"

Das hätte ich nicht fragen dürfen, erkannte Hester zu spät. Sean wurde noch ärgerlicher, falls das überhaupt möglich war. Rasch ging sie zu ihrem Vorratsschrank hinter dem Bartresen, um eine neue Flasche Tonic herauszunehmen. Sean sah zu, wie sie sich auf die Zehenspitzen stellte und ein Bein graziös nach hinten schwang, und wurde plötzlich weich.

„Lassen Sie mich das machen", sagte er leise und trat hinter sie. Ohne Hester beiseitezulassen, griff er über sie hinweg, nahm eine Flasche aus dem obersten Regal des Schrankes und stellte sie auf den Bartisch.

„Danke", murmelte Hester und war wie gelähmt an allen Stellen, wo sein Körper sie berührt hatte. Wie konnte sie derart auf diesen Mann reagieren, nachdem er sie gerade noch geärgert hatte? Das gab keinen Sinn.

Als Sean hinter ihr stehen blieb, die Arme zu ihren beiden Seiten auf die Bartheke stemmte und sie gefangen hielt, begann ihr Herz wie wild zu schlagen.

„Drehen Sie sich um", forderte er sie freundlich auf.

Sie gehorchte und war weiterhin zwischen seinen Armen eingeschlossen. Im Innern des Hotels schien es von Sekunde zu Sekunde wärmer zu werden.

„Sehen Sie mich an." Seine tiefe, ruhige Stimme schmeichelte, doch seine Brust hob und senkte sich von seinen schweren Atemzügen, und Hester erkannte, dass er ebenso erregt war wie sie. Da Sean sie fast um dreißig Zentimeter überragte, musste Hester den Kopf zurücklegen, um Sean in die Augen zu schauen. Und sie entdeckte darin dieselbe Leidenschaft und dasselbe Verlangen, das er auch bei ihr bemerken musste.

Lächelnd verzog er die Lippen, hob eine Hand und strich ihr die Strähnen aus dem Gesicht. Ihr Haar ist weich wie Seide, dachte er. Mit dem Daumen der anderen Hand fuhr er sanft über ihre Unterlippe und machte Hester mit dieser zärtlichen Geste beinahe wahnsinnig.

Ihr Magen krampfte sich zusammen, ihr Herz raste. Sie spürte seinen warmen Atem auf ihrer Stirn, als er den Kopf senkte, um sie dort zu küssen. Seufzend schloss sie die Augen, denn schon fuhr er mit den Lippen über ihre Schläfe hinab zu ihrer Wange und ihrem Kinn, und sie stöhnte hilflos auf, als er endlich seine Lippen auf ihre presste.

Sean hatte Hester eigentlich nur leicht auf die Stirn küssen wollen. Doch als er entdeckte, dass sie tatsächlich so weich und verletzlich war, wie er angenommen hatte, konnte er nicht mehr an sich halten. Ihr leises, unschuldiges Stöhnen gab ihm den Rest. Was als zärtliches Streicheln ihrer Lippen begonnen hatte, wuchs mit jedem Herzschlag, bis er sie schließlich gierig in die Arme schloss.

Immer wieder presste Sean seine Lippen auf ihren Mund und gab sich ganz dem eigenen Verlangen hin. Er schob die Zunge zwischen ihre geöffneten Lippen und erforschte leidenschaftlich ihren Mund. Mit den Händen fuhr er über ihren Körper, glitt über ihre Schultern und ihren Rücken, tastete sich ihre Rippen hinab und umschloss ihr Gesäß. Dann legte er einen Arm um ihre Taille, den anderen um ihre Schultern und presste sie an seine Brust.

Hester war überwältigt von ihrem eigenen Verlangen und erwiderte seinen Kuss ebenso heftig.

Weshalb bin ich plötzlich derart leidenschaftlich? überlegte sie. So etwas wie jetzt hatte sie noch nie erlebt. Wohin würde es führen, wenn sie sich ganz ihren Gefühlen überließ? Wie lange konnte es noch dauern, bis sie alle Selbstbeherrschung verlor und etwas tat, was sie bald darauf bereuen würde? Als Sean sie immer besitzergreifender an sich zog und immer eindringlicher küsste, wurde ihr klar, dass sie ihm unbedingt Einhalt gebieten musste.

„Bitte, Mr Duran", keuchte sie, legte eine Hand auf seine Brust. Sie spürte seine harten Muskeln unter ihren Fingerspitzen und hätte ihre Gegenwehr beinahe aufgegeben.

„Nennen Sie mich gefälligst beim Vornamen!" Er küsste weiterhin ihre Schläfe, ihre Wange und ihren Hals.

„Den weiß ich doch gar nicht", antwortete Hester atemlos. Die Antwort schien zu wirken, denn Sean hörte auf, sie zu küssen, und sah ihr in die Augen. „Den wissen Sie nicht?"

„Sie haben ihn mir nicht genannt."

Sean war ehrlich verblüfft. Normalerweise konnte er davon ausgehen, dass die Leute, mit denen er zu tun hatte, seinen vollen Namen kannten – auch wenn er selten jemanden aufforderte, ihn formlos anzureden. Bei Hester schien das ganz natürlich zu sein. Wie hätte er sich bei ihr an geschäftliche Grundsätze halten können?

„Nennen Sie mich Sean", wies er sie an.

„Einverstanden." Erneut versuchte Hester, sich von ihm loszumachen, doch er hielt sie umso fester. „Nun tun Sie es schon."

„Sean", sagte Hester leise, wehrte sich nicht mehr, sondern sah ihm in die Augen.

Sean lächelte, lockerte seinen Griff ein wenig und strich weiterhin mit den Händen ihren Rücken hinauf und hinab. Er merkte, dass sie keinen BH trug, und diese Entdeckung machte ihn halb wahnsinnig.

Seans Hände waren zu verlockend. Hester wusste, wenn sie so stehen blieb, brachte sie sich in eine gefährliche, vielleicht sogar verheerende Lage. Gefährlich, weil sie erschreckend heftig auf Sean reagierte. Noch mochte sie den eigenen Gefühlen nicht trauen. Und verheerend konnte es werden, weil sie verhältnismäßig wenig Erfahrung mit dem anderen Geschlecht besaß. Gewiss, sie hatte Freunde gehabt, seit sie alt genug dafür war. Aber sie hatte nur die Freundschaft mit jungen Männern gesucht, weil es offensichtlich dazugehörte, und unerwünschte Intimitäten stets verhindert.

Bei Thompson-Michaels war es dann zu einer kurzen Affäre mit einem Finanzbroker gekommen – wieder nur, weil Hester das Gefühl hatte, es wäre an der Zeit, sexuelle Erfahrungen zu sammeln und sich wie alle anderen einen Liebhaber zu nehmen. Das Verhältnis mit Leo Sternmacher war bedeutungslos und unbefriedigend gewesen und hatte geendet, als er an die Westküste versetzt wurde. Seitdem hatte sie sich nie wieder nach einem Mann gesehnt.

Bis jetzt.

Auf das Erlebnis mit Sean war sie nicht gefasst. Nicht im Traum hätte sie sich vorgestellt, derart leidenschaftlich auf einen Mann zu reagieren, den sie kaum kannte. Ein Blick von Sean genügte, und sie begann zu fiebern. Bei der geringsten Berührung mit ihm begann sie zu zittern, und seine Küsse machten sie fast verrückt. All das war völlig neu für sie, und es schockierte sie, dass sie das reife Alter von neunundzwanzig Jahren erreichen musste, ohne wahre Leidenschaft kennengelernt zu haben. Dieser Mann rief eine wilde, ungezügelte Leidenschaft in ihr hervor.

Sean streichelte immer noch zärtlich ihren Rücken und glitt bei jeder Bewegung etwas tiefer. An ihrer Taille hielt er einen Moment inne und sah ihr in die Augen, als bäte er um die Erlaubnis, mit seinen Erkundungen fortfahren zu dürfen. Hester fühlte sich gut an. Ihre Haut war zart und weich und vibrierte. Sein Herz pochte, und das Blut rauschte in seinen Adern, als wäre er wieder ein Teenager und hielte zum ersten Mal ein Mädchen in den Armen.

Hester sagte nichts, doch er bemerkte das ungezügelte Verlangen in ihrem Gesicht und wusste, dass sie ebenso empfand wie er. Er liebkoste weiterhin ihre Hüften, glitt mit den Händen hinab zu ihren Schenkeln, umschloss vorsichtig ihr Gesäß und zog sie verlockend zwischen seine gespreizten Beine.

Hester keuchte, als sie spürte, wie erregt er war, und ihr Gesicht drückte die höchste Alarmstufe aus. Als sie den Mund öffnete, um einen Einwand zu erheben, küsste Sean sie gierig, um sie daran zu hindern, und erforschte wiederum eifrig mit der Zunge ihren Mund. Er zog die Bluse aus H. M.s Shorts und liebkoste die seidige Haut auf dem Rücken der jungen Frau.

Hester gab sich ganz den Empfindungen hin, die seine Lippen und seine Zunge, die immer wieder zwischen ihre Lippen drang, bei ihr weckten. Überall, wo seine Finger spielerisch über ihren Körper glitten, hinterließen sie eine feurige Spur. Sie glühte innerlich, und das Feuer schien sie beinahe zu verschlingen. Wenn sie seinen Liebkosungen nicht sofort Einhalt gebot, würde sie bestimmt daran verbrennen.

„Sean, wir dürfen nicht weitermachen", keuchte Hester an seiner Schulter, nachdem er ihren Mund endlich freigegeben hatte. Mühsam schob sie ihre Hände hinauf zu seiner Brust und unternahm einen schwachen Versuch, ihn fortzuschieben. Sean liebkoste ihr Ohr und küsste ihren Hals ein letztes Mal, dann sah er ihr in die hellbraunen Augen.

„Was ist los?", fragte er verträumt.

„Ich glaube, es ist Zeit, ins Bett zu gehen", schlug Hester ein wenig benommen vor und merkte nicht, wie zweideutig ihre Worte klangen.

„Guter Gedanke", antwortete Sean, und seine Augen funkelten erwartungsvoll. „Gehen wir in Ihr Zimmer oder in meines?" Erneut zog er Hester an sich, überschüttete ihren Hals und ihre Schultern mit federleichten Küssen und strich mit den Händen ihre Rippen hinauf und hinab. „Ich werde ganz vorsichtig sein, Hester, das verspreche ich. Ich weiß ja, dass Sie die letzten Jahre nicht – äh – oft mit Männern zusammen gewesen sind. Aber heute wird ein neuer Anfang sein."

„Ein neuer Anfang?", stieß Hester durch die zusammengebissenen Zähne hervor. Seine gedankenlose Bemerkung machte sie wütend. „Ein neuer Anfang?", wiederholte sie ungläubig. „Vielleicht klappt so etwas bei den Frauen in New York. Aber wagen Sie ja nicht, mich mit denen in eine Reihe zu stellen."

Sean wich zurück und starrte sie an. Er verstand nicht, weshalb sie so verärgert war. „Was heißt das: in eine Reihe …"

„Wir haben uns gerade erst kennengelernt, Mr Duran", stellte Hester fest.

„Sean", verbesserte er sie.

„Mr Duran", wiederholte Hester eindringlich. „Sie können doch nicht von mir erwarten, dass ich mit Ihnen ... Bevor wir auch nur ... Ich könnte niemals ... Und Sie ..." Vor lauter Wut fielen ihr die richtigen Worte nicht ein, doch Sean begriff langsam.

„Bitte, entschuldigen Sie, Hester. Ich habe nichts unterstellen wollen, sondern nur gemeint, dass zwischen uns beiden offensichtlich etwas geschehen ist. Sie können es nicht leugnen, denn ich merke genau, wie Sie auf mich reagieren. Ich weiß nichts über Sie, aber ich habe mich noch nie derart rasch zu einer Frau hingezogen gefühlt. Sie haben etwas ganz Besonderes an sich."

„Ich nehme an, diesen Trick wenden Sie ebenfalls häufig an", antwortete Hester gereizt und gewann langsam die Selbstbeherrschung zurück.

Sean wollte verneinen, da erkannte er, dass Hester recht hatte. Er hatte diesen Trick tatsächlich häufig mit großem Erfolg angewandt. Der Unterschied war nur, dass es ihm diesmal ernst war. Aber wie sollte er Hester davon überzeugen?

Hester machte sich von ihm los und eilte zur Treppe. Sie stellte den Fuß auf die erste Stufe und drehte sich um. „Sie scheinen eine ziemlich berauschende Wirkung auf mich zu haben, Mr Duran. Da ich nicht häufig mit Männern zu tun habe, wie Sie es taktvoll ausdrückten, könnte sich das als schädlich erweisen." Sie hielt inne, sah ihn weiterhin fest an und fügte hinzu. „In der Truhe am Ende der Halle sind zusätzliche Wolldecken. In dieser Jahreszeit wird es bei uns nachts ziemlich kalt. Allerdings bezweifle ich, dass Sie heute Nacht eine Wolldecke benötigen. Schlafen Sie gut. Frühstück gibt es um sieben."

Sie wandte sich ab und ließ den verblüfften Sean zurück, der zusah, wie sie graziös die Treppe hinaufschritt. Hester hatte recht, ihm würde heute Nacht warm genug sein.

4. KAPITEL

Sean lag in dieser Nacht lange wach. Es kam ihm unwahrscheinlich vor, dass er noch gestern Abend in dem gewaltigen Polsterbett in seinem Penthouse in Manhattan gelegen haben sollte. Ihm war, als wäre er innerhalb von vierundzwanzig Stunden Lichtjahre gereist. Normalerweise musste er bei dröhnender Klimaanlage oder rauschender Heizung einschlafen, unterbrochen vom gelegentlichen Heulen der Sirene eines Polizei- oder Rettungswagens irgendwo unten auf der Straße. Hier hörte man nur das leise Plätschern der Brandung an den Strand und das Rauschen der Palmen in der leichten Brise. Er hätte sich sehr wohlfühlen können, wäre da nicht jene bezaubernde Nixe gewesen, die nur ein verlockend kurzes Stück entfernt schlief.

Was für ein Tag! Sean war zweitausend Meilen geflogen, beinahe in den Atlantik gestürzt, auf einer fast verlassenen tropischen Insel inmitten des Nichts gelandet, durch den Dschungel gekrochen und hatte ein Paradies entdeckt, in dem ihn eine Göttin erwartete. Nicht unbedingt ein typischer Geschäftstag.

Unweigerlich gingen Seans Gedanken zu Hester. Sie schien einem Traum entstiegen zu sein. Dabei träumte Sean äußerst selten von Frauen. Natürlich ging er hin und wieder mit einer Frau aus, wenn er gesellschaftliche Verpflichtungen erfüllen musste oder aus geschäftlichen Gründen eine weibliche Begleitung benötigte. Intime Beziehungen zu mehreren Frauen lagen hinter ihm, aber keine hatte ihn sonderlich berührt. Und jetzt schaffte es diese Hester, innerhalb weniger Stunden eine Saite in ihm anzuschlagen, die ihm fremd war. Hester unterschied sich von allen Frauen, die er kannte, und zwar auf angenehme Weise.

Weshalb hatte sie ihn so schnell gefesselt? Wie sollte er sich jetzt verhalten? Ihre Zurückweisung am Abend war unmissverständlich gewesen, aber es würde schwierig für ihn sein, sich zurückzuhalten, eine knappe Woche auf engem Raum zusammenzuleben. Und ob es Hester gefiel oder nicht, zwischen ihnen war ein Funke übergesprungen. Wie sollten sie verhindern, dass daraus lodernde Flammen wurden, wenn Verlangen sie übermannte?

Sean stand auf und ging zur Flügeltür. Die Nacht war schwarz. Unzählige winzige Sterne leuchteten am Himmel. Niemals hatte Sean so viele Sterne gesehen. Der schmale Streifen der Brandung lief wie ein leuchtendes Band den Strand hinab, so weit das Auge reichte. Stille … Seans Blick fiel auf Hesters geöffnete, nur ein paar Meter entfernte Tür.

Nein. Er konnte warten. Hester begehrte ihn ebenso heftig wie er sie. Früher oder später würde sie ihrem Verlangen nachgeben. Hoffentlich dauerte es nicht mehr lange.

Hester gingen ähnliche Gedanken durch den Kopf. Ruhelos warf sie sich in ihrem Bett hin und her, zerknüllte die nach der See duftenden Laken und war außerstande, die Erinnerung an Seans sinnliche Liebkosungen zu vertreiben. Ihre Lippen prickelten noch immer von seinen heißen Küssen, und ihr Kopf schwirrte bei dem Gedanken daran, wie er seinen großen, kräftigen Körper an sie gepresst hatte.

„Herrje, ist es heute Nacht heiß", murmelte sie. Ihre Gedanken jagten einander. Weshalb fühlte sie sich derart zu einem völlig fremden Mann hingezogen? Weshalb hatten seine Annäherungsversuche sie dennoch verärgert? Ihre Erfahrungen mit Leo Sternmacher waren alles andere als Offenbarungen gewesen. Sie ahnte, dass Sean ein explosiver Liebhaber sein konnte. Mit wissenden Händen und sinnlicher Stimme hatte er selbst den Vorbereitungen für das Abendessen einen Hauch von Erotik verliehen.

Wie würde es sein, unter ihm zu liegen, wenn sich sein straffer erregter Körper mit ihr vereinte? Wenn er ihr mit seiner tiefen, samtartigen Stimme all jene wollüstigen Dinge erzählte, die er mit ihr machen wollte und von denen er wünschte, dass sie sie erwiderte? Bestimmt war er gleichzeitig fordernd und großzügig, anspruchsvoll und freigiebig. Irgendwann würde sie sich vermutlich hoffnungslos in ihn verlieben, wenn sie nicht achtgab.

Hester fragte sich, wie sie auf diesen Gedanken komme. Sie war noch nie verliebt gewesen. Woher sollte sie wissen, ob sie dazu überhaupt in der Lage war? Außerdem würde ein Mann wie Sean niemals etwas so Unbedeutendes wie Liebe in seine Beziehungen einfließen lassen. Immerhin war er der Vorstand eines gewaltigen Industriekonzerns. Nichts, absolut nichts konnte ihm wichtiger sein.

Nervös schob Hester mit den Füßen die Laken zu einem Knäuel zusammen. Sie wollte aufhören, ständig an Sean zu denken. Er hatte ihr Leben innerhalb weniger Stunden durcheinandergebracht. Bis zu seiner Ankunft hatte sie sich auf dieser Insel sehr wohlgefühlt. Wenn sie jetzt darüber nachdachte, war sie nicht mehr sicher, ob ihr dieses Leben hier tatsächlich genügte. Hatte sie inzwischen zu sich selbst gefunden? Wenn ja, weshalb kehrte sie nicht in die Gesellschaft zurück und versuchte herauszufinden, ob Hester Somerset besser mit dem Leben zurechtkam, als H. M. es konnte?

Oh, ich bin völlig durcheinander, stöhnte Hester in ihr Kissen. Was soll ich tun? Die Antwort auf diese Frage fand sie heute Nacht sicher nicht mehr.

Endlich fiel sie in unruhigen Schlaf, der andauerte, bis die ersten rosa und goldenen Sonnenstrahlen über dem Atlantik in den Himmel ragten. Wie gewöhnlich wachte Hester bei Sonnenaufgang auf, aber heute Morgen fühlte sie sich erschöpft und hatte zum ersten Mal seit über zwei Jahren Kopfschmerzen. Sean entdeckte sie eine Stunde später am Küchentisch, wo sie Kaffee aus einem Tonbecher trank und in eine halbe Papaya stach. Heute trug sie andere kakifarbene Shorts und ein ärmelloses weißes T-Shirt und hatte das Haar im Nacken mit einer Spange zusammengefasst. Es fiel in Dutzenden von Kupfer- und Goldtönen ihren Rücken hinab. Wie immer war sie barfuß.

„Guten Morgen!" Seans Begrüßung glich einem Donnerschlag in dem ruhigen Raum. Beim Klang der dunklen, melodischen Stimme zuckte Hester ein wenig zusammen. Sie war immer noch von ihrer Begegnung am Vorabend nervös.

„Guten Morgen." Hester gab sich Mühe, fröhlich zu klingen. „Kaffee steht auf dem Herd. Und hier ist jede Menge Obst. Sie können auch Eier bekommen, falls Sie möchten."

„Kaffee genügt mir", sagte Sean und goss sich einen Becher ein. „Ich frühstücke nie." Er merkte, dass sie seinem Blick auszuweichen versuchte.

„Das Frühstück sollte die wichtigste Mahlzeit des Tages sein", erklärte sie albern.

„Hester …"

Er sprach ihren Namen aus wie ein Chef, der seine Sekretärin herbeizitierte.

Hester legte ihre Papaya nieder, drehte sich sitzend um und sah ihn an. Trotz seiner kühlen Haltung wirkte Sean in seinen dunkelblauen Modellshorts und dem weißen Polohemd unglaublich aufreizend. Sein schwarzes Haar war immer noch feucht. Offensichtlich hatte er es gewaschen. Ein paar unordentliche Strähnen fielen auf seine Brauen über den müden blauen Augen.

Sie bemerkte die dichten schwarzen Locken im V-Ausschnitt seines Hemdes, dessen obere Knöpfe er offen gelassen hatte, und an seinen muskulösen Schenkeln. Unwillkürlich biss sie sich auf die Unterlippe.

„Hester, wegen gestern Abend …", begann Sean. Er wollte die Lage unbedingt klären.

„Bitte, benutzen Sie diese Worte nicht", bat Hester und hob abwehrend die Hand. „Sie sind so banal und völlig unnötig. Wir brauchen nicht darüber zu reden."

„Das glaube ich doch."

„Aber nicht jetzt. Ich habe zu viel zu tun."

„Ja? Was zum Beispiel? Zum Supermarkt laufen? Die Sachen von der Reinigung holen? Ihre Katze zum Tierarzt bringen?"

„Ich habe keine Katze. Außerdem besteht kein Grund, ironisch zu werden, Mr Duran."

Sean starrte sie an.

„Schon gut – Sean", gab sie nach.

„Danke, zumindest dafür", murmelte er.

„Ich habe tatsächlich eine Menge zu tun. Heute Abend findet hier eine Party statt."

„Eine Party?", fragte Sean verblüfft.

„Am letzten Samstag im Monat kommen alle Inselbewohner zu mir ins Hotel, und wir veranstalten ein zwangloses Treffen. Sie haben Glück, dass Sie gerade jetzt hier sind."

„Sie sind der zweite Mensch, der behauptet, ich hätte Glück gehabt, hierherzukommen. Ich versichere Ihnen, mit Glück hat das nichts zu tun", erklärte Sean bissig.

„Das hat Desmond aber nicht gesagt." Hester lächelte reizend und schob ihre Erinnerungen an den vergangenen Abend für einen Moment beiseite.

„Nein? Wann haben Sie mit ihm gesprochen?"

„Er war vor einer Weile hier", antwortete sie, schob ein Stückchen Papaya in den Mund und leckte den Saft von den Fingern. Sean ließ den Blick nicht von ihrer Hand und wünschte, es wären seine Finger. „Er hat das Funkgerät benutzt, um die Ersatzteile für Ihre Maschine zu bestellen. Ich hoffe, Sie haben eine Kreditkarte dabei."

„Mehrere. Desmond ist wohl ein Frühaufsteher", brummte Sean und trank einen Schluck Kaffee.

„Manchmal habe ich das Gefühl, er schläft überhaupt nicht. Er behauptet, Jah hatte einen besonderen Grund, weshalb er Sie hier herunterkommen ließ. Seiner Meinung nach gibt es keinen Zufall. Wir brauchen nur abzuwarten, dann würden wir schon herausfinden, worin der Grund besteht."

297

„Jah?", fragte Sean. Hatte Desmond gestern wirklich irgendetwas davon gesagt?

„Desmond ist Rastafari. Seine Religion gründet sich zwar auf die christliche Lehre, ist aber von karibischen und afrikanischen Einflüssen durchsetzt. Jah ist der Name des Gottes der Rastafaris. Es sind tief religiöse Leute. Sie legen viel Wert auf die Liebe zwischen den Menschen und ein harmonisches Zusammenleben. Das klingt gut, hm?"

„Ja", stimmte Sean ihr ruhig zu.

„Desmond glaubt jedenfalls, dass Ihr Leben als Ergebnis Ihres Aufenthaltes auf der Insel reicher und erfüllter sein wird."

„Tatsächlich?" Sean trank einen weiteren Schluck Kaffee. Wie alles auf der Insel besaß auch das Getränk ein exotisches köstliches Aroma und schmeckte wesentlich besser als zu Hause.

„Der Kaffee ist gut", meinte er, weil ihm nichts Besseres einfiel.

Hester lächelte, und ein winziges Grübchen wurde auf ihrer linken Wange sichtbar. Sean war entzückt.

„Es ist puerto-ricanischer, der beste, den es auf der Welt gibt", erklärte Hester sachlich.

„Ich wette, den bringt Ford ebenfalls mit seiner berühmten Maschine."

„Ohne ihn wären wir hier verloren."

Zum zweiten Mal seit Langem wurde Sean eifersüchtig. Er beneidete diesen Mann, den Hester brauchte und auf den sie sich verließ. Es musste schön sein, etwas für Hester tun zu können und von ihr gebraucht zu werden. Er hatte den Eindruck, dass sie selten jemanden um Hilfe bat.

„Was werden Sie tun, wenn er nicht mehr fliegt?", forschte Sean vorsichtig weiter, denn er wollte herausfinden, wie ihre Beziehung zu dem anderen Mann tatsächlich war.

„Oh. Ford setzt sich noch lange nicht zur Ruhe", meinte Hester. „Er ist erst zweiunddreißig und in bester Verfassung."

Woher wollen Sie das wissen? hätte Sean sie am liebsten angeschrien. Doch er riss sich zusammen. Was war mit ihm los? Er war noch kein einziges Mal wegen einer Frau eifersüchtig gewesen. Hester brachte eine primitive Art von Besitzanspruch in ihm zum Vorschein, die er nicht begriff. Er wollte diese Frau ganz für sich, sie mit niemandem teilen und schon gar nicht mit französischen Tauchern oder draufgängerischen Piloten. Wenn er schon nach weniger als vierundzwanzig Stunden so reagierte, wie sollte es dann nach beinahe einer Woche werden?

298

Bevor Hester mit den Vorbereitungen für ihr abendliches Fest begann, führte sie Sean in einen kleinen Raum neben der Eingangshalle, den er gestern Abend nicht bemerkt hatte. Alle vier Wände waren mit überquellenden Bücherregalen bedeckt. Selbst die Bank am Fenster war in ein zusätzliches Regal verwandelt worden.

„Willkommen in der Inselbibliothek", sagte sie und öffnete die Arme weit.

„Das haben Sie gemeint, als Sie erzählten, Sie würde eine Menge lesen", sagte Sean. „Das ist ja unglaublich."

„Neunundneunzig Prozent der Bücher waren schon vorhanden, als ich herkam. Die restlichen sind Neuanschaffungen. Gleichgültig, in welcher Stimmung Sie sich befinden, hier ist bestimmt etwas für Sie."

„Wie viel haben Sie davon gelesen?", fragte er herausfordernd. „Alle. Manche sogar ganz."

„Kluge Antwort."

Hester lächelte, und ihr Grübchen wurde erneut sichtbar. Sean lächelte zurück.

Er sollte viel öfter lächeln, dachte sie. Er war ziemlich atemberaubend, wenn er lächelte. Als wollte sie dies unterstreichen, holte sie tief Luft und begann, ihm die Anordnung zu erklären.

„Romane sind links. Sachbücher rechts. Von der Tür gegen den Uhrzeigersinn finden Sie Krimis, Lustspiele, historische Erzählungen, Klassiker, Dramen, Okkultes, Biografien, Geschichte, Religion und Naturwissenschaft. Mit ein paar anderen Kleinigkeiten dazwischen. Die Bücher auf dem Boden sind entweder Rückgaben, oder ich weiß nicht recht, wo ich sie einordnen soll."

„Rückgaben?"

„Die anderen Inselbewohner sind eifrige Ausleiher, besonders Desmond und der General. Und Diego, natürlich."

„Diego?", fragte Sean argwöhnisch. Würde ihm jeder Mann verdächtig sein, den sie erwähnte, und die Eifersucht in ihm schüren?

„Diego Santos", antwortete Hester. „Er ist Schriftsteller. Ihm gehört dieses Hotel."

„Diego Santos ist ein kubanischer Flüchtling, der letztes Jahr den Nobelpreis für Literatur erhielt", erklärte Sean benommen.

Hester teilte doch nicht die Insel mit einem Nobelpreisträger?

„Sie kennen sein Werk? Er hat ein paar fantastische Geschichten geschrieben. Heute Abend wird er hier sein. Alle seine Bücher liegen auf der Bank am Fenster. Außer ‚El barrio de mi papa'. Das hat Desmond heute Morgen ausgeliehen."

„Ich nehme an, seine Bücher sind auf Spanisch geschrieben?"

„Oh, ich habe ganz vergessen zu fragen, ob Sie Spanisch können", meinte Hester einfältig.

„Nein. Aber Sie sprechen es zweifellos." Weshalb wunderte ihn das nicht? Hester nickte.

„Diego hat es Ihnen beigebracht, nicht wahr?"

„Genauer gesagt, seine Frau Gabriela."

„Aha, verstehe."

„Nun, Sie finden bestimmt etwas anderes", versicherte Hester, bevor sie in die Küche zurückging. „Irgendetwas muss Sie ja interessieren."

„Zweifellos", erwiderte Sean. Eine ganze Reihe von Büchern erregten seine Aufmerksamkeit. Doch am Ende ließ er sich mit einer Erzählung von Hemingway nieder, die ihm für eine Insellektüre besonders geeignet erschien. Den restlichen Tag verbrachte er in einem Liegestuhl unter einer schattigen Palme und war völlig in die Geschichte versunken. Seit der Highschool hatte er nicht mehr zum Vergnügen gelesen und ganz vergessen, wie entspannend es sein konnte.

Sean hatte sein Buch zu Ende gelesen und genoss es, am Strand zu sitzen und nichts zu tun, als er plötzlich Hester bemerkte. Ihre gebräunten Füße schauten aus dem feinen Sand. Sie trug einen rot-schwarz geblümten Sarong, der in der Taille unterhalb eines kurzen schwarzen Tops geknotet war. Ihr Haar fiel in goldenen, kupfernen und bronzenen Kaskaden über ihre linke Schulter. Hinter dem rechten Ohr steckte eine jener wilden, stark duftenden roten Blüten, die ihm schon bei seiner Ankunft im Dschungel aufgefallen waren.

„Kommen Sie zu meiner Party oder nicht?", fragte die junge Frau heiter.

Sean stand langsam auf, sah sie an und umfasste zärtlich ihr Kinn. Er beugte den Kopf und küsste sie leicht und freundschaftlich auf die warmen Lippen, die sie erstaunt öffnete.

„Sie sind sehr hübsch, Hester", bemerkte er.

„Danke, Sean", antwortete sie verblüfft. Er wirkte plötzlich ernst und beeindruckend.

„Sind Sie nicht mit jemand anderem zu diesem Tanzvergnügen verabredet?", erkundigte er sich wie nebenbei.

„Nein." Hester lächelte. „Normalerweise bin ich als Gastgeberin, Serviermädchen und so weiter eine überzählige Frau."

„Darf ich Ihnen heute Abend meine Dienste als Begleiter anbieten? Kostenlos natürlich."

„Ich wäre entzückt", gestand Hester aufrichtig.

„Um wie viel Uhr kommen Ihre Gäste?"

„Ungefähr in einer halben Stunde."

„Herrscht bei derartigen Veranstaltungen Frackzwang?", fragte Sean, denn er wollte das Spiel fortsetzen, damit Hester weiterhin lächelte. Das Grübchen, das dabei zum Vorschein kam, war zu allerliebst.

„Das Tragen eines Fracks ist absolut freiwillig." Hester lachte. „Oh, Sean, ich hatte keine Ahnung, dass Sie so witzig sein können."

„Ich auch nicht."

Sean lief ins Haus und zog rasch seine graue Hose an, diesmal jedoch mit einem grauweiß gestreiften T-Shirt. Er stieg die Treppe wieder hinab und sah Hester gerade letzte Hand an die Hotelhalle legen. Bunte Papierlaternen hingen festlich an einer Schnur quer durch den Raum, und auf jedem Tisch standen ein Windlicht sowie ein Gesteck aus frischen Dschungelblumen. Die Bar und das Büfett waren zur Selbstbedienung hergerichtet. Wieder erklang Reggaemusik aus der Stereoanlage. Durch die Fenster und die Tür sah man die blaugrüne Karibik, und die Palmen schwangen zur weichen Musik.

An diese Szene würde Sean sich bei seiner Rückkehr nach New York noch oft erinnern.

„Dies ist ein entzückendes Plätzchen, Hester", sagte er leise und blieb an der Tür zum Strand stehen. „So entspannend, so heiter. Einen solchen Ort kannte ich bisher nicht."

Hester schlenderte zu ihm hinüber und nickte verständnisvoll. Der lange silberweiße Strand und der grüne Dschungel betonten die Schönheit des klaren, türkisfarbenen Atlantiks. Es war ein Anblick wie auf einer Postkarte. „Ich weiß, was Sie empfinden", sagte sie. „Mich wundert ja selbst, immer noch, wie schön es hier ist. Nichts, was der Mensch bauen könnte, kommt dem gleich."

Sean schwieg einen Moment. Dann stellte er jene Frage, die ihn beschäftigte, seit er Hester zum ersten Mal gesehen hatte: „Weshalb sind Sie eigentlich hier?"

„Was soll das heißen?"

„Sie erzählten, Sie seien in der Bronx aufgewachsen. Aber irgendwie sind Sie auf diese Insel gekommen und nie wieder fortgegangen. Das ist eine ganz schöne Umstellung. Wie ist es dazu gekommen?"

Ein Gespräch über ihre Vergangenheit war das Letzte, das Hester jetzt wünschte. Gleich kamen ihre Gäste, und als Gastgeberin war es ihre Pflicht, dafür zu sorgen, dass sich alle wohlfühlten. Nachdem, was Sean über seinen Mann in Rio und die Verantwortungslosigkeit der anderen Mitarbeiter bei Duran Industries erzählt hatte, würde ihm kaum gefallen, dass sie ihre Stellung fristlos aufgegeben hatte, um woanders ein einfacheres Leben zu führen. Vor allem nicht, wenn er erfuhr, dass sie es genau an jenem Morgen getan hatte, als ihre Firma den vielleicht wichtigsten Vertrag aller Zeiten hatte unterzeichnen wollen.

„Ich war das ständig wechselnde Wetter in New York leid", wich sie ihm aus. „Jedes Jahr wird es ungefähr um dieselbe Zeit kalt und bleibt es manchmal monatelang. Ich musste in den Süden."

„Und was war mit Ihrem dortigen Leben, Ihrem Beruf, Ihren Freunden, Ihrer Familie?"

Das ist typisch, dachte Hester spöttisch. *Für ihn kommt der Beruf an erster und die Familie an letzter Stelle.* „Ich hatte keine enge Beziehung zu meiner Familie", antwortete sie. „Meine Eltern habe ich nicht gekannt. Meine Großmutter zog mich auf, bis ich Teenager war."

„Aber, was ist mit …" Sean beendete die Frage nicht, denn in diesem Augenblick trafen Desmond sowie Diego und Gabriela Santos ein. Hester war aus mehreren Gründen froh über deren Ankunft. Zum einen halfen sie ihr aus einer peinlichen Lage. Sie wollte Sean nicht anlügen, ihm aber auch nichts von ihrer Vergangenheit erzählen. Dadurch wurde ihr merkwürdiges Verhältnis nur noch schwieriger. Hocherfreut begrüßte sie jeden Gast mit einem Kuss auf die Wange und stellte Sean allen vor.

„Señor Santos …" Sean ergriff die Hand des Schriftstellers. „Ich freue mich sehr, Sie kennenzulernen."

„Oh, nennen Sie mich Diego", antwortete der weißhaarige Mann warmherzig. „Ich freue mich ebenfalls über Ihre Bekanntschaft. Desmond hat uns erzählt, welche Umstände Sie hierher verschlagen haben. Sie haben großes Glück gehabt, dass Sie unsere Insel fanden." Er hatte ein sympathisches, offenes Gesicht und lächelte aufrichtig. Sean mochte ihn auf Anhieb.

Gabriela Santos war eine kräftige Frau mit stechenden schwarzen Augen und flammend rotem Haar, das sie zu einem Knoten geschlungen hatte. Ein bunt geblümter Kaftan reichte ihr bis zu den Fersen und

verbarg erfolgreich ihre üppige Figur. Sie war ebenfalls sehr kontakt-
freudig, lachte viel und war offensichtlich entzückt über Seans plötzliches Auftauchen auf der Insel.

General Ruben Morales und seine Frau Teresa kamen kurze Zeit später. Wie Diego trug der General eine weiße Hose und ein „Guayabera"-
Hemd. Während Diego ziemlich klein und untersetzt war, war General
Morales groß und sportlich, sogar noch größer als Sean. Zum Ausgleich
für seine ziemlich große Glatze innerhalb seines grauen Haares hatte
er sich einen buschigen Bart wachsen lassen, der seinen Mund völlig
bedeckte. Obwohl er nicht ganz so viel lachte wie die anderen, fühlte
sich Sean in seiner Gegenwart sofort wohl.

Teresa Morales war im Gegensatz zu ihrem Mann ausgesprochen
klein und ruhiger und zurückhaltender als die anderen, aber ebenso
freundlich. Während des Abends stellte Sean fest, dass die beiden
Morales sich selten aus den Augen ließen. Das Paar schien sich sehr zu
lieben.

Nachdem Hester ihren Gästen nach Wunsch Rum, Tonic oder Rum-
punsch eingeschenkt hatte, erschienen auch die Meeresbiologen, und
Sean lernte endlich den besagten Jean-Luc Reynard kennen sowie Nicole Boulanger, die ebenfalls noch studierte, und die Professorin Fabienne Auclaire. Er nickte den beiden Frauen höflich zu, konzentrierte
seine Aufmerksamkeit jedoch nur auf deren männlichen Begleiter.

Das Bild, das er sich von Jean-Luc gemacht hatte, traf beunruhigend
genau zu. Heute trug der Franzose ausgewaschene Levis-Jeans und ein
eng anliegendes olivfarbenes T-Shirt. Sean betrachtete sein hübsches
jugendliches Gesicht und schätzte ihn auf etwas dreiundzwanzig.

Er beobachtete Hester, die Jean-Luc ebenfalls mit einem Kuss auf die
Wange begrüßte, und hätte beinahe sein Glas zerquetscht. Er musste
unbedingt etwas gegen diese Eifersucht unternehmen, zum Beispiel
Hester so lange leidenschaftlich lieben, bis sie nur noch an ihn dachte,
sich unablässig nach seinen Liebkosungen sehnte und wehmütig seinen Namen flüsterte.

Sean erschrak zutiefst, wie heftig er Hester begehrte. Es bedeutete,
dass er langsam die Kontrolle über seine Gefühle verlor, und das gefiel
ihm nicht.

Trotz dieses beunruhigenden Gedankens und der ärgerlichen Anwesenheit von Jean-Luc genoss Sean den Abend mehr als alle früheren
Partys. Die Feste, die er in New York besuchte, waren normalerweise
ziemlich langweilig. Sie hatten mit seinem Beruf zu tun oder wurden

veranstaltet, Spenden einzutreiben. Entweder sprach er den ganzen Abend über Geschäfte, oder er versuchte, den Annäherungsversuchen geldgieriger Frauen mit maskenhaften Gesichtern zu entgehen. Anschließend hatte er regelmäßig das Gefühl, dass alle Leute wieder einmal versuchten, ihn finanziell oder sexuell auszubeuten.

Hier dagegen wollte niemand etwas von ihm, außer dass er sich an der Unterhaltung beteiligte und ein angenehmer Gesellschafter war.

Diesen Wünschen kam Sean gern nach. Einen großen Teil des Abends saß er mit Diego und General Morales auf der Veranda, schaute aufs Meer und hörte sich die Geschichten des Schriftstellers über Kuba an, als es noch nicht kommunistisch war, und verfolgte die Berichte des Generals über die Politik Lateinamerikas. Er genoss die neue warme Freundschaft, die ihn umgab, nippte an seinem Rum-Tonic und rauchte zufrieden die kubanische Zigarre, die Diego ihm angeboten hatte.

„Das ist eine gute Zigarre, Diego", sagte er zu dem Schriftsteller und fügte etwas wehmütig hinzu: „So etwas bekommt man in den Vereinigten Staaten leider nicht."

„Es gibt nichts Besseres als eine Havannazigarre", erklärte Diego, nachdem er selbst einen tiefen Zug getan hatte. „Vor allem, wenn man sie in einer Umgebung wie dieser raucht – auf einer schönen Insel, in Gesellschaft guter Freunde und bei einer interessanten Unterhaltung. Und mit einer liebenswerten Frau, die das alles mit einem teilt. Wir können uns tatsächlich glücklich schätzen, nicht war, Ruben?"

„Sie sprechen mir, wie immer, aus der Seele", antwortete General Morales. Und dann: „Sagen Sie, Sean, sind Sie ebenfalls verheiratet?"

Sean hob erstaunt den Kopf. „Was, ich? Nein! Nein, ich war nie verheiratet."

„Weshalb nicht?", fragte Diego.

Sean zuckte die Schultern. „Ehrlich gesagt, darüber habe ich noch nie nachgedacht. Mein Beruf ist sehr anspruchsvoll. Ich hätte nicht viel Zeit für eine Familie."

Diego schnaufte missbilligend. „Kein Beruf ist so wichtig wie eine Familie", erklärte er wissend. „Sie sollten sich mehr Zeit gönnen."

Sean wollte etwas einwenden und seinen Lebensstil verteidigen. Aber die Überzeugung, mit der Diego gesprochen hatte, hielt ihn davon ab. Vielleicht weiß der Mann, wovon er redet, dachte er. Dann verbesserte er sich. Diego wusste vielleicht, was für ihn selbst gut war. Er, Sean, wusste ebenfalls, was er brauchte. Außerdem eignete er sich nicht als Familienvater. Oder? Nein, gewiss nicht.

Während Sean noch über seine persönlichen Vorlieben nachdachte, saß Hester mit den Frauen in der Hotelhalle. Normalerweise war sie bei diesen monatlichen Gesprächen die Lebhafteste von allen. Heute verhielt sie sich auffällig ruhig.

Gabriela ahnte den Grund, wollte ihn aber von ihr hören. Deshalb machte sie eine Bemerkung, die Hester aus der Reserve locken sollte.

„Ich weiß nicht, wie es bei Ihnen ist, Teresa", meinte sie scherzhaft. „Hätte ich nicht meinen Diego, könnte ich Hester um ihren neuen Freund richtig beneiden."

„Meinen – was?", prustete Hester und ließ beinahe ihr Punschglas fallen.

„Ich verstehe, was Sie meinen, Gabriela", antwortete Teresa, ohne Hester zu beachten, denn sie durchschaute das Spiel sofort. „Mr Duran erinnert mich unwahrscheinlich an Ruben, als der in diesem Alter war. Er ist geradezu überwältigend männlich."

„Ich bitte Sie." Hester lachte nervös. „Albern Sie nicht so herum, er könnte Sie hören."

„Wer albert denn hier herum?", fiel Nicole ein. „Mr Duran ist der bestaussehendste Mann, der mir seit Langem begegnet ist."

„Lassen Sie das ja nicht Jean-Luc hören", warnte Fabienne sie. „Es würde ihm das Herz brechen." Es war kein Geheimnis, dass sich Jean-Luc hoffnungslos in die dunkeläugige Nicole mit dem haselnussbraunen Haar verliebt hatte. „Er kann sich kaum auf seine Forschungsaufgaben konzentrieren, weil Sie ihm hartnäckig die kalte Schulter zeigen", fügte sie hinzu. „Außerdem sind Sie viel zu jung für Monsieur Duran. Ich glaube, er braucht eine entschieden erfahrenere Frau – zum Beispiel mich."

Hester sah die Professorin erschrocken an. Fabienne war ungefähr in Seans Alter und mit ihrem dunkelroten Haar und den grünen Augen ausgesprochen attraktiv. Außerdem konnte sie sich gut unterhalten und war intelligent. Und sie war Französin. Was wollte ein Mann mehr? Ob Sean gebildete Frauen mochte? Wahrscheinlich stellte er keine großen Ansprüche, was Frauen betraf, solange das Wort „ja" oder „oui" oft genug in ihrem Wortschatz auftauchte. Wollte Fabienne ihn auf die Probe stellen?

„Gucken Sie nicht so entsetzt, Hester. Ich habe nur Spaß gemacht. Es ist unübersehbar, dass Sie und Sean Leidenschaft füreinander empfinden. Er würde nicht einmal den Kopf nach mir wenden, selbst wenn ich es darauf anlegte."

„Ich habe keine Ahnung, wovon Sie reden, Fabienne", sagte Hester wenig überzeugend. „Zwischen Sean und mir ist absolut nichts."

Die vier Frauen sahen sie bedeutsam an.

„Wirklich nicht", versicherte Hester ihnen. „Wir haben nichts gemeinsam und sind in allen Dingen unterschiedlicher Ansicht."

„So beginnt eine ganze Reihe großer klassischer Liebesromane", meinte Gabriela überlegen. „Literarisch gesprochen befinden Sie sich in bester Gesellschaft."

„Zwischen Büchern und dem wirklichen Leben besteht wohl ein kleiner Unterschied", wehrte Hester sich.

„Da wäre ich nicht so sicher." Teresa lächelte geheimnisvoll und schob ihre grau melierten Locken hinters Ohr. „Erinnern Sie sich, wie ich Ruben kennengelernt habe?"

„Sie haben recht, Teresa. Aber Sie und der General sind eine Ausnahme."

„Das stimmt", seufzte Teresa.

„Ihre Augen funkeln so fröhlich, Madame Morales", sagte Nicole mit einem Anflug von Neugier in der Stimme. „Mir haben Sie die Geschichte nie erzählt."

„Manche Geschichten hält man besser bis zum geeigneten Augenblick zurück, meine Liebe", entgegnete Teresa rätselhaft. „Jetzt möchte ich erst einmal mit meinem Mann tanzen."

Teresa und Gabriela holten ihre Ehemänner und verwandelten den Baumwollteppich in der Halle in einen Tanzboden.

Mit seltsamem Gesichtsausdruck setzte sich Sean zu Hester auf das Sofa.

„Stimmt etwas nicht?", fragte sie.

„Was soll nicht stimmen? Hier ist alles geradezu erschreckend vollkommen. Ich werde das Gefühl nicht los, den Planet Erde verlassen zu haben und mich in Shangrila wiederzufinden."

„Was macht Sie so sicher, dass es nicht der Fall ist?"

Sean zog die Augenbrauen hoch und wusste nicht, was er antworten sollte. Er beobachtete die beiden älteren Paare, die langsam tanzten. Man merkte ihnen die herzliche Zuneigung füreinander deutlich an.

Er dachte daran, was Diego vorhin über das Familienleben gesagt hatte, und spürte plötzlich eine große Leere. Wie würde sein Leben in fünfundzwanzig oder dreißig Jahren aussehen? Was würde er tun, wenn er ebenso wie sein Vater mit sechzig zurücktreten musste? Die Pferdezucht interessierte ihn nicht. Amanda und Ethan nahmen sich schon jetzt eine gemeinsame Segeltour um die Welt vor und wollten überall dort anlegen, wo ein Abenteuer winkte.

Wer würde sein Geschäft übernehmen, wenn er alt war? Selbst wenn Amanda Kinder bekam, was nach ihren eigenen Worten ziemlich unwahrscheinlich war, wären es MacKenzies und keine Durans. Nein, er würde die Firma vermutlich führen, bis sie ihn mit den Füßen voran aus dem Gebäude tragen mussten.

Gedanken wie diese verursachten Sean normalerweise unvermeidliche Kopf-, Brust- und Magenschmerzen. Diesmal merkte er nichts davon, stellte er verblüfft fest. Seit seinem Eintreffen in diesem Hotel verspürte er nicht die geringsten körperlichen Beschwerden.

„Möchten Sie tanzen?", fragte er Hester und wunderte sich selbst über die Frage.

„Nein, eigentlich nicht", antwortete sie. „Ich kann es nicht besonders."

„Wie sollte jemand nach dieser Musik nicht tanzen können?", drängte Sean sie.

„Ihnen gefällt dieses Gedudel?", fragte Hester in bestem Inseldialekt. „Ich habe so etwas noch nie gehört. Ja, es gefällt mir."

„Ehrlich, Sean, trotz aller Erfahrung scheinen Sie eine Menge im Leben versäumt zu haben. Nehmen Sie ein paar Kassetten von Bob Marley mit, wenn Sie nach New York zurückkehren. Die Melodien werden Ihren Nerven guttun."

„Bob Marley?", murmelte er zerstreut. Er war inzwischen selbst beinahe davon überzeugt, dass er eine Menge versäumt hatte. „Kommen Sie, wir tanzen. Sie müssen doch auch etwas von dieser Party haben."

Bevor Hester erneut ablehnen konnte, nahm er ihre Hand und zog sie auf die Füße. Inzwischen waren auch Nicole und Jean-Luc unter den Tänzern, und Desmond und Diego hatten die Partnerinnen getauscht.

Um nicht beobachtet zu werden, führte Sean Hester in eine Ecke der Halle, wo große eingetopfte Palmen das Licht abhielten. Keiner schien ihr Verschwinden zu bemerken. Er zog Hester eng an sich, ließ keinen Zentimeter Platz zwischen ihren Körpern.

Erneut schwirrte Hester von Seans Nähe der Kopf. Sean roch nach den Tropen und drängte seinen warmen straffen Körper fest an sie. Spielerisch glitt sie mit den Fingerspitzen seinen muskulösen Rücken hinauf und seufzte leise, als Sean seinen Griff daraufhin verstärkte.

Der aus dem Gleichgewicht geratene Manager füllte seine Lungen mit dem süßen Duft der Blüte hinter Hesters Ohr und verschlang die Finger in ihrem seidigen Haar. Vorsichtig zog er daran, bis sie den Kopf zurücklegte und die zarte Haut an ihrer Halsgrube freigab. Er beugte den Kopf und küsste sie so leicht, dass Hester sich nicht sicher war, ob sie es sich nur eingebildet hatte.

Schweigend tanzten sie eine Weile weiter, gewöhnten sich gegenseitig an ihre Körper und wurden langsam mit jenen Einzelheiten vertraut, in denen sie sich unterschieden und die sich doch so fabelhaft ergänzten.

Hester vergaß alles um sich herum und fühlte nur noch seine starken Arme, die sie zärtlich hielten. Sie kehrte erst in die Gegenwart zurück, als General Morales und Teresa sich als Erste verabschiedeten. Kurz darauf gingen auch die anderen.

Nachdem Sean und Hester die Überreste der Party fortgeräumt hatten, setzten sie sich zu einem letzten Glas auf die Veranda. Die Nacht war warm und mild, und das Wasser der Karibik plätscherte ruhig an den Strand.

„Erstaunlich", meinte Sean nach einer Weile des Schweigens, „dass ich auf einer so winzigen Insel mit so wenigen Menschen eine derartige Erfahrung sammeln kann."

„Was wollen Sie damit sagen?", fragte Hester.

„Die Leute und das Leben, das sie hergeführt hat, sind völlig verschieden. Jeder kann eine interessante Geschichte erzählen. Würde ich neun Geschäftspartner in New York zu mir einladen, wäre der Abend garantiert von der ersten bis zur letzten Minute langweilig."

„Weshalb?"

„Alle, die ich kenne, besitzen den gleichen Lebensstil. Sie haben dieselben Erfahrungen hinter sich wie ich. Von ihnen könnte man nichts Neues erfahren – höchstens ein paar Investitionstipps erhalten."

Hester wusste nicht, was sie antworten sollte, und trank einen Schluck.

„Heute habe ich die Lebensgeschichte aller bis auf Ihre gehört, Hester. Welch eine Kette von Ereignissen hat Sie hierhergeführt? Sie sind mir ein Rätsel. Was hat Sie dazu veranlasst, New York zu verlassen und südwärts zu gehen?"

„Ehrlich, Sean, Sie würden es doch nicht verstehen, wenn ich es erzählte."

„Steht es mit einem Mann in Zusammenhang?", fragte er gleichmütig und wappnete sich für eine Antwort. Er war sich nicht sicher, wie er es aufnehmen würde, wenn sie immer noch einen Groll gegen einen Mann hegte, der sie verlassen hatte.

„Nein", versicherte Hester. Sie dachte an jenen Juliabend vor vielen

Jahren, an dem sie beschloss, das Getto der Bronx zu verlassen, und an Micky und fügte ruhig hinzu: „Zumindest nicht in dem Sinn, den Sie meinen."

„Was war dann der Grund? Erzählen Sie!"

„Es muss Ihnen genügen, wenn ich sage, dass ich unglücklich war und dringend einen Tapetenwechsel brauchte", reagierte sie schroff. „Heute Abend ist es für ein ausführliches Gespräch viel zu spät."

Heftig stand sie auf, aber Sean ergriff ihr Handgelenk, bevor sie fliehen konnte. Er trank einen großen Schluck und sagte: „Für heute will ich es genug sein lassen." Seine blauen Augen wirkten im Mondlicht beinahe silbern. „Aber ich möchte wissen, was Sie hierhergeführt hat, bevor ich diese Insel verlasse. Ich möchte alles über Sie erfahren."

Er setzte sein Glas ab, stand auf, zog Hester heftig an sich und legte den anderen Arm um ihre Taille.

„Ich will die intimsten Stellen von Ihnen kennenlernen." Er senkte den Kopf und küsste sie derart verzehrend, dass Hester völlig überrascht war. Erschrocken öffnete sie die Lippen, und er drang mit seiner Zunge ein, erforschte ihren Mund und umkreiste schließlich zärtlich ihre Lippen. Hester hatte das Gefühl, von der Hitze zu zerschmelzen, die ihren Körper durchrieselte.

„Sie sind heute Abend wieder sehr schön", flüsterte Sean fasziniert und löste sich von Hester. Seine Augen glänzten vor Verlangen. Hester spürte, wie erregt sein Körper war. Sie schloss die Augen und bekam weiche Knie.

„Sie sehen so natürlich, so unverdorben in dieser Kleidung aus", fuhr Sean fort. „Den ganzen Abend hatte ich den Wunsch, sie auszuwickeln und nachzusehen, was darunter ist. Ich begehre Sie, Hester. Hier, sofort. Lassen Sie uns am Strand miteinander schlafen."

„Sean, das ist doch verrückt", wehrte Hester sich. Aber sie wollte nichts anderes, als sich in seinen Armen zu verlieren. Seine Liebkosungen riefen Gefühle in ihr hervor, die ihr bisher unbekannt waren. Wie gern hätte sie ihren Empfindungen freien Lauf gelassen, um festzustellen, wohin sie sie führten, und das volle Ausmaß entfesselter Leidenschaft erlebt.

Dafür ist es noch zu früh, ermahnte sie sich. „Wir kennen uns kaum", stieß sie hervor und versuchte, so überzeugend wie möglich zu klingen.

„Ich glaube, wir kennen uns gut genug, um zu wissen, dass zwischen uns etwas ist, das wir nicht ignorieren können." Mit den Fingerspitzen fuhr er aufreizend am Saum ihres kurzen Oberteils entlang und glitt

Zentimeter für Zentimeter über ihre Rippen, bis er unter der Rundung ihrer Brüste angelangt war und die samtweiche Haut dort streicheln konnte.

Zärtlich umschloss er eine Brust mit seiner großen Hand und hob sie an, bis Hester vor Verlangen stöhnte. Er lächelte besitzergreifend und strich mit dem rauen Daumen über die hoch aufgerichtete Spitze, die vor Erwartung schon hart geworden war.

Als Hester die Augen schloss und ergeben den Kopf zurücklegte, schob er ihr Oberteil in die Höhe und betrachtete verzückt die Rundungen. Er hatte recht gehabt, ihre Haut wies keinen sogenannten „Kulturstreifen" auf. Ihre Brüste waren voll und schön und ebenso gebräunt wie ihr restlicher Körper. Verlangend seufzte er und nahm erst die eine, dann die andere rosa Spitze zwischen die Lippen. Während er gierig an einer sog, liebkoste er mit der Hand die andere, drückte sie zärtlich und streichelte die feste Knospe.

Hester schob ihre Hände in Seans dunkles seidiges Haar, hielt ihn fest und war von den Gefühlen überwältigt, die seine Zunge und seine Finger in ihr erregten. Er legte die freie Hand auf ihren Rücken, drängte ihren Leib verlangend an sich und bog ihren Kopf weiter zurück, sodass er ihre Brüste besser mit den Lippen liebkosen konnte. Hester fühlte sich warm und einladend an und zog Sean an sich. Er gab sich ganz den Liebkosungen hin und war weder fähig noch gewillt, diese Frau wieder loszulassen.

Langsam vergaß Hester alles um sich herum und überließ sich restlos den körperlichen Empfindungen und den herrlichen Gefühlen, die Seans Lippen auslösten. Ihr Verstand und ihre Sinne gehorchten ihr schon lange nicht mehr, und sie war sich nicht sicher, ob es ihr anders lieber gewesen wäre. Die Tändelei mit Leo hatte sie nicht auf solch einen Anschlag vorbereitet. Sie fühlte sich wie in einem reißenden Strom und trieb hilflos auf einen Wasserfall zu, der in einen Abgrund stürzte. Sie wollte etwas unternehmen, um ihre rasenden Gefühle zu besänftigen, bevor es eine Katastrophe gab.

„Sean", rief sie, als sie endlich wieder sprechen konnte. „Halt ein! Du machst mich völlig verrückt."

„Gut, dann klappt es ja", keuchte er hitzig an ihrer warmen Haut und reizte sie weiterhin mit der Zunge.

Hester hatte Seans Haar losgelassen und versuchte mit beiden Händen, seine Schultern zurückzuschieben. „Bitte", schluchzte sie schließlich. „Ich halte das nicht aus."

Als Sean ihre verzweifelte Stimme hörte, hielt er sofort inne. Ohne Hester loszulassen, richtete er sich auf und blickte ihr ins Gesicht. Er bemerkte die Angst in ihren bernsteinfarbenen Augen und begriff. Langsam, ohne den Blick von ihr zu lassen, zog er ihr Oberteil wieder hinab und legte die Hände auf ihre Schultern. Hester blinzelte. Zwei dicke Tränen rollten über ihre Wangen.

„Es ist bei dir schon sehr lange her, nicht wahr?", fragte er ruhig. „Und ich gehe zu schnell vor."

„Es ist nur …" Weiter kam sie nicht.

„Pst", unterbrach Sean sie und wischte mit einem Daumen ihre Tränen fort. „Du brauchst mir nichts zu erklären."

Hester atmete unsicher ein, trat einen Schritt zurück und betrachtete das Meer und das verschwommene Spiegelbild des Mondes auf den Wellen.

„Ich bin offensichtlich nicht so erfahren wie du", sagte sie, und ihre Stimme zitterte ein wenig. „Hester …"

„Nein, lass mich ausreden. Ich habe bisher nur mit einem einzigen Mann eine intime Beziehung gehabt, und das war eine sehr kurze, unbefriedigende Affäre. Ich bin dieses Feuerwerk nicht gewohnt, das ich in mir spüre, wenn du mich anfasst. Ich habe Angst vor meiner Reaktion auf dich. Ziemlich große sogar." Sie zögerte und schloss: „Vor allem, nachdem ich weiß, dass dies etwas ganz Normales, Gewöhnliches für dich ist."

Etwas ganz Normales, Gewöhnliches? hätte Sean am liebsten geschrien. Hester erschütterte ihn bis ins Tiefste seiner Seele. Er war diese explosiven Gefühle ebenso wenig gewöhnt wie sie das Feuerwerk, das sie beschrieben hatte. Ihre Beschuldigung machte ihn sprachlos. Hester musste unbedingt begreifen, dass er zwar zahlreiche Affären gehabt, keine Frau seine Gefühle aber bisher in dieser Weise aufgewühlt hatte, nicht zu reden von der Erregung, die seinen Körper erfasste. Aber er war zu erschrocken über die eigene Reaktion, um Hester zu versichern, dass sie ihn stärker anrührte als jede Frau zuvor.

Hester fasste sein Schweigen als Zustimmung auf. Sie war also tatsächlich nur ein weiteres sexuelles Spielzeug, mit dem Sean eine Weile seinen Spaß haben wollte. Hätte sie sich wieder zu ihm gewandt, hätte sie die Verzweiflung und Verwirrung in seinem Gesicht bemerkt. Doch sie murmelte nur: „Es tut mir leid", hörte nicht auf sein Rufen und floh in ihr Zimmer. Zum ersten Mal seit der Ankunft auf der Insel wünschte sie, sie hätte ein Schloss an ihrer Tür.

5. KAPITEL

Der Sonntagmorgen dämmerte strahlend und schön wie an den beiden vorigen Tagen herauf. Erst zwei Tage sind seit meiner Ankunft auf dieser Insel vergangen, wunderte sich Sean. Er stand an der Flügeltür seines Zimmers, betrachtete das herrliche Blau und Grün und war erneut verblüfft von seiner inneren Ruhe und seinem Frieden. Trotz der sexuellen Spannungen der beiden letzten Nächte war er gelassener und ausgeglichener als seit Langem.

Ein Geräusch auf dem breiten Pfad, der vom Hotel bis an den Rand des Meeres führte, erregte seine Aufmerksamkeit. Hester kam in einem hellgelben Badeanzug aus dem Haus. Ihr Zopf pendelte verlockend über ihrem Gesäß. In einer Hand trug sie ihre Tauchermaske und den Schnorchel, in der anderen Schwimmflossen und ein Netz.

„Guten Morgen", rief Sean hinunter und hoffte, Hester werde ihm nach der stürmischen Szene gestern Abend nicht mehr böse sein.

Es ist unglaublich, dass mein Blut schon beim Klang seiner Stimme zu wallen beginnt, überlegte Hester. Sie hatte sich davonstehlen wollen, während Sean noch schlief, um sich so lange wie möglich von ihm fernzuhalten. Nach dem gestrigen Abend war sie nicht sicher, ob sie sich in seiner Gegenwart noch ungezwungen benehmen konnte. Doch es schien, als könne sie ihm nicht entkommen. Sie musste der Natur ihren Lauf lassen.

Widerstrebend blieb Hester stehen und drehte sich zu Sean um. Er trug nur eine weiße seidene Pyjamahose und wirkte geradezu einschüchternd und unerträglich aufreizend. Die Muskeln an seinen Unterarmen traten deutlich hervor, als er sich über das Verandageländer beugte. Dichte dunkle Locken bedeckten seine Brust und zogen sich bis zur Gürtellinie. Gern hätte Hester ihre Finger hineingeschoben. Das vom Schlaf zerzauste Haar machte ihn trotz aller Selbstsicherheit sanfter und verletzlich. Wie hätte sie ihm noch böse sein sollen? Sean wirkte so – liebenswert.

„Guten Morgen, Sean", sagte Hester ergeben. Seit ihrer Abreise von New York hatte sie gelernt, sich in das Unabänderliche zu fügen. Sean musste noch weitere vier Tage und Nächte auf der Insel verbringen. Weshalb sollte sie nicht das Beste daraus machen …

„Du bist schon früh auf", sagte er und war froh, dass sie freundlich mit ihm redete.

„Ich habe Appetit auf einen Salat aus Meeresfrüchten und brauche dafür Krabbenfleisch. Und Krabben fängt man frühmorgens am besten. Man kann sie überraschen, wenn sie hereinkommen."

„Es sind also Nachtschwärmer, die spät heimkehren?", stellte Sean fest.

Hester nickte und wusste nicht recht, ob sie Sean auffordern sollte, mitzukommen. Nahm er die Einladung an, würden sie den ganzen Tag miteinander verbringen, und das konnte unangenehm werden. Irgendwann würden sie sich ihren Gefühlen füreinander stellen müssen. War es besser, wenn es bald geschah? Lieber hätte sie den Zeitpunkt so weit wie möglich hinausgeschoben.

Sean nahm Hester die Entscheidung ab, indem er ihr seine Hilfe anbot. „Allerdings habe ich noch nie geschnorchelt", fügte er vorsichtshalber hinzu. „Du musst es mir beibringen und meine Hand dabei halten." Er lächelte reizend und versprach, gleich herunterzukommen.

Kurz darauf tauchte er in einer hellblauen Badehose an der Tür auf und hatte eines von Hesters türkisfarbenen Strandlaken über die Schulter geschlagen. Die Farbe unterstrich das Blau seiner Augen, und sie leuchteten noch stärker, während er Hester von Kopf bis zu den Zehen betrachtete.

Sean sieht fantastisch aus, dachte Hester, und ihr wurde warm bei dem Gedanken an den vergangenen Abend. Bestimmt ist er ein fabelhafter Liebhaber …

„Im Schrank neben der Treppe sind noch einige Schnorchel", sagte sie und hoffte, ihre Stimme verriete ihre Gedanken nicht. „Bedien dich." Dann fiel ihr etwas ein. „Hol dir außerdem eine Sonnencreme aus dem Badezimmer, mindestens Schutzfaktor sechs, falls noch etwas davon da ist", rief sie ihm nach.

Während sie zum Strand hinunterschlenderten, nannte Hester Sean die Grundregeln des Schnorchelns und erklärte ihm die richtige Atemtechnik und den korrekten Sitz der Maske. Sie wollten in einem Korallenriff nach Krabben tauchen, in dem es von Tieren wimmelte und das nahe am Ufer lag. Das Wasser dort war ziemlich flach, sodass kaum Gefahr bestand, auf Raubfische zu stoßen.

„Es gibt eine noch hübschere Stelle zum Schnorcheln", erzählte Hester. „Drüben, in der anderen Richtung. Aber dort arbeiten die Biologen, und ich versuche, mich von Ihnen fernzuhalten."

„Wie lange werden sie noch bleiben?", fragte Sean.

313

„Sie wollen die Riffe um die Insel ein Jahr beobachten. Deshalb nahm ich an, dass sie erst in neun Monaten wieder in die Zivilisation zurückkehren."

„Zivilisation", wiederholte Sean. „Ich frage mich manchmal, ob der Ausdruck zutreffend ist. Vor allem in Städten wie New York. Manchmal sind es die primitivsten und brutalsten Orte der Welt."

Hester nickte zustimmend, wunderte sich jedoch, solche Worte aus Seans Mund zu hören. Sie passten eher zu ihr.

Sie liefen etwa vierhundert Meter den Strand hinauf, dann ließ Hester ihr Handtuch fallen und ging mit der Maske und den Flossen in der Hand ins Wasser.

Sean folgte ihr unsicher. Das Wasser war kühl und klar und bewegte sich fast nicht. Selbst wo es bis zur Brust reichte, sah er seine Füße wie durch makelloses Glas. Er beobachtete Hester, die geschickt die Flossen und die Maske anzog, und versuchte, es ihr nachzutun. Nach anfänglichen Schwierigkeiten, bei denen er einige Mal mit dem Kopf unter Wasser geriet, gelang es ihm. Gedämpft hörte er Hester lachen, beschloss jedoch, nicht darauf einzugehen.

„Siehst du die Stelle da drüben, wo das Wasser dunkler wird?", fragte sie, nachdem er sich an die Flossen gewöhnt hatte, und deutete auf eine große Fläche ziemlich in der Nähe. „Dort werden wir Schnorcheln. Fass das Riff auf keinen Fall an, denn die Korallen sind scharf wie Rasierklingen. Manchmal sehen sie völlig harmlos aus, sind es aber nicht. Einige stechen, wie auch Seeanemonen, obwohl sie wie Blüten aussehen. Sei also lieber vorsichtig.

Im Riff schwimmen eine ganze Menge Fische, nicht nur kleine. Aber sie sind nicht aggressiv. Für sie sind wir andere größere, unbeholfenere Fische und längst nicht so attraktiv wie sie selbst."

Sean verzog das Gesicht, doch Hester fuhr lächelnd fort: „Ich werde einige Krabben heraufholen, falls möglich. Dazu braucht man eine gewisse Technik und monatelange Übung. Versuch also nicht, mir zu helfen, wenn du nicht gezwickt werden willst."

Sean nickte benommen und versuchte, alle Regeln dieses neuen Spiels zu behalten.

„Noch Fragen?", erkundigte sich Hester.

„Soll ich nicht zurückgehen und am Strand auf dich warten?", schlug Sean hoffnungsvoll vor. Vielleicht war Schnorcheln doch keine gute Idee.

„Du brauchst nur vorsichtig zu sein." Hester lachte. „Ich bin sicher, es wird dir gefallen. Wir werden unmittelbar unter der Wasseroberfläche bleiben. Wenn du etwas wissen willst, brauchst du mir bloß auf die Schulter zu tippen, und wir steigen auf."

„In Ordnung", stimmte Sean zuversichtlicher zu, als er war. „Ich bin bereit."

Sie feuchteten ihre Masken an und tauchten sie ins Wasser, um festzustellen, ob sie dicht waren. Anschließend zählten sie bis drei, tauchten, und Sean fand sich in einer Welt wieder, von der er bisher nicht einmal geträumt hatte. Es dauerte einige Minuten, bis er sich an die Flossen an seinen Füßen gewöhnt hatte, und mehr als einmal bekam er Salzwasser in den Mund. Doch nachdem er die Technik beherrschte, schwamm er unbekümmert drauflos.

Das Riff war nicht besonders groß, jedoch außerordentlich bunt und voller Leben. Unmittelbar, nachdem er unter die Oberfläche getaucht war, sah Sean sich von unzähligen winzigen Silberfischen umgeben. Das Sonnenlicht schimmerte in welligen Strahlen durchs Wasser und überzog den Meeresboden mit hellen Flecken.

Wohin Sean auch blickte, überall entdeckte er leuchtende Farben. Fuchsroter Seefarn schwang sich graziös am gesamten Riff entlang und war hier und dort mit flammenden Seeanemonen durchsetzt. Eine gewaltige graubraune Koralle, die wie ein Gehirn aussah, von zahlreichen kleineren Muschelkorallen umgeben, wuchs an dem einen Ende. Oben auf dem Riff winkten ocker- und amethystfarbene Korallen lockend in der Strömung. Sean wollte nach ihnen greifen, erinnerte sich aber rechtzeitig an Hesters Warnung.

Auch Fische gab es, eine Menge sogar. Manche maßen mehr als einen halben Meter. Tatsächlich beachteten sie Sean nicht. Leuchtend bunte Jungfrauenfische mit viel Blau, Purpur, Orange, Silber und Rot umkreisten ihn. Ihre gelangweilte Miene stand in scharfem Gegensatz zu den fröhlichen Farben ihrer Körper.

Diese Welt hat etwas Unwirkliches, dachte Sean. Die Geräusche waren gedämpft, die Bewegungen verlangsamt, das Licht wirkte abstrakt. Er fühlte sich schwerelos und geschmeidig. Hatte ihn schon die Schönheit der Insel verblüfft, so verwunderten ihn die Erscheinungen unter Wasser noch mehr.

Er war so in das neue Erlebnis versunken, dass er Hester vergaß, bis er plötzlich einen Einsiedlerkrebs über den Boden eilen sah. Er blickte sich um und entdeckte sie am anderen Ende des Riffs. Das Netz blähte sich hinter ihr und enthielt bereits mehrere Krabben.

Sean schwamm hinüber und legte vorsichtig die Hand auf Hesters Rücken. Sie nickte, als er nach oben deutete. Sie schwammen ins flachere Wasser, bevor sie auftauchten.

„Na, wie war's?", fragte Hester, nachdem sie, aus dem Wasser, die Maske auf die Stirn hinaufgeschoben hatte.

„So etwas habe ich noch nie erlebt", rief Sean lebhaft. „Die Farben sind einmalig. Ich hätte nicht geglaubt, dass unter Wasser solch ein Leben herrscht."

Hester lachte. Sean gefiel der Klang.

„Was ist so komisch?", fragte er.

„Du", gestand sie und strahlte ihn an.

„Was ist mit mir?"

„Sieh dich an. Der Industrieboss und Besitzer einer Riesenfirma ist genauso begeistert von einem einfachen Korallenriff wie ein kleiner Junge."

„Machst du dich über mich lustig?", fragte Sean gespielt empört.

„Überhaupt nicht. Das Ganze ist nur so widersinnig. Ich finde es wunderbar, dass du die Fähigkeit bewahrt hast, das Schöne um dich herum zu erkennen, Sean. Viele Leute laufen durch die Gegend und haben keinen Blick für das, was die Erde uns schenkt. Es freut mich, dass du nicht zu denen gehörst."

In diesem Augenblick erkannte Sean, dass sein Verlangen nach Hester mehr war als rein körperliches Begehren. Sie hatte gerade ausgesprochen, was ihn an ihr faszinierte.

„Ich habe durchaus zu denen gehört, bis ich hierherkam", stellte er fest. „Bis ich dich traf." Vorsichtig nahm er Hester die Maske vom Kopf und den schwerelosen Körper der jungen Frau in die Arme. „Du rückst die Dinge in ein ganz neues Licht. Ich glaube, ich bin nicht mehr derselbe Mann, wenn ich nach New York zurückkehre."

Hester merkte, dass er sie küssen wollte, und sperrte sich innerlich. Sie hatte noch nicht ganz verkraftet, was gestern Abend mit ihr geschehen war, und wollte nicht noch verwirrter werden. Deshalb befreite sie sich und sagte ausweichend: „Ein Besuch der Inseln verschafft jedem eine neue Einstellung zum Leben. Keine Sorge, das geht sicher bald vorüber. Im Handumdrehen wirst du wieder der Alte sein." Und sie fügte hinzu: „Ich denke, wir machen jetzt lieber eine Pause. Wir sind beinahe eine Stunde draußen." Rasch drehte sie sich um und schwamm in Richtung Strand.

Sean ärgerte sich über Hesters Vermutung, nach New York zurückgekehrt, würde er seine alten Gewohnheiten wieder aufnehmen. Seine Stimme klang jetzt wütend. „Eine Stunde? Das ist unmöglich." Widerstrebend folgte er ihr aus dem Wasser. „Woher willst du wissen, wie viel Zeit vergangen ist, wenn du niemals eine Uhr trägst?", fragte er bissig.

„Ich weiß es eben", erwiderte sie verärgert, weil die friedliche Stimmung zwischen ihnen so schnell in Streit umgeschlagen war. „Überzeug dich selbst, wenn du mir nicht glauben willst."

Sean schaute auf seine teure goldene Armbanduhr, die er achtlos auf das Strandtuch gelegt hatte. Tatsächlich waren sie beinahe eine Stunde im Wasser gewesen. Er brummte etwas Unverständliches, legte sich auf den Bauch und schloss die Augen.

„Du solltest dich lieber eincremen, wenn du in der Sonne liegen willst", warnte Hester ihn.

„Ich bekomme keinen Sonnenbrand", versicherte er.

„Dein Wort in Gottes Ohr."

Da Sean keine Anstalten machte, sich gegen die Sonne zu schützen, zog Hester die Creme unter ihren trocknenden Schwimmflossen hervor, gab eine große Portion auf die Hand und begann, seinen Rücken mit langsamen Bewegungen einzureiben. Sean drehte ihr den Kopf zu und brummte: „He, was soll das?"

„Sean, wir sind keine vierzehn Grad nördlich des Äquators. Sagt dir das etwas? Zum Beispiel, dass die Sonnenstrahlen hier ein klein wenig intensiver und schädlicher sein könnten als auf Long Beach?"

„Deshalb brauchst du nicht so spöttisch zu sein."

Hester zögerte einen Moment, wollte ihn aber überzeugen, dass er seine Haut unbedingt vor der gefährlichen Sonne schützen musste.

„Deine Haut ist nicht so schneeweiß wie meine, als ich damals hierherkam", erklärte sie, „trotzdem könntest du einen ebenso schlimmen Sonnenbrand bekommen."

„Du hattest einen?"

Hesters Herz setzte zwei Schläge aus, als sie die Besorgnis in seiner Stimme bemerkte.

„Ich musste tagelang für meinen Übereifer büßen. Und ich möchte verhindern, dass dir dasselbe passiert."

Sie drückte eine weitere Portion des Schutzmittels auf die Hand und rieb Seans Schultern und Arme ein. Seine harten Muskeln zogen sich unter ihren Fingerspitzen zusammen und entspannten sich wieder, und die rauen Härchen auf seinen Armen richteten sich bei ihrer Berührung auf.

Hester atmete heftiger.

„Der Sonnenbrand, den du damals hattest …", begann Sean, und seine Stimme klang jetzt weicher.

„Ja?", fragte Hester und verteilte Lotion auf seinen langen muskulösen Beinen.

Sean brummte zufrieden und fuhr fort: „Hast du den bekommen, bevor oder nachdem du anfingst, oben ohne in der Sonne zu liegen? Gestern Abend stellte ich zwangsläufig fest, dass du wunderbar gebräunte Haut hast, ganz ohne Streifen."

Die Flasche mit der Sonnenlotion fiel zu Boden. Hester redete sich ein, dass das nur an ihren rutschigen Händen liegen konnte. Rasch nahm sie den Flacon wieder auf und setzte ihre Beschäftigung fort. Sean durfte auf keinen Fall merken, dass sie im Gesicht dunkelrot geworden war.

„Äh, ich …", stotterte sie. „Als ich herkam, wollte ich unbedingt ganz natürlich leben. Alles war so ursprünglich. Meine nächsten Nachbarn wohnten meilenweit entfernt. Deshalb begann ich, oben ohne zu schwimmen und selbst zum Früchtesammeln ohne Oberteil in den Dschungel zu gehen. Für mich gehörte das zum Einüben der Freiheit, und es war ausgesprochen erregend."

„Das kann ich mir vorstellen", antwortete Sean trocken. Und wie er sich das vorstellen konnte!

„Seitdem die Meeresbiologen hier sind, bin ich allerdings etwas vorsichtiger geworden. Sie tauchen manchmal ohne jede Vorwarnung auf."

„Lass dich bitte von mir nicht abhalten", bat Sean. Seine gute Laune war rasch zurückgekehrt, denn er merkte, dass er Hester immer noch aus der Fassung bringen konnte.

Hester warf ihm einen scharfen Blick zu und schraubte die Flasche mit der Sonnenlotion wieder zu. Sean drehte sich auf den Rücken und legte die Hände hinter den Kopf.

„Willst du meine Vorderseite nicht eincremen?", fragte er und lächelte selbstgefällig.

Ich sollte ihn braten lassen, dachte Hester. Stattdessen schraubte sie die Kappe wieder ab, setzte sich auf die Fersen und verrieb langsam und sinnlich die Creme auf seiner Brust.

Seans Haut, bereits von der Sonne gewärmt, zog Hesters Hände magnetisch an. Wie seine Arme war auch Seans Brust muskulös, und

Hester überlegte, ob die Arme vielleicht doch nicht die sinnlichsten Körperteile eines Mannes seien.

Als Hester mit den Händen weiter hinabstrich, begann Seans Herz zu rasen. Seine Haut brannte, wo Hester sie berührte, und als sich ihre Finger dem Taillenband seiner Hose näherten, griff er nach ihrem Handgelenk und hielt es einige Millimeter über seinem Körper fest. Sie schauten sich in die Augen, Hester bemerkte, dass seine Pupillen geweitet waren, sodass nur noch ein schmaler blauer Ring von der Iris sichtbar blieb.

Eine Weile sahen sie sich schweigend an, während Sean immer noch ihr Handgelenk umschlossen hielt. Endlich zog er Hester vorsichtig zu sich herab, bis ihre Lippen nahe genug waren. Er küsste sie heftig und reagierte damit unmittelbar auf das Verlangen, das sie mit ihren Liebkosungen in ihm geweckt hatte.

Hester erwiderte den Kuss ebenso intensiv und spürte, dass sie Sean unmöglich widerstehen konnte. Sie begehrte ihn und wusste, sie würde sich dem starken Verlangen bedingungslos nach diesem Mann hingeben. Sie würde sich von ihren Gefühlen forttragen lassen und die wenigen Tage mit ihm genießen. An die Zeit danach wollte sie nicht denken, nicht jetzt.

Sean verstärkte seinen Kuss, und als er zärtlich mit der Zunge über ihren Mund strich, öffnete Hester die Lippen, damit er eindringen und seine Zunge sich mit ihrer verschlingen konnte.

Sean erkannte, dass Hester ihn nicht zurückwies, sondern auf sein Liebesspiel einging. Ihn erfasste Freude. Er sorgte dafür, dass Hester bequem auf dem Handtuch unter ihm lag, und schob seine muskulösen Schenkel zwischen ihre Beine. Mit der linken Hand hielt er ihre Arme über dem Kopf fest, während er mit der rechten erst die eine, dann die andere ihrer Brüste umschloss und liebkoste.

Hester bog den Rücken durch und drängte sich an Seans Schenkel. Er dämpfte ihr Keuchen mit einem Kuss und begriff, was es bedeutete. Zärtlich streichelte er ihren Oberkörper und glitt tiefer, fasste ihre Handgelenke fester und tastete sich vorsichtig liebkosend bis zu ihrem Schamhügel hinab, bis Hester den Kopf hin und her warf.

Eindringlich betrachtete Sean ihr Gesicht und streichelte sie weiterhin. Hester stöhnte. Ihre Augen glühten vor Leidenschaft. Sean schob ihren Badeanzug nach unten und fuhr mit leichtem Druck zärtlich über ihren weichen Leib.

„Oh Sean …" Er lächelte, küsste sie erneut, drang tief mit seiner Zunge zwischen ihre Lippen und wagte sich mit den Fingern noch weiter vor.

Hester bog sich ihm entgegen und merkte, dass sich sein Körper straffte.

„Hester, ich möchte mit dir schlafen", keuchte Sean. „Sag, dass du es auch willst."

Seit Seans Hand zu so intimen Regionen geglitten war, verlangte alles in Hester nach Befriedigung. Wie durch einen silbrigen Nebel der Leidenschaft hörte sie Seans Stimme und wusste, dass sie antworten musste. Doch sie brachte keinen Ton hervor, konnte nur still liegen und auf ihn warten.

„Gehen wir zurück ins Hotel", forderte Sean sie auf. Er ließ ihre Handgelenke los und zog ihren Badeanzug hoch.

„Gestern Abend wolltest du am Strand mit mir schlafen", flüsterte Hester endlich.

„Hier ist mir zu viel Sand. Ich möchte in einem kühlen Bett mit dir liegen und dich lieben, sodass wir den ganzen Tag unseren Spaß haben können. Und die ganze Nacht."

Stundenlang von Sean geliebt zu werden war auch für Hester ein verlockender Gedanke. Deshalb nickte sie zustimmend. „Ja", flüstere sie.

Sie hielten sich eng umschlungen, bis sie ruhiger waren und aufstehen konnten, ohne dass ihre Beine versagten.

Hester schaute zu dem Netz mit den Krabben hinüber. Sie hatte vergessen, es zuzuziehen. Bis auf eines waren alle Tiere entkommen und hatten eine kleine Spur auf dem Sand zurückgelassen.

„Es sieht so aus, als müssten wir uns heute mit leichter Kost begnügen", kommentierte Hester, drehte das Netz um und befreite auch das letzte Exemplar.

Sean widersprach. „Ich denke, einen gewaltigen Appetit zu entwickeln, sobald wir im Hotel sind." Er lächelte vielsagend und sammelte die Handtücher und den Schnorchel ein. „Und zwar den ganzen Tag über."

Hand in Hand schlenderten Hester und Sean zum Hotel zurück und warfen sich glühende Blicke zu. Von Zeit zu Zeit blieben sie stehen und umarmten sich. Bei der Ankunft am Hotel waren sie beide erregt. Doch als sie die Halle betraten und Diego und General Morales gemütlich an der Bar saßen und eine Zigarre rauchten, wussten sie, dass sie ihre Pläne vergessen konnten.

„Sean!", grüßte Diego kameradschaftlich. „Wir wollten Sie einladen, heute Morgen mit uns zum Angeln zu fahren."

„Zum Angeln?", fragte Sean verwirrt.

„Ja. Jeden Sonntag fangen Ruben und ich in der Nähe von Hesters Strand Fische. Hier ist bei Weitem das beste Anglerrevier der Insel, und sie ist so nett und gibt uns immer etwas zum Mittagessen mit." Er hielt inne und lächelte Hester herzlich zu.

„Das Angeln ist sehr entspannend und gibt uns Männern Gelegenheit, über Themen zu reden, die Frauen nicht sonderlich interessieren. Nichts für ungut, Hester", fügte General Morales hinzu.

„Schon gut", antwortete sie. Sie war so mit Sean beschäftigt gewesen, dass sie den sonntäglichen Brauch der beiden älteren Männer völlig vergessen hatte. Sie sah Sean an und hätte beinahe laut aufgelacht, als sie seine niedergeschlagene Miene bemerkte. Er wirkte wie ein kleiner Junge, dem die Eltern gerade erklärt hatten, dass sie nun doch nicht in den Zirkus gehen könnten.

„Ah – das ist sehr freundlich von Ihnen, General Morales", begann Sean und versuchte verzweifelt nach einer höflichen Ausrede.

„Bitte, nennen Sie mich Ruben."

„Ruben", verbesserte sich Sean. „Aber ich habe noch nie an der Küste geangelt und bin Ihnen vermutlich nur im Weg."

„Unsinn!", protestierte Diego. „Es wird Ihnen Spaß machen. Wir haben extra eine Ausrüstung für Sie mitgebracht."

Die beiden Männer standen auf. Sie ließen ihm keine Wahl. Sean musste sich bis zum Nachmittag von ihnen anheuern lassen. Unter anderen Umständen hätte er sich über diese Abwechslung gefreut. Doch der Gedanke, seine Angelschnur in die kühle Karibik zu werfen, anstatt bei Hester zu liegen, war nicht gerade verlockend. Und selbst wenn er die Einladung noch ablehnen konnte, würde die Stimmung unter der unsichtbaren Anwesenheit der beiden Fischer nahe am Strand leiden.

Hesters Gedanken schienen in dieselbe Richtung zu gehen, denn sie sagte ergeben: „Ich mache Ihnen ein paar Sandwiches zum Mittagessen. Obst ist auch noch da. Ich habe sowieso eine ganze Menge zu tun, deshalb wünsche ich den Herren viel Spaß."

„Ich ziehe nur rasch ein Hemd über", erwiderte Sean und hoffte, seine Stimme klänge eifrig genug.

„Vergiss die Sonnencreme nicht", rief ihm Hester spitzbübisch nach.

321

Der Nachmittag mit Diego und Ruben verging, und Sean lernte einiges über den Angelsport an der Küste. Gegen Abend kamen Gabriela und Teresa, um ihre Männer abzuholen. Sie blieben zum Abendessen, weil Hester vorschlug, einen Teil des Tagesfangs gemeinsam zu verspeisen.

Während des Abendessens sahen Sean und Hester sich immer wieder an und vergaßen die beiden anderen Paare völlig. Für Sean waren die Stunden auf See unerträglich lang gewesen. Er hatte sich erotischen Tagträumen darüber hingegeben, was er mit Hester tun würde, wenn sie beide allein wären. In Gedanken hatte er sie in sein Zimmer gebracht, langsam ihren Badeanzug von ihrer salzigen, sonnenwarmen Haut gezogen, ihr Haar aufgelöst und die Finger in die goldenen Strähnen geschoben, bis sie sich darin verloren. Er hatte Hester zu seinem Bett getragen, sie auf das kühle frische Laken gelegt und war tief in sie eingedrungen.

In diesem Augenblick fragte Diego ihn nach seiner Arbeit bei Duran Industries, und er kehrte schlagartig in die Wirklichkeit zurück.

Für Hester hatte der Tag in einem unablässigen Frage- und Antwortspiel mit sich selbst bestanden. Ehrlich gab sie zu, dass sie im Grunde über Diegos und General Morales' Erscheinen zu ihrem üblichen Sonntagsvergnügen erleichtert war. Sie brauchte mehr Zeit, um ihre Gefühle zu prüfen.

Wie hatte sie sich so schnell und so heftig in einen Mann verlieben können, den sie kaum kannte? Noch dazu in einen Typ, den sie bisher verabscheut hatte?

Weil Sean anders ist als die Männer, die ich bisher kennengelernt habe, sagte ihre innere Stimme. Sie fühlte sich in seiner Nähe wohl. Er brachte sie zum Lachen. Ihr gefielen seine rasche Auffassungsgabe und seine Intelligenz. Gar nicht zu reden von der Tatsache, dass er sie auch körperlich anzog.

Vielleicht begann sie, sich in Sean zu verlieben. Das würde erklären, weshalb es ihr auf der Insel jetzt noch besser gefiel als vorher. Seit Seans Auftauchen in ihrem Hotel schien ihr Leben eine neue Dimension anzunehmen. Drei Tage hatten gereicht, um es restlos umzustülpen. Ihr letzter Gedanke vor dem Einschlafen galt Sean, und beim Aufwachen überlegte sie als Erstes, ob er noch schlief. Sie war wirklich gern mit ihm zusammen, selbst wenn die Lage manchmal etwas heikel wurde.

Gabriela und Teresa spürten, was bei Tisch vor sich ging. Sie drängten ihre Männer zur Eile und halfen Hester beim Abwasch. Als sie sahen, dass Diego und Ruben mit Sean auf die Veranda gingen, um eine Zigarre zu rauchen und noch einen Drink zu sich zu nehmen, begannen die beiden Frauen, sich aufgeregt auf Spanisch zu unterhalten. Sie sprachen so schnell, dass Hester ihnen nicht folgen konnte.

„Estos hombres que creen?", sagte Gabriela schließlich zu der verwirrten Hester. „Was bilden sich diese Männer eigentlich ein? Tut mir leid, dass unsere Ehehälften heute derart begriffsstutzig sind."

„Was meinen Sie damit?", fragte Hester verwirrt.

„Jeder Dummkopf kann erkennen, dass die Gefühle zwischen Ihnen und Sean …"

„… ein fortgeschrittenes Stadium erreicht haben", ergänzte Teresa die Freundin.

Hester errötete. „Ist es so offensichtlich?"

Die beiden älteren Frauen sahen sich wissend an.

„Glauben Sie, dass Sean genauso empfindet?", fragte Hester und hoffte, dass die Meinung der anderen ihr helfen könnte, sich über ihre Lage klar zu werden.

„Es ist unübersehbar, dass er Sie begehrt", antwortete Teresa.

„Ja. Ich bin mir nicht sicher, ob ich ihm etwas bedeute."

„Vielleicht sollten Sie ihn danach fragen."

„Ich traue mich nicht."

„Weshalb nicht?", erwiderte Teresa unbekümmert. „Das Schlimmste, das Ihnen passieren kann, ist doch, dass er Nein sagt. Was ich für ziemlich unwahrscheinlich halte. Und selbst wenn, ist er in einigen Tagen fort, und Sie können ihn vergessen. Zumindest brauchen Sie sich seinetwegen keine Gedanken mehr zu machen."

„Ich werde ihn nie vergessen", sagte Hester ruhig.

„Vielleicht bestätigt er Ihnen, dass Sie ihm sehr viel bedeuten", meinte Teresa.

„Und was mache ich dann?", jammerte Hester. „Er muss trotzdem am Donnerstag abreisen. Wenn zwischen uns etwas wäre, würde alles nur noch schwieriger. Es tut so oder so weh."

„Sie könnten mit ihm gehen", schlug Gabriela vor.

Hester erschrak. „Zurück nach New York? Nein, das kann ich nicht, Gabriela. Ich glaube nicht, dass ich wieder in dieser großen kalten Stadt leben könnte. Jetzt, nachdem ich weiß, dass es so viel mehr gibt, wäre mir das Leben dort noch unerträglicher als früher."

„Ich dachte immer, New York wäre eine fantastische Stadt", sagte Gabriela.

„Den meisten Menschen gefällt sie", stimmte Hester ihr zu. „Mich verbinden mit New York nur schlechte Erinnerungen und der Verlust meiner Persönlichkeit."

Gabriela sah Hilfe suchend zu Teresa, doch die schüttelte den Kopf und antwortete leise etwas auf Spanisch. Sie hatte sich stundenlang mit Hester unterhalten und wusste, wie unglücklich die junge Frau in der Großstadt gewesen war.

„Wenn Sean jetzt ohne Sie abreist, bleibt Ihnen nichts als die Erinnerung", stellte Teresa fest. „Wäre er aber in New York bei Ihnen, bedeutete das einen großen Unterschied."

„Selbst wenn Sean mich bittet, mit ihm zu kommen, was er bisher noch nicht getan hat – wer garantiert mir, dass unsere Beziehung andauert oder sich in etwas Beständiges verwandelt? Wie lange hätte ich ihn tatsächlich?"

„So lange, wie Sie beide miteinander glücklich sind", antwortete Gabriela.

So lange, wie wir miteinander glücklich sind ... wiederholte Hester stumm. Sie konnte sogar in New York mit Sean glücklich sein. Aber was passierte, wenn er sie leid wurde? Er brauchte eine Frau mit Pepp und Stil, die den unterschiedlichsten Situationen standhielt. Sie, Hester, war seit zwei Jahren aus der Gesellschaft herausgelöst und verkehrte nur mit einer Handvoll Leute, die selbst vor der Wirklichkeit geflüchtet waren. Wie sollte sie in seinen Kreisen mithalten? Wahrscheinlich wäre sie innerhalb kürzester Zeit wieder ein Nervenbündel wie zuvor. Am Ende würde Sean ihrer überdrüssig, und sie wäre wieder allein. Es schmerzte dann umso mehr, und ihre Einsamkeit wäre noch unerträglicher. Sie würde nicht vor einem Leben flüchten, das sie verabscheute, sondern von einem Mann beiseitegeschoben werden, den sie liebte. Selbst ein tropisches Paradies konnte solche Wunden nicht heilen.

„Hester?" Gabrielas Stimme riss sie aus den Träumereien.

„Weshalb machen Sie ein solch unglückliches Gesicht?"

„Ich glaube, ich liebe ihn", antwortete Hester, und sie dachte, genau deshalb darf ich nicht mit Sean nach New York fliegen.

Lieber wollte sie die Beziehung hier beenden, während er sie noch begehrte, als mit anzusehen, wie er seine Aufmerksamkeit einer anderen Frau zuwandte. „Ich könnte niemals mit ihm gehen", fuhr sie fort. „Außerdem brauche ich nicht darüber nachzudenken, denn er hat noch kein Wort davon gesagt. Und er wird es garantiert nicht tun. Für ihn bin ich nur ein Abenteuer. Er erwartet gewiss nicht, dass sich etwas Beständiges daraus entwickelt. Das passt nicht zu ihm. Schließlich muss er an seinen Schreibtisch zurückkehren."

Hester schloss die Augen und rieb sich die Schläfen. Schon jetzt machte sich die Außenwelt als Verwirrung und Kopfschmerz bemerkbar. An beidem hatte sie seit zwei Jahren nicht mehr gelitten.

„Würden Sie den anderen eine gute Nacht von mir wünschen?", bat sie die beiden Frauen. „Ich bin plötzlich furchtbar müde, und mein Kopf fühlt sich an, als wäre eine Bowlingkugel draufgefallen."

Teresa und Gabriela nickten verständnisvoll.

Hester ging ins Badezimmer, um sich zu waschen. Da die Tür kein Schloss besaß, schob sie ein flaches Stück Holz in eine Spalte am Türrahmen. Diesen Trick hatte sie vor einiger Zeit herausgefunden, als eine stark angeheiterte Seglermannschaft bei ihr im Hotel übernachtete.

Unten gingen Teresa und Gabriela zu ihren Männern und verkündeten, dass sie nach Hause wollten.

„Es ist doch noch früh", wandte Diego ein.

„Nein, Liebling", verbesserte Gabriela ihn. „Es ist schon sehr spät. Wir alten Leute müssen ins Bett." Sie sah ihren Mann vielsagend an.

„Nun, vielleicht hast du recht", stimmte Diego ihr schließlich zu, obwohl er nicht ganz begriff, was vorging.

Teresa hatte bei ihrem Mann mehr Glück. Ein Blick von ihr verriet Ruben, dass es sich tatsächlich so verhielt, wie sie am Vorabend vermutet hatte. Er schlug Sean auf die Schulter.

„Wir sehen uns gewiss noch, bevor Sie abreisen."

„Zweifellos", versicherte Sean und wandte sich an Teresa. „Ist Hester noch in der Küche?"

„Nein", antwortete sie zögernd. „Sie ist nach oben gegangen und hat uns gebeten, allen gute Nacht zu wünschen. Sie war müde und wollte schlafen gehen." Sie beobachtete Seans Gesicht, das erst Verwirrung und dann Zweifel ausdrückte. „Sie sagte etwas von Kopfschmerzen", fügte sie scheinbar unbekümmert hinzu.

„Kopfschmerzen?", fuhr Sean Teresa verärgert an. „Sie sagte, sie hätte Kopfschmerzen?"

Die ältere Frau lächelte befriedigt. „Ja, sogar ziemlich heftige."

Sean wünschte allen rasch eine gute Nacht, eilte die Treppe hinauf, nahm zwei Stufen auf einmal. Kopfschmerzen? Hester hatte den Nerv, ihn mit einer so abgedroschenen Ausrede auf Abstand zu halten? Nach dem, was heute Morgen zwischen ihnen am Strand vorgefallen war? Er würde ihr ganz andere Schmerzen bereiten, aber nicht im Kopf, sondern wesentlich tiefer und akuter. Schmerzen, die nur er lindern konnte.

Ohne anzuklopfen, riss Sean die Schlafzimmertür auf, wollte sich aufs Bett stürzen und Hester küssen, bis sie nicht mehr wusste, wo ihr der Kopf stand. Aber ihr Zimmer, in dem eine Öllampe neben dem Bett brannte, war leer. Das Doppelbett war nicht aufgeschlagen, die rosa Tagesdecke lag noch darüber.

Sean blickte sich um und betrachtete die Einzelheiten. Alles, was Hester etwas bedeutete, ja, alles, was sie besaß, befand sich in diesem winzigen Raum. Das Zimmer war größer als seines, viel gemütlicher und in das goldene Licht der Lampe getaucht. Zahlreiche Bilder von ihr schmückten die Wände. Bücher standen wahllos in den Regalen, ihr Schreibtisch war mit Papieren und Zeitschriften bedeckt. Pflanzen hingen von der Decke, rankten von den Bücherregalen oder wuchsen in mehreren Tonschalen auf dem Boden.

Wie in seinem Zimmer öffneten sich die Flügeltüren zur Veranda. Doch hier verhüllte eine zarte Gardine, die sich leicht in der Abendbrise blähte, den Eingang. Während sein eigenes Zimmer nur Ruhe ausstrahlte, empfand er hier jene einladende Wärme, die einen Teil von Hesters Persönlichkeit ausmachte.

Vorsichtig trat Sean an den niedrigen Toilettentisch, auf dem sich einige typisch weibliche Dinge befanden: Parfüm und Puder, Seemuscheln und Duftsäckchen. Parfüm? Wozu in aller Welt trug Hester auf dieser Insel ein Parfüm?

Er nahm die kleine Glasflasche, öffnete sie und hielt sie unter die Nase. Das Parfüm roch gut – wie Hester. Sie hatte es heute Abend getragen. Für ihn? Rasch schob er den Gedanken beiseite und stellte die Flasche zurück. Nein, wenn sie es für ihn getragen hätte, würde sie sich jetzt nicht vor ihm verstecken. Verflixt, wo war die Frau?

Ein leises Plätschern am Ende des Flurs drang an sein Ohr. Hester wusch sich! Das war ihm sehr recht. Jetzt konnte er sie aus dem Badezimmer ziehen und gleich auf dem Fußboden nehmen. Vielleicht wurde alles doch besser, als er gedacht hatte.

Leise schloss Sean die Schlafzimmertür hinter sich und ging mit einem Lächeln auf den Lippen entschlossen zu dem kleinen Raum am

Ende des Flurs. Er drehte den Türknauf und schob – die Tür rührte sich nicht. Mit wachsender Verärgerung stellte er fest, dass Hester zugeriegelt hatte. Das war zu viel. Er ballte die Faust und trommelte wütend gegen die Tür.

„Hester, lass mich herein. Wir müssen miteinander reden."

Seine tiefe Stimme klang beinahe drohend, und Hester erkannte, dass sie recht gehabt hatte, die Tür zu versperren. „Ich wasche mich gerade, Sean", sagte sie müde. „Ich komm gleich."

„Wir müssen reden."

„Das werden wir auch", versprach sie. „Aber erst brauche ich Zeit zum Nachdenken."

Sean hielt inne. Es kränkte ihn, dass sie ihm auswich, aber er wollte unbedingt zu ihr. „Ich warte in meinem Zimmer", erklärte er. „Du wirst heute Nacht nicht schlafen, bevor du mir nicht ein paar wichtige Fragen beantwortet hast – unter anderem."

Er schwieg einen Moment, Hester dachte, Sean sei in sein Zimmer zurückgekehrt, als sie ihn erneut hörte. Diesmal klang seine Stimme weder überheblich noch drohend, sondern besorgt und unsicher.

„Weshalb sperrst du mich aus?", fragte er leise. „Weshalb hältst du mich von dir fern? Ich werde dir nicht wehtun, Hester. Das könnte ich gar nicht."

„Oh Sean", flüsterte sie zu sich selbst, nachdem sie sicher sein konnte, dass er gegangen war, „wenn ich dir nur glauben könnte!"

6. KAPITEL

Eine halbe Stunde später lehnte Sean, nur mit seiner weißen seidenen Pyjamahose bekleidet, am Verandageländer und trank Rum mit Tonic. Seine Verärgerung gegenüber Hester hatte sich gelegt und war dem Wunsch gewichen, mit ihr darüber zu reden, was zwischen ihnen geschehen war. Plötzlich hörte er ein leises Geräusch aus ihrem Zimmer. Offensichtlich hatte sie ihre abendliche Toilette beendet.

Lautlos schlenderte Sean zu Hesters Verandatür hinüber und zögerte, bevor er eintrat. Durch die leicht geblähte Gardine sah er, dass sie sich für die Nacht zurechtmachte. Sie trug einen kurzen geblümten Kimono, hatte das Haar zusammengebunden, wie bei einer Geisha mit Kämmen befestigt. Er wusste, sie konnte ihn in der Dunkelheit nicht sehen, und schalt sich selbst, dass er sie heimlich beobachtete. Aber etwas hielt ihn davon ab, sich zu erkennen zu geben.

Fasziniert beobachtete er Hester. Er hatte noch nie gesehen, wie eine Frau sich ohne sexuellen Anreiz völlig ungezwungen auf das Bett vorbereitete. Gerade weil sie nicht versuchte, besonders verlockend zu wirken, fand er ihre Bewegungen sehr reizvoll.

Hester summte leise vor sich hin, während sie das Bett aufschlug. Sean keuchte beinahe, als sie den Morgenrock abstreifte und plötzlich nackt dastand. Ihre perfekte Figur zog ihn geradezu magisch an, und er wollte schon eintreten, als er sah, dass Hester einen Schlafanzug im Stil eines Männerhemdes mit einer kurzen weißen Baumwollhose anzog.

Der Gedanke, dass Hester etwas ganz Ähnliches wie er trug, brachte Seans Blut stärker zum Wallen, als jede Frau in Samt und Seide es geschafft hätte. Er fasste sein Glas fester, während sie ihr langes Haar löste und es langsam bürstete. Bei jedem trägen Strich zuckte es in seinem Leib. Vielleicht konnten sie mit dem Reden bis morgen warten. Im Moment hatte er Dringenderes im Sinn.

Hester hatte gerade ihr Haar wieder zusammengebunden, als sie hörte, wie die Eiswürfel in Seans Glas klirrten. Es war ein leises Geräusch, doch Hester entging es nicht in der stillen Nacht, und sie drehte sich zum Fenster. „Sean?", fragte sie ruhig.

Wortlos teilte er die Vorhänge und trat ein. Hesters Wangen waren vor Erwartung gerötet, ihre Brüste hatten sich gestrafft, und die Spitzen zeichneten sich hart unter dem leichten Stoff des Hemdes ab. Sean zuckten die Finger. Zu gern hätte er die verführerischen Rundungen gestreichelt.

„Wie lange bist du schon da draußen?", fragte Hester matt.

„Lange genug."

Ihre Wangen wurden noch heißer. Sie blickte verlegen zu Boden. „Ein Gentleman hätte sich bemerkbar gemacht", erklärte sie steif.

Sean lächelte unbarmherzig. „Du solltest inzwischen wissen, dass ich kein Gentleman bin, Hester. Mit Höflichkeit bin ich nicht dahin gekommen, wo ich heute stehe. Ich nutze jeden Vorteil, der sich mir bietet."

„Wie jetzt", stellte Hester fest.

„Nein", wehrte Sean ab, denn er wusste, dass das in ihrem Fall nicht zutraf. Wäre Hester für ihn nur eine Frau unter vielen gewesen, hätte er sie verführt und wäre anschließend wieder abgereist. Aber sie war nicht irgendwer, und er wollte nicht fortgehen. „Nein, durchaus nicht wie jetzt", versicherte er.

„Das glaube ich dir nicht", antwortete sie und wandte sich ab. „Geh wieder in dein Zimmer, Sean. Lass uns vergessen, was heute Morgen am Strand geschehen ist."

Sofort stand er hinter ihr und stellte sein Glas mit hartem Stoß auf ihren Toilettentisch, sodass etwas Flüssigkeit auf die Platte spritzte. Mit seinen kräftigen Händen fasste er ihre Schultern und drehte Hester zu sich, damit sie ihn ansehen musste. Doch sie weigerte sich immer noch, ihm in die Augen zu sehen.

„Ich kann es nicht vergessen", sagte Sean eindringlich und drückte die Finger verzweifelt in ihre warme Haut. „Und ich will es auch nicht. Ich möchte dich lieben, bis …" Er vollendete den Satz nicht, denn er wollte nicht ans Ende denken. „Ich will mit dir schlafen", wiederholte er und zog Hester sehnsüchtig in die Arme. „Sag, dass du es auch willst."

Hester schüttelte stumm den Kopf und wagte nicht, die Augen zu heben, denn sie fürchtete, sie würde die Selbstbeherrschung verlieren und dem leidenschaftlichen Verlangen nachgeben, das sie erfasst hatte.

„Du kannst nicht leugnen, dass du mich begehrst", warf Sean ihr vor. „Wir wissen es beide. Sag mir, dass du mich begehrst, Hester. Komm schon."

„Nein", flüsterte sie matt.

Sean ergriff ihren Zopf und wickelte ihn um seine Hand. Nicht gerade zärtlich zog er ihren Kopf zurück, bis sie ihn ansehen musste.

„Sag es", drängte er sie. „Du weißt, dass es stimmt."

Hester blickte in Seans blaue Augen, erkannte sein Begehren, das ebenso groß war wie ihres, und aller Widerstand brach zusammen. Obwohl ihr Verstand mahnte, dass es zu einer Katastrophe führen könnte, wenn sie ihren Gefühlen nachgab, siegte ihre Liebe zu Sean. Sie begehrte diesen Mann tatsächlich. Sie wollte ihn in ihrem Herzen, in ihrem Bett und tief in ihrem Schoß fühlen. Eine derartige Sehnsucht befiel sie, dass ihre Stimme nur noch ein leises Flüstern war. „Ich begehre dich, Sean. Ich begehre dich ganz schrecklich."

„Schrecklich?" Sein triumphierendes Lächeln und das siegesgewisse Leuchten in seinen Augen brachten ihr Herz zum Rasen. „Nun, ich werde mein Bestes tun, um es so schrecklich wie möglich für dich zu machen."

Worauf habe ich mich eingelassen? dachte Hester erschrocken. Sie war nicht mehr sie selbst, was Sean betraf. Ein Anflug von Besorgnis brachte ihren Puls ins Stolpern.

Einen Augenblick sah Sean sie an und freute sich über das wollüstige Glühen in ihren Augen. Dann öffnete sie in stummer Bitte die Lippen, und er senkte den Kopf und küsste sie verzehrend. Immer wieder drang seine Zunge ein, tauchte tiefer und erforschte jeden Winkel ihres Mundes. Nur um Atem zu schöpfen, hielt er zwischendurch inne. Anschließend fuhr er mit den Lippen über ihre Stirn, ihre Wangen und ihren Hals. Mit einer Hand hielt er weiterhin ihren Zopf. Mit der anderen glitt er von ihrer Schulter zu ihrer Brust und massierte sie leicht.

Hester erwiderte Seans fieberhafte Liebkosungen ebenso hemmungslos. Sinnlich spielte sie mit seiner Zunge und strich mit den Händen über die festen Muskeln seines nackten Rückens. Sein Körper, so männlich hart, war anders als ihrer und zog sie geradezu magisch an. Sie war ganz versunken in die neuen Entdeckungen, streichelte mit einer Hand seinen Rücken und fuhr mit der anderen in die dunklen Locken auf seiner Brust.

Sean keuchte und löste einen Moment die Lippen von ihrem Mund. „Ja, das ist gut. Es gefällt mir, wie du mich berührst." Er liebkoste weiter eine ihrer Brüste, ließ ihren Zopf los und ergriff ihre Hand, die an seinem Oberkörper ruhte. Während eines besonders verzehrenden Kusses schob er sie tiefer, unter das Gurtband seines Pyjamas.

Hester wollte protestieren, als er ihre Hand langsam zu sich führte. Doch als er keuchte und sie sein befriedigtes Gesicht bemerkte, umschloss sie ihn zärtlich.

„Oh Hester", stöhnte er und zog sie näher. Eine Weile hielten sie sich eng umschlungen. Endlich schob Sean Hester langsam in Richtung Bett und wartete auf eine Aufforderung von ihr, weiterzumachen. Hester ergriff den Saum ihres Pyjamaoberteils, ließ Sean nicht aus den Augen, zog es über den Kopf und warf es zu Boden.

Sean schluckte trocken. „Bist du sicher, dass du bereit bist?", stieß er mit einem letzten Anflug von Edelmut hervor und hoffte inständig, Hester werde es sich nicht anders überlegen. „Bei dir ist es schon lange her."

„Mir ist so was noch nie passiert", antwortete Hester. „Empfindungen, wie du sie in mir weckst, habe ich noch kein einziges Mal erlebt." Zärtlich legte sie die Hand auf seine Brust. „Ich bin mehr als bereit dafür, Sean. So etwas habe ich mir schon immer gewünscht."

Ein weiteres Hindernis fiel ihm plötzlich ein. „Du könntest schwanger werden", warnte er sie. „Für solch eine Situation habe ich nicht vorgesorgt."

„Das macht nichts", antwortete Hester. „Diese Woche kann eigentlich nichts passieren."

„Bist du absolut sicher, dass du es willst?", fragte er noch einmal.

„Was ist los mit dir, Sean? Willst du kneifen?"

Seine Augen funkelten, während er das Taillenband löste und seine Hose zu Boden gleiten ließ. Hesters Puls begann zu rasen, als sie ihn nackt und sehr erregt vor sich sah. Sie streifte ihre Hose ebenfalls ab. Leidenschaftlich zog Sean sie an sich. Sie küssten sich verzehrend und legten sich bebend aufs Bett.

Im flackernden Schein der Öllampe vereinten sie sich. Sean drang nicht so ungestüm ein, wie Hester erwartet hatte, sondern äußerst behutsam und zurückhaltend. Er merkte, wie eng sie war.

Nach und nach gewöhnte sich ihr Körper an ihn, und sie öffnete sich ihm, sodass er tiefer in sie eindringen konnte. Hester keuchte und stöhnte, während Seans Rhythmus schneller und heftiger wurde, bis sie schließlich beide den verzehrenden Höhepunkt erreichten. Anschließend lagen sie eng umschlungen beieinander, atmeten nach und nach ruhiger und flüsterten einander Liebesworte ins Ohr.

Sie dachten, ihr Verlangen wäre gesättigt, als ihr Begehren erneut wuchs, und sie gaben einander mit einer Heftigkeit hin, die sie erstaunte. Die ganze Nacht hindurch liebkosten sie sich, und jedes Mal wurde ihr Liebesspiel erotischer und intensiver. Endlich waren sie beide völlig erschöpft und schliefen, sich in den Armen haltend, traumlos ein.

Hester erwachte als Erste im grauen Licht der Morgendämmerung. Sean hielt sie noch immer besitzergreifend umschlungen. Sie lag mit dem Rücken an seiner warmen Brust, und jeder Schlag seines Herzens erinnerte sie an ihre nicht enden wollende Liebe in der vergangenen Nacht. Er atmete tief und gleichmäßig, schlief noch. Einen Oberschenkel hatte er über sie geschoben und hielt mit seiner großen Hand zärtlich die rechte ihrer Brüste. Nie war Hester so umsorgt, so geliebt worden. Trotzdem wusste sie, dass Sean kein Mann war, der seine Liebe unbekümmert verschenkte. Obwohl er sie in der vergangenen Nacht glücklich gemacht hatte, konnte sie sich nicht vorstellen, dass er heute Morgen ebenso empfand wie sie. Eine Träne rann ihre Wange hinab und aufs Kissen, eine zweite, eine dritte. Sie hatte sich hoffnungslos in Sean verliebt. Irgendwann während der Nacht, inmitten seiner zärtlichen Liebkosungen und Liebesworte, war ihr klar geworden, dass dieses neue, ihr fremde Gefühl tatsächlich Liebe sein musste.

Bei Sean fühlte sie sich begehrenswert und begehrt. Wichtiger noch, er gab ihr das Gefühl, etwas Besonderes zu sein. Über Nacht war sie zu einem empfindungsfähigen Wesen geworden und hatte Seiten an sich entdeckt, von denen sie bisher nichts geahnt hatte. Sie war fähig geworden, zu lieben.

Aber die neue Hester wusste auch, dass Sean in wenigen Tagen in seine eigene Welt – und zu den Frauen, die zu seinem Lebensstil passten – zurückkehrte. Was hielt er jetzt von ihr? Er machte hier Urlaub, erinnerte sie sich. Und sie war hier und mehr als willig gewesen. Weshalb hätte er ablehnen sollen, was sie ihm so freimütig angeboten hatte?

Plötzlich ärgerte sich Hester über sich selbst, weil sie dumm und verletzlich gewesen war und Sean diesen Zustand ausgenutzt hatte. Wütend wischte sie die Tränen ab und weckte Sean dadurch auf.

Er zog sie zu sich heran, liebkoste ihren Hals und küsste ihr Haar. Stumm glitt er mit der Hand von ihrer Brust zu ihrem Bauch und hielt oberhalb der weichen Locken inne.

Hester stockte der Atem. Sie tat, als schliefe sie.

„Ich weiß, dass du wach bist, Hester", flüsterte Sean ihr ins Ohr. Beinahe kindisch fuhr er fort: „Wollen wir noch einmal? Ich kann nicht genug von dir bekommen. Du machst mich süchtig."

Er drehte Hester auf den Rücken, beugte sich über sie und wollte sie küssen. Da bemerkte er die widerstrebenden Gefühle in ihrem Gesicht, eine Mischung aus Leidenschaft, Verärgerung und Trauer.

„Was ist los?", fragte er vorsichtig.

„Nichts", antwortete sie ausdruckslos. „Was möchtest du zum Frühstück?"

„Weich mir nicht aus. Irgendetwas beunruhigt dich. Was ist es?"

„Gar nichts, Sean", fuhr sie ihn an. „Für dich ist doch alles wunderbar gelaufen, nicht wahr? Du hast hier Sonne, das Meer, nette Leute, die mit dir angeln, und sogar ein williges kleines Mädchen im Bett, wenn du es möchtest. Habe ich recht?"

„Wie bitte?" Sean war ehrlich verwirrt und wurde ärgerlich. Er stützte sich auf einen Ellbogen und beugte sich über sie. „Wovon in aller Welt redest du? Wie kannst du nach dem gestrigen Abend aufwachen und mir immer noch böse sein? Was habe ich jetzt schon wieder falsch gemacht?" Seine Stimme klang bei jeder Frage drohender.

„Du hast mich ausgenutzt."

„Dich ausgenutzt?", fuhr Sean ungläubig auf. „Du hast es gewollt wie ich."

„Wirklich, Sean? Habe ich das wirklich gewollt?"

„Das weißt du genau. Du hast mich ja sogar darum gebeten."

Sean hatte sich während des hitzigen Wortwechsels erfolgreich auf Hester geschoben und seine ausgestreckten Arme zu beiden Seiten ihres Kopfes auf das Kissen gestemmt. Seine Brust hob und senkte sich über ihr. Es fehlten nur wenige Zentimeter, um ihren Körper erneut zu einer feurigen Umarmung zu vereinen.

Hester blickte in Seans blaue Augen. Sie liebte sein Haar, das sie mit den Fingern zerzaust hatte, und seine Lippen, die von ihren Küssen gerötet waren. Sie konnte diesem Mann unmöglich länger böse sein.

„Es stimmt", gab sie plötzlich zu und atmete ergeben aus. „Ich wollte dich mehr als alles auf der Welt. Und ich will es immer noch."

Sean entspannte sich ein wenig, blieb aber unsicher, weil ihre Stimmung ständig wechselte. „Weshalb bist du dann so böse?"

„Ich habe Angst, Sean", flüsterte Hester und konnte das Zittern in ihrer Stimme nicht verhindern.

Zärtlich knabberte er an ihren Lippen und bohrte: „Weshalb? Wovor hast du Angst?"

Hester schüttelte stumm den Kopf und schloss die Augen. Wieder rannen Tränen. Wie sollte sie Sean erzählen, dass sie Angst hatte, weil sie zum ersten Mal im Leben liebte – noch dazu einen Mann, der sie in wenigen Tagen verlassen würde? Wie sollte sie ihm ihre Einsamkeit nach seiner Rückkehr nach New York beschreiben? Sie war früher auch allein gewesen, aber damals hatte sie noch nicht gewusst, was ihr fehlte.

Gerührt beobachtete Sean die Tränen, die Hester aus den Augen rollten. Er begriff nicht, weshalb sie so traurig war, obwohl sie erst kürzlich den Höhepunkt menschlicher Gefühle erlebt hatten. Wie sollte er sie trösten, wenn er nicht einmal ahnte, was sie bekümmerte?

Instinktiv legte er sich auf sie, küsste ihr die Tränen fort und nahm ihr Gesicht zwischen seine Hände.

Schon bald erwiderte Hester seine Küsse. Ihr Schmerz verwandelte sich bei jeder Liebkosung stärker in Leidenschaft. Während draußen der Donner rollte und der Regen leise auf die Veranda trommelte, spreizte Sean geschickt Hesters Schenkel, drang ein und beschleunigte seinen Rhythmus, bis das wechselseitige Verlangen sie restlos verzehrte.

Irgendwann während des Morgens zogen sie sich endlich an und gingen in die Küche, um sich ein Frühstück zu bereiten. Der Himmel war immer noch bleiern und wolkenverhangen. Es regnete unablässig.

„Wie oft gibt es hier solch ein Wetter?", fragte Sean, während sie frische Ananas, Papaya und Mangofrüchte aßen.

„Äußerst selten", erzählte Hester. „Besonders in dieser Jahreszeit. Normalerweise regnet es im Sommer."

„Und wie lange wird es dauern?"

„Wer weiß? Der Regen spielt hier verrückt. Mal dauert er eine Stunde, mal einen ganzen Tag."

„Schade …" Sean lächelte schelmisch. „Dann müssen wir ja im Haus bleiben. Aber wir werden schon eine Beschäftigung finden, meinst du nicht auch?"

Hester lächelte zurück. „Ich bin sicher, dir fällt etwas ein", sagte sie.

Nach dem Frühstück gingen sie wieder ins Bett, blieben den ganzen Tag liegen und liebten sich, als wäre es das letzte Mal. Erst als sie völlig erschöpft waren, kehrten sie in die Wirklichkeit zurück.

Sean lag auf dem Rücken und hielt Hester fest an sich gedrückt. Ihr Haar fiel über ihre Schultern aufs Kissen, und er fasste verzweifelt eine blonde Strähne. Unzählige Gedanken gingen ihm durch den Kopf. Was sollte er tun? Die Sonne ging nach einem weiteren Tag im Paradies unter und erinnerte ihn an seine bevorstehende Abreise. In zweiundsiebzig Stunden würde er wieder in New York sein, zurück in seiner Wohnung mit ihrer modernen Einrichtung, zurück bei Freunden, mit denen er einiges gemeinsam hatte, zurück an seinem Schreibtisch bei Duran Industries, wo er wer weiß was vorfand.

Merkwürdig, dass er das elektrische Licht, das Telefon und die Klimaanlage kaum vermisst hatte. Seltsam auch, wie sehr er von Diego und Ruben angetan war – von Hester gar nicht zu reden. Kein einziges Mal hatte er an seine Firma gedacht.

Trotzdem konnte er sich nicht vor seiner Verantwortung in New York drücken. Dann wäre er nicht besser als Vasquez in Rio. Sosehr er Hester mochte, er musste zurück. Die Insel war eine wunderbare Zuflucht, aber sie war nicht der Alltag. Er brauchte die Herausforderung seines Berufes zum Leben. Ihm blieb keine Wahl, er würde am Donnerstag abreisen. Mit diesem Gedanken schlief er ein.

Einige Zeit später erwachte Sean in der Dunkelheit. Hester lag nicht mehr neben ihm. Er suchte nach seiner Pyjamahose und seiner Armbanduhr und zog sich rasch an. Der Regen hatte nachgelassen, aber die Wolken hingen immer noch am Himmel und verdeckten den Mond und die Sterne. Er konnte nicht erkennen, wie spät es war.

Nach einem Blick ins leere Badezimmer stieg Sean die Treppe hinab. Blassgelbes Licht flackerte in der Küche. Es duftete nach frischem Kaffee. Ansonsten von Hester keine Spur. Er schenkte sich ein und schlenderte mit der Tasse in der Hand durch die Halle zur Tür, die zum Strand führte. Er spürte Hester mehr, als dass er sie sah. In der Dunkelheit glich sie einem schwarzen Schatten. Doch in ihrer Hand glitzerte ein winziges Licht.

„Wie spät ist es?", fragte Sean und setzte sich neben Hester in den feuchten Sand.

„Ich weiß es nicht." Ihre weiche Stimme drang durch die Dunkelheit. „Weit nach Mitternacht."

„Also schon Dienstag", stellte er fest. Hester antwortete nicht. Niemand brauchte sie daran zu erinnern, wie schnell die Zeit verging. Bald ging Sean fort.

„Du hast mir immer noch nicht erzählt, wie du aus den Straßen New Yorks an den Strand der Karibik geraten bist", begann Sean und hoffte, endlich eine aufrichtige Antwort zu bekommen.

„Das ist eine sehr lange Geschichte."

„Willst du sie mir nicht erzählen?"

Hester zuckte mutlos mit den Schultern. Sean würde nicht aufgeben, bis sie ihm von ihrer Vergangenheit berichtete.

„Eines Tages wachte ich auf und stellte fest, dass mein Leben ruiniert war", antwortete sie leise. „Deshalb reiste ich ab."

„Hast du nicht ein paar Einzelheiten ausgelassen? Du sagtest gerade, es wäre eine lange Geschichte."

„In New York war mein Leben völlig leer." Hester seufzte ergeben. „Ich arbeitete und arbeitete und besaß weder Freunde noch eine Familie, nicht einmal eine Katze. Und ich verreiste nie. Deshalb ließ ich alles stehen und liegen und kaufte mir ein Flugticket nach St. Croix. Erster Klasse."

Und dafür musste sie alles verkaufen, was sie besaß, und ihre letzten Ersparnisse verwenden, dachte Sean.

„Ungefähr vier Wochen blieb ich in St. Croix", fuhr Hester träumerisch fort. „Ist das eine hübsche Insel! Kennst du sie?"

„Ich habe dort während meiner Collegezeit die Osterferien mit ein paar Freunden verbracht."

Das passt, dachte Hester spöttisch. Laut sagte sie: „Es war wunderbar. Ich sonnte mich am Strand. Und bekam einen Pass", fügte sie stolz hinzu. „Das war ein großer Augenblick in meinem Leben."

Als der Mond endlich hinter einer Wolke hervorkam, sah Sean den sehnsüchtigen Ausdruck in Hesters Gesicht. Das musste ein gewaltiger Unterschied in ihrem früheren Leben gewesen sein. Von der schmutzigen, gefährlichen New Yorker Innenstadt, wo Schrecken und Hoffnungslosigkeit herrschten, zu einer idyllischen Insel in einem kristallklaren Meer, wo die Sonne immer schien und ständig eine angenehme warme Brise wehte. Kein Wunder, dass sie nicht nach New York zurückkehrte.

„Nun ja", sprach Hester weiter und riss sich aus der Träumerei. „Eines Tages heuerte ich ganz impulsiv auf einer gecharterten Jacht an, die nach Tobago wollte. Wir übernachteten hier, und am nächsten Morgen fuhren die anderen ohne mich ab."

„Du bist ohne Weiteres von Bord gegangen?", fragte Sean ungläubig. Solch spontanes Verhalten war ihm ein Rätsel. Er konnte sich nicht vorstellen, sein Leben zu verändern, ohne diesen Schritt wochen-, ja, monatelang vorzubereiten.

„Diego suchte jemanden für das Hotel", erklärte Hester. „Und ich brauchte einen Job. Das passte fabelhaft. Außerdem kann dir jeder bestätigen, dass ich keine großartige Seglerin bin. Die Mannschaft war nicht besonders traurig, dass ich sie verließ", fügte sie ehrlich hinzu.

„Diego hat dich sofort eingestellt?" Sean sah sie verständnislos an. „Hat er deine Referenzen nicht überprüft? Wollte er nicht wissen, wo du in New York gearbeitet hattest? Konntest du denn auf Erfahrung in der Leitung eines Hotels zurückgreifen?"

Hester lachte auf. „Beruhige dich, Sean. Ich sagte doch, hier sieht man die Dinge nicht so eng. Diego, Gabriela und ich haben uns auf Anhieb verstanden. Sie brauchten keine Zeugnisse von mir. Diego spürte mit seinem Schriftstellerinstinkt, wie er es nennt, meine Eignung für die Stelle. Ich suchte Abgeschiedenheit und Ruhe, und dafür war das Hotel genau richtig."

„Deshalb überließ er dir ohne Weiteres die Arbeit?"

Hester nickte. „Außerdem, was hätte ich denn stehlen oder unterschlagen sollen? Hierher kommen selten Gäste. Das Hotel steht auf dem Gelände, das Diego von General Morales gekauft hatte, und er brauchte jemanden, der sich darum kümmerte. Das war alles. Er ist Schriftsteller und kein Manager. Ich glaube, er hat das Hotel nur instand gesetzt, weil er den Gedanken nicht ertrug, ein so hübsches Gebäude verfallen zu lassen."

„Und seit wann sind die anderen hier?", fragte Sean und wollte mehr über die neuen Freunde erfahren.

Hester war erleichtert, keine weiteren Fragen über ihr bisheriges Leben beantworten zu müssen. „Von den Biologen habe ich dir ja schon erzählt. Diego und Gabriela kamen vor etwa zehn Jahren aus Miami. General Morales und Teresa, denen die Insel gehört, verkauften ihnen ein Viertel des Landes, um Gesellschaft zu haben."

„Und Desmond?"

„Desmond ist mir ein Rätsel. Er spricht nicht viel über sich, aber ich habe das Gefühl, er hat eine Tragödie hinter sich, etwas, das ihn veranlasste, hierherzukommen – entweder, um allem zu entgehen, oder um damit fertigzuwerden. Er ist ein Freund von General Morales. Wo sie sich kennengelernt haben, entzieht sich meiner Kenntnis. Beide schweigen sich darüber aus. Er weiß eine Menge über Maschinen aller Art, besonders über Flugzeuge. Keine Ahnung, wo er das gelernt hat."

„Ja, auch mich hat sein Wissen beeindruckt. Er entdeckte den Fehler bei meinem Flugzeug im Handumdrehen. Dabei ist es ein ziemlich neues Modell. Die Zeitungen haben noch nicht viel darüber berichtet."

„Ich sagte ja, er ist mir ein Rätsel."

Hester erzählte, was sie sonst noch über die Insel wusste. Ausführlich beschrieb sie das herrliche Haus der Morales am anderen Ende der Insel. Dann sahen Sean und sie zu, wie die Sonne aus dem Meer stieg und den Himmel mit sanften Rosa-, Orange- und Gelbtönen überzog, bis er schließlich leuchtend blau war.

„Und ich dachte immer, Broadway-Shows wären besonders spektakulär", sagte Sean ehrfürchtig.

Donnerstagmorgen, in achtundvierzig Stunden, würde er abreisen. Eigentlich musste er froh sein, dass er bald in sein geliebtes New York zurückkehren konnte. Weshalb packte ihn Entsetzen bei dem Gedanken, seine Freiheit in zwei Tagen einzubüßen? Weshalb kehrte er nur widerwillig zu seiner Arbeit und zu seinem gewohnten Lebensstil zurück, zu dem Leben, das er brauchte, um sich wohlzufühlen?

Sean fragte sich besorgt und verunsichert, ging er dahin zurück, wo er vorfand, was er am meisten im Leben brauchte und begehrte, oder ließ er genau das hier zurück?

7. KAPITEL

Hester und Sean saßen noch nebeneinander am Strand, genossen die Sonne und freuten sich an der gegenseitigen Gesellschaft, als zwei Reiter in der Ferne auftauchten.

„Das sind der General und Teresa", sagte Hester. „Sie reiten jeden Tag aus."

Sie ging ins Hotel, um eine Kanne Eistee zuzubereiten. Wenig später trat sie mit einem Bambustablett voller Erfrischungen wieder hinaus und setzte es auf einen Klapptisch unter einer Palme.

„Guten Morgen, Hester und Sean", begrüßte der General sie freundlich. „Ist es nicht ein schöner Tag nach dem gestrigen Regen?"

„Wunderbar", stimmte Sean ihm zu und warf Hester einen vielsagenden Blick zu. Sie trug wieder ihre kakifarbenen Shorts und das Bandeauoberteil und hatte das Haar mit einem Goldband zu einem langen Pferdeschwanz gebunden.

Hester errötete und sah Teresa an, die wissend lächelte. „Ich habe Eistee zubereitet und ein bisschen Obst mitgebracht", sagte sie. „Nach Ihrem Ritt können Sie sicher etwas Kühles vertragen. Für die Pferde ist Wasser in der Tränke."

Während General Morales mit den Tieren zur Tränke hinüberging, die vor beinahe einhundertfünfzig Jahren gleichzeitig mit dem Gebäude angelegt worden war, wandte sich Teresa an Sean.

„Haben Sie während Ihres Aufenthaltes hier genügend Abwechslung gefunden?", fragte sie. Sean hatte den Eindruck, dass sie ihm dabei zuzwinkerte. „Unsere kleine Insel muss im Vergleich zu New York City doch furchtbar langweilig und zurückgeblieben sein."

„Im Gegenteil", erklärte Sean, „ich habe alle möglichen faszinierenden Dinge entdeckt. Gestern Abend hat mir Hester einiges über die Geschichte der Insel erzählt. Es war höchst interessant."

„Schade, dass du so schnell wieder fortmusst, Sean", sagte Hester plötzlich. „Du solltest dir das große Haus der Morales' ansehen. Auch das Innere der Insel. Wir sind am Strand geblieben, obwohl es auch anderswo einige wirklich hübsche Plätzchen gibt."

„Danke, aber ich habe auf dem Weg von der Landebahn zum Hotel schon mehr vom Dschungel gesehen, als mir lieb war", murmelte Sean trocken.

„Ja, aber damals warst du viel zu warm angezogen und musstest außerdem dein schweres Gepäck tragen", erinnerte Hester ihn. „Gar nicht zu reden von deiner miserablen Laune an jenem Tag."

Ich war am Freitag wirklich schlecht gelaunt, erinnerte Sean sich. Kaum zu glauben angesichts der Tatsache, in welch einer Hochstimmung er sich seitdem befand.

„Machen Sie doch heute eine Tour über die Insel", schlug Teresa vor.

„Wie denn?", wollte Hester wissen. „Zu einem Fußmarsch muss man am frühen Morgen aufbrechen. Jetzt ist es dafür zu warm."

„Nehmen Sie die Pferde", bot die ältere Frau an. „Gönnen Sie ihnen ein wenig Ruhe und reiten Sie anschließend los."

„Aber was werden der General und Sie tun?"

„Ich gehe fischen", antwortete General Morales, der in diesem Augenblick zurückkehrte. „Ich darf doch Ihr Angelgerät benutzen, nicht wahr?"

„Und ich hole mir ein Buch aus der Bibliothek", fügte Teresa hinzu.

Hester wandte sich dem Mann an ihrer Seite zu. „Was hältst du davon, Sean? Kannst du reiten?"

Sean sah sie an und erklärte selbstgefällig: „Ich habe es als Junge in einer sehr elitären Reitschule in New Hampshire gelernt. Was ist mit dir? Kannst du dich auf einem der Pferderücken halten?"

Hester antwortete ebenso selbstgefällig: „Ich lernte es von einem hochdekorierten Offizier der venezolanischen Kavallerie. General Morales hat es mir beigebracht."

„Sie kommen sicher gut zurecht", erklärte der General und legte beiden väterlich eine Hand auf die Schulter. „Habe ich eben etwas von Eistee gehört?"

„Bedienen Sie sich", forderte Hester ihn und seine Frau auf.

Die vier blieben den ganzen Morgen zusammen. Kurz nach Mittag holte Hester ihre Baseballkappe und ihre Sonnenbrille und setzte sich auf Teresas graue Bianca.

„Ziehst du zum Reiten keine Schuhe an?", fragte Sean sie vom Rücken des schwarzen Hengstes, der dem General gehörte und den Namen Bolivar trug.

„Ich habe seit zwei Jahren keine Schuhe mehr getragen", antwortete Hester nachsichtig. „Meine Füße hielten das wahrscheinlich gar nicht mehr aus."

„Aber wenn wir in den Dschungel reiten wollen …"

Hester zeigte sich gerührt über Seans Fürsorge. Reizvoll lächelnd versicherte sie ihm: „Vertrau mir, es ist alles in Ordnung. Ich gehe immer barfuß in den Dschungel."

Sean runzelte missbilligend die Stirn, entgegnete aber nichts. Er selbst trug modische Tennisschuhe zu seinen weißen Shorts, ein rotes T-Shirt und eine teure Sonnenbrille.

Er wirkt immer noch wie ein Geschäftsmann auf Urlaub, dachte Hester. *Wahrscheinlich kann er sich nie ganz von seinem Beruf befreien.*

Langsam ritten sie am Strand entlang, während das warme Wasser der Karibik die Pferdehufe umspielte.

Die Franzosen waren am Ufer und waren gerade nach Proben getaucht.

„Hallo, Hester", begrüßte Jean-Luc sie erregt und mit funkelnden blauen Augen. „Ich habe zwei fabelhafte Exemplare der Dipleura und der Madrepora gefunden. Die muss ich Ihnen unbedingt zeigen."

„Das ist ja fabelhaft, Jean-Luc!", rief Hester aus. „Jetzt können Sie Ihre Untersuchungen über die Korallen endlich vertiefen und die Erkenntnisse in Ihre Doktorarbeit aufnehmen."

„Ja, es sind beides Prachtexemplare", erklärte der junge Franzose stolz. „Ich werde sofort beginnen, ihr Verhalten zu studieren."

Seans Lippen wurden schmal, während Hester und der junge Student sich ausführlich unterhielten. Ein Anflug von Eifersucht durchzuckte ihn bei dem Gedanken, dass er bald wieder fort war und Jean-Luc blieb und weiterhin Hesters Gesellschaft genießen konnte. Er war noch nie auf jemanden eifersüchtig gewesen, und Jean-Luc war ein ganz junger Mann, ein Student ohne Arbeit, ohne gesellschaftliche Beziehungen und vermutlich auch ohne Geld und anderen materiellen Besitz. Trotzdem hätte er gern den Platz mit ihm getauscht. Der Gedanke ließ ihn den ganzen Tag nicht los.

Hester und Sean verließen die Taucher und schlugen einen Weg ins Innere der Insel ein. Während sie tiefer in den Dschungel ritten, wurde die Luft schwüler, und die Sonne drang nur noch selten durch das Laub. Die Geräusche waren gedämpft und dennoch laut. Urwaldvögel protestierten gegen die beiden Eindringlinge in ihr Revier, ihr schriller Gesang mischte sich mit makabrem Gelächter. Die grünen Blätter mancher Bäume waren so groß und dick, dass man sie als fliegende Teppiche hätte benutzen können. Der Dschungel roch wie das Leben, aromatisch und beißend, üppig und stark.

Sean atmete tief durch und hatte das befreiende Gefühl, endlich die restliche Stadtluft aus seinen Lungen zu vertreiben.

„Wohin führt dieser Pfad?", fragte er, nachdem sie eine Weile in kameradschaftlichem Schweigen dahingeritten waren.

„Am Ende zu dem Haus der Morales'. Aber ich möchte dir eine Stelle am Weg zeigen", antwortete Hester.

„Ist dies die einzige Autobahn der Insel?"

Hester sah Sean über die Schulter an und lächelte. „Nein. Es gibt hier zwei – hm – Straßen. Das ist wohl der beste Ausdruck dafür, auch wenn es kaum mehr als Pfade sind. Diese führt ungefähr von Norden nach Süden, und die andere kreuzt die Insel von Osten nach Westen. Die ostwestliche Straße ist ein bisschen überwachsen, weil sie kaum benutzt wird. Diese nehmen der General und Teresa dagegen ziemlich regelmäßig, wenn sie mich besuchen. Am dichtesten ist die Insel im Südosten bewachsen. Desmond lebt in der Nähe der Kreuzung der beiden Straßen. Aber er kommt immer über den Pfad von der Landebahn zum Hotel, den du ja kennst."

„Das Verkehrssystem besteht also aus zwei Straßen und einem Pfad", stellte Sean fest.

„Angesichts der Tatsache, dass zwei Menschen gleichzeitig zu Pferde die höchste Verkehrsdichte bilden, würde ich sagen, das ist mehr als genug."

„Richtig."

Während sie weiterritten, korrigierte Sean seine frühere Vorstellung vom Urwald. Hier war es tatsächlich sehr hübsch und ebenso friedlich wie am Strand. Wie hatte er den Dschungel als bedrohlich empfinden können? Ihn hatte es schon am Beginn der Menschheit gegeben, als die Menschen noch mit den Elementen ums Überleben kämpften und es vor allem darum ging, Nahrung gegen den Hunger zu beschaffen und Kinder zu zeugen, um die Nachkommenschaft zu sichern.

Kinder zeugen … Sean lächelte und blickte lüstern auf Hesters wohlgeformten Po, der sich vor ihm rhythmisch auf Biancas Rücken bewegte. Das hätte ihm garantiert auch gefallen. Vor allem mit Hester. Sie wäre eine großartige Mutter, überlegte er und erging sich weiter in seinen ungewohnten Fantasien. Er konnte sie sich gut mit einem gewölbten Leib und in einem jener niedlichen Umstandsoveralls vorstellen, die er neuerdings häufig bei schwangeren Frauen bemerkte.

Aber Hester hatte gesagt, es bestünde zurzeit keine Gefahr, dass sie schwanger werde. Sean wusste selbst nicht, weshalb – aber tief im Innern bedauerte er es. Er wunderte sich immer noch über diese verwirrende Erkenntnis, als Hester ihn über die Schulter rief.

„Hier machen wir eine kleine Pause, damit die Pferde sich ausruhen können", erklärte sie, während sie von der Stute stieg. „Ich möchte dir einen wunderschönen Platz zeigen."

Sean stieg ab und führte Bolivar zu dem Baum, an dem Hester Bianca festband. Hesters Gesicht war von der Hitze gerötet. Strähnen hatten sich aus ihrem Haar gelöst und umrahmten ihr Gesicht unter der Baseballkappe. Sean konnte nicht widerstehen. Er legte seine großen Hände an ihren Nacken, bog ihren Kopf mit den Daumen zurück und küsste sie. Es war ein sehnsüchtiger, vielversprechender Kuss, der besagte, dass viel zu viel Zeit vergangen war, seit sie sich das letzte Mal liebkost hatten.

Anschließend zitterten Hester die Knie. Sie glühte vor Verlangen. „Wie kann ich dich schon wieder begehren …", begann sie. „Ich meine, nach den vielen Malen …"

„Ich verstehe schon", unterbrach Sean sie und zog sie fest in seine Arme. „Mir geht es genauso."

Sie hielten sich eine ganze Weile umschlungen, dann nahm Hester Seans Hand und führte ihn durch eine schmale Lichtung ins Unterholz.

„Wohin bringst du mich?", fragte er und folgte ihr nur zögernd. „Auf einen alten Voodoo-Friedhof, wo du deinen Zauber noch stärker auf mich ausüben kannst?"

„Was redest du da?", murmelte Hester und bahnte sich einen Weg durchs Dickicht.

„In Gedanken stell ich dich mir immer als Elfe oder Nymphe vor", gestand er.

„Wie bitte?"

„Sieh dich doch an", verteidigte sich Sean. „Wie du aussiehst und wie du angezogen bist – immer scheinst du Blumen an dir oder an deinen Kleidern zu haben. Du bist so sehr ein Teil deiner Umgebung, dass es schwerfällt, dir zu glauben, du stammst aus den Straßen von New York."

„Das ist ein nettes Kompliment, Sean. Danke." Hester errötete. Sie war es nicht gewohnt, dass man sie lobte. „Ich wünschte, du hättest recht. Leider bin ich ebenso wenig ein Naturkind wie du." Plötzlich fiel ihr seine Bemerkung wieder ein. „Nymphe hast du gesagt?"

Sean räusperte sich heftig. „Ja, du weißt doch: diese Wesen, die nackt und wollüstig neckend durch den Wald geistern oder im Meer schwimmen. Und sich sehr für sterbliche Männer interessieren."

Hester legte den Kopf auf die Seite. „Ich verstehe, dass du einige Übereinstimmungen erkennst."

Während sie weiter durch den Urwald drangen, bewunderte Sean Hester erneut. *Sie muss ein Chamäleon sein, dass sie sich so vollständig dem neuen Leben anpassen konnte.* Eigentlich hatte er nicht die Absicht gehabt, sie noch einmal nach ihrem Leben in New York zu fragen, denn offensichtlich wollte sie nicht gern darüber reden. Aber bevor er sichs versah, hatte er die Frage laut ausgesprochen.

„War das Leben in New York für dich sehr schlimm?"

Hester schwieg einen Moment. Im Grunde wunderte sie sich nicht, dass ihre Unterhaltung diese Wendung genommen hatte. „Nicht schlimmer als das manch anderer Leute", antwortete sie.

„Erzählst du mir davon?", bat Sean. „Ich möchte es wirklich gern wissen."

Hester überlegte einen Moment. Von der Beschreibung ihrer Kindheit konnte Sean unmöglich auf ihre Stelle bei Thompson-Michaels und ihre Flucht aus der Firma schließen. „Ich habe meine Mutter nie gekannt", begann sie. „Sie war erst fünfzehn, als ich geboren wurde, und lief kurz nach meiner Geburt davon. Meine Großmutter, eine Witwe, die ihren Mann vermutlich ins Grab gebracht hatte, zog mich auf."

Als Sean nichts sagte, fuhr Hester fort und versuchte, gleichmütig zu bleiben und keine Verbitterung über die Vergangenheit durchklingen zu lassen.

„Lydia – so nannte ich meine Großmutter – war keine nette Frau. Sie trank und lebte von der Wohlfahrt. Sie schimpfte viel mit mir, strafte mich aber nie körperlich, weswegen mich meine Freunde beneideten. Fast alle liefen ständig mit irgendwelchen hässlichen blauen Flecken und verrenkten Gliedern herum."

„Entsetzlich", murmelte Sean.

„So war das Leben in meiner Nachbarschaft, und so sieht es für viele Leute noch heute aus. Nun ja, mit zehn Jahren trat ich einer Bande älterer Kinder bei; die meisten waren schon zwölf oder dreizehn. Wir schwänzten die Schule, ohne dass es jemand merkte, und ich fing an zu rauchen und beging einige Straftaten – meistens Ladendiebstähle, leichtere Delikte, in die viele andere Kinder verwickelt waren."

„Auch schwere Delikte?", wagte Sean kaum zu fragen. Er war sich nicht sicher, ob er die Antwort auch hören wollte.

„Drogen, Erpressung, Einbruch, sogar Prostitution", erklärte Hester.

Sie bemerkte seinen erschrockenen Blick, und er tat ihr leid. Natürlich war das alles schrecklich, aber sie war damit aufgewachsen und konnte sachlich darüber reden. Sean dagegen hatte die Kindheit in teuren Privatschulen und Reiterferiencamps verbracht. Zwar mussten sich auch manche reichen Kinder mit Alkohol- und Drogenproblemen ihrer Eltern und Freunde auseinandersetzen, aber normalerweise nicht so früh und nicht so extrem wie die Straßenkinder. Und gewiss war keiner von Seans Schulfreunden kriminell geworden, zumindest nicht vor Abschluss des College, und dann vermutlich höchstens am Schreibtisch.

„Oh Sean, bitte entschuldige", sagte Hester und ergriff seine Hand. „Ich wollte dir die Laune nicht verderben, aber du hast selbst danach gefragt."

„Kein Wunder, dass du von allem fortwolltest." Er seufzte. „Tut mir leid, dass du so viel durchmachen musstest. Ich wünschte, ich hätte dich schon damals kennengelernt."

„Zum Glück hast du es nicht." Trotzdem rührte es sie, dass er sich Gedanken um sie machte. „Wechseln wir das Thema. Sieh mal, dies wollte ich dir zeigen."

Sie hatten den Dschungel verlassen und standen am Ufer eines kleinen Gartenteiches. Das Wasser war glasklar und türkis und still wie in einer Badewanne. Blütenweißer Sand umgab ihn, weich wie Pulver. Auf der anderen Seite befand sich eine Öffnung im Dschungel, durch die das Wasser zwischen den Bäumen verschwand.

„Was ist das?"

„An der Südwestseite der Insel befindet sich eine Lagune", erklärte Hester. „Davon geht eine kleine Wasserstraße ab, beinahe ein Fluss, die in diesen Teich mündet. Dies ist der schönste Platz der Welt zum Schwimmen." Einladend nahm sie die Baseballkappe und die Sonnenbrille ab.

„Worauf warten wir noch?", fragte Sean und zog sein Hemd und seine Tennisschuhe aus.

Beim Anblick von Seans nackter Brust und den dunklen Locken, die unter seinem Hosenbund verschwanden, begann das Blut in Hesters Adern schneller zu fließen. Sean schien die Wirkung zu spüren, die er auf seine neue Freundin ausübte, und lächelte.

Dieses Spiel kann man auch zu zweit treiben, dachte Hester verschmitzt. „Hast du schon einmal nackt gebadet, Sean?", fragte sie und griff sich auf den Rücken, um ihr Oberteil zu öffnen.

345

Seans Lächeln erstarb, und seine Augen begannen zu glühen, als er erkannte, was sie vorhatte. „Nein", antwortete er rau, „aber diese Woche mache ich ja lauter neue Erfahrungen, nicht wahr?"

Er ließ Hester nicht aus den Augen, während sie ihre Brüste enthüllte und das Oberteil achtlos in den Sand fallen ließ, wozu sie verführerisch lächelte. Sean spürte, wie er sich beim Anblick ihres nackten Oberkörpers erregte. Seine Finger zuckten. Wie gern hätte er diese gebräunten Brüste umschlossen und die hoch aufgerichteten Spitzen gestreichelt!

Stattdessen blieb er regungslos stehen, während Hester mit ihrem Striptease fortfuhr. Geschickt öffnete sie die Knöpfe ihrer Shorts. Seans Herzschlag beschleunigte sich bei jedem geöffneten Knopf. Als die Shorts zu ihren Fersen hinabfielen und sie nur noch einen knappen Slip trug, konnte er kaum noch klar denken.

Hester sah seine Reaktion und freute sich, welch eine Macht sie über Sean hatte, bekam jedoch gleichzeitig ein wenig Angst. Wenn er jetzt schon so stark auf sie reagierte, wie würde er sich verhalten, wenn sie ihn berührte?

„Gehen wir schwimmen", schlug sie atemlos vor, denn sie wollte die Vorfreude darauf, dass sie erneut eins wurden, verlängern. Rasch streifte sie ihren Slip ab und sprang in das ruhige Wasser des Salzwasserteichs. Sie schwamm bis zur Mitte und tauchte unter, damit das blaugrüne Wasser ihre erhitzte Haut kühlte.

Als sie hochkam, war Sean unmittelbar vor ihr. Sein schwarzes Haar glänzte nass, und seine Augen wirkten blauer als je zuvor. Während Hester das Wasser bis zum Hals reichte, ging es ihm nur bis zum Oberkörper. Winzige Tropfen glitzerten in seinem dichten Brusthaar, und kleine Bäche rannen langsam seine muskulösen Arme hinab. Hester entdeckte ein paar Sommersprossen auf seinen inzwischen leicht gebräunten Schultern.

Wie kann ein Mann nur so atemberaubend sein? fragte sie sich. Durch das klare Wasser erkannte sie, dass er ebenfalls nackt war. Ein Schauer durchrieselte sie, als Sean einen Schritt auf sie zutrat und seine Hand auf ihre Brust legte.

Dieses Liebesspiel im Gezeitenteich war ungeheuer erotisch. Die Bewegung des Wassers schien ihre empfindsame Haut noch stärker anzuregen. Ihr schwirrten die Sinne, und sie schloss die Augen, um sich auf Seans Liebkosungen zu konzentrieren.

Eindringlich betrachtete Sean Hesters nackten gebräunten Körper, der im Gegensatz zu seinem rund und weich war. Durch das klare Wasser zeigte sich deutlich seine wundervolle Schönheit. Noch nie war ihm eine Frau begegnet, die er unablässig anschauen konnte, ohne einen einzigen Makel an ihr zu finden.

Bei anderen Frauen fragte er sich häufig, wie sie ohne Make-up oder teure Kleider aussehen mochten und ob sie vielleicht etwas zu verbergen hätten. Bei Hester brauchte er sich solche Fragen nicht zu stellen. Sie war offen und ehrlich und wollte ihm nichts vormachen. Wann hatte er das letzte Mal jemanden getroffen, dem er derart bedingungslos vertrauen konnte? Er erinnerte sich nicht.

Während Hester begehrenswert im Wasser stand und sich nicht rührte, fühlte Sean sich unwiderstehlich zu ihr hingezogen. Instinktiv trat er näher und berührte zärtlich ihre Brüste.

„Hester", stöhnte er, „ich begreife nicht, was du mit mir machst. Du brauchst mich nur anzusehen, und schon verliere ich den Verstand." Er umschloss ihre Brüste fester, strich mit den Daumen über die rosigen Spitzen und beobachtete entzückt, wie sie hart wurden und sich unter seiner Liebkosung aufrichteten. „Ich könnte dich ewig streicheln. Du bist so weich, so vollkommen."

„Nein, nicht vollkommen", verbesserte Hester ihn und hielt sich an seinen Schultern fest. Ihre Knie wurden von den Empfindungen, die sie bei seinen Liebkosungen durchströmten, weich.

Sean zog sie näher, senkte den Kopf und nahm eine ihrer festen Brustspitzen zwischen die Lippen. Mit der Zunge setzte er fort, was er mit der Hand begonnen hatte.

Seine süße Quälerei brachte Hester an den Rand des Wahnsinns. Sie warf den Kopf zurück und ließ sich von dem Feuer verzehren, das in ihr loderte.

Sean glitt mit der freien Hand über ihr Rückgrat, umfasste ihren Po, um sie eng an seinen Unterleib zu ziehen. Hester keuchte, sobald sie merkte, wie erregt er war. Sie schlang die Beine um seine Taille und lud ihn instinktiv ein, ihren Körper in Besitz zu nehmen.

„Merkst du, was du mir antust?", flüsterte Sean. Er hob den Kopf, streichelte aber weiterhin ihre Brust und ihr Gesäß. Schließlich nahm er ihre Hand von seiner Schulter und legte sie auf sein Glied.

Hester öffnete die Augen und erschrak über die heftige Leidenschaft in Seans Gesicht und das Ausmaß, das ihr wachsendes Verlangen füreinander erreicht hatte.

„Es ist wirklich beängstigend, nicht wahr?", sagte Sean, ihren Schreck bemerkend. „Hier draußen im Dschungel ähneln wir zwei Tieren, die nur von ihren Instinkten beherrscht werden." Er küsste sie heftig. „Mach den Mund auf, Hester", forderte er sie auf und senkte erneut den Kopf. Immer wieder drang er mit der Zunge zwischen ihre Lippen und tief in jeden Winkel ihres Mundes und streichelte gleichzeitig ihre Brust. „Ja, gut", keuchte er an ihrer Wange, bevor er sie wiederum küsste und ein Liebesspiel mit ihrer Zunge begann.

„Sean, bitte!", rief Hester, als sie endlich die Lippen von ihm lösen konnte.

„Was ist?", drängte er sie. „Sag mir, was du möchtest!"

„Ich möchte dich in mir fühlen", antwortete sie außer Atem.

Sean zögerte. Er dachte daran, dass sie ungeschützt war.

„Bitte, Sean", wiederholte Hester eindringlich. Sie war viel zu sehr von der Hitze des Augenblicks gefangen, um sich Gedanken wegen seines Zögerns zu machen. „Lieb mich – jetzt."

Sie legte die Hand wieder auf seine Schulter und lockerte die Beine etwas, damit er leichter eindringen konnte. Ihre Bewegung, die geröteten Wangen, die geöffneten Lippen und die glänzenden Augen ließen Sean alle guten Absichten vergessen. Mit beiden Händen umschloss er ihren Po und drang tief in sie ein.

Hester presste die Finger in seine warme Haut, und sie schrien beide auf. Mit jedem rhythmischen Stoß drang Sean tiefer, bis sie das Gefühl hatten, wirklich eins geworden zu sein. Endlich löste sich Seans Spannung, und Hester erreichte unmittelbar darauf den Höhepunkt. Sie klammerte sich an Sean und rang nach Atem.

„Sean, ich liebe dich", hätte sie ihm beinahe gestanden, hielt sich aber im letzten Moment zurück. Das hätte gerade noch gefehlt, überlegte sie. In zwei Tagen ist Sean fort. Auf keinen Fall darf er mich als liebeskrankes Strandhäschen in Erinnerung behalten.

Nachdem sich ihr Herzschlag beruhigt hatte, hob Sean Hester auf die Arme und trug sie ans Ufer. Er streckte sich neben sie in den Sand, barg ihren Kopf in einer Hand und legte die andere flach auf ihren Bauch. Schon wärmte die Sonne ihre Haut. Sein Blick glitt hinab zu den nassen schwarzen Locken.

Hester hob eine Hand zu seinem Gesicht und zog zärtlich seine Wangenknochen und seine Lippen mit dem Zeigefinger nach. Seufzend schloss Sean die Augen.

„Woran denkst du?", fragte sie, nachdem sie beide eine Weile geschwiegen hatten.

Widerstrebend öffnete er die Augen und sah bekümmert aus. „Ich musste gerade daran denken, wie schwer es mir fallen wird, am Donnerstag wegzufahren."

Hesters Lächeln erstarb. Sie hatte versucht, nicht an Seans bevorstehende Abreise zu denken. „Dann fahr doch nicht", schlug sie vor. „Bleib hier auf der Insel."

Er lachte bitter. „Das wäre zwar nett, aber völlig unrealistisch. Ich habe zu viele Verpflichtungen. Die kann ich nicht ohne Weiteres im Stich lassen."

„Natürlich kannst du das. Ruf deine Schwester und deinen Schwager an und teile ihnen mit, dass du nicht zurückkommst."

„Wenn es so einfach wäre! Ich erwarte nicht, dass du den vollen Umfang meiner Verantwortung für Duran Industries begreifst. Du kannst dir nicht vorstellen, welche Probleme auftauchen würden, wenn ich meine Arbeit von einem Tag zum anderen im Stich ließe."

Vielleicht doch! hätte Hester beinahe geantwortet. Aber etwas hielt sie zurück. Wie würde Sean reagieren, wenn er erfuhr, dass sie ebenfalls alles stehen und liegen gelassen hatte? Gewiss wäre er von ihr enttäuscht, und das nach all ihren gemeinsamen Abenteuern. Weshalb sollte sie derartige Gefühle fördern? Viel besser war es, zu schweigen und die restliche Zeit zu zweit zu genießen. Sean sollte sie als sein Naturkind auf einer paradiesischen Insel in Erinnerung behalten – und nicht als gescheiterte leitende Angestellte.

Während sie nebeneinander im Sand lagen und sich von der Nachmittagssonne bescheinen ließen, dachte Sean daran, was Hester ihm von ihrer Kindheit erzählt hatte. Kein Wunder, dass sie nicht wieder nach New York wollte.

Er musste mehr über ihr Leben wissen und vor allem den wirklichen Grund für ihre Flucht aus der Stadt erfahren. Deshalb stützte er sich auf einen Ellbogen und sah Hester an.

„Was hat dich veranlasst, New York zu verlassen?", fragte er und hoffte, er erhielte diesmal nicht nur einen Hinweis auf das schlechte Wetter. „Was war der eigentliche Grund? War etwas vorgefallen, oder kamen viele Dinge zusammen?"

Hester öffnete die Augen und überlegte verzweifelt, wie sie die Wahrheit umgehen könnte. Sie wollte sich nicht mit Sean streiten, und sie ahnte, dass es unweigerlich dazu kommen würde, wenn sie ihm ihr Verhalten gegenüber Thompson-Michaels gestand. Deshalb antwortete sie ausweichend: „Ich wollte nicht mehr so leben. Da sind wohl viele

Sachen zusammengekommen: Ich hatte keine Familie, keine richtigen Freunde, ich verabscheute meine Arbeit, ich hasste meinen Wohnort. New York war nichts für mich. Ich war unglücklich. Deshalb verließ ich die Stadt in der Hoffnung, etwas Besseres zu finden."

„Du musst noch sehr jung gewesen sein", meinte Sean. „Bist du unmittelbar nach Abschluss der Highschool weggegangen?"

Offensichtlich hält Sean mich für viel jünger, als ich bin, dachte Hester. Am liebsten hätte sie gleichzeitig aufgelacht und losgeheult. Er hatte ihr gerade einen ganz einfachen Ausweg aus ihrer heiklen Lage gezeigt. Sie konnte ihm von ihrem Leben vor der Zeit auf dem College erzählen und ihn anschließend die eigenen Schlüsse ziehen lassen. Dazu brauchte sie nicht einmal zu lügen, sondern nur ein paar Einzelheiten fortzulassen. Sean reiste am Donnerstag ab. Weshalb sollte sie nicht ein bisschen egoistisch sein und sich seine Achtung erhalten?

„Nach der Highschool zog ich bei Lydia aus und nahm mir eine eigene Wohnung. Jahr für Jahr war die Großmutter schwieriger geworden, bis ich es einfach nicht mehr aushielt. Schon mit vierzehn hatte ich beschlossen, dem Getto zu entkommen, selbst wenn ich dafür lügen, betteln oder stehlen musste."

„Was geschah, als du vierzehn warst?", fragte Sean.

„Mein Freund wurde ermordet", erklärte Hester tonlos.

„Wie bitte?"

„Er hieß Micky und war sechzehn", fuhr sie fort. „Was ich für ihn empfand, kam wohl der Liebe so nahe, wie sonst nichts in meinem Leben." Bis jetzt, fügte sie stumm hinzu. „Micky sah gut aus, war intelligent und entschlossen, aus unserem damaligen Leben herauszukommen."

„Gehörte er derselben Bande an wie du?"

„Nein, dafür war er viel zu schlau. Er versuchte sogar, mich herauszulösen. Aber ich hatte Angst, meine einzigen Freunde zu verlieren. Ich wünschte, ich hätte auf ihn gehört. Er kam meinetwegen um."

Hester hob eine Handvoll Sand auf und sah zu, wie er durch ihre Finger rann. Ihre Gedanken kehrten zurück zu jenem Abend, der sie unwiederbringlich verändert hatte.

„Was ist geschehen?", forschte Sean weiter.

„Eines Abends saßen wir in einer Gruppe auf den Schaukeln auf dem Schulhof und unterhielten uns", begann Hester und blickte auf einen Punkt hinter seiner Schulter. „Micky war auch dabei. Obwohl er nicht zu der Bande gehörte, mochten ihn die anderen. Sie wussten, dass er mein Freund war, deshalb durfte er bei uns sein, wenn er mochte. Er redete wieder einmal davon, dass wir aufs College gehen müssten, um aus den Slums herauszukommen. Wir waren so gefesselt von seinen Worten, dass wir den Wagen nicht bemerkten, der den Block umkreiste. Er war voller ‚Blutroter Klingen‘. Ich erkannte ihre Farben erst, als alles vorüber war."

„Blutrote Klingen?"

„Eine feindliche Bande. Wir nannten uns die ‚Wächter‘. Die ‚Klingen‘ waren unsere schlimmsten Feinde." Hester lachte trocken und fuhr fort: „Heute klingt das alles so sinnlos. Zwei Gruppen von Kindern geben sich einen gewaltigen Namen und spielen Krieg, weil sie glauben, sie werden dadurch stark und erwachsen. Wie hatte ich nur so dumm sein können?"

„Vielleicht weil du tatsächlich ein Kind warst", sagte Sean ruhig. „Du bist nur dem Beispiel anderer gefolgt. Du kanntest es ja nicht anders und wusstest keinen Ausweg."

Hester sah ihn wehmütig an. „Micky kannte ihn. Er hatte so viele Pläne und hätte es schaffen können. Aber die ‚Klingen‘ machten allem ein Ende." Sie zögerte einen Augenblick.

„Als sie das letzte Mal an dem Schulhof vorüberfuhren, schoss irgendjemand im Wagen mit einem Gewehr. Ich weiß bis heute nicht, weshalb. Vielleicht hatten sie es gerade gestohlen und wollten es ausprobieren. Eine einzige Kugel genügte. Micky war sofort tot. Wir haben den Schützen nie gefunden." Eine Träne rann ihr aus dem rechten Auge. Hester wischte sie rasch fort.

„Ich …"

„In jener Nacht beschloss ich, mein Leben zu ändern", schnitt sie ihm das Wort ab. „Ich wollte nicht wie Micky enden, und sein Traum sollte nicht unerfüllt bleiben. Am nächsten Tag verließ ich die Bande und suchte mir eine Arbeit, um nach der Schule Geld zu verdienen. Ich ging regelmäßig zum Unterricht und sorgte dafür, dass ich gute Noten bekam. Meine Lehrer haben sich ziemlich gewundert. Nach Abschluss der Schule zog ich in eine Umgebung, die kaum besser war als meine vorige. Deshalb suchte ich mir eine zweite Arbeit als Barmädchen in einem Club namens ‚Seidener Drache‘. Er war ziemlich schäbig, aber die Bezahlung war gut."

Sie hielt inne, denn sie sah, dass Sean den Kopf schüttelte.

„Was ist los?", fragte sie.

„Ich will nicht ungerecht sein, Hester. Warst du wirklich Barmädchen in einem Stripteaselokal?"

„Es war kein Stripteaselokal", verteidigte sie sich. „Zumindest kein richtiges."

„Entschuldige, aber ich habe einige Schwierigkeiten, mir dich in solch einer Umgebung vorzustellen. Nachdem ich dich in diesem Garten Eden als ausgeglichene, heitere Inselbewohnerin kennengelernt habe, ist es geradezu unglaublich, dass du einmal billigen Gin unter grellen Neonschildern ausgeschenkt hast."

„Du hast mich danach gefragt, Sean", erinnerte sie ihn und ärgerte sich gewaltig über seine abweisende Haltung.

„Ich weiß, und ich wünschte, ich hätte es nicht getan", murmelte er verächtlich.

„Na, das ist wieder mal typisch", schnarrte Hester.

„Was ist typisch?"

„Die Reichen mögen es nicht, wenn man sie an die Tatsache erinnert, dass viele Leute in bitterer Armut leben müssen."

„Stimmt das?"

„Ja, wenn dein Verhalten ein Hinweis darauf ist."

„Was willst du damit sagen?"

„Bis jetzt haben wir uns großartig verstanden", stellte Hester fest. „Doch nachdem du gehört hast, wie ich früher gelebt habe, nachdem du aus erster Quelle erfahren hast, was ein solches Leben von der Hand in den Mund bedeutet, bin ich für dich ein Ärgernis. Du willst nicht wahrhaben, dass manche Menschen in ständiger Armut leben und alle möglichen Jobs annehmen müssen."

Sean sah Hester an und wusste nicht recht, ob er ihr widersprechen sollte.

„Vielleicht siehst du ein, dass ich recht habe", fuhr sie fort, „und fühlst dich schuldig, weil du immer alles bekommen hast, was du wolltest."

„Ich habe dir schon einmal gesagt, dass ich mich nicht für meine gesellschaftliche Stellung bei dir entschuldige", erklärte er grob.

„Und ich habe geantwortet, dass ich das nicht von dir erwarte", versicherte sie ihm. „Ich verlange allerdings, dass du nicht nur deshalb plötzlich etwas an mir auszusetzen findest, weil ich arm war. Ich werde mich ebenfalls nicht für meinen Hintergrund entschuldigen. Schließlich habe ich nichts gegen dich, weil du reich bist."

„Wirklich nicht?"

„Nun, vielleicht zu Beginn", gab sie zu. „Aber jetzt nicht mehr."

„Ich kann meine Vergangenheit nicht ändern, Hester", sagte Sean und nahm ihr Kinn in seine Hand. „Und ich täte es auch nicht, wenn ich es könnte. Tut mir leid, falls ich mich wie ein Snob angehört habe. Vermutlich bin ich in mancher Beziehung tatsächlich einer. Ich war schockiert. Nach all dem Schrecklichen und der Brutalität, die du erlebt hast, bist du immer noch solch ein großzügiger, sanfter und glücklicher Mensch. Von mir selbst kann ich das nicht behaupten, und ich hatte alle Privilegien, die man sich denken kann. Du hast recht. Ich fühle mich ein wenig schuldig, und ich möchte mich für mein Verhalten entschuldigen."

Hester dachte über Seans Worte nach und lächelte müde.

„Entschuldigung angenommen", sagte sie, hob den Kopf und küsste ihn zärtlich zur Besiegelung. „Übrigens solltest du mal deine Schultern und deine Nase sehen. Du hast dir einen ganz schönen Sonnenbrand geholt." Sie war erleichtert, dass sie die Unterhaltung von sich und ihrer unschönen Vergangenheit auf ein anderes Thema lenken konnte. „Wir ziehen uns lieber an und reiten zum Hotel zurück."

„Du wolltest mir doch das Haus der Morales' zeigen", wandte Sean ein und merkte, dass seine Schultern tatsächlich zu brennen begannen.

„Dafür ist jetzt keine Zeit mehr. Wir müssen die Pferde zurückbringen, damit Teresa und der General nach Hause reiten können." Sie sah, dass er die Schultern sinken ließ. „Tut mir leid, Sean", fügte sie leise hinzu. „Wir haben wirklich nicht genügend Zeit."

„Ich weiß", stimmte er ihr zu. Und beide erkannten, dass sie nicht nur für das Haus der Morales' mehr Zeit brauchten.

8. KAPITEL

In bedrückter Stimmung kehrten Sean und Hester zum Hotel zurück. Selbst der General, der ihnen stolz seinen Angelerfolg vorführte, konnte sie nicht aufheitern. Als Teresa erfuhr, dass die beiden nicht bis zum nördlichen Ende der Insel gekommen waren, sondern den Nachmittag am Gezeitenteich verbracht hatten, lächelte sie unmerklich und machte einen neuen Plan.

„Vielleicht können wir uns morgen bei uns treffen", schlug sie vor. „Da Sean am Donnerstag fortmuss, könnten wir eine kleine Abschiedsparty für ihn veranstalten."

„Das ist ein ausgezeichneter Gedanke", stimmte General Morales seiner Frau zu. „Wir hatten schon eine Weile keine Gäste mehr."

Hester wollte den Tag eigentlich lieber mit Sean allein verbringen, aber Teresas Vorschlag hatte auch Vorteile. Ihre letzten gemeinsamen Stunden würden schwierig werden, und vielleicht war der Gedanke an seine bevorstehende Abreise in Gegenwart von Freunden leichter zu ertragen.

„Das ist sehr großzügig von Ihnen, Teresa", antwortete Sean lächelnd. „Ich fühle mich geschmeichelt."

„Unsinn, Sean. Es ist nett, Sie kennenzulernen. Sie haben sich ganz natürlich in unseren Kreis eingefügt. Deshalb ist es nur gerecht, wenn wir Ihnen einen ordentlichen Abschied bereiten. Außerdem liefert er uns einen willkommenen Vorwand für eine Party. In dieser Jahreszeit ist hier wenig los."

Teresa und Ruben versprachen, die Nachricht von der Abschiedsfeier weiterzuleiten, und verabschiedeten sich. Nachdem sie den Morales, die den Strand hinunterritten, eine Weile nachgeblickt hatten, drehte sich Hester zu Sean um und verschränkte schützend die Arme vor ihrer nackten Taille.

„Ich weiß nicht, wie es mit dir ist", erklärte sie, „aber ich brauche eine Dusche, bevor wir das Abendessen zubereiten. Nach dem Regen müsste der Tank gut gefüllt sein. Ich bin sicher, das Wasser genügt sogar für mehr als zwei Leute."

„Jetzt, wo du es sagst, komme ich mir auch ziemlich staubig vor. Hättest du etwas dagegen, wenn ich dir Gesellschaft leistete?"

„Ich hoffte, dass du das fragen würdest."

Hester ging nach oben, holte frische Handtücher und Shampoo und führte Sean auf einem schmalen Pfad hinter das Hotel. Der Weg endete auf einem kleinen Platz mit einer winzigen Holzhütte. Daneben stand ein gewaltiger, leicht verrosteter Metalltank, in dem sich Regenwasser sammelte. An der Verbindung des Tanks mit der Hütte befand sich eine Art Fußpumpe.

Hester öffnete die Tür zum Duschraum, und Sean entdeckte eine Brause sowie ein langes abgenutztes Seil.

„Erst zieht man an dem Seil, um sich nass zu machen", erklärte Hester. „Anschließend seift man sich ganz ein und zieht erneut am Seil, um die Seife wieder abzuspülen. Das ist genau ausgetüftelt."

„Verstehe", sagte Sean, blieb aber skeptisch. „Bist du sicher, dass es klappt?"

„Absolut. Man muss nur achtgeben, dass man nicht beim ersten Mal alles Wasser verbraucht und anschließend nichts mehr zum Abspülen hat."

Nach dieser Versicherung zog Sean sein Hemd mit einer raschen Bewegung über den Kopf. Als er mit nacktem Oberkörper vor ihr stand, das schwarze Haar nach vorn geschoben, begann Hesters Herz schneller zu schlagen. Sean war so groß und scheinbar so übermächtig. Doch gleichzeitig war er sehr zärtlich. Die Sonne hatte seine Haut gebräunt, und die feinen Linien um seine Augen traten nach den wenigen Tagen am Strand stärker hervor.

Unwillkürlich schob Hester die Hände in sein Haar und zog seinen Kopf hinab, um Sean zu küssen. Sie stellte sich auf die Zehenspitzen und drückte ihre Lippen wollüstig auf seinen Mund. Sean nahm Hester in die Arme und presste sie an sich. Sie küssten sich verzehrend, rangen miteinander, weil keiner sich ganz dem anderen ausliefern wollte, und fanden kein Ende.

Sean legte die Hände auf Hesters Schultern, knetete sie und fuhr mit sinnlichen Liebkosungen tiefer. Er tastete nach dem Knoten von Hesters trägerlosem Oberteil, löste ihn und ließ das Band zwischen ihnen zu Boden gleiten. Hester presste ihre nackten Brüste wollüstig an Seans Oberkörper und genoss das Gefühl seiner behaarten Brust an ihrer weichen Haut.

Ihr Kuss wurde intensiv, während Sean mit den Fingern an ihrem Zopf hinabfuhr und die Schleife abstreifte, die das Haar zusammenhielt. Er löste die Flechten, bis die langen goldenen und kupfernen Strähnen um ihre Schultern fielen. Anschließend legte er die Hände auf ihre Brüste und rieb die rosigen Spitzen, bis sie hart wurden.

„Du reagierst wunderbar auf mich", murmelte er zwischen zwei Küssen. „Und du fühlst dich gut an, Hester, genau richtig."

„Oh Sean", seufzte sie, umklammerte seine muskulösen Oberarme und überschüttete seinen Hals und seine Brust mit Küssen. Wenn sie, Hester, sich genau richtig anfühlte, konnte er sie dann nicht auch ein bisschen lieben?

„Sean, ich …", begann Hester. Wie gern hätte sie ihm gestanden, was sie für ihn empfand, aber etwas hielt sie davon ab, eine winzige Furcht, er könnte sie zurückweisen, wenn er ihre wahren Gefühle erfuhr.

„Ich … Ich begehre dich. So sehr, dass es wehtut."

„Ich weiß, wie man diesen Schmerz lindert", versicherte er ihr.

„Ich auch", antwortete sie, bevor sie mit der Zungenspitze über seine Brust glitt und die kleinen, harten Brustwarzen umkreiste.

„Aha, so fühlt es sich an", stöhnte Sean. „Jetzt verstehe ich, weshalb es dir so gefällt." Zärtlich umschloss er eine ihrer Brüste, knetete sie vorsichtig und nahm die Spitze zwischen Zeige- und Mittelfinger.

„Oh ja", flüsterte Hester und überließ sich seinen Liebkosungen.

Sie hielten sich eine Weile umschlungen, bis Sean spitzbübisch lächelte und meinte: „So nett dies ist, Liebling, aber wenn du verhindern willst, dass ich dich gleich hier auf dem Boden nehme, sollten wir jetzt lieber kalt duschen."

Widerstrebend ließ Hester ihn los, und sie zogen sich aus. Trotz des kühlen Wassers blieben ihre Körper auch unter der Dusche erhitzt und empfindsam, und ihre Sinne nahmen die geringsten Veränderungen wahr, die in ihnen vorgingen.

Nachdem Hester ihr Haar gewaschen und gespült hatte, duschte sie mit kaltem Wasser. Während Salz und Sand weggeschwemmt wurden, trat Sean hinter sie. Mit einer Hand spielte er zärtlich mit ihrer Brust, die andere legte er auf ihren Venushügel.

Hester presste die Handflächen flach an die Wand und überließ sich seinen unzähligen Küssen auf ihrem Hals und ihren Schultern. Als sie glaubte, die leidenschaftlichen Gefühle, die er in ihr weckte, keine Sekunde länger ertragen zu können, richtete er sich hinter ihr auf, drehte sie zu sich, sah ihr tief in die Augen und flüsterte ihr unglaublich erotische Liebesworte ins Ohr. Anschließend fasste er ihre Schenkel fester, zog ihren Körper eng an sich und drang tief in sie ein.

Noch nie zuvor hatten sie bei ihrem Liebesspiel jene Höhen erreicht, zu denen Sean Hester entführte. Es war, als rasten sie beide durch den

Kosmos und ließen die Sterne und die Planeten in einem blauen Himmel hinter sich zurück, bis sie das Zentrum des Universums erreichten und das blendend heiße Licht sie ganz umschloss. Lange blieben sie auf dem Höhepunkt und kehrten schließlich langsam und widerwillig in die Wirklichkeit zurück.

Als Hester merkte, wo sie war, legte sie verzweifelt die Arme um Seans Taille und barg den Kopf an seiner Brust. Er hielt sie fest an sich gedrückt und erschauerte bei dem Gedanken, wie heftig sie auf ihn reagierte.

„Sean", sagte Hester leise, als sie wieder sprechen konnte, „ich habe so etwas noch nie erlebt."

„Für mich war es auch das erste Mal, Liebling", antwortete er und erkannte, dass er sie schon zweimal mit diesem Kosenamen angeredet hatte. Das passte nicht zu ihm, aber bei Hester kamen ihm solche Worte ganz natürlich vor. Wieder wunderte er sich, weshalb sie solch eine Reaktion in ihm hervorrief, die er bei anderen Frauen nicht erlebte.

Lange hielten sie sich umschlungen. Sie zitterten innerlich und waren restlos erschöpft von der heftigen Erregung, die hinter ihnen lag. Und beide hatten Angst, weil sie die eigenen Empfindungen nicht begriffen.

Es war längst dunkel, als Hester und Sean endlich das Abendessen zubereiteten und mit dem Gedanken verzehrten, dass sie nur noch kurze Zeit beisammen sein konnten. Wenig später stiegen sie zu Hesters Zimmer hinauf, kletterten schweigend ins Bett und zogen das Moskitonetz um sich, als könnten sie damit die Welt draußen aussperren. Eng umschlungen schliefen sie friedlich ein. Als der Morgen dämmerte, erinnerte er sie grausam daran, dass ihr letzter gemeinsamer Tag angebrochen war.

Nach dem Frühstück liefen sie die beiden Meilen zum Haus der Morales', diesmal der Küste folgend. Es wurde ein weiterer schöner warmer Tag mit gleichmäßig kühlender Brise.

In New York schneit es wahrscheinlich, dachte Sean. Eigentlich machte ihm das Winterwetter nichts aus. Bevor er DI übernommen hatte, war er gern Ski gelaufen. Inzwischen hatte er es schon lange nicht mehr getan. Er musste sich unbedingt ein Wochenende freinehmen und in die Berge fahren. Vielleicht konnte er Hester überreden, eine Weile zu ihm zu kommen.

Ja, das Wetter auf der Insel war schön, aber ihm gefiel der Wechsel der Jahreszeiten und vor allem gutes Skiwetter.

„Wirst du das immer gleichbleibende Wetter nie leid?", sprach er seine Gedanken laut aus.

„Weshalb? Es ist doch wunderbar!", konterte Hester. Sie hatten die halbe Strecke zu den Morales zurückgelegt und schlenderten Hand in Hand durch den Brandungsschaum. Sean hielt seine Tennisschuhe zwanglos an den Schnürsenkeln und hatte seine lange Hose bis zu den Schienbeinen aufgerollt. Der Saum seines dunkelblauen Polohemdes flatterte lose im Wind.

Hester hatte den Rock ihres Sonnenkleides hoch über die Knie gehoben und unter den Gürtel gesteckt. Wahrscheinlich sehen wir aus wie ein Paar aus einem Werbeprospekt für die Jungferninseln, dachte sie. „Wie sollte ich dieses Wetter je leid werden?", fragte sie und hob das Gesicht in die warmen Sonnenstrahlen.

„Fehlen dir die einzelnen Jahreszeiten nicht?"

„Die merken wir hier ebenfalls."

„Tatsächlich?"

„Natürlich. Im Sommer wird es feucht", antwortete sie lächelnd.

Sean merkte, dass Hester ihn aufzog, wollte aber ernsthaft bleiben. „Feuchtigkeit bezeichnest du als einen Wechsel der Jahreszeit?", fragte er und erwartete eine aufrichtige Antwort.

„Du hast recht", gab Hester widerstrebend zu. „Manchmal fehlt mir der Wechsel. Weshalb fragst du?"

„Ich weiß nicht recht", wich er aus. Weshalb hatte er gefragt? „Ich überlegte gerade, ob du schon mal daran gedacht hast, in die Vereinigten Staaten zurückzukehren. Für immer."

Hester zuckte die Schultern. „Ich weiß es nicht. Auf keinen Fall in eine Stadt. Ich könnte nicht noch einmal inmitten solch einer Menschenmenge leben. Mir gefällt das Leben auf der Insel. Hier ist es ruhig und sicher. Es müsste schon etwas ganz Besonderes passieren, damit ich in die Stadt zurückzöge. Ich kann mir kaum vorstellen, dass mir etwas wichtiger wäre als mein persönliches Wohlergehen und mein innerer Frieden. Es hat sehr lange gedauert, bis ich ihn gefunden habe."

Schweigend liefen sie weiter und gaben sich ihren eigenen Gedanken hin. Als das Haus der Morales' in Sicht kam, heiterte sich ihre Stimmung auf.

Das Haus stand auf einem Hügel und bot einen herrlichen Ausblick auf die weite blaue Karibik bis zu einigen fernen Inseln im Norden.

Mit seinen großen Fenstern und der breiten Veranda erinnerte es an ein altes Herrenhaus auf einer Plantage. Aber es hatte nie eine Pflanzung auf der Insel gegeben. Stattdessen zog sich eine grüne Wiese den Hügel hinter dem Haus hinab, die hier und da von Büscheln mit wilden Blumen durchsetzt war und unten in den Dschungel überging.

Das Haus selbst bestand aus gekalktem Stein, besaß ein dunkelrotes Dach und eine ebenso rote Dachkante, die die Veranda überragte. An allen vier Seiten standen die Flügeltüren zum Empfang offen, während die Läden im ersten Stock geschlossen waren.

Hester zog Sean durch einen Garten voller bunter Blumen, in dem es herrlich duftete, zum Hintereingang des Hauses. Sie liefen einen Backsteinweg entlang und durch ein Gitterwerk, das über und über mit blühenden Orchideen bewachsen war.

Die Schönheit dieses Ortes überwältigte Sean. Plötzlich blieb er stehen und nahm Hester in die Arme.

„Was ist?", fragte sie, als sie seine tiefe Bewegung bemerkte.

„Dieser Platz ist einmalig", sagte er und sah ihr tief in die bernsteinfarbenen Augen. „Du bist einmalig. Danke für alles, was du mir diese Woche gezeigt hast."

„Sean, ich habe doch nicht …", begann sie. Doch er legte ihr zwei Finger auf die Lippen, damit sie nicht weitersprach. Langsam senkte er den Kopf und streifte zärtlich mit den Lippen ihren Mund.

„Wir gehen lieber, sonst kommen die anderen noch heraus und suchen uns", sagte er, bevor sie ihre Verwirrung ausdrücken konnte. „Wie müssen wir gehen?"

„Hier entlang", sagte Hester und versuchte, wieder einen klaren Kopf zu bekommen. Trotz allem, was zwischen ihnen vorgefallen war, verblüffte Sean sie immer noch.

Als sie den Hof hinter dem Haus betraten, kamen ihnen zwei Collies freudig entgegen.

„Ich habe ganz vergessen, dir von Reynaldo und Susannah zu erzählen." Einer der beiden großen Hunde sprang geradezu zur Begrüßung an Sean hoch. „Das ist Reynaldo", erklärte sie. „Er kann sich überhaupt nicht benehmen."

„Das sehe ich." Lächelnd nahm Sean die Vorderpfote von seiner Brust und entfernte die feuchten Spuren, die sie hinterlassen hatte. „Sitz!", befahl er dem großen Hund mit fester Stimme.

Reynaldo setzte sich gehorsam auf die Hinterbeine und ließ die Zunge seitlich aus der Schnauze hängen. Sean musste unwillkürlich lachen. „Das ist brav", sagte er und tätschelte dem Collie den Kopf. Reynaldo begann seine Finger zu lecken. „Du bist sehr brav", wiederholte Sean.

Inzwischen hatte sich Susannah neben Hester gestellt, denn sie wusste, dass sie von ihr gekrault werden würde. Automatisch schob Hester die Hand in das weiche Fell hinter dem rechten Ohr und sagte: „Sie sind sehr gute Schauspieler. Sie tun, als kümmere sich niemand um sie. Dabei verwöhnt Teresa sie mehr als ihre eigenen Kinder." Nachdem sie die großen Hunde einige Minuten gestreichelt hatten, entdeckte Hester Teresa auf der rückwärtigen Veranda.

„Hester! Sean!", begrüßte die Frau des Generals sie fröhlich. „Sie sind die Letzten."

„Wir hatten auch den längsten Weg", erinnerte Hester sie.

„Ja, natürlich", gab Teresa nachsichtig zu. Doch ihr Gesichtsausdruck besagte, dass die beiden sich ihrer Meinung nach vielleicht aus einem anderen Grund so viel Zeit gelassen hatten.

„Das stimmt doch", fügte Hester hinzu.

Teresa lächelte nur und ließ sie eintreten.

Sean wunderte sich, dass das Innere des Hauses so europäisch wirkte. Die Wände waren pastellfarben gestrichen, und die Böden bestanden aus gebohnertem Holz oder aus Mosaiksteinen. Das Mobiliar war offensichtlich seit Generationen nicht verändert worden. Der Stil reichte von Spanisch bis Englisch und wies auch einige karibische Einflüsse auf. Die Gesamtwirkung war verblüffend – eine Art tropische Version der Viktorianischen Zeit.

Die Gastgeberin hatte eine große Auswahl an Speisen vorbereitet. Es gab gekochte Brotfrüchte, Reis und Bohnen, denen Safran Farbe und Aroma verlieh, gebratene Bananen, Süßkartoffeln mit Curry, einen würzigen Eintopf, den Hester als Pfeffertopf bezeichnete, und Desmonds Lieblingsgericht, Fisch mit Pilzen.

„Was für Pilze sind das?", fragte Sean misstrauisch, als Hester ihm einen großen Löffel auf den Teller gab. „Und was für Fisch ist das?"

Hester lachte über seine besorgte Miene. „Wahrscheinlich ist es Fliegender Fisch, Teresas Spezialität."

„Fliegender Fisch?"

„Probier doch mal, er schmeckt dir bestimmt. Und die Pilze heißen Fungi."

„Na großartig, das sagt mir eine Menge", murmelte Sean. „Ich weiß auch nicht, was Fungi ist."

„Freue dich lieber, dass sie kein Berghuhn für dich zubereitet hat", sagte Hester lachend.

„Ich wage gar nicht zu fragen, was das ist."

„Es besteht aus dem Fleisch von Riesenfröschen", verkündete Hester fröhlich, „schmeckt aber fast wie ein Hähnchen."

Sean nahm vorsichtig ein wenig von allem, und das meist schmeckte ihm tatsächlich. Vor allem die Papayas und die Mangofrüchte. Die waren zwar ebenfalls exotisch, aber er kannte sie zumindest. Er unterhielt sich mit seinen neuen Freunden und ließ Hester die ganze Zeit nicht aus den Augen, denn er wäre viel lieber allein mit ihr gewesen.

Bei Anbruch der Abenddämmerung gingen die Gäste. Sie bedankten sich bei den Morales, verabschiedeten sich von Sean und baten ihn, zurückzukehren, falls es ihm möglich wäre.

Sean versicherte ihnen, dass er schon bald wiederkommen werde, fragte sich jedoch im Stillen, ob er sich in naher Zukunft tatsächlich auch nur für ein paar Tage von der Arbeit freimachen konnte.

Hester spürte sein Unbehagen und war auf dem Rückweg ebenso schweigsam und nachdenklich wie er.

Der Mond leuchtete wie eine Silberscheibe über der Karibischen See und warf seinen bläulichen Schein vom Horizont bis zum Strand. Das warme Wasser des Atlantiks wirbelte um ihre Fersen, während sie durch die Brandung wateten, die wie weiße Weihnachtslichter funkelte.

„Sieh mal, Sean", rief Hester plötzlich. „Heute Nacht ist Meeresleuchten!" Sie stieß mit dem Fuß einen Wasserstrahl in die Höhe und lachte, als er in glitzerndem Bogen zu Boden fiel.

Sean verzog schmerzlich das Gesicht, während er Hester beobachtete. Ihre Spontanität und naive Lebensfreude entzückten ihn. Obwohl er wusste, dass er nicht ständig auf solch einer einsamen Insel leben konnte, wünschte er, sie könnten ihre Welten einander annähern. Es musste eine Möglichkeit geben …

„Komm mit mir nach New York, Hester", sagte Sean plötzlich. Erst als er hörte, wie sie heftig den Atem einzog, wurde ihm klar, dass er seine Gedanken laut ausgesprochen hatte. Bis zu diesem Augenblick hatte er nicht die Absicht gehabt, doch nun schien es ihm völlig richtig. Weshalb sollte Hester nicht mit ihm nach New York kommen? Sie passten gut zusammen und hatten eine schöne Zeit miteinander verbracht. Sie konnten ihr Verhältnis ebenso gut in einer gesellschaftlich passenderen Umgebung fortsetzen.

Hester stand bis zu den Fersen im Wasser und war gleichzeitig erschrocken und voller Hoffnung. Was bedeutete Seans Vorschlag? War er ein Heiratsantrag oder nur die Einladung, einige Zeit mit ihm in der Stadt zu verbringen?

„Unter welcher Bedingung?", fragte sie vorsichtig.

„Wie bitte? Das weiß ich auch nicht", antwortete Sean etwas zurückhaltender. Er war enttäuscht, dass sie sich nicht sofort jubelnd in seine Arme gestürzt hatte. Deshalb fuhr er zögernd fort: „Ich hätte es gern. Immerhin bin ich eine Woche dein Gast gewesen. Das Mindeste, was ich für dich tun kann, ist, dich für einige Zeit zu mir einzuladen."

Hester schüttelte den Kopf. Sean fühlt sich mir gegenüber verpflichtet, dachte sie. *Er hat meine Gastfreundschaft und einiges mehr genossen und möchte sich jetzt revanchieren, damit wir quitt sind. Anschließend kann er sich ohne Gewissensbisse von mir trennen.*

„Das ist nicht nötig, Sean", erklärte sie. „Du bist mir nichts schuldig."

„Das wollte ich nicht sagen, Hester", wehrte er sich. „Ich dachte, wenn du jetzt nach New York zurückkehrst, betrachtest du die Stadt vielleicht anders, als du sie in Erinnerung hast. Du könntest bei mir wohnen."

Was soll das denn schon wieder heißen? überlegte Hester, sagte aber nichts, damit er sich deutlicher ausdrückte.

Sean versuchte, ihr seine Absichten klarzumachen. „Ich führe ein gutes Leben in New York, Hester. Ich besitze eine große Wohnung in Manhattan, gehe häufig auf Partys und bin in den besten Restaurants persönlich bekannt." Als sie immer noch nicht reagierte, fuhr er ungeduldiger fort. „Was ich damit sagen will: Ich bin verflixt reich. Ich könnte dir ein Leben bieten, das nichts mit dem zu tun hat, was du aus der Bronx kennst."

Hester ging ein paar Schritte und blieb stehen. „Weiter", sagte sie gleichmütig. Ihr ausdrucksloses Gesicht verriet nicht, dass sie sich zu ärgern begann.

„Ich könnte dir alles kaufen, was du dir wünschst – schöne Kleider, Schmuck, sogar einen Wagen. Wir könnten viel ausgehen, wohin du auch möchtest. Keine Kosten wären mir dafür zu hoch. Ich würde dir meine Arbeit zeigen und dich allen meinen Geschäftspartnern vorstellen. Du würdest eine Seite von New York kennenlernen, von der du bisher keine Ahnung hattest. Du müsstest nicht wieder arm sein." Er lächelte nachsichtig und war offensichtlich sehr zufrieden über sein Angebot.

„Schönen Dank, Mr Duran", fuhr sie ihn an. „Allein würde ich bestimmt nicht aus der Gosse herauskommen. Du sagst, du willst mir alles kaufen, was ich mir wünsche? Ich kenne niemanden, der so großzügig wäre, sich für ein kleines unbedeutendes Wesen wie mich zu interessieren. Ich nehme an, als Dank für diese großartige Geste brauche ich nur auf einen Pfiff von dir den Mund zu öffnen, bei Fuß zu gehen, mich hinzulegen und herumzurollen, wann immer du willst. Habe ich recht?"

Wütend, wie sie noch nie in ihrem Leben gewesen war, drehte Hester sich um und rannte den Strand hinab. Sie musste unbedingt fort von Sean und seinem beleidigenden Vorschlag. Wie hatte sie sich nur derart in ihm täuschen können? Er war auch nicht besser als jene anderen mächtigen leitenden Männer aus der Industrie, die sie kennengelernt hatte – vielleicht sogar noch schlimmer.

Wie konnte er wagen, sie wie ein niedliches Kätzchen in einer Tierhandlung zu kaufen? Nun, er würde bald merken, dass sie eine ausgewachsene Katze war, die ihre scharfen Krallen schon ausgestreckt hatte.

Geld besaß sie selber genügend und hatte es sorgfältig bei Banken in Miami und New York angelegt, um sich ein bequemes Leben leisten zu können. Allein schon der Verkauf ihrer Wohnung und der Einrichtung in New York hatte eine erhebliche Summe ergeben. Aufgrund ihres Instinktes und ihrer klugen Investitionsberatungen, für die sie selbst gut bezahlt worden war, verfügte sie wahrscheinlich über mehr Geld als mancher von Seans „Geschäftspartnern", der sie beeindrucken sollte.

Aus eigener Kraft, unter Schweiß und Tränen, war sie aus der Armut herausgekommen und hatte es nicht nötig, das verhätschelte Spielzeug eines reichen Mannes zu werden. Wenn der Mann, den sie liebte, sie für so oberflächlich hielt, dass er glaubte, sie wäre ihm als Ausgleich für materielle Güter und ein leichtes Leben stets zu Diensten, mussten sie beide noch eine Menge lernen.

Während sie lief und mit den Füßen auf den festen, nicht nachgebenden Sand stampfte, legte sich Hesters Wut und machte einer Art Verzweiflung Platz, die ihren ganzen Körper ergriff und ihre Schritte langsamer werden ließ. Sean, der ihr gefolgt war, packte sie von hinten. Sie stürzten zu Boden und rangen miteinander, bis Hester auf dem Rücken lag und Sean rittlings auf ihrer Taille saß und ihre Hände über ihrem Kopf festhielt. Hesters Sonnenkleid war bis weit über die Knie hinaufgerutscht. Die schmalen Träger lagen auf ihren Armen. Sie rang nach Luft. Ihre Brüste und ihr Bauch hoben und senkten sich heftig unter dem dünnen zusammengeschobenen Stoff. Ihr langes Haar hatte sich gelöst und lag wie Seegras wild um ihren Kopf. Ihre Augen funkelten im Mondlicht.

Sean hatte das Gefühl, noch nie etwas so Hübsches gesehen zu haben. Er keuchte ebenfalls und wusste selbst nicht, ob vor Erschöpfung oder Verärgerung. Auch er war wütend, vielleicht noch mehr als Hester. Er war es nicht gewöhnt, abgewiesen zu werden, gleichgültig, ob es sich um einen geschäftlichen Vorschlag oder ein romantisches Abenteuer handelte. Hester wies sein Angebot zurück, als handele es sich um eine Beleidigung, und er begriff nicht, weshalb. Jede andere Frau, die er kannte, hätte die Chance sofort genutzt. Er begehrte Hester, und ihre Zurückweisung tat weh.

„Weshalb bist du davongelaufen?", fragte er grob.

Hester wusste nicht recht, was sie antworten sollte, und schwieg.

„Antworte, verdammt noch mal", drängte er sie und drückte ihre Handgelenke fest in den Sand.

„Bitte, Sean, lass das", keuchte Hester. „Ich bin fortgelaufen, weil du mir solch ein Angebot gemacht hast. Dein Geld und dein Lebensstil sind mir gleichgültig. Sie würden mich auch nicht interessieren, wenn ich mittellos wäre. Aus Gründen, die du doch nicht begreifst, kann ich weder mit dir noch ohne dich nach New York zurückkehren. Bitte lass mich los. Du tust mir weh."

Sean ließ ihre Handgelenke los, als hätte ihn ein elektrischer Schlag getroffen. Er war untröstlich, dass er ihr aus Wut körperliche Schmerzen zugefügt hatte.

„Bitte entschuldige", murmelte er beschämt. „Glaub mir, ich wollte dir nicht wehtun."

„Mir scheint, wir sind beide seelisch ziemlich erschöpft. Außerdem haben wir nicht allzu viel Schlaf bekommen."

„Damit hast du recht", stimmte er ihr zu. „Es tut mir leid, wenn ich dich mit meinem Vorschlag gekränkt habe. Er hat anders geklungen, als er gemeint war."

„Schon gut", erklärte Hester. „Es war eine ziemlich verrückte Woche."

„Mir ist, als wäre ich schon eine Ewigkeit auf dieser Insel", sagte Sean. „Ich habe das Gefühl, dich seit Jahren zu kennen."

Hester sah ihn an und begriff, was er meinte. Auch für sie war es schwer vorstellbar, Sean erst vor ein paar Tagen kennengelernt zu haben. In ihm hatte sie das gefunden, was ihr bisher noch gefehlt hatte, sodass sie sich erst jetzt vollkommen fühlte. Wie grausam vom Schicksal, ihr das fehlende Glied wieder zu entreißen!

Sollte sie Sean erklären, wer sie in Wirklichkeit war und welche Umstände sie veranlasst hatten, New York zu verlassen? Vielleicht verstand er dann, weshalb sein Angebot sie beleidigt hatte. War er nur enttäuscht von ihr, wusste sie zumindest, wo sie stand, und konnte sich damit beruhigen, dass sie ihm nichts verheimlicht hatte.

„Ich glaube, wir sollten ins Hotel zurückkehren und in Ruhe miteinander sprechen", sagte Hester. „Ich bin dir eine Erklärung schuldig, damit du mich besser verstehst."

„Was soll das heißen?"

„Ich bin nicht, was du annimmst. Nach allem, was wir diese Woche erlebt haben, möchte ich zumindest ehrlich zu dir sein."

„Hester, wovon redest du?"

„Ich sagte doch, wir müssen miteinander sprechen. Lass mich bitte aufstehen", drängte sie ihn.

„Versprichst du mir, dich anständig zu benehmen und nicht wieder wegzulaufen?"

„Ich verspreche es."

„Ich weiß nicht recht. Es gefällt mir, wenn du so unter mir liegst. In dieser Stellung haben wir es noch nicht versucht."

„Sean!"

„Schon gut, schon gut", gab er nach und stand auf. „Du hast keine Ahnung, was dir entgeht."

Im Hotel bereitete Hester für sie beide eine leichte Mahlzeit zu, und sie setzten sich mit einer Tasse dampfenden Kaffees auf die Veranda.

„Also, was ist so wichtig, dass du unbedingt mit mir darüber reden musst?" Sean konnte seine Neugier nicht verbergen, während Hester noch zögerte.

Zur Stärkung trank sie einen Schluck Kaffee, sah hinaus auf das dunkle Meer und sagte: „Erinnerst du dich, dass du gestern meintest, ich würde niemals begreifen, dass du deine Arbeit nicht ohne Weiteres stehen und liegen lassen und einfach auf der Insel bleiben könntest?"

„Ja." Sean nickte.

„Nun, vielleicht begreife ich es doch", sagte sie. „Vielleicht weiß ich besser als du, wie einfach es ist, alle Pflichten hinter sich zu lassen."

„Was soll das heißen?"

365

„Versprichst du, nicht böse zu werden?"

„Weshalb sollte ich böse werden?"

„Versprichst du, mir keine Vorhaltungen zu machen?"

„Weshalb sollte ich?"

Hester merkte, dass Sean langsam ungeduldig wurde. Deshalb holte sie tief Luft und stieß hervor: „Weil ich genau dasselbe getan habe wie dein Niederlassungsleiter in Südamerika. Eines Morgens wurde mir klar, dass ich die Arbeit keinen Tag länger aushielt. Ich bestieg ein Flugzeug in Richtung Karibik."

„Ich gebe zu, das überrascht mich nicht. Und ich kann es dir auch nicht verdenken."

„Wie bitte?", keuchte Hester und wagte noch nicht zu glauben, dass sie richtig verstanden hatte.

„Hester, die Arbeit an einer Bar in einem Stripteaselokal ist nicht gerade das, was ich unter einer guten Stellung verstehe. Du hättest sie gar nicht erst antreten dürfen. Ich werfe dir nicht vor, dass du sie von einem Tag zum anderen aufgegeben hast. Bestimmt hat man sofort einen Ersatz für dich gefunden."

„Nein, Sean, um diese Stelle ging es nicht. Die habe ich schon Jahre zuvor aufgegeben", antwortete Hester heftig. Du liebe Güte, es wurde schwieriger, als sie erwartet hatte. „Bevor ich in die Karibik zog, war ich Börsenmaklerin und Finanzberaterin bei Thompson-Michaels. An dem Morgen, als ich New York verließ, habe ich meine Firma entsetzlich im Stich gelassen, denn ich hielt die Fäden für einen der größten Verträge in der Hand, den die Gesellschaft jemals unterzeichnet hat."

„Wovon redest du da?"

Hester suchte nach Worten, um ihr Verhalten zu rechtfertigen. Sie wollte verhindern, dass Sean jetzt enttäuscht von ihr war, andererseits aber unbedingt aufrichtig bleiben.

„Die Chefs von Thompson-Michaels betrachteten mich als eine Art Weissagerin", stieß sie hastig hervor, und ihre Stimme klang verängstigt. „Ich besaß tatsächlich das Talent, die Entwicklung am Markt vorherzusehen. Fast immer erkannte ich die Trends vor allen anderen. Mr Thompson nannte mich sein Wunderkind. Wie ich diese Bezeichnung verabscheute. Allerdings zahlte mir die Firma ein ausgezeichnetes Gehalt und gab mir ein elegantes Büro. Mit meinen vierundzwanzig Jahren brachte ich der Gesellschaft ebenso viel ein wie manche Angestellten, die schon fünfzehn Jahre dort arbeiteten.

Ich blieb mehr als vier Jahre bei Thompson-Michaels, trotz Stress. Ich war das Tempo, das in diesem Beruf erforderlich ist, nicht gewohnt, und schuftete mich fast zu Tode. Dabei hatte ich noch nicht einmal die Chance zum Leben gehabt. Deshalb ließ ich eines Morgens vor zwei Jahren alles stehen und liegen und machte mich auf die Suche nach etwas Besserem."

Sean schwieg während ihres Geständnisses. Jetzt unterbrach er sie. „Ich glaube, ich brauche einen Drink, bevor du weiterredest", sagte er ruhig und schob seine Kaffeetasse beiseite. „Soll ich dir auch etwas mitbringen?"

Hester schluckte nervös. Sie ahnte, dass sich hinter seiner friedlichen Fassade eine heftige Verärgerung verbarg. „Nein, danke", sagte sie und konnte ihre Verzweiflung kaum verhehlen, „mir geht es gut."

Sean kehrte zurück und lehnte sich an das Verandageländer. Offensichtlich will er mehr Abstand zwischen uns beide legen, dachte Hester. Sie trank einen großen Schluck Kaffee und fragte sich, ob ein Whiskey ihr jetzt nicht besser bekäme. Die heiße Flüssigkeit rann brennend ihre Kehle hinab. Sie wartete einen Moment, dann nahm sie ihre Erzählung wieder auf.

„Thompson-Michaels bekam viele Verträge ausschließlich meinetwegen. Auch der größte Abschluss, den die Firma je mit Baytop Computers tätigen wollte, kam nur zustande, weil dessen Vorstand ein großer Bewunderer von mir war. Er hatte in der Zeitschrift ‚Fortune' gelesen, wie ‚brillant' ich wäre – deren Bezeichnung, nicht meine. Deshalb rief er persönlich bei Thompson-Michaels an und regelte alles. Meine Chefs brauchten sich nur noch zurückzulehnen und sich die Millionen in den Schoß fallen zu lassen. Doch an dem Morgen, als ich mich mit dem Vorstand von Baytop treffen sollte, saß ich im Flugzeug nach St. Croix."

„Du bist also H.M. Somerset", erklärte Sean kühl. „Ich habe den Artikel ebenfalls gelesen, auch den zweiten über dein geheimnisvolles Verschwinden aus der Wall Street."

Er wusste nicht mehr, was er sagen sollte. Sein Naturkind war in Wirklichkeit eine berühmte, erfolgreiche Börsenmaklerin? Eine mächtige Geschäftsfrau, die das Schicksal einer der bedeutendsten Firmen in Händen gehalten und ihre Pflichten von einem Tag zum anderen im Stich gelassen hatte?

„Ich kann nicht glauben, dass du so etwas getan hast." Sean war derart verstört, dass er fürchtete, die Beherrschung zu verlieren, wenn er noch ein Wort sagte.

„Ich weiß, es klingt egoistisch und unvernünftig, aber ich hielt es nicht mehr aus, Sean", antwortete Hester flehentlich. „Mein Leben hatte keinerlei Sinn, denn meine Arbeit verschlang jede Minute. Ich arbeitete unablässig, ich war unglücklich, und meine Gesundheit litt ebenfalls darunter ...“

Sie verstummte, sobald sie Seans Gesichtsausdruck bemerkte. Er war zutiefst enttäuscht. Ungläubig schüttelte er den Kopf und meinte: „Du hast wegen einer morgendlichen schlechten Laune deine Stellung aufgegeben, dir alle Chancen für eine weitere Karriere verdorben und Menschen im Stich gelassen, die dir die Möglichkeit boten, dich weit über die Sackgasse eines Lebens in der Bronx zu erheben.“

„Nein, Sean, so war es durchaus nicht. Nicht sie gaben mir die Chance zu einem besseren Leben. Das tat ich selbst – mit meinem Verstand und meinem Schweiß. Thompson-Michaels bot mir eine Stelle, das war alles. Und so wichtig war sie nun auch wieder nicht. Es ging weder um eine Tätigkeit für das Friedenskorps noch um die Krebsforschung noch die Betreuung verhaltensgestörter Kinder. Mit meiner Arbeit machte ich mächtige Leute noch reicher und mächtiger.

Als ich aufhörte, bekam der Vorstand von Baytop Computers einen Wutanfall, und einer der kleinen missgünstigen Angestellten, der mit mir zusammengearbeitet hatte, wurde befördert und erhielt ein Büro mit einem hübscheren Ausblick. Niemand kam gesundheitlich oder finanziell zu Schaden, und es brach kein Dritter Weltkrieg aus. Aber ich selbst fühlte mich erheblich besser.“

„Du hast eine Menge Leute enttäuscht", warf Sean ihr vor und zählte an den Fingern mit. „Du hast deine Beratungspflicht als Börsenmaklerin gegenüber deinen Kunden vernachlässigt und deine Firma in erhebliche Schwierigkeiten gebracht – ganz abgesehen von der peinlichen Lage, in der sie sich plötzlich befand. Du hattest ihr nicht den geringsten Hinweis darauf gegeben, was du vorhattest, sodass sie nicht auf dein Ausscheiden vorbereitet war.“ Es klang, als zähle er eine ganze Liste von Straftaten auf. „Wie konntest du so verantwortungslos sein, Hester?“

„Oh, wenn ich dieses Wort noch ein einziges Mal höre, schreie ich laut los!“ Hester stand auf und richtete sich vor Sean auf, soweit dies angesichts ihres erheblichen Größenunterschieds möglich war. Am liebsten hätte sie ihn an den Schultern gepackt und ihn durchgeschüttelt, bis er begriff. Natürlich fiel es ihm schwer, die Angelegenheit aus ihrer Sicht zu betrachten.

„Sean", begann sie etwas geduldiger, „bevor ich abreiste, hatte ich vor allem mich selbst vernachlässigt. Ich verschloss mir jede Möglichkeit, das Leben, das Gott mir gegeben hat, zu genießen. Stattdessen schuf ich mir eine Menge Probleme. Wie hätte ich meiner Firma gegenüber eine Andeutung machen sollen, wenn ich selbst nicht wusste, was auf mich zukam?"

Sean lenkte ein wenig ein, hatte aber immer noch Vorbehalte gegenüber ihrer Handlungsweise. „Möchtest du darüber reden?", fragte er.

„Kannst du fair bleiben?" Sie wollte ihm gern alles aus ihrer Vergangenheit erzählen, aber nur, wenn er noch kein vorgefasstes Urteil über sie besaß, sondern sich bemühte, sie besser zu verstehen.

Sean dachte einen Moment nach, dann sah er sie an. „Ja, ich glaube, das kann ich."

„Also gut." Erleichtert stellte Hester fest, dass er ihr zumindest unvoreingenommen zuhören wollte. „Ich möchte gern darüber reden."

Er deutete auf die Stühle, und sie setzten sich. Während es um sie herum dunkel wurde, beschrieb Hester ihr schwieriges Leben in der Bronx. Sie berichtete von ihrer Arbeit neben der Schule, dem vollen Stundenplan auf dem College, dem zweiten Job, weil sie bei Lydia ausgezogen war. Sie erzählte von ihrem guten mathematischen Verständnis, sodass die Professoren sie als Glücksfall für jede Finanzfirma betrachteten, und erwähnte noch einmal die gewaltige Chance, als sie ihre Stelle bei Thompson-Michaels bekam.

„Zuerst wohnte ich in einem winzigen Apartment in Manhattan und sparte beinahe jeden Cent." Sie lachte humorlos. „Ich konnte nicht glauben, dass ich so viel Geld verdiente, und hatte Angst, irgendwann würde alles wie eine Seifenblase zerplatzen. Monatelang kaufte ich meine Kleider in Warenhäusern und fuhr ausschließlich Bus. Es war so seltsam, plötzlich Geld zu besitzen. Ich konnte nichts damit anfangen."

Sean versuchte sich in Hesters Lage zu versetzen, aber es fiel ihm ziemlich schwer. Er war mit dem sprichwörtlichen silbernen Löffel geboren worden und hatte, solange er sich zurückerinnerte, bekommen, was er wollte.

„Endlich begann ich ebenfalls zu kaufen, was auch andere weibliche leitende Angestellte besaßen", fuhr Hester achselzuckend fort. „Alle fuhren europäische Sportwagen, deshalb kaufte ich mir einen Porsche. Sie trugen Designerkostüme, also begann ich ebenfalls, in feinen Boutiquen einzukaufen. Sie hatten eine schicke Adresse am Central Park, deshalb besorgte ich mir dort eine Wohnung. Ich glaube, ich tat genau das, was man von mir erwartete.

Weil ich endlich aus dem Getto herausgekommen war, arbeitete ich wie eine Wahnsinnige, um nie wieder dorthin zurückzumüssen. Ich verbrachte beinahe jede Stunde im Büro oder in Besprechungen. Nachts träumte ich von Optionen und Wachstumsraten. Zu Partys oder in eine Bar ging ich ausschließlich mit Leuten, die ich von der Arbeit kannte, und wir redeten nur vom Geschäft."

„Das kommt mir bekannt vor."

„Es wundert mich nicht", antwortete Hester ruhig. „Ich vermute, mein Lebensstil war deinem damals ziemlich ähnlich." Sie hielt einen Moment inne und fuhr mutiger fort: „Hast du in letzter Zeit häufig Kopfschmerzen?"

„In der Tat", gab Sean zu.

„Auch Rücken- oder Magenschmerzen?"

„Ja", antwortete er widerstrebend.

„Und wie ist es mit diesem nagenden Schmerz in der Brust, bei dem einem angst und bange wird?" Sean nickte.

„Dann solltest du lieber zum Arzt gehen", riet sie ihm. „Ich hatte ebenfalls all diese Symptome, und der Arzt sagte mir, dass ich erhebliche Schwierigkeiten bekommen könne, wenn ich nicht kürzerträte."

„Ich bin schon beim Arzt gewesen, also mach mir keine Vorschriften", antwortete er gereizt. „Und er hat mir genau dasselbe gesagt", fügte er hinzu.

„Außerdem bist zu ziemlich aufbrausend", stellte sie nachsichtig fest. „Das ist ein sicheres Zeichen."

„Wofür?"

„Dass du das Ende der Fahnenstange fast erreicht hast und völlig ausgebrannt bist. Du könntest ebenfalls dort enden, wo ich gelandet bin."

„Wieso?", fragte Sean ungeduldig. Ihm gefiel die Richtung nicht, in die Hesters Gedanken gingen.

„Du könntest einen Punkt erreichen, wo du nur noch den Wunsch hast, allem zu entkommen, was dich verrückt macht. Wie es mir passiert ist."

„Das bezweifle ich ernsthaft", versicherte er.

„Ich war siebenundzwanzig, als ich Thompson-Michaels verließ", erzählte Hester. „Viele Menschen sind in diesem Alter erst am Anfang ihrer Karriere. Ich war bereits eine leitende Angestellte, und durch meine Hände waren viele Millionen Dollar gegangen. Trotzdem hatte ich einige der grundlegendsten Freuden des Lebens noch nicht kennengelernt." Sie suchte nach einer Möglichkeit, Sean zu beschreiben, was sie an jenem regnerischen Morgen vor zwei Jahren empfunden hatte.

„Verstehst du, was das heißt, Sean?", fragte sie. „Ich war nie zu einem Footballspiel der Highschool gewesen. Ich hatte niemals einen Jungen mit nach Hause gebracht und ihn meinen Eltern vorgestellt. Ich war nie mit Freundinnen auf einem Einkaufsbummel gewesen, hatte niemals Blätter im Herbst zusammengefegt oder im Winter einen Schneemann gebaut. Ich kannte keine Osterferien in Florida oder auf St. Croix und keine Sommerferien mit der Familie. Ja, ich besaß überhaupt keine Familie!" Die letzten Worte würgte sie beinahe hervor, denn ihr Hals war vor Erregung wie zugeschnürt.

Nach einer Weile fuhr sie mit rauer Stimme fort: „Verstehst du, wie das ist? Morgens mit solchen Gedanken aufzuwachen und zu wissen, dass dir die Vergangenheit nichts geboten hat und dir die Gegenwart und die Zukunft nicht viel mehr bieten werden? Zu erkennen, dass dich die Leute nur schätzen und um sich haben möchten, weil du ihnen eine Menge Geld einbringst? Wäre ich damals gestorben, hätte kein Mensch um mich getrauert. Kein einziger."

Tränen liefen ihr aus den bernsteinfarbenen Augen, die jetzt vor Ergriffenheit glänzten.

Sean hätte Hester gern gestreichelt, fürchtete jedoch, sie könne ihn zurückweisen. Er hatte keine Ahnung gehabt, was in ihr vorging. Was war er für ein kalter, gefühlloser Kerl! Noch vor ein paar Stunden war Hester so schön und lebensprühend gewesen. In kürzester Zeit hatte er es geschafft, dass sie sich ganz elend fühlte. Er war ein Ekel.

„Ich musste dieses Leben aufgeben", fuhr sie fort und wischte sich die Tränen aus dem Gesicht. „Es tut mir leid, aber ich sah keinen Sinn mehr in meiner Tätigkeit. Meine geistige Zurechnungsfähigkeit stand auf dem Spiel. Deshalb gab ich alles auf: Porsche, Eigentumswohnung, Karriere, Verträge – alles. Nichts war mir mehr wichtig. Begreifst du das, Sean?"

Sean gab sich alle Mühe, und vielleicht gelang es ihm tatsächlich. Trotzdem wollte ein Teil von ihm immer noch nicht einsehen, dass Hester alles, was sie erreicht hatte, einfach hinter sich und die Firma, für die sie tätig gewesen war, im Stich gelassen hatte. Aber er konnte sie deswegen nicht verurteilen, denn er erkannte, dass sie einen Punkt erreicht hatte, von dem es kein Zurück gab.

„Tut mir leid, dass du so unglücklich warst, Hester", sagte er aufrichtig und wischte ihr die letzten Tränen mit dem Fingerrücken fort. „Ich wünschte, wir hätten uns schon damals kennengelernt. Vielleicht …" Er wusste selbst nicht recht, was er sagen wollte. Etwas Tröstliches, etwas Hoffnungsvolles. Gern hätte er ihre Last erleichtert, aber er hatte keine Ahnung, wie.

„Was hast du mit deinen Sachen gemacht, nachdem du hierhergezogen warst?", fragte er nach einer Weile. „Mit dem Porsche, der Wohnung et cetera?"

„Ich habe alles verkauft", antwortete sie trocken.

„Wie denn?" Er konnte sich nicht vorstellen, dass sie alles aufgegeben hatte, was sie besaß. Gewiss gab es noch Verbindungen zu ihrem früheren Leben.

„Während ich noch auf St. Croix war, rief ich eine Rechtsanwältin an, die ich aus meiner Zeit bei Thompson-Michaels kannte. Sie kümmerte sich um alles. Ich bat Linda, meine Kleider, die Wäsche und die Haushaltswaren an die Fürsorge zu geben. Außerdem verkaufte sie meinen Wagen, meine Eigentumswohnung und meine Möbel und legte das Geld so an, wie ich es ihr sagte. Alle Abrechnungen und sonstige Schreiben gehen ans sie, und sie schickt sie mir durch die Post zu."

„Du besitzt ausschließlich Investitionen?", fragte Sean.

„Es ist eine ganz hübsche Summe", erzählte Hester. „Du vergisst, dass ich sehr gefragt war und außerordentlich gut für meine Tätigkeit bezahlt wurde." Sie zögerte einen Moment und lächelte schließlich. „Wie du es selbst einmal sehr beredt ausgedrückt hast: Ich bin verflixt reich."

Sean stöhnte auf und blickte zum Himmel. „Es tut mir wirklich leid, Hester. Wenn ich das gewusst hätte …"

„Ich weiß. Entschuldige, dass ich dich so lange im Unklaren darüber ließ."

Sean sah ihr in die Augen. Plötzlich fiel ihm etwas ein. „Wirklich komisch, dass du ausgerechnet bei Thompson-Michaels gearbeitet hast."

„Wieso?", fragte Hester, und ihre Laune besserte sich erheblich.

„Weil Duran Industries gerade einen Vertrag mit dieser Firma abschließen will."

„Tatsächlich? Das ist wirklich komisch."

„Wer weiß, vielleicht hätten wir uns unter anderen Umständen also auch kennengelernt."

„Ich wäre inzwischen ein Nervenbündel gewesen. Du hättest mich garantiert nicht leiden können."

„Ausgeschlossen!", rief er.

Hesters Puls beschleunigte sich. „Vielleicht war es Schicksal, dass wir uns hier getroffen haben", meinte sie. „Vielleicht hat dich Jah wirklich hierhergeführt."

Sean lächelte und hob ihre Hände an seine Lippen. Er knabberte an den Fingerspitzen und küsste ihre Handflächen, bis Hester wieder unbeschwert lachte und auch die letzten Spuren der Trauer aus ihren Augen verschwunden waren.

„Es wird spät", flüsterte er endlich und zog sie in die Arme. „Ich glaube, es ist an der Zeit, ins Haus zu gehen. Meinst du nicht auch?"

Hester vermutete, dass noch nicht alles zwischen ihnen geklärt war, aber auch, dass es wahrscheinlich sinnlos sei, das Gespräch heute Nacht fortzusetzen. Bald kam der Morgen und damit Seans Abreise. Ihr blieben nur noch wenige Stunden mit dem Mann, den sie liebte. Wollte sie die wirklich mit Reden verbringen, statt eng an ihn geschmiegt in seinen starken Armen zu liegen?

„Ja, du hast recht", antwortete sie, ohne zu zögern. „Es war ein langer Tag."

9. KAPITEL

Sean kehrte am Freitagmorgen gut gelaunt ins Büro zurück. Nachdem seine Sekretärin seine braune Hautfarbe bewundert hatte, erzählte sie ihm, dass Ethan immer noch in Rio wäre. Nach den Berichten zu urteilen lief dort alles seinen geregelten Gang. Sein Schwager käme vermutlich am Montag zurück.

Sean saß hinter seinem Schreibtisch und betrachtete eingehend sein großes leeres Büro. Hier wehte keine Meeresbrise, und vor dem Fenster schwangen keine Palmen leise im Wind. Bob Marley brachte ihm kein Ständchen mit Reggaemusik, und der Kaffee des Sekretariats schmeckte längst nicht so gut wie das duftende puerto-ricanische Getränk von Hester.

Die dunklen getäfelten Wände und der dicke graue Teppich waren so anders als die gekalkten Wände und die Baumwollbrücken im Hotel, auch das teure Mahagonimobiliar hatte nichts mit Hesters reparierten Bambusmöbeln gemein. Der Innenarchitekt, der ihm sehr empfohlen worden war, musste noch eine Menge darüber lernen, wie man einen Raum wohnlich gestaltete. Sean fragte sich, warum ihm das nicht schon vorher aufgefallen war.

Eines war allerdings neu in Seans Büro und erinnerte ihn an seinen kurzen Aufenthalt im Paradies. An der Wand hinter dem Schreibtisch, unmittelbar über seinem Sessel, sodass er sich nur umzudrehen brauchte, um es zu sehen, hing das Aquarell aus seinem Hotelzimmer. Die pastelligen Blau-, Grün-, Lavendel- und Gelbtöne passten zwar überhaupt nicht zu dem düsteren viktorianischen Stil des Büros, aber das Bild sollte hängen, wo er es am einfachsten betrachten konnte. Dieses Geschenk von Hester war seine einzige greifbare Erinnerung an die Woche im Garten Eden, von der er immer noch nicht recht wusste, ob es sich bei ihr nur um einen Traum handelte.

Sean dachte an Hester und an die letzten gemeinsamen Stunden mit ihr. Während die Morgendämmerung über der Insel heraufzog, hatten sie sich zum letzten Mal geliebt. Anschließend frühstückten sie, und er musste packen. Viel zu früh kündigte das Brummen des Flugzeugmotors das Ende seines Aufenthaltes an. Hester begleitete Sean zur Landebahn. Sie waren beide schweigsam und ein wenig befangen. Ein flüchtiger Kuss, ein Händedruck und ein geflüstertes Abschiedswort, schon startete das Flugzeug, und er blickte bald auf die winzige smaragdgrüne Insel hinunter, die rasch in der Ferne verschwand.

Ford brachte ihn nach St. Vincent. Dort hatte Sean dafür gesorgt, dass seine eigene Maschine von der Insel abgeholt wurde, und kehrte mit einem Linienflug nach New York zurück. Es gab keinerlei Schwierigkeiten. Bevor er sich recht besann, traf er zu Hause ein.

Aber weshalb kam ihm hier alles kalt und fremd vor?

Plötzlich hatte Sean eine Idee.

„Miss Foster …", rief er seine Sekretärin, nachdem er alles notiert hatte, was sein Büro gemütlicher machen sollte. „Würden Sie bitte einen Moment zu mir kommen?"

Miss Foster war eine außerordentlich tüchtige Chefsekretärin. Sie betrat sein Büro in grauem Flanellkostüm und bequemen Schuhen, mit perfekt geschnittener Pagenfrisur und Hornbrille.

„Ja, Mr Duran?", fragte sie und trat an Seans Schreibtisch.

Er sah sie einen Moment an und verglich sie mit der Frau, die er noch gestern Morgen in den Armen gehalten hatte. Vor ein paar Jahren hätten Hester und Miss Foster vermutlich noch eine Menge gemeinsam gehabt. Seit beinahe fünf Jahren arbeitete er jetzt mit seiner Sekretärin zusammen und wusste absolut nichts über sie.

„Miss Foster, ich möchte Sie bitten, über Mittag ein paar Sachen für mich zu besorgen, falls es Ihnen nicht zu viel Mühe macht. Nehmen Sie sich so viel Zeit wie nötig und bezahlen Sie mit meiner Kreditkarte."

Sean reichte ihr die Liste, und Miss Foster überflog die Aufstellung rasch. Sie wunderte sich nicht wenig über ihren Arbeitgeber, ließ sich aber nichts anmerken. Zwar erledigte sie häufig über Mittag Einkäufe für Mr Duran. Diese Liste fiel allerdings etwas aus dem Rahmen.

„Wünschen Sie ganz bestimmte tropische Fische, Sir?", fragte sie höflich.

„Nein, nicht unbedingt", antwortete Sean, lehnte sich zurück und verschränkte die Hände gelassen hinter dem Kopf, wie Miss Foster es noch nie erlebt hatte. „Achten Sie nur darauf, dass sie schön bunt sind. Rot, blau, orange und so weiter."

Miss Foster machte sich ein paar Notizen. „Und wie groß soll das Aquarium sein?"

„Keine Ahnung." Sean zuckte die Schultern. „Auf keinen Fall zu klein. Knapp vierhundert Liter vielleicht?"

„In Ordnung, Sir." Miss Foster schrieb erneut etwas auf das Blatt und betrachtete die Liste noch einmal. „Der Rest ist ziemlich klar: Bob Marley, Ernest Hemingway, Barbados-Rum …"

„Besorgen Sie davon gleich ein paar Kisten", unterbrach Sean sie. „Und Tonic dazu."

„Tonic", wiederholte die Sekretärin. „Außerdem puerto-ricanischen Kaffee … Oh, Mr Duran, ich weiß nicht, ob man den hier bekommt."

„Miss Foster, wir sind in New York!", murmelte Sean entrüstet. „Hier kann man alles haben, was man möchte." Außer einer ganz bestimmten Frau, nach der ich verrückt bin und die ich dummerweise in jenem Inselparadies zurückgelassen habe, fügte er stumm hinzu.

Miss Foster kehrte schweigend an ihren Schreibtisch zurück und fragte sich, ob ihr Chef vielleicht zu spät Urlaub genommen und einen seelischen Schaden erlitten habe. Aber es gehörte nicht zu ihren Aufgaben, sich darüber Gedanken zu machen, was im Kopf des Vorstandsvorsitzenden vorging. Sie brauchte nur seine Anweisungen auszuführen. Und wenn sie dafür stundenlang in ein Aquarium starren und bunte Fische aussuchen musste, würde sie es tun.

Als Amanda MacKenzie, ohne anzuklopfen, am Freitagabend das Büro ihres Bruders betrat, glaubte sie zunächst, er wäre nicht da. Dann hörte sie plötzlich leise, fremdartige Musik und ein Plätschern, das sie … an ein Aquarium erinnerte. Sie entdeckte das große Wassergefäß an der Wand, in dem unzählige bunte Fische eilig hin und her schwammen. Erst in diesem Augenblick bemerkte sie Sean, der auf dem Ledersofa lag, die Schuhe ausgezogen hatte und ein Taschenbuch las.

„Sean?", fragte sie vorsichtig. „Bist du gesund aus den Ferien zurückgekommen?"

Sean stand langsam auf, sah seine Schwester an und betrachtete ihr perfekt frisiertes rotes Haar sowie das gut sitzende braune Wollkostüm. „Eigentlich hatte ich vor, dich und Ethan bei meiner Rückkehr umzubringen", erwiderte er.

„Aber du hast es dir anders überlegt, nicht wahr? Du hast erkannt, dass wir nur dein Bestes im Sinn hatten und verhindern wollten, dass du einen tödlichen Herzanfall bekamst. Der hätte dir nämlich ohne diese Pause bevorgestanden."

Sean antwortete nicht.

„Gib es zu, Sean", drängte Amanda ihn. „Dieser Urlaub hat deinem Herzen gutgetan."

„Mein Herz wird nach der letzten Woche nie wieder so sein wie früher", antwortete er rätselhaft.

„Was liest du da?", wechselte Amanda schnell das Thema.

„Den Roman eines großen amerikanischen Schriftstellers, der in Key West spielt."

„Seit wann interessierst du dich für Romane?", fragte Amanda verwundert. Dann zeigte sie auf das Aquarium: „Und woher kommt dieses plötzliche Bedürfnis nach exotischen Gefährten? Du hast dein Leben lang kein Haustier besessen. Außerdem schläfert einen deine Musik richtig ein."

„Ich weiß gar nicht, was du hast", fuhr Sean sie an.

„Was ist da unten auf der Insel mit dir passiert?", wollte Amanda wissen, und ihre Augen wurden schmal. „Hast du einen Sonnenstich bekommen oder eine verdorbene Kokosnuss gegessen?"

„Weshalb bist du hier?", fragte Sean müde. „Es muss doch einen Grund dafür geben."

„Ich wollte dich fragen, ob du etwas von Ethan gehört hast."

„Man hat mir gesagt, dass er noch in Rio ist und es dort keine Probleme gibt." Erst jetzt wurde Sean klar, dass er schon einen ganzen Tag wieder im Büro war, ohne sich persönlich vom Stand der Dinge zu unterrichten. Sein Desinteresse musste an der Zeitverschiebung liegen.

„Heißt das, du hast noch keine Daten über das Brasiliengeschäft bekommen?"

„Äh – hm, ich hatte zunächst etwas anderes zu tun", behauptete Sean.

„Ja, ich stelle fest, dass gewisse Dinge Vorrang hatten."

„Bitte, Amanda", unterbrach Sean seine Schwester und versuchte, höflich zu bleiben. „Nimm Platz und erzähl mir, was in meiner Abwesenheit geschehen ist und was uns noch bevorsteht."

„Einverstanden", gab sie nach. „Ich stelle keine weiteren Fragen und werde auch keine Bemerkungen über dein seltsames Verhalten machen, wenn du mir einen Drink anbietest."

Sean schlenderte zu einem Schrank neben dem Bücherregal, in dem sich seine gut bestückte Bar befand. „Was möchtest du?", fragte er seine Schwester.

„Dasselbe wie du", antwortete sie. „Scotch. Allerdings mit etwas mehr Wasser. Du trinkst ihn mir zu pur."

„Ich trinke einen Rum", verkündete er. „Genauer gesagt, dunklen Rum mit Tonic."

„Rum und Tonic?" Amanda starrte ihren Bruder ungläubig an. „Du trinkst doch nichts als …"

„Erinnere dich an dein Versprechen", warnte Sean sie. „Keine weiteren Fragen und Bemerkungen."

377

Amanda nickte stumm. Irgendetwas stimmte nicht mit ihrem Bruder, und sie musste herausfinden, woran es lag. Inzwischen hatten sich etliche Dinge ereignet, die Seans ganze Aufmerksamkeit erforderten, und sie hoffte inständig, dass er sich sofort damit befasste.

Amanda beschrieb die Ereignisse der vergangenen Woche, angefangen von den langsamen Fortschritten in Rio bis zu der Tatsache, dass im Mittleren Westen unerwartet zwei Fabriken geschlossen worden waren. Eine gründliche Überprüfung des neuen Flugzeugmodells, mit dem Sean beinahe abgestürzt wäre, hatte den Rückruf der bereits ausgelieferten Maschinen zur Folge gehabt und für eine schlechte Werbung gesorgt. Außerdem mussten noch einige Unstimmigkeiten in dem Vertrag bereinigt werden, den die Firma mit Thompson-Michaels abschließen wollte.

Während Amanda die Schwierigkeiten während seiner Abwesenheit beschrieb, wurde Sean aufmerksamer. Mit jedem Rückschlag, den sie erwähnte, verblassten seine Erinnerungen an die Insel und an Hester.

Daran änderte sich den ganzen folgenden Monat nichts. Sean stürzte sich mit einem Eifer in die Arbeit, der selbst seine frühere Neigung zum Workaholic noch überstieg. Er ging restlos in seinen Pflichten auf und verdrängte jeden Gedanken an blauen Himmel, türkisfarbenes Wasser, grünen Dschungel und an Hesters unvergessliche braune Augen.

Er arbeitete zwölf Stunden im Büro, nahm anschließend Akten mit nach Hause und setzte sich auch an den Wochenenden an den Schreibtisch, um für Notfälle da zu sein und liegen gebliebene Dinge zu erledigen. Innerhalb einer Woche waren der Druck in seinem Kopf, seine Brustschmerzen und sein ständiges Sodbrennen wieder da. Doch Sean schluckte Tabletten und beachtete die Warnungen seines Körpers nicht.

Nachts, wenn er im Bett lag und vor Erschöpfung nicht einschlafen konnte, kehrten seine Gedanken zu Hester zurück. Nur in der Dunkelheit seines Schlafzimmers erlaubte er sich, an sie und die gemeinsame Zeit mit ihr zu denken. Er sollte nicht zugeben, dass sein Leben eine leere Hülse geworden war. Schon lange vor Hester hatte er aufgehört, das Leben zu genießen.

Die Woche mit ihr hatte ihm die Augen geöffnet und ihm gezeigt, was ihm entgangen war. Er war ein mächtiger Industrieboss mit viel Erfolg, der Architekt eines führenden Konzerns des Landes, der etliche Millionen Dollar verdiente, Büchereien gründete und Krankenhausflügel stiftete. Er genoss den Respekt seiner Kollegen und kannte sich in der ganzen Welt aus. Aber es blieb fraglich, ob er nicht nur fürs Geschäft arbeitete.

378

Für sich ganz persönlich tat er nichts. Durch einen Zufall war er auf einer winzigen Insel in der Karibik gestrandet und lernte die Schönheit einfacher Dinge und die Freude an Tätigkeiten kennen, die ihm bisher nichts bedeuteten. Er hatte geschnorchelt, an der Küste geangelt, zum Spaß gelesen und konnte inzwischen eine perfekte Piña colada mixen. Wäre er noch etwas länger geblieben, hätte er vermutlich sogar die Technik des Krabbenfischens gelernt und könnte inzwischen genauso gut Domino spielen wie Ruben und Diego.

Außerdem hatte er festgestellt, dass er fähig war, etwas für einen anderen Menschen zu empfinden. Wirklich zu empfinden! Während Sean allein in seinem Bett lag, verblüffte ihn eine Erkenntnis besonders: Hester fehlte ihm entsetzlich. Tagsüber konnte er seine Gedanken an sie bezähmen. Es war leicht, sich in der Arbeit zu vergraben, wenn niemand auf einen wartete. Aber nachts spürte er die Leere eines Lebens ohne diese Frau. Vielleicht konnte er ein paar Tage Urlaub nehmen und zurück auf die Insel fliegen. Vielleicht hatte er in ein paar Wochen alles wieder unter Kontrolle und konnte sich davonstehlen. Vielleicht.

Jede Nacht nahm Sean sich vor, auf die Insel zurückzukehren und Hester zu erzählen, was ihm durch den Kopf ging. Aber die Wochen vergingen, seine Schwierigkeiten bei der Arbeit nahmen zu, und sein Urlaub im Süden rückte in immer weitere Feme.

Sean brütete unablässig über den Akten, nahm an anstrengenden Konferenzen teil und schluckte kleine Pillen gegen die körperlichen Schmerzen. Die seelischen blieben allerdings, und er konnte nichts dagegen unternehmen. Gegen sie half nur Hester, und die war zweitausend Meilen entfernt.

Hester ging es auf ihrer Insel nicht viel besser als Sean in New York. Der Monat nach seiner Abreise war der langweiligste seit geraumer Zeit. Sie verrichtete dieselben Dinge wie früher, aber gemeinsam mit Sean hatten sie viel mehr Spaß gemacht. Am Strand erinnerte sie sich an ihre vielen Gespräche über das Leben und wie man es führen sollte. Im Hotel musste sie ständig daran denken, wie gut er zu den anderen auf ihrer Party gepasst hatte. In ihrem Zimmer kehrte die Erinnerung an die leidenschaftlichen Umarmungen zurück. Selbst beim Schnorcheln musste sie an Seans jugendhafte Begeisterung denken, als sie ihm die Grundlagen des Lebens im Wasser beibrachte.

Eines wurde ihr bitterlich klar: Statt abzunehmen, nahm ihre Liebe zu Sean in seiner Abwesenheit zu. Er fehlte ihr sehr. Nachts, wenn sie wach im Bett lag und seine Liebkosungen zu spüren meinte, war es am schlimmsten. Oft weinte sie lange in ihr Kissen, bis sie endlich einschlief. Sie brauchte Sean und musste ihn unbedingt wiedersehen.

Während die Wochen vergingen, stellte Hester fest, dass es einen weiteren Grund gab, weshalb sie mit Sean sprechen musste.

„Ich glaube, ich bekomme ein Baby", vertraute sie Teresa und Gabriela auf ihrer monatlichen Party acht Wochen später an. Die drei Frauen hatten sich von den Männern getrennt, saßen am Strand und genossen die kühle Abendbrise.

„Sind Sie sicher?", fragte Gabriela vorsichtig.

„Natürlich bin ich noch nicht beim Arzt gewesen", erklärte Hester. „Und es ist mir etwas peinlich, einen ‚Schwangerschaftstest für zu Hause' auf die Einkaufsliste für Ford zu setzen. Aber ich bin mir ziemlich sicher." Sie sah Teresa besorgt an. „Alle Anzeichen sind vorhanden."

Teresa lächelte ihr aufmunternd zu. „Und was empfinden Sie dabei?", fragte sie.

Plötzlich strahlte Hester. „Ich bin glücklich", verkündete sie. „Zunächst habe ich mich zwar selbst gescholten, weil ich so dumm und verantwortungslos war, aber im Grunde habe ich mich von Anfang an darüber gefreut." Sie zuckte die Schultern und blickte hinüber zum Dschungel, wo die Sonne eben dunkelrot unterging. „Ich hätte es wissen müssen, nachdem wir so oft …" Sie hielt inne und errötete, weil die beiden Frauen gewiss errieten, was sie beinahe gesagt hätte. „Aber ich dachte, es könne nichts passieren. Es war nicht der richtige Zeitpunkt."

„Das ist es in solch einem Fall nie", erklärte Gabriela, die sieben Kinder zur Welt gebracht hatte.

„Sie sind also nicht mehr böse auf sich selbst?", fragte Teresa.

„Nein", antwortete Hester lächelnd. „Es ist schön, wirklich. Stellen Sie sich vor: Sean und mein Baby! Der lebende Beweis dafür, was wir füreinander empfinden." Nach einer kurzen Pause fuhr sie fort: „Zumindest für meine Empfindungen. Endlich bekomme ich jemanden, für den ich sorgen und den ich zu einem liebenswerten Menschen erziehen kann. Das finde ich wunderbar! Ich verließ New York, weil mein Leben sinnlos und unerfüllt war. Hier ist das Leben wunderschön. Aber Sean musste mir erst zeigen, dass mein Leben auch einen Sinn hat. Und jetzt wird dieses Baby mir ein Ziel geben."

Hester konnte den beiden Frauen gar nicht sagen, wie sehr sie sich über diese Schwangerschaft freute. Sie war furchtbar neugierig, ob es ein Mädchen oder ein Junge wurde und wem das Baby ähnelte. Am liebsten hätte sie allen von ihren Plänen für das Kind erzählt: von den Büchern und dem Spielzeug, das sie kaufen wollte, und wie sie es erziehen würde, damit es zu einem aufgeschlossenen, intelligenten, ausgeglichenen Menschen heranwuchs. Gern hätte sie die beiden Frauen nach deren Erfahrungen über die Mutterschaft gefragt. Aber es war alles noch zu neu für sie, um mit anderen darüber zu reden. Selbst Sean wusste ja noch nichts davon.

„Sie werden die Insel verlassen müssen", stellte Gabriela plötzlich fest. „Sie brauchen einen Arzt und sollten das Kind in einem Krankenhaus zur Welt bringen. Diese Insel ist wunderschön, aber man sollte hier kein Kind aufziehen."

„Das stimmt", antwortete Hester nüchtern. „Das habe ich auch schon überlegt."

„Wohin werden Sie gehen?", fragte Teresa. „Ich weiß, dass die Kosten keine Rolle für Sie spielen. Aber Sie haben doch keine Familie. Werden Sie Sean mitteilen, dass er Vater wird?"

„Darüber denke ich seit einer Woche nach", gab Hester aufrichtig zu. „Ich kann mir nicht vorstellen, dass er sehr glücklich darüber sein wird. Er ist nicht gerade ein väterlicher Typ."

„Aber er mag Sie sehr", erinnerte Teresa sie. „Und er scheint ein Ehrenmann zu sein. Er wird schon das Richtige tun."

„Und was ist das?" Hester kannte die Antwort im Voraus.

„Sie heiraten."

„Ich möchte nicht, dass er mich nur deshalb heiratet, weil ich schwanger bin. Er soll mich heiraten, weil er mich liebt und ohne mich nicht leben kann."

„Und woher wissen Sie, dass es nicht so ist?", fragte Gabriela herausfordernd.

„Er hat es mir nie gesagt."

„Ich wette, Sie haben es ihm auch nicht gesagt."

„Und wenn nicht?" Hester wurde langsam ärgerlich. „Vielleicht liebe ich ihn ja gar nicht."

Teresa schnaufte ungläubig. „Wir wissen alle, dass das nicht stimmt. Versuchen Sie also gar nicht erst, es uns einzureden. Die Art und Weise, wie Sie beide sich angesehen haben, während Sean hier war, und Ihre düstere Laune, seit er abgereist ist, können nur eines bedeuten."

Hester lächelte ein wenig. „Ich liebe ihn tatsächlich", sagte sie verträumt. „Ich wusste gar nicht, dass ich jemanden lieben kann, aber bei ihm ging es ganz schnell. Er ist so – so anständig und so wunderbar. Er tut, als hätte er überhaupt kein Herz und kein Gewissen, aber das ist nur eine dünne Fassade. In Wirklichkeit hat er viel zu geben. Und er bringt mich zum Lachen. Es war schön, mit ihm zusammen zu sein."

Ja, Sean Duran ist ein guter Mann, dachte sie, und er hat es verdient, zu erfahren, dass er Vater wird.

„Sie sollten ihm sagen, was Sie für ihn empfinden, Hester", riet Gabriela ihr. „Woher wissen Sie, dass es ihm nicht ebenso ergeht?"

Seufzend stand Hester auf und strich den Sand vom Hinterteil ihrer Shorts. Tief in Gedanken ging sie zum Rand des Wassers und kehrte zurück.

„Ich bin sicher, dass Sean etwas für mich empfindet", erklärte sie. „Aber mit Liebe hat das nichts zu tun. Er ist kein Mann für eine längere Beziehung. Nachdem er sich richtig an mich gewöhnt hat, wird er meiner bestimmt bald überdrüssig. Ich kann mir nicht vorstellen, dass er sich einem einzigen Menschen ganz hingibt. Nur seiner Arbeit widmet er sich wirklich restlos. Für eine Frau ist in seinem Leben kein Platz. Erst recht nicht für eine Familie." Sie wartete, ob Teresa oder Gabriela dies bestritten. Als die Frauen nicht antworteten, fügte sie entschlossen hinzu: „Trotzdem werde ich ihm von dem Baby erzählen. Das darf ich ihm nicht vorenthalten. Immerhin ist es auch sein Kind."

„Das bedeutet wohl, dass Sie uns bald verlassen", meinte Teresa wehmütig.

„Ja, nächsten Donnerstag", erklärte Hester, und ihr Magen zog sich schmerzlich zusammen. „Ich habe Ford schon mitgeteilt, dass er einen Passagier haben wird. Als Erstes muss ich in St. Vincent zum Arzt gehen, um ganz sicher zu sein, bevor ich irgendwelche endgültigen Pläne fasse."

„Wo werden Sie wohnen?", fragte Gabriela.

„In New York City", erklärte Hester. „Dort, wo alles begonnen hat. Ich habe zu Sean gesagt, ich würde nur in die Stadt zurückkehren, wenn etwas Wichtigeres als mein eigener Seelenfriede auf dem Spiel stünde. Damals konnte ich mir das gar nicht vorstellen."

Die restliche Woche verging viel zu schnell. Hester blieb kaum Zeit, sich zu verabschieden und ihre Sachen zu packen. Da sie keine Winterkleidung besaß, bat sie Nicole, ihr den Pullover und die Jeans zu leihen, mit denen die Französin im November auf die Insel gekommen war.

382

„Natürlich, Hester", antwortete Nicole sofort. „Nehmen Sie, was Sie benötigen. Brauchen Sie auch Schuhe?"

„Oh ja, das hätte ich beinahe vergessen."

Nachdem sie sich auch von Jean-Luc und Fabienne verabschiedet hatte, verließ Hester das Lager der Wissenschaftler mit ziemlich abgetragenen Levi's-Jeans sowie einem übergroßen olivfarbenen Armeepullover, dicken Socken, Wanderstiefeln und einem sehr langen weinroten Schal. Falls es sehr kalt wurde, konnte sie noch ein T-Shirt unter den Pullover ziehen.

Ihre Bilder und die Malutensilien wollte sie vorerst im Hotel lassen.

„In Ordnung", erklärte Diego, „wenn Sie versprechen, häufig auf Besuch zurückzukommen."

„Ganz bestimmt", versicherte Hester. „Wie könnte es anders sein? Die Insel ist mir mehr zur Heimat geworden als jeder andere Ort auf der Welt." Ihr wurde warm ums Herz. „Und Sie alle sind die beste Familie, die sich ein Mensch wünschen kann."

Während sie sich unter Tränen und Küssen verabschiedeten, erklärte Diego: „Desmond wird sich inzwischen um das Hotel kümmern. Er behauptet, an der Landebahn sei sowieso nichts los. Persönlich vermute ich allerdings, dass er gern näher an der Bibliothek und der Küche sein möchte. Vom Rum gar nicht zu reden."

„Wahrscheinlich haben Sie recht", stimmte Hester ihm zu.

„Zumindest können Sie sicher sein, dass alles gut bewacht wird."

Die Morales und Desmond kamen am Donnerstag zur Landebahn. Teresa umarmte Hester liebevoll, während Ford ihre Reisetasche im kleinen Laderaum des Flugzeugs verstaute. „Alles wird gut werden", versicherte sie. „Warten Sie nur ab. Sie haben schon so viel durchgemacht, aber nun werden Sie bestimmt glücklich."

„Ich hoffe, dass Sie recht behalten, Teresa. Danke."

„Ich bin fertig, Hester", rief Ford ihr aus dem Cockpit des Flugzeugs zu.

„Ich komme", antwortete sie. „Nochmals allen vielen Dank." Lächelnd kletterte sie in das Flugzeug.

Tränen verschleierten ihren Blick, als sie den Freunden zum Abschied winkte. Dann rollte das Flugzeug an und stieg zum Himmel hinauf. Während sie auf die blaue Karibische See hinausflogen, ließ Hester ihren Tränen freien Lauf. Bevor sie St. Vincent erreichten, hatte sie alle Papiertaschentücher von Ford aufgebraucht.

„Mr Duran, Houston ist auf Leitung eins, und Philadelphia ist auf Leitung drei", informierte Miss Foster Sean über die Gegensprechanlage, eine Woche nach Hesters Abreise.

„Sollen beide warten", antwortete Sean gepresst. „Ich spreche gerade mit Detroit."

„Mr Davenport in Philadelphia hat es sehr eilig, Sir. Es handelt sich um eine Klage."

Sean knirschte verärgert mit den Zähnen. Am liebsten hätte er losgeschrien. „Sagen Sie ihm, ich rufe später zurück. Und sagen Sie Houston, sie ..." Sollen mir den Buckel runterrutschen, hätte er am liebsten hinzugefügt. Stattdessen murmelte er: „Sie sollen sich in einer Stunde wieder melden."

War das eine Woche! Die wahre Hölle. Ein Streik der Arbeiter legte mehrere Fabriken im Land lahm, und alle Verhandlungen waren erfolglos geblieben. Der mechanische Fehler ihrer kleinen Flugzeugproduktion kostete die Firma ein Vermögen, ganz zu schweigen vom Zeitverlust, den er mit sich brachte. Gegen eine seiner Fabriken in Philadelphia war Klage erhoben worden, weil sie ihre Erzeugnisse angeblich widerrechtlich zu Schleuderpreisen verkauft hatte, und wegen der Schließung einer Bank in Houston war ein ziemlich großes Konto des Konzerns gesperrt. Seit Montag läutete sein Telefon sowohl zu Hause als auch im Büro unablässig.

Ethan und Amanda versuchten, einige Probleme allein zu lösen, aber Sean bestand darauf, jeden Vorgang selbst zu bearbeiten. Innerhalb von vier Tagen hatte er Houston und Philadelphia besucht und war in zwei weiteren Städten gewesen, wo die Arbeiter streikten. Er ernährte sich von Kaffee und zu fetten Schnellgerichten und bekam kaum noch Schlaf. Er war müde und gereizt. Sein Kopf schmerzte seit Tagen, sein Magen brannte, und sein Rücken und sein Nacken waren restlos verspannt. Außerdem war da dieser ständige Schmerz in seiner Brust, der nicht verschwinden wollte ...

Und wozu das alles? Damit er ein gutes Leben führen konnte? Nein, sein Leben bestand nur aus Arbeit. Es gab ja nicht einmal eine Familie, zu der er abends zurückkehren konnte.

Genau eine Woche hatte er mit einer unglaublichen Frau in einem tropischen Paradies verbracht. In dieser einen Woche mit Hester hatte er mehr Befriedigung empfunden, mehr über das Leben gelernt und mehr Schönheit erfahren als in seinem ganzen bisherigen Leben. Weshalb zermarterte er sich hier das Hirn und brachte sich selbst für nichts und wieder nichts um, wenn er ebenso gut am Meer liegen, Rum mit

Tonic trinken und die Frau seiner Träume in den Armen halten konnte?

Die Erkenntnis kam Sean plötzlich, so als habe jemand die Tür für ihn aufgestoßen. Was für ein Narr war er doch! Diese tägliche Aufregung und Hetze! Er arbeitete nicht, um seinen eigenen Lebensstil zu verbessern, sondern um anderen das Leben zu erleichtern. Die örtlichen Niederlassungsleiter von DI konnten die meisten Schwierigkeiten gewiss selber lösen. Aber weshalb sollten sie sich die Mühe machen, wenn der Vorstand der Gesellschaft ihnen diese Arbeit abnahm?

Wieder fragte sich Sean, weshalb er in New York saß und sich kaputtmachte, anstatt bei Hester auf der Insel zu sein. Weshalb lebte er nicht mit ihr zusammen, mit der einzigen Frau, die das Leben für ihn lebenswert machte? Auf den Strand und die Havannazigarren konnte er verzichten, solange Hester bei ihm war. Sie würde ihn überall glücklich machen. Die Frage war nur, ob er dasselbe für sie tun konnte.

Er brauchte Hester. Die anderen – Duran Industries eingeschlossen – sollten selber sehen, wie sie zurechtkamen. Zunächst ging es um ihn. Noch bestand die Chance, dass Hester ihn wollte. Was dann kam, würde sich finden. Dafür hatte er jetzt keine Zeit.

„Miss Foster", sagte er zu seiner Sekretärin, „besorgen Sie mir bitte eine Flugverbindung."

„Nach Detroit, Mr Duran?"

„Nein, nach St. Vincent auf den Westindischen Inseln. Nach Möglichkeit für morgen früh."

„Nach den Westindischen Inseln, Sir?"

„Ja. Und versuchen Sie, dort einen Mann namens Ford Jones aufzutreiben. Ich möchte sein Flugzeug chartern."

„Ja, Sir, sofort." Es fiel Miss Foster schwer, ihre Verblüffung zu verbergen.

„Danke. Ach ja, da ist noch etwas", fuhr Sean fort. „Ich gehe heute früher nach Hause. Leiten Sie meine Telefongespräche an die entsprechenden Abteilungen weiter."

„Wie Sie wünschen, Mr Duran."

Sean stand auf und ging zu seinem Schwager hinüber, der soeben verärgert den Telefonhörer aufwarf. „Schlechter Tag?", fragte er.

Ethan zuckte beim Klang von Seans Stimme zusammen. „Herrje, erschreck mich doch nicht so."

„Entschuldige. Wer war am Telefon?"

„Stivers aus Birmingham. Er wollte mit dir reden, aber deine Sekretärin hat das Gespräch auf meinen Apparat gelegt. Sie sagte, du wolltest heute früher nach Hause gehen." Er klang besorgt. „Ist dir nicht gut?"

„Im Gegenteil. Ich nehme ein paar Tage Urlaub." Ethans Besorgnis wuchs. „Wann und für wie lange?"

„Sofort und unbegrenzt."

„Wie bitte?", rief sein Schwager. „Du kannst jetzt nicht fort. Wir haben viel zu viel zu tun."

„Hör zu, alle Probleme regeln sich irgendwie von allein. Übertrag die Sache mit der Klage in Philadelphia der Rechtsabteilung; lass die Houstonkrise von der Finanzabteilung regeln und die Werbung soll sich um den Rückruf der Flugzeuge kümmern."

„Du machst es dir einfach."

„Es ist einfach", versicherte Sean ihm. „Bring dich deswegen nicht um. Schließlich ist es nur ein Job."

Ethan streckte einen Finger in sein Ohr und schüttelte es heftig. „Ich glaube, ich höre nicht richtig, Sean. Ich könnte schwören, du hättest gerade gesagt, ich solle mich wegen meines Jobs nicht umbringen."

„Stimmt. Ich werde übrigens nicht lange fortbleiben. Nur so lange, wie ich brauche, um eine bestimmte Frau davon zu überzeugen, den Rest ihres Lebens mit mir zu verbringen."

Ethans Verblüffung war kaum noch zu überbieten. „Ich mache mir wirklich Sorgen um mein Gehör, Sean."

„Du hörst sehr gut, Ethan. Ich hoffe, sie findet den Gedanken nicht ebenso unvorstellbar wie du."

„Hat das etwas mit jenem verlängerten Wochenende zu tun, das du vor zwei Monaten in der Karibik verbrachtest?"

Sean nickte.

„Du hast erzählt, es lebten nur neun Menschen auf der Insel. Wie hast du dort jemanden finden können?"

„Verachte mir diese Leute nicht", wies Sean ihn an. „Es sind die faszinierendsten und nettesten Menschen, die ich je kennengelernt habe. Anwesende natürlich ausgenommen."

„Danke", antwortete Ethan trocken. „Ich nehme an, ein Mensch war besonders faszinierend und nett."

„Erraten."

„Was willst du tun? Sie schreiend aus ihrem Paradies zerren und ihr erzählen, dass du ihr teure Autos, hübsche Kleider, tolle Partys und all die interessanten Leute bieten kannst, mit denen du zusammenarbeitest, falls sie mit dir in die Stadt zieht?"

„Das habe ich schon getan."

„Und?"

„Sie ist nicht darauf hereingefallen."

„Gescheite Frau." Ethan lächelte.

„Sie hat das alles schon hinter sich und behauptet, sie könne nie wieder in einer großen Stadt leben."

„Dann frage ich dich noch einmal: Was wirst du tun?"

Sean sah seinen Schwager an und wusste selbst nicht, wie er Hester überzeugen sollte, mit ihm in der Stadt zu wohnen.

„Keine Ahnung", sagte er. „Ich weiß nur, dass ich sie wiedersehen und ihr begreiflich machen muss, dass sie mich ebenso braucht wie ich sie und dass ich sie glücklich machen kann."

„Hals- und Beinbruch, Sean."

„Danke. Kümmerst du dich um die Firma, während ich fort bin?"

„Das muss ich wohl."

Die beiden Männer schüttelten sich die Hand, und Sean wollte eben gehen, da läutete das Telefon auf Ethans Schreibtisch.

„Ich nehme es", bot Sean sich an. „Wahrscheinlich ist es sowieso für mich. Mir macht ein letzter Konflikt vor der Reise nichts aus. Der Aufenthalt auf der Insel wird dafür nachher umso schöner."

Es war noch einmal Mr Stivers aus Birmingham. Der Betriebsleiter schien keine Sekunde zu bedenken, dass er mit dem Chef von Duran Industries sprach, der ihn mit einem Federstrich von seinem Chefsessel in die Arbeitslosigkeit befördern konnte. Stattdessen lud er seinen ganzen Ärger über den einwöchigen Streik seiner Arbeiter bei Sean ab.

Sean hörte zunächst geistesabwesend zu und sah in Gedanken den weißen Strand und das blaue Meer und davor eine goldblonde junge Frau in einem roten Sarong. Doch als Stivers' Angriffe immer unverschämter und persönlicher wurden, wurde auch er langsam ärgerlich.

„Was tun Sie da oben eigentlich, Duran?", schrie Stivers wütend am anderen Ende der Leitung. „Schlafen Sie? Ich könnte den Konzern bestimmt besser führen als Sie!"

„Tatsächlich?", murmelte Sean ungerührt.

„Ja", fuhr Stivers fort. „Sie in New York gehen doch nur auf Partys und überlassen die Verantwortung den anderen. Von Zeit zu Zeit lassen Sie sich zwar irgendwo blicken, um sich mal wieder zu zeigen, aber Sie haben garantiert noch nie selbst einen Finger gerührt."

„Meinen Sie?"

„Ja. Kerle wie Sie sind in einem großen Haus aufgewachsen und haben ihre Stelle bekommen, weil ihre Väter es leid waren, die Dummheiten ihrer Söhne auszubügeln. Sie kommen spät ins Büro, trinken zum Lunch drei Martini und gehen früh nach Hause, um sich mit einem reichen Püppchen zu vergnügen, das noch reicher ist als Sie. Sie könnten keinen einzigen Tag ernsthaft arbeiten, und wenn Ihr Leben davon abhinge."

„Jetzt reicht es, Mr Stivers", erklärte Sean scharf. „Sie haben keine Ahnung, was hier los ist, weil Sie außer Birmingham nichts kennengelernt haben, abgesehen von der dreckigen Farm, auf der Sie aufgewachsen sind. Ich werfe Sie aus dem einzigen Grund nicht hinaus, weil Sie aus Verärgerung solche unverschämten Behauptungen aufstellen."

Seans Spannung wuchs, und er versuchte, weiterhin höflich zu bleiben. Sein Kopf pochte unerträglich, und seine Brust begann derart zu brennen, dass er unwillkürlich die Hand hob und die Stelle über seinem Brustbein rieb. Ethan bemerkte die Bewegung stirnrunzelnd.

„Hören Sie, Stivers", erklärte Sean verbittert, „ich weiß genau, was Stress einem Mann antun kann, denn ich muss mich seit Jahren mit Kerlen wie Ihnen herumschlagen. Aber damit ist ab sofort Schluss." Sein Kopf hämmerte immer stärker, und das schmerzliche Pochen in seiner Brust wurde beinahe unerträglich. Er atmete schwer und unregelmäßig.

Ethan trat einen Schritt auf ihn zu, doch Sean kümmerte sich nicht um seinen besorgten Schwager, sondern fuhr fort: „Von nun an regeln Sie Ihre Schwierigkeiten selber. Ich will nichts mehr davon hören, es sei denn, die Sache betrifft den gesamten Konzern, verstanden? Und noch etwas, Stivers", warnte er den Mann und presste die Hand auf sein Herz, um den Schmerz zu lindern. „Stellen Sie nie wieder Vermutungen darüber an, wie oder mit wem ich mein Leben verbringe. Haben Sie das begriffen?"

Ohne eine Antwort abzuwarten, legte Sean den Hörer auf die Gabel, schloss die Augen und presste die Fingerspitzen seiner freien Hand auf die Schläfe.

„Sean, ist alles in Ordnung?", fragte Ethan vorsichtig. „Du siehst nicht gut aus."

Sean griff sich weiterhin an die Brust. „Ja, alles in Ordnung."

In diesem Augenblick durchzuckte ein heftiger Schmerz seinen Oberkörper, und er ließ sich keuchend in den Sessel seines Schwagers fallen.

„Sean!", rief Ethan und eilte zu ihm. „Was ist los?"

Ein Stich nach dem anderen durchfuhr Seans Brust, und er rang nach Luft. „Ethan, hilf mir", stieß er endlich hervor. „Ich glaube, ich habe einen Herzinfarkt."

10. KAPITEL

Während Sean an diesem Donnerstagnachmittag kurz nach zwei Uhr mit einem Notarztwagen auf die Intensivstation des Krankenhauses gebracht wurde, lag Hester in ihrer Hotelsuite und lauschte seit Langem nicht mehr gehörten Geräuschen: das Summen der Heizung, die gedämpften Klänge eines Fernsehers nebenan, die Alarmanlage eines Wagens unten auf der Straße, eine entfernte Sirene. Hester war tatsächlich wieder in New York, und sie war nicht weniger glücklich darüber als bei ihrer Abreise vor beinahe zweieinhalb Jahren.

Bis Mittwoch war sie auf St. Vincent geblieben und hatte sich langsam an die vielen Leute gewöhnt. Ihre Rückkehr in die Gesellschaft erwies sich als nicht sehr schwierig. Auf St. Vincent waren die Menschen warmherzig und hilfsbereit und glichen ihren Freunden auf der Insel. Der Arzt, den sie aufsuchte, ein netter Mann, bestätigte ihre Vermutung und verschrieb ihr Vitamine und eine gesunde Diät. Anschließend sah sie keinen Grund mehr, länger auf der Insel zu bleiben, und flog mit einem Linienflug nach New York.

Selbst beim Umsteigen in Miami fühlte sie sich nach dem selbst auferlegten zweijährigen Exil noch ganz wohl. Sicher, die Leute dort schienen es eiliger als die in St. Vincent zu haben. Aber auf dem Flughafen gab es auch viele strahlende Urlauber mit Zeit zum Müßiggang, und die Sonne schien.

Doch als ihr Flugzeug in New York landete, sank Hesters Laune sofort. Die kalte Märzluft kroch unter ihren Pullover, und es regnete unablässig. New York City zeigte sich so grau und feucht wie am Tag ihrer Abreise.

Vor einem Zeitungsstand stieß sie mit einem Geschäftsmann zusammen, der sie beinahe umgeworfen hatte. „Passen Sie doch auf", fuhr er sie wütend an, schob sie beiseite und verschwand in der Menge.

„Hallo", begrüßte Hester den rundlichen Verkäufer, der auf einer kalten Zigarette kaute wie auf einem Kaugummi. Er sah sie gleichgültig an und wandte den Blick wieder ab. Ihr Lächeln erstarb, und sie kaufte instinktiv ein Exemplar des „Wall Street Journal". Mit der Zeitung unter dem Arm betrachtete sie ihre Umgebung und hätte am liebsten losgeheult.

Die Leute um sie herum wirkten blass und leblos, fast alle trugen dicke graue, schwarze und braune Mäntel. Sie gingen schnell und schienen die Welt um sich herum nicht wahrzunehmen. Keiner blieb stehen, um sie willkommen zu heißen. Keiner sagte Guten Tag, lud sie ein zu einem Drink oder etwas Essbarem.

Hester fühlte sich unerwünscht und stärker denn je als Außenseiterin. Am liebsten hätte sie kehrtgemacht und wäre sofort wieder auf ihre Insel geflogen.

Sie floh in den Waschraum, weinte und betrachtete sich im Spiegel. Sie sah blass aus, ihr Zopf unordentlich. In Nicoles alten Jeans und dem dicken Pullover wirkte sie beinahe wie ein Flüchtling aus der Dritten Welt, und der war sie im Grunde ja auch. Ein Flüchtling aus dem Paradies, dachte sie traurig.

Was sollte sie tun?

Sie holte tief Luft und bestieg ein Taxi. Der junge nette Fahrer unterhielt sich mit ihr.

„Sind Sie zum ersten Mal hier?", fragte er, als sie den Flughafen hinter sich gelassen hatten.

„Oh nein", antwortete Hester. „Ich bin in New York aufgewachsen."

„Merkwürdig", meinte er und blickte sie im Rückspiegel an. „Sie sehen nicht aus wie jemand von hier."

Sie unterhielten sich angeregt, während sie sich Manhattan näherten.

„Da ist das neue Duran-Gebäude", erzählte der Fahrer, als sie die Gegend nicht weit von Hesters früherer Arbeitsstelle bei Thompson-Michaels erreichten. „Ganz schön eindrucksvoll, nicht wahr?"

„Ja, wirklich", antwortete sie beinahe ehrfürchtig. Der gewaltige Wolkenkratzer überragte das ganze Viertel. Das passt zu Sean, dachte sie. *Genau in solch ein Gebäude gehört er.*

„Ein oder zwei Blocks weiter ist doch ein hübsches Hotel, nicht wahr?", fragte sie nach einer Weile. „Das St. Damian?"

„Richtig. Das ist aber ziemlich teuer", antwortete der Taxifahrer und warf ihr erneut einen Blick zu.

„Das ist schon in Ordnung, setzen Sie mich dort ab", forderte Hester ihn auf. „Und danke für die Fahrt!"

Der Türsteher in roter Uniform und weißen Handschuhen öffnete die Wagentür und griff hinter sie, um ihre Leinentasche herauszuholen. Misstrauisch blickte er Hester von oben bis unten an, sagte aber nichts, sondern sah zu, wie sie die Hotelhalle betrat.

Der rosa Marmor, die Kristallleuchter, die gewaltigen Farne und die vergoldeten Wände erdrückten Hester beinahe, während sie langsam zur Rezeption schritt. Das „St. Damian" war ein Fünf-Sterne-Luxushotel und ganz entschieden zu elegant für ihren Geschmack. Der Empfangschef schien ebenfalls zu glauben, dass sie nicht recht hierherpasste. Doch als Hester ihre goldene Kreditkarte hervorzog, änderte sich seine Miene schlagartig. Er lächelte breit, läutete nach dem Gepäckträger und versicherte ihr, stets zu Diensten zu sein.

In diesem Augenblick wurde Hester bewusst, dass sie immer noch etwas galt, solange sie ihre Kreditkarten besaß. Zumindest in New York City.

Der Eindruck verstärkte sich während des Einkaufsbummels durch einige exklusive Boutiquen im Laufe des Morgens. Innerhalb von zwei Stunden gab sie ein kleines Vermögen für ein paar notwendige Kleidungsstücke aus. Trotzdem lag sie jetzt in Nicoles Jeans und Pullover auf dem Bett und ertrug den Gedanken nicht, sich umzuziehen; diese Sachen waren ihre letzte Verbindung zur Insel.

Seans Büro lang nur zwei Blocks weiter. Sie war zweitausend Meilen geflogen, um ihn zu sehen. Weshalb lag sie noch nicht längst sicher und glücklich in seinen Armen?

Würde er sich wirklich über ihren Besuch freuen oder ungehalten reagieren, weil sie sich in sein Leben drängte? Schließlich hatte er sich seit seiner Abreise kein einziges Mal bei ihr gemeldet.

Diese Gedanken gingen Hester nicht aus dem Kopf. Tatsache war, dass sie Sean liebte und ihn unbedingt wiedersehen musste, und wäre es nur, damit er ihr sagte, dass er nichts mehr von ihr wissen wollte. Tatsache war auch, dass sie ein Kind von ihm erwartete. Das sollte er wissen, selbst wenn er sich danach von ihr abwandte.

Hester duschte und zog sich dreimal um. Endlich entschied sie sich für eine dschungelgrüne lange Hose und einen übergroßen korallenroten Pullover, dessen Ärmel sie bis zu den Ellbogen hinaufschob. Die neuen Schuhe waren ebenso ungewohnt wie Nicoles Wanderschuhe, aber es gelang ihr, sie anzuziehen. Nachdem sie ihr Haar wieder zu einem Zopf geflochten hatte, schob sie ihre Geldbörse in die Hosentasche, straffte die Schultern, verließ das Hotel und betrat zum ersten Mal seit mehr als zwei Jahren die Straßen New Yorks.

Vor dem stolzen, einschüchternden Duran-Gebäude blieb Hester einen Augenblick zögernd stehen. Wohl zum hundertstenmal fragte sie sich, ob sie das Richtige tat. Wenn Sean sie wiedersehen wollte, hätte er sich mit ihr in Verbindung setzen können. Zwei Monate hatte er Zeit gehabt, ihr zumindest mitzuteilen, wie es ihm ging. Doch seit er nach New York zurückgekehrt war, beschäftigten ihn offensichtlich ganz andere Menschen und Dinge.

Weshalb ging sie das Risiko ein, von ihm zurückgewiesen zu werden? Weil ich ihn ein letztes Mal sprechen muss, überlegte Hester. *Ich will wissen, ob wir eine Chance für eine gemeinsame Zukunft haben, und wenn es so ist, werde ich eine Möglichkeit dafür finden.*

Auf die Insel konnten sie nicht zurückkehren. Seans Arbeit und das Baby verboten einen so abgelegenen Wohnsitz. Andererseits konnte sie auch nicht wieder in New York leben. Schon der kurze Weg vom Hotel zu Seans Büro bedrückte sie derart, dass sie beinahe verzweifelte.

Es musste einen Ausweg geben.

Hester richtete sich auf, betrat das Gebäude und wirkte zuversichtlicher, als sie war. Eine Kuppel aus Chrom und Glas wölbte sich über weißem Marmorboden. Überall wuchsen grüne Pflanzen in Messingtöpfen.

Das passt zu Sean, dachte Hester – alles schick und elegant mit einem Hauch von Dschungel.

Mehrere Leute drehten sich nach ihr um, als sie in ihrer legeren Kleidung und in gesunder Bräune nach dem Wegweiser durch das Gebäude suchte. Sie las die lange Reihe der Namen, fand jedoch keinen Hinweis auf Sean.

Natürlich nicht, ich Dummkopf, schalt Hester sich. *Er ist Vorstandsvorsitzender und Besitzer des ganzen Konzerns. Sein Büro ist hier nicht aufgeführt, sonst könnte ja jeder Bettler zu ihm hineinlaufen.* Sie hatte sich tatsächlich sehr weit von der Geschäftswelt entfernt, wenn sie glaubte, beim Chef von Duran Industries auftauchen und „Guten Morgen" sagen zu können.

An der langen Empfangstheke saßen mehrere erschöpft wirkende Sekretärinnen. Hester bahnte sich einen Weg durch die eilende Menge, setzte ihr strahlendstes Lächeln auf und wartete geduldig, bis eine der jungen Frauen ein offensichtlich sehr unangenehmes Telefongespräch beendete.

„Ich möchte bitte Sean Duran sprechen", sagte Hester so höflich wie möglich. „Würden Sie mir bitte sagen, wo sich sein Büro befindet?"

„Sind Sie angemeldet?", fragte die Empfangssekretärin gleichgültig und griff nach einem Terminkalender voller Namen und Daten.

„Nein, das nicht", fuhr Hester freundlich fort und war ein bisschen enttäuscht, weil die junge Frau nicht verbindlicher antwortete. „Rufen Sie bitte seine Sekretärin an, damit sie mich ankündigt. Ich bin sicher, Mr Duran wird mich empfangen. Mein Name ist Hester Somerset."

Die Frau hinter der Theke betrachtete Hester belustigt und wunderte sich über so viel scheinbare Naivität. „Hören Sie, meine Liebe, wenn Sie keinen Termin haben, kann ich Ihnen nicht weiterhelfen", erklärte sie abschließend und schob ihren Kalender beiseite. „Mr Duran ist ein sehr beschäftigter Mann. Er ist nicht ohne Weiteres zu sprechen. Kommen Sie wieder, wenn Sie einen Termin bei ihm haben."

Hester gab sich alle Mühe, höflich und nett zu bleiben. Aber diese Frau machte es ihr nicht leicht. „Rufen Sie bitte seine ...", begann sie, aber die Empfangssekretärin unterbrach sie sofort.

„Ich sagte doch, ich kann nichts für Sie tun, wenn Sie keinen Termin haben", erklärte sie feindselig. „Wenn Sie mich jetzt entschuldigen wollen ... Es warten noch mehr Leute, die Hilfe brauchen." Sie blickte auf einen Punkt hinter Hester und gab ihr das Gefühl, unsichtbar und unwichtig zu sein.

Bisher war Hester freundlich geblieben. Jetzt war der Augenblick gekommen, H. M. Somerset wieder auferstehen zu lassen. Die erreichte immer, was sie wollte, und ließ sich nicht von einer Sekretärin abwimmeln. Immerhin ging es um ihre Zukunft.

„Jetzt hören Sie mir bitte zu", begann Hester ruhig in einem Ton, der die Sekretärinnen und Empfangsdamen einst vor Angst erzittern lassen hatte. Die junge Frau hob tatsächlich erschrocken den Kopf. „Ich benötige Ihre Hilfe ebenfalls, und Sie versuchen nicht einmal, mir zu helfen. Sie brauchen doch nur den Telefonhörer zu nehmen und ein paar Tasten zu drücken, schon haben Sie Sean Durans Sekretärin am Apparat." Als die Empfangssekretärin den Mund öffnete, um etwas zu erwidern, fuhr Hester rasch fort: „Nennen Sie ihr meinen Namen: Hester Somerset, damit sie ihn Sean durchgeben kann. Wenn Sie Glück haben, werden Sie mich danach nie wiedersehen."

Hester verabscheute es, sich derart zu benehmen. Aber sie hätte wissen müssen, dass es nur eine Frage der Zeit war, bis ihre schlimmste Seite in New York wieder zum Vorschein kam. Ihr Magen zog sich krampfhaft zusammen, und es hämmerte in ihrem Kopf. Ist das schön, wieder zu Hause zu sein, dachte sie spöttisch.

Sie achtete nicht darauf, was die Sekretärin am Telefon sagte. Doch nachdem die junge Frau den Hörer wieder aufgelegt hatte, lächelte sie boshaft.

„Mr Duran ist schon aus dem Büro gegangen", erklärte sie triumphierend.

„Es ist doch erst halb vier", wandte Hester ein. Sean würde sich niemals erlauben, das Haus so früh zu verlassen. „Das ist unmöglich."

„Seine Sekretärin sagte, er wäre zu einem verlängerten Wochenende nach außerhalb gefahren."

„Er fährt donnerstags schon fort?", fragte Hester müde. Sean machte Wochenendausflüge, hatte aber keine Zeit gefunden, sie zu besuchen. Oder ihr auch nur zu schreiben.

„Falls Sie doch noch einen Termin mit ihm ausmachen wollen", fuhr die Sekretärin vielsagend fort, „rufen Sie bitte nächste Woche diese Nummer an." Sie warf eine kleine Karte auf die Theke und wandte ihre Aufmerksamkeit dem Mann hinter Hester zu.

Das ist das Ende, dachte Hester. Vermutlich war Sean in diesem Augenblick in Begleitung einer hübschen Frau auf dem Weg in irgendein kleines kuschliges Versteck, wo sie klugerweise Vorsorgemaßnahmen gegen alle Pannen trafen, die sich dort ereignen konnten.

Und was machte sie jetzt?

Niedergeschlagen wandte sich Hester ab und betrachtete die Karte in ihrer Hand. Sie merkte nicht, dass sie aufmerksam beobachtet wurde.

Amanda MacKenzie hatte vor einer Viertelstunde von Ethan erfahren, wie es um Sean stand, und wollte gerade zu ihrem Bruder ins Krankenhaus eilen. Sean war durch den Privateingang hinausgebracht worden, und sein Personal hatte Anweisung erhalten, niemandem gegenüber seinen Zusammenbruch zu erwähnen.

Während Amanda an der Empfangstheke vorüberlief, hörte sie eine weibliche Stimme freundlich nach Sean fragen. Sie sah auf, bemerkte Hesters zwanglose Kleidung und ihre dunkle, tropische Gesichtsfarbe und begriff sofort.

Ihr Bruder, vor zwei Monaten aus einem idyllischen Paradies zurückgekehrt, hatte sich standhaft geweigert, außer einigen oberflächlichen Bemerkungen, die er fallen ließ, irgendetwas darüber zu erzählen. Erst vor ein paar Minuten hatte Ethan ihr berichtet, Sean habe in den Süden fliegen und eine Frau bitten wollen, das restliche Leben mit ihm zu verbringen.

Und nun war diese hübsche junge Frau aufgetaucht, hatte nach Sean gefragt und sah aus, als könne sie jeden Augenblick losheulen, weil er nicht da war. Neugierig folgte Amanda Hester zum Ausgang und sprach sie an.

„Miss Somerset?"

Erschrocken drehte sich Hester um.

394

„Sie sind doch Miss Somerset, nicht wahr?", fragte die zierliche Rothaarige in saphirblauem Kostüm und kam näher. „Tut mir leid", antwortete sie unsicher. „Kennen wir uns? Es ist so lange her, dass ich in New York war, und …"

„Ich bin Amanda MacKenzie", stellte die Frau sich vor. „Seans Schwester."

Erstaunt riss Hester die Augen auf. „Freut mich, Sie kennenzulernen", erwiderte sie automatisch und drückte Amanda herzlich die Hand. „Bitte nennen Sie mich Hester."

„Sie kennen meinen Bruder." Das war eher eine Feststellung.

„Ja, wir haben uns vor ein paar Wochen kennengelernt."

„Auf einer Insel", ergänzte Amanda.

„Richtig", antwortete Hester zögernd und fragte sich, wie viel Sean über seinen Aufenthalt in der Karibik verraten hatte.

Als könne Amanda ihre Gedanken lesen, sagte sie: „Ich weiß Ihren Namen nur, weil ich ihn gerade gehört habe. Sean hat ihn nie erwähnt. Er hat nicht viel von jener Woche auf der Insel erzählt."

„Nun", begann Hester mit erzwungener Höflichkeit, „ich bin gerade auf Besuch in New York und dachte, ich könne Sean – äh, Mr Duran – kurz begrüßen. Offensichtlich ist er für ein paar Tage fortgefahren. Es war nett, Sie kennenzulernen, Mrs MacKenzie. Bitte grüßen Sie Ihren Bruder von mir, wenn Sie ihn sehen."

Hester wandte sich ab, aber Amanda hatte den Schmerz in ihrem Blick bemerkt.

„Ich bin gerade auf dem Weg zu Sean", erklärte sie. „Wollen Sie nicht mitkommen?"

Hester drehte sich wieder um und sah Amanda unsicher an. Bestimmt wollte Sean sie nicht sehen. Er hatte sie ja nicht einmal seiner Schwester gegenüber erwähnt.

„Nein, lieber nicht", antwortete sie nach einer Weile. „Ich habe einen ziemlich dichten Terminplan."

„Hören Sie, Hester", sagte Amanda leise, „mein Bruder ist ein sehr diskreter Mann. Er redet nie über Menschen, die ihm besonders nahestehen. Die Tatsache, dass er Sie nicht erwähnt hat, beweist mir, dass Sie ihm sehr viel bedeuten müssen."

Hester lächelte scheu, und Amanda erkannte, weshalb Sean so angetan von ihr war. Diese Frau war wirklich entzückend.

„Also, kommen Sie mit", drängte sie Hester. „Ich bin sicher, Sean wird sich sehr darüber freuen."

„Danke, das ist sehr nett", antwortete Hester. „Aber Sean hat bestimmt andere Dinge im Kopf als mich. Wir waren nur eine Woche zusammen, weniger sogar", fügte sie hinzu und erschrak, wie tief ihre Gefühle trotz dieser kurzen Zeit immer noch waren. „Erzählen Sie ihm bitte nur, dass ich hier war."

Amanda überlegte rasch. Ethan hatte ihr mitgeteilt, dass Sean zum Glück keinen Herzinfarkt erlitten habe, sondern einen sehr schmerzhaften Zusammenbruch, der auf seine Überarbeitung zurückzuführen war und den der Arzt als ernste Warnung bezeichnet hatte. Vielleicht konnte sie Hester überreden, mitzukommen, wenn sie ihr davon erzählte. Offensichtlich hatte die junge Frau falsche Schlüsse aus der Auskunft der Empfangssekretärin gezogen.

„Wissen Sie, dass Sean im Krankenhaus liegt?", fragte Amanda nachdrücklich.

Hesters Gesicht wurde trotz ihrer gebräunten Haut blass. „Was ist passiert? Geht es ihm gut?"

„Das erzähle ich Ihnen auf dem Weg zum Hospital", versprach Amanda und freute sich, dass ihre Vermutung richtig war. Seit Jahren versuchte sie, ihren Bruder zu überreden, die Arbeit langsamer anzugehen und das Leben stärker zu genießen. Jetzt sah es danach aus, als könne sich einiges ändern.

„Wie lange sind Sie schon bei mir in Behandlung, Sean?", fragte Dr. Norton den schlecht gelaunten Chef von Duran Industries in der Privatklinik.

„Seit ungefähr zwanzig Jahren", murmelte Sean. Die Stiche in seiner Brust hatten nachgelassen, aber sein Kopf schmerzte immer noch. Sean freute sich, weil er keinen Herzinfarkt erlitten hatte, aber es ärgerte ihn, zur Beobachtung im Krankenhaus bleiben zu sollen und deshalb nicht in den Süden fliegen zu können.

„Richtig." Dr. Norton nickte. „Seit zwanzig Jahren. Und habe ich Ihnen in diesen zwanzig Jahren jemals eine fehlerhafte Diagnose gestellt oder Ihnen einen falschen Rat gegeben?"

„Nein", brummte Sean.

„Weshalb in aller Welt arbeiten Sie dann nicht weniger? Ich hatte Sie gewarnt, dass so etwas wie jetzt – oder Schlimmeres – jederzeit passieren könne."

„Weil in letzter Zeit eine Menge Probleme aufgetaucht sind, die meine ganze Aufmerksamkeit erforderten", wies Sean die Beschuldigung zurück.

„Tatsächlich? Probleme, die es wert waren, sich ihretwegen umzubringen?"

Sean wandte sich ab, denn er ertrug Dr. Nortons eindringlichen Blick nicht.

„Ich scherze keineswegs, Sean", versicherte ihm der ältere Mann. „Sie haben heute unwahrscheinliches Glück gehabt, weil dies kein Infarkt war. Aber Ihr Körper hat Sie gewarnt. Wenn Sie Ihr Leben nicht umstellen, und damit meine ich nicht nur vierzehn Tage Urlaub am Meer, werden Sie vielleicht nicht mehr lange leben."

„Was soll das heißen?", fragte Sean misstrauisch.

Der Arzt schüttelte missbilligend den Kopf. „Als Ihr Arzt und Freund rate ich Ihnen dringend, aus gesundheitlichen Gründen von Ihrem Posten als Vorstandsvorsitzender von Duran Industries zurückzutreten und eine weniger anspruchsvolle Arbeit zu übernehmen. Sonst riskieren Sie Ihr Leben. Wenn Sie so weitermachen, bekommen Sie vermutlich noch vor Jahresende einen fatalen Herzinfarkt."

Sean konnte sich nicht vorstellen, seine derzeitige Stellung aufzugeben.

„Und was soll ich Ihrer Meinung nach tun?", fragte er spöttisch.

„Du liebe Güte, irgendetwas, das Ihnen Spaß macht. Züchten Sie Pferde wie Ihr Vater. Werden Sie Sportangler, Filmkritiker, Schriftsteller oder Lambadatänzer. Sie können es sich doch leisten, etwas Erfreuliches zu tun, das nicht viel Geld einbringt."

„Meinen Sie, als Lambadatänzer könnte ich nicht genügend Geld verdienen?", zog Sean ihn auf.

Dr. Norton lächelte. Seans Reaktion war ein gutes Zeichen. „Ich wollte damit nur sagen, dass Sie sich umstellen müssen, wenn Sie am Leben bleiben wollen. Und zwar so schnell wie möglich."

„Ist das eine ärztliche Anweisung?", fragte Sean matt.

„Worauf Sie sich verlassen können. Enttäuschen Sie mich bitte nicht, indem Sie sie missachten. Das haben Sie lange genug getan, und Sie sehen ja, wohin es geführt hat."

Sean schwirrte der Kopf. Er musste seinen Posten aufgeben, ob es ihm gefiel oder nicht. Was in aller Welt sollte er dann mit sich anfangen? Plötzlich fiel ihm Hester wieder ein. Einen Vorteil hatte Dr. Nortons Rat sogar: Jetzt konnte er mehr Zeit mit Hester verbringen – sein ganzes Leben sogar!

Plötzlich kam Sean der Gedanke, unbedingt in New York leben zu wollen, ziemlich unsinnig vor. Weshalb sollte er in dieser überfüllten, lauten Stadt wohnen, wenn er mit der Frau, die er liebte, im Paradies sein konnte? Denn er liebte Hester. Diese Erkenntnis hatte ihn auf dem Weg zum Krankenhaus wie ein Blitz getroffen. Bei jedem schmerzhaften Schlag seines Herzens hatte er an sie gedacht und verzweifelt gefürchtet, sie nie wiederzusehen.

Seine Gedanken kehrten zurück zur Insel und zu der schönen Zeit, die er dort verbracht hatte. Er schloss die Augen und spürte wieder einmal, wie Hester ihn umschlungen hielt, ihn liebkoste und zärtlich seinen Namen flüsterte. Deshalb merkte er nicht, wie sich die Tür langsam öffnete.

„Sean?“, rief Hester leise von der Türschwelle.

Sean wunderte sich, wie wirklich sein Tagtraum war. Er hörte ihre Stimme, als wäre Hester bei ihm im Zimmer.

Hester sorgte sich, weil Sean ihr nicht antwortete. War er bewusstlos? Der Arzt hatte keinen Einwand gegen ihren Besuch erhoben, und Amanda hatte nachdrücklich darauf bestanden, dass sie, Hester, als Erste zu ihm ins Krankenzimmer ging.

„Sean?“, wiederholte sie und trat vorsichtig einige Schritte näher. „Bist du wach?“

Widerstrebend öffnete Sean die Augen, sicher, dass sein Traum vorüber war und er sich wieder in dem kahlen, stillen Krankenzimmer befand. Aber, wie er sah, nicht allein. Hester stand am Fuß seines Bettes. Besorgnis und noch einige weitere Gefühle standen in ihren Augen geschrieben.

„Hester?“, flüsterte er und fürchtete, sie wäre ein Trugbild. „Wie in aller Welt kommst du hierher? Ich kann es nicht glauben.“

„Wie geht es dir?“, fragte sie und rührte sich nicht von der Stelle. „Der Arzt sagt, es ist alles in Ordnung.“

Sean sieht nicht gut aus, dachte sie. Die leichte Sonnenbräune, die er auf der Insel bekommen hatte, war längst verschwunden. Er wirkte blass und erschöpft nach dem Zusammenbruch am Nachmittag.

„Sehe ich so aus, wie ich mich fühle?“, fragte Sean mit einem Anflug von Lächeln. Er konnte immer noch nicht glauben, dass Hester in New York war, in diesem Krankenhauszimmer.

„Ehrlich gesagt, du siehst ziemlich schlecht aus. Eine Woche am Meer würde dir guttun.“

„Ist das eine Einladung?“

Hester zuckte gleichmütig die Schultern.

„Komm her“, befahl er ihr sanft.

„Weshalb?“

„Weil ich dich küssen möchte", sagte er. „Ich muss dich fühlen, um sicher zu sein, dass du tatsächlich hier bist und nicht wieder fortgehst."

Hester ließ das Bettgestell los, an das sie sich unbewusst geklammert hatte, trat langsam zu Sean und legte ihre Hand an seine Wange.

Sean strahlte sie mit seinen blauen Augen an, drehte den Kopf und küsste ihre Handfläche. Bevor Hester sich wehren konnte, hatte er die Arme um ihre Schultern gelegt und sie in sein Bett gezogen. Hester konnte erst wieder klar denken, als sie flach auf dem Rücken neben ihm lag und er sie immer noch fest umschlungen hielt.

„Du hast mir so gefehlt", sagte er, senkte den Kopf, liebkoste ihren Hals und roch den Duft der See, der immer noch an ihr haftete. Mit den Lippen fuhr er von ihren Schultern zu ihrem Kinn und ihrem Mund. Während seine Zunge über ihre Lippen tastete, strich er mit einer Hand ihren Leib hinab und streichelte ihre Schenkel.

Hester stöhnte vor Erleichterung und Verlangen. Sean begehrte sie immer noch. Offensichtlich brauchte er sie ebenso wie sie ihn. Sie gab sich ganz seinem Liebesspiel hin, bis ihr plötzlich bewusst wurde, dass sie in einem Krankenhausbett lagen und Sean vor einigen Stunden beinahe einen Herzinfarkt bekommen hätte.

Zärtlich legte sie die Hand auf seine Brust, beendete den Kuss und sah ihm tief in die Augen. Liebevoll erwiderte er ihren Blick, strich über ihre Rippen und ließ die Hände unmittelbar unter ihren Brüsten liegen.

„Das bedeutet wohl, dass du dich wieder besser fühlst", stellte sie belustigt fest.

„Mich freut, dass du so scharfsinnig bist." Sean grinste jungenhaft.

„Habe ich dir wirklich gefehlt?", fragte Hester und konnte die Unsicherheit nicht aus ihrer Stimme verbannen.

Er nickte, und sein Lächeln wurde breiter. Es war wunderschön, Hester wieder in den Armen zu halten, schöner, als er sich erinnerte. Wie hatte er es zwei Monate ohne diese Frau ausgehalten? Kein Wunder, dass seine Gesundheit litt.

„Ich liebe dich", beteuerte Sean. Der Blick in seinen Augen verriet Hester, dass er die Wahrheit sprach. Wohlige Wärme stieg in ihr auf, breitete sich aus und durchströmte ihren ganzen Körper. Sie atmete nervös und fragte sich, ob Sean anderen Sinnes wurde, wenn sie ihm die Neuigkeit mitteilte.

„Oh Sean, ich liebe dich auch", versicherte sie ihm. „Es ist wunderbar, wieder bei dir zu sein. Die beiden letzten Monate ohne dich waren schrecklich."

„Ich weiß." Er legte eine Hand an ihr Gesicht und streichelte ihre Wange mit den Knöcheln. „Mir ist es genauso ergangen. Aber du warst zumindest noch auf der Insel, während ich nach New York zurück musste. Früher ist es mir gar nicht aufgefallen, wie überfüllt es hier ist. Was hältst du davon, wenn wir für eine Weile auf die Insel zurückkehren – sagen wir, für fünfzig oder sechzig Jahre?"

„Willst du tatsächlich auf die Insel zurück, Sean?", fragte Hester ein wenig besorgt. „Für längere Zeit?"

„Nein, ich möchte für immer auf der Insel wohnen."

„Dann kann ich nicht mit dir gehen", erwiderte sie betrübt.

„Weshalb nicht?" Sean war verwirrt. Er hatte geglaubt, durch seinen bevorstehenden Rücktritt alle Probleme lösen zu können. „Weshalb kannst du nicht auf die Insel zurückkehren, Hester?", wiederholte er, als sie nicht antwortete.

Tränen traten Hester in die Augen, und sie flüsterte: „Weil ich ein Baby bekomme. Unser Baby."

Sean schaute sie ehrfürchtig an. Hatte er richtig gehört? Ein Baby?

Eigentlich war es zu erwarten, überlegte er. So oft, wie sie sich geliebt hatten … Ein Baby … Wenn er sich das vorstellte … Er hatte sich nie in der Rolle eines Vaters gesehen, außer damals auf dem Ritt zum Gezeitenteich, als er merkte, dass der Gedanke gar nicht so furchterregend war, wie er bis dahin angenommen hatte. Die Aussicht, bald eine Familie zu haben, war sogar ausgesprochen erfreulich. Ein Baby mit Hester – fabelhaft!

Hester beobachtete, wie Seans Gesichtsausdruck von Überraschung zu Verwirrung und Nachdenklichkeit wechselte, und sie wurde immer unsicherer. Bevor Sean ihr klarmachen konnte, wie glücklich er war, schien sie überzeugt, ihre Besorgnis sei begründet gewesen.

„Tut mir leid, Sean", stotterte sie und senkte den Blick, während ihr Tränen in die Augen stiegen. „Ich bedaure wirklich, dass ich so unvorsichtig und verantwortungslos war. Und es tut mir leid, dass ich dich enttäuschen muss und wir nicht auf die Insel zurückkehren können." Ihre Tränen flossen inzwischen schneller, und sie wandte den Kopf ab. „Aber du hättest ja sowieso nicht für immer dortbleiben können. Schließlich musst du an deine Arbeit denken."

„Ich höre bei Duran Industries auf", erklärte Sean, und seine Pflichten als Vorstandsvorsitzender schienen ihm plötzlich ganz unwichtig. Er musste die Verantwortung als künftiges Familienoberhaupt übernehmen und hatte Pflichten gegenüber seiner Frau und seinem Kind.

Im Vergleich dazu waren die Gründe, die Dr. Norton ihm für seinen Rücktritt genannt hatte, beinahe bedeutungslos. Natürlich wollte er leben, aber jetzt wusste er auch, wozu. Er hatte eine Zukunft mit Hester und dem Baby. Konnte ein Mensch glücklicher sein?

„Du willst aufhören?" Hester drehte sich zu Sean zurück. Durch die Tränen wirkten ihre Augen goldener als je zuvor.

„Ärztlicher Befehl", bestätigte er ihr. „Und nun kommt ein Befehl des Vorstandsvorsitzenden von Duran Industries für dich."

Hester sah ihn argwöhnisch an.

„Heirate mich", sagte Sean und strahlte über das ganze Gesicht. „Begreifst du nicht? Es ist fabelhaft. Etwas, um das ich mich außerhalb meiner Position bei DI kümmern muss. Ich liebe dich, und du liebst mich. Und wir bekommen ein Baby." Bei der letzten Bemerkung schien seine Brust vor Stolz zu schwellen. „Zum ersten Mal hat mein Leben einen echten Sinn. Und deines ebenfalls. Uns steht die ganze Zukunft offen."

Hester lächelte nervös unter Tränen. „Bist du sicher, Sean? Willst du das tatsächlich? Ich weiß nämlich genau, was ich möchte."

„Ich habe mich nie glücklicher oder lebendiger gefühlt als mit dir. Und der Gedanke, dass neues Leben als Beweis unserer Liebe auf die Welt kommen wird, ist geradezu atemberaubend. Ich möchte dabei sein und miterleben, wie es sich entwickelt. Also, was ist? Willst du mich heiraten?"

„Was ist mit der Insel?", fragte Hester, denn sie hatte das Gefühl, noch nicht alles geklärt zu haben.

„Wir könnten dort jedes Jahr ein paar Wochen Urlaub machen. Vielleicht unseren Hochzeitstag feiern."

„Und es wäre ein herrlicher Ort für unsere Flitterwochen. Oh Sean, ich liebe dich so."

„Ich liebe dich auch. Du hast mir das Leben gerettet." Er senkte den Kopf und küsste sie verzehrend. Als sie sich endlich von ihm losmachte, erkannte Hester, dass er ihres ebenfalls gerettet hatte.

„Schön, dass das ganz auf Gegenseitigkeit beruht", meinte sie. „Und nun lass uns dafür sorgen, dass das Leben, das wir gerettet haben, auch lebenswert wird."

„Oh Liebling", murmelte Sean und wollte sie erneut küssen. „Dazu fällt mir schon jetzt eine ganze Menge ein."

– ENDE –

Sandra Field

Wo das Glück zu Hause ist

Roman

Aus dem Englischen von
Dorothea Ghasemi

1. KAPITEL

„Sehen Sie sich die Aussicht an", rief Nell. „Bitte, Wendell, können Sie nicht einen Moment anhalten?"

„Das ist nur Tundra", sagte ihr Begleiter. „Da gibt es nicht viel zu sehen." Dennoch trat er auf die Bremse, sodass der alte Transporter zum Stehen kam.

Sie öffnete die Tür und stieg aus. Staunend schaute sie sich um. Ich bin nach Hause gekommen, dachte sie. *Hierher gehöre ich.*

Obwohl sie dies in den letzten beiden Wochen öfter gedacht hatte, war es ihr noch nie so bewusst geworden wie jetzt. Von dem Augenblick an, als Nell in St. John's das Flugzeug verlassen und die kühle Meeresluft eingeatmet hatte, hatte Neufundland, die Insel vor der Ostküste Kanadas, ihr Herz erobert und ihre Fantasie beflügelt.

Irgendwie muss ich es schaffen, hierzubleiben, dachte Nell.

Sie konnte nicht mehr in die Niederlande zurückkehren, denn das beschauliche Leben, das sie dort geführt hatte, war mittlerweile in weite Ferne gerückt, weil sie sich in den vergangenen Wochen so verändert hatte.

Wendell räusperte sich vernehmlich. „Können wir weiter, Miss? Ich muss rechtzeitig in Caplin Bay sein, um das ganze Zeug aufs Küstenboot zu verladen."

Als sie sich zu ihm umdrehte, schimmerte ihr kastanienbraunes Haar im Sonnenlicht. Sie schätzte ihn auf über siebzig. Seine Sachen waren in einem genauso schlechten Zustand wie sein Transporter, aber mit seinen hellblauen Augen war er als junger Mann vermutlich unwiderstehlich gewesen, und in den letzten drei Stunden hatte er sie mit haarsträubenden Gespenster- und Schmugglergeschichten unterhalten.

„Ich werde eine Weile hierbleiben", erklärte sie impulsiv. „Ich hole nur meine Sachen aus dem Wagen."

„Sie wollen hierbleiben? Warum?"

Weil es so schön ist, dass ich auf der Stelle sterben könnte? Weil ich den Moment, wo ich das Küstenboot besteige, um nach Mort Harbour zu fahren, so lange wie möglich hinauszögern will?

„Ich möchte Fotos machen", erwiderte sie wenig überzeugend. „Es ist so schön hier."

Wendell kratzte sich das bärtige Kinn. „Ich würde Sie nicht so gern hierlassen, Miss. Das hier ist nicht St. John's. Außerdem werden Sie schlecht wegkommen, weil kaum Verkehr ist."

„Ich bin es gewohnt, zu trampen. Außerdem habe ich mein Zelt und Proviant dabei." Nachdem Nell ihm zugelächelt hatte, eilte sie zum hinteren Teil des Wagens, um ihren Rucksack herauszunehmen. Dann ging sie zur Fahrerseite und streckte dem alten Mann die Hand entgegen. „Vielen Dank fürs Mitnehmen, Wendell. Es hat mich sehr gefreut, Sie kennenzulernen. Vielleicht sehen wir uns in Caplin Bay wieder."

„Passen Sie auf sich auf, Miss." Wendell hatte einen erstaunlich kräftigen Händedruck. Er zwinkerte ihr noch einmal zu, bevor er in einer Abgaswolke losfuhr. Während das Motorengeräusch leiser wurde, ging sie an den Straßenrand und schaute sich um.

Bis Wendell um die letzte Kurve gebogen war, hatte die Straße durch bewaldetes Land geführt, doch nun begann die Tundra. Felsnasen aus Granit waren von niedrigen Büschen und rosafarbenem Schaflorbeer umgeben, und in den Mulden wuchsen kleine Lärchen. Die zahlreichen kleinen Seen glitzerten in der Nachmittagssonne, und die Stille war beinahe greifbar.

Nell atmete tief die frische, klare Luft ein. Vielleicht würde man sie in Mort Harbour willkommen heißen …

Als sie aus den Augenwinkeln eine Bewegung wahrnahm, wandte sie den Kopf. Auf der linken Seite, wo die Felsen zum Horizont hin immer steiler wurden, war gerade ein Karibu aus dem Unterholz gekommen.

Jemand hatte ihr erzählt, dass die Karibus sich im Sommer normalerweise in höheren Lagen aufhielten, um den Fliegen zu entkommen. Mit vor Aufregung klopfendem Herzen überquerte sie die Straße und den Graben daneben. Da die Karibus nicht besonders scheu waren, konnte sie mit etwas Glück ein Foto von dem Tier machen.

Nell war lange genug auf Neufundland, um zu wissen, dass es sehr gefährlich sein konnte, von der Straße abzuweichen, vor allem mit einem schweren Rucksack auf dem Rücken. Daher nahm sie den Rucksack in der ersten Mulde ab und versteckte ihn in einem Busch. Nachdem sie ihren Fotoapparat, ein paar Äpfel und eine Wasserflasche in den kleinen Rucksack getan hatte, marschierte sie damit weiter, über Felsen, nasses Gras und Torfboden. Als sie stehen blieb, um sich mit Mückenschutz einzureiben, sah sie durchs Fernglas, dass ein Junges neben dem Karibu aufgetaucht war.

Sie stand bis zu den Knien inmitten von rosafarbenen Lorbeerblüten, und in der Nähe sang ein Vogel. Sekundenlang fühlte sie sich eins mit ihrer Umgebung.

Schließlich sah sie noch ein Karibu, bei dem es sich ebenfalls um eine Kuh handelte. Alle drei begannen nun zu grasen. Vorsichtig näherte Nell sich den Tieren, bis sie einige Lärchen erreichte. Daneben befand sich ein Granitfelsen, neben den sie sich setzte. Die Beine ausgestreckt, hob sie wieder das Fernglas an die Augen, um die Tiere zu beobachten. Ihr Hufgeklapper hallte über die Tundra, und ihr dichtes weißbraunes Fell glänzte in der Sonne.

Die Zeit verging. Nell aß einen Apfel und machte mehrere Fotos. Plötzlich hörte sie in der Ferne ein Motorengeräusch, und kurz darauf sah sie auf der Straße einen Wagen, der schließlich genau auf ihrer Höhe hielt.

Nell kauerte sich noch tiefer in ihr Versteck und beobachtete, wie der Fahrer ausstieg. Es war ein Mann, und er hatte ein Fernglas um den Hals. Sie hoffte, dass er nur einmal hindurchschaute und dann weiterfuhr, denn sie wollte ihre Einsamkeit mit niemandem teilen.

Stattdessen schloss er jedoch leise die Wagentür und ging über die Straße auf die Tiere zu. Selbst aus dieser Entfernung konnte sie sehen, dass er leicht humpelte.

Plötzlich wurde ihr bewusst, dass sie ihn anstarrte, als wäre er ihr Todfeind. Normalerweise war sie nicht so menschenscheu, aber seit jenem Tag Ende Mai, als sie beschlossen hatte, den Dachboden ihres Elternhauses in Middlehoven aufzuräumen, war nichts mehr wie früher. In einer alten Truhe hatte sie das Tagebuch ihrer Großmutter Anna gefunden, der sie nur einmal als Kind begegnet war und an die sie sich nur dunkel erinnerte. Sie hatte es mit nach unten genommen und es in einem Rutsch durchgelesen.

Das war vor zwei Monaten gewesen, doch ihr kam es wie eine Ewigkeit vor.

Beunruhigt stellte Nell fest, dass der Mann direkt auf sie zukam, und verfluchte ihn. Es erschien ihr wie eine Ironie des Schicksals, ausgerechnet in dieser Einsamkeit gestört zu werden.

Mittlerweile war er so dicht herangekommen, dass sie seine Schritte auf den Felsen hörte. Außerdem sah sie, dass er Jeans trug und ein kariertes Hemd, dessen Ärmel aufgekrempelt waren. Das Fernglas hatte er sich lässig über die Schulter gehängt. Seine Größe, seine kräftige Statur und seine grimmige Miene verursachten Nell leichtes Unbehagen. Er sah aus, als würde er zur Beerdigung seines besten Freundes gehen.

Sie musste etwas unternehmen, sonst würde er gleich über sie stolpern. Unwillkürlich verspannte sie sich und überlegte, ob sie sich räuspern und ihn damit auf sich aufmerksam machen sollte, bevor sie aufstand.

Doch das Problem löste sich von allein, denn im nächsten Moment rutschte der Mann aus und griff instinktiv nach dem Stamm der nächsten Lärche. Als sie sich umdrehte, um ihm zu helfen, begann er zu fluchen, und zwar auf Französisch.

Nell besann sich auf ihren Sinn für Humor, der sie schon oft in Schwierigkeiten gebracht hatte. Daher sagte sie ebenfalls einige Schimpfwörter auf Französisch, die sie früher einmal in Paris aufgeschnappt hatte, während sie aufzustehen versuchte.

Daraufhin wirbelte der Mann herum, und ehe sie sichs versah, hatte er sie gepackt und drückte sie an den Felsen. Seine Finger bohrten sich schmerzhaft in ihre Schultern, und sein Gesicht war nur wenige Zentimeter von ihrem entfernt. Seine Augen funkelten wie die eines Wahnsinnigen.

Er ist verrückt, ging es ihr durch den Kopf. *Ich habe die weite Reise gemacht, um von einem Psychopathen ermordet zu werden.*

Allerdings hatte sie auf ihren Trips durch Europa einiges gelernt, und sie gehörte nicht zu den Menschen, die sich in ihr Schicksal ergaben. Blitzschnell versuchte sie, ihm das Knie in den Unterleib zu rammen.

Doch er wich ihr aus, und bevor sie wieder zutreten konnte, zog er sie hoch und schüttelte sie. „Was, zum Teufel, sollte das?", fuhr er sie an. „Wie kommen Sie dazu, hier herumzuschleichen?"

Obwohl sie wusste, dass es besser gewesen wäre, keine Gegenwehr zu leisten, versuchte sie, ihn wegzustoßen. „Sind Sie verrückt? Wie kommen Sie dazu, mich einfach anzugreifen? Außerdem schleiche ich nicht herum. Ich habe die Karibus beobachtet."

„Sie kleine Närrin! Ich hätte Sie umbringen können."

Da er sie immer noch schüttelte, trat sie ihm gegen das Schienbein. „Lassen Sie mich los!"

Der Mann fluchte wieder, diesmal auf Englisch, hielt aber inne. Ihre Schultern hielt er nach wie vor umklammert. Insgeheim musste sie zugeben, dass sie dankbar dafür war, denn sie wusste nicht, ob ihre Beine sie getragen hätten.

Nachdem er einmal tief durchgeatmet hatte, sagte er ausdruckslos: „Zum Teufel noch mal!"

Nell stand reglos da, während sie beobachtete, wie seine dunkelblauen Augen wieder einen normalen Ausdruck annahmen. Ihr Zorn verflog ebenso wie ihre Angst. Der Mann schloss sekundenlang die

Augen und schluckte schwer. Dabei ließ er die Schultern sinken, sodass sie das Gewicht und die Wärme seiner Hände spürte.

Nun wusste sie, dass er kein Psychopath war.

„Schade, Sie haben einige sehr wirkungsvolle Schimpfwörter vergessen", meinte sie betont locker. „Französisch kann wirklich sehr ausdrucksstark sein, nicht? Ich wollte übrigens gerade aufstehen und mich bemerkbar machen, als Sie ausgerutscht sind."

„Müssen Sie mich daran erinnern, verdammt?", entgegnete der Fremde wütend.

„Müssen Sie mich so anschreien, verdammt?"

„Sie schreien ja auch."

„Kein Wunder."

Im Sonnenlicht schimmerte ihre Haut golden. Er atmete wieder einige Male tief durch und betrachtete ihr Gesicht, als hätte er noch nie eine Frau gesehen und als wollte er sich ihre Züge für immer einprägen.

Nell stand reglos da. Ihr war, als würde er auf den Grund ihrer Seele blicken.

Schließlich sagte er leise: „Als ich klein war, haben wir immer blaue Binsenlilien gepflückt und unserer Lehrerin die Sträuße geschenkt. Kennen Sie die Pflanze? Die Blüten sind sternförmig und blauviolett. Ihre Augen erinnern mich an sie."

„Oh." Sie spürte, wie sie errötete, und versuchte, nicht daran zu denken, dass er der attraktivste Mann war, dem sie je begegnet war.

Allerdings zerstörte er den Zauber des Moments, indem er die Hände sinken ließ und fortfuhr: „Sie haben die Karibus auch von der Straße aus gesehen. Deshalb hatten Sie sich versteckt."

Die Tiere hatte sie ganz vergessen. Als sie zu dem betreffenden Felsvorsprung schaute, stellte sie fest, dass sie verschwunden waren. „Sie sind weg", bemerkte sie enttäuscht.

„Ich habe sie verscheucht, als ich ausgerutscht bin."

„Ich glaube eher, dass Sie sie verscheucht haben, als Sie auf mich losgegangen sind. Ein hungriger Wolf ist nichts gegen Sie."

„Es gibt keine Wölfe auf Neufundland."

„Dann ein Bär", beharrte sie.

„Bären hungern im Sommer nicht."

Seine dunklen Augen funkelten amüsiert, und Nell fragte sich, welches Attribut am ehesten auf ihn zutreffen mochte. Umwerfend? Fantastisch? Sexy? Oder alle drei? „Sie können sich gern bei mir entschuldigen", erklärte sie schließlich.

Als er zögerte, sah sie, dass er wieder ernst wirkte. Als attraktiv konnte man ihn nicht gerade bezeichnen, dafür waren seine Züge zu markant. Er schien einiges durchgemacht zu haben.

„Ich … habe mich vor einigen Monaten am Bein verletzt", erwiderte er stockend. „Seitdem bin ich kaum gewandert. Es macht mich wahnsinnig, wenn ich wie ein Kleinkind hinfalle."

„Sie meinen, ganze Kerle stolpern nicht über Steine?"

„Ganze Kerle können zumindest auf eigenen Beinen stehen." Frustriert presste er die Lippen zusammen.

Er hat einen schönen Mund, dachte Nell. „Sprechen Sie weiter", sagte sie schnell. „Eine Entschuldigung beinhaltet immer die simplen Worte ‚Es tut mir leid'."

„Ich habe Ihnen doch gerade erklärt, warum ich wütend war", brauste der Mann auf. „Soll ich es Ihnen schriftlich geben?"

„Schon möglich, aber es erklärt nicht, warum ich morgen überall blaue Flecken haben werde."

„Sind Sie Französin?"

„Nein, Holländerin. Wechseln Sie nicht das Thema."

„Sie sprechen sehr gut Englisch", meinte er argwöhnisch.

„Sind Sie von der CIA? Oder halten Sie sich für den neuen James Bond?"

„Ich bin nicht von der CIA."

„Dann sind Sie Polizist."

„Nein. Sie sind die hartnäckigste, neugierigste Frau, der ich je begegnet bin."

„Nur weil Sie so ausweichend sind", erinnerte Nell ihn freundlich. „Greifen Sie eigentlich jeden an, dem Sie begegnen. Oder haben Sie es nur auf Frauen abgesehen, die kleiner sind als Sie?" Sie war knapp eins fünfundsiebzig groß, und er überragte sie um mindestens zehn Zentimeter.

Er fuhr sich durch das dichte, wellige schwarze Haar, das ihm bis zum Nacken reichte. Seine Nase war ein wenig schief, und außerdem war er unrasiert und hatte Falten auf der Stirn.

„Die letzten Jahre habe ich an einigen unwirtlichen Orten verbracht", sagte er schließlich langsam. „Orte, an denen man erst handelt und dann Fragen stellt. Sie haben mich erschreckt. Ich hatte nicht einmal Zeit zum Nachdenken." Er lächelte. „Deswegen habe ich Sie bewegungsunfähig gemacht."

„Das kann man wohl sagen."

Nun kniff er die Augen zusammen. „Sie sprechen wie eine Kanadierin. Sind Sie wirklich Holländerin?"

„Ich habe Englisch von einem kanadischen Ehepaar gelernt, das in meinem Heimatdorf gewohnt hat", erwiderte sie. „Ich warte übrigens immer noch."

„Worauf?"

„Wie wär's damit? Petronella Cornelia Vandermeer, es tut mir furchtbar leid, Ihnen einen solchen Schrecken eingejagt zu haben, und ich entschuldige mich für mein Verhalten. Das würde für den Anfang reichen."

Der Mann streckte die Hand aus. „Ken Robert Marshall."

Er hatte einen kräftigen Händedruck, und sie hätte sich in seinen blauen Augen verlieren können. „Man nennt mich Nell." Sie versuchte, ihm die Hand zu entziehen.

„Es tut mir wirklich leid, Nell. Bestimmt habe ich Ihnen Angst eingejagt."

Nell ließ die Hand in seiner. „Mir ist das Wort *Psychopath* durch den Kopf gegangen."

Ken lachte zerknirscht, was ihn viel jünger machte. „Sie haben auch ziemlich schnell reagiert."

„Und Sie sind mir blitzschnell ausgewichen."

„Stimmt. Sonst hätte ich für den Rest meines Lebens Sopran gesungen."

Schließlich zog sie die Hand doch zurück. „Unter Ihrem linken Ohr sitzt eine Mücke."

Er verscheuchte das Insekt. „Ich habe mein Mückenschutzmittel im Wagen gelassen."

„Ich habe etwas dabei." Sie nahm die Flasche aus ihrem Rucksack und reichte sie ihm. Als er sich Hals und Arme einrieb, ertappte sie sich dabei, wie sie ihn wie gebannt beobachtete. Durch ihre Arbeit hatte sie viele Männer aus allen europäischen Ländern kennengelernt – weltgewandte Franzosen, sexy Italiener, umwerfende Norweger, tolle Ungarn. Doch noch nie hatte sie sich so zu einem Mann hingezogen gefühlt wie zu diesem.

Als er ihr die Flasche zurückgab, sagte Ken: „Wo steht Ihr Wagen? Auf der Straße habe ich ihn nicht gesehen. Deswegen war ich auch so überrascht."

„Ich habe keinen Wagen. Ich bin getrampt."

Er runzelte die Stirn. „Allein?"

Nell schaute sich um. „Sieht ganz so aus. Außerdem haben Sie doch gesagt, dass es auf Neufundland keine Wölfe gibt, stimmt's?"

„Auf Neufundland wohnen nicht nur Heilige."

„Sie reden wie mein Vater." Kaum hatte sie die Worte ausgesprochen, bereute sie es.

„Erzählen Sie mir nicht, wie ich mein Leben leben soll – wollten Sie das damit sagen?" Als sie nickte, fügte er leise hinzu: „Das Problem ist, ich bin es gewohnt, Anweisungen zu erteilen, und man gehorcht mir. Also werde ich Sie hinfahren, wo Sie wollen, Petronella Cornelia – als eine Art Wiedergutmachung."

„Und was ist, wenn ich nach St. John's will?" Zur Hauptstadt waren es ungefähr acht Stunden Fahrt.

„Da Sie hier offenbar ausgestiegen sind, weil Sie die Tundra zum ersten Mal gesehen haben, müssen Sie auf dem Weg nach Süden gewesen sein. Daher gibt es nicht viele Möglichkeiten: Caplin Bay, St. Swithin's, Salmon River, Drowned Island ... das war's."

„Und wohin fahren Sie?"

„Caplin Bay."

Nell biss sich auf die Lippe. Wendell war auch nach Caplin Bay gefahren. Vielleicht war es Zeit für sie, sich ebenfalls auf den Weg dorthin zu machen. Schließlich musste sie nicht das nächste Küstenboot nach Mort Harbour nehmen. Sie konnte einige Tage in Caplin Bay zelten und währenddessen eine Strategie entwickeln.

„Ich will auch nach Caplin Bay", erwiderte sie deshalb.

„Gut. Lassen Sie uns gehen."

Doch als Ken sich abwandte und das Gewicht auf das linke Bein verlagerte, gab es unter ihm nach, und er verzog gequält das Gesicht. Nell hielt ihn daraufhin fest und stützte sich auf den nächsten Felsen, aber er befreite sich sofort aus ihrem Griff.

„Sagen Sie es schon", meinte sie. „Dann geht es Ihnen gleich besser."

„Sie lassen nicht locker, stimmt's?"

„Wäre es Ihnen lieber, wenn ich hysterisch werde oder das hilflose Weibchen spiele?" Sie rang die Hände und jammerte: „Oh Ken, wo tut es denn weh?"

Er lachte widerstrebend. „Schon gut. Leider ist mein Repertoire an französischen Flüchen erschöpft. Und meine Mutter wäre entsetzt, wenn sie erfahren würde, dass ich Sie auf Englisch verflucht hätte."

„Deutsch kann auch sehr ausdrucksstark sein. Wenn Sie wollen, bringe ich Ihnen ein paar Schimpfwörter bei. Ich glaube, Sie könnten es brauchen."

Vorsichtig setzte er einen Fuß vor den anderen. „Ausnahmsweise einmal sind wir uns einig."

„Wir haben den ganzen Weg nach Caplin Bay." Ken hatte nicht nur dunkle Haare und dunkle Augen, sondern auch eine dunkle Vergangenheit, wenn sie sich nicht irrte.

„Wissen Sie was? Eine Frau wie Sie ist mir noch nie begegnet."

„Meine Mutter hat immer behauptet, ich sei schwatzhaft."

Offenbar hatte er ihr etwas angemerkt, denn er fragte leise: „Lebt sie nicht mehr?"

„Sie ist vor vier Monaten gestorben."

„Das tut mir leid."

Es klang aufrichtig. Du darfst nicht weinen, sagte sich Nell. *Nicht hier, nicht in Gegenwart eines Fremden.* „Lassen Sie uns gehen", erwiderte sie leise.

„Vielleicht würde es Ihnen auch nicht schaden, ein paar Schimpfwörter zu lernen." Als sie mit Tränen in den Augen zu ihm aufblickte, kam er auf sie zu und strich ihr das Haar aus dem Gesicht. „Sie haben wundervolles Haar. In der Sonne glänzt es wie Kupfer."

Sie riss sich zusammen und hob das Kinn. „Nein, es ist viel zu glatt und zu fein. Deswegen trage ich auch immer einen Zopf."

„Es ist wunderschön, Nell", sagte er ruhig.

Als er ihr eine Strähne in den Zopf steckte und dabei ihren Nacken streifte, erschauerte Nell. Obwohl sie Ken gerade erst kennengelernt hatte, machte er ihr schon wieder Angst. „Wissen Sie was? Der Wolf ist gerade wieder auf Neufundland heimisch geworden."

Er zuckte zusammen, sodass sie ihre harten Worte sofort bedauerte. „Lassen Sie uns von hier verschwinden", erklärte er schroff. „Sie gehen voran."

Dass er ihre Hilfe nicht wollte, hatte er zwar nicht ausgesprochen, aber sein Gesichtsausdruck sprach Bände.

Nell setzte ihren Rucksack auf und kletterte aus der Mulde. Ohne sich umzudrehen, marschierte sie los und verfluchte sich dabei im Stillen für ihre unbedachten Worte.

2. KAPITEL

Während Nell weiterging, hörte sie, wie Ken ihr folgte. Im Grunde überraschte es sie nicht, dass sie so entsetzt reagiert hatte. Hatte nicht ihre Mutter ihr diese Angst vor Männern vermittelt?

Nein, nicht vor Männern, sondern vor Sex, verbesserte sich Nell.

Und deshalb war sie mit ihren sechsundzwanzig Jahren immer noch Jungfrau, obwohl sie auf ihrer Reise von Frankreich nach Italien ständig mit irgendwelchen Männern ausgegangen war.

Mit finsterer Miene stapfte Nell durch den Schaflorbeer, ohne etwas von seiner Schönheit wahrzunehmen. Dass sie noch Jungfrau war, wusste niemand. Wahrscheinlich werde ich es mit achtzig immer noch sein, dachte sie wütend, während sie eine Mücke von ihrem Handgelenk verscheuchte.

„Schauen Sie mal, Nell, der Adler!"

Erschrocken drehte sie sich um. Ken stand einige Meter hinter ihr und zeigte zum Himmel. Als sie nach oben blickte, sah sie einen Adler, der dort seine Kreise zog. Nachdem sie ihn eine Weile durchs Fernglas beobachtet hatte, hörte sie, wie Ken zu ihr kam. Daraufhin ließ sie das Fernglas sinken und blickte ihn an. „Es tut mir leid, Ken. Ich hätte den Witz mit dem Wolf nicht machen sollen."

Geistesabwesend rieb er sich seinen linken Oberschenkel. „Ja, das war plump."

„Wenn man den Adler beobachtet, wird einem klar, wie unzulänglich man im Grunde ist."

Nun lächelte er jungenhaft. „Lassen Sie uns eins klarstellen. Ich bin kein Psychopath, und Sie sind keine Ziege."

Nell nahm ihre Wasserflasche aus dem Rucksack. „Darauf trinke ich." Sie nahm einen Schluck und reichte ihm dann die Flasche. Als er trank, ließ sie den Blick über seinen kräftigen Hals abwärtsschweifen, über seine muskulöse Brust und seinen flachen Bauch bis zu seinen langen Beinen. „Was macht Ihr Knie?", erkundigte sie sich betont sachlich.

„Es ist besser." Er gab ihr die Flasche zurück. „Danke, Nell."

„Ich kann Sie stützen."

„Es geht schon."

Wieder wirkten seine Züge hart. Sie wusste nicht, was es bedeutete, hasste es aber schon jetzt. „Gibt es hier viele Adler?"

„Mittlerweile wieder, ja."

„Es ist der erste, den ich gesehen habe."

Als sie weiterging, reduzierte sie bewusst das Tempo. Zehn Minuten später sprang sie über den Graben und stand wieder auf der Straße. Dort drehte sie sich um und streckte Ken die Hand entgegen. Nach kurzem Zögern ergriff er sie und ließ sich von ihr über den Graben helfen. Wieder rieb er sich das Bein, und auf seiner Stirn standen feine Schweißperlen. „Die Sonnenuntergänge sind hier bestimmt herrlich."

„Sie müssen nicht so verdammt taktvoll sein", entgegnete er schroff. „Wo sind Ihre Sachen?"

Sie spürte, wie sie errötete. „Die habe ich ganz vergessen. Ich bin gleich wieder da."

Wenige Minuten später saßen sie im Wagen. Während der Fahrt brachte Nell Ken einige Schimpfwörter auf Deutsch und Niederländisch bei. Außerdem erzählte sie ihm von ihrer Tätigkeit als Übersetzerin und ihrer Zusammenarbeit mit einigen multinationalen Konzernen. Erst als sie schließlich wieder bergab fuhren und die Häuser von Caplin Bay in Sicht kamen, fiel Nell auf, dass Ken überhaupt nichts von sich erzählt hatte.

Schnell schaute sie sich um. Der kleine Ort lag an einer Bucht. Das Küstenboot war nirgends zu sehen. An der Landspitze am Ende der Bucht gab es einen Sandstrand. Dort wollte sie zelten. „Können Sie mich am Lebensmittelgeschäft absetzen?", fragte sie.

„Wollen Sie nicht in der Pension übernachten?"

„Nein, ich will zelten."

„Nell, es ist Samstagabend. Meinen Sie, es wäre klug?"

Klüger, als in Ihrer Nähe zu bleiben, dachte sie. „Ich kann es mir nicht leisten, in einer Pension abzusteigen", erwiderte sie stattdessen geduldig.

„Dann lassen Sie mich Ihnen wenigstens einen Hamburger spendieren."

„Es ist gleich sechs. Ich muss mir noch Lebensmittel kaufen und mein Zelt aufbauen."

„Sie sind ganz schön stur. Wie lange wollen Sie hierbleiben?"

Von Mort Harbour wollte sie ihm nicht erzählen. „Einen Tag vielleicht", meinte sie ausweichend.

Ken betrachtete sie aus zusammengekniffenen Augen. „Sie wollen mich nicht wiedersehen. Das versuchen Sie mir doch zu sagen, stimmt's?"

„Ich habe keine Ahnung, warum Sie so wütend sind. Wir sind uns zufällig begegnet, ich weiß überhaupt nichts über Sie, und nun gehen wir wieder unserer Wege."

Das glaubst du doch selbst nicht, sagte sie sich im Stillen.

Vor dem Lebensmittelgeschäft bremste er scharf und schlug mit der Hand aufs Lenkrad. „Wollen Sie wirklich, dass wir uns nie wiedersehen?"

Was sie sich am meisten wünschte, war, auf wundersame Weise in das Wohnzimmer ihres Großvaters in Mort Harbour zu gelangen und sich einen Platz in seinem Herzen zu erobern. Schließlich war sie um die halbe Welt gereist und hatte ihre gesamten Ersparnisse geopfert, nur um Conrad Gillis kennenzulernen. Momentan konnte sie also keine weiteren gefühlsmäßigen Komplikationen brauchen.

„Ja, das will ich", erwiderte sie daher ruhig.

Ken löste den Sicherheitsgurt und drehte sich zu ihr um. Seine Miene war undurchdringlich. „Natürlich haben Sie recht. Ich bin viel zu alt, um Ihnen kitschige Komplimente zu machen, und Sie sind viel zu vernünftig, um zu viel in eine Zufallsbegegnung hineinzuinterpretieren. Außerdem sind Sie vermutlich den Umgang mit wesentlich weltgewandteren Männern gewohnt. Wenn Sie in fünf Sprachen fluchen können, haben Sie wahrscheinlich auch andere Dinge in fünf Sprachen getan." Er lächelte flüchtig. „Leben Sie wohl, Nell. Wenn ich das nächste Mal ein gutes Schimpfwort brauche, werde ich an Sie denken."

Ehe Nell sichs versah, beugte er sich zu ihr herüber, packte sie bei den Schultern und küsste sie hart auf den Mund.

Er ist wie der Adler, dachte sie benommen, ein Raubtier … Und dann konnte sie überhaupt keinen klaren Gedanken mehr fassen, denn Ken schob die Finger in ihr Haar, während er ihr die andere Hand auf die Wange legte. Wie aus weiter Ferne hörte sie ihn etwas sagen, und schließlich ließ er die Lippen über ihren Mund gleiten – so zärtlich, dass die Warnungen ihrer Mutter ihr im Nachhinein lächerlich erschienen.

Nell fühlte sich so, wie sie sich noch nie bei einem Mann gefühlt hatte, als wäre sie endlich sie selbst. Sie seufzte glücklich und legte Ken die Arme um den Nacken. Als sie seinen Kuss erwiderte, zog er sie noch näher an sich und küsste sie noch verlangender.

Plötzlich ertönte ein durchdringender Pfiff.

Verwirrt öffnete sie die Augen, und Ken löste sich von ihr. Als sie aus dem Wagen schauten, stellten sie fest, dass sie inzwischen Publikum bekommen hatten. Auf dem Fußweg standen zwei Teenager, ein

Junge und ein Mädchen, und der Junge pfiff noch einmal, während das Mädchen kicherte. Und auf der anderen Seite stand Wendell in seinem alten Transporter und grinste sie an. Dass sie ihn nicht hatte vorfahren hören, war kein gutes Zeichen. Nell begann ebenfalls zu kichern, als Ken alle Schimpfworte wiederholte, die sie ihm unterwegs beigebracht hatte.

Schließlich musste sie so lachen, dass ihr die Tränen kamen, und als er auch zu lachen begann, konnte sie sich kaum noch halten. „Ist dir eigentlich klar", brachte sie hervor, „dass ich jetzt in diesen Laden gehen und Hamburger und Geschirrspülmittel kaufen muss? Sogar die Frauen an der Kasse starren uns an."

„Gut", meinte er nur.

„Mehr fällt dir dazu nicht ein? Du hast gerade meinen Ruf in Caplin Bay ruiniert."

„So viel Spaß hatte ich schon lange nicht mehr."

Ihr ging es genauso. „Bitte mach den Kofferraum auf, Ken. Ich will meine Sachen rausnehmen."

„Wie wär's mit Abendessen in der Imbissbude und einer Übernachtung in der Pension? Ein besseres Angebot wirst du heute nicht bekommen?"

Allein bei dem Gedanken daran, mit Ken in einer Pension zu schlafen, klopfte ihr Herz schneller. „Machst du Witze? Nach dem Kuss? Wo ich doch so vernünftig bin?"

„Stört es dich, dass ich dich so genannt habe?"

„Und ob! Nach Neufundland zu kommen war das Verrückteste, was ich je getan habe. Mach jetzt den Kofferraum auf, Ken."

„Ist der alte Knabe in dem Transporter auch eine deiner Eroberungen?"

„Er hat mich mitgenommen, und ich habe keine Eroberungen. Leb wohl, Ken."

Ken betätigte den Hebel, um den Kofferraum zu öffnen. „Wir müssen unsere Notizen austauschen. Ich wette, er kennt auch das ein oder andere Schimpfwort. Leb wohl, Petronella Cornelia Vandermeer."

Dass er sie einfach so gehen ließ, hatte Nell nicht erwartet. Verwirrt stieg sie aus und knallte lautstark die Tür zu, bevor sie ihren Rucksack aus dem Kofferraum nahm. Dann setzte sie ihn auf und ging direkt auf die beiden Teenager zu.

Wendell lehnte an der Eingangstür des Lebensmittelgeschäfts. „Sie haben ja schnell einen Chauffeur bekommen", meinte er lachend.

417

„Er ist nicht halb so süß wie Sie", erwiderte sie, während sie die Tür öffnete.

Nell kaufte einige Sachen ein, und als sie das Geschäft wieder verließ, war weder Wendell noch Ken zu sehen. Sie ging die Straße entlang zu der Landspitze, wo sie direkt am Strand unter Bäumen einen geeigneten Platz zum Zelten fand. Nachdem sie ihr kleines gelbes Zelt aufgebaut hatte, machte sie sich Abendessen auf ihrem Campingkocher. Die Sonne war bereits untergegangen, und das Meer schimmerte golden im Abendlicht. Es war eine sehr friedliche Stimmung.

Dennoch war Nell innerlich sehr aufgewühlt. Von ihrem Zeltplatz aus konnte sie das „Bed and Breakfast"-Schild vor dem Haus am Hügel erkennen, in dem Ken abgestiegen war. Doch sie wollte nicht an ihn denken. Sie wollte auch nicht an Mort Harbour denken, sondern nur noch schlafen.

Sobald es dunkel war, kroch sie in ihren Schlafsack. Allerdings dauerte es sehr lange, bis sie schließlich einschlief.

Irgendwann in der Nacht wurde Nell von lautem Motorengeräusch geweckt. Sofort setzte sie sich auf und stieß dabei mit dem Kopf gegen das Zeltdach.

Sie kroch aus dem Schlafsack und öffnete den Reißverschluss des Zelts. Am Strand war eine Party im Gange. Das Motorengeräusch kam von drei Geländewagen, die am Strand auf und ab fuhren. Um ein Lagerfeuer saßen sieben Männer, die laut sangen, und bei den Fahrern handelte es sich ebenfalls um Männer. Die Gruppe hatte mehrere Kisten Bier dabei.

Vom Strand aus konnte man ihr Zelt sehen. Nell warf einen Blick auf ihre Armbanduhr und stellte fest, dass es drei Uhr morgens war. Und ihr war klar, dass zehn betrunkene Männer nicht besonders vertrauenerweckend waren.

Schnell zog sie sich Sweatshirt, Jeans und ihre Stiefel an und nahm ihren kleinen Rucksack und ihre Jacke. Dann rollte sie schnell ihren Schlafsack zusammen. Ein Stück weiter am Strand wollte sie sich einen ruhigen Platz zum Schlafen suchen.

Gerade als sie aus dem Zelt kroch, richteten sich die Scheinwerfer einer der Wagen genau auf sie und blendeten sie. Sofort fingen die Männer an zu grölen: „He, Baby, komm her, und leiste uns Gesellschaft ... Es gibt genug Bier ... Komm schon, Süße, mit uns wirst du 'ne Menge Spaß haben."

Nein danke, dachte Nell und lief den Hügel hoch in den Wald. Da ihre Augen sich noch nicht an die Dunkelheit gewöhnt hatten, stolperte sie einige Male. Als sie einen flüchtigen Blick über die Schulter warf, sah sie, dass einer der Männer mit einer Bierflasche in der Hand auf ihr Zelt zutorkelte.

Schnell lief sie weiter. Obwohl die Männer harmlos wirkten, wollte sie es nicht darauf ankommen lassen. Während sie sich durchs Unterholz kämpfte, fiel ihr ein, dass sie oben auf dem Hügel einen Weg gesehen hatte. Nervös drehte sie sich noch einmal um, weil sie wissen wollte, ob sie verfolgt wurde.

Plötzlich stieß sie mit voller Wucht mit einem Mann zusammen, der, wie sie jetzt erkannte, hinter einer Kiefer hervorgekommen sein musste. Sie wollte schreien, aber er packte sie und hielt ihr den Mund zu. Verzweifelt versuchte sie, sich gegen ihn zu wehren.

„Nell, hör auf! Ich bin's …" Noch immer kämpfte sie mit dem Mut der Verzweiflung. „Hör auf! Ich bin's, Ken!", brachte der Mann hervor, während er seinen Griff verstärkte.

Allmählich verflog ihre Angst, denn seine Stimme kam ihr bekannt vor, und nicht nur das. Auch sein Duft war ihr vertraut. Als Nell unvermittelt aufblickte, schaute sie in dunkle Augen. „Ken?", flüsterte sie.

„Ja. Du bist in Sicherheit, Nell."

„Ich … ich dachte, du wärst einer von ihnen."

„Haben sie dir wehgetan?", fragte Ken mit einem Unterton, den sie zuvor nicht bei ihm gehört hatte.

Sie zitterte wie Espenlaub und krallte die Finger in sein Hemd, als wollte sie ihn nie wieder loslassen. Daraufhin zog er sie an sich und strich ihr beruhigend über den Rücken. „Ich wollte dich nicht erschrecken", sagte er leise. „Ich wollte nur verhindern, dass du schreist. Sonst wären die Kerle dir wahrscheinlich alle zu Hilfe geeilt."

„Was machst du überhaupt hier?"

„Ich konnte nicht schlafen. Als ich die Lichter am Strand sah, wollte ich mich vergewissern, dass dir nichts passiert ist."

Seufzend schmiegte sie sich an ihn und umarmte ihn. Es war ein vertrautes Gefühl. „Komisch, dass wir uns immer auf diese Weise begegnen müssen. Jedenfalls war es nett, dass du an mich gedacht hast."

„Vor allem, nachdem du gesagt hast, du willst mich nicht wiedersehen."

„Warum konntest du nicht schlafen?"

„Das ist nicht wichtig."

„Du riechst gut", sagte sie leise.

„Du auch."

Da sein Hemd nicht ganz zugeknöpft war, spürte sie sein Brusthaar an der Wange. Es schien ihr ganz natürlich, die Lippen darüberzugleiten zu lassen. Dabei wurde ihr ganz heiß.

„Hör auf damit", brachte Ken hervor.

Nell blickte zu ihm auf. „Was ist los?"

Er löste sich von ihr. „Muss ich dir das erklären?"

„Heißt das, du ..." Sie spürte, wie sie errötete, und wich einige Schritte zurück. Dabei stolperte sie über eine Baumwurzel und fiel hin. „Autsch!"

Ken nahm ihre Hand und zog sie hoch. „Warum, zum Teufel, läufst du mit einem Schlafsack durch den Wald?"

„Ich wollte mir ein trockenes Fleckchen zum Schlafen suchen", erklärte sie so würdevoll wie möglich. „Du fluchst zu viel."

„Du hast etwas an dir, das das Schlimmste in mir zum Vorschein bringt. Und dazu gehört auch das Fluchen. Ich nehme an, dass es kein Schlafsack für zwei Personen ist."

„Stimmt."

„Schade. Denn ich werde dich hier nicht allein lassen. Du hast die Wahl. Entweder kommst du mit mir in die Pension und schläfst in meinem Bett, während ich mich auf das Sofa im Wohnzimmer lege, oder wir beide verbringen die Nacht hier draußen."

Es war ziemlich kühl, und außerdem tat ihr Po von dem Sturz weh. „Ich komme mit", sagte sie leise. „Wenn wir die Inhaber nicht aufwecken."

„Keine Einwände?"

„Würde es denn etwas nützen?"

„Nein. Hier, nimm meine Hand."

Ken führte sie zu dem Weg auf dem Hügel, und wenige Minuten später befanden sie sich auf der Straße. Die Strandparty war immer noch in vollem Gange. „Ich hoffe, die Männer lassen mein Zelt in Ruhe", bemerkte Nell.

„Wenn nicht, bekommen sie es mit mir zu tun."

Noch nie zuvor hatte sie es zugelassen, dass ein Mann sie beschützte. Nun musste sie sich eingestehen, dass es ihr gefiel. „Was macht dein Knie?", fragte sie.

„Es tut nicht weh."

Vor Müdigkeit war sie ganz benommen. Das Meer schimmerte silbern im Mondlicht, und Ken hielt immer noch ihre Hand, obwohl es nicht mehr nötig war. „Ich hatte vorhin Angst, stimmt's?", erkundigte sie sich.

„Kein Wunder. Ist dir aufgefallen, dass ich nicht gesagt habe, ich hätte dich gewarnt?"

„Das ist sehr nobel von dir. Ich hatte Angst, ich habe es dir gezeigt, und ich war froh, dass du mich gerettet hast. Du kannst also ruhig zugeben, dass dein Knie wehtut, und vorschlagen, dass wir etwas langsamer gehen."

Mitten auf der Straße blieb er stehen. „Vielleicht bist du nach Neufundland gekommen, weil alle alleinstehenden Männer in Europa zusammengelegt und dir das Flugticket gekauft haben."

„Was macht dein Knie, Ken?"

„Ich wette, sie haben dich sogar ins Flugzeug verfrachtet."

„Beantworte meine Frage!"

„Es tut verdammt weh", gestand er fröhlich. „Aber wenn wir langsamer gehen, komme ich in Versuchung, dich wieder zu küssen. Du warst schon tagsüber wie Dynamit. Ich mag gar nicht daran denken, wie du im Mondschein bist."

„Das ist nur Sex", entgegnete Nell gereizt.

„Sex ist nichts Schlimmes."

Woher sollte sie das wissen? „Eins möchte ich noch klären", verkündete sie entschlossen. „*Du* schläfst im Bett und *ich* auf dem Sofa."

„Willst du nicht über Sex reden, Nell?"

„Halt endlich den Mund, Ken!"

„*Ich* schlafe auf dem Sofa. Wenn die Inhaber morgen aufwachen, ist es besser, sie treffen mich im Wohnzimmer an."

„Das Frühstück könnte sehr interessant werden", bemerkte sie trocken. „Mm, riech mal die Rosen …"

Ken hatte gerade die Pforte geöffnet, und am Zaun wuchsen herrlich duftende Rosen. Dann dirigierte er sie zur Haustür, wo Nell sich bückte, um ihre Stiefel auszuziehen. Das Haus war von innen frisch gestrichen und blitzsauber. Auf allen Möbeln lagen gestärkte Spitzendeckchen, und im Flur und in der Küche brannten Nachtlichter. Während Ken seine Schuhe auszog, ging Nell auf Zehenspitzen ins Wohnzimmer und legte sich aufs Sofa. Den Rucksack legte sie sich auf die Brust, den Schlafsack ans Fußende.

Schließlich kam Ken herein. „Steh auf, Nell", befahl er leise.

„Warum musst du immer deinen Willen durchsetzen?"

Er kam drohend auf sie zu. „Dass mein Knie wehtut, bedeutet nicht, dass ich völlig bewegungsunfähig bin."

Ihre Augen funkelten in dem schummrigen Licht. „Du musst mich schon mit Gewalt vom Sofa ziehen, und dann werde ich die Wasserflasche fallen lassen. Und sicher wird es dir unangenehm sein, wenn die Inhaber dich dabei ertappen, wie du mich um vier Uhr morgens in dein Zimmer trägst."

„Die Männer in Europa langweilen sich ohne dich bestimmt zu Tode", meinte er leise. „Also gut, du hast gewonnen. Träume süß." Dann humpelte er in den ersten Raum, der vom Flur abging, und schloss leise die Tür hinter sich. Er hatte nicht versucht, ihr einen Gutenachtkuss zu geben.

Nell verzog das Gesicht. Nachdem sie ihren Rucksack auf den Boden gelegt hatte, kuschelte sie sich in ihren Schlafsack. Innerhalb weniger Minuten war sie eingeschlafen.

Nell träumte, dass Ken in Wendells Transporter saß und ihr mit einem Lorbeerstrauß zuwinkte. Der Adler hatte ihre Wasserflasche gestohlen. Sie tauchte den Kopf in den Fluss, um zu trinken. Doch der Fluss war warm und roch ziemlich seltsam …

Als sie die Augen öffnete, stellte sie fest, dass ein großer Hund mit braunen Augen ihr die Nase leckte. „Du meine Güte!", rief sie und barg das Gesicht im Ellbogen, woraufhin der Hund ihr das Ohr zu lecken begann.

„Guten Morgen", ließ Ken sich vernehmen.

Finster blickte sie ihn an. „Der Morgen fängt ja gut an."

„Sein Name ist Sherlock." Der Hund hatte sich hingesetzt. Es war ein Bluthund. Wie alle Vertreter dieser Rasse hatte er einen schwermütigen Gesichtsausdruck und hängende Lefzen. „Er ist ziemlich alt, stocktaub und liebt alle Gäste. Oh, guten Morgen, Gladys. Das ist Nell. Ich hatte Ihnen gestern Abend erzählt, dass sie am Strand zeltet. Die Party ist ein bisschen wild gewesen. Deswegen habe ich Nell hergebracht."

„Diese jungen Kerle feiern nur einmal im Monat am Strand, aber dann machen sie mehr Krach als die Möwen zu Beginn der Hummersaison." Gladys war in den Fünfzigern und hatte eine matronenhafte Figur und graue Locken. „Wie geht es Ihnen, meine Liebe? Ich wette, Sie sind hungrig. Wie wär's mit Pfannkuchen und Speck?"

„Ich hoffe, wir haben Sie nicht gestört", sagte Nell.

„Arthur und ich würden sogar die Auferstehung verschlafen." Gladys lachte herzlich über ihren Witz. „Fühlen Sie sich wie zu Hause, meine Liebe. Ich mache Kaffee."

Nell stellte fest, dass Ken bereits geduscht und sich rasiert hatte. Als sie aufstand, fühlte sie sich äußerst unwohl in ihrer Haut, denn ihre Sachen waren zerknautscht, und das Haar fiel ihr über die Schultern. „Wo ist das Bad?", erkundigte sie sich.

„Am Ende des Flurs." Er schob die Hände in die Hosentaschen. „Diese Karibus haben eine Menge auf dem Gewissen."

„Was meinst du damit?"

„Wären sie nicht gewesen, hätten wir uns nicht kennengelernt."

Obwohl seine Miene undurchdringlich war, wusste Nell, worauf er hinauswollte. Ihm wäre es lieber gewesen, wenn er sie nicht kennengelernt hätte. Sie dagegen konnte kaum dem Drang widerstehen, ihm einen Kuss zu geben. Der Tag fing wirklich gut an! „Ich habe einen Grundsatz: keine Auseinandersetzungen, bevor ich die erste Tasse Kaffee getrunken habe. Und nun entschuldige mich bitte."

Dann nahm sie ihren Rucksack und eilte aufs Bad zu.

3. KAPITEL

Eine Dusche wirkte bei Nell immer Wunder. Ihre Kulturtasche hatte sie immer in ihrem kleinen Rucksack dabei. Sie hatte sich Gladys' Föhn geborgt und sich gerade die Haare getrocknet, als Ken an die Tür klopfte. „Die Pfannkuchen sind fertig."

Nell öffnete die Tür. „Lass mich zu ihnen."

Doch er versperrte ihr den Weg und schaute sie mit einem seltsamen Gesichtsausdruck an. Schließlich strich ihr er ihr durchs Haar, nahm eine Strähne und hielt sie sich an die Wange. Ihr war, als würde er ihr huldigen, und am liebsten hätten sie geweint.

„Du bist so schön", sagte er rau. „So lebendig. Ich …"

Atemlos wartete sie, aber plötzlich presste er die Lippen zusammen, und ein gequälter Ausdruck huschte über sein Gesicht. Dann ließ Ken unvermittelt die Hand sinken und wischte sie an seinen Jeans ab, als hätte er sich beschmutzt. „Komm. Gladys wartet auf uns."

Benommen folgte Nell ihm durchs Wohnzimmer in die Küche, wo es köstlich nach Kaffee und Speck duftete. Während sie Kaffee trank, unterhielt sie sich mit Gladys und vermied es dabei, Ken anzusehen. Eine unbändige Wut stieg in ihr auf. Wie konnte er es wagen, sie so zu behandeln?

Doch als Nell die Apfelpfannkuchen mit Sirup aß, warf sie ihm schließlich einen verstohlenen Blick zu. Offenbar holten ihn die Schatten der Vergangenheit genauso ein wie sie. Nicht zum ersten Mal fragte sie sich, wie er sich das Knie verletzt hatte.

„Ken hat mir gestern Abend erzählt, dass Sie aus den Niederlanden kommen, meine Liebe", sagte Gladys, als sie ihr die Butter reichte. „Was hat Sie denn nach Caplin Bay verschlagen? Es ist nicht einmal auf der Landkarte verzeichnet."

Unter der Dusche hatte Nell nachgedacht und beschlossen, die nächste Nacht nicht am Strand zu verbringen, obwohl die Männer bestimmt alle einen Kater hatten. Außerdem war sie knapp bei Kasse, und sie hatte das Treffen, den eigentlichen Grund für ihre Reise, bereits lange genug hinausgezögert. Daher erwiderte sie: „Seitdem ich auf Neufundland bin, höre ich ständig von den *Outports*, den kleinen Fischerdörfern, die man nur per Boot erreichen kann. Da ich gern einige Tage in einem davon verbringen möchte, werde ich heute das Küstenboot nach Mort Harbour nehmen."

Obwohl sie sich diese Antwort sorgfältig zurechtgelegt hatte, klang es wenig überzeugend, aber Gladys schien es nicht zu merken. „Oh, wie schön, meine Liebe! Dann können Sie und Ken zusammen fahren."

Nell schaute Ken verblüfft an. „Du fährst auch nach Mort Harbour?"

„Das habe ich vor", meinte er ruhig.

„Und warum fährst du dorthin?"

„Ich will dort Freunde besuchen."

Das klang genauso wenig überzeugend, doch das konnte sie ihm schlecht sagen. „Wann legt das Boot ab?", fragte sie leise.

„Um vier", antwortete Gladys. „Soll ich Mary anrufen und ein Zimmer für Sie reservieren, meine Liebe?"

Nell wusste bereits, dass Mary Beattie die einzige Pension in Mort Harbour besaß. Sie hatte schon beschlossen, einige Tage bei ihr zu wohnen, um so die Leute in dem kleinen Ort kennenzulernen. „Gern", sagte sie daher. „Vielen Dank, Gladys."

Wenige Minuten später hatte Gladys ihr Telefonat beendet. „Gut, dass ich angerufen habe", meinte sie. „Sie hat nämlich nur zwei Zimmer, und Ken hat das andere reserviert."

Wieder schaute Nell ihn an. „Wohnst du denn nicht bei deinen Freunden?"

„Nein."

„Was die Karibus betrifft, hattest du recht."

„Du hast mir erzählt, dass du es dir nicht leisten kannst, in einer Pension zu wohnen."

Sie war wirklich eine schlechte Lügnerin. „Meine finanziellen Verhältnisse gehen dich nichts an", erklärte sie von oben herab, bevor sie sich noch einen Pfannkuchen nahm.

„Wir wissen nicht, was die Prinzessin zu St. Georg sagt, nachdem er sie gerettet hat, stimmt's?" Ken stand auf. „Danke, Gladys. Ich komme später zurück, um meine Sachen zu holen."

Als Nell zu Ende gefrühstückt hatte, war er bereits gegangen. Nachdem sie ihre Sachen vom Strand geholt hatte, wusch sie einiges aus und hängte es bei Gladys auf die Leine. Im Wind blähten sich ihre T-Shirts auf, als würden sie von Frauen getragen, die kurz vor der Niederkunft standen. Wie meine Großmutter damals, dachte sie, als sie zu einem Spaziergang am Strand aufbrach. Da sie bereits nach wenigen Minuten zu dem Ergebnis kam, dass es unmöglich war, eine Strategie für das bevorstehende Treffen mit ihrem Großvater zu entwickeln, versuchte sie, während des restlichen Spaziergangs nicht mehr daran zu denken.

Allerdings dachte sie daran, dass sie Ken in einem so kleinen Ort wie Mort Harbour nicht aus dem Weg gehen konnte.

Ob es unter den Freunden, von denen er gesprochen hatte, auch eine gute Freundin gab?

Nell warf einen großen Stein ins Wasser. Sicher hatte es Frauen in seinem Leben gegeben, aber das ging sie nichts an. Es wäre besser gewesen, wenn sie direkt von St. John's nach Mort Harbour gefahren wäre, statt sich von der Schönheit des Terra-Nova-Nationalparks gefangen nehmen zu lassen. Dann hätte sie Ken Marshall nicht kennengelernt.

Nachdem sie etwa drei Kilometer an dem steinigen Strand zurückgelegt hatte, aß sie eine Banane und ein Muffin zu Mittag und kehrte um. Ihre Sachen waren inzwischen getrocknet. Unter Sherlocks vorwurfsvollem Blick packte sie alles zusammen, legte Gladys etwas Geld hin und marschierte zum Kai, wo Ken bereits wartete. Sie nickte ihm reserviert zu und ging dann an Bord des Küstenboots.

Es sah wie ein zu groß geratener Schleppkahn aus und verfügte über einen Passagierraum, eine Snackbar und einen Frachtraum. Die betriebsame Atmosphäre an Bord gefiel Nell. Nachdem sie ihr Gepäck in den Frachtraum gestellt hatte, beobachtete sie, wie Kisten mit Lebensmittel und sonstigen Vorräten an Bord gebracht und im Frachtraum verstaut wurden. Gegen Viertel nach vier legte das Boot ab.

Nell ging zum Heck und blickte wie gebannt auf das Kielwasser. Dies war der letzte Abschnitt ihrer Reise, die an dem Tag begonnen hatte, als sie das Tagebuch ihrer Großmutter in ihrem Elternhaus gefunden hatte. Anna hatte darin ausführlich all ihre Familienmitglieder beschrieben, ebenso ihre Freunde, die Schrecken des Krieges und die Entbehrungen während der Besatzungszeit. Nach der Befreiung der Niederlande hatte sich der Stil jedoch geändert, und die Eintragungen waren nur noch sporadisch erfolgt und sehr knapp gewesen.

In ihrem Heimatort Kleinmeer war ein kanadisches Regiment für ein Wochenende einquartiert worden, und Anna lernte einen Soldaten kennen, in den sie sich Hals über Kopf verliebte. Sein Name war Conrad Gillis, und er stammte aus einem kleinen Ort namens Mort Harbour auf Neufundland. Sie nahm ihn einige Male mit in die alte Scheune auf dem Bauernhof ihres Onkels, wo sie mit ihm schlief. Ihre Eintragung lautete: „Wir waren zusammen in der Scheune. Der Staub tanzte im Sonnenlicht. Ich habe ihm nicht gesagt, dass ich ihn liebe." Dann war Conrads Regiment wieder abgereist, und Anna hatte festgestellt, dass sie schwanger war.

„Meine Mutter und mein Vater sagen, dass ich das Kind behalten und bei ihnen wohnen bleiben soll. Ich habe Glück gehabt. Meine Freundin Anneke darf ihr Baby nicht bekommen … Ich habe Nachforschungen angestellt. Conrad ist verheiratet. Deswegen wird es keine Heirat für mich geben. In den Augen der Dorfbewohner habe ich Schande über meine Familie gebracht. Ich bin nur froh, dass ich ihm nicht gesagt habe, dass ich ihn liebe … Heute wurde meine Tochter Gertruda geboren."

Das war die letzte Eintragung gewesen.

Gertruda war ihre, Nells, Mutter.

In dem kleinen Dorf musste sie in dem Bewusstsein aufgewachsen sein, dass sie anders war und allein durch ihre Existenz Schande über ihre Familie gebracht hatte. Daher war es kein Wunder, dass sie so früh wie möglich aus Kleinmeer weggezogen war, dass sie nach strengen Moralvorstellungen gelebt hatte und eine Vernunftehe mit einem siebenundzwanzig Jahre älteren Mann eingegangen war. Und es war kein Wunder, dass sie sie vor den Gefahren des Sexuallebens gewarnt hatte.

Da Nell das Tagebuch erst zwei Monate nach dem Tod ihrer Mutter gefunden hatte, hatte sie ihr auch nicht mehr sagen können, dass sie sie nun verstand und ihr verzieh. Sie hatte nämlich unter der bedrückenden Atmosphäre in ihrem Elternhaus und den strengen Erziehungsmethoden ihrer Mutter gelitten und immer das Gefühl gehabt, man würde ihr etwas verheimlichen.

Soweit sie sich entsinnen konnte, war sie Anna nur einmal begegnet, und zwar im Alter von drei oder vier Jahren. Sie hatte gewusst, dass sie eine Großmutter hatte, und gleichzeitig gespürt, dass man über sie nicht reden durfte.

Und nun würde sie sich mit Annas Geliebtem, Conrad Gillis, treffen. Vermutlich wusste er gar nicht, dass er mit Anna ein Kind gezeugt hatte und eine holländische Enkelin hatte. Nell hatte ihm schreiben wollen, die angefangenen Briefe aber alle in den Papierkorb geworfen, weil sie zu dem Ergebnis gekommen war, dass sie es ihm lieber von Angesicht zu Angesicht sagen wollte.

Ihre Nachforschungen hatten ergeben, dass er noch lebte und nach wie vor in Mort Harbour wohnte. Sie hatte große Angst vor der Begegnung mit ihm.

„Du siehst aus, als würdest du versuchen, alle Probleme der Welt zu lösen", erklang plötzlich Kens Stimme hinter ihr.

Sie hatten mittlerweile die Bucht verlassen, und Nell hielt sich wegen des hohen Seegangs an der Reling fest. Sie drehte sich zu ihm um. „Nur meine eigenen", erwiderte sie betont locker. „Wie lange dauert es, bis wir da sind?"

„Mindestens zwei Stunden, denn es liegt auf der anderen Seite der Halbinsel. Und was hast du für Probleme?"

„Ob ich seekrank werde oder nicht."

„Die See wird noch rauer, weil der Wind aus Südwesten kommt."

„Ich wette, du wirst nie seekrank."

„Mein Dad war Fischer. Ich bin mit Booten groß geworden."

„Auf Neufundland?", fragte sie, weil sie unbedingt mehr über ihn erfahren wollte.

„Ja, in einem *Outport* auf der nördlichen Halbinsel. Damals kam das Küstenboot zweimal im Jahr, und es gab keine Straßen." Ken verzog das Gesicht. „Obwohl es genug Fische gab, war meine Familie immer arm. Alle haben Tag und Nacht gearbeitet und es trotzdem nie zu etwas gebracht."

„Du scheinst nicht arm zu sein", bemerkte sie in Anspielung auf die Tatsache, dass er eine teure Regenjacke trug.

„Ich habe den Ort verlassen, sobald ich konnte." Er schaute sie finster an. „Warum erzähle ich dir das überhaupt? Ich rede sonst nie über mich."

„Bist du verheiratet?", platzte Nell heraus und fügte schnell hinzu: „Vergiss es. Es ist mir egal, ob du verheiratet bist oder nicht."

Im nächsten Moment spritzte Gischt auf, da die *Fortune II* durch eine Welle fuhr. „Am besten gehen wir nach vorn." Ken umfasste ihren Arm und zog Nell mit sich unter die Brücke. „Nein, ich bin nicht verheiratet", fuhr er fort. „Ich hätte beinahe geheiratet, aber es hat nicht geklappt. Gibt es in Europa einen Mann, der auf dich wartet?"

Sie schüttelte den Kopf. „Ich will nicht in die Niederlande zurückkehren. Ich will hierbleiben."

„Auf Neufundland? Vergiss es, Nell. Die Wirtschaftslage ist katastrophal."

Dass sie bleiben wollte, hatte nichts mit der Wirtschaftslage zu tun. Enttäuscht darüber, dass er es nicht verstand, blickte sie auf die schaumgekrönten Wellen.

„Es ist deine Heimat", fügte er hinzu. „Du gehörst dorthin."

„Nein, das tue ich nicht." Plötzlich ertrug sie seine Nähe nicht mehr. Daher trat sie auf der Leeseite an die Reling und schaute mit tränenverschleierten Augen aufs Wasser. Als sie feststellte, dass Ken hinter ihr stand und die Hände links und rechts von ihr auf die Reling stützte, drehte sie sich zu ihm um. „Und wag es ja nicht, mich auszulachen."

„Ich kann dich nicht weinen sehen", erwiderte er in einem seltsamen Tonfall. „Du läufst vor einem Mann weg, stimmt's?"

„Ich lasse keinen Mann so nahe an mich ran, dass ich vor ihm weglaufen muss. Es ist die Insel … Ich habe das Gefühl, nach Hause gekommen zu sein."

Im nächsten Moment schaukelte das Boot so heftig, dass Nell das Gleichgewicht verlor und gegen Ken fiel. Daraufhin zog er sie an sich und hielt sie fest.

„Warum lässt du keinen Mann an dich ran?"

„Warum hast du nie geheiratet?"

„Wir haben beide unsere Geheimnisse – das willst du damit doch sagen."

„Hat das nicht jeder?", meinte sie mit einem Anflug von Bitterkeit.

„Ich schon." Sekundenlang wirkten seine Augen so dunkel wie der Ozean. Dann lächelte Ken plötzlich. „Lass uns auf die Brücke gehen und von dort die Aussicht genießen."

Wenn er sie so anlächelte, bekam sie ganz weiche Knie. „Okay."

„Neufundland ist kein schöner Ort zum Leben", erklärte er heftig. „Neun Monate Winter und drei Monate Stechmücken."

Nell hatte den Eindruck, dass er mehr mit sich selbst sprach. „Wo wohnst du eigentlich?"

„Zurzeit nirgends. Komm, lass uns auf die Brücke gehen, sonst erzähle ich dir noch meine ganze Lebensgeschichte."

„Ich wünschte, du würdest es tun."

„Jedenfalls bin ich zurzeit nicht in der Lage, eine Frau kennenzulernen." Er ließ die Reling los. „Und nun geh die Treppe hoch."

„Du erteilst schon wieder Befehle."

„Stimmt. Na los!"

Von der Brücke aus konnten sie die schroffe, baumbestandene Felsenküste sehen, an der es zahlreiche Wasserfälle gab. Die Wolken, die über den Himmel zogen, warfen große Schatten auf die Berge. Der Kapitän wies Nell auf verlassene Siedlungen und Friedhöfe hin und erzählte ihr von den Entbehrungen der ersten Siedler aus Cornwall und Devon. Ken zeigte ihr Seeschwalben, die am Ufer brüteten, und Tölpel, die über dem Wasser flogen. Dabei hatte sie das Gefühl, diese Landschaft immer mehr lieben zu lernen.

429

Es ist das Blut meines Großvaters, das in mir fließt, erkannte sie plötzlich. *Warum bin ich nicht früher darauf gekommen?*

Diese Erkenntnis schien ihre Angst zu verdrängen, doch als Nell zwei Stunden später die Häuser von Mort Harbour sah, verspürte sie wieder Panik. Sie schaute sich nach Ken um.

Er blickte ebenfalls zur Küste und sah aus, als würde er sich fürchten und sich weit weg wünschen. Jedenfalls machte er nicht den Eindruck, als wollte er lediglich Freunde besuchen.

Kurz darauf glitt das Boot in den Hafen, der von kargen Bergen umgeben war und eine vorgelagerte Insel umschloss. Am Fuße der Felsen befanden sich Schuppen auf Pfählen, in denen die Fische gelagert wurden, und die kleinen Wohnhäuser standen dicht beieinander.

Krampfhaft umklammerte Nell die Reling. Was sollte sie tun, wenn ihr Großvater gar nicht da war oder krank war? Womöglich wollte er sie überhaupt nicht sehen. Schließlich merkte sie, wie Ken die Hand auf ihre legte.

„Was ist los, Nell"? fragte er eindringlich.

Sie versuchte, ihre Hand wegzuziehen. „Nichts."

„Das kannst du mir nicht erzählen. Ich weiß genau, dass du nicht hierhergekommen bist, um das Land zu entdecken."

„Hör auf, Ken!"

„Du kannst mir vertrauen."

Sie konnte niemandem sagen, warum sie hierhergekommen war, nicht bevor sie mit Conrad gesprochen hatte. Zumindest das war sie ihrem Großvater schuldig. „Bitte lass mich in Ruhe", erwiderte sie daher. „Das bildest du dir nur ein."

„Du bist eine schlechte Lügnerin."

„Und du scheinst nicht zu begreifen, wann du unerwünscht bist."

Sofort wurden seine Züge hart. „Das ist bereits das zweite Mal, dass du mir sagst, ich soll verschwinden", entgegnete er schroff. „Warum einigen wir uns nicht darauf, dass wir von jetzt an nichts mehr miteinander zu tun haben wollen? Das wäre sicher einfacher."

„Ich bin ganz deiner Meinung", log sie. Bis sie Ken begegnet war, hatte sie sich eigentlich immer für ehrlich gehalten.

Als das Boot im nächsten Moment laut tutete, zuckte er zusammen und verstärkte seinen Griff, sodass seine Fingernägel sich in ihren Arm bohrten.

Dass er so heftig reagierte, wunderte Nell. „Ist alles in Ordnung?", erkundigte sie sich unsicher.

Da das Boot jetzt rückwärtsfuhr, musste er fast schreien, um das Motorengeräusch zu übertönen. „Ich brauche weder deine Fürsorge, noch will ich deine dreisten Lügen hören. Hast du mich verstanden?"

Sie hatte nur gelogen, um ihm nicht den wahren Grund für ihre Reise sagen zu müssen. Dabei hatte sie sein Vertrauen verloren. „Du bist nicht nur hergekommen, um Freunde zu besuchen", erklärte sie. „Ich habe eben dein Gesicht gesehen."

„Was ich tue, geht dich nichts an. Misch dich von jetzt an nicht mehr in mein Leben ein, ja?"

„Was du tust, interessiert mich einen Dreck!", rief sie. „Lass mich in Ruhe!"

Leider verstummte genau in diesem Moment das Motorengeräusch. Die anderen Passagiere drehten sich zu ihnen um und lachten.

„Ich werde nie wieder auch nur in die Nähe eines Karibus gehen!", fügte Nell wütend hinzu, bevor sie sich umdrehte und zum Frachtraum ging, um ihren Rucksack herauszuholen. Sie verließ das Boot als eine der Letzten, wobei sie es geflissentlich vermied, sich nach Ken umzuschauen. Auch auf dem Kai wartete sie noch eine Weile, bis sie sich nach dem Weg zu Mary Beatties Pension erkundigte.

Sämtliche Gebäude im Ort waren durch lange Holzstege miteinander verbunden, und Nell fragte sich, wo Conrad wohl wohnen mochte. Sie war nur noch wenige Hundert Meter von dem blauen Gebäude entfernt, das Mary Beattie gehörte, als sie Ken aus der Seitentür herauskommen und den grasbewachsenen Hügel hinter dem Haus hinaufgehen sah.

An der Seite des Hauses wuchsen orangefarbene Taglilien, und der Weg zur Eingangstür war von roten Geranien gesäumt. Nell fühlte sich sofort wohl, bevor sie das Gebäude überhaupt betreten hatte, denn es wirkte viel einladender als ihr Elternhaus. Auch Mary Beattie, eine junge Frau, die gerade ein Kind erwartete, war ihr auf Anhieb sympathisch. Der einzige Wermutstropfen war, dass die beiden Gästezimmer ein gemeinsames Bad hatten und durch eine Tür, die immer geschlossen sein musste, von den übrigen Räumen abgetrennt waren.

„Sie haben Ken wahrscheinlich schon auf dem Boot kennengelernt", meinte Mary, während sie Nell in ihr Zimmer führte. Es war ganz in Pink gehalten und sehr verspielt eingerichtet. „Er ist gerade weggegangen, um Freunde zu besuchen. Aber wenn Sie fertig sind, können wir jederzeit essen." Als sie fortfuhr, wurden ihre Züge weicher. „Mein

Mann Charlie ist unten am Kai. Er müsste jeden Augenblick zum Abendessen kommen."

Charlie war ein ebenso kräftiger wie schüchterner Zeitgenosse, der seiner Frau das Reden überließ. Zum Abendessen gab es den köstlichsten Schellfisch, den Nell je gegessen hatte, und dazu Erbsen aus dem Garten. „Es ist nicht einfach, hier Gemüse anzubauen", sagte Mary. „Aber die schweren Arbeiten macht mein Mann, stimmt's, Charlie?"

Er nickte und füllte sich Kartoffeln nach, während sie ein wenig sehnsüchtig fortfuhr: „Im Frühjahr pflanze ich immer Tulpen. Ich würde so gern einmal die Tulpenfelder in den Niederlanden sehen, Nell."

Daraufhin erzählte Nell von dem Blumenpark Keukenhof und den Blumenmärkten in Amsterdam, und als das Essen zu Ende war, hatte sie das Gefühl, neue Freunde gefunden zu haben. Anschließend machte sie einen Spaziergang am Fluss entlang, hinter dem die Wildnis begann. Sie sah zahlreiche Eisvögel, und an einer Stelle am steinigen Ufer waren etwa ein Dutzend Boote vertäut. Vielleicht rudert Charlie einmal mit mir flussaufwärts, dachte sie, als sie sich auf einen Felsen setzte, um den Sonnenuntergang zu beobachten.

Am nächsten Tag wollte sie sich bei Mary nach Conrad Gillis erkundigen, doch erst einmal musste sie verarbeiten, was zwischen Ken und ihr vorgefallen war.

An diesem Abend ging sie früh ins Bett, denn sie war todmüde, und außerdem wollte sie Ken nicht mehr begegnen. Bereits nach wenigen Minuten war sie eingeschlafen.

Als Nell aufwachte, war es immer noch dunkel. Das Herz klopfte ihr bis zum Hals, und sie lauschte angestrengt in die Dunkelheit. Dann hörte sie es wieder – einen erstickten Schrei, der ihr Angst machte. Schnell knipste sie die Nachttischlampe an, stand auf und verließ das Zimmer. Ohne nachzudenken, eilte sie zu Kens Zimmer. Da sie sich jedoch nicht traute, hineinzugehen, klopfte sie an die Tür. „Ken? Ist alles in Ordnung?"

Im nächsten Moment flog die Tür auf, und Nell sah sich Ken gegenüber. Er war so wütend, dass sie instinktiv einen Schritt zurückwich. Erst jetzt merkte sie, dass er lediglich mit einem Slip bekleidet war. Fasziniert betrachtete sie seine behaarte Brust und seine imposanten Muskeln.

„Geh wieder ins Bett", erklärte er schroff. „Und lass mich in Ruhe!"

Sie nahm allen Mut zusammen und blieb stehen. „Ich wollte dir doch nur helfen. Ich habe dich schreien hören."

Da sie eine Schwäche für Seide hatte und nicht in einem alten T-Shirt schlafen wollte, nur weil sie auf Reisen war, trug sie ein Seidennachthemd. In dem sanften Licht, das aus ihrem Zimmer in den Flur fiel, waren ihre Rundungen darunter gut zu erkennen.

Ken betrachtete sie von Kopf bis Fuß. „Ich habe dir doch gesagt, dass du dich nicht in mein Leben einmischen sollst. Es ist lange her, dass ich das letzte Mal eine Frau hatte. Wenn du mir weiterhin deine Hilfe anbietest, nehme ich sie vielleicht sogar in Anspruch. Dein Körper ist wirklich nicht übel."

Als sie die Bedeutung seiner Worte erfasste, errötete sie. „Ich würde niemals auf die Idee kommen, mich dir an den Hals zu werfen."

„Ach nein? Wenn ich an deine leidenschaftlichen Küsse denke, fällt es mir schwer, das zu glauben. Warum kommst du nicht rein? Wir sind beide wach, und ich habe ein Doppelbett. Die Gelegenheit sollte man sich nicht entgehen lassen."

Nell wich noch weiter zurück und hielt sich am Türrahmen fest. „Ich hasse dich", flüsterte sie. „Ich will dich nie wiedersehen." Mit zitternden Fingern schloss sie die Tür und schob einen Stuhl unter die Klinke. Dann setzte sie sich aufs Bett und verschränkte die Arme vor der Brust.

Sie fühlte sich beschmutzt. Im Nachhinein musste sie ihrer Mutter recht geben. Sex war etwas Unanständiges, und man konnte den Männern nicht vertrauen. Wie konnte Ken sie so behandeln? Noch am Vortag hatte er sie so zärtlich geküsst.

Aber es steckte mehr dahinter.

Ihre Eltern waren ihr gegenüber immer sehr distanziert gewesen. Nur die Bensons, das kanadische Ehepaar, das in derselben Straße gewohnt hatte und ihr von ihrem vierten Lebensjahr an Englisch beigebracht hatte, waren herzlich zu ihr gewesen und hatten ihr vermittelt, was Liebe bedeutete. Liana und Glen Benson hatten sich leidenschaftlich geliebt und viele Freunde gehabt. Sie hatten ihre Sprachbegabung gefördert und sie dazu ermutigt, Middelhoven zu verlassen und ihren Horizont zu erweitern.

Ken war offenbar auch ein Mensch, der Angst vor Nähe hatte. Vielleicht sehnt er sich auch nur nach körperlicher Nähe, dachte Nell und erschauerte, als sie sich seine begehrlichen Blicke und seinen höhnischen Tonfall ins Gedächtnis rief.

Würde Conrad Gillis sie auch aus seinem Leben ausschließen?

4. KAPITEL

Mary hatte ihr gesagt, dass es Frühstück zwischen acht und neun gab. Nell lag stocksteif da, während Ken im Bad war, und wartete anschließend noch eine halbe Stunde, bevor sie auch aufstand. Als sie um Viertel vor neun die Küche betrat, war außer Mary niemand da. „Guten Morgen", begrüßte Nell sie.

Mary sah sofort die dunklen Ringe unter ihren Augen. „Haben Sie schlecht geschlafen?", fragte sie. „Ich schlafe woanders auch immer schlecht. Möchten Sie Müsli?"

Überrascht stellte Nell fest, dass sie hungrig war. Während sie das Müsli und etwas Obst aß, überlegte sie, wie sie das Gespräch geschickt auf Conrad bringen konnte.

Schließlich sagte Mary: „Ken ist ausgezogen, weil er bei Conrad und Elsie wohnen wird. Sie haben das Bad also für sich allein."

Prompt verschluckte sich Nell und hustete. „Wer?"

„Ken. Der Mann, der hier übernachtet hat. Groß, gut aussehend … Sind Sie ihm nicht begegnet?"

Nell räusperte sich. „Doch. Ich meinte, wer sind Conrad und Elsie?"

„Die Gillis." Mary schien verwirrt, hakte aber aus Höflichkeit nicht nach, warum Nell so heftig reagiert hatte. „Wenn Sie gestern Abend flussaufwärts gegangen sind, müssen Sie an ihrem Haus vorbeigekommen sein."

„Das weiße Haus am Fluss?" Ihr war nicht nur die herrliche Lage aufgefallen, sondern auch die Tatsache, dass das Haus außerhalb des Ortes lag."

„Genau."

Dass sie zufällig mit Conrad ins Gespräch kam, wie sie es sich ausgemalt hatte, erschien Nell nun ziemlich unwahrscheinlich, denn das Haus hatte eine eigene Zufahrt.

Da Conrad und Elsie die Freunde waren, die Ken besuchte, lag es nahe, dass er sie mit ihnen bekannt machte. Allerdings hatte er ihr deutlich zu verstehen gegeben, dass er sie nie wiedersehen wollte. Und sie hatte behauptet, sie würde ihn hassen.

Nell nahm sich eine Scheibe von dem selbst gebackenen Melassebrot. „Ich habe gehört, dass Conrad im Zweiten Weltkrieg in den Niederlanden stationiert war. Vielleicht kann ich ihn fragen, wo er war. In dem Dorf, in dem meine Mutter aufgewachsen ist, waren kanadische Soldaten."

„Dazu kann ich auch nichts sagen", erwiderte Mary. „Er spricht nie davon. Wahrscheinlich will er nicht mehr daran erinnert werden."

Den Weg konnte sie also auch nicht beschreiten. Nell wechselte daher das Thema. Nach dem Frühstück machte sie sich Sandwiches, versprach Mary, um sechs wieder zurück zu sein, und verließ das Haus.

Da sie nicht wusste, was sie tun sollte, setzte sie ihren kleinen Rucksack auf und ging auf den Hügel hinter dem Haus, um sich umzuschauen. Seit drei Tagen war herrliches Wetter, was auf Neufundland selten vorkam. Am blauen Himmel kreisten die Möwen, und das Gras unter ihren Füßen war grün und saftig. Mein Großvater lebt hier, und ein Teil von mir hat immer hier gelebt, dachte sie. *Ich kenne diesen Ort.*

Schließlich beschloss sie, zum Fluss zu gehen, um wenigstens in Conrads Nähe zu sein.

Der Weg führte oberhalb des Hauses entlang, das an einem Wasserfall lag. Sie setzte sich auf einen Felsen und stützte das Kinn in die Hände. Eine weißhaarige Frau in einem Schürzenkleid stand im Garten und jätete Unkraut. Ob das Elsie war, Conrads Frau? Sicher würde sie sie hassen, denn schließlich war sie, Nell, der lebende Beweis für Conrads Untreue.

Plötzlich sah sie Ken aus der Hintertür kommen. Bei seinem Anblick pochte ihr Herz. Er war ihr genauso vertraut wie das Land.

Sie beobachtete, wie er sich mit Elsie unterhielt und schließlich in dem Schuppen hinter dem Haus verschwand. Als er wieder herauskam, hatte er eine Angelausrüstung in der Hand. Er ging ein Stück die Auffahrt hoch und nahm dann die Abkürzung durch den Wald, die zu dem Weg am Fluss führte. Zu ihr.

Einen verrückten Moment lang erwog Nell, dort sitzen zu bleiben. Aber was sollte sie zu ihm sagen? Sollte sie ihn darum bitten, sie mit zum Angeln zu nehmen und sie seinen Freunden vorzustellen? Von plötzlicher Panik ergriffen, stand sie auf und lief tiefer in den Wald hinein, bis man sie vom Weg aus nicht mehr sehen konnte, und duckte sich, bis er vorbeigegangen war.

Nachdem sie einige Minuten gewartet hatte, ging sie wieder zum Weg und folgte ihm. Als sie um die nächste Ecke auf das steinige Flussufer schaute, stellte sie fest, dass er bereits eines der Ruderboote losgebunden und den Motor angeworfen hatte.

Sie setzte sich auf einen Felsen, um in Ruhe nachzudenken. Irgendwann musste Ken auf diesem Weg zurückkommen, und das war ihre Chance, Conrad kennenzulernen.

Sie konnte zum Beispiel in einem der Nebenarme des Flusses in der Nähe von Conrads Haus schwimmen und einen Unfall vortäuschen, sodass Ken ihr zu Hilfe kommen und sie ins Haus bringen musste.

Doch dann verspürte Nell heftige Gewissensbisse. Er hatte es nicht verdient, so hintergangen zu werden.

Aber wie sollte sie mit Conrad reden, ohne Elsie das Herz zu brechen? Sollte sie nach Hause zurückkehren und so tun, als hätte sie nie einen Großvater gehabt? Sollte sie sich damit begnügen, dass sie gesehen hatte, wo er wohnte? Sollte sie die Vergangenheit ruhen lassen?

Sie wollte doch nur mit Conrad sprechen. Elsie brauchte nicht zu erfahren, wer sie war.

Kens Boot war jetzt außer Sichtweite, und zwar hinter einem hohen schwarzen Felsen, der genauso unüberwindbar schien wie ihre Probleme. Nell stand auf und ging weiter den Weg entlang. Am Flussufer standen violette Iris, und zwischen den Felsen wuchsen zarte blaue Glockenblumen. Während sie den Schwalben zusah, die über das Wasser flogen, beruhigte sie sich allmählich. Sie konnte nicht in die Niederlande zurückkehren, ohne mit Conrad gesprochen zu haben, das wusste sie nun.

Direkt am Flussufer entdeckte sie einige flache Felsen und setzte sich darauf, um in dem Taschenbuch zu lesen, das sie sich in St. John's gekauft hatte. Gegen Mittag aß sie ihre Sandwiches und unterhielt sich mit zwei Jungen, die vorbeikamen und auch angeln wollten. Schließlich machte sie sich auf den Rückweg, um sich in Ruhe auf ihr Vorhaben vorbereiten zu können.

Nur wenige Hundert Meter von Conrads Haus entfernt fand sie einen Nebenarm, der nur vom Weg aus zu sehen war. Sie kletterte auf die Felsen, um einen Blick auf das dunkelbraune Wasser zu werfen. Da es ziemlich warm war, konnte sie eine Abkühlung brauchen. Das Einzige, was sie abschreckte, waren die Algen. Allerdings würde ihr vorgetäuschter Unfall wesentlich glaubwürdiger erscheinen, wenn sie behauptete, auf den Algen ausgerutscht zu sein.

Sie würde so tun, als hätte sie sich den Knöchel verstaucht. Dann musste Ken sie zu Conrad bringen. Der Rest hing von ihr ab.

Genau wie der Hafen war der Nebenarm fast ganz von Felsen eingeschlossen. In der Hoffnung, dass Ken bald zurückkehren würde, ging sie auf die andere Seite, wo sie ihn sofort sah.

Knapp fünfzehn Minuten später entdeckte sie ihn. Nell hatte bereits ihren dunkelblauen Badeanzug angezogen und sich das Haar hochgesteckt. Langsam ließ sie sich in das eiskalte Wasser gleiten und schwamm vom Ufer weg, ohne den Weg aus den Augen zu lassen.

Weitere zehn Minuten später sah sie Ken um die Biegung kommen. Er trug ein weißes T-Shirt, Jeans und Gummistiefel. Schnell drehte sie sich auf den Rücken und ruderte mit den Armen und Beinen, um seine Aufmerksamkeit zu erregen. Als sie ihn auf gleicher Höhe wähnte, kehrte sie wieder um und versuchte, sich aus dem Wasser zu ziehen.

Da die Felsen mit Algen bewachsen waren, rutschte sie darauf aus. Vergeblich versuchte sie, sich an einem anderen Felsen festzuhalten. Als dann eine lange Alge ihr Bein streifte, geriet Nell in Panik und stieß sich das Knie an einem Felsen. Vor Schmerz schrie sie auf, verlor prompt das Gleichgewicht und stürzte rücklings ins Wasser. Das gehörte nicht zu ihrem Plan. Als sie wieder an die Wasseroberfläche kam, stieß sie sich wieder das Bein an einem besonders scharfkantigen Felsen.

„Hier … nimm meine Hand."

Ich habe es geschafft, dachte sie, während sie Kens Handgelenk wie einen Rettungsring umklammerte. Ken kniete sich hin und zog sie aus dem Wasser. Sobald sie festen Boden unter den Füßen hatte, ließ sie sich in seine Arme sinken. Hätte sie geschauspielert, wäre es nicht überzeugender gewesen.

„Danke", brachte sie hervor, nachdem sie das Wasser ausgespuckt hatte, das sie in den Mund bekam.

„Es gibt eine Grundregel, die besagt, dass man nie allein schwimmen soll", erklärte er grimmig. „Vergiss das nicht, Nell."

Ihr Knöchel tat überhaupt nicht weh, doch dafür verspürte sie einen brennenden Schmerz am Knie und am Oberschenkel. Das geschieht mir ganz recht, schalt sie sich im Stillen, während sie sich an Ken klammerte. In der kühlen Brise bekam sie sofort eine Gänsehaut.

Er drückte sie an sich. „Ich bin verdammt froh, dass ich im richtigen Moment vorbeigekommen bin."

Nell schämte sich zutiefst. „Du fluchst ja schon wieder."

„Mein Knie tut höllisch weh. Ich muss aufstehen. Du blutest ja!", fuhr er erschrocken fort. „Was hast du gemacht?"

437

„Ich bin gegen den Felsen gestoßen, als ich versucht habe, mich aus dem Wasser zu ziehen." Als sie an sich herunterschaute, erschauerte sie, denn ihr Oberschenkel und ihr Knie waren aufgeschürft.

„Du brauchst einen Leibwächter."

„Ich wollte dich heute Nacht nicht verführen", platzte sie heraus.

„Steh auf, damit ich dich in Conrads Haus bringen kann. Die Wunde muss gereinigt werden."

Nell löste sich von ihm. „Hast du gehört, was ich eben gesagt habe?"

„Ich hatte heute Nacht schlechte Laune."

„Wenn du das nächste Mal schlechte Laune hast, lass es bitte nicht an mir aus."

„Nein, Ma'am."

Sie blickte zu ihm auf. Ken hatte immer noch den Arm um sie gelegt, und sein Gesicht war nur wenige Zentimeter von ihrem entfernt. „Als wir uns kennengelernt haben, hast du gesagt, meine Augen hätten die Farbe von blauen Binsenlilien. Deine Augen haben die Farbe des Himmels, bevor es dunkel wird – dunkelblau, aber nicht ganz schwarz. Ich habe eine Zeit lang in Amsterdam gelebt, wo man den Abendhimmel wegen all der Lichter nicht richtig sehen konnte. Das fand ich furchtbar."

Nun funkelten seine Augen wie Sterne am Abendhimmel. „Ich würde jetzt gern mit dir schlafen, Nell, aber das steht nicht auf dem Plan. Steh auf, damit ich dich ins Haus bringen kann."

Nell wusste nicht, was sie sagen sollte. Sie spürte, dass sie errötete, aber nicht vor Scham, sondern weil sie es nicht fassen konnte, dass Ken sie begehrte. Als sie aufstand, zuckte sie vor Schmerz zusammen.

Nachdem Ken sich ihren Rucksack und seine Tasche über die Schulter gehängt hatte, gab er ihr die Angel. „Lass sie nicht fallen. Elsie hat sie Conrad zu seinem fünfundsiebzigsten Geburtstag geschenkt, und er verleiht sie nicht gern." Dann hob er sie hoch.

Nell legte ihm einen Arm um den Nacken. „Ich bin zu schwer für dich. Du belastest dein Knie zu stark."

„Es ist nicht weit."

Sie spürte das Spiel seiner Muskeln. Ich begehre ihn auch, dachte sie. „Eigentlich müsstest du jetzt sagen, dass ich zart wie eine Elfe und federleicht bin."

Nun lachte er. „Aber das wäre gelogen." Als er losmarschierte, verspürte sie einen Moment lang wieder dieses überwältigende Glücksgefühl. „Wenn du mich weiter so ansiehst, gehe ich mit dir ins nächste Gebüsch", meinte er rau.

„Da sind zu viele Mücken", erwiderte sie betont locker, „ganz zu schweigen von den schwarzen Fliegen. Sind Conrad und Elsie die Freunde, die du besuchen wolltest?"

„Ja, das sind sie, und ich würde Conrads Angel darauf verwetten, dass ich dich dazu bringen könnte, die schwarzen Fliegen zu vergessen." Er nahm die linke Abzweigung, die zur Auffahrt von Conrads Haus führte.

„Aber Conrad würde kein Wort mehr mit dir wechseln, wenn du die Wette verlieren würdest."

„Ich würde die Wette nicht verlieren." Unvermittelt blieb er stehen, neigte den Kopf und ließ die Zunge über ihre Lippen gleiten. Nell war so überrascht, dass sie den Mund öffnete und seinen verlangenden Kuss erwiderte. Als er schließlich aufsah, war sein Blick verschleiert.

„Du hast recht", flüsterte sie.

„Seien Sie bloß vorsichtig mit meiner Angel", ließ sich im nächsten Moment eine männliche Stimme vernehmen.

Nell zuckte zusammen, und Ken drehte sich um. „Hallo, Conrad", sagte er. „Das ist Nell."

Der alte Mann, der in der Auffahrt stand, runzelte die Stirn. Er hatte die Lippen zusammengepresst und starrte sie an, als hätte er noch nie eine Frau gesehen. „Wer sind Sie?", fragte er herausfordernd.

Er war groß, und obwohl er nicht mehr besonders kräftig wirkte, konnte man sehen, dass er früher einmal sehr imposant gewesen sein musste. Sein Haar war weiß und seine Augen tiefblau. Wie meine, dachte Nell und spürte wieder Panik in sich aufsteigen.

„Nell will sich die Insel ansehen. Sie wohnt bei Mary."

Conrad nahm ihr die Angel aus der Hand. „Hat es Ihnen die Sprache verschlagen? Woher kommen Sie?"

Nell wusste, dass dies der entscheidende Moment war. Sie konnte ihm ihre Identität entweder verschweigen oder ihre erste Karte auf den Tisch werfen. Sie schluckte mühsam und wünschte, sie wäre nicht so spärlich bekleidet. „Aus den Niederlanden", erwiderte sie. „Ich komme aus den Niederlanden. Aus einem kleinen Dorf namens Middelhoven. Aber meine Familie stammt aus Kleinmeer." Als sie das sagte, sah sie, wie er blass wurde.

„Was ist los, Conrad?", meinte Ken. „Du …"

Doch der alte Mann ließ ihn nicht ausreden. Er schaute sie finster an. „Nicht alle von uns möchten hier Fremde haben."

Entschlossen hob sie das Kinn. „Auch nicht, wenn andere Sie bei sich aufgenommen haben?"

Ken setzte sie ab. „Verdammt, was geht hier eigentlich vor? Sie hat sich das Bein aufgeschürft, Conrad. Ich muss die Wunde reinigen, deshalb habe ich Nell hergebracht. Auf die Idee, dass du etwas dagegen haben könntest, bin ich überhaupt nicht gekommen."

„Dann bist du nicht sehr clever." Conrad durchdrang sie förmlich mit seinen Blicken, als sie reglos in Kens Armen im Schatten der Bäume stand. „Macht, was ihr wollt, und sag Elsie, ich bin im Schuppen." Dann ging er mit der Angel in der Hand über den Kies zum Schuppen, ohne sich noch einmal umzudrehen.

Ich hätte ihm doch schreiben sollen, dachte Nell benommen. Schließlich war er trotz seines aufbrausenden Temperaments ein alter Mann, der etwas Rücksichtnahme verdiente. Aus Angst, Ken könnte die Wahrheit erraten, sagte sie stockend: „Ich … ich dachte, alle Neufundländer wären nett."

„Er kann ziemlich mürrisch sein, aber dass er so unhöflich ist, hätte ich nicht gedacht." Ken runzelte die Stirn. „Es war, als würdest du ihn an etwas erinnern."

Dass Ken diese Möglichkeit auch nur in Erwägung zog, konnte sie nicht ertragen, denn Conrad hatte bereits all ihre Hoffnungen zunichtegemacht. Sicher hatte er sich an seinen damaligen Seitensprung erinnert und erraten, dass sie irgendwie damit in Verbindung stand. Er hatte keinen Hehl daraus gemacht, dass er nichts mit ihr zu tun haben wollte.

Barfuß humpelte sie neben Ken auf das Haus zu und zuckte zusammen, als die spitzen Steine sich in ihre Fußsohlen bohrten. „Mir ist kalt. Und um sechs soll ich zum Abendessen zurück sein."

„Ich fahre dich hin", meinte er geistesabwesend, während er noch immer zum Schuppen blickte. „Conrad hat einen Geländewagen." Dann hakte er sie unter. „Tut es weh?"

Sein Mitgefühl war beinahe zu viel für sie, aber sie konnte nicht weinen. Nicht jetzt, da sie gleich Conrads Frau begegnen würde. Daher nickte sie nur, als sie ihm in die Küche folgte. Es war ein gemütlicher Raum mit blütenweißen Gardinen und zahlreichen Usambaraveilchen auf den Fensterbänken. Die Frau, die Nell bereits im Garten gesehen hatte, stand an der Spüle und schälte Kartoffeln. Sie wischte sich die Hände an der Schürze ab und lächelte Nell strahlend an. „Oh, wir haben Besuch! Sie sind ja verletzt, Kindchen. Wie ist das denn passiert?"

Dass seine Frau so anders war als Conrad, war ein weiterer schwerer Schlag für Nell. Diesmal konnte sie die Tränen nicht zurückhalten. Sie ließ sich auf den nächstbesten Stuhl sinken. „Ich … ich bin im Fluss geschwommen."

„Ken wird sich um Sie kümmern. Sie sind ja völlig durchgefroren. Ich mache Ihnen erst einmal eine Tasse Tee. Und wickeln Sie sich die hier um." Als Ken die Küche verließ, nahm Elsie eine Häkelstola von dem Schaukelstuhl, der am Ofen stand, und legte sie Nell um die Schultern.

„Aber ich bin ganz schmutzig", protestierte Nell.

„Ich kann sie waschen." Elsie tätschelte ihr den Arm. „Ich hole Ihnen ein Handtuch fürs Haar."

Ich muss so schnell wie möglich von hier verschwinden und darf nie wiederkommen, dachte Nell. *Elsie ist der netteste Mensch, den ich je kennengelernt habe, und ich möchte sie auf keinen Fall verletzen.*

Lächelnd reichte Elsie ihr ein flauschiges weißes Handtuch. Ihr Lächeln war sehr herzlich, aber ihren scharf blickenden braunen Augen schien nichts zu entgehen. Sie war klein und zierlich und trug das weiße Haar zu einem Knoten aufgesteckt. Über ihrem Schürzenkleid, das mit rosafarbenen und roten Rosen bedruckt war, trug sie eine blaue Schürze. „Mein Name ist Elsie", erklärte sie, während sie Wasser aufsetzte. „Und wie heißen Sie?"

„Nell. Ich wohne bei Mary Beattie."

„Tatsächlich? Ich glaube, ihr Baby kommt in drei Monaten. Der Herrgott hat Conrad und mir leider keine Kinder geschenkt, aber ich freue mich immer, wenn hier welche geboren werden."

Conrad hat ein Kind gezeugt, dachte Nell. Sie konnte es kaum erwarten, bis Ken zurückkam.

„Ich kann es Ihnen nicht verdenken, dass Sie im Fluss geschwommen sind", fuhr Elsie fort. „In den letzten Tagen war es so warm, dass ich überhaupt keine Lust zum Kochen hatte. Ah, da bist du ja, Ken. Du trinkst auch eine Tasse Tee mit uns, ja? Wie wär's mit ein paar Vollkornkeksen? Es ist ein Rezept von meiner Großmutter. Sie kam von Devon hierher und verliebte sich in das Land und in meinen Großvater. So ist es nun mal, stimmt's, Kindchen?"

Ken hockte neben Nell auf dem Boden. Sein dunkler Schopf berührte ihren Arm. Nicht immer, ging es ihr durch den Kopf. *Denn ich liebe Ken nicht. Ich habe mich in das Land verliebt.*

Während er ganz vorsichtig ihre Wunde reinigte und desinfizierte, stellte Elsie geblümte Teetassen auf den Tisch. „Es geht doch nichts über einen Arzt im Haus, stimmt's?", fragte sie.

„Einen Arzt?", wiederholte Nell ausdruckslos.

„Meiner Meinung nach ist er der beste auf der ganzen Insel. Ich wünschte, er würde für immer hierbleiben. Schließlich ist es seine Heimat."

„Mit dem Thema sind wir doch durch, Elsie", erklärte Ken in einem Tonfall, der keinen Widerspruch duldete. Dann trug er eine antibiotische Salbe auf die Wunde auf.

„Nehmen Sie Zucker, Nell?", fragte Elsie ungerührt.

Der Tee war heiß und stark, und während Nell ihn trank und einige Kekse aß, dachte sie über Elsies Worte nach. Wenn seine Eltern arm gewesen waren, musste es für Ken sehr schwer gewesen sein, Medizin zu studieren. Sie überlegte, ob seine Eltern noch lebten und warum sie ihn nie danach gefragt hatte, was er beruflich machte. Vielleicht hatte sie sich unbewusst dagegen gewehrt, ihn besser kennenzulernen. „Die Kekse schmecken köstlich", sagte sie schließlich und lächelte Elsie an.

Ken stand auf. „Morgen möchte ich mir dein Knie noch einmal ansehen." Er ging zur Spüle, um sich die Hände zu waschen.

„Sie müssen morgen Abend zum Essen kommen, Liebes", lud Elsie sie ein. „Ich freue mich immer über Gesellschaft."

„Das geht nicht", wehrte Nell sofort ab. „Ich kehre morgen nach Caplin Bay zurück."

„Wie denn?", erkundigte Ken sich mit einem boshaften Unterton, während er sich die Hände abtrocknete. „Willst du schwimmen? Nachdem du fast ertrunken wärst?"

Wütend funkelte sie ihn an. „Ich nehme das Boot."

„Das Boot kehrt erst morgen Nachmittag zurück und legt erst am Mittwoch wieder ab", erklärte Elsie. „Ich habe eine bessere Idee. Am Mittwochabend kommen einige Leute zu uns und machen Musik. Sie müssen auch kommen, Nell."

„Es geht wirklich nicht, Elsie. Ich muss am Mittwoch zurückfahren und …"

„Ein Nein lasse ich nicht gelten. Sie dürfen es nicht verpassen. Es ist ein inseltypisches *mug-up*. Etwas Typischeres würden Sie nur Weihnachten zu sehen bekommen. Hier in Mort Harbour pflegen wir nämlich noch die Tradition des Mummenschanzes."

„Mummenschanz?", wiederholte Nell.

„Die Leute verkleiden sich und tragen Masken und gehen von Haus zu Haus. Man muss raten, wer es ist, was manchmal unmöglich ist. Es würde Ihnen bestimmt gefallen." Elsie schenkte ihr Tee nach. „Aber Mittwochabend werden Sie bestimmt auch viel Spaß haben, und ich würde Sie gern wiedersehen."

Ob sie Conrad auch immer so überrollt? fragte sich Nell. „Das ist sehr nett von Ihnen", erwiderte sie ausweichend, obwohl für sie bereits feststand, dass sie am Mittwoch nach Caplin Bay zurückfahren würde. Bis dahin wollte sie sich von Elsie und Conrad fernhalten.

„Also abgemacht." Elsie strahlte übers ganze Gesicht. „Und nun erzählen Sie mir von sich. Woher kommen Sie?"

„Aus den Niederlanden."

„Tatsächlich?" Ein Schatten huschte über Elsies Gesicht. „Conrad war im Krieg dort stationiert. Er redet nicht gern über diese Zeit – nicht einmal mit mir."

Hoffnungsvoll überlegte Nell, ob Conrad deswegen so unfreundlich zu ihr gewesen war. Vielleicht wollte er nur nicht an die Schrecken des Krieges erinnert werden. Plötzlich fühlte sie sich wie ausgelaugt. „Haben Sie etwas dagegen, wenn ich mich jetzt umziehe?", erkundigte sie sich, nachdem sie ihre Tasse geleert hatte. „Mary erwartet mich nämlich um sechs zum Abendessen."

Elsie führte sie in ein kleines, gemütliches Gästezimmer im oberen Stock, das ganz in Blau und Weiß gehalten war. Dort zog Nell ihren nassen Badeanzug aus und schlüpfte in ihre Shorts und ihr T-Shirt. Als sie in den Spiegel schaute, stellte sie fest, dass ihr Haar zerzaust war und sie blass und müde aussah. Aber was machte das schon? Ab Mittwoch würde sie Ken und Elsie nie wiedersehen. Sie wollte so schnell wie möglich nach St. John's fahren.

Sie war so traurig, dass sie sich am liebsten auf das frisch bezogene Bett geworfen und ihren Tränen freien Lauf gelassen hätte. Doch sie riss sich zusammen, denn Elsie sollte auf keinen Fall merken, dass sie aus einem bestimmten Grund hierhergekommen war.

Daher setzte sie ein Lächeln auf, als sie in die Küche zurückkehrte. „Fertig?", fragte Ken.

„Vielen Dank für alles, Elsie", sagte sie. „Sie waren sehr nett zu mir."

„Kommen Sie am Mittwoch gegen fünf zum Abendessen. Mary und Charlie sind auch eingeladen. Sie können also zusammen kommen."

Nell wusste nicht, was sie darauf antworten sollte. „Auf Wiedersehen", erwiderte sie leise und küsste Elsie spontan auf die Wange. Genau wie die Häkelstola duftete die alte Frau nach Lavendel. So schnell es ihr verletztes Bein zuließ, ging Nell dann nach draußen.

„Warum hast du es so eilig, aus Mort Harbour wegzukommen?", erkundigte sich Ken, der ihr folgte.

„Das geht dich nichts an." Sie humpelte auf den Geländewagen zu, der am Schuppen stand.

Plötzlich versperrte Ken ihr den Weg. „Gestern konntest du es kaum erwarten, hierherzukommen, und nun willst du Hals über Kopf wieder abreisen? Das passt nicht zusammen, Nell."

„Ich möchte nicht darüber reden."

„Es hat etwas mit Conrad und Elsie zu tun, stimmt's?"

„Ich möchte nicht darüber reden", wiederholte sie, wobei sie jedes Wort betonte. „Und wenn du mich jetzt nicht zurückbringst, gehe ich zu Fuß."

„Er bringt Sie hin", ließ Conrad sich im nächsten Moment vernehmen. „Hier, fang." Er warf Ken die Wagenschlüssel zu und blickte anschließend Nell an. Stumm forderte er sie auf, zu verschwinden und sich nie wieder bei ihm blicken zu lassen.

Sie hielt seinem Blick stand. Ich verschwinde ja schon, aber nicht deinetwegen, sondern um Elsies willen, teilte sie ihm genauso stumm mit. Schließlich räusperte sie sich. „Auf Wiedersehen, Conrad."

Conrad sagte nichts, sondern stand stocksteif da, während sie sich in den Wagen setzten und Ken den Motor anließ. Zu einem anderen Zeitpunkt hätte Nell es genossen, durch die herrliche Landschaft zu fahren, aber an diesem Tag hätte sie alles darum gegeben, Mort Harbour mit der *Fortune II* verlassen zu können.

Kurz darauf hielt Ken vor Marys Haus und stieg aus. „Du siehst erschöpft aus", bemerkte er. „Warum sagst du nicht, was los ist?"

„Ich kann nicht", brachte sie hervor. „Ich kann es niemandem sagen. Es ist nicht nur deinetwegen."

„Es gibt Geheimnisse, die man besser teilen sollte."

„Dieses nicht."

„Es steckt also doch mehr dahinter …"

„Würdest du mir denn erzählen, warum du mitten in der Nacht aufgewacht bist und geschrien hast? Wovon hast du geträumt?"

Sofort wurden seine Züge hart. „Ich glaube, wir sind beide noch nicht dazu bereit, uns einem anderen Menschen anzuvertrauen."

„Das glaube ich auch." Wie sollte sie sich ihm auch anvertrauen, wenn sie am nächsten Tag abreiste? Dann würden ihr nur die Erinnerungen an ihn bleiben. Sie lächelte traurig. „Du hast recht. Ich bin erschöpft. Leb wohl, Ken. Und danke fürs Herbringen."

„Ich komme morgen Nachmittag vorbei, um mir dein Knie anzusehen." Nell war inzwischen auch ausgestiegen, und er kam zu ihr und küsste sie auf die Wange. „Du magst Elsie, stimmt's?"

„Ja." Bewusst mied sie seinen Blick. „Ich mag Elsie." Sie nahm ihren Rucksack und ging zum Haus. Ich mag Elsie so sehr, dass ich abreise, bevor ich ihr wehtue, fügte sie im Stillen hinzu. *Und dich, Ken Marshall, verlasse ich auch, bevor ich womöglich noch mit dir schlafe.*

Meine Großmutter hat damals mit einem Fremden geschlafen und einen hohen Preis dafür bezahlt. Den Fehler werde ich nicht machen.

Denn wenn ich Geheimnisse habe, hast du auch welche.

5. KAPITEL

Am nächsten Tag hatte Nell alle Informationen, die sie brauchte. Das Küstenboot würde nachmittags ankommen und am nächsten Morgen um zehn ablegen.

Da es den ganzen Dienstag in Strömen goss, hatte sie den Vormittag mit Mary im Haus verbracht. Jetzt, da sie sich entschieden hatte, abzureisen, hatte sie sich innerlich etwas beruhigt, denn sie musste nur noch Kens Besuch überstehen. Sie würde Neufundland so schnell wie möglich verlassen und nach Europa zurückkehren, um ihre Tätigkeit als Übersetzerin wieder aufzunehmen. Dort würde sie das Land vergessen, das ihr so ans Herz gewachsen war, ihren Großvater, der sie zurückgewiesen hatte, und den Mann, der heftige Leidenschaft in ihr geweckt hatte. Es gab auf der Welt noch andere schöne Orte, und vielleicht würde sie auch irgendwann einen anderen Mann kennenlernen, der diese Gefühle in ihr weckte.

Doch als Ken am Nachmittag kam, vergaß sie ihre guten Vorsätze sofort wieder. Er trug gelbes Ölzeug, und das Wasser tropfte von der Kapuze und lief ihm übers Gesicht. „Conrad ist fuchsteufelswild, und Elsie backt einen Kuchen nach dem anderen", verkündete er lächelnd. „Jetzt brauche ich erst einmal einen Tee."

„Wie wär's mit einem Schuss Rum?", fragte Nell.

„Keine schlechte Idee."

Nachdem sie seine Jacke aufgehängt hatte, beobachtete sie, wie er die Gummistiefel und die weite Regenhose auszog. Darunter trug er enge ausgewaschene Jeans und ein Sweatshirt. „Halt still", meinte sie und strich ihm das Haar aus der Stirn.

Seine Haut war kühl, ganz im Gegensatz zu seinem Blick.

Nell trug auch enge Jeans und einen gerippten blauen Pullover, unter dem sich ihre kleinen, festen Brüste abzeichneten. Das Haar hatte sie im Nacken mit einem blauen Band zusammengefasst, das Mary ihr gegeben hatte.

„Komm her", sagte Ken leise.

Daraufhin trat sie einen Schritt näher, damit er sie an sich ziehen und küssen konnte. Der Kuss dauerte eine ganze Weile, und keiner von ihnen merkte, dass Mary in die Küche kam, lächelte und auf Zehenspitzen wieder hinausging.

Schließlich löste Ken sich von Nell. „Ich glaube, jetzt sind wir uns ziemlich nahegekommen."

Verzweifelt sehnte sie sich danach, ihm noch näher zu sein, und ihre erzwungene innere Ruhe war heftiger Leidenschaft gewichen. „Ich habe noch nie so auf einen Mann reagiert wie auf dich", gestand Nell.

„Wenn ich bei dir bin, denke ich an nichts anderes mehr", erwiderte er rau. „Das ist auch ganz neu für mich."

Dann küsste er sie wieder und zog sie noch enger an sich, sodass sie spürte, wie erregt er war. Als er mit der anderen Hand ihre Brust zu liebkosen begann, konnte sie zum ersten Mal verstehen, warum Anna damals alle Bedenken über Bord geworfen und sich Conrad hingegeben hatte.

Schließlich ließ Ken sie los. „Ich brauche einen Arzt", flüsterte Nell, „sonst falle ich gleich in Ohnmacht."

„Was ich dir verschreiben würde, wäre wohl kaum mit meinem Berufsethos zu vereinbaren."

„Was würdest du mir denn verschreiben?"

„Eine Woche Bettruhe. Mit dem Arzt."

„Würde mir das denn helfen?", entgegnete sie herausfordernd.

„Vielleicht. Vielleicht würde es auch alles nur noch schlimmer machen. Was denkst du, Petronella Cornelia?"

„Ich kann überhaupt nicht mehr klar denken. Das ist eines der Symptome."

Verführerisch ließ er die Zunge über ihre Lippen gleiten. „Wo ist Mary?"

Mary hatte sie ganz vergessen. „Wahrscheinlich versteckt sie sich im Bad. Das nennt man Taktgefühl."

„Vielleicht sollte ich mir jetzt dein Knie ansehen."

„Wie langweilig", neckte Nell ihn.

Nun lachte er. „Die andere Möglichkeit wäre, dass wir uns auf der Veranda lieben, aber ich habe sie eben ganz nass gemacht."

„Hast du Angst vor ein bisschen Wasser, Ken?"

„Ich habe Angst vor dir", gestand er. „Ich habe Angst davor, dass ich dich nicht mehr verlassen kann, wenn wir miteinander schlafen."

„Genauso geht es mir auch", erwiderte sie bewegt.

„Dann schlage ich vor, wir beruhigen uns wieder, befreien Mary aus dem Bad und sehen uns dein Knie an."

„Ich … ich ziehe mir nur schnell meine Shorts an. Ich bin gleich wieder da." Im Hinausgehen rief sie: „Mary, Ken ist da." Dann verschwand sie in ihrem Zimmer.

Als sie dort in den Spiegel schaute, sah sie eine fremde Frau – eine schöne fremde Frau, die sofort mit Ken auf der Veranda geschlafen hätte.

Und danach? Wäre sie dann noch in der Lage gewesen, Mort Harbour am nächsten Tag zu verlassen?

Nell nahm ihre Shorts aus der Kommode, um sich umzuziehen. Als sie anschließend in den Spiegel schaute, stellte sie fest, dass sie nun gequält und unglücklich aussah.

Sie verzog das Gesicht und ging wieder in die Küche, wo Mary gerade etwas verlegen zu Ken sagte: „Würde es Ihnen etwas ausmachen, mich zu untersuchen? Der nächste Arzt ist nämlich in St. Swithin's, und Charlie und ich kommen nicht oft dorthin."

Er zögerte. „Es ist Jahre her, dass ich in Kanada praktiziert habe. Ich bin in Übersee gewesen."

„Schwangere sind überall gleich", beharrte sie.

Nell sah, wie er mit sich kämpfte. Schließlich fuhr er sich durchs Haar. „Meine Tasche steht im Flur. Ich bin gleich wieder da." Nachdem er Mary untersucht hatte, schaute er sich Nells Knie an. „Keine Infektionen", verkündete er danach sichtlich zufrieden. „Trotzdem würde ich an deiner Stelle einige Tage nicht schwimmen gehen."

„Okay", erwiderte Nell in dem Bewusstsein, dass sie schon wieder nicht ehrlich zu ihm war.

Ken blieb noch zum Tee, und als er ging, meinte er fröhlich: „Bis morgen Abend. Elsie freut sich schon darauf, dich wiederzusehen, Nell. Sie mag dich."

Nell zuckte innerlich zusammen. „Ich mag sie auch. Auf Wiedersehen, Ken."

Sie schloss die Tür hinter ihm, froh darüber, dass Mary in der Küche war. Sonst wäre sie womöglich in Versuchung geraten, ihm nachzublicken. Außerdem war sie erleichtert darüber, dass er sie nicht noch einmal geküsst hatte.

Sie musste Mort Harbour verlassen, und zwar Elsies wegen.

Ich hätte niemals herkommen dürfen, dachte sie.

Als Nell am Mittwochmorgen aufstand, war sie nach wie vor fest entschlossen, abzureisen. Mittlerweile glaubte sie, dass Conrad nicht nur deswegen so übertrieben reagiert hatte, weil sie aus den Niederlanden kam und Erinnerungen an den Krieg in ihm wachrief. Nein, sie musste ihn an Anna erinnert haben. Er hatte mit der Vergangenheit abgeschlossen und wollte nicht mehr damit konfrontiert werden.

Um Viertel vor zehn stand sie an Deck der *Fortune II*, und zwar unter der Brücke auf der dem Kai abgewandten Seite. Da Mary unterwegs war, um die Zutaten für den Schmortopf einzukaufen, den sie mit zu Elsie nehmen wollte, hatte Nell ihr auf dem Küchentisch eine Nachricht hinterlassen, bevor sie zum Kai geeilt war. Ihren Rucksack hatte sie im Speigatt verstaut, und nun wartete sie angespannt auf das Tuten des Horns.

Das Meer war spiegelglatt, und das Ufer lag im Nebel. Geistesabwesend blickte sie auf das trübe Wasser. Sie wusste, dass sie sich richtig entschieden hatte, denn sie hätte nicht damit leben können, wenn Elsie die Wahrheit erfahren und ihre langjährige Ehe plötzlich infrage gestellt hätte. Doch es tat furchtbar weh.

Erst jetzt wurde Nell klar, wie sehr sie sich danach gesehnt hatte, in diesem wilden Land eine neue Familie zu finden. Eine Familie, die ihr die Geborgenheit vermittelte, die sie bei ihren Eltern nie erfahren hatte. Aber es gab noch einen anderen Grund dafür, dass sie so unglücklich war. Ken. Sie fragte sich, wie es ihm innerhalb weniger Tage gelungen war, Gefühle in ihr zu wecken, von deren Existenz sie bis dahin nicht einmal etwas geahnt hatte.

Wie sollte sie ihn je vergessen?

Plötzlich hörte sie Schritte auf der Metalltreppe hinter sich, und als sie sich umdrehte, stand Ken vor ihr, als hätte sie ihn heraufbeschworen. Er trug dasselbe Sweatshirt wie am Vortag und seine gelbe Öljacke und wirkte fuchsteufelswild.

„Ich habe mir gedacht, dass ich dich hier finde", erklärte er schroff.

Nun wurde sie auch wütend. „Ich hätte mich in der Toilette einschließen sollen. Nicht einmal du wärst mir dorthin gefolgt."

„Darauf würde ich nicht wetten." Er packte sie am Arm. „Ich hätte nicht gedacht, dass du so feige bist und einfach verschwindest, ohne dich von mir zu verabschieden."

„Ich fahre ab, weil ich nicht feige bin", entgegnete sie aufgebracht.

„Du wirst nicht abfahren", erklärte er grimmig.

Nell rang um Fassung. „Auf Wiedersehen, Ken."

„Du hast Mary eine Nachricht hinterlassen, warst aber zu feige, mir eine zu hinterlassen."

„Stimmt." Erst jetzt wurde ihr bewusst, dass sie ihn verletzt hatte. „Ich wusste nicht, was ich dir schreiben sollte."

„Warum sagst du ausnahmsweise nicht einmal die Wahrheit?"

Einige Passagiere schauten bereits zu ihnen herüber, doch das war ihr egal. „Also gut, wie wär's damit?", rief sie wütend. „Wir haben noch nicht miteinander geschlafen. Du kannst mich also immer noch verlassen, Ken Marshall. Ich bin dir nicht zu nahegekommen, und du hast mir deine Geheimnisse nicht anvertraut. Ist dir eigentlich schon mal in den Sinn gekommen, dass ich deswegen abreise?"

„Ist das denn der Grund?", erkundigte er sich leise.

Sie ließ die Schultern sinken. „Nein."

„Was dann?"

„Das kann ich dir nicht sagen. Ich weiß genau, was ich tue, aber ich kann es dir nicht sagen. Das musst du mir glauben."

Ken atmete tief durch. „Ist dir eigentlich klar, was du mir antust, wenn du mich so ansiehst?"

Nell lächelte schwach. „Ich kann es mir denken."

Dann schob er die Hände in die Taschen seiner Jeans. „Musst du in den nächsten fünf Tagen zurückfliegen?"

„Nein." Ihr Ticket war unbegrenzt gültig.

„Und du hast mir erzählt, dass in Europa kein Mann auf dich wartet."

„Richtig", bestätigte sie misstrauisch.

„Hast du etwas gegen Folk?"

„Nein. Aber darum …"

Er legte ihr einen Finger auf die Lippen. „Reden wir jetzt nicht von uns. Elsie rechnet damit, dass du heute Abend kommst, Nell. Ich kenne Elsie und Conrad noch nicht sehr lange, aber ich habe gemerkt, dass du etwas Besonderes für sie bist. Sie hat mir viele Fragen über dich gestellt, von denen ich die meisten nicht beantworten konnte. Und gestern Abend, nachdem Conrad ins Bett gegangen war, hat sie mir anvertraut, wie sehr sie darunter gelitten hat, dass sie keine Kinder bekommen konnte. Vielleicht bist du so etwas wie eine Tochter für sie, vielleicht ist sie auch zu allen Fremden so. Ich weiß es nicht. Ich weiß nur, dass du sie sehr verletzen wirst, wenn du heute Abend nicht kommst und abreist, ohne dich von ihr zu verabschieden. Willst du das?"

Verblüfft schaute sie zu ihm auf. In dem Moment tutete das Horn. Sekundenlang schloss sie die Augen, während sie überlegte, ob es für Elsie womöglich eine Bereicherung war, wenn sie erfuhr, dass Conrad eine Enkelin hatte.

„Wollen Sie mit, Ken?", rief der Kapitän von der Brücke. „Wir legen gleich ab."

Als Nell nach oben blickte, sah sie, dass der Kapitän und der Zahlmeister sie angrinsten und sich inzwischen noch mehr Zuschauer versammelt hatten. „Ich weiß nicht, was ich tun soll", rief sie gequält. „Ich hatte mich ja schon entschieden."

Ken bückte sich und schwang sich ihren Rucksack über die Schulter. „Du kommst jetzt mit mir und gehst heute Abend zu Elsies Feier. Los, mach schon. Wir halten den ganzen Verkehr auf."

Eines der Crewmitglieder zog bereits die Gangway ein. Nell biss sich auf die Lippe. „Du erteilst mir schon wieder Befehle."

„Da hast du verdammt recht."

„Und du fluchst schon wieder."

Ehe sie sichs versah, küsste er sie auf den Mund. Dann ging er übers Deck und warf den Rucksack einem der Männer zu, die am Kai standen. Anschließend kam er zu ihr zurück, hob sie hoch und ging wieder übers Deck. „Meinen Sie, Sie können sie tragen, Pete?", rief er.

„Klar." Pete, ein kräftiger, tätowierter Mann in einem hautengen T-Shirt, ließ seine Muskeln spielen.

Nell schloss die Augen, während Ken sie zu Pete hochhob und dieser sie schließlich überraschend sanft absetzte. Dann öffnete sie die Augen wieder und sagte so höflich, dass ihre Mutter begeistert gewesen wäre: „Danke, Pete."

„Kein Problem."

Nachdem er Ken an Land geholfen hatte, nahm dieser Nell in die Arme. „Und nun werden wir den Leuten etwas bieten, das sie nie vergessen werden." Dann küsste er sie so verlangend, dass ihre Mutter entsetzt gewesen wäre.

Die Leute auf dem Boot und auf dem Kai applaudierten jedoch begeistert. Wenige Sekunden später ertönte das Horn zum zweiten Mal, und die *Fortune II* legte ab.

Jetzt ist es zu spät, dachte Nell. *Ich bleibe hier.*

Allmählich leerte sich der Kai. „Bis heute Abend bei Elsie", meinte Pete, bevor er in seinen Geländewagen stieg und davonfuhr.

„Komm, wir bringen deine Sachen zurück ins Haus", sagte Ken. „Hoffen wir, dass wir vor Mary dort eintreffen."

Nell war so aufgewühlt, dass sie nicht wusste, ob sie lachen oder weinen sollte. Sie verspürte die widersprüchlichsten Gefühle – Angst,

Freude und Wut. „Du kannst den Rucksack tragen", erwiderte sie mit bebender Stimme.

„Mach dir keine Sorgen", beruhigte er sie. „Was immer das Problem ist, es wird sich schon lösen."

„Ich werde drei Schritte hinter dir gehen – wie es sich für eine Frau geziemt, die von einem Mann bevormundet wird."

„Wie wär's, wenn du neben mir gehen würdest?"

„Nun mach schon", rief sie verzweifelt. „Ich möchte genauso wenig wie du, dass Mary meine Nachricht findet."

Doch er ging so langsam, dass sie schließlich doch neben ihm ging.

Vor dem Haus zog sie sich auf der hinteren Veranda die Schuhe aus. Daher betrat Ken zuerst die Küche. „Oh, Sie sind schon wieder zurück, Mary", hörte sie ihn sagen.

„Nell ist abgereist? Was hat das zu bedeuten?"

Mary hielt gerade den Zettel hoch, als Nell auch die Küche betrat. „Ich bin nicht abgereist", erklärte sie.

Mary blickte sie entgeistert an. „Was geht hier eigentlich vor?"

„Ich habe meine Meinung geändert."

„Ich habe sie dazu gebracht", warf Ken ein.

„Sei nicht so selbstgefällig", fuhr Nell ihn an. „Vielleicht wirst du es noch bedauern."

Nun lachte er. „Wie sollte ich es bedauern? Wahrscheinlich ist es gut, dass ich keine Ahnung habe, was in dir vorgeht."

„Sie sind nicht der Einzige, der keine Ahnung hat", erklärte Mary. „Trotzdem bin ich froh, dass Sie hiergeblieben sind, Nell. Charlie und ich freuen uns nämlich schon darauf, heute Abend mit Ihnen zu Elsie zu gehen. Elsies Feiern sind etwas ganz Besonderes."

„Ich habe überhaupt nichts Schickes anzuziehen", wandte Nell ein.

„Ich habe ein Kleid, das wie für Sie gemacht ist." Mary tätschelte ihren Bauch. „Ich werde es bestimmt nicht tragen. Am besten lassen Sie uns jetzt allein, Ken."

Nachdem er Nell noch einmal zugezwinkert hatte, verließ Ken das Haus.

Kaum war er gegangen, sagte Mary streng: „Er ist ein guter Mann, wenn meine Schwangerschaft mir noch nicht das Gehirn vernebelt hat. Anscheinend haben Sie es ihm angetan."

„Er ist wohl eher davon angetan, seinen Willen durchzusetzen."

„Da hat er in Ihnen seinen Meister gefunden, stimmt's? Jedenfalls

452

bin ich froh, dass Sie Ihre Meinung geändert haben, Nell. Hätten Sie Lust, mir jetzt bei den Vorbereitungen zu helfen?"

„Danke, Mary", erwiderte Nell gerührt. „Ja, ich helfe Ihnen gern."

So verbrachte sie den Tag damit, Mary in der Küche zu helfen und sich mit ihr zu unterhalten. Mary erzählte ihr, wie sie Charlie kennengelernt hatte, und berichtete dann von dem entbehrungsreichen Leben der ersten Siedler in Mort Harbour. Nell wiederum erzählte ihr von ihrer Kindheit und verschwieg dabei auch nicht, wie einsam sie sich oft gefühlt hatte. Das Brot, das im Ofen war, verbreitete bald einen köstlichen Duft, und als sie den Schmortopf vorbereitet hatten, stellten sie ihn in den Kühlschrank.

Als das Brot fertig war, ließ Nell sich von Mary frisieren. Sie steckte ihr das Haar locker auf und zupfte einige Strähnen heraus, damit die Frisur weniger streng wirkte. Anschließend stellte sie ihr ihre Make-up-Utensilien zur Verfügung und gab ihr das Kleid. Es war mit Frühlingsblumen bedruckt, hatte kurze Ärmel und einen schwingenden Rock.

„Ich wusste, dass es Ihnen passt", meinte Mary. „Man sieht auch den Verband um Ihr Knie nicht mehr."

Und nicht nur das. Nell fühlte sich darin weiblich und kokett. Sie drehte sich darin vor dem Spiegel in Marys Schlafzimmer und strahlte, als Marys Riemchensandaletten ihr auch passten.

„Die habe ich auf meiner Hochzeit getragen", erzählte Mary.

„Wollen Sie sie denn heute Abend nicht tragen?"

„Seit ich schwanger bin, trage ich keine hochhackigen Schuhe mehr. Ich möchte nicht, dass dem Baby etwas passiert." Mary lachte, als sie Nell betrachtete. „Ken wird Augen machen. Lackieren Sie sich die Nägel und schminken Sie sich, während ich mich fertig mache. Dann überlassen wir Charlie das Bad. Ach, und würden Sie bitte den Schmortopf in den Ofen stellen?"

Nell ließ sich Zeit beim Schminken und beim Lackieren der Nägel und war hocherfreut über das Resultat. So würde sie wenigstens gut aussehen, wenn sie Conrad wieder gegenübertrat. Und Ken würde es auch nicht schaden, wenn er sie einmal nicht in Jeans oder Shorts sah.

Es geschah ihm ganz recht, wenn er Augen machte. Schließlich hatte er sie wie einen Sack Kartoffeln von Bord gehoben.

Sie fragte sich, warum er wollte, dass sie in Mort Harbour blieb. Nur damit Elsie nicht verletzt wurde? Oder war er selbst auch daran interessiert?

Selbst wenn es so wäre, würde er es niemals zugeben, dachte Nell spöttisch, während sie sich die Lippen nachzog. Die kleinen goldenen Ohrringe machten ihr Outfit perfekt. Sie waren der einzige Luxus, den sie sich seit ihrer Ankunft in Neuseeland geleistet hatte und stammten aus einer Boutique in St. John's.

Schließlich ging sie in die Küche, wo sie das Brot in Scheiben schnitt und in einen kleinen Korb tat. Und eine halbe Stunde später betrat sie zusammen mit Mary und Charlie Elsies Küche.

6. KAPITEL

Die Küche war voll, und es herrschte eine ausgelassene Stimmung. Nell kannte fast keinen der Gäste. Als Elsie sie sah, kam sie zu ihr und umarmte sie. „Ich habe gehört, dass Sie heute beinah abgereist wären", sagte sie. „Wir wären sehr enttäuscht gewesen, stimmt's, Conrad?"

Conrad, der hinter ihr stand, brummelte etwas und nahm Charlie den Schmortopf ab.

„Ken soll Sie davon abgebracht haben", fuhr sie fort. „Allerdings glaube ich nicht, dass er es meinetwegen getan hat ... Ah, da bist du ja, Ken."

Ken trug eine dunkle Leinenhose und ein weites Seidenhemd und sah einfach fantastisch aus. Er scheint auch von meinem Äußeren beeindruckt zu sein, dachte Nell. „Guten Abend, Ken", begrüßte sie ihn.

„Als ich dir zum ersten Mal begegnet bin, dachte ich, du könntest nicht schöner sein", erklärte er rau. „Du verschlägst mir den Atem, Nell."

„Und du siehst sehr sexy aus", erwiderte sie.

„Du aber auch."

„Findest du nicht, dass ich eine Umarmung verdient habe? Immerhin würdest du nicht hier stehen, wenn ich nicht gewesen wäre."

Aus den Augenwinkeln hatte sie jemand gesehen, den sie kannte. „Pete hat dir dabei geholfen", neckte sie Ken. „Er hat also auch eine Umarmung verdient."

„Oh nein, du wirst mich umarmen."

Dann zog er sie an sich und küsste sie so verlangend, dass sie ganz weiche Knie hatte, als er sich schließlich von ihr löste. Doch das wollte sie ihm nicht sagen.

„Möchtest du Conrads selbst gebrautes Bier probieren?", erkundigte er sich.

„Ich bin für alles offen", erklärte sie mit einem Augenaufschlag.

„Das freut mich zu hören." Ken wandte sich ab, um zu der improvisierten Bar auf der anderen Seite des Raumes zu gehen.

Die anderen Gäste, die ihnen schweigend zugeschaut hatten, begannen nun alle, auf einmal zu reden, und Nell atmete erleichtert auf. Plötzlich sah sie sich Conrad gegenüber, der sie durchdringend ansah. Doch sie hielt seinem Blick stand und sagte leise: „Ich wollte ja abreisen. Auf mich müssen Sie nicht wütend sein, sondern auf Ken."

„Wir werden uns später unterhalten", erwiderte er leise. „Sobald die Musik angefangen hat."

„Ich freue mich schon darauf", log sie und schenkte Ken, der in diesem Moment mit einem Glas auf sie zukam, ein strahlendes Lächeln. Das selbst gebraute Bier erwies sich als ziemlich stark. „Dir ist hoffentlich klar, dass wir den Einwohnern von Mort Harbour jede Menge Stoff zum Tratschen geliefert haben", fügte sie, an ihn gewandt, hinzu. „Läufst du deinen Frauen immer in der Öffentlichkeit nach?"

„Daran kann ich mich nicht mehr erinnern. Es ist schon so lange her."

„Erwartest du etwa, dass ich dir das abnehme? Ein so toller Kerl wie du?"

Ken verschluckte sich fast an seinem Bier. „Machst du deinen Männern immer solche Komplimente?"

„Ich versuche nur, die Wahrheit zu sagen." Ihre Augen funkelten. „Allerdings nicht die ganze Wahrheit, sonst würde ich uns beide nur in Verlegenheit bringen."

„Das nächste Boot fährt erst am Sonntag. Glaubst du, ich könnte bis dahin herausfinden, was in deinem dekorativen Kopf vorgeht?"

Erst jetzt stellte Nell fest, dass Ken und sie in der Schlange am Büfett standen. „Mary hat fast den ganzen Nachmittag gebraucht, um meinen Kopf zu dekorieren. Genieß den Anblick. Morgen sehe ich wieder normal aus."

„Du verleihst dem Wort *normal* eine ganz neue Dimension", bemerkte er trocken. „Meinst du, wir können noch tanzen, wenn wir all das gegessen haben?"

Auf dem langen Tisch standen verschiedene Schmortöpfe, Salate, Soßen und Brote. „Ihr Neufundländer seid doch hart im Nehmen. Betrachte es als Herausforderung", schlug Nell vor, während sie sich einen Teller nahm.

Nachdem sie sich von allem etwas aufgefüllt hatte, ging sie in den Salon und setzte sich neben Pete, der jetzt ein orangefarbenes Baumwollhemd trug und in Begleitung seiner hübschen Frau Ruth gekommen war. Ken setzte sich auf die andere Seite, und sie unterhielten sich über alles Mögliche, von den Windmühlen in ihrer Heimat bis zu der Überfischung in den Grand Banks.

Schließlich entschuldigte sich Ruth, weil sie nachsehen wollte, was ihr Dessert im Backofen machte. Pete blickte auf seinen leeren Teller. „Ich könnte noch mehr vertragen." Dann stellte er sein Glas ab und stand auf. „Sieht so aus, als wären Sie froh darüber, dass Sie hiergeblieben sind, Nell."

„Um nichts auf der Welt hätte ich diese Feier verpassen mögen", gestand Nell.

„Ellie Jane Groves war auch auf dem Boot. Wahrscheinlich hat es sich mittlerweile auf ganz Neufundland herumgesprochen."

„Dann bin ich jetzt wohl eine Berühmtheit", konterte sie trocken.

„Als ich Ruth kennengelernt habe, musste ich ihr erst mal zeigen, dass ich nicht so hart bin, wie ich aussehe. Man muss alles versuchen", fügte er hinzu, bevor er in die Küche ging.

„Gute Ratschläge für Liebeskranke?", erkundigte sich Ken.

„Dazu gehöre ich wohl nicht", entgegnete sie schärfer als beabsichtigt. Als sie sich umschaute, entdeckte sie auf dem kleinen Tisch hinter Petes Stuhl einige gerahmte Fotos und stand auf, um sie näher zu betrachten. Eines fiel ihr sofort auf. Es zeigte zwei lächelnde Männer in kakifarbenen Uniformen und mit blauen Baskenmützen. Einer davon war Ken. Er war jünger und wirkte ungezwungener als jetzt. Der andere hatte rotes Haar. „Ist das ein Freund von dir?"

Ken schaute sie finster an. „Ich bin heute Abend zum ersten Mal im Salon. Ich wusste gar nicht, dass Elsie das Foto noch hat. Ja, das ist Danny."

„Das ist die Uniform der UN-Friedenstruppen. Wo wurde das Foto gemacht?"

„In Kambodscha. Möchtest du noch etwas essen?"

„Ich lasse noch etwas Platz für den Nachtisch. Was hast du in Kambodscha gemacht?"

„Wir haben eine Wahl überwacht."

„Hast du dir dabei die Verletzung zugezogen?"

„Nein."

Plötzlich wirkte er sehr angespannt. „Erzähl mir, wie es passiert ist", bat Nell sanft.

„Ich hasse es, darüber zu reden."

Sie betrachtete ihn nachdenklich. „Ich glaube nicht, dass du mich von Bord der *Fortune II* geholt hast, um mit mir übers Angeln zu reden."

„Ich wurde in Bosnien verletzt", erzählte er daraufhin. „Danny und ich wurden zusammen mit sieben anderen einige Tage lang gefangen genommen und als Geiseln festgehalten. Ich wurde von einem Heckenschützen angeschossen."

„Und Danny?"

„Danny wurde jetzt woandershin versetzt. Aber er wollte, dass ich Conrad und Elsie besuche. Sie haben ihn praktisch großgezogen, denn seine Eltern sind ertrunken, als er noch klein war. Da ich ohnehin nichts zu tun hatte, bin ich hergekommen."

„Bevor wir angelegt haben, hatte ich den Eindruck, dass du Angst davor hast, hierherzukommen. Hattest du Angst davor, mit Conrad und Elsie über deine Erlebnisse zu sprechen?"

„Gute Diagnose", bemerkte er sarkastisch. „Du hättest Psychotherapeutin werden sollen."

Nell ging nicht darauf ein. „Warst du mit einem Ärzteteam dort?"

Ken nickte. „Komm, lass uns den Nachtisch holen. Ich habe keine Lust, darüber zu reden."

„Das verstehe ich. Hast du dich freiwillig zum Einsatz gemeldet?"

„Ja. Aber mach jetzt keinen Heiligen aus mir. Ich hatte davor einen sechsmonatigen Kurs besucht, und Angela, meine damalige Verlobte, hatte zu der Zeit eine Affäre mit einem Freund von mir. Deswegen habe ich die Verlobung gelöst und mich bei den Friedenstruppen verpflichtet." Er lächelte. „Daran ist nichts Heldenhaftes."

Sofort verspürte sie eine tiefe Abneigung gegen diese Angela. Ken musste sie sehr geliebt haben, wenn er sich mit ihr verlobt hatte. Wie hatte sie ihn nur betrügen können, noch dazu mit einem seiner Freunde?

„Wie konnte sie nur?", meinte Nell wütend. „Bestimmt hat sie dir das Herz gebrochen."

„Eine Weile dachte ich das auch. Aber jetzt, im Nachhinein, ist mir klar, dass ich vielmehr in meinem Stolz verletzt war."

„Aber du musst sie geliebt haben, wenn du mit ihr verlobt warst."

„Das dachte ich auch. Allerdings war ich damals noch sehr jung, und fast alle meine Freunde haben geheiratet. Außerdem war Angela sehr schön." Er lächelte bedauernd. „Und ich war zu naiv, um zu erkennen, warum sie so gut im Bett war."

„Hast du ihretwegen nie geheiratet?"

„Ich war seitdem immer in Übersee. Erst in Kambodscha, dann in Haiti, im Mittleren Osten und in Bosnien. Also keine idealen Voraussetzungen, um eine langfristige Beziehung aufzubauen."

„Ich finde ihr Verhalten verabscheuungswürdig!"

„Sie hat mich vor einer unglücklichen Ehe bewahrt. Wenn ich es nicht besser wüsste, würde ich denken, du bist eifersüchtig."

Nell spürte, wie sie errötete. Sie war tatsächlich eifersüchtig. „Komm, lass uns Elsies Rebhuhnbeerenkuchen probieren", sagte sie ärgerlich.

Als sie wieder in die Küche ging, wünschte sie sich, einen Moment allein sein zu können. Nach ihrer Unterhaltung mit Ken glaubte sie, ihn viel besser verstehen zu können. Sie wollte in Ruhe darüber nachdenken. Daher nahm sie sich vor, sich nach dem Essen für eine Weile fortzustehlen.

„Ich muss mich mal bewegen", erklärte sie, nachdem sie verschiedene Kuchensorten probiert hatte. „Sonst schlafe ich nämlich ein." Ken, der offenbar fest entschlossen war, nicht von ihrer Seite zu weichen, hatte sich wieder neben sie gesetzt.

„Samson McFarlane stimmt gerade seine Geige, hörst du?" Seine blauen Augen funkelten.

„Ich bin wirklich froh, dass du heil aus Bosnien zurückgekehrt bist", platzte sie heraus und stand auf. „Ich werde Elsie beim Abwaschen helfen."

Ken stand ebenfalls auf, und ihr schien es, als wären sie allein im Raum. Er wickelte sich eine Strähne ihres Haars um den Finger und strich Nell mit der anderen Hand über die Wange. „Glaubst du, dass unsere Begegnung schicksalhaft war?"

„Ich bin nicht deswegen nach Neufundland gekommen."

„Ich auch nicht. Aber wenn du mir den Grund dafür sagst, werde ich wohl endlich Fortschritte machen." Sichtlich ungeduldig ließ er die Hände sinken. „Verdammt, ich weiß nicht, was mit mir los ist, wenn ich in deiner Nähe bin! Normalerweise bin ich nicht so redselig, ob du es glaubst oder nicht."

„Ich glaube es dir."

„Komm, der Abwasch wartet." Lächelnd dirigierte er sie auf die Küche zu. „Das ist Frauensache."

Nell nahm im Vorbeigehen noch zwei andere Teller mit und reichte sie ihm zusammen mit ihrem. „Ich habe es mir anders überlegt", verkündete sie zuckersüß. „Ich gehe nach oben, um mir die Lippen nachzuziehen."

Ken versperrte ihr den Weg und neigte den Kopf, um sie sinnlich zu küssen. „Ich wollte die Gelegenheit noch einmal ausnutzen", sagte er leise.

Ihre Mutter hatte ihr immer eingeredet, dass Sex etwas Schmutziges sei. Doch in Anbetracht des heftigen Verlangens, das Ken in ihr weckte, fragte sich Nell, warum man etwas so Natürliches derart abwerten musste. „Viel Glück in der Küche", erwiderte sie, bevor sie nach oben eilte.

Als sie wieder herunterkam, war Ken nirgends zu sehen. Daher verließ sie das Haus über die Veranda, auf der einige Männer in Gruppen zusammenstanden, rauchten und Bier tranken, und ging die gewundene Auffahrt hinunter. Dabei hielt sie sich immer auf dem Grasstreifen, um Marys Sandaletten nicht zu ruinieren. Die Sonne ging gerade unter und tauchte die Umgebung in ein goldenes Licht. Zufrieden seufzend, lehnte Nell sich an einen Ahorn und gab sich dem beinahe schmerzhaften Verlangen hin, das Ken in ihr geweckt hatte.

Leidenschaft, in welcher Form auch immer, war ihrer Mutter ein Gräuel gewesen. Das hatte sich sogar in ihrem Garten widergespiegelt, in dem nicht eine einzige Blume geblüht hatte.

Aber statt gegen ihre Mutter zu rebellieren und sich in Affären zu stürzen, sobald sie von zu Hause ausgezogen war, hatte sie, Nell, sich in der Hinsicht immer zurückgehalten. Ob es daran gelegen hatte, dass sie die warnende Stimme ihrer Mutter nicht vergessen konnte? Oder hatte sie – wie ihre Großmutter – unbewusst auf einen Mann gewartet, der ihr nicht nur körperlich, sondern auch seelisch nahe war?

Doch im Grunde ging es nicht nur um Sex, sondern darum, ob man gewillt war, Risiken einzugehen. Denn wenn man sich der Leidenschaft hingab, wurde man zwangsläufig verletzlich. Dieses Risiko war ihre Mutter nie eingegangen.

„Wir müssen uns mal unterhalten."

Nell erschrak und wandte den Kopf. Erst jetzt merkte sie, dass Conrad vor ihr stand. Das Rauschen des Wasserfalls hatte seine Schritte übertönt. Obwohl ihr das Herz bis zum Hals klopfte, erwiderte sie: „Ja, das müssen wir."

„Dann fangen Sie an. Schließlich sind Sie hier aus heiterem Himmel aufgetaucht. Also warum sind Sie hier?"

Im Licht der untergehenden Sonne schimmerte sein weißes Haar golden wie der Helm eines Kriegers aus längst vergangenen Zeiten. Und das hier ist Krieg, dachte sie. „Ich bin hergekommen, um meinen Großvater zu suchen", sagte sie deutlich. „Sein Name ist Conrad Gillis."

Conrad presste die Lippen zusammen. „Ach ja? Erzählen Sie mehr."

„Der Name meiner Großmutter war Anna Joost. Sie lebte in dem Dorf Kleinmeer und lernte Sie kurz vor Kriegsende kennen, als die kanadischen Truppen die Niederlande befreiten. Danach bekam sie ein uneheliches Kind – meine Mutter Gertruda."

„Jeder andere könnte der Vater gewesen sein", entgegnete er schroff.

„Nein. Sie hat nämlich ein Tagebuch hinterlassen, in dem sie Sie namentlich nennt. Und sie hat beschrieben, wie der Staub in der Scheune im Sonnenlicht tanzte."

„Das ist lange her. Warum haben Sie so lange gewartet?"

„Weil ich nichts davon wusste. Vor vier Monaten ist meine Mutter gestorben. Zwei Monate später habe ich Annas Tagebuch zwischen alten Papieren auf dem Dachboden gefunden. Und ich habe es gelesen. Deswegen bin ich hier."

Seine Züge waren unverändert hart. „Und was versprechen Sie sich davon?"

„Was sind Sie denn bereit zu geben?", konterte sie, wohl wissend, dass es eine entscheidende Frage war.

„Dass hier nicht viel zu holen ist, sehen Sie wohl selbst", höhnte er.

Da seine Worte sie zutiefst verletzten, sah Nell sich gezwungen, ihm die Wahrheit zu sagen. „Ihr Geld ist das Letzte, was ich will. Ich hatte gehofft, von Ihnen akzeptiert zu werden – vielleicht sogar geliebt zu werden."

Conrad lachte verächtlich. „Und was ist mit dem Rest Ihrer Familie?"

„Ich habe keine Angehörigen mehr. Anna ist vor achtzehn Jahren gestorben und mein Vater vor acht Jahren. Und ich habe keine Geschwister." Bitter fuhr sie fort: „Es werden also keine anderen Enkelkinder hier auftauchen und Sie belästigen, Conrad. Es sei denn, Sie haben noch mehr niederländische Frauen verführt."

„Sie machen mir nur Ärger."

„Ich wollte heute Morgen abreisen", erinnerte sie ihn.

„Dann geben Sie sich noch mehr Mühe."

Schließlich gab Nell sich einen Ruck und streckte ihm die Hand entgegen. „Sie wollen also nichts von mir wissen?"

„Ich will, dass Sie verschwinden."

Sie ließ die Hand wieder sinken und ging einen Schritt auf ihn zu. „Ist Ihnen nie der Gedanke gekommen, dass Anna schwanger gewesen sein könnte?"

„Ich habe überhaupt keinen Gedanken mehr daran verschwendet."

So viel also zu Annas Liebe zu ihm, zu dem Kummer, den Anna erlitten hatte, und der Schande, mit der sie hatte leben müssen. „Ich mag Sie nicht besonders", erklärte Nell eisig.

„Das kümmert mich einen Dreck! Von jetzt an halten Sie sich von meinem Haus und von meiner Frau fern. Und am Sonntag nehmen Sie das Boot und kommen nie wieder zurück."

Nun wurde Nell wütend. „Das könnte Ihnen so passen, nicht? Einfach die Verantwortung von sich zu weisen und die Vergangenheit zu verdrängen. Eines lassen Sie sich gesagt sein, Conrad Gillis. Ich habe Ihretwegen gelitten. Meine Mutter hat Kleinmeer verlassen, sobald sie konnte, denn sie war eine Schande für die Gemeinde. Sie hat mich so streng erzogen, dass ich schreckliche Angst davor habe, mit einem Mann zu schlafen und …"

„Ken wird da schon Abhilfe schaffen", unterbrach Conrad sie.

Sie ließ die Schultern sinken. Ich dringe nicht zu ihm durch, dachte sie verzweifelt. „Ich bin nur seinetwegen hier", erklärte sie leise. „Wenn Sie mich loswerden wollen, müssen Sie ihn auch wegjagen. Und das dürfte etwas schwieriger sein."

Jetzt kam er einen Schritt näher. „Sorgen Sie dafür, dass Sie Sonntag abreisen. Um den Rest werde ich mich kümmern."

„Aber Sie sind mein Großvater! Ist es Ihnen denn völlig egal?"

„Ich will Ihnen sagen, was mir wichtig ist", gestand er schroff, „nämlich meine Frau Elsie. Und es müsste schon mehr passieren, damit sich daran etwas ändert."

„Glauben Sie denn, ich würde das nicht verstehen? Warum sonst hätte ich Ken und Mary wohl belogen und heute Morgen das Boot genommen?"

„Das reicht jetzt!", fuhr er sie an. „Verschwinden Sie. Sie sind hier nicht erwünscht."

Nell biss sich auf die Lippe, um die aufsteigenden Tränen zurückzuhalten, während sie beobachtete, wie er die Auffahrt hochging und schließlich um die Kurve verschwand. Sie durfte jetzt nicht weinen. Sie musste ins Haus zurückkehren und so tun, als würde sie sich amüsieren, damit Ken und Elsie nichts merkten.

Wie hatte Anna sich bloß in einen so unausstehlichen Kerl wie Conrad verlieben können? Und warum hatte er Elsie betrogen, wenn er sie angeblich so liebte?

Nell stellte fest, dass sie Kopfschmerzen bekam. Wenn das Bier nicht so abscheulich schmecken würde, würde ich mich jetzt sinnlos betrinken, dachte sie mit einem Anflug von Humor. *Dann hätte ich wenigstens eine Ausrede für meine Kopfschmerzen.*

Sie versuchte, sich zu entspannen und sich einzureden, dass sie etwas verloren hatte, das sie im Grunde nie besessen hatte. Allerdings nützte es nichts. Als Samson McFarlane dann auf der Veranda ein trauriges Lied auf seiner Geige anstimmte, kamen ihr doch die Tränen.

Leise weinte sie vor sich hin, während die Sonne hinter den Bergen versank. Nachdem der letzte Ton des Lieds verklungen war, stimmte Samson einen Reel an, dessen Rhythmus Nell kaum widerstehen konnte. Sie trocknete sich die Tränen mit dem Rockzipfel des Kleids ab und beschloss, das Haus durch die Hintertür zu betreten. So brauchte sie nicht über die Veranda und durch die Küche zu gehen und konnte ungesehen nach oben ins Bad gelangen, wo sie ihr Make-up auffrischen wollte.

Vorsichtig ging sie die Auffahrt hoch und nahm dann eine Abkürzung, die hinter Himbeersträuchern entlangführte. Doch gerade als sie das Haus betreten wollte, kam Ken ihr von der anderen Seite entgegen.

7. KAPITEL

*D*a bist du ja", meinte Ken. „Ich habe dich überall gesucht. Ich wollte … Hast du geweint, Nell?"

„Nein! Das heißt, ja, aber …"

„Was ist los?", fragte er beunruhigt.

„Bitte mich nicht darum, es dir zu erklären", brachte Nell hervor.

Er kam näher und strich ihr über die Wange. „Ich hasse es, dich weinen zu sehen. Was, zum Teufel, geht hier vor?"

„Ich kann es dir nicht sagen, weil es nicht mein Geheimnis ist", erwiderte sie verzweifelt. „Und ich will dich nicht belügen." Als sie jedoch seinen mitfühlenden und zugleich frustrierten Gesichtsausdruck sah, beschloss sie, Ken nicht mehr auf Distanz zu halten. „Würdest du mir einen Gefallen tun und mich einen Moment nur festhalten?"

Als er sie schweigend an sich zog, schmiegte sie sich an ihn und schloss die Augen. Sie spürte seinen Herzschlag und seine Körperwärme, was eine tröstliche Wirkung auf sie ausübte. Plötzlich fühlte sie sich nicht mehr so schrecklich einsam wie noch vor wenigen Minuten.

„Weißt du was?", fragte sie leise. „Bei dir fühle ich mich so geborgen wie noch nie zuvor in meinem Leben."

Ken erschauerte. Dann sagte er so leise, dass sie ihn kaum verstehen konnte: „Wir hatten von einer jungen Frau in einer Kleinstadt in der Nähe von Visoko gehört. Man hatte sie vergewaltigt, und sie wurde erschossen, bevor wir ihr helfen konnten. Ich werde niemals vergessen, wie hilflos ich mich gefühlt habe."

Nell legte ihm die Arme um die Taille und barg das Gesicht an seiner Brust. Da sie nicht in Worte fassen konnte, was sie in diesem Moment empfand, versuchte sie, es ihm durch ihre Körpersprache mitzuteilen. Und sie wusste, dass sie Ken dadurch noch einen Schritt nähergekommen war.

Die Blätter der Bäume raschelten in der leichten Abendbrise, und im Unterholz piepste ein Vogel. Schließlich lockerte Ken seinen Griff und betrachtete ihr Gesicht. „Du siehst schon besser aus", meinte er, „aber deine Wimperntusche ist verlaufen."

Doch so einfach wollte Nell ihn nicht davonkommen lassen. „Danke, Ken", sagte sie ernst, „dafür, dass du mich festgehalten hast und dafür, dass du mir von der Frau erzählt hast."

„Bosnien ist weit weg."

„Aber Erinnerungen verfolgen dich überallhin. Erinnerungen und Albträume."

Da er sich als Arzt der Rettung von Menschenleben verschrieben hatte, musste es unerträglich für ihn gewesen sein, dem Leiden und Sterben hilflos gegenüberzustehen. „Ich weiß, dass man es nicht miteinander vergleichen kann", räumte sie ein. „Der Frau konntest du nicht helfen, aber mir hast du geholfen."

„Dann muss ich mich bei dir bedanken."

Ken neigte den Kopf, um sie zu küssen – erst zärtlich, dann immer leidenschaftlicher. Schließlich löste er sich von ihr, um die Lippen über ihren Hals gleiten zu lassen. Nell schob die Finger in sein Haar und strich ihm dann über den Nacken und die Schultern, wobei sie sich allein von ihren Gefühlen leiten ließ.

Wie aus weiter Ferne hörte sie, wie Samson jetzt einen Jig anstimmte und die Männer auf der Veranda dazu mit den Füßen aufstampften. Ken presste wieder die Lippen auf ihre und begann ein so erotisches Spiel mit der Zunge, dass sie zu vergehen glaubte. Danach sagte er leise an ihrem Mund: „Ich wünschte, die Leute würden verschwinden. Ist dir eigentlich klar, dass wir erst einmal allein waren, nämlich bei unserer ersten Begegnung? Ich hätte dich dort lieben sollen."

Nell erschauerte, weil sie außer dem heftigen Verlangen auch Panik verspürte. Sie hatte noch nie mit einem Mann geschlafen. Doch wenn sie es Ken sagte, würde er den Grund dafür wissen wollen. Und wie sollte sie ihm von ihrer Mutter erzählen, ohne ihre Großmutter zu erwähnen?

Als er schließlich den Kopf hob, waren seine Augen so dunkel wie der Abendhimmel. „Morgen habe ich leider auch keine Zeit. Ich habe nämlich Conrad versprochen, ihm beim Abdichten seines Boots zu helfen. Er hat mich heute Nachmittag gefragt."

Das wunderte sie überhaupt nicht. Conrad wollte nicht, dass Ken mit ihr zusammen war – aus Angst, er würde sie nicht mehr loswerden.

„Heißt das, du willst mit mir schlafen?", erkundigte sie sich beherrscht.

„Komm schon, Nell, du bist doch ein großes Mädchen. Du kannst die Zeichen deuten."

„Für dich ist es also rein sexuell?"

„Hast du damit ein Problem?"

„Heißt das, wir schlafen miteinander und sagen uns dann Lebewohl?" Genau das hatte Conrad mit Anna gemacht.

Kens Finger bohrten sich in ihre Schultern. „Das klingt, als sprichst du aus Erfahrung."

„So könnte man es nennen." Nell zögerte, bevor sie hinzufügte: „Am Sonntag werde ich abreisen."

„Kannst du nicht mal fünf Minuten an etwas anderes denken?"

„Schrei mich nicht so an, nur weil du meine Frage nicht beantworten willst."

Ken lockerte seinen Griff und lächelte bedauernd. „Du hast recht, ich will es nicht. Ich weiß nämlich nicht, was ich sagen soll."

„Wenigstens bist du ehrlich."

„Nell, ich weiß nicht, was zwischen uns ist. Ich weiß, dass ich nachts nicht schlafen kann, weil ich mich nach dir sehne. Ich weiß, dass ich in den letzten fünf Tagen mehr über mich erzählt habe als in den letzten fünf Jahren. Ich weiß, dass ich dich mag, weil du dir nichts gefallen lässt." Nun zögerte er einen Moment. „Und ich weiß, dass ich nicht will, dass du Sonntag abreist und aus meinem Leben verschwindest. Aber abgesehen davon, habe ich keine Ahnung … Allerdings kann Körpersprache genauso aufschlussreich sein wie Worte. Vielleicht sollten wir einfach auf unsere Körper hören und sehen, was dann passiert."

Sie wünschte, sie hätte etwas Erfahrung auf dem Gebiet. „Lass uns jetzt lieber hineingehen. Ich wette, eine von Ellie Janes Cousinen ist in der Küche und stoppt schon die Zeit, wie lange wir draußen waren."

„Fahr am Sonntag nicht weg, Nell."

Es war mittlerweile fast dunkel, und seine Silhouette hob sich gegen das Licht ab, das aus den Fenstern fiel. Nell versuchte, auf ihre innere Stimme zu hören. Bleib hier, sagte sie. *Du wirst es bis an dein Lebensende bedauern, wenn du nicht herausfindest, was dieser Mann dir bedeutet. Und er muss dir etwas bedeuten, denn du bist noch nie in den Armen eines Mannes dahingeschmolzen. Also bleib hier, Nell. In Kens Armen fühlst du dich geborgen, stimmt's? Du kannst dich in das größte Risiko stürzen, das du je eingegangen bist.*

Noch vor einer Woche hatte sie geglaubt, das größte Risiko ihres Lebens einzugehen, indem sie aufgrund einiger Aufzeichnungen in einem alten Tagebuch nach Neufundland fuhr. Doch Ken belehrte sie eines Besseren.

„Nun sag doch etwas!", drängte er rau. „Lass uns übermorgen mit dem Boot auf den See hinausfahren. Nur wir beide."

„Um miteinander zu schlafen?", entgegnete sie feindselig.

„Um endlich mal ohne Publikum zu sein. Um Spaß zu haben. Um Zeit miteinander zu verbringen." Etwas sanfter fuhr er fort: „Nell, ich würde dich nie zu etwas zwingen."

„Um Spaß zu haben", wiederholte sie langsam.

„Ich schwöre dir, dass ich mich von dir fernhalten werde, wenn es darum geht."

Nell atmete tief durch und nahm ihren ganzen Mut zusammen. „Ich will dich auch", sagte sie schließlich. „So sehr, dass ich Angst davor habe, zu tun, wonach ich mich sehne, und es hinterher zu bedauern."

„Ich weiß, dass du mich willst. Komm, einigen wir uns darauf: keine Liebe am Freitag."

Ken streckte ihr die Hand entgegen, und sie ergriff sie. Die Berührung elektrisierte sie förmlich. „Also gut."

Aber sie hatten immer noch den Samstag.

Nachdem Nell im Bad ihr Make-up aufgefrischt hatte, ging sie wieder nach unten. In der Küche herrschte wieder Ordnung, und Elsie stand an der Spüle und plauderte mit Mary. „Kommen Sie, und leisten Sie uns Gesellschaft, Nell", sagte sie lächelnd.

Nell nahm einen Brownie von dem Tablett, das immer noch auf dem Büfett stand. „Ich bin froh, dass ich nur eine von Ihren Feiern besucht habe, Elsie. Sonst würde ich noch wie ein Hefekuchen auseinandergehen."

„Fuchteln Sie mir nicht mit dem Brownie vor der Nase herum", meinte Mary. „Bis jetzt habe ich mich zurückgehalten und kein Dessert gegessen. Woher wollen Sie eigentlich wissen, dass Sie nur eine von Elsies Feiern besuchen?"

„Früher oder später muss ich in die Niederlande zurückkehren", erwiderte Nell mit einem verzweifelten Unterton, denn für sie klang es wie der Todesstoß.

„Überstürzen Sie nichts", entgegnete Mary schroff. Dann wandte sie sich an Elsie. „Was meinst du, Elsie? Hat Charlie genug Bier getrunken, um einen Tanz zu wagen?"

„Als ich ihn das letzte Mal gesehen habe, hat er ziemlich locker gewirkt."

„Ich werde mal nach ihm schauen und unserem Kind bei der Gelegenheit zeigen, was ein Reel ist." Mary ging in Richtung Veranda, wo der Lärmpegel inzwischen erheblich gestiegen war.

„Sie ist ein Schatz", bemerkte Nell. „Ich finde es immer toll, wenn verheiratete Paare sich noch lieben. In meinem Heimatdorf lebte ein kanadisches Ehepaar. Als ich sie kennenlernte, waren sie schon über vierzig, aber sie haben ständig Zärtlichkeiten ausgetauscht."

„Haben Ihre Eltern sich geliebt, Nell?"

Es war typisch für Elsie, eine solche Frage zu stellen. „Nein", erwiderte Nell langsam. „Nein, ich glaube nicht."

„Ich habe den Eindruck, dass Ken im Begriff ist, sich in Sie zu verlieben."

Nell errötete prompt. „Oh nein, bestimmt nicht."

„Dass ich siebenundsiebzig bin, bedeutet nicht, dass Sie mit mir nicht über Sex reden können", belehrte Elsie sie. „Man kann körperliche Anziehungskraft und Liebe nicht immer voneinander unterscheiden, wissen Sie."

Nell errötete noch tiefer. „Ich habe noch nie mit einem Mann geschlafen." Sie verzog das Gesicht. „Ich weiß nicht, was mit mir los ist. Seit ich in St. John's aus dem Flugzeug gestiegen bin, habe ich das Gefühl, nicht mehr ich selbst zu sein. Sie sind der einzige Mensch, der das weiß, und wenn Sie Ken gegenüber auch nur eine Andeutung darüber machen, dann … dann warte ich nicht auf das Boot, sondern schwimme nach Caplin Bay."

Ungerührt reichte Elsie ihr ein Geschirrhandtuch. „Hier, trocknen Sie die Tassen ab. Lieben Sie Ken?"

„Ich möchte mit ihm schlafen."

Elsie lachte. „Ich mag Sie. Ich fand Sie auf Anhieb sympathisch. Ken ist ein prima Kerl. Ohne ihn wäre Danny nicht mehr am Leben."

Nell horchte auf. „Das hat er mir gar nicht erzählt."

„Das wundert mich nicht. Er ist sehr verschlossen." Elsie stellte einen Stapel Dessertteller in die Spüle. „Es war nach der Geiselnahme. Um das Dorf herum, in dem sie biwakierten, waren lauter Heckenschützen, und eines Nachts wurde Danny von einem von ihnen verwundet. Ken lief auf den Platz, um ihn aus der Schusslinie zu ziehen. Dabei wurde er verletzt."

Elsie war keine begnadete Geschichtenerzählerin, aber Nell konnte sich die Szene gut vorstellen. Sie erschauerte. „Hat Danny es Ihnen erzählt?"

„Ja, er war einige Zeit auf Urlaub hier. Er hält sehr viel von Ken, und er sagt, in Bosnien hätte Ken fast den Verstand verloren, weil sie so wenig gegen das Elend dort tun konnten." Elsie schrubbte an einer

Gabel. „Für mich war es eine Bereicherung, ihn kennenzulernen. Und wenn Sie ihn glücklich machen könnten, umso besser."

„Meistens mache ich ihn wütend."

Elsie warf ihr einen Seitenblick zu, doch Nell merkte es nicht, weil sie eine Untertasse abtrocknete, die bereits trocken war. „Danny war wie ein Sohn für uns", sagte Elsie. „Seine Eltern waren unsere besten Freunde hier ... Nach all den Jahren fehlt Paula mir immer noch." Sie verlangsamte ihre Bewegungen. „Der Lauf der Dinge ist manchmal seltsam. Ich hätte alles darum gegeben, wenn Paula und Dave nicht ertrunken wären. Aber dadurch wurde uns Danny geschenkt. Ich war sehr traurig darüber – und bin es manchmal immer noch –, dass ich Conrad keinen Sohn schenken konnte. Der Arzt sagte, es würde an mir liegen. Es war mein Fehler."

„‚Fehler‘ ist ein schreckliches Wort", warf Nell ein.

„Es ist auf meinem Mist gewachsen." Elsie musterte sie durchdringend. „Conrad ist kein Engel. Doch ich weiß, dass er mich liebt, und ich liebe ihn auch. Überstürzen Sie nichts, Nell. Wenn man jung ist, glaubt man, man kann die Liebe überall finden. Aber es ist nicht immer so. Das lernt man, wenn man älter wird."

Der Einzige, der will, dass ich Sonntag abreise, ist Conrad, dachte Nell grimmig. Doch das konnte sie Elsie schlecht anvertrauen. „Ich bin mir nicht sicher, ob ich weiß, was Liebe ist", erwiderte sie zögernd. „Ganz zu schweigen davon, dass ich glaube, sie überall finden zu können."

„Sehen Sie den Wäschetrockner dort drüben?", fragte Elsie.

„Ja", meinte Nell verwirrt.

„Conrad hat mich vor vier Jahren damit überrascht, weil meine Arthritis genauso schlimm war wie seine und er nicht wollte, dass ich die Sachen draußen in der Kälte aufhänge. Für mich war es ein Zeichen dafür, dass ich ihm wichtig bin."

Deswegen wollte Conrad auch, dass sie verschwand. Ich möchte keinen Mann, der Entscheidungen für mich trifft, dachte Nell. *Ich will alle Entscheidungen gemeinsam mit ihm treffen. Und wenn er mir je untreu ist, will ich es wissen, egal, wie weh es tut.*

Keine Geheimnisse.

Plötzlich ertönte lautes Lachen von der Tür her, die zur Veranda führte, und mehrere Männer, unter ihnen auch Ken, betraten die Küche. Während die anderen sich Bier holten und wieder nach draußen gingen, kam Ken zur Spüle. Er humpelte wieder. „Ich habe gerade erfahren, dass ich keinen Reel mehr tanzen kann", meinte er trocken. „Aber Samson wird gleich ein oder zwei Walzer spielen. Kommst du mit und stützt mich, Nell?"

Nell stellte sich wieder vor, wie er angeschossen worden war. „Elsie hat mir erzählt, wie du Danny das Leben gerettet hast."

Ihm schien äußerst unbehaglich zumute zu sein. „Mach keinen Helden aus mir."

„Das war sehr mutig von dir."

Er lächelte verlegen. „Ich habe überhaupt nicht darüber nachgedacht und hatte Todesangst."

„Das ist echte Tapferkeit."

„Tanzt du nun mit mir oder nicht?"

Sie hob die Ellbogen hoch. „Da ich mit dem Rucksack über die Insel gereist bin, kann ich dich wohl stützen. So lautete doch die Einladung, oder?"

„Was Romantik betrifft, musst du noch einiges lernen", erklärte Elsie streng. „Wissen Sie, Nell, zusammen mit dem Wäschetrockner hatte Conrad auch einen großen Rosenstrauß in St. Swithin's bestellt. Beides kam zusammen, und ich weiß nicht, worüber ich mehr geweint habe."

Ken humpelte zum Tisch, nahm ein Gänseblümchen aus dem Strauß, den Elsie von einem der Gäste bekommen hatte, und ging zu Nell. „Rosen gibt es nicht, und der Rittersporn würde deine Frisur ruinieren." Als er es ihr ins Haar steckte, klopfte ihr Herz schneller. Schließlich machte er eine tiefe Verbeugung. „Petronella Cornelia, Licht meines Lebens, willst du mit mir tanzen?"

Sie knickste. „Es wäre mir eine Ehre, dich zu stützen."

Nun schaute er zu Elsie. „Wie findest du mich?"

„Nicht schlecht für den Anfang."

„Hm …" Diesmal kam er mit einer orangefarbenen Tagetes zurück, die er Nell in den Ausschnitt steckte.

„Ken!" Sie errötete zutiefst.

Er trat einen Schritt zurück. „Die Farbe beißt sich mit deinem Teint."

„Sie tropft", beklagte sie sich.

„He, ich habe keine Erfahrung mit diesem Spiel. Komm, Samson spielt einen Walzer."

Ken nahm sie an die Hand und führte sie zum Ende der Veranda. Dort zog er sie an sich. „Wir haben leider keinen Vollmond", sagte er leise. „Meine Macht ist begrenzt."

Nell hielt immer noch seine Hand. Den anderen Arm hatte sie ihm um den Nacken gelegt. „Da bin ich nicht so sicher."

Langsam begann er zu tanzen, blieb aber in der Ecke. Die freie Hand ließ er zu ihrer Hüfte gleiten und zog sie an sich, sodass Nell spürte, wie erregt er war.

Instinktiv schmiegte sie sich an ihn. „Wer braucht schon Wäschetrockner und rote Rosen, wenn du dein Ziel auch mit Tagetes und Bier erreichen kannst", flüsterte sie.

„Wer braucht schon Tagetes und Bier?", erwiderte er rau. „Ich brauche nur dich, Nell."

Nell spürte, wie das Verlangen in ihr hochstieg. Wenn sie nichts dagegen tat, würde es sie überwältigen. Doch es war ihr egal. Sie gab sich ganz den herrlichen Gefühlen hin, die er in ihr weckte, und genoss seine Nähe. Ihr war heiß, und sie fühlte sich, als wäre sie nackt. Ihre Brustspitzen hatten sich aufgerichtet, und begierig presste sie sich an ihn. Jetzt wurde ihr klar, dass Verlangen auch schmerzlich sein konnte, ihr aber gleichzeitig das Gefühl vermittelte, lebendig zu sein.

Sie war fast sicher, dass Ken es bereits wusste. „Die Tagetes riecht nicht so gut", meinte sie. „Um nicht zu sagen, sie stinkt."

„Ich nehme sie weg." Er ließ die Finger zu ihrem Ausschnitt gleiten und zog die Blume aufreizend langsam heraus, sodass Nell erschauerte. Dann ließ er die Blume fallen und küsste Nell. Mittlerweile tanzten sie nicht mehr.

Als Samson daraufhin eine gelungene Parodie auf den Hochzeitsmarsch anstimmte, rief Conrad wütend: „Hört auf, ihr beiden."

Ken löste sich von Nell. „Wir haben schon wieder Publikum", sagte er mit bebender Stimme.

Am Freitag würden sie allerdings kein Publikum haben. Nell fragte sich, ob Ken sich tatsächlich den ganzen Tag von ihr fernhalten würde, wie er es ihr versprochen hatte. Und würde sie es zulassen, oder würde sie die Initiative ergreifen und versuchen, ihn zu verführen?

„Conrad scheint sauer zu sein", bemerkte sie.

„Komisch, ich habe den Eindruck, dass er dich nicht mag."

„Vielleicht fühlt er sich durch mich an den Krieg erinnert", erwiderte sie ausweichend. „Oh, Samson spielt noch einen Walzer. Komm, tanz mit mir, Ken." Herausfordernd legte sie ihm die Arme um den Nacken, sodass ihre Brüste seinen Oberkörper berührten.

„In meinem derzeitigen Zustand kann ich jedenfalls nicht in die Küche gehen", brachte er hervor.

Sie war stolz darauf, dass sie eine solche Wirkung auf ihn ausübte. Aber es war keine Liebe, egal, was Elsie sagte. Sie, Nell, hatte schlichtweg ihre Sexualität entdeckt und erfahren, wie schön Leidenschaft sein konnte. Durch Ken hatte sie eine ganz neue Seite an sich entdeckt.

Und das war mehr als genug.

In diesem Moment war es ihr völlig egal, ob es Liebe war oder nicht. Aufreizend schmiegte sie sich an Ken, bis sein Herz genauso schnell klopfte wie ihres.

Zum Glück spielte Samson danach einen Reel.

8. KAPITEL

Am nächsten Nachmittag ging Nell zu Conrads und Elsies Haus. Die Sonne war hinter grauen Wolken verschwunden, die über den Himmel zogen, und es war kalt. Da die Feier erst in den frühen Morgenstunden zu Ende gewesen und Nell nach Kens Gutenachtkuss vor Marys Haus noch eine Weile wach geblieben war, hatte sie bis zum Mittag geschlafen.

Sein Kuss war fast unerträglich sinnlich gewesen, und als sie im Bett gelegen hatte, hatte sie sich schmerzlich nach Erfüllung gesehnt. Sie hatte unruhig geschlafen und erotische Träume gehabt.

Der Vorwand für ihren Besuch war, dass sie Marys Topf holen wollte. Mary hatte ihn nämlich vergessen, weil Charlie ziemlich beschwipst gewesen war und sie ihn nach Hause führen musste. Beim Mittagessen war er etwas verlegen gewesen, was sich allerdings nicht auf seinen Appetit ausgewirkt hatte.

Der eigentliche Grund für ihren, Nells, Besuch war jedoch, dass sie Ken sehen wollte, selbst wenn sie Conrad dadurch wiederbegegnen würde.

Auf der Grasfläche unterhalb der Veranda lag Conrads Ruderboot. Es roch durchdringend nach Teer, und Nell rümpfte die Nase. „Hallo", rief sie fröhlich.

Ken war dabei, den flüssigen Teer umzurühren. Sein Haar war zerzaust, und als er aufblickte und sie anlächelte, bildeten seine weißen Zähne einen reizvollen Kontrast zu seiner sonnengebräunten Haut. „Erzähl mir nicht, dass du gerade aus dem Bett kommst", neckte er sie. „Wir sind nämlich schon seit sieben hier, stimmt's, Conrad?"

Er warf ihr einen mürrischen Blick zu, bevor er sich wieder zum Boot hinunterbeugte. „Guten Tag, Conrad. Charlie hat auch einen Kater", sagte sie frech.

„Es liegt nicht am Bier", brummte er, während er eine Ritze abdichtete.

Nell neigte den Kopf. „Woran dann?"

Conrad murmelte wieder etwas, und Ken erkundigte sich unschuldig: „Hast du gut geschlafen, Nell?"

„Nein", erwiderte sie. „Und du?"

„Ich auch nicht."

Er schaute sie an, als hätte er sie seit einer Ewigkeit nicht mehr gesehen. Ihr dunkelblaues Hemd und ihre Shorts flatterten im Wind, sodass ihre Kurven deutlich zu erkennen waren. Mary hatte ihr das Haar zu einem Zopf geflochten, sodass ihre Wangenknochen betont wurden. Nell wusste, dass die Farbe ihres Hemds ihre Augen noch blauer erscheinen ließ. Ein heftiges Verlangen hatte sie erfasst. „Wann haben Sie denn heute angefangen, Conrad?", erkundigte sie sich betont locker, um dem alten Mann eine zweite Chance zu geben. Aus den Augenwinkeln sah sie, dass Elsie aus dem Haus kam. Sie trug wieder eine Schürze, die sich im Wind blähte.

„Wir haben um zehn angefangen, und je eher Sie uns in Ruhe lassen, desto schneller werden wir fertig."

„Was ist eigentlich los mit dir, Conrad?", meinte Ken trügerisch ruhig. „Du bist noch nicht einmal freundlich zu Nell gewesen."

Als Conrad das Holz in den Eimer tat und sich aufrichtete, kam Elsie um die Verandaecke. Er merkte es nicht, da er ihr den Rücken zugewandt hatte. „Ich glaube nicht, dass es dich etwas angeht, Ken. Und ich finde, es wird allmählich Zeit, dass du auch abreist."

„Conrad!", rief Elsie daraufhin entsetzt.

Conrad zuckte zusammen. „Was machst du denn hier?"

„Ich wollte euch Tee und Kekse bringen. Was ist eigentlich in dich gefahren, Conrad Gillis? So ungastlich bist du noch nie gewesen."

„Als er hier angekommen ist, hat er gesagt, dass er in Richtung Westen weiterreisen wollte, und …"

„Halt den Mund, Conrad!", unterbrach Ken ihn scharf.

„Richtung Westen?", wiederholte Nell verblüfft.

Conrad grinste. „Ja, Ken ist eigentlich auf der Durchreise nach Vancouver Island."

Sie wandte sich an Ken. „Das hast du mir gar nicht erzählt."

„Nein", bestätigte er.

„Es gibt da so eine Schickimicki-Klinik, die ihn unbedingt einstellen will", erklärte Conrad unwirsch.

Nell verspürte die widersprüchlichsten Gefühle, doch am stärksten war ihre Wut. „Eins lass dir gesagt sein, Ken Marshall. Du wirst dich morgen nicht nur von mir fernhalten – falls ich überhaupt noch mit dir fahre –, sondern mir einiges erklären. Wenn ich gestern Abend nicht zu der Feier gekommen wäre, wüsste ich nicht einmal, dass du für die UN gearbeitet hast, ganz zu schweigen davon, dass du Danny das Leben gerettet hast."

„Rühr den Teer um, Ken, sonst wird er dickflüssig", sagte Conrad gereizt.

Als Ken sich bückte, um den Teer umzurühren, spannte sich sein T-Shirt, sodass seine Muskeln sich darunter abzeichneten. Schnell wandte Nell den Blick ab. „Ich gehe jetzt ins Haus", verkündete sie. „Wenn ich wiederkomme, kannst du mir sagen, ob du morgen noch mit mir fahren willst."

Daraufhin schaute er sie an. Seine Züge waren angespannt. „Ja, ich will mit dir fahren. Es tut mir leid, dass ich es dir nicht erzählt habe, Nell. Aber es war nie der richtige Zeitpunkt dafür."

„Morgen sollte der richtige Zeitpunkt sein, sonst wird es ein verdammt langer Tag für dich."

„Komm morgen um acht hierher, dann brechen wir auf."

Damit wollte er ihr zu verstehen geben, dass er sich einmal bei ihr entschuldigt hatte und es nicht wieder tun würde. „Einverstanden", erwiderte sie steif, bevor sie sich an Elsie wandte. „Ich wollte Marys Topf holen, weil sie ihn heute Abend braucht." Das stimmte zwar nicht so ganz, doch sie hatte keine Lust, sich Elsies neugierigen Fragen zu stellen.

Fünf Minuten später befand sie sich mit dem Topf in ihrem kleinen Rucksack auf dem Rückweg zur Pension. Sie nahm den Weg über den Hügel und setzte sich auf einen Granitfelsen, um auf die Bucht hinauszuschauen. Das Wasser brach sich an den Felsen, und auch in der Ferne hatten die Wellen Schaumkronen.

Nell fragte sich, warum es sie so durcheinanderbrachte, dass Ken auf der anderen Seite des Kontinents leben würde. Da sie ohnehin in die Niederlande zurückkehren wollte, spielte es keine Rolle, ob er sechstausend oder dreizehntausend Kilometer von ihr entfernt war.

Nachdenklich runzelte sie die Stirn. In ihrem Kopf waren Neufundland und Ken bereits untrennbar miteinander verbunden. In meinem Herzen auch, fügte sie im Stillen hinzu. Ken war auf dieser unwirtlichen Insel geboren worden. Er passte in diese Landschaft, deren herbe Schönheit sie vom ersten Augenblick an so fasziniert hatte.

Ich liebe Neufundland, nicht Ken, das darf ich nicht vergessen, ermahnte sich Nell.

Andererseits verletzte es sie, dass er ihr gegenüber so zurückhaltend war. Er hätte ihr ruhig sagen können, dass er sich nur auf der Durchreise befand, doch er sprach selten über sich.

Nach dem gestrigen Abend verstand sie nun, warum er so zusammengezuckt war, als das Boot bei der Ankunft in Mort Harbour getutet hatte. Schließlich hatte er in Bosnien unter der ständigen Bedrohung durch Heckenschützen leben müssen. Außerdem war ihr klar, warum er bei ihrer ersten Begegnung so schnell reagiert hatte. Er hatte an Orten gelebt, an denen schnelle Reaktionen oft lebensrettend waren.

Dass er ihr nicht von Danny erzählt hatte, konnte sie verstehen, denn er wollte offenbar nicht damit prahlen. Aber wie konnte er sie so küssen, ohne ihr irgendetwas von sich zu offenbaren?

Was für eine Heuchlerin ich doch bin, dachte Nell traurig. *Ich erwarte von Ken, dass er mir alles über sich erzählt, obwohl ich ihm auch nicht alles anvertraue. Wenn ich klug bin, rufe ich ihn jetzt an und sage ihm, dass ich morgen nicht mitkomme.*

Schließlich stand sie auf und ging zum Haus. An diesem Abend nahm Mary sie zu Freunden mit, wo man ihnen Blutwurst und eingelegtes Karibufleisch servierte. Nell rief Ken aber nicht mehr an.

Am nächsten Morgen ging Nell um zehn nach acht die Auffahrt zu Conrads und Elsies Haus hinunter. Sie hatte das Haar zu einem Zopf geflochten und trug ihre Sonnenbrille. In ihrem kleinen Rucksack befand sich Proviant.

Ken war auf der Veranda und goss Benzin in einen Metallkanister. Elsie und Conrad waren nirgends zu sehen, wie Nell erleichtert feststellte. Sie wartete, bis Ken den Deckel auf den Kanister geschraubt hatte, und wünschte ihm dann einen guten Morgen.

Er blickte zu ihr auf, lächelte aber nicht. „Du bist also gekommen."

„Ich habe doch gesagt, dass ich komme."

„Elsie hat uns genug Proviant für eine Woche eingepackt."

„Mary auch."

„Also können wir wenigstens den Appetit stillen. Meine anderen Gelüste haben mich nämlich die ganze Nacht wachgehalten."

„Du hast den ganzen Tag Zeit, um mir davon zu erzählen", erwiderte sie höflich. „Ich werde nämlich nichts sagen."

Nun lächelte er zögernd. „Ein Keuschheits- und ein Schweigegelübde. Du könntest genauso gut in ein Kloster gehen."

„Aber nur als Mutter Oberin", konterte sie. „Zum Glück scheint heute die Sonne."

„Ja. Aber auf dem See könnte es windig sein. Hast du eine Jacke dabei?"

„Eine Jacke, Insektenschutz, Sonnenmilch, Proviant, eine Kamera, ein Fernglas, einen Ersatzfilm und ein zweites Paar Socken. Ich bin bereit für das einfache Leben in der Wildnis."

Ken musterte sie eingehend. „Wenn ich in deiner Nähe bin, ist nichts einfach." Ihr war, als würde er sie mit seinen Blicken ausziehen. „Wollen wir gehen?", fragte sie.

Eine halbe Stunde später saß Ken an der Ruderpinne von Conrads Boot. Das Wasser glitzerte in der Sonne, und das Geräusch des Außenbordmotors machte eine Unterhaltung unmöglich. Nell genoss es, auf dem Wasser zu sein, und entspannte sich zum ersten Mal seit dem vergangenen Nachmittag.

Der Copper Lake war elf Kilometer lang und lag inmitten von baumbestandenen Bergen und Wasserfällen, die die Felsen hinunterstürzten. Stellenweise gab es tiefe Einschnitte, die durch Gerölllawinen entstanden waren, wie Nell von Charlie wusste.

Als sie das obere Ende des Sees fast erreicht hatten, sah Nell einen Wasserfall, der wesentlich größer war als die anderen. „Ich lege hier an", rief Ken und lenkte das Boot ans Ufer.

Sie sprang heraus und half ihm dabei, es an Land zu ziehen. Als sie im selben Moment wie er nach der Trosse griff, wich sie zurück.

„Ich habe doch gesagt, dass ich dich nicht anfassen werde", erklärte er schroff.

„Das ist wirklich lächerlich", erwiderte sie hilflos.

„Ach ja? Sieh dich um. Weit und breit ist keine Menschenseele. Wir könnten uns hier auf den warmen Steinen lieben. Sag mir, dass du an etwas anderes denkst."

„Meine Gedanken sind weniger romantisch. Ich habe mir gerade vorgestellt, wie ich dir das Hemd vom Leib reiße."

„Tatsächlich?" Als sie den verlangenden Ausdruck in seinen Augen sah, bekam sie ganz weiche Knie. „Du überraschst mich immer wieder. Vielleicht sollten wir zu dem Wasserfall hochklettern."

Das Ufer war sehr steil. „Gibt es einen Weg?", fragte Nell zweifelnd.

„Du musst dir selbst einen suchen", sagte Ken, nachdem er das Boot an einem Felsen vertäut hatte.

„Wie reizend!" Sie begann, die Granitfelsen hochzuklettern, und hielt sich dabei an Lorbeerbüschen und verkrüppelten Bäumen fest. Der Torfgeruch vermischte sich mit dem Duft von Krähenbeeren, und überall wuchsen blaue Glockenblumen, Steinbrech und kleine rosafarbene Orchideen.

Das Rauschen des Wasserfalls wurde immer lauter, und Nell beschleunigte das Tempo. Als es nicht mehr so steil bergauf ging, drehte sie sich um. Ken war einige Meter unter ihr, und ihr Herz krampfte sich zusammen, als sie sah, wie er das linke Bein nachzog. Schnell wandte sie sich wieder ab und hockte sich hin, um eine fleischfressende Pflanze zu berühren. Sobald er Nell eingeholt hatte, schaute sie zu ihm hoch. „Das sind komische Pflanzen, stimmt's?"

Er rieb sich das Bein, und auf seiner Stirn standen feine Schweißperlen. „Du hättest nicht auf mich zu warten brauchen", sagte er wütend.

„Ich habe nicht ..."

„Lüg mich nicht an, Nell. Ich habe gesehen, wie du dich umgedreht hast."

Trotzig hob sie das Kinn. „Wo bist du, Ken?"

„Was soll die Frage?"

„Antworte mir. Wo bist du?"

„Das weißt du doch. In der Nähe des Wasserfalls."

„Genau. Glaubst du, dass es eine Rolle spielt, ob du fünf Minuten früher oder später dort ankommst?"

„Früher war ich topfit und habe alle möglichen Sportarten betrieben, und nun kann ich nicht einmal einen verdammten Berg hochklettern." Ken fuhr sich durch das zerzauste Haar. „Und ich fluche schon wieder. Tut mir leid. Aber verstehst du mich, Nell? Ich war stolz auf meinen Körper, und nun funktioniert er nicht mehr."

„Ken, du hättest getötet werden können, als du Danny gerettet hast. Aber du hast überlebt. Du lebst und bist an einem Ort, der so schön ist, dass ich weinen könnte." Ihre Stimme bebte. „Und du bist genauso schön für mich. Das weißt du doch, oder? Du weißt, wie froh ich darüber bin, dass du hier bei mir bist, oder?"

Er kam näher und umfasste ihr Kinn. Die Tränen liefen Nell über die Wangen. „Bitte weine nicht, Nell. Ich ertrage es einfach nicht." Zärtlich strich er ihr über die Wange. „Das ist das Schönste, was je jemand zu mir gesagt hat."

„Wirklich?"

„Normalerweise lasse ich niemand an mich ran. Aber du ... du durchbrichst meinen Schutzwall einfach, stimmt's?"

„Ich hasse Geheimnisse!"

„Und trotzdem bist du eine Frau voller Geheimnisse."

Nell senkte den Blick und nickte traurig. „Wenn ich wieder zu Hause bin und du auf Vancouver Island bist, werde ich dir vielleicht schreiben, warum ich nach Neufundland gekommen bin. Dann wirst du mich verstehen."

„Die Niederlande und Neufundland sind aber verdammt weit voneinander entfernt."

Am liebsten hätte sie sich ihm in die Arme geworfen und alles um
sich herum vergessen. Stattdessen wich sie jedoch zurück und meinte
betont locker: „Eigentlich wollte ich heute den Mund halten."

Ken betrachtete ihr tränenverschmiertes Gesicht. „Willst du wirklich mit mir schlafen, Nell?"

„Wenn ich bei dir bin, ja. Das weißt du genauso gut wie ich. Aber
wenn ich nicht bei dir bin, habe ich richtig Angst." Sie blickte ihn
finster an. „Und das ist auch gut so. Schließlich bist du nur auf der
Durchreise."

Er schob die Hände in die Taschen seiner Jeans. „Ich habe dir schon
einmal gesagt, dass wir uns zu keinem ungünstigeren Zeitpunkt hätten
begegnen können. Ich bin vierunddreißig, habe keinen Job, kein richtiges Zuhause und bin sehr unbeständig. Die Stelle, die man mir angeboten hat, ist ein Bombenjob. Es ist genau das Gegenteil von dem, was
ich in den letzten acht, neun Jahren gemacht habe."

„Willst du das denn? Sicherheit und Bequemlichkeit?"

„Ich weiß überhaupt nicht, was ich will, das ist ja das Problem. Und
seit ich dich kenne, ist alles noch problematischer für mich." Impulsiv
fügte er hinzu: „Du könntest mitkommen, Nell."

Verblüfft schaute sie ihn an. „Sei nicht albern."

„Es ist nicht albern. Du könntest dort viele Aufträge bekommen."

„Ich möchte aber hierbleiben."

„Die Westküste ist auch sehr schön. Es gibt dort Berge, Gletscher,
Regenwald …"

„Ich kann mir nicht vorstellen, dass ich mich mit irgendeinem Ort
mehr verbunden fühlen könnte als mit diesem hier", erklärte Nell
wahrheitsgemäß.

„Und warum willst du dann in die Niederlande zurückkehren?"

„Weil ich kein Geld und keinen Job habe. Mit jedem Tag, den ich
hier verbringe, verliere ich mehr Aufträge."

„Neufundland ist kein Paradies, Nell. Was für einen Grund hättest
du, hierzubleiben?"

„Du bist hier geboren und hast die Insel verlassen, sobald du konntest. Wen willst du eigentlich überzeugen, Ken? Mich oder dich?"

„Ich habe die Insel mit sechzehn verlassen, weil ich unbedingt die
Welt kennenlernen wollte", entgegnete er schroff.

„Du hast mehr von der Welt gesehen als die meisten Leute", hielt sie dagegen. „Willst du dich tatsächlich in einer netten kleinen Klinik auf einer Insel niederlassen, die direkt einem Reisemagazin entsprungen zu sein scheint? Du hast mehr verdient, Ken."

„Eine Ruhepause zum Beispiel?"

„Das auch, aber darum geht es nicht. Du würdest dich unter Wert verkaufen, wenn du den Job annehmen würdest."

„Warum hältst du dich nicht einfach an dein Schweigegelübde?", rief er wütend.

„Weil ich keine Nonne sein möchte. Und warum schreist du mich an?"

Plötzlich warf Ken den Kopf zurück und lachte so schallend, dass Nell unwillkürlich lächelte. „Das möchte ich auch nicht. Es wäre wirklich schade um dich."

Dann zog er sie an sich, um sie leidenschaftlich zu küssen. Sie stand sofort in Flammen und erwiderte den Kuss mit derselben Begierde.

Schließlich löste er sich von ihr. „So viel also zu Gelübden. Sag mal, nimmst du eigentlich die Pille?"

Nell blinzelte. „Nein." Schließlich war sie nach Neufundland gekommen, um ihren Großvater zu finden, nicht, um sich einen Liebhaber zu suchen.

„Ich habe absichtlich nichts mitgenommen, damit wir gar nicht erst in Versuchung kommen."

Sekundenlang schloss sie die Augen. Auf keinen Fall wollte sie dasselbe Risiko eingehen wie Anna. „Lass uns jetzt endlich zum Wasserfall gehen." Sie wandte sich um und wäre dabei beinahe über einen Stein gestolpert.

Ken packte sie am Arm und hielt sie fest. „Sei vorsichtig."

„Es ist, als würde man über ein Minenfeld gehen."

„Nein", widersprach er leise, „das ist es nicht."

Nell drehte sich wieder zu ihm um. Seine Züge wirkten plötzlich sehr hart. „War es sehr schlimm?"

„So schlimm, wie es nur sein kann", antwortete er leise. „Es hat mich fast um den Verstand gebracht, dass wir nichts gegen das Elend tun konnten."

Das Herz wurde ihr schwer, doch sie konnte ihm nicht helfen.

Nell nahm seine Hand und ging weiter über die großen Felsen. Das Rauschen des Wassers war mittlerweile ohrenbetäubend, und die Gischt spritzte ihnen ins Gesicht. Vor ihnen stürzte das Wasser etwa sieben Meter in die Tiefe. Sie hielt sich an Ken fest, während sie nach unten schaute, wo das Wasser sich sammelte. „Zuhause sind wir in diesen kleinen Tümpeln immer geschwommen."

„Los, gehen wir rein!", rief sie zurück. „Ich habe meinen Badeanzug dabei."

„Aber ich habe nichts dabei."

Sie liebte es, wenn seine Augen amüsiert funkelten und der traurige Ausdruck darin verschwand. „Ich schaue auch nicht hin", versprach sie, bevor sie auf dem Hosenboden zum Ufer hinunterrutschte. Als sie auf eine kleine Lichtung gelangte, die von Lärchen gesäumt war, stand sie wieder auf. Man konnte über einige Felsvorsprünge ins Wasser gelangen. Im nächsten Moment landete Ken neben ihr, und sie lächelte ihn an. „Ich ziehe mich hinter den Lärchen um. Es hat wohl keinen Sinn, zu schwören, dass ich mich nicht auf dich stürzen werde, oder?"

„Was Schwüre betrifft, ist deine Erfolgsquote gleich null", konterte er lächelnd. „Aber du kannst dich jederzeit auf mich stürzen."

„Magst du mich?", platzte sie heraus.

Er lächelte noch mehr. „Sehr sogar."

„Ich mag dich auch." Nell runzelte die Stirn. „Ich glaube nicht, dass meine Mutter meinen Vater gemocht hat. Sie hat ihn respektiert, gebraucht und sich um ihn gekümmert. Ich glaube, sich mögen hat etwas damit zu tun, dass man gemeinsam lachen kann, findest du nicht?"

„Ich glaube, du hast gerade eine wichtige Erkenntnis gewonnen", erklärte er ernst.

Sie schnitt eine Grimasse. „Du machst dich über mich lustig. Los, zieh dich aus, Ken. Das Wasser ist sicher so kalt, dass keiner von uns von Leidenschaft überwältigt wird."

Mit dem Umziehen ließ sie sich Zeit – einerseits weil sie Bedenken hatte, der Versuchung nicht widerstehen zu können, wenn sie Ken nackt sah, andererseits weil sie nachdenken musste. Sie war sicher, dass Ken nach Neufundland gehörte. Er war ein zurückhaltender, sehr vielschichtiger Mann, der das Leben zu oft von seiner dunklen Seite kennengelernt hatte und dem sie mittlerweile so vorbehaltlos vertraute, dass es ihr Angst machte.

Der Gedanke daran, Tausende von Kilometern von Ken getrennt zu sein, war mehr, als sie ertragen konnte.

Als Nell schließlich wieder auf die Lichtung trat und ihn zuerst nicht sah, klopfte ihr das Herz vor Angst bis zum Hals. Doch dann entdeckte sie ihn am anderen Ende des kleinen Sees.

Er hatte sich an einem der Felsvorsprünge hochgezogen und stand mit dem Rücken zu ihr am Rand des Wasserfalls. Den Kopf hatte er zurückgelegt, während ihm das Wasser über den Körper lief. Sie stand reglos da, wohl wissend, dass er sich nicht bewusst zur Schau stellte. Das hier hatte nichts mit Sex zu tun. Es war, als würde er sich von bösen Erinnerungen reinwaschen, die seine Seele beschmutzt hatten.

Vorsichtig ging Nell zum Rand des Sees und ließ sich ins Wasser gleiten. Es war so kalt, dass sie nach Luft schnappte. Dann schwamm sie von den Felsen weg, wobei sie Ken den Rücken zuwandte. Sie wusste, dass sie ihn in diesem Moment nicht stören durfte.

Einige Minuten lang schwamm sie am Ufer hin und her, ließ sich von der Strömung treiben und betrachtete fasziniert die üppig grünen Farne und Moose. Dabei sah sie Kens nackten Körper die ganze Zeit vor sich. Kurz zuvor hatte sie Ken gesagt, dass sie ihn schön fand, aber das Wort wurde ihm nicht gerecht. Er war sehr männlich, überaus begehrenswert und sah aus wie eine Statue, obwohl er alles andere als leblos war …

Plötzlich spürte Nell eine Hand auf der Schulter, und als sie sich umdrehte, sah sie ihm ins Gesicht. Er wirkte auf einmal viel gelöster, als wäre eine unerträgliche Spannung von ihm abgefallen.

„Du wusstest, dass ich eben allein sein wollte, nicht?", fragte er.

Sie nickte, weil sie kein Wort herausbrachte.

„Du bist nicht nur schön, intelligent und sexy", meinte er lächelnd, „sondern auch sensibel und einfühlsam. Danke, Nell." Er neigte den Kopf und strich ihr mit den Lippen über den Mund. „Du frierst. Lass uns wieder hinausgehen."

„Das hier ist die neufundländische Version einer kalten Dusche."

„Darauf würde ich mich nicht verlassen, wenn du bei mir bist. Geh du zuerst. Ich schwimme noch ein paar Minuten."

Ken würde sich weder auf sie stürzen noch zulassen, dass sie sich auf ihn stürzte. Wir können uns nicht schützen, rief sie sich ins Gedächtnis, und ich kann nicht zulassen, dass die damaligen Ereignisse sich wiederholten. *Wie gut, dass Ken so vernünftig ist!*

Da sie ihr Handtuch im Boot vergessen hatte, zog Nell sich schnell an. Anschließend ging sie zum Wasser, um Ken zu sagen, dass er jetzt herauskommen könne.

Er hatte jedoch nicht gewartet, sondern sich bereits an einem Felsvorsprung hochgezogen, und schüttelte den Kopf, bevor er sich das nasse Haar aus der Stirn strich. Als er schließlich die Augen öffnete, schaute er sie an. Für sie war er eins mit seiner Umgebung. Plötzlich verspürte sie Panik und fragte sich wieder, ob sie das Land liebte oder ihn. Wie konnte sie beides überhaupt auseinanderhalten? Was geschah mit ihr?

Ken stand reglos da, ohne sich seiner Nacktheit zu schämen. „Wenn wir miteinander schlafen, möchte ich es unter freiem Himmel tun. Du gehörst hierher, Nell. Ich weiß nicht, warum, aber es ist so."

„Du gehörst auch hierher."

„Dreh dich um", verlangte er mit einem grimmigen Unterton. „Die Wirkung von kaltem Wasser ist begrenzt."

Nell drehte sich um und blickte starr auf das Wasser des Copper Lake, das in der Sonne glitzerte. „Wenn wir miteinander schlafen", hatte Ken gesagt, nicht: „falls".

Aber er hatte nicht gesagt, dass er hierhergehörte.

Sie fragte sich, ob sie einen Teil ihres Herzens in diesem wilden Land lassen würde, wenn sie mit ihm schlief.

War es das, was man unter einem gebrochenen Herzen verstand.

9. KAPITEL

Nell und Ken kehrten rechtzeitig zum Abendessen nach Mort Harbour zurück. Sie waren zum oberen Ende des Sees gefahren, wo eine Gerölllawine eine Schneise durch den Wald geschlagen hatte, waren beim Spaziergang am Ufer auf einen Elch getroffen und hatten oben in den Bergen einen Bären gesehen. Außerdem hatten sie Abstand voneinander gehalten, und Nell hatte kaum etwas gesagt, was Ken offenbar nicht gestört hatte.

Elsie hatte einen Hummerschmortopf gemacht, den sie mit Gemüse aus dem Garten und selbst gebackenen Brötchen servierte. Nell aß zu viel und schaffte es sogar, Conrad in ein Gespräch über Elche zu verwickeln. Als Elsie den Nachtisch servierte – Eis und Schokoladenmarshmallows –, sagte sie: „Wir haben heute Neuigkeiten von Ellie Jane erfahren. Sie ist gerade in Drowned Island und hat heute ihre Nichte angerufen, die wiederum mich angerufen hat. Der Arzt in St. Swithin's geht Ende August weg."

Ken nahm sich einen Marshmallow. „Tatsächlich?", meinte er wenig interessiert. „Ich bin froh, dass ich nicht hier lebe, Elsie. Es ist mir ein Rätsel, dass Conrad so schlank ist."

Doch Elsie ließ sich nicht beirren. „Das heißt, die Praxis ist nicht besetzt."

„Ich habe in zwei Wochen ein Vorstellungsgespräch auf Vancouver Island."

Nell zuckte zusammen. Conrad wirkte erfreut, Elsie nicht. „In St. Swithin's könntest du viel Gutes tun, Ken. Die Klinik braucht frischen Wind."

„An der Westküste kann ich auch viel Gutes tun."

„Noch ein Neufundländer, der seine Heimat verlässt", entgegnete sie. „Ich habe mich offenbar in dir getäuscht."

„Denk daran, was er für Danny getan hat", schalt Conrad sie, lächelte aber selbstgefällig.

„Trotzdem kann ich ja wohl meine Meinung sagen."

„Es ist doch kein Verbrechen, wenn er in den Westen geht", lenkte er ein. „Nell kehrt in die Niederlande zurück, und Ken geht an die Westküste. Was sollte sie hier auch halten?"

Elsie stieß einen verächtlichen Laut aus und begann, den Tee einzuschenken. Conrad erzählte dann Geschichten über die Leuchtturmwärter an der Küste, die sehr unterhaltsam waren und Nell zu einem anderen Zeitpunkt gefesselt hätten. Kein Wunder, dass er plötzlich so guter Stimmung ist, dachte sie boshaft, während sie ihr Eis aß. Schließlich hat er seinen Willen bekommen.

Sie bestand darauf, Elsie beim Abwaschen zu helfen, und verabschiedete sich anschließend.

„Ich bringe dich nach Hause", sagte Ken.

„Nein danke. Ich will unterwegs bei Marys Schwester vorbeischauen und Äpfel abholen."

Das musste sie zwar nicht an diesem Abend tun, aber sie konnte seine Gesellschaft nicht länger ertragen. Den ganzen Abend hatte sie über seine Worte nachgedacht: „Wenn wir uns lieben …" Doch sie wollte nicht denselben Fehler machen wie ihre Großmutter.

„Dann sehen wir uns morgen", erwiderte er mit undurchdringlicher Miene.

„Vielleicht."

„Sie haben mir versprochen, beim Einkochen zu helfen", erinnerte Elsie sie. „Morgen Vormittag würde es mir passen."

Das Versprechen hatte Nell ihr auf der Feier gegeben. „Also gut", meinte sie missmutig. „Gute Nacht alle miteinander."

Anschließend schaute sie bei Sarah vorbei, wo sie allerdings nicht lange blieb, und ging anschließend zu „ihrem" Platz auf dem Hügel hinter Marys Haus. Dort saß sie über eine Stunde und beobachtete die Möwen am Himmel.

Noch nie zuvor war sie so durcheinander gewesen.

Andererseits hatte sie auch noch nie etwas so Ungewöhnliches getan, obwohl ihr bisheriges Leben alles andere als langweilig gewesen war. Sie war durch ganz Europa gereist, hatte fünf Sprachen gelernt und war mit vielen Männern ausgegangen. Viele Frauen hätten sie darum beneidet, aber sie hatte keinen Mann an sich herangelassen.

Ken war anders.

Schließlich kehrte Nell ins Haus zurück und ging früh ins Bett. Doch sie schlief sehr schlecht, und als sie am nächsten Morgen aufwachte, war ihr noch weniger danach, Ken wiederzusehen.

Gleich nach dem Frühstück brach sie auf. Als sie den höchsten Punkt der Auffahrt zum Haus der Gillis erreichte, sah sie Conrad. Er stutzte gerade mit der Motorsäge die überhängenden Zweige der Fichten am Wegesrand. Als er sie ebenfalls bemerkte, ließ er die Säge sinken, schaute Nell aber nur starr an.

Sie hatte ihm zuwinken wollen, hielt jedoch inne. Wütend verließ sie

485

die Auffahrt und ging in den Wald, bis sie zu einer kleinen Lichtung kam, die vom Weg aus gerade noch zu sehen war. Dort legte sie sich ins Gras und schaute in den Himmel. Elsie erwartete sie noch nicht, und außerdem war ihr nicht nach einer weiteren Konfrontation mit Conrad zumute. Nell versuchte, in einer Wolke ein Ruderboot mit Ken an der Pinne zu erkennen. Da sie völlig übermüdet war, fielen ihr irgendwann die Augen zu.

Irgendetwas Kaltes streifte ihre Wange, und Nell öffnete die Augen. Sie hatte schlecht geträumt, und nun sah sie das Gesicht eines Mannes vor sich, das einem Totenschädel ähnelte. Der Mann trug ein weißes Gewand. Sie stieß einen Entsetzensschrei aus und rappelte sich auf. Wie von Furien gehetzt, lief sie zum Weg, wobei sie über Baumwurzeln stolperte und ihr die Zweige ins Gesicht schlugen.

Als sie den Weg erreichte, stolperte sie über einen Stein und landete auf Knien und Händen. Dabei schürfte sie sich die Handflächen auf, doch sie spürte den Schmerz kaum. Schnell stand sie auf und warf einen Blick über die Schulter, um nachzuschauen, ob das Wesen ihr folgte.

Plötzlich hörte sie Schritte auf dem Weg. Jemand lief. Entsetzt wirbelte sie herum, um in die andere Richtung zu fliehen. Aber damit hätte sie sich nur weiter vom Ort entfernt.

„Nell … Bleib stehen!"

Die Stimme war ihr vertraut. Erschöpft lehnte Nell sich gegen einen Baumstamm und blickte über die Schulter. Ken lief auf sie zu, wobei er wieder das linke Bein nachzog. Ohne nachzudenken, ging sie ihm entgegen und sank in seine Arme.

Sie zitterte, und ihr Herz klopfte zum Zerspringen. Verzweifelt klammerte sie sich an ihn, als wollte sie ihn nie wieder loslassen. Wie aus weiter Ferne hörte sie ihn fragen: „Was ist los? Ich habe dich schreien hören. Bist du einem Bären begegnet?"

Nell schüttelte den Kopf. „N… nein. Es war ein Gesicht. Es sah aus wie ein Totenschädel. Deswegen habe ich geschrien."

Ken umfasste ihr Kinn und betrachtete sie besorgt. „Hast du geschlafen?" Als sie nickte, fügte er hinzu: „Du hattest offenbar einen Albtraum."

„Nein, es war echt! Ich bin davon aufgewacht." Sie schauderte. „Ich habe die kalten Finger auf meiner Haut gespürt."

„Klingt wie ein klassischer Albtraum, Schatz."

„Glaub mir, es war echt", brachte sie hervor. „Ich habe nicht geträumt." Für einen Moment ließ sie ihn los, um ihm zu zeigen, wie stark ihre Hände zitterten. „So etwas passiert mir nicht, wenn ich schlecht geträumt habe. Und nenn mich nicht Schatz. Nicht, wenn du in den Westen gehst."

„Verdammt, ich weiß nicht, wohin ich gehe! Aber eines weiß ich: Wir gehen jetzt zu Elsie, und ich mache dir einen Tee."

„Okay", willigte Nell ein. Als sie mit Ken den Hügel hinaufging, vermied sie es, zur Lichtung zu schauen. Dass er ihr den Arm um die Taille gelegt hatte, tröstete sie ungemein.

Doch sobald sie sich einigermaßen beruhigt hatte und wieder einen klaren Gedanken fassen konnte, fiel ihr ein, dass Conrad der Einzige war, der sie in diese Richtung hatte gehen sehen. Sie erinnerte sich auch an seinen starren Blick. Er wollte, dass sie am nächsten Morgen mit dem Küstenboot abreiste. Unwillkürlich ging sie etwas langsamer. „Sag mal, die Kostüme, die die Leute Weihnachten tragen … Sind sie hässlich?"

„Einige schon. Als ich klein war, hatte ich manchmal furchtbare Angst."

„Es war Conrad. Er hat eine Maske getragen", erklärte sie. „Ich weiß es genau."

„Was soll das heißen? Nell, es war ein Albtraum. Du musst dich deswegen nicht schämen. Ich habe auch oft Albträume."

„Es war kein Albtraum", beharrte sie. „Conrad will, dass ich morgen abreise, und er wollte ein bisschen nachhelfen, das ist alles."

„Warum sollte er das tun?"

Nell blieb unvermittelt stehen. Ihrer Meinung hatte Conrad ihre Loyalität nicht mehr verdient, und sie hatte diese Geheimniskrämerei satt. „Er ist mein Großvater."

„*Was?*"

„Er ist mein Großvater. Als er in den Niederlanden stationiert war, hatte er eine Affäre mit meiner Großmutter. Sie bekam ein Kind von ihm – meine Mutter. Ich habe es erst vor ein paar Monaten erfahren."

Einen Moment lang blickte Ken sie nur an. „Du bist also hergekommen, um ihn zu suchen. Das war dein Geheimnis. Weiß Elsie davon?"

„Nein. Nachdem mir klar geworden war, dass sie es nicht weiß und Conrad nichts mit mir zu tun haben möchte, wollte ich Mittwoch abreisen. Ich mag Elsie und möchte sie nicht verletzen."

„Jetzt verstehe ich auch, warum du es mir nicht sagen wolltest", meinte er benommen. „Weil ich bei ihnen wohne und Danny mein bester Freund ist."

Auf einmal war sie furchtbar erschöpft. „Vielleicht hätte Elsie mich gern als Enkelin, aber dann würde sie auch erfahren, dass Conrad sie betrogen hat."

„Du siehst aus, als könntest du mehr als nur eine Tasse brauchen", sagte er sanft. „Komm, lass uns ins Haus gehen."

„Und du erzählst es ihr auch nicht?", fragte sie ängstlich.

„Nein, das muss Conrad tun."

„Er wird es ihr niemals erzählen, und es würde ihm recht geschehen, wenn ich vorhin einen Herzinfarkt gehabt hätte." Mit bebender Stimme fügte sie hinzu: „Manchmal habe ich fast das Gefühl, er hasst mich."

„Komm, du musst dich hinsetzen. Außerdem hast du eine Schramme im Gesicht." Er legte ihr den Arm um die Schultern, und sie gingen weiter.

„Was macht dein Knie?", erkundigte Nell sich leise.

„So schnell bin ich nicht mehr gelaufen, seit ich Danny damals auf dem Platz habe liegen sehen", erwiderte er fröhlich. „So, wir sind fast da."

Sie gingen die Auffahrt hinunter, und als sie um die Ecke kamen, sahen sie Elsie, die am Schuppen stand und weiße Tücher über dem Arm trug. Nell bekam sofort Herzklopfen. „Das hatte es an", sagte sie. „Oh Gott, nicht Elsie! Das würde sie mir nicht antun."

Dann sah sie Conrad aus dem Schuppen kommen. Ihm schien ziemlich unbehaglich zumute zu sein. „Warum hast du zu dieser Jahreszeit eines der Kostüme hervorgeholt?", fragte Elsie ihn. „Normalerweise bewahre ich sie nicht im Schuppen auf."

Er war offensichtlich um eine Antwort verlegen. Als er Ken und Nell bemerkte, nahm sein Gesicht einen bestürzten, schuldbewussten und zugleich aggressiven Ausdruck an. „Lass es gut sein, Elsie", entgegnete er schroff.

„Conrad, hast du dich eben verkleidet und Nell Angst eingejagt, damit sie morgen abreist?", erkundigte Ken sich scharf.

Conrads blaue Augen funkelten trotzig. „Ja, das habe ich."

„Das wirst du mir büßen." Die Hände zu Fäusten geballt, ging Ken auf ihn zu, doch Nell hielt ihn zurück.

„Er ist älter als du. Du darfst ihn nicht schlagen."

„Warum hast du das getan?", fragte Elsie in einem Tonfall, der Ken innehalten ließ und Conrad beinahe einschüchterte.

„Ich wollte, dass sie von hier verschwindet", murmelte er.

Elsie legte das Kostüm auf den Boden und stemmte die Hände in die Hüften. An diesem Tag trug sie eine Schürze mit kleinen roten Blumen. „Du hast vielleicht Nerven, Conrad Gillis. Du willst mir meine Enkeltochter wegnehmen, ohne mich zu fragen?"

In den Birken sang ein Rotkehlchen, und die Schuppentür knarrte im Wind. Conrad stand stocksteif da. „Du weißt es?", brachte er hervor.

„Ich habe es mir gedacht. Normalerweise bist du sehr gastfreundlich, doch Nell gegenüber verhältst du dich ganz anders. Ich konnte es nicht verstehen. Von Anfang an habe ich mich mit ihr verbunden gefühlt, wusste aber nicht, warum. Als ich euch beide dann auf der Feier in der Küche nebeneinanderstehen sah, ist mir plötzlich die Ähnlichkeit zwischen euch aufgefallen. Daraus habe ich meine Schlüsse gezogen – offenbar die richtigen, wenn ich dich so anschaue."

Nell hielt unwillkürlich den Atem an. Die beiden standen sich wie zwei Krieger gegenüber, und zum ersten Mal verriet seine Miene echte Gefühle – Qual, Verzweiflung und große Angst. „Wie hätte ich es dir denn sagen sollen?", rief Conrad. „Ich habe dich betrogen, Elsie. Dich, die ich mehr geliebt habe als das Leben."

„Als du aus dem Krieg zurückgekehrt bist, wusste ich, dass du mit einer anderen Frau zusammen gewesen warst", erwiderte Elsie leise.

„Und du hast nie etwas gesagt?"

„Ich dachte, du würdest es mir irgendwann erzählen. Ich habe dich auch geliebt, Conrad. Und ich liebe dich immer noch."

„All die Jahre habe ich mit den Schuldgefühlen gelebt", erklärte er mit zitternder Stimme. „Ein Wochenende, das war alles. Ich schwöre es dir, Elsie."

„Ich glaube dir."

„Ich hatte dich vier Jahre nicht gesehen und hatte seitdem keine andere Frau angeschaut. Vier Jahre lang hatte ich miterlebt, wie meine Kameraden getötet wurden. Und dann kamen wir in die Niederlande. Die Menschen tanzten auf den Straßen, Frauen und Kinder umarmten und küssten uns, denn wir waren die Helden. Ich glaube, alle waren ein bisschen verrückt." Seine Stimme brach. „Ich lernte Anna bei einer Tanzveranstaltung im Lager kennen. Sie erinnerte mich an dich, Elsie. Wir schliefen in einer Scheune miteinander, und zwei Tage später wurde meine Einheit wieder abgezogen. Ich habe sie nie wiedergesehen, und ich habe sie auch nicht geliebt. Ich habe mich dafür gehasst und versucht, es zu vergessen."

„Bis Nell gekommen ist", ergänzte Elsie.

„In dem Moment, als ich sie zum ersten Mal sah, wusste ich, wer sie ist. Ich wollte, dass sie von hier verschwindet." Conrad straffte sich. „Wir sind seit siebenundfünfzig Jahren verheiratet, Elsie, und es war das einzige Mal, dass ich dir untreu war." Heiser fügte er hinzu: „Es tut mir sehr leid."

„Ich glaube dir, Conrad", erwiderte sie. „Und ich verzeihe dir."

Mit Tränen in den Augen ging er zu ihr und nahm sie in die Arme. „Das habe ich nicht verdient. Ich liebe dich, Elsie."

Nell wandte sich ab, denn sie fühlte sich wie ein Eindringling und hätte sich am liebsten die Augen ausgeweint. Doch Elsie hatte sich umgedreht und blickte sie an. „Aber wenn Nell letzten Mittwoch abgereist wäre, hätte ich es dir wohl nicht so leicht verziehen. Wir haben eine Enkelin!"

„Wir?", wiederholte er. „Ist es dir denn recht, Elsie?"

„Es macht mich sehr glücklich." Sie befreite sich aus seiner Umarmung und ging auf Nell zu. „Das heißt, wenn du unsere Enkelin sein möchtest, Nell. Willst du es?"

Nun kamen Nell die Tränen. „Oh ja", sagte sie, „das will ich. Wenn Conrad es auch will."

Ein wenig verlegen erwiderte er: „Ich muss gestehen, dass ich dich von Anfang an mochte. Du hast dich von mir nicht einschüchtern lassen. Das gefällt mir. Es tut mir leid, dass ich so unfreundlich zu dir gewesen bin und dich vorhin erschreckt habe. Aus Angst, Elsie könnte die Wahrheit erfahren, habe ich durchgedreht."

Jetzt liefen ihr die Tränen über die Wangen. Elsie und Conrad umarmten sie, dann umarmte Conrad Elsie, und Nell fand sich in Kens Armen wieder. „Ich bin so glücklich", brachte sie hervor.

„Kein Wunder", meinte Ken. „Schließlich hast du jetzt eine Familie. Tut mir leid, dass ich dir vorhin nicht geglaubt habe."

„Das ist in Ordnung ..."

„Das müssen wir feiern", ließ Conrad sich im nächsten Moment vernehmen. „Lasst uns ins Haus gehen und einen Screech trinken."

Screech nannte man den einheimischen Rum.

„Am frühen Morgen?", hakte Ken amüsiert nach.

„Genau." Verlegen tätschelte Conrad Nell den Rücken. „Wir müssen Nell in der Familie willkommen heißen."

„Ich weine schon wieder." Sie umarmte ihn stürmisch. „Ich glaube, ich bin in meinem ganzen Leben noch nicht so glücklich gewesen."

Im Haus prosteten sie einander zu, und Elsie tischte einige Snacks und Hummerpastete auf, ihre Spezialität, die es sonst nur zu Weihnachten gab. Nell war überglücklich, und ihre Wangen glühten, was sicher nicht nur am Rum lag.

Irgendwann bemerkte Ken nachdenklich: „Wahrscheinlich liebst du Neufundland deswegen so, Nell."

„Ich hatte es nicht erwartet. Aber als ich aus dem Flugzeug gestiegen bin, hatte ich das Gefühl, nach Hause gekommen zu sein."

„Trotzdem musst du wohl in die Niederlande zurückkehren", sagte Elsie traurig. „Du hast dort deine Familie, deine Freunde und deine Arbeit. Aber ich werde dich sehr vermissen."

„Ich habe eigentlich keine Familie", gestand Nell. „Meine Großmutter hat nie geheiratet, und sie und meine Eltern sind tot. Ich bin ein Einzelkind. Das einzige Problem ist meine Arbeit."

„Heißt das, du willst hierbleiben?"

„Natürlich", erwiderte Nell.

„Du sprichst so viele Sprachen. Du könntest unterrichten."

„Ich habe aber noch nie unterrichtet."

„Komm schon, du bist jung und klug. Das wirst du schon lernen."

Conrad trank einen Schluck Rum. „Am Montagmorgen werde ich als Erstes bei der Einwanderungsbehörde in St. John's anrufen. Dass ich dein Großvater bin, dürfte für eine Aufenthaltserlaubnis genügen."

„Würdest du das wirklich für mich tun?", fragte Nell erstaunt.

„Es ist das Mindeste, was ich für dich tun kann."

Sie hob ihr Glas. „Auf Conrad und die Einwanderungsbehörde."

Eine halbe Stunde später verkündete Elsie, deren Wangen ebenfalls glühten: „Conrad und ich gehen jetzt nach oben und machen ein Nickerchen. Von Screech werde ich immer müde. Wir essen dann später zu Mittag, und wenn du Lust hast, machen wir danach die Himbeermarmelade, Nell."

„Gern." Wieder umarmte Nell ihre Großeltern. „Danke. Ihr habt mich heute sehr glücklich gemacht." Nachdem die beiden Arm in Arm nach oben gegangen waren, wandte sie sich an Ken. „Lass uns nach draußen gehen. Ich bin viel zu aufgekratzt zum Schlafen." Sie setzten sich auf die Verandastufen, und sein Haar wehte im Wind. „Ich habe Angst, dass alles nur ein Traum ist", gestand Nell.

Ken betrachtete sie eingehend. „Du siehst sehr schön aus. Du hast dir dein Glück verdient. Es war richtig, Elsies Interessen vor deine zu stellen."

„Ich hatte keine Wahl."

„Du hast dich richtig entschieden."

Er schaute sie so liebevoll an, dass es ihr für einen Moment die Sprache verschlug. „Danke", sagte sie schließlich.

„Und es war richtig, dass ich dich von diesem verdammten Boot heruntergeholt habe."

„Nicht wahr?" Sie lachte leise. Dann wurde sie plötzlich ernst. „Ich muss dir etwas gestehen, Ken."

„Du hasst Screech."

„Es ist ein Teufelszeug, stimmt's? Nein, es ist viel schlimmer. Weißt du noch, wie du mich aus dem Fluss gezogen und hierhergebracht hast? Ich hatte das alles inszeniert, weil ich nicht wusste, wie ich Elsie und Conrad sonst kennenlernen sollte. Es tut mir wirklich leid."

„Du hast dir die Schürfwunden absichtlich beigebracht?", fragte Ken ungläubig.

„Nein, das nicht. Die Felsen waren tückischer, als ich gedacht hatte, und als du mich gesehen hast, war ich tatsächlich in Schwierigkeiten. Das geschah mir ganz recht."

„Keine Geheimnisse mehr."

Nell war froh, dass er so viel Verständnis für sie hatte. „Ich hasse Geheimnistuerei. Ich bin nämlich damit groß geworden."

„Wegen Anna?"

Daraufhin erzählte sie ihm von ihrer Mutter, die sie so streng erzogen hatte, weil sie sich so geschämt hatte. „Sie hatte Angst vor starken Gefühlen und vor Leidenschaft", erklärte Nell. „Und wer will es ihr verdenken? Als Kind hatte sie unter der vermeintlichen Schande ihrer Mutter gelitten und war zu jung gewesen, um es zu verstehen."

„Wann bist du von zu Hause weggegangen?"

„Mit siebzehn. Ich bin durch Europa gereist und habe dabei einige Sprachen gelernt. Obwohl ich immer wieder in die Niederlande zurückgekehrt bin und eine Zeit lang auch in Amsterdam gewohnt habe, habe ich mich nirgends richtig niedergelassen. Ich wollte es auch gar nicht, weil ich innerlich zu unruhig war."

„Bis du hierhergekommen bist."

„Genau. Wenn es mit der Aufenthaltserlaubnis klappt, werde ich hierbleiben. Aber erst muss ich natürlich zurückfliegen, um meine Sachen zu packen, mich von meinen Freunden zu verabschieden und mich mit meinen Vertragspartnern in Verbindung zu setzen. Doch es wird nicht lange dauern. Vielleicht kann ich sogar einige Kontakte aufrechterhalten." Sie schenkte ihm ein strahlendes Lächeln. „Und dann könnte ich auf Neufundland leben. Wo, ist mir im Grunde egal. Allerdings wäre ich gern in Elsies und Conrads Nähe."

„Du bist ein großes Risiko eingegangen, als du hierhergekommen bist."

Bevor der Mut sie verließ, sagte sie schnell: „Eins solltest du noch wissen. Ich ... ich habe noch nie mit einem Mann geschlafen. Wahrscheinlich hatte ich einfach Angst davor. Warum erzähle ich es dir überhaupt? Es muss am Rum liegen."

Ken wirkte völlig überrascht. „Du bist noch Jungfrau?"

Nell lächelte unsicher. „Lächerlich, nicht?"

„Du meine Güte ..."

„Du bist der erste Mann, der mich in Versuchung geführt hat, daran etwas zu ändern", versuchte sie zu scherzen.

Der Ausdruck in seinen blauen Augen war reserviert. „Und was ist an mir so Besonderes?"

„Ich weiß es nicht, Ken! Wie soll ich es dir erklären? Ich verstehe es ja selbst nicht."

„Weil ich mehr Einfluss auf dich habe als deine Mutter?"

„Das muss es sein. Wenn ich mit dir zusammen bin, denke ich nicht mehr an sie, als wären all ihre Verhaltensmaßregeln bedeutungslos. Dann zählt nur noch die Leidenschaft."

„Verdammt!", meinte Ken grimmig. „Ich bin froh, dass wir gestern nicht miteinander geschlafen haben. Eine Schwangerschaft ist das Letzte, was du jetzt brauchen kannst."

Er hat sich von mir zurückgezogen, erkannte sie. „Hätte ich es dir denn nicht sagen sollen? Ich wollte einfach ehrlich zu dir sein."

„Ich hatte keine Ahnung, dass du noch Jungfrau bist", sagte er schroff.

Einen schrecklichen Moment lang schien alles wieder hochzukommen, was ihre Mutter ihr eingetrichtert hatte. „Es ist keine Krankheit."

„Natürlich ist es das nicht. Aber wir werden keine flüchtige Affäre miteinander haben, Nell. In zwei Wochen habe ich das Vorstellungsgespräch. Und vergiss nicht, dass du nicht auf Vancouver Island leben willst. Du willst hier leben."

Ihr Herz krampfte sich schmerzhaft zusammen, und Nell fühlte sich, als würde sie auseinandergerissen. „Ich hätte es dir nicht sagen sollen."

„Nun mach nicht so ein Gesicht! Verdammt, ich möchte dich nicht unglücklich machen, und schon gar nicht heute!"

493

„Der Wasserfall hat dich geheilt", erinnerte sie ihn. „Vergiss das nicht. Hier bist du zu Hause, aber du willst es nicht wahrhaben." Dann beugte sie sich zu ihm herüber, umfasste sein Gesicht und küsste ihn.

Da sie spürte, dass Ken angespannt war und sich dagegen wehrte, wandte sie all die Verführungskünste an, die sie von ihm gelernt hatte. Sie schob die Finger in sein Haar und rückte näher an ihn heran, sodass sie mit den Brüsten seinen Arm streifte und mit dem Schenkel sein Knie berührte. Währenddessen ließ sie aufreizend die Lippen über seinen Mund gleiten und versuchte, mit der Zunge einzudringen.

Schließlich stöhnte er auf und zog sie an sich, um ihren Kuss leidenschaftlich zu erwidern und sie gleichzeitig verlangend zu streicheln. Es war, als wollte er seinen Besitzanspruch auf sie geltend machen, damit sie nie wieder einem anderen Mann gehörte. Dadurch wurde sie noch mutiger und begann, ihn ebenfalls zu streicheln.

Als sie sich irgendwann voneinander lösten, fragte Ken verzweifelt: „Was sollen wir bloß tun, Nell? Ich bin zwar nicht unerfahren, aber ich habe noch nie so auf eine Frau reagiert wie auf dich. Ein Kuss, und es ist um mich geschehen."

„Du scheinst darüber nicht besonders glücklich zu sein."

„Wie, zum Teufel, kann ich mit dir schlafen und dann ins Flugzeug steigen und an die Westküste fliegen?" Er lächelte schwach. „Ich glaube, wir müssen wieder Abstand voneinander halten."

„Das nützt auch nichts", entgegnete Nell hitzig.

Lachend stand er auf und streckte sich. „Komm, lass uns Himbeeren pflücken gehen."

Sie hatte keine Lust, Himbeeren zu pflücken. Viel lieber hätte sie ihn noch einmal geküsst. „Himbeersträucher haben Dornen, und es gibt viele Wespen. Da bist du wohl vor mir sicher", meinte sie.

Beim Pflücken nahm sie sich die gegenüberliegende Reihe vor, um sich von ihm fernzuhalten. „Ich bringe die hier ins Haus", verkündete sie, sobald ihr Korb voll war.

Ken streckte die Hand aus und hielt ihr eine reife Beere hin. „Hier." Als sie sie in den Mund nahm, sagte er rau: „Es gibt keine Regel, die mir verbietet, dich zu begehren." Dann wischte er ihr den Saft vom Kinn.

„Vielleicht sollten wir die Regeln einfach vergessen. Meiner Mutter haben sie jedenfalls nur geschadet."

„Und Anna hat es geschadet, dass sie sie vergessen hat", konterte er. „Bringst du mir einen neuen Korb mit?"

„Ja", antwortete Nell, bevor sie ins Haus ging.

Kurz darauf kamen Elsie und Conrad in den Garten. Sie sehen sehr zufrieden aus, dachte Nell amüsiert. Während die beiden Männer draußen blieben und Himbeeren pflückten, machten Elsie und sie Marmelade. Zum Schluss hatten sie vierundzwanzig Gläser, und Nell war verschwitzt und hatte ganz rote Hände. Sie blieb noch zum Abendessen. Ken grillte ein Hähnchen, und Elsie machte Salat.

Als sie den Salat servierte, sagte sie: „Ich habe mir überlegt, dass wir Dienstag in einer Woche noch eine Party geben, um allen offiziell mitzuteilen, dass Nell unsere Enkeltochter ist."

Conrad hätte sich beinahe verschluckt. „Dann weiß es bald das ganze Dorf!"

„Wir laden Ellie Jane ein, damit sie es aus erster Hand erfährt und die Tatsachen nicht verdreht."

„Ellie Jane verdreht immer die Tatsachen", brummte er.

Doch sie sprach ungerührt weiter. „Am Mittwoch wird Mart Wilkins aus dem Krankenhaus in St. John's entlassen, und es wäre eine willkommene Ablenkung." Dann schaute sie ihm in die Augen. „Ich will Nell nicht verstecken."

Er kratzte sich verlegen. „Einen Abend werde ich Ellie Jane wohl ertragen."

„Das wäre dann also erledigt. Vorausgesetzt, du bist damit einverstanden, Nell."

„Natürlich", erwiderte Nell benommen. „Es ist wundervoll!"

„Und du wirst auch noch hier sein, Ken", stellte Elsie fest.

„In der Woche danach findet das Vorstellungsgespräch statt."

„Vielleicht lassen sie es ausfallen. Oder sie stellen jemand anders ein." An Nell gewandt, fuhr Elsie fort: „Nimm dir von der Zucchinisoße, Nell. Ich habe sie selbst gemacht."

Nell nahm die Flasche mit der Soße. Sie hatte noch zwei Wochen Zeit, um Ken von seinem Plan abzubringen. Allerdings hatte sie keine Ahnung, wie sie es anstellen sollte.

Er musste auf Neufundland bleiben. Hier, bei ihr.

10. KAPITEL

Die Nacht verbrachte Nell in Marys Haus, den Sonntag bei Elsie und Conrad. Ken war mit drei Jungen aus dem Dorf zum Angeln gefahren. „Er dachte wohl, wir wären gern eine Weile allein", meinte Elsie. „Er ist ein reizender Mann, nicht, Liebes?"

Nell war ganz ihrer Meinung. Schließlich war sie so enttäuscht über seine Abwesenheit gewesen, dass es ihr Angst machte.

Der Tag verging wie im Fluge. Sie half Elsie dabei, Unkraut auf dem Spargelbeet zu jäten, und assistierte Conrad beim Flicken eines Netzes. Nach Einbruch der Dunkelheit saßen sie in der Küche am Tisch, als Ken hereinkam. Er stellte seinen Korb neben die Spüle. „Morgen Abend gibt es Forelle", verkündete er. „Sie haben erst bei Einbruch der Dämmerung gebissen, Conrad. Wir sind völlig zerstochen." An Nell gewandt, fügte er hinzu: „Hattest du einen schönen Tag?"

„Ja. Und du?"

„Ich auch."

War das der Mann, der sie am Vortag so leidenschaftlich geküsst hatte? „Ich habe dich vermisst", sagte sie.

Sie trug das blaue Hemd, das ihre Augenfarbe noch intensiver erscheinen ließ. Ken zog die Brauen hoch. „Ich dachte, du möchtest einen Tag mit Elsie und Conrad allein verbringen."

„Ich hatte einen wunderschönen Tag mit den beiden. Bitte triff keine Entscheidungen für mich, Ken."

„Hat deine Mutter dir nicht beigebracht, dass es sich nicht schickt, in der Öffentlichkeit zu streiten?"

„Sie hat mir beigebracht, dass es sich überhaupt nicht schickt, zu streiten."

Er lachte. „Petronella Cornelia, ich werde dich ewig lieben, wenn du mir etwas zu essen gibst. Die Jungen hatten schon am frühen Nachmittag alle Vorräte aufgegessen, und ich bin am Verhungern und brauche dringend eine Dusche."

Ich werde dich ewig lieben … „Wir haben nur noch Reste", erwiderte sie.

„Ich bin in fünf Minuten wieder hier."

Ken ging nach oben, und während Conrad die Forellen auszunehmen begann, füllte Nell Schweinebraten und Gemüse auf einen Teller. Daraufhin stellte sie ihn in die Mikrowelle. Als Ken schließlich wieder in die Küche kam, war er barfuß und sein Haar nass. Das Hemd hatte er nicht zugeknöpft, und der Anblick seines nackten Oberkörpers verwirrte sie.

Sie schnitt ihm ein Stück Blaubeerkuchen ab und brühte Tee auf. Obwohl sie sich bemühte, an etwas anderes zu denken, verzehrte sie sich vor Sehnsucht nach Ken. Sie wollte mit ihm schlafen und war sicher, dass alle es wussten.

Dennoch versuchte sie, sich so normal wie möglich zu verhalten. Sobald Ken mit dem Essen fertig war, spülte sie das Geschirr. „Ich gehe jetzt besser", erklärte sie anschließend. „Wir sehen uns dann morgen."

„Ich werde gleich morgen früh bei der Einwanderungsbehörde anrufen", sagte Conrad.

„Wir könnten wieder Marmelade einkochen", schlug Elsie vor.

„Schlaf gut", verabschiedete sich Ken.

Er bot Nell nicht an, sie nach Hause zu bringen. Er küsste sie nicht einmal auf die Wange, sondern wandte ihr den Rücken zu, als sie zur Tür ging. Komisch, wie die Dinge sich entwickeln, dachte Nell, als sie zurückging. Obwohl sie jetzt Großeltern hatte, fühlte sie sich innerlich leer, weil der Mann, von dessen Existenz sie noch zwei Wochen zuvor nichts gewusst hatte, sie nicht nach Hause brachte.

Vielleicht erwarte ich einfach zu viel, entschied sie. Sie wollte alles. Großeltern und einen Liebhaber.

Ja, sie war bereit, den Schritt zu wagen, und Ken sollte sie in die Liebe einführen. Aber wollte er es auch? Oder hatte sie genau das Gegenteil erreicht, als sie ihm ihre Geheimnisse anvertraut hatte, und ihn abgeschreckt?

Als Nell am Montagmorgen zu ihren Großeltern kam, hatte Conrad bereits die Einwanderungsbehörde angerufen. „Ich habe kein Wort verstanden", brummte er. „Sie schicken mir die Bestimmungen zu. Und zwar per Kurier, habe ich ihnen gesagt. Es geht doch nicht so schnell, wie ich erwartet hatte."

„Danke, Conrad." Nell gab ihm einen Kuss auf die Wange.

Da Elsie nicht genug Himbeeren zum Einkochen hatte, gingen Nell und Ken in den Garten, um neue zu pflücken. „Ich habe dich gestern Abend nicht nach Hause gebracht, weil ich der Meinung bin, dass wir es langsam angehen lassen sollten", erklärte er. „Dich im Dunkeln nach Hause zu bringen würde meine Willenskraft nämlich auf eine harte Probe stellen."

Seine Offenheit freute und ärgerte sie zugleich. „Dass ich dir meine Geheimnisse anvertraut habe, hat dich offenbar verschreckt", erwiderte Nell traurig.

Ken stand ihr gegenüber. „Ich fühlte mich geehrt, dass ich derjenige bin, dem du deine Geheimnisse anvertraut hast. Aber mein Instinkt rät mir, die Finger von dir zu lassen, weil ich es sonst bedauern könnte."

„Ist Sex denn so wichtig für dich?"

„Sex?", wiederholte er gereizt. „Die Rede ist nicht von Sex, sondern davon, dass wir uns lieben. Und das ist wesentlich komplizierter."

„Aber für dich ist es wichtig, stimmt's?"

„Natürlich ist es das. Du bist mir wichtig."

Sie lächelte strahlend. „Oh. Ich habe mich schon gefragt, ob du mich überhaupt noch begehrst."

„Das steht außer Frage. Aber verstehst du es denn nicht, Nell? Da es für dich das erste Mal ist, muss es einfach perfekt sein. Ich habe in den letzten Jahren so viel Schlimmes erlebt, dass ich es nicht ertragen könnte, wenn es nicht schön wäre. Und ich will mich dir gegenüber nicht so verhalten, wie Conrad sich Anna gegenüber verhalten hat."

„Perfekt?", wiederholte sie.

„Ja. Es soll keine schnelle Nummer auf dem Weg zu Marys Haus sein."

„Du bist ein toller Mensch, weißt du das?" Nell streckte die Hand nach einer Beere aus und fasste dabei mit dem Daumen in einen Dorn. Nachdem sie den Dorn herausgezogen hatte, wischte sie sich den Daumen an ihrem Hemd ab. „Ich glaube, es wird perfekt sein, wenn wir miteinander schlafen. Wir brauchen dafür nicht die Hochzeitssuite im Ritz." Wieder schenkte sie ihm ein strahlendes Lächeln.

Ken stellte seinen Korb auf die Erde und kam um die Sträucher herum zu ihr. Dann küsste er sie lange und verführerisch. „Wir müssen es langsam angehen lassen", brachte er schließlich hervor.

„Ja." Nell streichelte seinen Rücken. Plötzlich fühlte sie sich wesentlich besser. Ken begehrte sie immer noch. Sie bedeutete ihm so viel, dass er bereit war zu warten, damit das erste Mal perfekt wurde.

Von da an hielten Ken und sie sich zurück, doch Nell war sicher, dass Elsie und Conrad merkten, wie es zwischen ihnen knisterte.

Am Dienstagnachmittag gingen sie zum Lebensmittelgeschäft, weil Ken einen Schokoladenkuchen backen wollte, das Einzige, womit er Anspruch auf kulinarischen Ruhm erheben konnte, wie er Nell gestand. Die erste Kundin, der die Ladeninhaberin sie vorstellte, war Ellie Jane. Sie stand am Tresen, und ihre Miene hellte sich sofort auf. Nell musste sich einiges einfallen lassen, um ihre neugierigen Fragen abzuwehren.

Ken hatte sich heimlich abgesetzt, und nachdem sie sich schließlich von Ellie Jane hatte losreißen können, fand sie ihn in der Obst- und Gemüseabteilung. „Du bist ein Feigling, Ken Marshall."

„Stimmt. Habe ich dir eigentlich schon gezeigt, wie gut ich jonglieren kann?" Er warf fünf Orangen in die Luft und jonglierte geschickt damit, hoch konzentriert, die Zunge zwischen den Zähnen. Nell musste bei seinem Anblick so laut lachen, dass Ellie Jane um die Ecke des Ganges kam. Daraufhin ließ er die Orangen fallen und küsste Nell auf den Mund. „Bist du bereit, Schatz?"

Ellie Jane blickte sie neugierig an. „Bereit wofür?", erkundigte sich Nell mit einem aufreizenden Hüftschwung.

„Für den Schokoladenkuchen", erinnerte er sie streng. „Deswegen sind wir doch hergekommen."

Wie zufällig schmiegte sie sich an ihn. „Wir brauchen Backpulver, damit der Kuchen hochkommt."

„Es ist nicht der Kuchen, der hochkommt", flüsterte er ihr ins Ohr. „Am besten gehst du jetzt vor mir her. Es sei denn, du möchtest, dass alle über uns tratschen."

Nell bemühte sich angestrengt, den Blick nicht zu tief schweifen zu lassen. Sie nahm die Blockschokolade und stellte sich dabei so vor Ken, dass Ellie Jane ihn nicht sehen konnte. Dann schenkte sie ihr ein zuckersüßes Lächeln. „Wir sehen uns bestimmt wieder, Ellie Jane."

Auf dem Rückweg gingen sie Hand in Hand und erzählten sich Anekdoten aus der Schulzeit.

„Ich glaube, wir haben viel gemeinsam", bemerkte Nell, nachdem Ken zum Besten gegeben hatte, wie er vor einer Mathearbeit, auf die er sich nicht vorbereitet hatte, einen mehrere Tage alten toten Fisch in den Papierkorb seines Lehrers getan hatte. „Allerdings war es bei mir eine Geschichtsarbeit, und ich habe eine tote Maus genommen."

Plötzlich blieb er stehen. „Du bringst mich zum Lachen, das ist es! Ich dachte schon, ich hätte das Lachen verlernt, Nell."

Ihre Kehle war wie zugeschnürt. „Das liegt daran, dass du mich glücklich machst."

Als sie schließlich das Haus betraten, saß Conrad am Küchentisch und studierte eine Fotokopie. Er sah ziemlich unglücklich aus. „Das kann ich nicht!", rief er wütend. „Hier steht, dass ich nur für dich bürgen kann, wenn du unter neunzehn bist, Nell. Was für eine idiotische Bestimmung!"

Nell ging zu ihm und warf einen Blick auf das Blatt. Aus den Bestimmungen ging hervor, dass sie nur zwei Bedingungen erfüllte. Sie war Waise und unverheiratet, allerdings über neunzehn. Als Conrads Frau, Verlobte, Tochter oder Mutter hätte sie eine Aufenthaltserlaubnis bekommen, aber nicht als seine sechsundzwanzigjährige Enkelin.

Resigniert ließ Nell sich auf einen Stuhl sinken. In ihrer Naivität hatte sie geglaubt, mit offenen Armen in Kanada empfangen zu werden.

„Es gibt noch einen Abschnitt für Einwanderer, die keine Angehörigen in Kanada haben. Du musst unabhängig sein und ich in der Lage, dich zu unterstützen. Was immer das bedeuten mag."

Sie las den entsprechenden Abschnitt. Die Bestimmung lautete, dass man eine eigene Firma gründen musste, wenn man freiberuflich tätig sein wollte.

„Ich rufe noch einmal an und frage sie, was ‚unabhängig' bedeutet", erklärte Conrad. „Können die sich nicht klar und deutlich ausdrücken?"

Ken hatte die Bestimmungen ebenfalls gelesen. „Warum lässt du es mich nicht machen?", schlug er vor.

Conrad warf ihm einen finsteren Blick zu. „Ich bin durchaus in der Lage, mich mit diesen Leuten auseinanderzusetzen."

„Das befürchte ich ja gerade. In diesem Fall bringt nur Freundlichkeit einen weiter." Doch Ken erreichte genauso wenig. Nachdem er das Gespräch geführt und aufgelegt hatte, sagte er: „Schlechte Neuigkeiten. Nell kann nicht beweisen, dass du ihr Großvater bist, weil ihre Mutter unehelich war. Diese Möglichkeit kommt also nicht infrage."

Daraufhin fluchte Conrad, während Elsie blass wurde und Nell sich auf die Lippe biss, um die aufsteigenden Tränen zurückzuhalten.

„Du kannst dich auf normalem Wege um eine Aufenthaltserlaubnis bewerben", fuhr Ken, an Nell gewandt, fort. „Aber das könnte eine Weile dauern, und du müsstest in die Niederlande zurückkehren."

Schnell stand sie auf, um Elsie zu umarmen, weil diese so niedergeschlagen wirkte. „Ich werde euch besuchen, sooft ich kann. Das verspreche ich euch, Elsie."

„Das ist nicht dasselbe", wandte Elsie ein.

„Mach uns eine Kanne Tee", bat Conrad sie. „Dann gehen wir alles noch einmal von vorn durch."

Allerdings brachte auch die genaue Lektüre der Unterlagen sie nicht weiter. „Wir brauchen jetzt Schokoladenkuchen", verkündete Ken schließlich.

Der Kuchen schmeckte zwar sehr lecker, verbesserte ihre Laune jedoch nicht. „Ich muss bald nach Hause zurückkehren", sagte Nell, „denn ich zahle noch die Miete für meine Wohnung und habe zurzeit kein Einkommen. Meine Ersparnisse sind auch aufgebraucht, und der Nachlass meiner Eltern ist noch nicht geregelt."

Conrad erging sich wieder in einer Schimpftirade auf die Regierung, und während Elsie das Geschirr spülte, las Nell das Dokument noch einmal durch.

Die einfachste Möglichkeit, eine Aufenthaltserlaubnis zu bekommen, war, einen Neufundländer zu heiraten. Ken war Neufundländer. Doch er wollte nach Britisch-Kolumbien gehen, und außerdem liebte sie ihn nicht. Frustriert setzte Nell sich zu den anderen vor den Fernseher. „Ich gehe jetzt, denn ich bin todmüde", meinte sie nach einer Weile.

„Ich habe neulich mit Mart Wilkins' Bruder Joe gesprochen", sagte Ken unvermittelt. „Er hat mir gesagt, dass ich mir jederzeit sein Boot ausleihen kann. Es ist ein Kajütboot, und ich bin praktisch auf einem Kajütboot groß geworden. Was hältst du davon, wenn wir beide morgen nach Gannet Cove fahren, Nell? Ein Ausflug würde dich bestimmt aufheitern."

„Ich habe davon gehört", erwiderte sie nachdenklich. „Es ist ein verlassenes Fischerdorf, stimmt's? Und es soll sehr schön sein."

„Wenn du dein Zelt mitnimmst, könnten wir dort übernachten." Sein Tonfall war ausdruckslos.

Ihr Herz pochte, denn sie wusste, was das bedeutete. „Ja, ich würde gern mitkommen, Ken."

„Ihr müsst auf das Wetter achten", warf Conrad ein. „Man hat für übermorgen starken Wind vorausgesagt, und die Temperatur soll fallen."

„Ich werde schon aufpassen", versprach Ken, „besonders wenn Nell bei mir ist."

Ihr Herz klopfte nun so heftig, dass sie befürchtete, alle könnten es merken. „Wann wollen wir aufbrechen?"

„Am besten nach dem Mittagessen. Dann braucht Joe das Boot nicht mehr."

„Komm doch zum Mittagessen, Nell." Elsie schien sichtlich zufrieden mit dem Verlauf der Dinge. „Ich bereite den Proviant vor."

Nun stand Ken auf. „Ich bringe dich nach Hause, Nell."

Nell wusste nicht, ob sie überhaupt von ihm nach Hause gebracht werden wollte. Nachdem sie sich von Conrad und Elsie verabschiedet hatte, ging sie schweigend neben Ken her. Er ging so schnell, wie es sein Knie erlaubte. Als wenn er verfolgt würde, dachte sie und versuchte, mit ihm Schritt zu halten. Als sie oben auf dem Hügel waren, packte Nell ihn am Arm. „Willst du wirklich nach Gannet Cove fahren?"

„Ja."

Für sie klang das wenig überzeugend. „Was ist los, Ken?"

„Ich könnte es nicht ertragen, wenn du abreisen würdest und ich nicht mit dir geschlafen hätte. Merkst du das denn nicht?"

„Du meinst, du kannst getrost mit mir ins Bett gehen, weil wir bald Tausende von Kilometern voneinander getrennt sein werden?", entgegnete sie wütend.

„Ich meine es so, wie ich es gesagt habe. Ich würde es bis an mein Lebensende bedauern, wenn wir nicht miteinander schlafen würden. Und du brauchst dir keine Sorgen zu machen, denn ich werde schon dafür sorgen, dass du nicht schwanger wirst."

„Darüber habe ich mir keine Sorgen gemacht."

Ken umfasste ihre Schultern, um sie leidenschaftlich zu küssen. „Erwarte nicht von mir, dass ich es dir erkläre", verlangte er dann. „Wenn du morgen nicht mit mir schlafen willst, bleiben wir hier. Ich weiß, dass es wider alle Vernunft ist. Verdammt, ich weiß nicht einmal mehr, was ich tue." Schließlich ließ er sie los und wich zurück. „Willst du mit mir fahren, Nell? Oder lass es mich anders ausdrücken: Willst du mit mir schlafen?"

Im Dunkeln konnte Nell seine Züge nicht erkennen. Nach seinem Kuss verspürte sie ein heißes Prickeln. „Ja", flüsterte sie.

Nun kam er wieder näher. „Hast du Ja gesagt?"

„Ja!", wiederholte sie, diesmal etwas zu laut.

Er umfasste ihr Gesicht mit den Händen. „Ich werde alles tun, um dich glücklich zu machen, Nell."

Das klang wie ein Schwur. Aber warum hatte sie dann solche Angst? „Ich weiß", erwiderte sie schnell. „Komm, lass uns weitergehen. Mary und Charlie gehen immer früh ins Bett, und ich möchte sie nicht stören."

„Wir werden vierundzwanzig Stunden allein sein", bemerkte Ken. „Nicht einmal Ellie Jane kann uns dort aufspüren."

Vierundzwanzig Stunden allein mit Ken. Nell war sicher, dass es ihr ganzes Leben verändern würde. Hatte sie davor Angst?

Die *Louise* hatte eine kleine Kajüte am Bug und ein großes offenes Deck und war weiß und türkis gestrichen. Im Schlepptau hatte sie ein kleines türkisfarbenes Schlauchboot. Für den folgenden Tag war immer noch schlechtes Wetter vorhergesagt, doch momentan sah man nur weiße Wolken am Himmel. Sie fuhren die Küste entlang nach Osten, und die Gischt spritzte auf, als das Boot die Wellen durchschnitt.

Ken stand am Steuer, die Beine leicht gespreizt, und sah überglücklich aus. Nell war auch glücklich. An diesem Morgen war sie in der Gewissheit aufgewacht, dass es ihr sehnlichster Wunsch war, mit Ken zusammen zu sein. Ihre Zweifel und Ängste waren verflogen, und sie genoss diesen wundervollen Moment.

Über ihnen flogen Seeschwalben, und der im Wasser treibende Seetang erinnerte an Schlangen. Plötzlich drehte Ken das Steuer und zeigte nach Steuerbord. „Schildkröten!"

Nell sah sechs oder sieben dunkle Körper, die an die Oberfläche kamen, verschwanden und wieder an die Oberfläche kamen. Es war irgendwie magisch, und sie schenkte ihm ein strahlendes Lächeln.

„Ich bin genau dort, wo ich sein wollte", gestand er rau, „und du bist der einzige Mensch, mit dem ich dies gemeinsam erleben möchte."

Sie hielt sich an der Bordwand fest und ging auf ihn zu. Dabei lachte sie über ihre Unbeholfenheit, weil sie einige Male fast das Gleichgewicht verloren hätte. Schließlich ließ sie sich gegen ihn sinken und legte ihm die Arme um die Taille. „Mir geht es genauso."

Nachdem er sie geküsst hatte, brachte er ihr bei, wie man steuerte. Unterwegs sahen sie Tölpel, Papageientaucher und große dunkle Raubvögel. „Du kannst dir gar nicht vorstellen, wie oft ich mir in den letzten drei Jahren vorgestellt habe, an Deck eines Bootes zu stehen", sagte Ken leise. „Es hat dazu beigetragen, dass ich nicht den Verstand verloren habe."

„Du gehörst hierher", erklärte Nell herausfordernd.

„Tatsächlich? Oder trauere ich längst vergangenen Zeiten hinterher?" Er zuckte die Schultern. „Siehst du dort drüben die Öffnung in den Klippen? Das ist Gannet Cove."

Gannet Cove war eine kleine, wunderschöne geschützte Bucht, der die wehmütige Atmosphäre aller verlassenen Siedlungen anhaftete. Viele Häuser waren verfallen, und durch die zerbrochenen Fensterscheiben wuchs Gras.

Nachdem Ken den Anker ausgeworfen hatte, ruderten sie mit dem Schlauchboot zu dem Sandstrand. „Können wir am Wasser zelten?", fragte Nell. „Ich höre so gern das Rauschen der Wellen."

„Klar. Willst du das Zelt aufbauen? Ich suche inzwischen Treibholz fürs Lagerfeuer."

An der Hochwassergrenze lag jede Menge Treibholz. Auf einer kleinen Erhebung oberhalb des Strands befanden sich zwei alte Steinfundamente, die von duftenden Rosenbüschen umgeben waren. Nell atmete tief die salzige Luft ein, in die sich der Rosenduft mischte, während sie Ken beim Holzsammeln beobachtete. Dabei fragte sie sich, ob sie mit einem Mann schlafen konnte, den sie nicht liebte. Liebte sie Ken?

Auf diese Frage wusste sie keine Antwort. Sie packte das Zelt aus und baute es auf einer ebenen Grasfläche auf. Ken hatte sich zwei Schlafsäcke ausgeliehen, aus denen man mithilfe der Reißverschlüsse einen großen machen konnte. Nachdem sie sie auf die breite Luftmatratze gelegt hatte, stellte sie die Rucksäcke ins Vorzelt und kroch wieder nach draußen.

Ken hatte aus Steinen eine Feuerstelle errichtet und schichtete gerade das Treibholz auf, das vom Meerwasser und von dem rauen Klima ausgeblichen und geglättet war. Vielleicht muss so eine gute Ehe sein, dachte Nell. Alle rauen Ecken und Kanten werden abgeschliffen, bis nur noch das Wesentliche übrig ist.

Sie würde Ken nicht heiraten, weil sie bald Tausende von Kilometern von ihm getrennt sein würde. Aber trotzdem wollte sie mit ihm schlafen, neben ihm einschlafen und am nächsten Morgen neben ihm aufwachen.

Innerlich aufgewühlt, ging sie zum Strand hinunter, um Treibholz zu sammeln. Dabei schreckte sie einige Regenpfeifer auf. Als sie genug zusammenhatte, kehrte sie wieder um.

Zuerst konnte sie Ken nicht sehen, doch dann kroch er aus dem Zelt und kam auf sie zu. Sie eilte ihm entgegen, und als er dicht vor ihr war, ließ sie das Holz fallen und wartete. In diesem Moment war es ihr egal, ob er ihr anmerkte, wie stark ihr Verlangen war.

Keine Geheimnisse mehr. So wollte sie es.

11. KAPITEL

Ken betrachtete Nell. Ihre Wangen waren gerötet, ihre Lippen leicht geöffnet, und ihre Haltung verriet Stolz, aber auch die Bereitschaft zur Hingabe. Schließlich nahm er ihre Hand und hob sie an den Mund. „Du bist so schön und so mutig, Nell."

Seine Worte gingen Nell zu Herzen. Einen Moment lang schaute sie sich um. „Dieser Ort ist wundervoll." Ein Lächeln umspielte ihre Lippen.

„Willst du damit sagen, dass es ein guter Anfang ist?" Seine blauen Augen wurden plötzlich dunkler. „Schlaf mit mir, Nell. Jetzt."

Hand in Hand gingen sie durch das Gras zum Zelt. Nell kroch vor Ken hinein und hielt unvermittelt inne. „Du überraschst mich immer wieder, Ken. Das ist das Romantischste, was ich je erlebt habe."

Er hatte zahlreiche Rosen gepflückt und sie um die Luftmatratze herum auf dem Boden verteilt, sodass ihr Bett von duftenden Blüten umgeben war. Nun kniete er sich ebenfalls hin. „Ich wollte dir wenigstens etwas von der Atmosphäre des Ritz bieten. Hoffentlich habe ich damit keine Ameisen ins Zelt gebracht."

Sie lachte. „Das wäre nicht besonders romantisch."

„Ich glaube, jeder Ort, an dem du bist, ist romantisch."

Ken begann, ihr Hemd aufzuknöpfen. Dabei streifte er mit den Fingerknöcheln ihre Brüste. Nell trug keinen BH, und nachdem er ihr das Hemd abgestreift hatte, streichelte er ihren nackten Rücken und zog sie an sich, um sie zu küssen. Sie schmiegte sich an ihn, schob die Finger in sein Haar und knöpfte dann auch sein Hemd auf.

Seine Brust war muskulös und behaart. Nell legte die Hand darauf, um seinen Herzschlag zu spüren. „Dein Herz klopft so schnell, als wärest du von Caplin Bay nach St. Swithin's gelaufen", sagte sie leise.

„Ich habe aufgehört zu laufen. Ich bin da, wo ich immer sein wollte."

Wieder sanken sie sich in die Arme und küssten sich mit wachsendem Verlangen. Schließlich drückte Ken Nell auf den Schlafsack, um ihr die Jeans und den Slip auszuziehen. Ungeduldig zerrte sie das Band aus ihrem Haar, sodass dieses ihr in weichen Wellen über die Schultern fiel.

Sie hatte sich gefragt, ob sie verlegen sein würde, wenn Ken sie nackt sah. Doch als er sie nun betrachtete, verspürte sie sogar einen gewissen Stolz. Dann zog er sich ebenfalls seine Jeans und den Slip aus. Am Wasserfall hatte sie ihn schon einmal nackt gesehen, aber nur aus der Ferne. Jetzt konnte sie die Hand ausstrecken und ihn berühren. In diesem Moment gehörte er ihr.

Ein wenig erschrocken sah sie, dass er erregt war. Ich errege ihn, dachte sie erstaunt. Und wieder hatte sie das Gefühl, das Richtige zu tun. Die Zukunft war ungewiss, die Gegenwart jedoch einfach wundervoll. Und sie, Nell, wusste genau, was sie tun musste.

Ganz sanft strich sie ihm über die Oberschenkel, bis sie die Narben auf seinem Knie berührte. Schließlich neigte sie den Kopf, um die Narben zu küssen. „Du hättest sterben können", flüsterte sie.

„Nein, denn das Schicksal wollte es, dass ich dir begegne", widersprach er heiser und zog sie wieder an sich. Dann schwieg er eine ganze Weile.

Ken hatte ihr versprochen, dass es perfekt sein würde, wenn er mit ihr schliefe. Jetzt setzte er seine Worte in die Tat um, indem er ihr seine Seele und seinen Körper schenkte. Er reagierte auf ihr erregtes Stöhnen und steigerte ihre Begierde. Allerdings hatte er nicht erwartet, dass Nell seine Zärtlichkeiten erwidern würde – zuerst zögernd, dann immer mutiger.

Für sie war es ein berauschendes Erlebnis, seinen warmen, kräftigen Körper erst neben sich, auf sich und nun unter sich zu spüren. „Du bist so schön", erklärte sie, während sie rittlings auf ihm saß. „Und du fühlst dich so herrlich an."

Einen Moment lang barg sie die Wange an seiner behaarten Brust, um seinen frischen, männlichen Duft einzuatmen. Danach erkundete sie mit den Lippen die weiche Haut an seinen Ellbogen und Achseln. Ken wiederum schlang die Beine um sie, liebkoste ihre Brüste mit den Fingern und der Zunge und ließ schließlich die Hand über ihren Bauch tiefer gleiten, bis er ihre empfindsamste Stelle gefunden hatte. Sie legte sich auf den Rücken und wand sich unter seinen Liebkosungen. Als er sich dann auf sie legte, drängte sie sich ihm entgegen.

„Warte", brachte Ken hervor. „Warte, Nell. Wir haben alle Zeit der Welt. Und ich möchte, dass du bereit für mich bist."

Sinnlich presste sich Nell an ihn, und als er erregt aufstöhnte, begann sie, ihn mit der Hand zu verwöhnen. Daraufhin biss er die Zähne zusammen, und sein Blick verriet brennendes Verlangen. Als sie merkte, wie sie ihn erregen konnte und welche Freude es ihr bereitete, wallten Gefühle in ihr auf, die sie als Liebe hätte bezeichnen können.

Schließlich vertraute sie auf ihren Instinkt und wies Ken den Weg. Seine Züge verrieten wieder Schmerz und Begierde zugleich. Es waren dieselben Gefühle, die sie beherrschten und sie nur erahnen ließen, was noch folgen würde. Mit zitternden Fingern öffnete er das Päckchen, das er neben den Schlafsack gelegt hatte. Als er Sekunden später ihre Hüften anhob, sah sie ihm an, wie sehr er sich bemühte, nicht die Kontrolle zu verlieren.

Wieder drängte sie sich ihm entgegen, um ihn in sich aufzunehmen. Sie rief seinen Namen, während heiße Wellen der Lust ihren Körper durchfluteten. Plötzlich verspürte sie einen stechenden Schmerz und hielt unwillkürlich den Atem an. Ken zögerte und verlagerte das Gewicht auf die Ellbogen. „Bitte hör nicht auf", flehte sie ihn an, woraufhin er noch tiefer in sie eindrang. Nach diesem Moment hatte sie sich die ganze Zeit gesehnt. Endlich war sie eins mit ihm.

Instinktiv passte Nell sich seinem Rhythmus an und klammerte sich an Ken, weil sie in einen Abgrund der Empfindungen zu stürzen glaubte. Immer wieder rief sie seinen Namen, bis sie tief in sich spürte, wie er den Höhepunkt erreichte und ihn wie aus weiter Ferne aufschreien hörte.

Erschöpft ließ Ken sich auf sie sinken, und sie spürte, dass sein Herz genauso schnell klopfte wie ihres. Sie hielt ihn ganz fest und war so glücklich, dass sie hätte weinen mögen.

Irgendwann sagte er leise, den Mund an ihrem Hals: „Ist alles in Ordnung, Nell?"

Nell nickte und wandte den Kopf ab. „Es ist wirklich albern", erwiderte sie. „Wir haben gerade miteinander geschlafen, und trotzdem ist es mir peinlich, dass mir die Tränen kommen."

„Habe ich dir wehgetan?"

Als sie spürte, wie angespannt er war, war ihr überhaupt nicht mehr nach Weinen zumute. „Du warst perfekt", erklärte sie strahlend.

„Du auch." Er zögerte, bevor er hinzufügte: „Du hast mir vertraut, oder?"

„Natürlich habe ich dir vertraut", sagte sie überrascht.

Daraufhin küsste er sie auf den Mund. „Das war das schönste Geschenk, das du mir machen konntest, Nell."

„Ich habe dir schon einmal gesagt, dass ich mich bei dir geborgen fühle. Nächstes Mal wird es auch nicht wehtun."

„Nächstes Mal?" Ken lachte glücklich. Es ließ ihn viel jünger erscheinen und geradezu herzzerreißend attraktiv. „Gib mir fünf Minuten, Schatz. Vielleicht auch zehn."

Es gefiel ihr, wenn er sie so nannte. Sie kuschelte sich an ihn. „Danke, Ken."

Statt zu antworten, küsste er sie wieder. Es dauerte länger als fünf Minuten, bis sie sich wieder liebten – allerdings nicht viel länger.

Nell wusste, dass sie die gemeinsamen Stunden in Gannet Cove mit Ken niemals vergessen würde. Nachdem sie mit ihm geschlafen hatte, würde sie nie wieder dieselbe sein wie vorher.

Doch es spielte ohnehin keine Rolle, denn er war bei ihr. Die Hamburger, die sie über dem Feuer grillten, waren angebrannt, weil sie sich geküsst und sie dabei ganz vergessen hatten. Nach dem Essen half Ken Nell dabei, die Teller im Meer abzuspülen, und wärmte anschließend ihre Hände unter seinem Hemd. Er lachte, als sie den Schlafsack zurechtzog, nachdem sie sich ein drittes Mal leidenschaftlich darauf geliebt hatten. „Wir werden ihn sowieso wieder zerwühlen", meinte er.

Diesmal hatte sie ihn verführt, und Nell war stolz darauf, diese Fähigkeit zu besitzen. „Morgen bin ich bestimmt nicht in der Lage, ins Schlauchboot zu klettern, geschweige denn zu rudern", sagte sie. Ihre Wangen waren immer noch gerötet, und ihre Augen funkelten.

„Ich würde gern für immer hierbleiben", meinte er.

Ihr ging es genauso, doch das war natürlich unmöglich. „Ich möchte nicht unromantisch sein, aber wenn ich nicht bald etwas Schlaf bekomme, komme ich aus dem Gähnen nicht mehr raus."

„Langweile ich dich schon?"

Zärtlich strich sie ihm mit dem Finger über den Bauch. „Was glaubst du?"

„Ich glaube, dass du wilder als der Ozean bist", erwiderte er rau. „Deine Brüste sind wie Inseln, deine Hüften wie eine Grotte und deine Fersen so warm wie die Steine am Strand." Mit zitternden Fingern strich er ihr das Haar aus dem Gesicht. „Und deine Augen glänzen wie das Innere einer Muschel."

„Oh Ken", sagte sie mit bebender Stimme, „du sprichst zwar nicht oft über deine Gefühle, aber wenn du es tust, machst du deine Sache gut." Sie suchte nach den richtigen Worten. Dies war einer der seltenen Momente, in denen sie wünschte, ihre Muttersprache sprechen zu können. „Ich bin so froh, dass ich gewartet habe, bis ich dir begegnet bin, und dass du der Mann bist, mit dem ich jetzt zusammen bin." Sie verzog das Gesicht. „Tut mir leid, das war keine besonders tolle Rede."

„Ich bin auch froh darüber." Ken küsste sie auf die Nasenspitze. „Lass uns jetzt versuchen zu schlafen."

Nell kroch in den Schlafsack und kuschelte sich an ihn, als würde sie schon seit Monaten in seinen Armen schlafen. Sekunden später war sie eingeschlafen.

„Nell ... Nell, wach auf."

Nell wollte nicht aufwachen. Sie wollte in Kens Armen liegen bleiben und kuschelte sich an ihn. „Es ist noch früh."

„Wir müssen aufstehen", erklärte Ken mit einem amüsierten Unterton. „Der Wind hat gedreht, und Sturm kommt auf. Wir können hier nicht bleiben."

Sie wandte den Kopf. „Aber es ist noch nicht mal hell."

„Es ist sechs", erwiderte er bedauernd. „Ich habe lange genug am Meer gelebt, um zu wissen, dass wir von hier verschwinden müssen."

Der Wind zerrte bereits am Zelt, und die ersten Regentropfen fielen darauf. „Ich will hier nicht weg", sagte sie.

„Glaubst du, ich will es? Aber wir müssen. Sonst sitzen wir hier womöglich zwei oder drei Tage fest, und wir haben nicht genug Vorräte dabei. Und wie ich Conrad kenne, würde er sofort die Küstenwache, sämtliche Rettungsdienste und die Navy alarmieren."

Schließlich setzte Nell sich auf. „Also gut, ich ziehe mich an."

„Mach nicht so ein Gesicht", erklärte Ken schroff. „Wir werden wieder miteinander schlafen."

„Wirklich?"

„Natürlich. Hier sind deine Jeans. Deine Stiefel sind im Vorzelt. Und zieh deine Regensachen an. Auf dem Wasser wird es kalt."

„Küss mich zuerst", verlangte sie mit demselben verzweifelten Unterton.

Er umfasste ihr Gesicht und küsste sie auf den Mund. „Ich werde dich nicht verlassen, sobald wir an Land sind. Und nun beeil dich."

Zehn Minuten später fuhren sie mit dem Schlauchboot zum Boot zurück. Nachdem Nell ihr Gepäck in der Kajüte verstaut hatte, half sie Ken dabei, das Schlauchboot an Bord zu ziehen und es umzudrehen.

„Ich habe energiereiche Snacks dabei." Er startete den Motor, bevor er den Anker lichtete. „Pack sie aus und gib mir einen. Und setz die Kapuze auf. Es wird ziemlich kalt und nass da draußen."

Die Wellen in der Bucht hatten Schaumkronen, doch beim Anblick der offenen See verschlug es ihr den Atem, und zum ersten Mal hatte

509

sie Angst. „Ist es nicht zu gefährlich?", fragte sie mit bebender Stimme, sobald sie die Bucht verließen und dem Wind ungeschützt ausgeliefert waren.

„Wenn es zu gefährlich wäre, würde ich nicht hinausfahren. Ich habe schon wesentlich schlimmere Unwetter erlebt. Es wird schon nichts passieren, Nell."

Da Nell klar war, dass Ken sich voll aufs Fahren konzentrieren musste, behielt sie ihre Angst für sich. Und während das Boot sich durch die hohen Wellen kämpfte, machte sie es ihm nach und spreizte die Beine, um nicht das Gleichgewicht zu verlieren. Dadurch wurde sie auch nicht seekrank. Ken schaute abwechselnd durch das Kajütenfenster und auf den Kompass, während er locker das Steuer umfasste. Er hatte ihr versprochen, sie nicht zu verlassen, und darauf musste sie vertrauen – genauso, wie sie sich ihm in Gannet Cove anvertraut hatte.

Sie suchte ihm einen Apfel heraus und gab ihm noch einen Snack. Mittlerweile goss es in Strömen, und die Wellen brachen sich mit geradezu furchterregender und doch faszinierender Gewalt an den Klippen. Als sie Ken beobachtete, wusste sie tief in ihrem Herzen, dass sie hierhergehörte.

Hierher und zu ihm.

Da sie befürchtete, er könnte ihre Gedanken erraten, wandte sie sich ab. Zu ihrer Erleichterung sah sie in der Ferne bereits die kleine Insel, die die Klippen von Mort Harbour umschlossen, und eine halbe Stunde später legten sie vor Joe Wilkins' Schuppen an.

Joe Wilkins hatte bereits auf sie gewartet. „Gut, dass ihr zurückgekommen seid", meinte er mit einem Blick zum Himmel. „Das Wetter wird noch schlechter. Samsons Boot habe ich nicht gesehen. Ihr vielleicht?"

„Ich habe kein anderes Boot gesehen", erwiderte Ken. „Was ist los. Sind sie noch draußen?"

„Sie sind gestern hinausgefahren, um nach Jakobsmuscheln zu tauchen. Aber sie kommen bestimmt zurück. Samson kann mit Booten umgehen. Hat es Ihnen gefallen, Miss?"

Nell reichte Joe ihren Rucksack und kletterte die Leiter hoch. „Es war wundervoll", erwiderte sie. „Vielen Dank, dass Sie uns das Boot geliehen haben, Joe."

„Keine Ursache."

Nachdem Ken ihm das Geld für den Treibstoff gegeben hatte, schüttelten die beiden Männer sich die Hand. „Es war ein tolles Gefühl, nach so langer Zeit mal wieder auf einem Boot zu stehen", erklärte Ken. „Danke, Joe." Dann gingen Nell und er zu Mary, weil sie duschen und sich umziehen wollte. Vor der Tür küsste er sie und fragte: „Warum legst du dich nicht noch eine Weile hin, Nell? Ich sage Elsie, dass du heute Nachmittag kommst."

„Willst du damit sagen, dass ich Ringe unter den Augen habe?"

„Genau", neckte er sie. „Ich will Conrad nicht noch mehr Munition geben als nötig."

Plötzlich verspürte sie große Angst. „Also gut … Bis später, Ken."

„Ich werde schon nicht weglaufen, Nell."

„Aber du gehst nach Vancouver Island", erinnerte sie ihn. „Ach Ken, ich möchte jetzt nicht mit dir streiten, nicht, nachdem es so schön war."

„Dann werden wir uns auch nicht streiten." Nachdem er sie noch einmal besitzergreifend geküsst hatte, wandte er sich ab, und Nell ging schnell ins Haus.

Am Nachmittag wurde Nell vom Klingeln des Telefons geweckt. Schnell zog sie sich etwas über und eilte in die Küche. Als sie hereinkam, legte Mary gerade den Hörer auf. „Man hat Samson und seinen Sohn gefunden", berichtete sie. „Drei seiner Brüder haben nach ihnen gesucht. Er hatte Probleme mit dem Motor und war den Felsen schon bedrohlich nahe gekommen. Man hat Ken gebeten, zum Kai zu kommen. Ellie Jane meint, sie seien in keiner guten Verfassung."

Draußen stürmte es immer noch, und der Regen klatschte an die Fensterscheiben. „Ich gehe zum Kai", erklärte Nell, obwohl sie wusste, dass sie nichts tun konnte und nur im Weg sein würde.

„Ich komme mit", erbot sich Mary. „Ellie Jane sagte, Charlie wollte Ken mit dem Geländewagen abholen."

Arm in Arm kämpften sich die beiden Frauen gegen den Sturm hinunter zum Kai. Samson und seinen Sohn hatte man mittlerweile ins nächste Haus getragen. Nell stand hilflos da und schaute zu. Sie war gekommen, weil sie sich in irgendeiner Weise mit den Menschen verbunden fühlte. Dann traf Charlie mit dem Geländewagen ein, und Ken stieg aus. „Komm mit", forderte er sie auf. „Vielleicht brauche ich deine Hilfe."

Was in der nächsten halben Stunde geschah, erschien ihr wie ein Traum. Ken untersuchte die beiden Männer und stellte fest, dass sie beide stark unterkühlt waren. Nachdem er angeordnet hatte, ihnen Wärmflaschen und heiße Suppe zu bringen, nähte er die Schnittwunde,

511

die Samsons Sohn sich zugezogen hatte, und desinfizierte die Schramme in Samsons Gesicht. „Ich habe kein Gefühl mehr in den Händen, Doc", murmelte dieser.

„Es kommt bald wieder, Samson. Machen Sie sich deswegen keine Sorgen", erklärte Ken energisch. „Morgen können Sie schon wieder Geige spielen."

Samson entspannte sich ein wenig. Seine Frau Judy, die bei ihm stand, rang die Hände, weil sie nichts mehr tun konnte. „Wenn Sie nicht hier gewesen wären, hätten die beiden sterben können, Doc", sagte sie mit bebender Stimme, woraufhin alle Anwesenden beifällig murmelten.

„So schlecht stand es nicht um sie."

„Ich bin jedenfalls froh, dass Sie hier sind, und mein Samson auch. In diesem Sturm hätte der Arzt aus St. Swithin's nicht kommen können."

Als Ken sich im Raum umschaute, wurde Nell bewusst, dass er zum ersten Mal um Worte verlegen war. Schließlich schaute er wieder Judy an. „Ich habe nicht viel getan", erwiderte er leise. „Sie hätten sich schon selbst helfen können."

„Ich hätte nicht sehen mögen, wie Judy die Wunde näht", ließ sich ihre Schwester vernehmen. „Ihre Nähte waren immer schief und krumm."

Nun verflog die allgemeine Anspannung, und alle lachten. Nur Ken blieb ernst und untersuchte noch einmal den Jungen. Samsons drei Brüder standen an der Wand und tranken starken Tee. Aus Judys Worten hatte Nell sich zusammengereimt, was passiert war. Die drei Männer waren die Helden des Tages, denn bei der Rettungsaktion wären beide Boote in der tosenden Brandung beinahe an den Klippen zerschellt.

In den nächsten drei Stunden schwieg Ken die meiste Zeit, und schließlich verkündete er, Samson und sein Sohn wären außer Lebensgefahr. Nachdem er den beiden geraten hatte, sich zu schonen und sich warm zu halten, zog er unter den Dankesbekundungen aller Anwesenden seine Jacke an. „Kommst du, Nell?", fragte er, bevor er, an Charlie gewandt, hinzufügte: „Sie brauchen uns nicht zurückzubringen. Wir gehen zu Fuß."

Nell folgte ihm nach draußen. Er hatte die Hände in die Hosentaschen geschoben und runzelte nachdenklich die Stirn. Mit gesenktem Kopf marschierte er los. Der Regen lief ihm über das gelbe Ölzeug.

Sie versuchte, mit ihm Schritt zu halten, und spürte instinktiv, dass dies nicht der richtige Moment war, um irgendwelche Fragen zu stellen. Erst als sie die unbefestigte Auffahrt zu Conrads und Elsies Haus erreicht hatten, drehte Ken sich zu Nell um, die einige Schritte hinter ihm gegen den Sturm ankämpfte. „Tut mir leid, Nell", rief er. „Ich war ganz in Gedanken versunken und habe nicht auf dich geachtet. Hier, hak dich bei mir unter."

Dann zog er sie an sich, sodass sie in seinem Windschatten gehen konnte. Kaum hatten sie die Veranda betreten, riss Conrad die Tür auf. „Was ist mit Samson und dem Jungen?"

„Es geht ihnen gut", erwiderte Ken. „Sie brauchen wohl noch ein oder zwei Tage, um sich zu erholen, aber Samsons Brüder haben sie gerade noch rechtzeitig gefunden."

„Ellie Jane wollte uns weismachen, dass sie beide eine Lungenentzündung haben." Conrad schnaufte verächtlich. „Wenn sich jemand den Knöchel verstaucht, verbreitet sie überall, er hätte sich das Bein gebrochen. Ich kann diese Frau nicht ausstehen."

Nun kam auch Elsie zur Tür. „Kommt rein und setzt euch an den Ofen. Was für ein Tag! Wir wär's mit heißer Fischsuppe?"

„Außer den Snacks auf dem Boot habe ich heute noch nichts gegessen", sagte Nell. „Kein Wunder, dass ich so hungrig bin."

Ken war nach oben gegangen. Sie half Elsie beim Tischdecken, und fünfzehn Minuten später saßen sie alle an dem alten Eichentisch. Die Fischsuppe schmeckte köstlich. Nachdem Ken schweigend zwei Teller leer gegessen hatte, erklärte er unvermittelt: „Ich habe nachgedacht."

„Warst du deswegen so still?", fragte Conrad.

Ken schaute in die Runde und blickte schließlich Nell an. „Ich werde auf Neufundland bleiben", verkündete er. „Morgen rufe ich in der Klinik in St. Swithin's an und erkundige mich, ob ich einen Termin für ein Vorstellungsgespräch bekommen kann."

Verblüfft sah sie ihn an. „Du willst nicht nach Vancouver Island gehen?"

„Nein. Ich rufe morgen dort an und sage das Vorstellungsgespräch ab."

„Und was hat dich dazu bewogen, deine Meinung zu ändern?", wollte Conrad wissen.

Ungeduldig fuhr Ken sich durchs Haar. „Ich weiß nicht, ob ich es überhaupt erklären kann. Die Fahrt nach Gannet Cove. Dass ich wieder ein Boot gesteuert habe. Die Erkenntnis, dass ich es nicht verlernt habe, im Sturm wieder nach Hause zu kommen. Und dann der Vorfall mit Samson und seinem Sohn. Seine drei Brüder haben ihr Leben riskiert, um sie zu retten, und niemand wird deswegen viel Aufhebens machen.

513

Aber es hat alle mitgenommen, und ich hatte das Gefühl, dass ich dort bin, wo ich hingehöre." Er schaute wieder Nell an. Ein Lächeln umspielte seine Lippen. „Du hattest recht – ich gehöre hierher. Ich wollte es nur nicht wahrhaben."

„Du bleibst also hier und willst als Arzt in St. Swithin's arbeiten?", erkundigte sich Elsie, als könnte sie es noch immer nicht glauben.

„Wenn sie mich haben wollen."

„Wenn nicht, bekommen sie es mit mir zu tun", brauste Conrad auf. „Sie können sich verdammt glücklich schätzen, dich zu bekommen."

„Das heißt, du wirst auch unser Arzt sein", meinte Elsie glücklich. „Und auch der von Caplin Bay und Drowned Island. Oh Ken, das ist wundervoll! Ist es nicht wundervoll, Nell?"

„Ja", erwiderte Nell benommen.

„In den letzten Monaten, als ich in Übersee war, habe ich immer die Berge vor mir gesehen", erklärte er langsam. „Ich dachte, dort müsste ich hin. Ich hatte Neufundland schon einmal verlassen, und für mich bestand kein Grund, mich hier niederzulassen. Aber es ist meine Heimat. Das ist mir in den letzten Wochen bewusst geworden."

„Du könntest mich heiraten", platzte sie heraus.

12. KAPITEL

Einen Moment lang herrschte spannungsgeladenes Schweigen. Elsie hielt mitten in der Bewegung inne, und Conrad hörte auf zu kauen. Ken legte langsam seinen Löffel auf den Tisch. „*Was* hast du gesagt?"

Die Worte waren ihr einfach so herausgerutscht, und nun wiederholte Nell sie automatisch: „Du könntest mich heiraten, jetzt, da du hierbleibst. Dann könnte ich auch hierbleiben."

Als er die Lippen zusammenpresste und die Augen zusammenkniff, fuhr sie schnell fort: „Für mich wäre es der einfachste Weg, eine Aufenthaltserlaubnis zu bekommen."

„Du würdest mich benutzen", entgegnete er wütend.

„Wir müssten gar nicht heiraten", sagte sie mit einem verzweifelten Unterton. „Es würde reichen, wenn wir uns verloben."

„Nell, ich habe die Bestimmungen auch gelesen. Man sieht es hier nicht gern, wenn Leute sich zum Schein verloben, um eine Aufenthaltserlaubnis zu bekommen. Ich müsste dich nicht nur heiraten, sondern ich müsste mich auch bereit erklären, dich zehn Jahre finanziell zu unterstützen."

Das hatte sie ganz vergessen. „Oh, ich glaube, du hast recht." Doch als sie sich an die intimen Momente erinnerte, die Ken und sie zusammen in Gannet Cove verbracht hatten, hob sie das Kinn. „Wäre das denn so schlimm? Willst du nicht, dass ich hierbleibe?"

Sie saß ihm gegenüber, und nun beugte er sich vor. „Eins möchte ich gern wissen: Liebst du mich?"

„Wir haben schon wieder Publikum", wandte sie ein.

„Beantworte meine Frage!"

„Nein! Das heißt, ich glaube nicht … Ich weiß es nicht."

Ken schob seinen Stuhl zurück und stand auf. „Dann wirst du jetzt wahrscheinlich lachen. Ich liebe dich nämlich. Das ist auch etwas, was mir in den letzten vierundzwanzig Stunden klar geworden ist."

„Das hast du mir nie gesagt."

„Jetzt weißt du es."

„Aber warum hast du es mir nicht in Gannet Cove gesagt?" Als du mich in den Armen gehalten und mit mir geschlafen hast, fügte Nell im Stillen hinzu, sprach es jedoch nicht aus.

„Wie sollte ich denn? Schließlich war ich fest entschlossen, nach Vancouver Island zu gehen, und du warst fest entschlossen, in die Niederlande zurückzukehren."

„Schrei nicht so!"

Wütend schaute er sie an. „Was hätte es denn für einen Unterschied gemacht, wenn ich es dir gesagt hätte?", fragte er dann wesentlich ruhiger.

„Ich … ich weiß es nicht. Vielleicht keinen."

„Genau. Und meine Antwort lautet Nein. Ich werde dich nicht heiraten, nur damit du auf Neufundland bleiben kannst. Ich werde dich nicht heiraten, wenn du mich nicht liebst. Hast du das verstanden?"

„Du schreist schon wieder."

„Ich glaube, du musst erst einmal lernen, die Dinge voneinander zu trennen, und dir darüber klar werden, ob du dieses Land liebst oder mich."

„Mit dem Land kann man nicht schlafen!", rief sie, außer sich vor Wut.

„Und man benutzt andere Leute nicht für seine Zwecke."

Zornig sprang sie ebenfalls auf. „Bitte entschuldige, dass ich überhaupt gefragt habe. Ich werde es ganz bestimmt nie wieder tun. Leb wohl, Ken Marshall. Ich wünsche dir ein schönes Leben auf Neufundland." Sie ging zur Tür, besann sich jedoch auf ihre gute Erziehung und fügte, an Elsie und Conrad gewandt, hinzu: „Ich rufe euch morgen an. Bitte entschuldigt, dass ich einfach so gehe. Gute Nacht." Dann knallte sie die Tür hinter sich zu.

Nachdem Nell ihre Stiefel und ihre Jacke angezogen hatte, lief sie zurück, so schnell sie konnte. Dass ihr Haar nass wurde, war ihr egal, und genauso wenig kümmerte es sie, ob sie jemand sah. Sie wollte nur so weit wie möglich weg von Ken.

Ich liebe dich. Ich liebe dich … Als sie auf dem Holzsteg entlanglief, stellte sie fest, dass ihre Schritte den Takt zu den Worten schlugen, die ihr unablässig durch den Kopf gingen.

Die Regentropfen rannen ihr wie Tränen übers Gesicht. Ich liebe dich nicht, Ken Marshall, dachte sie. *Ich will dich nie wiedersehen.*

Aus einem Bedürfnis heraus, das sie sich nicht erklären konnte, lief sie wieder auf den Hügel hinter Marys Haus. Da es bereits dunkel wurde, hätte sie gleich ins Haus gehen sollen, aber sie wollte nicht vernünftig sein. Oben angekommen, hockte sie sich auf den Felsen und blickte auf das aufgewühlte Meer. Noch immer brachen sich die meterhohen Wellen an den Felsen, und die Gischt spritzte hoch.

Da der Anblick jedoch nichts Tröstliches hatte, stand sie schließlich wieder auf. Sie brauchte jetzt Menschen um sich, und sie sehnte sich nach der warmen Küche und nach Marys Mitgefühl.

Als sie durch das nasse Gras hinunterging und auf die erleuchteten Fenster der einfachen Häuser von Mort Harbour blickte, hatte sie das Gefühl, eine Fremde zu sein.

Auf der Veranda zog sie sich die Stiefel und die Jacke aus. Ihre Hände zitterten so stark, dass sie es kaum schaffte, die Jacke aufzuhängen. Als sie die Küche betrat, saß Mary am Ofen und strickte. Charlie, der ihr gegenübersaß, löste ein Kreuzworträtsel. Nell fühlte sich auch hier überflüssig.

Mary stand auf. „Was ist los, Nell?"

Nell hatte eigentlich sofort in ihr Zimmer gehen wollen, doch nun brach sie in Tränen aus. Charlie machte eine entsetzte Miene und floh mit seiner Zeitung nach oben.

Mitfühlend legte Mary ihr einen Arm um die Schultern und führte sie zu dem Stuhl, auf dem Charlie gesessen hatte. „Setzen Sie sich, dann mache ich Ihnen einen Tee. Oh, das Telefon klingelt. Ich bin gleich wieder da." Nell setzte sich hin und putzte sich die Nase. Währenddessen hörte sie Mary sagen: „Ja, sie ist gerade hereingekommen, Conrad. Möchtest du mit ihr reden? Klar, ich sage es ihr. Gute Nacht." Nachdem sie aufgelegt hatte, fuhr sie, an Nell gewandt, fort: „Conrad hatte sich Sorgen um Sie gemacht. Ich soll Ihnen ausrichten, dass er morgen mit Ihrem Besuch rechnet."

„Wenn Ken in der Nähe ist, gehe ich nicht hin."

Mary stellte den Kessel auf den Ofen und hängte Teebeutel in die Kanne. „Sind Sie wütend auf Ken?"

„Er liebt mich", klagte Nell.

„Das sind doch gute Neuigkeiten. Warum weinen Sie dann?"

„Er will mich nicht heiraten."

Mary runzelte die Stirn. „Ich habe ihn immer so eingeschätzt, dass er die Frau, die er liebt, auch heiraten wird. Also warum will er Sie nicht heiraten?"

„Wenn er es tun würde, könnte ich auf Neufundland bleiben."

„Ich verstehe nicht ganz …"

Nell unterdrückte ein Schluchzen. „Ich möchte hierbleiben, in der Nähe von Conrad und Elsie. Wenn Ken mich heiraten würde, würde ich eine Aufenthaltserlaubnis bekommen. Er will sich nämlich für die Stelle in St. Swithin's bewerben."

„Das sind ja gute Neuigkeiten", bemerkte Mary. „Aber wenn ich Sie richtig verstanden habe, haben Sie alles von hinten aufgerollt."

„Von hinten?", wiederholte Nell verwirrt.

517

„Ja, man heiratet, weil man jemand liebt, und dann entscheidet man sich, wo man leben will." Scharfsinnig fügte Mary hinzu: „Haben Sie Ken gesagt, er soll Sie heiraten, damit Sie hierbleiben können?" Als Nell nickte, lachte Mary. „Ich wette, er war darüber nicht besonders erfreut."

„Er hat so laut geschrien, dass man es vermutlich auf dem Kai gehört hat", bestätigte Nell zerknirscht.

Mary nahm ihr Strickzeug vom Stuhl und setzte sich ebenfalls hin. „Jetzt hören Sie mir mal zu. Zurzeit arbeitet Charlie im Lebensmittelgeschäft, macht einige Tischlerarbeiten, und in der Hummersaison fährt er als Vorschotmann mit aufs Meer. Wenn das alles wegfallen würde, müssten wir von hier wegziehen. Wir müssten dorthin ziehen, wo er Arbeit findet, zumal wir bald ein Baby haben. Natürlich würde es mir das Herz zerreißen, denn meine Familie lebt seit fünf Generationen hier. Aber ich würde Charlie überallhin folgen, weil ich ihn mehr liebe als Mort Harbour."

Nell biss sich auf die Lippe. „Aber ich weiß nicht, ob ich Ken liebe."

„Es sieht mir ganz danach aus."

„Woher wissen Sie, dass Sie Charlie lieben?"

Mary stand auf, um den Tee aufzugießen. Dann setzte sie sich wieder und blickte nachdenklich auf den Ofen. „Ich glaube, das kann ich an zwei Dingen festmachen", erwiderte sie schließlich. „Wenn er sterben würde, würde ein Teil von mir mit ihm sterben. Und wenn er bei mir ist, habe ich das Gefühl, ich brauche niemand mehr." Sie neigte den Kopf. „Verstehen Sie mich nicht falsch. Ich freue mich sehr auf das Baby. Aber es ist Charlies Baby, deshalb."

„Das haben Sie sehr schön gesagt", flüsterte Nell gerührt.

Mary zuckte die Schultern. „Und was für ein Gefühl haben Sie, wenn Ken bei Ihnen ist?"

Obwohl Nell vorgehabt hatte, es niemandem zu erzählen, sagte sie nun: „Wir haben uns in Gannet Cove im Zelt geliebt. Ich kann mir nicht vorstellen, je wieder etwas so Wunderbares zu erleben oder mit einem anderen Mann zu schlafen."

„Dann sollten Sie lieber einmal gründlich nachdenken, bevor Sie morgen zu Conrad gehen." Mary lächelte. „So, nun habe ich Ihnen genug Ratschläge gegeben. Trinken Sie erst einmal eine Tasse Tee."

An diesem Abend ging Nell früh ins Bett, lag aber noch lange wach, während der Wind ums Haus heulte und der Regen ans Fenster prasselte. Sie dachte über ihre Beziehung zu Ken nach und versuchte, ihre

Gefühle zu analysieren. Sie mochte ihn. Sie vertraute ihm. Und mit ihm zu schlafen war einfach wundervoll gewesen. Obwohl sie ihn erst seit zwei Wochen kannte, machte ihr der Gedanke, Ken womöglich nie wiederzusehen, furchtbar Angst. Aber bedeutete das auch, dass sie ihn liebte?

Es bestand kein Zweifel daran, dass sie Neufundland liebte. Hatte sie die Dinge tatsächlich nicht voneinander getrennt?

Es war schwer, sich einzugestehen, dass an seinem Vorwurf etwas dran war. Und Ken verdiente es, dass sie ehrlich zu ihm war.

Außerdem verdiente er eine Frau, die ihn über alles liebte und sich dessen auch bewusst war.

Unglücklich musste Nell sich eingestehen, dass ihr Heiratsantrag – falls man es überhaupt so nennen konnte – viel zu spontan, unpassend und völlig unromantisch gewesen war. Wie konnte sie es ihm also übel nehmen, wenn er ihr vorwarf, sie würde ihn ausnutzen? Wenn sie ihn heiratete, nur um eine Aufenthaltserlaubnis zu bekommen, würde sie ihn tatsächlich ausnutzen.

Doch er hatte ihr unmissverständlich zu verstehen gegeben, dass er sich nicht ausnutzen lassen würde.

Nell zerbrach sich den Kopf, doch ihre Gedanken kreisten immer wieder um die Tatsache, dass Ken sie liebte. Und immer wenn sie daran dachte, musste sie lächeln. Ken, der hitzköpfige, ungeduldige, leidenschaftliche Ken, liebte sie.

In der letzten Nacht war sie in seinen Armen eingeschlafen, nachdem sie sich so leidenschaftlich geliebt hatten, dass sie eins geworden waren. War das Liebe?

Erst gegen zwei Uhr morgens fiel Nell endlich in einen unruhigen Schlaf voller Albträume. Daher stand sie am nächsten Morgen auch ziemlich spät auf, und es war bereits nach zehn, als sie sich von Mary verabschiedete. „Ich mache mich jetzt besser auf den Weg zu Conrad und Elsie", erklärte sie widerstrebend. „Wenn ich bloß wüsste, was ich zu Ken sagen soll! Das heißt, wenn ich ihn überhaupt sehe."

„Sagen Sie ihm, dass es Ihnen leid tut", riet Mary.

Nell fand, dass es besser war als alles, was sie sich zurechtgelegt hatte. Nachdem sie ihre Regensachen angezogen hatte, marschierte sie los. Der Sturm hatte nachgelassen, aber es goss immer noch in Strömen. Obwohl die Holzstege glitschig waren, erreichte sie nach kurzer Zeit die Auffahrt zu Conrads und Elsies Haus.

Plötzlich verspürte sie Panik. Was sollte sie tun, wenn Ken sie nicht wiedersehen wollte? Was war, wenn er sie plötzlich nicht mehr liebte? Als sie die Veranda betrat, sah sie, dass sein Ölzeug dort nicht am Haken hing.

Er ist weg, dachte sie entsetzt und fragte sich, ob dieses Entsetzen auch ein Indiz dafür war, dass sie ihn liebte.

Im nächsten Moment öffnete Conrad die Küchentür. „Komm aus dem Regen", rief er dröhnend.

„Wo ist Ken?"

„Er macht einen Spaziergang, soweit ich weiß. Wahrscheinlich ist er flussaufwärts gegangen, wenn du ihn nicht getroffen hast."

„Ich muss mit ihm reden, Conrad. Ich bin bald wieder zurück."

„Gestern Abend war er furchtbar nervös, und heute Morgen hatte er schlechte Laune." Conrad betrachtete sie durchdringend. „Elsie und ich wünschen uns nichts mehr, als dass ihr beide heiratet." Er gab ihr einen Kuss auf die nasse Wange. „Viel Glück."

Wesentlich zuversichtlicher ging Nell weiter und schlug den Weg zum Fluss ein. Sie vermutete, dass Ken nach Conrads Boot sah und das Wasser herausschöpfte. Sie war fest entschlossen, Ken die Wahrheit zu sagen – nämlich dass sie nicht sicher war, ob sie ihn genug liebte, um eine gute Ehe mit ihm führen zu können, dass sie jedoch den Gedanken nicht ertragen konnte, ihn womöglich nie wiederzusehen.

Keine Geheimnisse mehr.

Das Wasser im Fluss war gestiegen, und es roch nach Fichtennadeln und Torf. Nell hatte fast die Wegbiegung erreicht, als sie in der Ferne ein Geräusch hörte, das wie Donnern klang. Es konnte jedoch kein Donnern sein, weil es immer lauter wurde. Es klang wie eine Büffelherde, die über die Prärie lief, und es machte ihr Angst.

Sie blieb mitten auf dem Weg stehen und hielt sich instinktiv die Ohren zu. Plötzlich hörte sie Wasser rauschen, als würde ein Riese durch den Fluss waten. Schließlich schwoll der Lärm wieder ab, bis man wieder nur das Prasseln des Regens hörte und die Wellen, die ans Ufer schlugen. Als sie merkte, dass diese höher als sonst waren, begann sie zu laufen.

Sobald sie die Wegbiegung erreichte, sah sie, was sie unbewusst bereits erwartet hatte. Offenbar hatte es einen Erdrutsch gegeben, denn im Berg befand sich ein tiefer Einschnitt, und der Weg war von Felsbrocken und Steinen verschüttet. Zahlreiche entwurzelte Bäume waren wie Streichhölzer in das trübe Wasser gestürzt, und überall war Schlamm.

Wo war Ken?

Nell schrie entsetzt auf und rannte los, wobei sie verzweifelt nach seinem gelben Ölzeug Ausschau hielt, doch sie sah nur schwarze Felsbrocken und braunen Schlamm. Immer wieder rief sie seinen Namen in der Hoffnung, er würde von der anderen Seite antworten, aber sie hörte nur ihr eigenes Echo.

Er konnte nicht tot sein. Nicht Ken. Er, der vor Leben nur so sprühte, konnte nicht unter tonnenschweren Felsbrocken begraben sein.

Da ihr klar war, dass sie nicht auf die andere Seite gelangen konnte, beschloss sie, Hilfe zu holen und es dann mit einem Boot zu versuchen. Während sie zum Haus zurücklief, wurde ihr etwas klar.

Sie liebte Ken. Natürlich liebte sie ihn. Jetzt, da er vielleicht tot und es womöglich zu spät war, hatte sie es erkannt. Sie liebte ihn. Mary hatte recht. Wenn Ken starb, würde ein Teil von ihr, Nell, mit ihm sterben.

Verzweifelt lief sie weiter, wobei sie über Steine stolperte und auf dem nassen Boden ausrutschte. Sie liebte Ken. Ihm durfte nichts passiert sein. Er war auf der anderen Seite des Erdrutsches, abgeschnitten vom Ort, aber am Leben.

Als Nell die Auffahrt zum Haus erreichte, hatte sie Seitenstechen, und jeder Atemzug tat weh. Mit letzter Kraft erreichte sie die Veranda. Entsetzt stellte sie fest, dass Kens Ölzeug immer noch nicht dort hing. Nein! schrie sie stumm und ließ sich gegen die Küchentür fallen, die sofort aufging.

Elsie stand an der Spüle, und Conrad saß am Tisch, doch Nell registrierte die beiden kaum.

Ken stand am Ofen. Er trug sein Ölzeug und hatte einen Becher in der Hand. Er war am Leben. Er war in Sicherheit.

Nell griff nach dem Türrahmen. Ihr Gesicht war aschfahl, und sie hatte das Gefühl, als würde sich alles um sie drehen. „Ich falle nie in Ohnmacht", murmelte sie, aber ihm nächsten Moment wurde ihr schwarz vor Augen.

Ken ließ den Becher fallen und stürzte auf sie zu. Gerade noch rechtzeitig fing er sie auf. „Nell … Was ist los?"

Nell antwortete nicht. Sie umklammerte so krampfhaft sein Handgelenk, dass ihre Fingerknöchel weiß hervortraten. Ihre Finger waren eiskalt. Als sie schließlich die Augen öffnete, sah sie das blaugraue Muster des Linoleumbodens, ihre nassen Regensachen und das gelbe Ölzeug, nach dem sie am Fluss so verzweifelt Ausschau gehalten hatte. Ganz langsam hob sie den Kopf, denn ihr war immer noch schwindelig.

Es war kein Traum. Ken war tatsächlich am Leben und sein Gesicht nur wenige Zentimeter von ihrem entfernt. Er schaute sie mit seinen dunkelblauen Augen an, und das schwarze Haar fiel ihm in die Stirn. „Ich liebe dich, Ken", flüsterte sie.

Ken blinzelte und verspannte sich. „Versuch noch nicht zu reden", sagte er. „Ich glaube, du solltest dich hinlegen."

Nell atmete tief durch. „Ich liebe dich", erklärte sie noch einmal, diesmal etwas bestimmter. „Erst als ich dachte, du seist tot, bin ich zur Vernunft gekommen."

„Tot?", wiederholte er verblüfft.

„Der Erdrutsch."

„Was für ein Erdrutsch?"

„Habt ihr es denn nicht gehört?"

„Conrad hatte das Radio an."

Nun musste sie lachen. Ohne sein Handgelenk loszulassen, setzte sie sich weiter auf und umfasste mit der anderen Hand sein Gesicht. Er war unrasiert. Bisher hatte sie von keinem Geist gehört, der Bartstoppeln hatte. Allmählich bekam ihr Gesicht wieder Farbe, denn ihr war klar, dass sie nicht träumte und Ken tatsächlich lebte. „Conrad hat mir gesagt, du seist flussaufwärts gegangen. Ich bin losmarschiert, um dich zu suchen, und ich hatte fast die Wegbiegung erreicht, als ich diesen furchtbaren Lärm gehört habe. Es war ein Erdrutsch."

Sie erschauerte, als sie sich daran erinnerte. „Ich habe deinen Namen gerufen, und da du nicht geantwortet hast, dachte ich, du seist tot. In dem Moment ist mir klar geworden, dass ich dich liebe." Ängstlich blickte sie ihn an. „Aber vielleicht hast du inzwischen deine Meinung geändert. Dass ich dir gestern gesagt habe, du könntest mich heiraten, war das Idiotischste, was ich je getan habe. Ich könnte es dir nicht verdenken, wenn du mich dafür hassen würdest. Ich liebe dich, Ken. Ich liebe dich so sehr. Bitte sag mir, dass du deine Meinung nicht geändert hast."

Der Ausdruck in seinen Augen ließ ihr Herz schneller schlagen. „Liebste Nell, willst du mir damit etwa unterstellen, ich hätte dich gestern geliebt und würde dich heute nicht mehr lieben? Was glaubst du, warum ich immer noch meine Regensachen anhabe? Ich wollte dich suchen. Conrad hatte mir gesagt, wohin du gegangen warst." Rau fügte Ken hinzu: „Wenn du zehn Minuten früher losgegangen wärst, hättest *du* sterben können."

„Wahrscheinlich hast du recht. Daran habe ich gar nicht gedacht."

Schließlich zog er sie an sich. „Was hältst du davon, wenn wir aufhören, uns durch Mort Harbour zu jagen, und uns darauf einigen, dass wir uns lieben?"

„Gute Idee", erwiderte Nell.

„Und vielleicht könntest du mein Handgelenk loslassen. Du schnürst mir das Blut ab."

Sie senkte den Blick. „Ich wollte mich nur vergewissern, dass du es wirklich bist … Ich hatte solche Angst, Ken."

„Schatz", sagte er, ehe er sie küsste.

Nell erwiderte seinen Kuss, und als Ken sich irgendwann von ihr löste, glühten ihre Wangen. „Sag mir, dass du mich liebst", flüsterte sie.

Nun lachte er. „Kommandierst du mich schon herum, Nell?"

„Ja."

„Ich liebe dich, Petronella Cornelia – so sehr, dass ich wohl mein ganzes Leben brauche, um dich davon zu überzeugen." Er lächelte. Es war dieses seltene Lächeln, das sie so an ihm liebte. „Und nun bin ich dran. Mit dem Heiratsantrag, meine ich. Willst du mich heiraten, Nell?"

„Oh ja", erwiderte sie strahlend, „ich will. Und ich werde überall mit dir leben." Nachdenklich runzelte sie die Stirn. „Das Wichtigste ist, dass wir zusammen sind. Das ist mir jetzt klar geworden. Ich möchte natürlich hier auf Neufundland leben, aber ich würde dir auch bis ans Ende der Welt folgen."

„Ich glaube, dieser Erdrutsch hat uns einen verdammt großen Gefallen getan", erklärte er rau.

„Wo warst du überhaupt?"

„Unten am Fluss. Ich habe nachgedacht. Dann bin ich ins Haus zurückgegangen. Und ich muss zugeben, dass ich große Angst davor hatte, dich zu suchen. Ich dachte nämlich, du würdest mir sagen, dass du Mort Harbour mit dem nächsten Boot verlassen willst. Das Einzige, was mir eingefallen ist, war, wieder die *Louise* zu leihen und dich zu kidnappen."

„Jederzeit", meinte sie.

Ken stand auf und zog Nell hoch. „Ich liebe dich, Nell. Und ich werde dich auch noch lieben, wenn ich so alt und griesgrämig bin wie Conrad."

Conrad. Den hatte sie ganz vergessen. „Wir haben schon wieder Publikum." Doch als sie über Kens Schulter schaute, stellte sie fest, dass die Küche leer war.

„Elsie hat Conrad ins Wohnzimmer geschleift", bemerkte Ken amüsiert. „Meinst du, wir sollen ihnen die gute Nachricht überbringen?"

„Gleich." Nell hob den Kopf, damit er sie noch einmal küsste.

Der Kuss war so leidenschaftlich, dass sie sofort wieder an ihre leidenschaftliche Nacht mit Ken erinnert wurde. „Heirate mich bald", sagte Ken schließlich an ihrem Mund, „sonst müssen wir nach Gannet Cove gehen."

„Ich habe doch gesagt, dass ich dir überallhin folge."

„Das hast du. Oh Nell, ich sehne mich so nach dir. Ich glaube, von dir werde ich nie genug bekommen." Plötzlich schaute er auf. „Möchtest du Kinder haben?"

„Ja, von dir", erwiderte sie.

„Dann werden Conrad und Elsie Urgroßeltern."

„Darüber werden sie sich freuen, meinst du nicht?"

„Ich glaube, wir sollten ihnen zuerst sagen, dass wir heiraten", erinnerte er sie.

Und das taten sie dann.

Vier Tage später fand in Conrads und Elsies Haus zu den Klängen von Samsons Geige wieder eine Feier statt, zu der alle Freunde und Verwandte eingeladen waren und auf der Conrad verkündete, dass Nell seine und Elsies Enkelin sei, dass Ken und sie heiraten würden und dass Ken der neue Arzt in St. Swithin's sein würde.

So hatte Ellie Jane für die nächsten drei Wochen genug Stoff zum Tratschen.

– ENDE –

Linda Howard, Emilie Richards, Carol Grace & Julie Cohen
Erben der Sehnsucht

Band-Nr. 20048
9,99 € (D)
ISBN: 978-3-95649-008-8
560 Seiten

Gegen alle Regeln:

Claudia erbt die Ranch ihres Vaters und trifft nach Jahren wieder auf Roland – ihren ersten Liebhaber. Schon bald nähern sie sich einander erneut an. Aber als sie Gerüchte über ihn hört, kommen ihr Zweifel an seiner Treue.

Du machst es mir nicht leicht:

Überglücklich führt der Anwalt Bruce die warmherzige Olivia vor den Traualtar. Er ist sich sicher: Sie ist die Richtige für ihn. Bis eine Testamentsklausel ihre Liebe auf eine harte Probe stellt ...

Küsse – heiß wie die Sonne Siziliens:

Begeistert führt Carol auf der Mittelmeerinsel Sizilien das Vermächtnis ihres Onkels fort: ein malerisches Weingut. Als sie dann noch der heißblütige Dario leidenschaftlich küsst, ist sie überglücklich. Oder hat er es nur auf ihr Land abgesehen?

Eine rasante Affäre:

Zoe ist geschockt: Sie ist die Alleinerbin ihrer reichen Tante – und die restliche Familie gönnt ihr das Geld nicht. Ausgerechnet der attraktive Nicholas ist nun für sie da, dabei war er doch bloß eine Affäre ...

Band-Nr. 20047
9,99 € (D)
ISBN: 978-3-86278-879-8
eBook: 978-3-95576-327-5
512 Seiten

Emilie Richards, Erica Spindler, Penny Jordan & Roxanne St. Claire
Wenn die Liebe erblüht …

Wenn du mich liebst:

Mitleid ist das Letzte, was Becca will! Vor allem nicht von dem charmanten Jase! Dennoch stimmt sie zu, seinen verwilderten Garten Instand zu setzen. Alles rein geschäftlich – bis Jase sie stürmisch an sich zieht …

Jasminduft in der Nacht:

Immer wenn Hunter den Duft von Nachtjasmin riecht, erinnert er sich an Aimée. Einst hatte er eine wilde Affäre mit ihr. Getrieben von Neugier, was aus ihr geworden ist, reist Hunter zu Aimée – und erlebt eine Überraschung!

Viel mehr als nur eine Affäre:

Als der attraktive Burt ihre Gärtnerei betritt, verliebt sich Emma Hals über Kopf in ihn und ist fast bereit, sich in eine leidenschaftliche Affäre zu stürzen. Aber dann macht Emma eine schicksalhafte Entdeckung.

Im Rosengarten der Liebe:

Um finanziell über die Runden zu kommen, nimmt Geraldine den gut aussehenden Mitchell Farley als Untermieter in ihrem Haus mit Rosengarten auf. Ein wahrer Traummann! Allerdings denkt Mitchell, sie hätte einen anderen …

4 Romane in einem Band

Band-Nr. 20046
9,99 € (D)
ISBN: 978-3-86278-860-6
512 Seiten

Linda Howard, Julie Cohen, Kimberly Raye & Jennifer Greene
Wenn der Morgen anbricht

Eiskalte Liebe:

Sallie ist die Starreporterin in New York – jung, unabhängig, erfolgreich. Sie scheint alles erreicht zu haben. Da wird das Magazin, für das sie arbeitet, verkauft: an ihren Exmann Rhydon!

Heute Nacht riskier ich alles:

Ihren letzten Cent setzt Marianne ein, um Oz zu ersteigern. Dieser Rebell in Leder ist genau der Richtige für ihr neues Leben, wild und frei! Bis die Vergangenheit sie überraschend einholt …

Lektion in Sachen Liebe:

In der Liebe, beschließt Paige, braucht sie dringend Nachhilfe. Und sie kennt auch den passenden Lehrer dafür: Jack. Wie man heiß küsst, hat er ihr schließlich schon gezeigt!

Verliebt, verführt, verheiratet:

Abby ist die perfekte Hausfrau: Sie kocht und backt mit Leidenschaft – alles nur gespielt! So will die toughe Karrierefrau auf den attraktiven Garson weiblicher wirken. Doch was passiert, wenn er sie durchschaut?